# 叶嘉莹自选集

叶嘉莹 著

当代世界出版社
THE CONTEMPORARY WORLD PRESS

**图书在版编目（CIP）数据**

叶嘉莹自选集/叶嘉莹著．—北京：当代世界出版社，
2022.5

ISBN　978-7-5090-1657-2

Ⅰ.①叶… Ⅱ.①叶… Ⅲ.①古典诗歌－诗词研究－
中国－文集 Ⅳ.①I207.2 53

中国版本图书馆 CIP 数据核字（2022）第 017579 号

书　　名：叶嘉莹自选集
作　　者：叶嘉莹
出 品 人：丁　云
监　　制：吕　辉
责任编辑：李玢穗
出版发行：当代世界出版社
地　　址：北京市东城区地安门东大街 70-9 号（100009）
网　　址：http://www.worldpress.org.cn
编务电话：（010）83907528
发行电话：（010）83908410（传真）
　　　　　13601274970
　　　　　18611107149
　　　　　13521709693
经　　销：全国新华书店
印　　刷：北京欣睿虹彩印刷有限公司
开　　本：710 毫米×1000 毫米　1/16
印　　张：30.5
字　　数：410 千字
版　　次：2022 年 5 月第 1 版
印　　次：2022 年 6 月第 1 次
书　　号：978-7-5090-1657-2
定　　价：97.80 元

# 自　序

（节选自《我的诗词道路》前言）

　　谈到儿时的读书经历，首当感激的自然是我的父亲和母亲。先父讳廷元，字舜庸，幼承家学，熟读古籍，其后考入北京大学之英文系。毕业后任职于航空署，从事译介西方有关航空之著作，及至中国航空公司正式成立，进入航空公司服务，曾历任人事科长等职。先母李氏讳玉洁，字立方，自幼年接受良好之家庭教育，青年时代曾在一所女子职业学校任教，结婚后乃辞去教职，侍奉翁姑，相夫理家。我是父母的长女，大弟小我两岁，小弟则小我有八岁之多。大约在我三四岁时，父母乃开始教我读方块字，那时叫作认字号。先父工于书法，字号是以毛笔正楷写在裁为一寸见方的黄表纸上。若有一字可读多音之破读字，父亲则以朱笔按平上去入四声，分别画小朱圈于此字的上下左右。举例而言，如"数"字作为名词"数目"的意思来用时，应读为去声如"树"字之音，就在字的右上角画一个朱圈；若作为动词"计算"的意思来用时，应读为上声如"蜀"字之音，就在字的左上角也画一个圈；另外这个字还可以作为副词"屡次"的意思来用，如此就应读为入声如"朔"字之音，于是就在字的右下角也画一个朱圈；而这个字还可以作为形容词"繁密"的意思来用，如此就应读为另一个入声如"促"字之音，于是就在字的右下角再多画一个朱圈。而"促"音的读法与用法都并不常见，这时父亲就会把这种读法的出处也告诉我，说这是出于《孟子·梁惠王》篇，有"数罟不入洿池"之句，"罟"是捕鱼的网，"数罟不入洿池"是说不要把眼孔细密的网放到深湾的池水中去捕鱼，以求保全幼鱼的繁殖，也就是劝梁惠王要行仁政的意思。我当时对这些深义虽然不甚了了，但父亲教我认字号时那黄纸黑字朱圈的形象，却给我留下了深刻的记忆。古人说"读书当从识字始"，父亲教我认字号时的严格教导，对我以后的为学，无疑产生过深远的影响。当我以后开始学英语时，父亲又曾将这种破音字的多音读法，与英语作过一番比较。说中国字的多音读法，与英文动词可以加 ing 或 ed 而作为动名词或形容词来使用的情况是一样的。只不过因为英文是拼音字，所以当一个字的词性有了变化时，就在语尾的拼音字母方面有所变化，而中国字是独体单音，因此当词性变化时就只能在读音方面有所变化。所以如果把中国字的声音读错，就如同把英文字拼错一样，是一种不可原谅的错误。父亲的教训使我一生受益匪浅。现在我却经常听到电视与广播中的演员及播音员将中文字音读错，却把英文的变化分别得很清楚，其实二者道理相通，若能把外国文字的变化分辨清楚，怎么会不能把本国文字的读音分辨清楚呢？这种识字的教育，当然该从幼年时就开始注意才对。不过父母虽严格教我识字，却并未将我送入小学去读书。因为我的父母有一种想法，他们都以为幼年时记忆力好，应该多读些有久远价值和意义的古书，而不必浪费时间去小学里学些什么"大狗叫小狗跳"之类浅薄无聊的语文。因此遂决定为我及小我两岁的大弟嘉谋合请了一位家庭教师，这位教师也并非外人，那就是小我母亲两岁的我的一位姨母。姨母讳玉润，字树滋，幼年时曾与我母亲同承家教，其后曾在京沪各地任教职。姨母每天中午饭后来我家，教我和弟弟语文、算术和习字，当时我开蒙所读的是《论语》，弟弟读的是《三字经》。记得开蒙那天，我们不但对姨母行了拜师礼，同时还给一尊写有"大成至圣先师孔子"的牌位也行了叩首礼。目前看来，这些虽可能都已被认为是一些封建的礼节，但我现在回想起来，却觉得这些礼节对我当时幼小的心灵，确实曾经产生了一些尊师敬道的影响。我当时所读的《论语》，用的是朱熹的《集注》，姨母的讲解则是要言不烦，并不重视文字方面繁杂的笺释，而主要以学习其中的道理为主，并且重视背诵。直到今日，《论语》也仍是我背诵得最熟的一册经书。而且年龄愈大，对书中的人生哲理也就愈有更深入的体悟。虽然因为时代的局限，孔子的思想也自不免有其局限之处，但整体说来，孔子实在是位了不起的哲人和圣者。"哲"是就其思想智慧方面而言，"圣"是就其修养品德方面而言。对于"儒学"的意义和价值，以及应如何使之更新振起，自然并不是本文所能阐述的，但我在开蒙时所读的《论语》，以后曾使我受益匪浅，则是我要在此诚实地记写下来的。而且《论语》中有不少论诗的话，曾使我在学诗方面获得了很大的启发，直到现在，我在为文与讲课之际，还经常喜欢引用《论语》中的论诗之言，这就是我在为学与为人方面都曾受到过《论语》之影响的一个最好的证明。

此外，在我的启蒙教育中，另一件使我记忆深刻的事，就是我所临摹的一册小楷的字帖，那是薄薄数页不知何人所书写的一首白居易的《长恨歌》。诗中所叙写的故事既极为感人，诗歌的音调又极为谐婉，因此我临摹了不久就已经熟读成诵，而由此也就引起了我读诗的兴趣。当时我们与伯父一家合住在一所祖居的大四合院内。伯父讳廷乂，字狷卿，旧学修养极深，尤喜诗歌联语。而且伯父膝前没有女儿，所以对我乃特别垂爱，又见我喜爱诗歌，伯父更感欣悦，乃常在平居无事之时对我谈讲诗歌。伯父与父亲又都喜欢吟诵，记得每当冬季北京大雪之时，父亲经常吟唱一首五言绝句："大雪满天地，胡为仗剑游；欲谈心里事，同上酒家楼。"那时我自己也常抽暇翻读《唐诗三百首》，遇有问题，就去向伯父请教。有一天，我偶然向伯父谈起父亲所吟诵的那首五言绝句与我在《唐诗三百首》中所读到的王之涣的《登鹳雀楼》"白日依山尽，黄河入海流；欲穷千里目，更上一层楼"这首五言绝句，似乎颇有相近之处。其一是两首诗的声调韵字颇有相近之处，其二是两首诗都是开端写景，而最后写到"上楼"，其三是第三句的开头都是一个"欲"字，表现了想要怎样的一个意思。伯父说这两首诗在外表上虽有近似之处，但情意却并不相同，"大雪"一首诗开端就表现了外在景物对内心情意的一种激发，所以后两句写的是"心里事"和"酒家楼"。而"白日"一首诗开端所写的则是广阔的视野，所以后两句接的是"千里目"和"更上一层楼"。伯父这些偶然的谈话，当然也都曾使我在学诗的兴趣和领悟方面得到了很大的启发。

除去每天下午跟姨母学习语文、数学和书法外，每天上午是我和弟弟自修的时间，我们要自己背书、写字和做算术。此外，父亲认为也应从小就学习点英语，有时就教我们几个英文单词，学一些英文短歌，如"one two tie my shoe，three four close the door"之类。及至我长大到九岁之时，父亲就决定要我插班五年级考入我家附近一所私立的笃志小学。这主要是笃志小学是从小学五年级开始就有了英文课程的缘故。不过，我却只在笃志小学读了一年，就又以同等学力考入了我家附近的一所市立女中。那时父亲工作的单位在上海，父亲要求我经常要以文言写信报告我学习的情况。于是每当我写了信，就先拿给伯父看，修改后再抄寄给父亲。而就在我学习写文言文的同时，伯父也经常鼓励我试写一些绝句小诗。因为我从小就已习惯于背书和吟诵，所以诗歌的声律可以说对我并未造成任何困难，而且我不仅在初识字时就已习惯了字的四声的读法，更在随伯父吟诵诗歌时，辨识了一些入声字的特别读法，例如王维的《九月九日忆山东兄弟》一首诗："独在异乡为异客，每逢佳节倍思亲；遥知兄弟登高处，遍插茱萸少一人。"这首诗中的"独""节""插"等字，原来就都是入声字，在诗歌的声律中应是仄声字，但在北京人口中，这些字却都被读成了平声字。若依北京的口语读音来念，就与诗歌的平仄声律完全不相合了。因此在我小时候，伯父就教我把这些字读成短促的近于去声字的读音，如此在吟诵时才能传达出一种声律的美感。我既然已在幼年的吟诵中熟悉了诗歌的声律，所以当伯父要我试写一些绝句小诗时，我对于声律的限制几乎已不感到约束，可以说一句诗出口就自然合乎平仄了。记得伯父给我出的第一个诗题是《咏月》，要我用十四寒的韵写一首七言绝句。现在我只记得最后一句是"未知能有几人看"，大意是说月色清寒照在栏杆上，但在深夜中无人欣赏。那时我大概只有十一岁左右，伯父以为从我的诗看来，尚属可教之材。所以自此而后，伯父就常鼓励我写诗，至今我还保留有一些十三四岁时的作品，像我在《迦陵存稿》中所收录的《阶前紫菊》《窗前雪竹》等诗，就都是我这一时期的作品。而且当我以同等学力考入初中时，母亲曾为我买了一套《词学小丛书》，还买了所谓"洁本"的《红楼梦》《水浒传》和《三国演义》等一套古典小说。我当时最喜欢读的是《红楼梦》，对大观园中诸姊妹吟诗填词的故事极感兴趣。对《词学小丛书》中所收录的李后主和纳兰性德的短小的令词也极感兴趣，而令词的声律又大抵与诗相近，所以在吟诗之余，我就也无师自通地填起词来。

及至进入高中一年级后，有一位名叫钟一峰的老教师来担任我们的国文课，他有时也鼓励学生们学写文言文，于是我遂得以把我过去给父亲写文言信时所受到的一些训练，用在了课堂的写作之中。而且我当时不仅喜爱诵读唐宋诸家的一些古文，同时也还喜爱诵读六朝时的一些骈赋，所以曾在课堂中试写过一篇《秋柳赋》，得到了老师很高的赞赏。另外，我还在西单附近一所教读古书的夜校中，学习《诗经》和《左传》。记得教《诗经》的是一位姓邹的老先生，我曾把平日写的一些诗拿给他看，他在批语中曾称赞我说"诗有天才，故皆神韵"。那时北平被日军占领已将近四年之久。父亲自"七七事变"后，就已从上海随国民政府逐步南迁，与家中断绝音信也已将近四年之久。北平的几所国立大学也已经都在日本人的控制之中。我在高中读书时虽然成绩很好，而且文理科发展平均，每年都获得第一名的奖状，但在报考大学时，却颇费了一番考虑。因为我当时不能决定我是报考北京大学的医学系，还是报考辅仁大学的国文系。报考医学系是从实用方面着想，报考国文系则是从兴趣方面着想。最后读了辅大的国文系则是出于两点原因：其一是由于辅大为一所教会大学，不受当时日军及敌伪之控制，有一些不肯在敌伪学校任教的有风骨的教师都在辅大任教，这对我自然具有强大的吸引力；其二则是由于辅大的招考及放榜在先，而北大的招考则在后，我既已考上了辅大的国文系，就根本没有再报考北大的医学系，而这自然就决定了我今后要一直行走在诗词之道路上的终生命运。虽然在现实生活中，我也曾经历过不少挫折和苦难，但一生能与诗词为伍，则始终是我最大的幸运和乐趣。

我是1941年夏天考入辅仁大学的，同年9月辅大才开学，母亲就因子宫生瘤住入了医院，动过手术后不久就去世了。当时父亲既远在后方，而小我八岁的小弟，则还在小学三年级读书。我是长姐，所以就负起了照顾两个弟弟的责任。幸而那时伯父一房与我们并未分居，仍同住在祖居的一个大四合院内。母亲去世后，我们就不再自己烧饭，而由伯母担负起了为全家烧饭的责任。伯母颜氏讳巽华，原来也受过很好的家教，喜读唐诗，虽不像伯父和父亲那样高声吟咏，但却也常手执一册，曼声低吟。不过当时已是沦陷时期，生活艰苦，佣人被辞退后，就由伯母亲自操劳家务。每当我要帮忙时，伯母总要我去专心读书，不肯令我插手家务劳动。所以我虽遭丧母之痛，但在读书方面却并未受到什么影响，而且正如古人所说"愁苦之言易工"，所以我在丧母的悲痛中，反而写作了大量的诗词。

进入大学以后，在大二那一年，有一位顾随先生来担任我们"唐宋诗"的课程。顾先生字羡季，号苦水。他对诗歌的讲授，真是使我眼界大开，因为顾先生不仅有极为深厚的旧诗词的修养，而且是北京大学英语系的毕业生，更兼之他对诗歌的感受有一生极为敏锐的禀赋，因之他的讲诗乃能一方面既有着融贯中西的襟怀和识见，另一方面却又能不受任何中西方的学说知识所局限，全以其诗人之锐感独运神行，一空依傍，直探诗歌之本质。虽然当时也有人认为先生之讲课乃是跑野马，全无知识或理论之规范可以掌握依循，因此上课时也并不做任何笔记，但我却认为先生所讲的都是诗歌中的精华，而且处处闪耀着智慧的光彩。所以我每次上先生的课都是心追手写，希望能把先生所说的话，一字不漏地记载下来（台北桂冠所出版的一册《苦水先生诗词讲记》就是先生之幼女现任河北大学教授的顾之京女士，根据我当年听讲的笔记整理编辑而成书的）。那时先生除了在辅仁担任"唐宋诗"的课程以外，还在中国大学担任词选和曲选的课程，于是我就经常骑了车赶到中大去听课。在这期间，我遂于诗词之写作外，更开始了对令曲、套数甚至单折剧曲的习作。记得我第一次把各体韵文习作呈交给先生后，先生在发还时曾写有评语说："作诗是诗，填词是词，谱曲是曲，青年有清才若此，当善自护持。"其后我又有一次写了题为《晚秋杂诗》的五首七律，还有题为《摇落》的另一首七律，呈交给先生，先生发还时，竟然附有六首和诗，题为《晚秋杂诗六首用叶子嘉莹韵》。这真使我感到意外的惊喜和感动。不久后，气候已严冬，我就又写了《冬日杂诗六首仍叠前韵》，而先生竟然也又和了我六首诗。所以我在那一段时间写的作品特别多，这与先生给我的奖勉和鼓励是绝然分不开的。更有一次，先生要把我的作品交给报刊上去发表，问我是否有笔名或别号，我那时一向未发表过任何作品，当然没有什么笔名别号，先生要我想一个，于是我就想到了当日偶读佛书所见到的一个唤作"迦陵"的鸟名，其发音与我的名字颇为相近，遂取了"迦陵"为别号。这当然也是受了先生在讲课时常引佛书为说的影响。及至毕业后不久，先生更给我写了一封信来，说"年来足下听不佞讲文最勤，所得亦最多。然不佞却并不希望足下能为苦水传法弟子而已。假使苦水有法可传，则截至今日，凡所有法，足下已尽得之。此语在不佞为非夸，而对足下亦非过誉。不佞之望于足下者，在于不佞法外，别有开发，能自建树，成为南岳下之马祖，而不愿足下成为孔门之曾参也"。先生对我的过高的期望，虽然使我甚为惶恐惭愧，但先生的鞭策，也给了我不少追求向上之路的鼓励。先生往往以禅说诗，先生教学的态度也与禅宗大师颇有相似之处。他所期望的乃是弟子的自我开悟，而并不是墨守成规。他在课堂上经常鼓励学生说："见过于师，方堪传授，见与师齐，减师半德。"我想我后来教学时之喜欢跑野马，以及为文时之一定要写出自己真诚的感受，而不敢人云亦云地掇拾陈言而敷衍成篇，大概就都是由于受先生之鞭策教导所养成的习惯。而先生在课堂讲授中，所展示出来的诗词之意境的深微高远和璀璨光华，则更是使我终生热爱诗词虽至老而此心不改的一个主要的原因。

　　1945年夏天大学毕业后，我开始了中学教师的生活，大概由于我自己对古典文学的热爱，遂使得听讲的学生们也同样产生了对国文课热爱的感情。于是遂陆续有友人邀我去兼课，最后乃在另请人批改作文的条件下，我竟然同时教了三个中学的五班国文课，一周共三十个小时之多。而由于师生们对国文课的共同热爱，遂使得我对如此沉重的工作量也居然丝毫未感到劳苦。那时中学的国文课每周都要有一定的进度，而且有时要举行同年级的联合考试。因此遂使我在讲课之际，除培养同学的兴趣外，对知识方面的讲解也极为认真而不敢掉以轻心。认真的结果，当然使我自己也获得了不少的教学相长之益，只不过这段教学生活为时并不久。1948年的春天，我就因为要赴南方结婚，而离开了我的故乡北平。谁知此一去之后，等待我的乃是一段极为艰苦的遭遇。

　　我于1948年3月底结婚，同年11月就因国内情势变化，随外子工作的调动去了台湾。1949年夏，长女言言出生，同年12月外子就因白色恐怖被捕。次年夏，我所任教的彰化女中，自校长以下有六位教师也一同因白色恐怖被捕，我也在其中，于是我遂带着吃奶的女儿一同被关起来了。其后不久，我虽幸获释出，但却既失去了教职，也失去了宿舍，而外子则仍被关在海军左营附近的一个山区。为了营救被关的外子，我遂携怀中幼女往投左营军区外子的一位亲戚。白天怀抱幼女为营救外子而在南台湾左营军区的炎阳下各处奔走，晚间要等亲戚全家安睡后才能在走廊上搭一个地铺带着孩子休息。直到三个月后暑假结束了，才经由一位堂兄的介绍，在台南一所私立女中找到了一个教书的工作。在这期间，现实生活中虽然已使我失去了创作和研读诗词的心情和余裕，然而自幼对于诗词的耽爱则积习已深，偶然也仍或有一些诗句涌现出来，虽有时也任其自生自灭，但有时也间或将之敷衍成篇。现在为了填补我在这一段诗词道路中的空白，就姑且录下几首诗来作为当时的记录吧。其中一首是题为《转蓬》的五言律诗：

转蓬辞故土，离乱断乡根。

已叹身无托，翻惊祸有门。

覆盆天莫问，落井世谁援。

剩抚怀中女，深宵忍泪吞。

还有一首是当台南凤凰花开时，我因思念故乡而写的一首《浣溪沙》小词：

一树猩红艳艳姿，凤凰花发最高枝。惊心岁月逝如斯。

中岁心情忧患后，南台风物夏初时。昨宵明月动乡思。

还有一副联句，是我梦到在北平一所学校给学生们上课，黑板上写了一副联语，我在给学生们讲解。联句是：

室迩人遐，杨柳多情偏怨别。

雨余春暮，海棠憔悴不成娇。

以上三则作品，除了《浣溪沙》一首小词，曾被台湾友人为我编辑《迦陵诗词稿》时收入了集中以外，其他一诗一联则均未收入集中，因为《转蓬》一诗写的是白色恐怖，当时台湾尚未开放，所以未敢收入。而联句一则，则因是梦中所见，并非醒时所作，因此也未曾收入。

三年后，外子幸被释出。次年，幼女言慧出生。一年后经友人介绍，我就与外子一同转到台北二女中去教书了。到台北后，见到了以前在北平辅仁大学任教的两位老师，一位是曾教过我大学国文的戴君仁先生，另一位虽未教过我，却是曾住过我家外院作为紧邻的许世瑛先生。他们对我不幸的遭遇，都极为惋惜同情，遂介绍我进入台湾大学兼任了一班侨生的大一国文。次年，台大改为专任，教两班大一国文，而二女中不肯放我离开，一定要我把当时所教的两班高中送到毕业。于是我同时教了四班国文课，再加上作业的批改，每天都极为疲累。这时我的身体已远非当年大学初毕业时可比。再加之又染上了气喘病，我那时只是为了生活，所以不得不努力工作，至于所谓学问事业，在当时实未尝对之抱有任何期望。不过我对古典文学之热爱的感情，则始终未改。因此无论身体如何瘦弱，我在讲课时也依然能保持精神方面的饱满飞扬。只是在写作方面则辍笔已久。直到1956年夏天，台湾的教育部门举办了一个文艺讲座，我被邀去讲了几次五代和北宋的词，其后他们又来函邀稿，我才迫不得已写了《说静安词〈浣溪沙〉一首》一篇文稿。这可以说是我在诗词道路中由创作而转入了评赏的一个开始。而自从这一篇文稿发表后，遂有一些友人来向我索稿，于是我遂继之又写了《从义山〈嫦娥〉诗谈起》一篇文稿。前者是我所写的关于词之评赏的第一篇文稿，后者则是我所写的关于诗之评赏的第一篇文稿。读者从这两篇文稿自不难看出，我对诗词的评赏，原是从颇为主观的欣赏态度开始的。这种评赏之作，就今日衡量学术性著作之标准而言，很可能是要被视为一种不入流之作品的。我以为这其实应是受了西方衡量标准影响之故。因为中国古代所重视的本该是一种"兴于诗"的传统，而我自己就恰好是从旧传统中所培养出来的一个诗词爱好者，何况我的老师顾羡季先生在讲课时，所采取的也正是这种如同天马行空一般的纯任感发的说诗方式。如此，则我在早期所写的评说诗词之文字，其所以会形成此一种纯任主观的以感发为主的说诗方式，自然也就无怪其然了。

我还记得在这两篇文稿发表后，有一天在台大中文系第四研究室见到了郑骞教授，郑先生对我说："你所走的是顾羡季先生的路子。"郑先生是顾先生的好友，对顾先生了解极深。郑先生认为这条路子并不好走，因为这条路子乃是无可依傍的。首先就作者而言，如果一个人对于诗词若没有足够的素养，则在一空依傍之下，必将会落入一种茫然无措、不知从何下手写起的境地；而如果大胆模仿此种写法，则将是不失之肤浅，则失之谬妄。作者要想做到自己能对诗歌不仅有正确而深刻的感受，而且还能透过自己的感受，传达和表明一种属于诗歌的既普遍又真实的感发之本质，这实在不是一件容易的事。不过郑先生对我这两篇文稿却颇为赞赏，说："你可以说是传了顾先生的衣钵，得其神髓了。"其实我当时正是忧患余生之时，内心并未敢抱有什么"传衣钵，得神髓"的奢望。我只是因了友人索稿的机缘，把自己因读静安词和义山诗所引起的某种共鸣的感动一加发抒而已；但也许就正因我自己的寂寞悲苦之心与静安词和义山诗有某种暗合之处，因此反而探触到了他们诗词中的一些真正的感发之本质，也未可知。在此而后，我又陆续写了《几首咏花的诗和一些有关诗歌的话》与《从"豪华落尽见真淳"论陶渊明之任真与固穷》，以及《说杜甫赠李白诗一首——谈李杜之交谊与天才之寂寞》等文稿，这一批作品，可以说都是我的属于以一己之感发为主，所写的早期诗词评赏之作。此一类作品，虽或者并不符合今日受西方学术界之影响的对于学术论文之要求，然而在旧诗词方面修养极深的前辈学人缪钺教授，却对这些文字颇为欣赏。缪先生在其所写的《〈迦陵论诗丛稿〉题记》一文中，曾特别指出我的《论陶渊明》一文，以为能"独探陶渊明为人及其诗作之精微"，又以为我对陶的评述"不仅欣赏诗作"，且能"进而收兴发感动陶冶人品之功"。又曾指出我的《谈李杜之交谊》一文，谓其能"探索诗人之用心"，"并寄托自己尚友古人之远慕遐思"。缪先生对我的溢美之言，虽使我极感惭愧，但缪先生所提出来的我的文稿中所传达出之感发作用，则确实是我评赏诗词的一个重要基础，而这应该也正是中国诗歌中源远流长的一个"兴于诗"的重要传统。不过，当我在撰写这些文稿时，则并没有这种反思的认知。至于其竟而自然形成了如此之结果，则如我在前文所言，应该乃是出于两点因素：其一是我早期在家庭中所受到的吟诵和创作之训练，使我对诗歌养成了一种颇为直接的感受之能力；其二则是我在大学读书时所受到的顾先生之启迪和教导，使我于直感之外，又培养出了一种兴发和联想之能力。此后我在诗词研读与教学的道路上，虽然又经过了多次的转变，但我在早年教育中所获得的培育和启发使我终生受用不尽，是我在诗词之道路上所奠下的根本基石，这也是我对于教导我的尊长和老师们终生感激不忘的原因。

　　记得我在《王国维及其文学批评》的《后叙》中，曾经谈到我所写的第一篇评赏诗词的文稿——《说静安词〈浣溪沙〉一首》，以为其"多多少少带有一点自己的投影"。其实此种情况并不仅此一篇作品为然，基本上说来，我早期所写的那些评赏文字，大概多数都带有自己心灵的投影。因为那时我从创作转入到评赏的写作为时不久，所以在评赏中也仍然有一种创作的心态和情趣，对于行文造句也仍然有一种美的追求，我曾使用近于王国维的浅易雅洁的文言体来写作《说静安词》一篇文稿，又曾使用富含诗之情调的白话文来写作说李商隐的《嫦娥》及《燕台》等诗的文稿，这些文稿可以说都是既带有创作之情趣也带有个人心灵之投影的作品。至于我所写的第一篇纯客观的评赏之作，则当是我于1958年为《淡江学报》所写的《温庭筠词概说》一文。这种转变之形成，一则固然由于向我邀稿的《学报》之性质，与以前向我邀稿的一些文学性的杂志之性质，二者间有很大的不同；再则很可能也因为我在那些文学性的文稿中，已经将自己内心中的一些情绪发抒得差不多了，所以遂有了从主观转入客观的一种倾向。不过纵然如此，除了极少数的纯理论或纯考证的作品以外，直到现在我之评说或讲述诗词作品，其经常带有一种心灵与感情的感发之力量，也仍然是我的一种特色；另外我应该一提的是我在诗词道路上的另一转变，那就是我由为一己之赏心自娱的评赏，逐渐有了一种为他人的对传承之责任的反思。这类作品大抵都是因为我有见于诗词评赏界中的某些困惑和危机，由于一种不能自已的关怀之情而写作的。即如20世纪60年代我在台湾所写作的《杜甫〈秋兴八首〉集说》一书，以及书前所附的《论杜甫七律之演进及其承先启后之成就》的一篇代序的长文，就是因为有见于当日台湾现代诗之兴起，所造成的反传统与反现代的争执和困惑而写作的。再如20世纪70年代我在加拿大所写作的

《漫谈中国旧诗的传统——关于评说中国旧诗的几个问题》一篇长文，则是因为有见于当时台湾及海外的一些青年学者，在西方文论的冲击下，因尝试使用新理论与新方法来诠释和评说中国旧诗，所产生的一些荒谬的错误而写作的。从表面看来，这些论说和辨误的文字，自然不似以前所写的主观评赏之文字之易于获得一般读者的喜爱，但若就一些真正有志于学习如何评赏旧诗的读者而言，则如《集说》中，我对历代评说这八首诗的各种纷纭之诠释与评说的逐字逐句的比较和论定，以及在《旧诗传统》一文中，对于各种误谬的说明和辨正，也许这一类文字才是更有参考价值的作品，也才更能反映出我个人在这条道路上摸索探寻时，一些亲身体验的甘苦之经历。而当我经历了由主观而客观、由为己而为人的种种转变之后，我遂更走上了由对作品之评赏转入对文学理论之研讨的另一段路程。

说到对文学理论的研讨，我就不得不翻回头来再谈一段我早期学习诗词的经历。如我在前文所曾叙及，当我以同等学力考入初中时，母亲曾为我买了一套《词学小丛书》，其中所收录的，除了历代的各家词作以外，还有王国维的一卷《人间词话》，当时我对诗词的欣赏，可以说是仍处于朦胧的状态之中，虽有主观直觉之爱赏，但却因为说不出一个所以然的道理来，所以丝毫也不敢自信。直到读了《人间词话》以后，才恍如在暗室中的人得到了一线光照，往往因为其中的某些言语，与我自己的感受有一点暗合之处，而为之怦然心动，欣喜不已。不过我对书中所提出的"境界"一词，却始终仍感到模糊，不能为之找到一种明白的界说，而这种困惑遂成为我要想对《人间词话》这本著作作出一种理论之探寻的最大的动力。所以我所写的最早的一篇对文学理论加以研讨的论文，实在应该乃是早在 20 世纪 50 年代末期我所写的《由〈人间词话〉谈到诗歌的欣赏》一篇文稿。不过我当时对于《人间词话》中"境界"一词之理解，实在仍极为粗浅，而且对于纯理论性文字之撰写，也仍然缺少练习，所以就理论言，这篇文稿诚属无足称述，但这篇文稿却确实为我以后所写的一系列探讨《人间词话》的论著奠下了起步的基石。至于真正使我写下了纯学术性的对文学理论加以辨讨之文字的，则是我于1970年为参加一个国际性的会议而撰写的《常州词派比兴寄托之说的新检讨》一篇论文。继之我在撰写《王国维及其文学批评》一书时，又在书中对于《人间词话》之批评理论与实践作了一系列专章的探讨，由此引起了我对文学理论之研讨的兴趣，并且阅读了不少西方文论的著作。在诗论方面，我曾先后撰写了《钟嵘〈诗品〉评诗之理论标准及其实践》与《中国古典诗歌中形象与情意之关系例说》等文稿，在词论方面我曾先后撰写了用西方文论中之阐释学、符号学和接受美学等理论来探讨中国词学的一系列题名《迦陵随笔》的短文，又撰写了《论王国维词：从我对王氏境界说的一点新理解谈王词之评赏》及《对传统词学与王国维词论在西方理论之观照中的反思》两篇长文。在对中国词学的不断反思之后，我乃大胆地将词分成了歌辞之词、诗化之词与赋化之词三大类别，以为张惠言与王国维之失误，就在于传统词学未能对此三类不同性质之词作出精微的分辨，所以张惠言乃欲以评赏赋化之词的观点来评赏歌辞之词，因之乃不免有牵强比附之失，而王国维则欲以评赏歌辞之词的态度来评赏赋化之词，所以对南宋长调之慢词，乃全然不得其门径之妙。可是这三类不同风格的词，却又同样具含一种属于词体之美感特质，王国维所提出的"境界"之说，与张惠言所提出的比兴寄托之说，对此种美感特质都曾经有所体会，但却都未能作出透彻的说明，于是我遂更进一步撰写了《论词学中之困惑与〈花间集〉词之女性叙写及其影响》一篇长文，借用西方女性主义文学理论，对《花间集》词中之女性叙写所引起的中国词学方面的困惑，以及由此而形成的词体之美学特质和这种美学特质在词体之演进中对于歌辞之词、诗化之词及赋化之词等各不同体式之词作中的影响和作用，都作了一次推源溯流的根本的说明。而且引用一位法国女学者朱丽娅·克里斯特娃（Julia Kristeva）之解析符号学（sémanalyse）的理论，对这种使人困惑的词之美感的微妙的作用，作了颇为细微的思辨分析。我原以为我的这种尝试，可能不会被国内旧学前辈所接受，谁知缪钺先生读了这些文稿后，竟然写信来对之颇加赞许，以为"所论能融会古今中外，对词之特质作出了根本的探讨，体大思精，发前人所未发，是继《人间词话》后对中国词学之又一次值得重视的开拓"。缪先生所言虽使我愧不敢当，但对于这条新探索的途径，则我确实极感兴趣。早在 20 世纪 70 年代中，当我撰写《王国维及其文学批评》一书时，对于"中国文学批评之传统及其需要外来之刺激为拓展的必然性"，已曾有专节之讨论，此外在《漫谈中国旧诗的传统》一文中，对中国传统的"诗话""词话"等性质的文学批评作品之优点及缺点也曾经有所论述。一般说来，由于我自幼所接受的乃是传统教育，因此我对于传统的妙悟心通式的评说，原有一种偏爱。但多年来在海外教学的结果，却使我深感到此种妙悟心通式的评说难于使西方的学生接受和理解。这些年来，随着我英语阅读能力之逐渐进步，偶然涉猎一些西方批评理论的著作，竟然时时发现他们的理论，原来也与中国的传统文论有不少暗合之处。这种发现常使我感到一种意外的惊喜，而借用他们的理论能使中国传统中一些心通妙悟的体会，由此而得到思辨式的分析和说明，对我而言，当然更是一种极大的欣愉。直到现在，我仍然在这条途径上不断地探索着。

不过，在向西方理论去探索之余，我却始终并未忘怀中国诗歌中的兴发感动之生命的重要性。我对西方理论之探索，主要也还是为了想把中国诗词之美感特质以及传统的诗学与词学，都能放在现代时空之世界文化的大坐标中，为之找到一个适当的位置，并对之作出更具逻辑思辨性的理论之说明。但我个人知道自己的学识及能力有限，因之我对于达成上述理想的此一愿望，乃是寄托在继起者的青年人之身上的。只是要想达成此一愿望，却必须先具有对传统诗词的深厚修养，如果缺少了此种修养，而只想向西方理论中去追求新异，那就必然会产生出如我在《漫谈中国旧诗的传统》一文中所举示的那些荒谬的错误了。至于如何方能培养出对传统诗词的深厚修养，我以为最为简单易行的一项基本功夫，就是从一个人的童幼年时代，就培养出一种熟读吟诵的习惯。于是相继于 20 世纪 70 年代初我在《漫谈中国旧诗的传统》一文中所提出的"熟读吟诵"之训练的重要性以后，在 20 世纪 90 年代初期我就又撰写了《谈古典诗歌中兴发感动之特质与吟诵之传统》一篇长文，对吟诵的历史传统，以及吟诵在诗歌之形式方面所造成的特色、在诗歌之本质方面所造成的影响，吟诵在教学方面的重要性，吟诵教学所应采取的培养和训练的方式，都作了相当的探讨和说明。20 世纪 90 年代中期，我更与友人合作编印了一册题名为《与古诗交朋友》的幼学古诗的读本，并且亲自为所选编的一百首诗歌做了读诵和吟唱的音带。还写了两篇前言，一篇是《写给老师和家长们的一些话》，另一篇是《写给小朋友的话》。在这两篇文稿中，我不仅极为恳切地向老师和家长们说明了教小朋友吟诵古诗，对孩子们之心灵和品质之培养的重要性，而且提出了不增加孩子们学习之负担的一种以唱游来进行的教学方式，更亲自为天津电视台作了一次教小朋友吟诵古诗的实践的尝试。我如今已年逾古稀，有些朋友和我开玩笑，常说我是"好为人师"，而且"不知老之已至"。其实他们殊不知我却正是由于自知"老之已至"，才如此急于想把自己所得之于古诗词的一些宝贵的体会传给后来的年轻人的。四年多以前，我在为《诗馨篇》一书所写的序说中，曾经提出说："在中国的诗词中，确实存在有一条绵延不已的、感发之生命的长流。""我们一定要有青少年的不断加入，来一同沐泳和享受这条活泼的生命之流"，"才能使这条生命之流永不枯竭"。一个人的道路总有走完的一日，但作为中华文化之珍贵宝藏的诗词之道路，则正有待于继起者的不断开发和拓展。至于我自己，则只不过是在这条道路上曾经辛勤劳动过的一个渺小的工作者而已。

写到这里，再一回顾我所走过的诗词的道路，这其间可以说已经历了不少的转折，每一次转折虽说也有新的获得，但也因此而造成了不少旧的失落。我从一个童稚而天真的对诗词的爱好者，首先步入的乃是创作的道路；其后为了谋生的需要，乃又步入了教学的道路；而为了教学的需要，遂又步入了撰写论文的研究的道路。我对于创作、教学和科研，本来都有着浓厚的兴趣，但一个人的时间精力毕竟有限，首先是为了教学与科研的工作，而荒疏了诗词的创作，继之又因为教学的工作过重，而未能专心致力于科研的撰著。我在北平刚从大学毕业，就同时担任了三个中学的五班国文课，在台湾又同时担任了三个大学的诗选、文选、词选、曲选、杜甫诗等文科的教学，还曾担任过大学国文的广播教学及台湾教育电视台的古诗教学。及至定居加拿大后，虽然不再有兼课的情况，但我却又开始了每年利用假期回国教学的忙碌生涯。近年从加拿大退休后，本可以安心从事创作和研究了，但我却又答应了南开大学的邀请，成立了中国文学比较研究所（后改称"中华古典文化研究所"）；并有志于倡导以吟诵为主的、对儿童的古诗教学。目前研究所尚在艰苦的创业阶段，对儿童的吟诵教学更不知何日方能在神州大地上真正地开花结果。不过我个人做事原有一个态度，那就是愿望与尽力在我，而成功却不必在我。我只希望在传承的长流中，尽到我自己应尽的一份力量，庶几不辜负当年我的尊亲和师长们对我的一片教诲和期望的心意。在创作的道路上，我未能成为一个很好的诗人，在研究的道路上，我也未能成为一个很好的学者，那是因为我在这两条道路上，也都并未能作过全心的投入。至于在教学的道路上，则我纵然也未能成为一个很好的教师，但我却确实为教学的工作，投注了我大部分的生命。我现在所关怀的并不是我个人的诗词道路，更不是我在这条道路上有什么成功与获得，我所关怀的乃是后起的年轻人如何在这条道路上开拓出一片高远广阔的天地，并且能借之而使我们民族的文化和国民的品质因此更展放出璀璨的光华。

最后我还要借此机会，向已于一年前逝世的前辈教授缪钺先生，表示深切的追怀和悼念。我与缪先生相识于1981年在成都举行的首次杜甫学术讨论会的大会之中，从初识，先生就对我表现了一片知赏和奖勉的情意，不仅与我相约共同撰写了《灵谿词说》和《词学古今谈》二书，而且主动自发地为我当时即将出版的《迦陵论诗丛稿》一书撰

17

写了题记，更在读了我的一些诗词作品后，主动为我本不拟正式出版的《迦陵诗词稿》预撰了一篇序文。其后在 1993 年夏，我写信向先生报告了我即将应友人之邀编撰《我的诗词道路》一书，并希望先生能为此书写一题签。当时先生身体已极为病弱，久不执笔作书，平日写信也已改由其孙男元朗代笔，但在接到我的信后，仍勉力为我写了此书的题签，并嘱其孙男在信中相告，谓我为其"晚年的第一知己"。其实我的学养自然绝不能与先生相比，先生之许我为"知己"，我想大概有以下几点缘故：其一是由于先生与我对于中国的古典诗词都有着相同的热爱；其二是由于先生与我对于诗词中某些足以激发砥砺人心的珍贵精美的品质，都有着共同的体认；其三我想就正是由于先生与我对于古典诗词的传承都有着同样的关怀。而如今当这一册先生为之抱病题签的书即将付印时，先生却早已于一年前离世，使我不能再以此书面呈请求先生的品评和指正，这对我而言，自然是一件极可憾恨之事，因在此略志数语，以表我对先生的一份感念之情。

结尾还有几句要说的话，就是本书所收录之文稿，多为以前在不同时地所发表过的旧作。现在既编入一本书之内，为了避免某些不必要的重复，所以曾略作删节和改动，特在此作简短之说明。

# 目　录

# 从《人间词话》看温韦冯李四家词的风格

## ——兼论晚唐五代时期词在意境方面的拓展

　　王国维先生的《人间词话》一书，论词之精义甚多，近人研究讨论《人间词话》的著作，在报刊上也时有所见，而我现在又选取这一个有关《人间词话》的题目，私意盖有二点用心：其一，我于多年前曾写过一篇《温庭筠词概说》[①]，在前言中曾提到我将取唐五代温、韦、冯、李四家词一说之，但后来因为时间及篇幅的限制只说了温词一家，而读过我那篇文稿的朋友却经常问起我，何时始能把其他三家词说一并完成，因此在心理上，我总觉得像有着一笔亏欠有待偿还，所以颇想借机会还一下债，而如果要把各家词都分别以专文讨论，则我的时间却又依然有所不及，于是想到《人间词话》中对于此四家词都曾经有过极精要的评语，何不先就这一部分评语对此四家词作一种只掌握重点而不牵涉甚广的评述借以略清债务？这是我选取了这一题目的原因之一。再则，近人以《人间词话》为讨论对象的作品虽多，然而一般所着重者乃大都在对其文学理论的体系加以研讨或整理，而却少有掌握其对某一位作家或某一篇作品之个别评语作深入之分析阐述者，可是《人间词话》的缺点却正在理论系统之不够完整，而其长处却正在片段评语的精到深微。因此我想如果从这一方面去着手，对《人间词话》所标示出的某些可以引申的重点作一些评释和阐述的工作，也许仍不失为另一个可尝试之途径。这是我之选取了这一题目的原因之二。此外我还要声明一点就是王国维先生在《人间词话》中并未曾将温、韦、冯、李四家词结合在一起提出什么批评理论的体系，

---

　　① 《温庭筠词概说》初刊于《淡江学报》第 1 卷第 1 期，1957 年台湾淡江文理学院出版；其后收入《迦陵谈词》一书，1970 年台湾纯文学出版社出版。

而我现在则不仅要把四家结合在一起来评说，而且颇想从四家风格之比较中寻觅一些词在意境方面演进、拓展的痕迹，因此我之所说并不见得与王先生的原意完全相合，只是我在行文之时引用了《人间词话》的一些评语为进行所依据之线索而已。现在就让我们把《人间词话》中有关温、韦、冯、李四家词的评语摘录出来看一看①：

一、张皋文谓："飞卿之词，深美闳约。"余谓：此四字唯冯正中足以当之。刘融斋谓："飞卿精艳（当作'妙'）绝人。"差近之耳。

二、端己词情深语秀，虽规模不及后主、正中，要在飞卿之上。观昔人颜、谢优劣论可知矣。

三、"画屏金鹧鸪"，飞卿语也，其词品似之。"弦上黄莺语"，端己语也，其词品亦似之。正中词品，若欲于其词句中求之，则"和泪试严妆"殆近之欤。

四、温飞卿之词，句秀也。韦端己之词，骨秀也。李重光之词，神秀也。

五、予于词，五代喜李后主、冯正中，而不喜《花间》。

六、冯正中词虽不失五代风格，而堂庑特大，开北宋一代风气。与中、后二主词皆在《花间》范围之外，宜《花间集》中不登其只字也。（按龙沐勋《唐宋名家词选》②云："《花间集》多西蜀词人，不采二主及正中词，当由道里隔绝，又年岁不相及有以致然，非因流派不同遂尔遗置也。"龙说是，但王说就个人观点，亦未始无见。）

七、正中词除《鹊踏枝》《菩萨蛮》十数阕最煊赫外，如《醉花间》之"高树鹊衔巢，斜月明寒草"，余谓：韦苏州之"流萤渡高阁"，孟襄阳之"疏雨滴梧桐"，不能过也。

---

① 本文所录《人间词话》皆引自徐调孚注、王仲闻校订之《人间词话》，人民文学出版社，1960年初版。

② 开明书店1947年第5版。

八、温、韦之精艳，所以不如正中者，意境有深浅也。

九、词至李后主而眼界始大，感慨遂深，遂变伶工之词而为士大夫之词。周介存置诸温、韦之下，可谓颠倒黑白矣。"自是人生长恨水长东。""流水落花春去也，天上人间。"《金荃》《浣花》能有此气象耶？

十、词人者，不失其赤子之心者也。故生于深宫之中，长于妇人之手，是后主为人君所短处，亦即为词人所长处。

十一、客观之诗人，不可不多阅世。阅世愈深，则材料愈丰富、愈变化，《水浒传》《红楼梦》之作者是也。主观之诗人，不必多阅世。阅世愈浅，则性情愈真，李后主是也。

十二、尼采谓："一切文学，余爱以血书者。"后主之词，真所谓以血书者也。宋道君皇帝《燕山亭》词亦略似之，然道君不过自道身世之戚，后主则俨有释迦、基督担荷人类罪恶之意，其大小固不同矣。

（按：上所录有关四家词之评语，散见《人间词话》上下编及补遗中，并无一定之次第。今兹所录之先后，则以本文引用时之方便为主。）

从以上所引的许多则词话中，已可见到《人间词话》对此四家词重视之一斑。这种重视，应该并不是由于这四家词的数量在五代作品中所占的比例之大而然，因为如果只单纯地以作品数量之多寡而论，则据《全唐五代词》之著录，孙光宪的词作就有八十二首之多，较之温飞卿的七十首、韦端己的五十四首、李后主的四十五首，都有过之而无不及，然而《人间词话》中论及孙光宪之评语则不过仅只谓其"片帆烟际闪孤光"七字为"尤有境界"而已。（冯正中词据《全唐五代词》所著录虽有一百二十六首之多，然其中多有误收他人之作，须分别观之。）而李后主词之数量虽较之他人为少，可是《人间词话》有关李后主之评语则独多。由此可知，这四家词之被《人间词话》所重视，当然并非由于数量之多，而是另有其价值与意义的。从《人间词话》的评语中，我们已可见到王国维先生所重视的，乃是这四家词之所独具的各自不同的风格。其次，我以为从这些不同的风格中，我们还更可窥见一些词在意境之拓展方面的某些历史性的价值和意义。现在我们就先来看一看这四位作家的时代之先后。据夏承焘所编的《唐宋词人年谱》，温飞卿约生于公元812年，卒于870年左右，端己生于公元836年，卒于910年，正中生于公元903年，卒于960年，后主生于公元937年，卒于978年。然则是以时代论，当推飞卿为最早，端己次之，正中再次之，而以后主为最晚。可是非常有趣的一件事则是从《人间词话》的评语来看，王国维所喜爱的作者却以后主为第一，正中次之，端己再次之，而飞卿则反而居于最下。这是颇可寻味的一件事。我们现在就试一探讨其衡量的标准究竟何在。我们从《人间词话》中可以见到，其评飞卿词，首先说飞卿不足以当"深美闳约"四字的评语，以为飞卿词不过"精艳绝人"而已。"深美闳约"与"精艳绝人"的分别所在，我以为主要的乃在于后者不过但指外表辞藻之华美而已，而前者则除了外表辞藻之"美"之外，似乎还该更有着"深"与"闳"与"约"的深厚、丰富和含蕴，而词话又说"深美闳约"四字"唯正中足以当之"，这是王国维先生认为飞卿不及正中的一个原因。此外王氏又认为端己词亦"在飞卿之上"，其理由则但云"观昔人颜、谢优劣论可知矣"。我们现在就来看一看前人的颜、谢论。按钟嵘《诗品》评颜延之曾引汤惠休曰："谢诗如芙蓉出水，颜如错采镂金。"又《南史·颜延之传》亦云："延之尝问鲍照，己与灵运优劣。照曰：'谢五言诗如初发芙蓉，自然可爱，君诗如铺锦列绣，亦雕缋满眼。'"夫芙蓉之初发出水与锦绣之错采镂金的分别，则似乎乃在于一者乃是自然的有生命的美，而另一者则是雕饰的无生命的美，这是王氏之所以认为飞卿亦不及端己的一个原因。词话之所以把飞卿比作"画屏金鹧鸪"，把端己比作"弦上黄莺语"，便亦复正是此意。至于如果以温、韦与冯、李相较，则王氏又认为飞卿、端己皆不及正中、后主，所以《人间词话》乃说："正中词虽不失五代风格而堂庑特大，开北宋一代风气,与中、后二主词皆在《花间》范围之外。"又说:"词至李后主而眼界始大,感慨遂深,遂变伶工之词而为士大夫之词。"又说:"温、韦之精艳所以不及正中者,意境有深浅也。"且更认为飞卿之《金荃集》、端己之《浣花集》中皆没有如后主词之"自是人生长恨水长东"与"流水落花春去也"诸句的气象。由此看来,则温、韦之所以不及冯、李者,乃是因为冯、李在意境方面有着某些更深厚、更博大的拓展的缘故。温、韦二家词虽然风格不同,然而仍同属于《花间》之范围,而后主与正中则是"《花间》范围以外"者。而王氏更曾明白表示其态度说:"予于词,五代喜李后主、冯正中而不喜《花间》。"在这几则词话中,其爱憎优劣之情都是显然可见的。至于正中与后主二家之高下,则在词话中似并无明白的轩轾之词,只是如果从其赞扬后主之词为独多来看,则在王氏心目中似乎乃大有以为后主亦胜于正中之意。王氏之爱憎与作者时代之先后恰好相反,这一点就词之意境的历史性的演进来看,我以为乃是颇可注意的一件事。以下就让我们试就四家词风格之不同以及五代词之意境的拓展两方面略作一简单之解说和分析。

## 一、温庭筠

首先我们先谈飞卿的词。我以前在《温庭筠词概说》一文中曾经提到过,飞卿词之特色,乃在于其但以客观之态度标举精美之名物,而不作主观之说明。不过我这种说法,乃是从较现代的眼光来看所得的结论。如果从传统的批评眼光来看,则一般传统观念都以为抒情之诗歌必当以主观之表现为主,而且抒情之方式亦当以明白之叙写为佳,即使以曾受西方新思潮影响颇巨的王国维先生而论,他在《人间词话》中虽曾标举出客观以与主观相对立,可是他所举的客观诗人之例证,却乃是《水浒传》《红楼梦》等小说的作者,至于抒情的诗歌,他所推崇的则仍是主观的诗人李后主。而且对于抒情的方式,王氏也是以为当以明白的叙写为好的,他在《人间词话》中就曾经举例证说:"'生年不满百,常怀千岁忧。昼短苦夜长,何不秉烛游?''服食求神仙,多为药所误。不如饮美酒,被服纨与素。'写情至此,方为不隔。"可见一般的传统观念乃是以明白的抒情为好。在这种观念下来看飞卿的但以客观标举名物的作品,于是遂形成了两种毁誉悬殊的评价。誉之者如清代之张惠言、陈廷焯诸人,他们既从温词表面之叙写看不出其主观的情意究竟何在,而又不肯放弃其一定要从主观之叙写来寻求词意的传统观念,于是乃不惜以比兴寄托之说强解温词,定要从飞卿所标举的名物中寻出些托意来。张惠言《词选》既谓飞卿之《菩萨蛮》之篇法仿佛《长门赋》,更谓其《菩萨蛮》之簪花、照镜、青琐、金堂,与夫《更漏子》之塞雁、城乌、柳风、兰露皆莫不有比兴寄托之深意。至于毁之者则如李冰若《花间集评注》所引之《栩庄漫记》诸说,乃竟因温词之缺少主观之叙写,且标举之名物亦往往似不相连贯,与一般传统之观念不能相合,乃直指其为不通,云:"以一句或二句描写一简单之妆饰,而其下突接别意,使词意不贯,浪费丽字,转成赘疣,为温词之通病。"又评温词《更漏子》云:"'画屏金鹧鸪'一句强植其间,文理均因而扦格矣。"关于这二派说法之究以何者为是,我在《温庭筠词概说》一文中论温词之有无寄托一节已曾有详细之论述,兹不再赘。总之,飞卿该只是一位落魄失意而且生活颇为放浪的文士,虽然有人以为飞卿乃为宰相温彦博之后,其父曦又曾尚凉国长公主,而飞卿以如此之身世,乃竟致屡遭贬谪,落拓以终,恐不无身世之慨,而且其诗集中如《感旧》《陈情》及《开成五年秋自伤书怀》诸作,皆不免流露有自伤不遇的悲慨,因此就认为其词中亦应含有寄托深意,甚至如张惠言辈竟欲推尊之以为可以仰企屈子。关于这一点,我以为有几项观念是必须分辨清楚的:第一,就作者生平之为人而言,根据史传笔记的记载,飞卿的放浪之行可谓跃然纸上,这当然与忠而见嫉终至怀沙自沉的屈子,并不可以相提并论,此其一;再则在中国传统的诗歌作品中,凡是确实有所托喻的作品,该是从其叙写的口吻及表现的神情中，就直接可以感受体味得到的，屈原《离骚》的"美人"以喻君子，固不必论，即是降而至于曹子建《杂诗》的"南国有佳人，容颜若桃李"，以及阮嗣宗《咏怀》的"西方有佳人，皎若白日光"，其全篇托喻的口气都是显然可见的，因此都能使读者自直接感受便生托喻之联想。而相形之下，汉书所载李延年的《佳人歌》"北方有佳人"，其"佳人"就只是一位倾国倾城的绝世丽姝，而口吻中并不引人生托喻之想，此其二；再就词所产生之环境背景而言，晚唐五代之词，原来就仅是在歌筵酒席之间供人吟唱消遣的侧词艳曲，与历史悠久的以抒写怀抱志意为主的所谓"诗"，在当时并不能相提并论，此其三；而且据《唐才子传·温庭筠传》的记载云："宣宗喜歌《菩萨蛮》，绹假其（指温）新撰进，戒令勿泄，而遽言于人。"夏承焘《温氏系年》以为"庭筠《菩萨蛮》词见于《金奁集》及《尊前集》者共二十首，或即大中间为令狐绹作者"，如果这种猜测是可信的，那么代别人作的供歌唱的曲词，而谓其中有寄托深意，这可能性乃是极少的，此其四。有此四端，所以欣赏飞卿词最好还是先把"托意"这一份成见暂时放下来，直接去看一看他的词，现在我们就抄录几首温词的代表作在下面：

### 菩萨蛮　三首

小山重叠金明灭，鬓云欲度香腮雪。懒起画蛾眉，弄妆梳洗迟。　　照花前后镜，花面交相映。新贴绣罗襦，双双金鹧鸪。

水精帘里颇黎枕，暖香惹梦鸳鸯锦。江上柳如烟，雁飞残月天。　　藕丝秋色浅，人胜参差剪。双鬓隔香红，玉钗头上风。

夜来皓月才当午，重帘悄悄无人语。深处麝烟长，卧时留薄妆。　　当年还自惜，往事那堪忆。花露月明残，锦衾知晓寒。

## 更漏子　二首

柳丝长，春雨细，花外漏声迢递。惊塞雁，起城乌，画屏金鹧鸪。　　香雾薄，透帘幕，惆怅谢家池阁。红烛背，绣帘垂，梦长君不知。

玉炉香，红蜡泪，偏照画堂秋思。眉翠薄，鬓云残，夜长衾枕寒。　　梧桐树，三更雨，不道离情正苦。一叶叶，一声声，空阶滴到明。

从以上五首词中飞卿所用的语汇来看，绣罗襦、金鹧鸪、颇黎枕、鸳鸯锦、麝烟、锦衾、画屏、香雾、玉炉、红蜡等，字面皆极华丽，飞卿词之精美已可概见。然而除去这一点特色以外，我以为以上五首词，实在可分作三类来看：第一类，其所标举之名物全属客观之叙写，除予人以一片精美之意象外，并无明显之层次脉络可寻，如"水精帘里"一首《菩萨蛮》，自室内之"颇黎枕""鸳鸯锦"，突接以室外之"江上""雁飞"，又突接"藕丝""人胜"等对服饰之形容，且所用之"隔香红""头上风"等句法，亦全不属理性之叙述。又如"柳丝长"一首《更漏子》，其"塞雁""城乌"及"金鹧鸪"诸句之跳接，也属于这一类的作风，这是最能代表飞卿特色的一类作品，但也是最不易为读者所了解和接受的一类。第二类则所怀举之精美的名物，虽亦用客观之叙写，而却表现有明白之脉络可寻，如"小山重叠"一首《菩萨蛮》，自屏山上日光之明灭闪烁写起，至屏山内之人之懒起、梳妆、簪花、照镜、穿衣，可以说是写得层次井然。又如"夜来皓月"一首《菩萨蛮》，自月午写到帘垂，写到卧，写到往事的追忆，写到锦衾的晓寒，也是写得极有条理的一首词。只是这一类词的层次条理虽然清楚明白，然而却依然并没有显明的主观悲喜之表示，"小山"一首之双双鹧鸪，"夜来"一首之锦衾晓寒，虽有孤单之反衬、独眠之暗示，然而也不过仅只是一点陪衬性的暗示而已，这一类作品比之第一类虽然较易了解，然而却依然缺少直接的感人之力，所以有一部分读者对此也依然不能完全赏爱。至于第三类，则如"玉炉香"一首《更漏子》，前半阕虽与第二类颇为相似，然而后半阕自"梧桐树，三更雨，不道离情正苦"以下，却忽然变浓丽为清淡，纯用白描作主观之抒情，这在温词中是较易为大多数读者所了解赏爱的一类，然而这一类作品却并不能代表飞卿之特殊风格，有时且不免有浅率之失。所以一般说来，飞卿词之风格的特色乃是精美及客观，极浓丽而却并无生动的感情生命可见。这正是《人间词话》评之为"'画屏金鹧鸪'，飞卿语也，其词品似之"的缘故。而且就词之意境的演进而言，这种精美而缺乏个性的词，也该正是唐、五代之际，词在初起时所有的一般现象。因为词在当时原来只不过是供歌妓、酒女在筵席前歌唱的曲子而已。《花间集》欧阳炯的序，就曾叙述当时作词与唱词之场合云："则有绮筵公子，绣幌佳人，递叶叶之花笺，文抽丽锦；举纤纤之玉指，拍按香檀。不无清绝之辞，用助娇娆之态。自南朝之宫体，扇北里之倡风。何止言之不文，所谓秀而不实。"所以《花间集》一般的风格，就都是华美浓丽而缺乏个性的，而飞卿就是这一般作者中，最具代表性的一位。

## 二、韦庄

其次我们再来看韦端己的词。端己作风可以说是与飞卿恰好相反：飞卿浓丽，而端己清淡；飞卿多用客观之叙写，而端己则多用主观之叙写。可是我在前面论及飞卿之第三类作品时，曾举其《更漏子》之"梧桐树"数句为例，说这几句乃是"变浓丽为清淡，纯用白描作主观之抒情"，如此说来，则岂不是端己的作风依然与飞卿之某一类作风有相似之处？这从表面看来似乎是不错的，所以《栩庄漫记》评飞卿之"梧桐树"数句，就曾经说："温、韦并称，赖有此耳。"然而这种表面的看法，却实在并不正确。端己之清淡与主观，确实为端己之特色及其佳处所在；而飞卿偶作清淡主观之语，有时却反为败笔。飞卿之佳处乃在其能以精美客观之物象唤起读者之联想，愈是其不易解的词，却反而愈能唤起读者更丰富的联想；而其以清淡主观之笔明白写出的词，却反而有时使人不免有意尽于言、了无余味的索然之感。陈廷焯《白雨斋词话》评飞卿《更漏子》之"梧桐树"数句即曾云："飞卿《更漏子》三章（按：首章指"柳丝长"一首，次章指"星斗稀"一首，三章即为前所举之"玉炉香"一首）自是绝唱；而后人独赏其末章'梧桐树'数语。……不知'梧桐树'数语，用笔较快，而意味无上二章之厚。……以此章为飞卿之冠，浅视飞卿者也。"又如近人朱光潜在其《谈诗的隐与显》一文中，曾主张"写景的诗要显，写情的诗要隐"，且举飞卿《忆江南》词"梳洗罢，独倚望江楼，过尽千帆皆不是，斜晖脉脉水悠悠，肠断白蘋洲"一首为例，说此词"收语就微近于'显'"，"如果把'肠断白蘋洲'五字删去，意味更觉无穷"。①《栩庄漫记》批评这一首《忆江南》词也曾说："飞卿此词末句，真为画蛇添足，大可重改也。'过尽'二语既极怊怅之情，'肠断白蘋洲'一语点实，便无余韵，惜哉，惜哉。"从这些话来看，似乎都可以证明飞卿偶尔用清淡之笔所写的主观抒情之句，并非温词中之佳作。那么，是否就果然如朱光潜氏所说"写情的诗要隐"才是好诗呢？则又不然，因为端己就是写情以显为佳的一位作者。即以同样用"断肠"二字来写情而言，温词之"肠断白蘋洲"一句，便被人指为落实无余味，可是端己之用"断肠"的词句，如其《菩萨蛮》词之"未老莫还乡，还乡须断肠"及《应天长》词之"夜夜绿窗风雨，断肠君信否"诸句，则却是传诵众口的佳句。谭献评《词辨》即曾赞美其"还乡须断肠"二句云："怕断肠，肠亦断矣。"《白雨斋词话》亦赞美之云："其情亦可哀矣。"为什么同是以白描之笔作主观之抒情，飞卿之词就被人讥议，而端己之词就得人赏爱呢？我想其间主要之区别大约有以下两点：一则在于其中所蕴蓄之感情的劲力与含量的强弱深浅之不同，譬如像喷涌的源泉或浩瀚的江海，则虽然想要用"隐"的方式来表现，而其

---

① 朱光潜此文原发表于 1934 年 4 月之《人间世》第一期，后收入台湾巨浪出版社之何志韶编《人间词话研究汇编》。

喷涌之力与浩瀚之广自有其非人力所可隐蔽者在。张上若评杜甫《自京赴奉先县咏怀》一首，即曾云："此五百字，真恳切当，淋漓沉痛，俱是精神，何处见有语言。"[①] 卢德水评杜甫《送郑十八虔贬台州司户》一首，亦曾云："此诗万转千回……纯是泪点，都无墨痕。诗至此，直可使暑日霜飞，午时鬼泣。"[②] 有如此切至深厚之情，所以杜甫写衷心哀痛便可直写到"叹息肠内热""回首肺肝热"，写哭泣流泪便可直写到"拭泪沾巾血""啼垂旧血痕"，像这种深情激切之作，又何病于"显"，又何取于"隐"？一般人之所以以为写情要用"隐"为可贵，而以为一用"显"便不免有死于句下的落实之讥者，主要因为缺少了这一种喷涌洋溢的力量的缘故。端己在感情的博大深厚一面虽不能与杜甫相提并论，然而端己用情切至，每一落笔亦自有一份劲直激切之力喷涌而出，飞卿便缺乏此种喷涌之力，这是端己之所以能用清淡白描之笔作主观抒情而足以取胜的一因。再则端己还有另一特色，就是用笔虽然劲直激切，而用情则沉郁曲折。《白雨斋词话》就曾经说："韦端己词，似直而纡，似达而郁，最为词中胜境。"况周颐《蕙风词话》评端己词亦曾云："尤能运密入疏，寓浓于淡，《花间》群贤，殆鲜其匹。"[③] 这正是端己的独到之处，否则，如果以浅直之笔写浅直之情，便自然会使人觉得一览无遗、更无余味了。而端己则是于疏淡中见浓密，于率直中见沉郁，这是端己之所以能用清淡之笔作主观抒情而足以取胜的又一因。以上所说都不过只是泛论而已，下面我们就举端己几首词作例证，来试加一番评析：

### 菩萨蛮 五首

红楼别夜堪惆怅，香灯半卷流苏帐。残月出门时，美人和泪辞。　　琵琶金翠羽，弦上黄莺语。劝我早归家，绿窗人似花。

---

① 见杨伦《杜诗镜铨》卷三。
② 见杨伦《杜诗镜铨》卷四。
③ 据李冰若《花间集评注》转引。（按人民文学出版社之《蕙风词话》《人间词话》合刊本，不载此数语。）

人人尽说江南好，游人只合江南老。春水碧于天，画船听雨眠。　　垆边人似月，皓腕凝霜雪。未老莫还乡，还乡须断肠。

如今却忆江南乐，当时年少春衫薄。骑马倚斜桥，满楼红袖招。　　翠屏金屈曲，醉入花丛宿。此度见花枝，白头誓不归。

劝君今夜须沉醉，樽前莫话明朝事。珍重主人心，酒深情亦深。　　须愁春漏短，莫诉金杯满。遇酒且呵呵，人生能几何。

洛阳城里春光好，洛阳才子他乡老。柳暗魏王堤，此时心转迷。　　桃花春水渌，水上鸳鸯浴。凝恨对残晖，忆君君不知。

端己的词，可以举为例证来加以评述的代表作甚多，我现在只录了《菩萨蛮》五首，乃是因为篇幅及体例之限制的缘故。《菩萨蛮》既是端己词中最著名的作品，所以势不能不录，而这五首词细读起来似乎又大有脉络可寻，不可任意删割去取，郑骞《词选》就曾经说"此五章一气流转，语意连贯，选家每任意割裂，殊有未安"，所以既录《菩萨蛮》，就不得不五首全录，而这五首词需要解说的地方又甚多，因此在篇幅上就不容许再多介绍端己其他的作品了。这是要请读者原谅的。关于这五首词，向来说者有两种不同的看法：张惠言《词选》以为"盖留蜀后寄意之作"，且云"江南即指蜀"；而《栩庄漫记》则以为"韦曾二度至江南，此或在中和时作"，且张氏《词选》只选录了四首《菩萨蛮》，未录"劝君今夜须沉醉"一章，《栩庄漫记》则又以为第五章之"洛阳城里春光好"一首"似是客洛阳时作"，与前四章并不相连贯。这二家既都曾把这五首词任意加以割裂，而其说法也不免有许多矛盾失误之处。要想把其间的是非分别清楚，首先我们必须要对端己的生平有一个大致的了解。据夏承焘《韦端己年谱》，端己少孤贫力学，广明元年（880年）四十五岁，在长安应举，值黄巢攻入长安，陷兵中，至中和二年（882年）始离长安赴洛阳，中和三年（883

年）春，年四十八岁，在洛阳作《秦妇吟》，开端有"中和癸卯春三月，洛阳城外花如雪"之句，而结尾则有"适闻有客金陵至，见说江南风景异"之句，即于是年游江南，后于光启二年（886年）五十一岁时，欲北返，拟经皖、豫，诣陕，以道路阻绝，遂于次年光启三年（887年）五十二岁时，再游江南，迄景福二年（893年）五十八岁时，始得再返长安应试，次年乾宁元年（894年）五十九岁，第进士，为校书郎，乾宁四年（897年）六十二岁，一度奉使入蜀，光化三年（900年）六十五岁，自右补阙改左补阙，天复元年（901年）六十六岁，再度入蜀应聘为王建掌书记，自此终身仕蜀，天祐四年（907年）七十二岁，朱温篡唐，王建据蜀称帝，用端己为相，开国制度皆出其手，七十五岁卒于蜀之成都花林坊。从以上所引的端己生平与这五首《菩萨蛮》参照来看，端己《秦妇吟》所云"见说江南风景异"之"江南"，前面既有"金陵"字样，则必当指金陵附近江、浙一带而言。《菩萨蛮》与《秦妇吟》虽非一时之作，然观端己《浣花集》诸诗，凡标题有"江南"字样者，如《寄江南诸弟》《江南送李明府入关》《夏初与侯补阙江南有约》等，所谓"江南"并指江、浙一带而不指蜀，是则张惠言《词选》以为《菩萨蛮》词中之"江南"乃指蜀地，实为无据之言。然而若果如《栩庄漫记》所云，以为词云"江南"即为中和时在江南所作，则又不然，盖自《菩萨蛮》第三章之"如今却忆江南乐"句观之，则既云"却忆"，便显然并非当时正在江南之所作明矣，又《栩庄漫记》以为第五章词中有"洛阳城里春光好"之句，便当为身在洛阳时所作，而却未尝注意到这一句下面的"洛阳才子他乡老"一句，此二句盖云洛阳之春光虽好，而当年曾居洛阳之才子则如今已老于他乡矣，是则其人之已不在洛阳，亦复显然可知。由此看来，可见张氏《词选》与《栩庄漫记》之说，实在皆不免有谬误之处，因之，他们二家的说法似乎也就都不可信了。我的意思以为"江南"当指端己中和时江南之游是不错的，只是写作的时期却并非中和年间身在江南之当时，而可能系入蜀后回忆当年旧游之作。而且韦庄这五首词中所回忆的更不当仅只江南一地，首章"红楼别夜"之并非江南，自然可知；末章之"洛阳城里"之亦非江南，亦复自然可知。是则这五首词盖当为端己晚年回忆平生旧游之作，其所怀思追忆者原来就不止一人一地一事而已。大抵端己一生曾几经国变，中年时值黄巢之役，长安既破，端己遂飘泊江南，这当然是可悲慨的往事之一；又黄巢之役后，端己在洛阳赋《秦妇吟》一诗，感慨时乱，当时曾有"《秦妇吟》秀才"之称号，而端己晚年乃羁留蜀地终身不复得返，则洛阳才子之他乡老，自然也是可悲慨的往事之一。只是端己在洛阳赋《秦妇吟》在先，游江南在后，为什么端己在这五首词中却先说起江南而最后才说到洛阳呢？私意以为此有两种可能：第一，如果以史事比附言之，则端己此词之所慨于洛阳者，可能原不仅当年在洛阳赋《秦妇吟》一事而已，此外且有更深沉之悲痛在。盖据《旧唐书·昭宗纪》所载，天祐元年正月，朱温曾胁迁唐都于洛阳，八月遂弑昭宗而立昭宣帝，未几，朱温遂篡唐自立，可见昭宗之迁洛阳乃是当时一件大事。而且据《新五代史·梁本纪》所载，昭宗之迁洛阳，"其从以东者，小黄门十数人，打毬供奉、内园小儿等二百余人"而已，而且在半途之中，这些人就完全都被朱温借故杀死了，由是皇帝左右遂尽为朱温之人矣。当时蜀王王建、吴王杨行密等闻梁迁天子于洛阳，曾皆欲举兵讨之。在这样重大的变故之中，端己在蜀遥闻此事，当然会不免有一番感慨，何况洛阳又为端己旧游之地，则前尘往事、新悲旧恨，当然会不免触绪纷来，因之这五首《菩萨蛮》词乃于最末一章特别标举洛阳，其中可能确有端己今昔沧桑的一份感慨，而且朱温胁迁唐都于洛阳乃发生在端己入蜀以后的近事，这是端己在这五首词中所以先说起江南而最后才说到洛阳的可能之一。然而我一向并不喜以比附史实来解说诗词，如果从比较单纯的直接感受来推测，则端己当年寓居洛阳原来就在飘泊江南以前，如果把第一首"红楼别夜"所写的"和泪辞"的"美人"，看作乃是端己在洛阳时的一段美好的遇合，则经过离别以后的辗转飘泊，于最末一章再重新点明当日之洛阳，以表示对当年洛阳美人之始终不忘，这不但是极自然的情事，也是极完整的章法，这是端己在这五首词中所以先写别后之江南飘泊而最后总点明对洛阳之追忆的可能之二。我们现在对此两种可能性且先不下判断，只单纯以欣赏之态度，来为这五首词试作一解说分析。

首章"红楼别夜堪惆怅"，一起便写出满纸离情。"红楼"乃离别之地，"别夜"乃离别之时，至于"堪惆怅"三字，则有两重情意：回思别离之往事，历历如在目前，而相逢无计，再见无期，及今思之，唯有满怀惆怅而已，此今日之"堪惆怅"者也；再则"红楼"之旖旎如斯，"别夜"之凄凉若此，所谓"此情可待成追忆，只是当时已惘然"，此昔日之便已"堪惆怅"者也。在这两重惆怅之中，更接之以次句之"香灯半卷流苏帐"。"流苏"者，据《决疑要录》云："缉鸟尾垂之，若旒然，凡旌旗帐幕之类，皆饰之以为美观。"①郑骞《词选》云："今多缉丝线为之，南方仍有流苏之称，北方则谓之穗子，以其类禾稻之穗也。""流苏帐"者，饰以流苏之帐也，其精美可知。"灯"字上更著以一"香"字，则香闺兰麝，掩映宵灯，其情事亦复可想，何况"流苏帐"前还更有"半卷"二字更使人益增缱绻之思，而却与上句之"别夜"相承，于是所有的春宵缱绻之情，便都化而为离别的惆怅之感了。这两句叙述的口气都很率直，然而上下反衬，百转千回，端己之"似直而纤"，便已可概见一斑了。继之以"残月出门时，美人和泪辞"，则别宵苦短，去者难留，残月将沉，行人欲去，遂终不得不与美人和泪而辞矣。"辞"者，临行之话别也，《西厢记·长亭送别》有句云"听得道一声去也，松了金钏，遥望见十里长亭，减了玉肌，此恨谁知"，则话别之际，岂有不泪随声下者乎？更何况与之和泪而辞者乃竟为一如此之"美人"，则眷恋之情岂不更增离别之痛。解说至此，本句已可告一段落，只是如仔细研究其句法，则此句实有两种解

---

① 据郑骞《词选》转引。（按《挚太常遗书》卷二《决疑要录》曾载云："天子帐以流苏为饰。"注引《东方赋》注云："凡下垂为苏。"见《关中丛书》第四集，《挚太常遗书》卷二，陕西通志馆印，与《词选》所引者不尽同。）

释之可能：一者乃谓美人和泪与我而辞，则垂泪者乃是美人；而此句又可释为我与美人和泪而辞，则垂泪者乃是行人。我最近在《文学季刊》曾发表了一篇小文，题为《一组易懂而难解的诗》，曾经谈到一句诗词有时有多种解释之可能，我们大可把这些歧解同时保留下来，相互引发，反而可使作品的意蕴更为丰美①。本句亦然，如果把二种解释合看，则美人垂泪，我亦垂泪，岂不可使离别之情更加深一层，因此，这一句亦大可不必作文法之分析，只看作二人相互和泪而辞可也。下半阕"琵琶金翠羽，弦上黄莺语"二句"金翠羽"三字据郑骞《词选》注云"金翠羽，琵琶之饰也，在捍拨上，今日本藏古乐器可证"；又据《海录碎事》云"金捍拨在琵琶面上当弦，或以金涂为饰，所以捍护其拨也"②，是"金翠羽"乃指捍拨上所装饰之翠羽殆无可疑。至于这二句之解释，则也有两种可能：一者可以视为和泪辞之美人于离别之际，果然曾亲手弹奏过一曲琵琶，而且琵琶之美既上有翠羽之饰，弦上之音更有似莺啼之好，然后接以下面"劝我早归家"五字，则是弦上所奏之曲，与美人话别之辞突然于行人耳中结合为一，其声声婉转、句句叮咛者，唯有"劝我早归家"之一语而已；另一种解释，则是把"琵琶金翠羽，弦上黄莺语"二句，不必看作实指美人于当时确曾奏过一曲琵琶，不过美人在平日既常奏翠羽之琵琶，美人之声音，亦常似弦间之莺语，今日闻美人叮咛之语，亦犹似平日弦上之婉转莺啼，遂直用弦上莺啼为美人音声之象喻，所以乃径接以下一句"劝我早归家"的叮咛之语。这两种解释于欣赏时也大可使之兼容并存，不必妄为去取。至于末一句以"绿窗人似花"五字承接在"劝我早归家"之后，遂使前一句的情意更加深重了一层。何以言之？一则，绿窗下相待之人既有如花之美，则远行之游子如何能不因怀思恋念而作早归家之计？此所以用"人似花"为叮咛之语者一也。再则，花之美丽又是天下间最短暂、最不久长的事物，偶一蹉跎，则纵使他日归来，也

①　见《迦陵谈诗》册一，台湾三民书局，1970年4月初版。
②　叶廷珪：《海录碎事》，见《四库全书·子部·类书》，今据《辞海》"捍拨"一则转引。

早已春归花落，无复当年之盛美矣。王静安先生就曾有一首词说："阅尽天涯离别苦，不道归来，零落花如许。"在天涯历尽了离别的悲苦，所盼望的原不过仅只是再相见时的一点安慰而已，如果历尽悲苦之后所得的竟是花落春归的全然落空的悲哀，这岂不是人间最大的憾恨？然则彼绿窗下之美人既有如花之美丽，足以系游子之相思，更有如花之易于凋落，足以增游子之警惕，那么只为了珍惜这一朵易落的花容，游子自必当早作归家之计矣。这是何等深切的叮咛嘱咐之词。这一章别情之深挚一直贯注到末一章游子终然未得还乡的毕生的悲恨，这是要读到最后一章结尾，才能更深切地体会出来的。

次章则所写的已是游子远适江南以后的情况了。首二句"人人尽说江南好，游人只合江南老"，仍不过从别人口中道出江南之好而已，有向游子劝留之意，而游子之本意则原在还乡，未作久留江南之计也。次句之"合"字，乃"合该""合应"之意，"只合江南老"者，谓游子真个只应在江南终老也。夫人情同于怀土，游子莫不思乡，"江南"既是异乡，"游人"原为客旅，何以偏偏却说是该向江南终老？此二句虽是以他人之口道出，可是若不是游子的故乡已经有不能得返的苦衷，则异乡之人又何敢尽皆以如此断然之口吻来相挽留？观此二句之"尽说""只合"等字样，是何等劲直激切。然而如果仔细吟味，则其情意却又正复沉挚深切，百转千回。端己之"似直而纡，似达而郁"，于此乃又得一证矣。以下接言"春水碧于天"是江南景色之美；"画船听雨眠"是江南人物之美；下半阕"垆边人似月，皓腕凝霜雪"，则从前二句一气贯串而下，写江南人物之美。"垆"，繁体为"壚"，一作"鑪"，又作"鑪"，卖酒者置酒瓮之处也。《史记·司马相如传》云："买酒舍乃令文君当鑪。"又《后汉书·孔融传》注云："鑪，累土为之，以居酒瓮，四边隆起，一边高如锻鑪，故名鑪。"然则垆边之人，盖卖酒之女郎也；"似月"者，女郎之光彩皎皎照人也；"皓腕凝霜雪"者，言其双腕之皓白如雪也。（按："霜"字一本作"双"，则不仅言皓腕之白如霜雪，且有双腕之意在其中，亦佳。）昔曹子建有诗云"攘袖见素手，皓腕约金环"，则当此女郎当垆卖酒之际，攘袖举手之间，其皓如霜雪之双腕的姿致之撩人可想。江南既有如此之美女，则岂不令游子生爱赏、留恋之意。自"人人尽说江南好"二句以下，全写江南之好，有"碧于天"的"春水"之明媚，有"画船"上"听雨"的闲情，有"垆边"的如"月"之"佳人"，全力促成"游人"之"只合江南老"。然而下一句却忽然跌出来"未老莫还乡"五个字，表面上是顺承，而实际上却是反扑，盖以此一句虽然着一"莫"字，却明明仍道出"还乡"字样来，则知前面虽然一意专写江南之好，原来都不过是强作慰解之语，而故乡之思，则未尝或忘也。至于"还乡"二字上的一个"莫"字，则正是极端无可奈何之辞，如陆放翁《钗头凤》词结尾所写的"山盟虽在，锦书难托，莫，莫，莫"，接连道出三个"莫"字来，却也正不过是一片无可奈何之情而已。夫端己岂不欲还乡，放翁又岂不欲与唐氏证彼山盟，托以锦书，然而盟有不可证，书有不可托，而乡有不可还者，所以曰"莫"也。仅此一"莫"字，已有多少辗转思量之意，而况上面还更用了"未老"两个字，其意盖谓年华幸尚未老，则今虽暂莫还乡，而狐死首丘，则终老之日誓必还乡也。所以此句表面虽然说的是"莫还乡"，而实际却是一片怀乡的感情。至于下一句"还乡须断肠"，则是极痛心地补叙出今日之所以"莫还乡"的缘故，这一句看来说得极简单，然而含意却极深，"须断肠"之"须"字，说得斩钉截铁，是还乡之必定要断肠也。然而"还乡"二字却又说得如此概括，而未指明"还乡"后究竟是哪些事物使人竟至于必"须""断肠"呢？于是隐约中遂使人感到必是还乡后之事事物物皆有足以使人断肠者矣。我们虽不愿如张惠言、陈廷焯之比附史实来强作解说，然而端己一生饱经乱离之痛，值中原鼎革之变，为异乡飘泊之人，则此句之"还乡须断肠"五字也可以说是写得情真意苦之极了。

第三章开端二句即云："如今却忆江南乐，当时年少春衫薄。"既曰"却忆"，又曰"当时"，则自然该是回忆之言而并非身在江南之语了。我们试于此向前二章作一回顾，如果说首章所写乃是回忆离别之当日，次章所写乃是回忆江南之羁旅，则此章所写就该是回忆离开江南以后的又一段飘泊的时期了。所以我以为这五首词里的所谓"江南"之地，都该是确指江南之地而并非指蜀，可是写作的时间则却都是离开"江南"以后的事了，而且极可能是晚年羁身蜀地之时的作品。先看首句，"如今却忆江南乐"者，盖紧承前一章之"人人尽说江南好"而来，于此乃知凡前一章所写人人尽说的江南之种种好处，原来当时在诗人自己之心目中，却并未真正觉其可赏、可乐，而其一心所系者原来仍在故乡，所以上章结尾乃终于道出"还乡"之语，是则虽然不得已而暂时不得还乡，而却始终仍一直怀有还乡的盼望。至于这一章所写的，则是当日江南之游也已成了一段可怀念的追忆了，正如贾岛《渡桑干》一诗所写的"客舍并州已十霜，归心日夜忆咸阳，无端更渡桑干水，却望并州是故乡"。诗人在江南时怀念故乡，而今更离开了江南，而且又经历遍了更多的离乱哀伤，对于"还乡"之想也早已望断念绝，在此种心境下再回忆当年江南之羁旅，于是反而觉得即使是当年的羁旅，较之今日也仍自有其可乐之处了。是今日之所以感到当年之可乐者，乃正因今日之更为可悲。端己此词之开端，即以坚决之反语道出江南之可乐，复以"却忆"二字反衬出今日之更为可悲以及还乡之更不可望，此种说法亦正是"似直而纡，似达而郁"的端己之特色。夫诗人既谓江南为可乐，于是下句乃承以"当时年少春衫薄"七字，正写江南之乐。其实只是"当时年少"四字，便已自有可乐者在矣；下面更缀以"春衫薄"三字，则春衫飘举，风度翩翩，少年之乐事乃真可想见矣。至于此句之"当时"二字，则更当与上一句之"却忆"二字参看，极写回忆中当时之可乐，正以之反衬今日之堪悲。然后承以下面"骑马倚斜桥，满楼红袖招"，更直贯到下半阕"翠屏金屈曲，醉入花丛宿"，一共四句，一口气下来，全写回忆中当年之乐事，于是而忆及当日满楼红袖之相招，此自为少年时可乐之事，而必曰"骑马倚斜桥"者，盖"骑马"始益增年少之英姿也。昔白居易《井底引银瓶》诗曾有"君骑白马傍垂杨，妾折青梅倚短墙，墙头马上遥相顾，一见知君即断肠"之句；王静安先生更曾用韦庄此二句词意，写过一首《浣溪沙》，有"六郡良家最少年，戎装骏马照山川"及"何处高楼无可醉，谁家红袖不相怜"之句。凡此所写皆足以证明马上英姿之俊发，之可以得墙头佳人之回顾，之可以得楼上红袖之相招，于是一切目成心许之韵事，乃尽在不言中矣。至于"桥"而必曰"斜桥"者，盖以用一"斜"字才更能显出一份欹侧风流之情致也。既已目成心许得高楼红袖之招，于是乃有下二句"翠屏金屈曲，醉入花丛宿"之情事。"翠屏"者，翡翠之屏风也。"屈曲"一作"屈戌"，《辍耕录》云："今人家窗户设铰具，或铁或铜，名曰环纽，……北方谓之屈戌，其称甚古。"此词之"金屈曲"，自当指屏风上之环纽而言。曰"翠"曰"金"，足以见其华丽。"屏"字，可以想见闺房屏障之掩映深幽，"屈曲"字用环纽来显示其折叠，可以想见屏风之曲折回护，在此一句描写闺房景物的句子下，接以下句之"醉入花丛宿"，则此所谓"花丛"，自然并不仅指园庭之花丛，乃暗指如花众女之居处也。酒醉而入宿花丛，自是少年时可乐之事，然而从首句"而今却忆江南乐"之言观之，则是此少年之乐事，当时乃并未觉其可乐也。当时之所以不觉其乐，则岂不以当时仍念念在于"还乡"之故。然后接以下句之"此度见花枝"五字，曰"此度"，则自非前度之在江南矣，而隐隐逗起了下一首之"今夜须沉醉"。至于"见花枝"，则自然乃是承接着前面的"花丛"而来。姑不论好花、美人皆可以用为象喻之意，总之"花丛"与"花枝"都当指一段美好的遇合而言，"此度见花枝"者，自当指此时的又一段际遇而言。然后接以"白头誓不归"，"归"字承上章而来，仍当指《还乡》之意，"白头"则承上章"未老"二字而来。其意乃谓当时念念在还乡，故不知江南之可乐，且思终老之必还故乡，"此度"则忧患老大之后，既已知还乡之终不可期，则此度既再有像当日"花丛"之"见花枝"的美好的遇合，则真将白头终老于此，不复作还乡之想矣。人在悲苦至极之时乃往往故作决绝无情之语，如杜甫之关爱朝廷而终不能得用也，乃曰"唐尧真自圣，野老复何知"矣，服膺儒术而终不能得志也，乃曰"儒术于我何有哉，孔丘盗跖俱尘埃"矣。端己此句亦正复因其有不能得归之痛，故乃曰"白头誓不归"矣。着一"誓"字，何等坚决，以斩尽杀绝之语，写无穷无尽之悲。李冰若《花间集评注》引《白雨斋词评》评此句云："决绝语，正是凄楚。"①所言得之，而端己之劲直而非浅率亦可见矣。

第四章又紧承第三章而来。前面既已说出"白头誓不归"的如此失望、决绝之语，是已自知故乡之终老难返、少年之一去无回，则诗人今日所可为者，亦唯有以沉醉忘怀一切而已，故此章乃于开端即曰"劝君今夜须沉醉，樽前莫话明朝事"也。此章最可注意的，乃是端己于一首短短仅有四十四个字的小令内，竟然用了两个"须"字、两个"莫"字。第一次用在前半阕的开端，即前所举之二句；第二次则用在后半阕的开端，即"须愁春漏短，莫诉金杯满"二句。"须"字者，"定要如何"之意；"莫"字者，"千万不要如何"之意。说了一次"定要如此，千万不要如彼"，再说一次"定要如此，千万不可如彼"，这种重叠反复的口吻，表现出多少无可奈何的心情，表现出多少强自挣扎的痛苦。有些人以为此篇大都为旷达之词，且不免有率易之语，因此，从清朝的张惠言开始，一般选本就往往把此章删去不选，这都是未能体会出这一首词真正好处的缘故。先看首句"今夜须沉醉"五字，此一"须"字乃"直须""定要"之意，言其今夜之饮定非至沉醉不止也。以必醉之心情来饮酒，原可能有两种情形：其一是因为快乐到极点了，所以要饮到不醉无休；其次则是因为悲哀到极点了，所以也定要饮到不醉无休。端己之心情，自然是属于后者，这从第二句的"樽前莫话明朝事"七字就可以体会得出来。关于"莫"字所表现的无可奈何之情，我在说第二章"未老莫还乡"一句时已曾谈到。曰"莫话"，则明日之事之不忍言、不可言之种种苦处，可以想见矣。"樽

---

① 按《白雨斋词评》与陈廷焯之《白雨斋词话》并非同一著作。据北京大学中文系陈贻焮教授转来南京大学中文系侯镜昶教授函云，此《白雨斋词评》原为陈廷焯未刊之稿本，现藏南京图书馆，盖五十余年前陈廷焯之子曾在该图书馆服务，因将此稿献与图书馆，殆海内之孤本也。

前"，则正指饮酒之地，对此樽前唯当痛饮沉醉而已，即使近在明朝之事尚且不欲提起，则其对未来一切之完全心断望绝，可想而知矣。然后接以"珍重主人心"，曰"主人"者，异地之"主人"也，则端己之为游子而身不在故乡可知。李白有诗云："兰陵美酒郁金香，玉碗盛来琥珀光。但使主人能醉客，不知何处是他乡。"有兰陵之美酒，飘散着郁金的香气，盛在玉质的碗中，泛着琥珀的光彩，倘果有能以如此盛意招待客子尽醉之主人，则此深深之美酒，岂不就正如同主人的深深的情意，而且愈是思乡而不能返的游子，对此一番盛意也就愈加容易感动，于是客子思乡之苦，在如此殷勤之情意中，乃真若可忘矣。此太白之所以说"但使主人能醉客，不知何处是他乡"，而端己之所以说"珍重主人心，酒深情亦深"也。下半阕之"须愁春漏短，莫诉金杯满"二句，再用一"须"字与一"莫"字相呼应，与开端二句之"须"字"莫"字同属于殷勤相劝的口吻，可是我却对开端的"劝君"二字一直未加解说，也许有人以为这二字极浅显明白，原不需解说，也许有人以为乃是由于我行文时之忽略未加解说，其实我原来就正是要留到这里与这二句一同解说的。因为此词前后既有二处都有相劝之口吻，那么究竟是出于何人之口呢？自本词通首观之，则"劝君"二字，实可有数种不同之看法：第一，可视为主人劝客之语；第二，可视为客劝主人之语；第三，可视为诗人自劝之意；第四，可视为二人互劝之意；第五，前后二处相劝之口吻，可出于不同之人物，即如一为客劝主，一为主劝客，一为劝人，一为自劝，可有多种不同之配合变化。在这多种异说的可能中，我个人以为前二句之"劝君今夜须沉醉，樽前莫话明朝事"似当为主人劝客之词，故其后即承以"珍重主人心，酒深情亦深"二句，便正是客子衷心相感之表现；而后半阕之"须愁春漏短，莫诉金杯满"二句，则似乎当是客子既深感主人之用心，于是乃自我亦作慰解之语的自劝之词。"春漏"者，春夜之更漏也，春漏短，实在就是"春夜短"之意。"春夜"，在一般人心目中乃是何等佳美的时光，而况主人更有如彼殷勤之盛意，于是客子于感动之余乃亦复自思真当珍惜此易逝之良宵，则主人更以美酒相劝之时，便不要更以"金杯"之过"满"为辞了，于是此词乃由首二句之主人劝客，到次二句之客感主人，到此二句之客之自劝，婉转曲折，写出诗人多少由思乡之苦中，勉强欲求欢自解的低徊往复的情意，于是最后乃以"遇酒且呵呵，人生能几何"的强为欢笑的口吻，为苦短的人生作了最后的结论，这种结论是下得极为绝望也极为痛苦的。多年前我读端己这一首词时，对其"呵呵"二字原颇为不喜，以为此二字无论就声音或意义而言，都会予人以一种直觉的空虚浮泛之感，而且又是如此浅俗的两个字，似乎乃是端己的一句败笔；然而细读之后，乃愈来愈体会出这两个字的好处，因为端己所要表现的原来就正是一种心中寂寞空虚，而表面强言欢笑的心情，然则此充满了空虚之感的"呵呵"二字空洞的笑声，岂不竟然真切到有使人战栗的力量。端己词之于浅直中见深切的特色，真是无人可及的。

末章开端"洛阳城里春光好，洛阳才子他乡老"二句，一开口就重复地道出了"洛阳"二字，而且接连二句都把"洛阳"二字放在开端，不但充满了一种眷念的情意，而且在口吻中也流露出一片呼唤的心声，则"洛阳"之足以使人怀想可知。其所以然者，从前面所述的端己生平来看，则约有二端：一则在黄巢乱后，端己曾一度寓居洛阳，在这一段时期，他曾写过不少感怀时事的篇什，如其集中之《洛阳吟》《洛北村居》，当为在洛阳作，自无可疑；他如《北原闲眺》之"千年王气浮清洛"、《睹军回戈》之"满车空载洛神归"、《中渡晚眺》之"魏王堤畔草如烟"、《和集贤侯学士分司丁侍御秋日雨霁之作》之"洛岸秋晴夕照长"，盖皆为在洛阳时所作。何况端己还曾在洛阳写下了他的平生杰作《秦妇吟》，则当日洛阳所予端己印象之深切可知，而且据夏承焘《韦端己年谱》，则端己之离长安居洛阳乃在中和二年之春日，其作《秦妇吟》则在中和三年之春日，是端己盖曾两见洛阳之春，从其《秦妇吟》所写的"中和癸卯春三月，洛阳城外花如雪"的描写，可以想见洛阳春光之美好，是则本词首句之"洛阳城里春光好"非虚语矣，何况端己居洛阳时乃正当自长安逃出之后，则洛阳当日之美景，一定曾经给端己留下许多可赏爱也可悲慨的感情可知。此洛阳之所以值得眷念怀想之一因也。再则，如果按照我们前面对端己这五首词之最后写到洛阳所作的两种可能的猜测，则无论端己乃是对当时朱温之胁迁唐都有一种今昔离乱的深慨，或者乃是对当年在洛阳所离别的美人有一份难忘的追忆，总之这一些情事乃是使端己遥想洛阳春光之好而弥增眷念怀想的原因之二。至于下面"洛阳才子"一句，首先当辨者自当为"洛阳才子"之所指，《栩庄漫记》以为此词乃端己在洛阳作，如果当时端己是在洛阳，那么"他乡老"的"洛阳才子"就该不是端己自谓了。这种说法，若仅从这一句的文法来看，原也未始不可，只是如果就端己词整个的风格及语气来看，则自有不可如此解说的原因在。首先，我们该注意到端己这五首词，甚至端己大部分的词，都是属于词中有我之作，端己所写的情事大都是切身的情事，何况端己确实曾在洛阳住过，更曾因在洛阳写《秦妇吟》而赢得了"《秦妇吟》秀才"的称号，则"洛阳才子"非端己自谓而何？再者，洛阳才子如非端己自谓，则更无所指，因为关于洛阳一向并没有另外一个特殊著名的才子之传述，如果说这四个字乃是泛指洛阳一切有才之士，则在中国文学惯用的词汇中除去燕赵之多侠士、稷下之多谈士等一般概念外，并没有洛阳之多才子的一般习知之概念，这是我所以认为"洛阳才子"乃端己自谓的原因。而且与上句合看，则当年曾亲见"洛阳城外花如雪"的春光之好，而今日则赋此"洛阳城外花如雪"的才子，却流落而终老他乡了，这岂不是一种极自然的承接？至于下面，"柳暗魏王堤，此时心转迷"二句，上句之"魏王堤"当为对首句"洛阳城里春光好"之承应，盖"春光好"三字仍不过泛泛叙述而已，"柳暗魏王堤"五字始为具体之描写。据《大明一统志·河南府志》云："魏王池在洛阳县南，洛水溢为池，为唐都城之胜，贞观中以赐魏王泰，故名。"魏王堤即在池上，白居易有《魏王堤》诗云"花寒懒发鸟慵啼，信马闲行到日西，何处未春先有思？柳条无力魏王堤"，则魏王堤之春色可想。至于"柳暗"者,"暗"字正写柳之浓密,稼轩《贺新郎》词云"柳暗凌波路",又《祝英台近》词云"烟柳暗南浦",皆可见"暗"字所予人的浓荫茂密之感。魏王堤既为洛阳之名胜,又正以多柳著称,何况柳树又特别能表现春日之美好,此端己所以用"柳暗魏王堤"一句以承接首句洛阳之"春光好"者也。至于下一句之"此时心转迷"五字,则似乎当与第二句之"洛阳才子他乡老"七字相承接。洛阳城外魏王堤之春色既如此令人怀念,则当年之洛阳才子,此时在他乡老去之时,回忆当年之洛城春色,岂有不满怀凄迷怅惘者乎?此端己之所以用"心转迷"以承应次句之"他乡老"也。至于后半阕之"桃花春水渌,水上鸳鸯浴"二句,初看起来好像与前半阕之"柳暗"一句同为写"春光好"之词,然而仔细吟味,却当分别观之。盖端己这五章《菩萨蛮》词,其叙述之口吻,自开始便系以回忆出之,从首章之"红楼别夜"起,继之以江南之飘泊,再继之以对江南之追忆,直至第四章之"劝君今夜须沉醉"似乎才回到现在来,而第五章的"洛阳城里春光好"则是另一回忆高潮之再起,只是前面第四章既然已经写到现在,所以第五章在洛阳一句突起的回忆之后,当下便以"他乡老"再转接到现在,然后又以"柳暗"一句足成回忆中之洛阳,再以"此时"二句,转回到现在的怅惘凄迷。而下半阕的"桃花春水渌"所写,便已是现在眼前的春光,而不复是回忆中江南或洛阳之春光了。至于眼前春光之所在,则似乎该是端己所羁身的西蜀之地。而"桃花春水渌"五字,所写的就该正是蜀地之春光。据夏承焘氏《韦端己年谱》,端己寓蜀时曾于浣花溪上寻得杜甫草堂旧址,芟夷结茅而居之,而杜甫在草堂所作的诗中,就有不少写到桃花和春水的,如其《春水》一首的"三月桃花浪",《江畔独步寻花》的"桃花一簇开无主,可爱深红爱浅红",《绝句漫兴》的"轻薄桃花逐水流",以及《漫成二首》之"春流泯泯清",《田舍》一首之"田舍清江曲",《江村》一首之"清江一曲抱村流",《卜居》一首之"更有澄江销客愁",从这些诗句都可见到蜀地桃花之盛与江水之清,而端己的"桃花春水渌"一句,"渌"字便正是清澄之意，然则此五字所写岂不正是端己眼前所见的蜀地春光？至于下一句之"水上鸳鸯浴"，则证之于杜甫在蜀所作的《绝句二首》之"沙暖睡鸳鸯"之句，则此句所写与上一句相承，当然也正是蜀地之春光，只是这二句词所写的，似乎还不仅只是从对过去之回忆，跌入现在的眼前景物的写实而已，另外似更当有着一份以鸳鸯之偶居不离，以反衬人事之自红楼一别之后，乃竟至终老他乡不复能相逢重聚的悲慨。鸳鸯之相守相依，正以之反衬离人之长睽永隔，运转呼应之妙，乃直唤起首章别夜时"早归家"的叮嘱。这种呼应，正足以见到诗人对当日红楼美人的不能或忘，对不能或忘的人，竟至落到不能重聚而必须要终老他乡的下场，则人间恨事孰过于此，所以结尾乃以万分悲苦的心情写下了"凝恨对残晖，忆君君不知"的二句深情苦忆的呢喃。"凝恨"二字，据张相《诗词曲语辞汇释》云："凝，为一往情深专注不已之义。"又云："凝恨，恨之不已，犹云积恨也。"从端己这五首词所写的情事来看，则自红楼别夜的惆怅，美人和泪的叮咛，到江南飘泊对还乡断肠的悲虑，再转为离开江南以后，飘泊更远，深慨少年不再、故乡难返，而竟誓以白头不归的决绝的哀伤，再转为莫话明朝、唯求沉醉的颓放，以迄最后一个重忆洛阳的高潮之再起，百转千回，层层深入，则其心中所凝积之幽恨可知，故曰"凝恨"也。至于下面的"对残晖"三字，则可以有几种解说：一则可使人想见暮色之苍茫，倍增幽怨凄迷之感；再则可使人想见凝望之久，直至落日西沉斜晖黯淡之晚；三则如果以中国诗歌一贯所习用的托喻的想法来看，则"日"之为物，一向乃是朝廷君主之象喻，而今端己乃用了"残晖"二字，则当时朝廷国事之有足哀者，也可以说是意在言外了，而且如果以史实牵附立说，则昭宗之被胁迁洛阳，唐朝国祚之已濒于落日残晖可知。我们虽不欲为过分拘狭的解说，单从字面来看，则"凝恨对残晖"五字，也可以说是写得幽怨至极了。至于最后一句"忆君君不知"，则是历尽漂泊相思终至心灰望绝以后所余的最后一点申诉的心声。以如此之深情相忆，而竟至落到了如此负心不返的下场，这其间该有多少不得已的难言的情事，然则，纵有相忆之深情，谁更知之，谁更信之，所以结尾乃说出了"君不知"三个字，这岂不是衷心极深沉的怨苦的一个总结？端己用情极深挚曲折，用语则明白劲切，评者所谓"似直而纡，似达而郁"者，在这五章《菩萨蛮》中，可以说得到充分的证明了。

从以上所举的例证来看，温、韦二家词风格之不同，已可概见一斑。温词多用客观，韦词多用主观；温词以铺陈浓丽取胜，韦词以简劲清淡取胜；温词像一只华美精丽而没有明显的个性及生命的"画屏金鹧鸪"，韦词则像一曲清丽婉转、充满生命和感情的"弦上黄莺语"。这种风格之异，固由于二家性格之不同，然而自词之意境的演进方面来看，我认为也仍然是具有可注意的价值的。因为词在初起时，原来只不过是供人在歌筵酒席之间演唱的乐曲而已，用一些华美的词藻，写成香艳的歌曲，交给娇娆的歌妓酒女们去吟唱，根本谈不上个人一己的情志之抒写。飞卿的词，尽管被后世的常州诸老奉为与屈子同尊，但是，他们的解说也只能从联想及比附的猜测上去下工夫，至于就飞卿词本身而言，则其外表所予人的直觉印象却依然只不过是逐弦吹之音所写的一些侧艳的曲词而已，既无明显的怀抱志意可见，甚至连个人一己之感情也使读者难于感受得到。而端己的词则在这一方面已有了一大转变。端己词从外表看来，虽然仍不脱《花间》的风格，可是他却把在《花间》中被写得极淫滥了的闺阁园亭、相思离别的情景，注入了新鲜的生命和个性，词在端己手中已不仅是徒供歌唱的艳曲而已，而是确实可以抒情写意的个人创作了。飞卿词所予人的多半仅是一片华美的意象，虽可引人联想，而其中之人物情事则不可确指。而端己之词，则使人读之大有其中有人呼之欲出之感，即如前所举之《菩萨蛮》五首，以其所写之时、地与人言之，则有当年红楼别夜之美人，有旧游江南之红袖，有今日樽前之主人，至于所写的情意则更为真切感人，有惆怅的别情，有断肠的怀念，有誓不归的决绝，有须沉醉的颓放，百转千回直写到忆君的凝恨。本文因篇幅所限，不暇多举例证，其实端己的名作，如《女冠子》之"四月十七"与"昨夜夜半"，及《荷叶杯》之"绝代佳人难得"与"记得那年花下"诸首，都比这五首《菩萨蛮》写得更为真切具体。杨湜《古今词话》臆为王建夺妾之说，其不可信，固早经夏承焘在《韦端己年谱》中考辨甚明，然而杨湜之说虽属无据却又并非无因，那就是端己词所写的人物情事虽不必问其确指何人，而却都能使读者感到其所写者必为一己真实之感情经历的缘故。这种鲜明真切、极具个性的风格，不仅为端己词的一大特色，而且也当是晚唐五代词在意境方面的一大演进，使词从徒供歌唱的不具个性的艳曲，转而为可供作者抒写情意的极具个性的文学创作了。

# 三、冯延巳①

我们所要看的第三位词人乃是冯正中。《人间词话》所给予正中的评语，重要的有下列数则：其一是说"深美闳约"四字"惟冯正中足以当之"；其二是说"正中词品若欲于其词句中求之，则'和泪试严妆'殆近之欤"；其三是说"冯正中词虽不失五代风格，而堂庑特大，开北宋一代风气"；其四是说"正中词除《鹊踏枝》《菩萨蛮》十数阕最煊赫外，如《醉花间》之'高树鹊衔巢，斜月明寒草'，余谓韦苏州之'流萤渡高阁'、孟襄阳之'疏雨滴梧桐'不能过也"；其五是说"温、韦之精艳，所以不如正中者，意境有深浅也"。综合以上五则评语，我们可分作两方面来看：第一、三、五诸则是属于意境方面的评语；而第二、四两则则是属于风格方面的评语。

我们现在先从意境方面来看，如我在前文论温、韦二家词时所云，晚唐、五代之际，词在初起时原来只不过是供歌唱的艳曲而已，写景则不出闺阁园庭，写情则不外伤春怨别，温、韦二家就同属于此一范

---

① 夏承焘《冯正中年谱》引焦竑《笔乘》，"释氏六时"一则云："可中时，巳也，正中时，午也。"冯氏字正中，则为辰巳之巳；巳、嗣同音，故冯氏一名延嗣。

围之内，只是温词较为客观，无鲜明之个性；韦词较为主观，有鲜明之个性。从端己的作品中，我们已可清楚地看到，词之为物已经从徒供歌唱、不具个性的曲子转而为可以自我抒写情意、具有鲜明个性的文学创作了。这在词的意境方面当然已是一大演进，可是如果以端己与正中相较，则端己词中所写之情事，一方面虽然真切劲直，具有鲜明之个性，而另一方面却又不免过于拘狭落实，其所写者往往只限于一人一时一地一事而已，因此在意境方面，自然就受到了相当的拘限，使读者不容易自其中得到更多的联想和启发；而正中则不然，正中词从外表看来，虽然也不过是闺阁园庭之景、伤春怨别之词，可是他一方面既较飞卿为主观而且个性鲜明，而另一方面他却又不似端己之拘狭落实，读正中词会使人觉得其所写的情意境界虽同样真切感人，可是却又并不为现实之情事所拘限，而可以令读者更产生较深、较广之联想，这是正中词之一大特色。其所以然者，我以为那乃是由于端己所写者但为现实中感情之事迹，而正中所写则是不为现实所拘限的一种纯属于心灵所体认的感情之境界的缘故。读端己词，如其《女冠子》之"四月十七，正是去年今日，别君时"，及"昨夜夜半，枕上分明梦见，语多时"，与《荷叶杯》之"记得那年花下，深夜，初识谢娘时"诸作，以及前面说端己词时所举的《菩萨蛮》五首，其中情事都是时地分明、其中有人呼之欲出的作品，虽然真切感人，而却全以分明之事迹为主，因而乃不免为这些现实的事迹所拘限，而不能引发读者更自由更丰美的联想。而正中词则不然，正中词如其《鹊踏枝》之"秋入蛮蕉风半裂，狼藉池塘，雨打疏荷折"三句，虽然写的也是眼前园庭之景物，然而却能给予读者一种并不为景物所拘限的时序惊心、众芳芜秽的对整个人生之悲慨的联想。又如其另一自《鹊踏枝》之"心若垂杨千万缕，水阔花飞，梦断巫山路"三句，所写的虽然也是相思离别的情事，然而却也并不为某人某事所拘限，而能令读者读之兴起一种属于所有有情之人所同具的、虽在隔绝失望之中而相思之情依旧、此心难已的共感。我们从这些例证都可看到正中所写的已不仅是现实中有拘限的景物情事而已，而是由这些景物情事所唤起或所象喻的、包容着对人生有着综合性体认的某种更为丰美的意境。因此，我说正中词所写的已不仅是有拘限的感情之事迹，而是意蕴更为丰美的一种具有综合性体认的感情之境界。我想这也正是《人间词话》之所以说"正中词虽不失五代风格而堂庑特大"，及"温、韦之精艳，所以不及正中，意境有深浅也"，而且以"深美闳约"四个字的赞语独许之于正中的缘故。而且《人间词话》在另一则评语中亦曾引正中词之"百草千花寒食路，香车系在谁家树"二句，以为有诗人"忧世"之意，益可见《人间词话》之所以称赞正中词之"堂庑特大"、意境深美，乃是他的词不为现实所拘限，因而可以使读者自联想而体认到一种更为深广之境界的缘故。

以上乃是就意境方面之特色而言。至于就风格方面而言，则从前面所举的《人间词话》来看，其所标举的特色约有两点：其一是"和泪试严妆"五字的评语，"严妆"是浓丽，而"和泪"则是哀伤，透过浓丽的彩色来表现悲哀，这正是正中词的特色。如其《采桑子》词之"斜月朦胧，雨过残花落地红"，及"惆怅墙东，一树樱桃带雨红"，与"忍更思量，绿树青苔半夕阳"诸句，便都是以极浓丽之笔写悲凉的词句，正如女子之有"和泪"之悲，而偏作"严妆"之丽。其实这种"和泪""严妆"的特色，还不仅只是正中词外表风格在色泽方面的特色而已；正中词在意境方面也是一方面有着如"严妆"一般的浓烈执着之情，而一方面却又有着"和泪"的悲哀愁苦，如其《采桑子》词之"如今别馆添萧索，满面啼痕，旧约犹存、忍把金环别与人"及"绣户慵开，香印成灰，独背寒屏理旧眉"诸句，其所表现的就是纵然"满面啼痕""香印成灰"，而依然有着"珍重金环""旧眉重理"的执着浓烈之情，而且正中风格之以浓丽表现悲凉，也就正是正中之虽然悲苦而依然浓烈执着的情意的一种外现，二者原是相成的一体之表现。《人间词话》以"和泪试严妆"一句评正中之词品，确是非常有见地的。除此以外，《人间词话》又说正中词中的某句虽韦苏州、孟襄阳不能过，而且举韦之"流萤度高阁"及孟之"疏雨滴梧桐"与正中之"高树鹊衔巢，斜月明寒草"相比较。说到韦、孟之风格，二家原各有其精微繁复的多方面之成就，非本文所暇详论，而如果仅就词话所举的二句诗例来看，则不过只是他们俊朗高远一类的作品而已，这一类风格与前面所说的"和泪试严妆"之于浓丽中见悲凉的风格当然并不相同，可是正中词却往往于其一贯之浓丽而哀伤的风格中，有时忽然流露出一二句俊朗高远的神致来，如其《抛球乐》词之"坐对高楼千万山，雁飞秋色满阑干"及"霜积秋山万树红，倚岩楼上挂朱栊"诸句，便都极有俊朗高远之致。总之，正中在情意方面自有其哀伤执着的深厚的一面，可是发而为词却又自有其浓丽的色泽与俊朗的风致。而且这二种意境和风格，且曾分别影响了北宋初期的二位词人，刘熙载《艺概》即曾云："冯延巳词，晏同叔得其俊，欧阳永叔得其深。"晏同叔的词以俊朗的风神取胜，欧阳修的词则以深婉的意致取胜，他们所得的正都是正中之一体。而且大晏与欧阳二人的风格虽异，可是他们在意境方面所表现的，却又正都是如我在前面论正中之意境所说，不是仅拘限于感情之事迹，而是表现有某种可以予读者以启发联想的感情之境界的[①]。读大晏及欧阳的词也往往使读者能体会到一种更深更广之意蕴，这一点与正中词亦正复相似，因此《人间词话》不仅说其"堂庑特大"，且云"开北宋一代风气"。可见王国维先生之论词是确有其过人之识见的。

以上都只不过是概说而已，下面就让我们举几首正中词为例证，来试加研析：

### 鹊踏枝　二首

谁道闲情抛弃久？每到春来，惆怅还依旧。日日花前常病酒，不辞镜里朱颜瘦。　河畔青芜堤上柳，为问新愁，何事年年有？独立小桥风满袖，平林新月人归后。

---

① 可参看拙著《迦陵谈词》中《大晏词之欣赏》一文。

梅落繁枝千万片,犹自多情,学雪随风转。昨夜笙歌容易散,酒醒添得愁无限。　　楼上春山寒四面,过尽征鸿,暮景烟深浅。一晌凭栏人不见,鲛绡掩泪思量遍。

### 抛球乐 一首

酒罢歌余兴未阑,小桥流水共盘桓。波摇梅蕊当心白,风入罗衣贴体寒。且莫思归去,须尽笙歌此夕欢。

我们先看《鹊踏枝》词二首。在正中的《阳春集》中,共收有《鹊踏枝》词十四首。清末的一位词人王鹏运曾经依次全部和过这十四首词,而且前面还曾写有一篇短序,说:"冯正中《鹊踏枝》十四阕,郁伊惝恍,义兼比兴,蒙耆诵焉。"[①] 可见正中这十四首词之为人所重视。因此,我乃选取了其中的二首作为例证。关于正中之《鹊踏枝》词,有两点是必须辨明的:其一乃是在这十四首词中,有四首词亦见于欧阳修的《六一词》,其中一首且又见于晏殊的《珠玉词》,调名题为《蝶恋花》(按即《鹊踏枝》之别名)。因此要想解说这十四首词,第一要辨明的就是其中重见于别家词集的作品究竟作者谁属的问题。我在前面已曾说过,大晏与欧阳各得正中之一体,虽然三家的风格有相似之处,然而如果仔细分别,还是可以体认出其间的差别来。我以前在《大晏词之欣赏》一篇小文中,曾经分析过三家对感情之处理的方式之不同,说正中所表现的乃是"执着的热情",欧阳所表现的乃是"豪宕的意兴",而大晏所表现的则是"旷达的怀抱"。这种分别,本文不暇举三家词详加论述,现在只就我们前面所举的二首《鹊踏枝》来看:"梅落繁枝"一首,唯见于《阳春集》,不见于他家词集,则其为正中作品自无可疑;至于"谁道闲情"一首,则亦见于欧阳修之《六一词》,然而观其风格语气,似当为正中之作,故一般选本多以之归属于正中。郑骞《词选》曾加论述曰:"冯、欧两家互见之作甚多,无从

---

① 见王鹏运《半塘定稿》卷一。

确定。若以风格论，则冯词深婉者多，笔致较轻；欧词豪宕者多，笔致较重。此词似冯而不似欧。"所言极有见地。所以要解说正中《鹊踏枝》词，先要确定互见之作的作者谁属，这乃是第一点须要辨别清楚的。至于第二点须要辨明的，则是正中之《鹊踏枝》词究竟有无托意，与正中之为人究竟如何的问题。冯煦《阳春集》序云："翁俯仰身世，所怀万端，缪悠其词，若显若晦，揆之六义，比兴为多，若《三台令》《归国谣》《蝶恋花》（按即《鹊踏枝》）诸作，其旨隐，其词微，类劳人思妇，羁臣屏子，郁伊惝怳之所为。"又云："周师南侵，国势岌岌，中主既昧本图，汶暗不自强……翁负其才略，不能有所匡救，危苦烦乱之中，郁不自达者，一于词发之。"张尔田《曼陀罗龛词》序亦云："正中身仕偏朝，知时不可为，所作《蝶恋花》诸阕，幽咽惝怳，如醉如迷，此皆贤人君子不得志发愤之所为作也。"① 饶宗颐的《〈人间词话〉平议》也曾经说："予诵正中词，觉有一股莽莽苍苍之气，《鹊踏枝》数首尤极沉郁顿挫。"又云："语中无非寄托遥深，非冯公身份不能道出。"而且更分别摘取正中《蝶恋花》词之断句，加以诠释云："'不辞镜里朱颜瘦'，鞠躬尽瘁，具见开济老臣怀抱；'为问新愁，何事年年有'，则进退亦忧之义；"独立小桥'二句，岂当群飞刺天之时而能自保其贞固，其初罢相后之作乎？另一首'惊残好梦'，似悔讨闽兵败之役；'谁把钿筝移玉柱'，则叹旋转乾坤之无人矣。"② 以上诸说，都是以正中词为有寄托之作，且对其为人加以赞美者。此外如清代之张惠言、陈廷焯诸人则是一方面既以比兴托意说正中词，而另一方面却又对其为人颇致讥议，如张氏《词选》评正中之《蝶恋花》词就是既称其"忠爱缠绵，宛然《骚》《辨》之义"，却又诋毁其为人说："延巳为人专蔽嫉妒，又敢为大言。"陈氏《白雨斋词话》也是一方面既称其《蝶恋花》词"情词悱恻，可群可怨"，又称其"谁道闲情"一

---

① 见《沧海遗音集》，《疆邨遗书》本。
② 饶宗颐：《〈人间词话〉平议》，见何志韶编《人间词话研究汇编》，台湾巨浪出版社，1975。

首之上半阕云"始终不渝其志，亦可谓自信而不疑，果毅而有守矣"，又云"忠爱缠绵已臻绝顶"。可是另一方面却也诋毁其为人说："然其人亦殊无足取，尚何疑于史梅溪耶？诗词不尽能定人品，信矣。"综观以上各说，诸家对正中人品之评论，无论其为誉为毁似皆不免有过分之处，而且必欲以托意比附时事解说诸词，似亦不免有过于沾滞之处。关于正中词之容易被视为有所托意之作，我想那正因为如我在前面所说，乃是正中词所写的原是一种有综合性体认的感情之境界，因此易于引起读者更深、更广之联想的缘故，但读者却不必因一时之联想而为之比附立说，此其一；再者，关于正中之为人，也不必纷纷毁誉，正中只是一个生而就具有悲剧命运的不幸人物而已，其与南唐之朝廷政党之间的一切恩怨功过，都只是环境与个性相凝聚而成的必然结果。据夏承焘之《冯正中年谱》，正中为广陵人，其父冯令颓在南唐烈祖时曾官至吏部尚书，因此无论就其所生之地域与其所生之家庭的种种背景来看，正中之出仕南唐，几乎都可以说是一件命运注定了的事。况且正中又是一位不甘寂寞的才辩之士，史称其"有词学，多伎艺"，又谓其"学问渊博，文章颖发，辩说纵横，如倾悬河暴雨"，自二十余岁"白衣见烈祖，起家授秘书郎"，"使与元宗游处"。元宗就是中主李璟，其后烈祖篡吴自立，中主李璟被封吴王，为元帅，后又徙封齐王，而正中则一直都是担任元帅府掌书记的职务。及中主璟嗣位，正中遂自元帅府掌书记拜谏议大夫、翰林学士，迁户部侍郎，仕至同平章事，正中与南唐朝廷关系之密切可知，而南唐则是一个注定了要走向败亡的偏朝小国，一个人生于必亡之国土，仕于必亡之朝廷，而又身居宰相之高位，这岂不是一桩命定的悲剧？而正中不幸地就正是如此的一个悲剧人物，更何况正中原来就具有执着而自信的个性，而南唐又是一个充满党争攻讦的朝廷，以固执的个性，遭遇到朋党的攻伐，又肩负着国家安危的重任，则其心情上所负荷的沉重也是可以想见的了。关于正中之为人，夏承焘所编《年谱》已曾对之考辨甚详，云"宋人野记之述南唐事者……除《钓矶立谈》外，无有苛论正中者"，"《立谈》，乃史虚白之次子作……于宋（齐丘）党诸人，斥贬至严……遂并及正中"，他书皆"与《立谈》大异"，"此其一"；正中之于中主，不过"以旧恩致显"，"此其二"；"晚年历为平恕，马《书》《传》称其救萧俨为'裴冕损怨，无以复加'"，"此其三"。"合此以推，正中之为人可知，其余爱憎之私，朋党之词，不可尽信"，夏氏之说是颇为持平的论断。而清代之张惠言、陈廷焯诸人，在论到正中词时，则惑于旧说，对正中颇多不满之词。其实姑不论正中之为君子抑为小人，总之他既负荷着一个偏朝小国的安危重任，又负荷着满朝朋党的诋毁攻讦，这样的一个悲剧人物，他内心的彷徨迷乱、抑郁悲愤乃是可以想见的，而他的词中，往往就正表现着他这一份彷徨迷乱、抑郁悲愤的心情，而且洋溢着寂寞的悲凉与执着的热情，这正是正中整个命运整个性格与他周围的环境遭遇所凝结成的一种意境。这种意境当然会有"深美闳约"的含蕴，既不同于飞卿之徒供歌唱的不具个性的艳曲，也不同于端己之但拘于某一人某一事的个人一己的情诗；正中词所写的乃是一种以全心灵及全生命的感受和经历所凝聚成的一种感情的境界，这种境界已非任何一事一物之所可拘限。论正中词，如果只注意于其为君子抑为小人之争辩，或者只注意于其某词有某种托意，某句指某一史实的附会，也许反而是浅之乎视正中了。现在就让我们暂时把前人的说法抛在一边，直接从上面的几首词中去体会一下正中词之意境。

先看第一首《鹊踏枝》词，首句"谁道闲情抛弃久"，虽然仅只七个字，却写得千回百转，表现出对感情方面挣扎所作的努力，正中之沉郁顿挫与端己之以劲直真切取胜者可以说是迥然相异。先说"闲情"，仅此二字便已不同于端己之"去年今日"的"别君"，与"那年花下"的"初识"，端己的悲哀是有事迹可以确指的，而正中的"闲情"则是无端涌起的一种情思，是不可确指的，可确指的情事是有限度的，不可确指的情意是无限度的。昔魏文帝乐府诗有句云"高山有崖，林木有枝，忧来无方，人莫之知"，这种莫知其所自来的闲情才是最苦的，而这种无端的闲情对于某些多情善感的诗人而言，却正是如同山之有崖、木之有枝一样与生俱来而无法摆脱的。可是正中却于"闲情"二字之后，偏偏用了"抛弃"两个字，"抛弃"正是对"闲情"有意寻求摆脱所作的挣扎，而且正中还在后面又用了一个"久"字，足见其致力于寻求摆脱的挣扎之久，而正中却又在"闲情抛弃久"五个字的前面，先加上了"谁道"两个字，"谁道"者，原以为可以做到，而谁知竟未能做到，故以"谁道"二字反问之语气出之，有此二字，于是下面"闲情抛弃久"五字所表现的挣扎努力就全属于徒然落空了。于是下面乃继之以"每到春来，惆怅还依旧"，上面着一"每"字，下面着一"还"字，再加上后面的"依旧"两字，已足见此惆怅之永在长存，而必曰"每到春来"者，春季乃万物萌生之候，正是生命与感情醒觉的季节，而正中于春心觉醒之时，所写的却并非如一般人之属于现实的相思离别之苦，而只是含蓄地用了"惆怅"二字，"惆怅"者，内心中恍如有所失落又恍如有所追寻的一种极迷惘的情意，不像相思离别之拘于某人某事，而却是较之相思离别更为寂寞、更为无奈的一种情绪。既然有此无奈的惆怅，而且曾经过抛弃的挣扎努力之后而依然永在长存，于是三四两句乃径以殉身无悔的口气，说出了"日日花前常病酒，不辞镜里朱颜瘦"两句决心一意负荷的话来。"花前"之所以"常病酒"者，杜甫《曲江》诗说得好，"且看欲尽花经眼，莫厌伤多酒入唇"，对此易落的春花，何能忍而不更饮伤多之酒？此"花前"之所以"常病酒"也。上面更着以"日日"两字，可见春来以后此一份惆怅之情之对花难遣，故唯有"日日"饮酒而已，曰"日日"，弥见其除饮酒外之无以度日也。至于下句之"镜里朱颜瘦"，则正是"日日病酒"之生活的必然的结果。曰"镜里"，自有一份反省惊心之意，而上面却依然用了"不辞"二字，昔《离骚》有句云"虽九死其犹未悔"，"不辞"二字所表现的就正是一种虽殉身而无悔的情意。我在前面曾说正中词往往表现的乃是一种感情之境界，这首词上半阕所写的这种曾经过"抛弃"的挣扎，曾有过"镜里"的反省，而依然殉身无悔的情意，便正是正中词中所经常表现的意境之一，而此种顿挫沉郁的笔法，恼悦幽咽的情致，也正是正中所常用的笔法，所常有的情致。下半阕"河畔青芜堤上柳"，这首词中实在只有这七个字是完全写景的句子，而这七个字实在又并不是真正只写景物的句子，不过只是以景物为感情的衬托而已。所以虽写春来之景，而更不写繁枝嫩蕊的万紫千红，而只说"青芜"，只说"柳"。"芜"者，丛茂之草也，"芜"的青青草色既然遍接天涯，"柳"的缕缕柔条更是万丝飘拂，这种绿遍天涯的无穷的草色，这种随风飘拂的无尽的柔条，它们所唤起的，或者所象喻的，该是一种何等绵远纤柔的情意。而这种草色柔条又不自今日方始，年年的河畔草青，年年的堤边柳绿，则此一分绵远纤柔的情意岂不也就年年与之无尽无穷？所以接下去就说了"为问新愁，何事年年有"二句，正式从年年的芜青柳绿写到"年年有"的"新愁"。但既然是"年年有"的"愁"，何以又说是"新"？则此词开端时正中已曾说过"闲情抛弃久"的话，经过一段"抛弃"的日子，重新又生起来的"愁"，所以说"新"，此其一；再则此愁虽旧，而其令人惆怅的感受则敏锐深切岁岁常新，故曰"新"，此其二。至于上面用了"为问"二字，下面又用了"何事"二字，造成了一种强烈的疑问语气，如与此词第一句问话"谁道闲情抛弃久"七字合看，从欲抛弃"闲情"而问其何以未能，到现在再问其新愁之何以年年常有，有反省的自问而依然不能自解，这正是正中一贯用情的态度与写情的笔法。而于此强烈的问句之后，正中却忽然荡开笔墨更不作任何回答，而只写下了"独立小桥风满袖，平林新月人归后"的身外的景物情事，然而仔细玩味，则这十四个字，实在乃是写惆怅之情写得极深的两句词，试观其"独立"二字，已是寂寞可想，再观其"风满袖"三字，更是凄寒可知，又用了"小桥"二字则其立身之地的孤零无所荫蔽亦复如在目前，而且"风满袖"一句之"满"字，写风寒袭人，也写得极饱满有力，在如此寂寞孤零无所荫蔽的凄寒之侵袭下，其心情之寂寞凄苦已可想见，何况又加上了下面的"平林新月人归后"七个字，曰"平林新月"，则林梢月上，夜色渐起，又曰"人归后"，则路断行人已是寂寥人定之后了。从前面所写的"河畔青芜"之颜色鲜明来看，应该乃是白日之景象，而此一句则直写到月升人定，则诗人承受着满袖风寒在小桥上独立的时间之长久也可以想见了。清朝的诗人黄仲则曾有诗句云"如此星辰非昨夜，为谁风露立中宵"，又曰"独立市桥人不识，一星如月看多时"。如果不是内心中有一份难以安排解脱的情绪，有谁会在寒风冷露中于小桥上直立到中宵呢？正中此词所表现的一种孤寂惆怅之感，既绝不同于飞卿之冷静客观，也绝不同于端己之属于现实的离别相思，正中所写的乃是内心中一种长存永在的惆怅哀愁，而且充满独自担荷着的孤寂之感，即此一词已可看出正中词意境之迥异于温、韦了。

其次，我们再来看第二首《鹊踏枝》，此词开端"梅落繁枝千万片，犹自多情，学雪随风转"。仅只三句，便写出了所有有情之生命面临无常之际的缱绻哀伤，这正是人世千古共同的悲哀。首句"梅落繁枝千万片"，颇似杜甫《曲江》诗之"风飘万点正愁人"矣，然而杜甫在此七字之后所写的乃是"且看欲尽花经眼"，是则在杜甫诗中的万点落花不过仍为看花之诗人所见的景物而已。可是正中在"梅落繁枝"七字之后，所写的则是"犹自多情，学雪随风转"，是正中笔下的千万片落花已不仅只是诗人所见的景物，而俨然成为一种殒落的多情生命之象喻了。而且以"千万片"来写此一生命之殒落，其意象乃是何等缤纷又何等凄哀！既足可见殒落之无情，又足可见临终之缱绻。所以下面乃径承以"犹自多情"四字，直把千万片落花视为有情矣。至于下面的"学雪随风转"，则又颇似李后主词之"落梅如雪乱"，可是后主的"落梅如雪"，也不过只是诗人眼前所见的景物而已，是诗人见落花之如雪也。可是正中之"学雪随风转"二句，则是落花本身有意去学白雪随风之飘转，是其本身就表现着一种多情缱绻的意象，而不仅只是写实的景物而已了，这正是我在前面之所以说正中所写的不是感情之事迹而是感情之境界的缘故。所以上三句虽是写景，却构成了一个完整而动人的多情之生命殒落的意象。下面的"昨夜笙歌容易散，酒醒添得愁无限"二句，才开始正面叙写人事，而又与前三句景物所表现之意象遥遥相应，笙歌之易散正如繁花之易落。花之零落与人之分散正是无常之人世之必然的下场，所以加上"容易"两个字，正如晏小山词所说的"春梦秋云，聚散真容易"也。面对此易落易散的短暂无常之人世，则有情生命之哀伤愁苦当然乃是必然的了，所以落花既随风飘转表现得如此缠绵多情，而诗人也在歌散酒醒之际添得无限哀愁矣。"昨夜笙歌"二句虽是写的现实之人事，可是在前面"梅落繁枝"三句景物所表现之意象的衬托下，这二句便俨然也于现实人事外有着更深更广的意蕴了。下半阕开端之"楼上春山寒四面"，正如前一首《鹊踏枝》之"河畔青芜"，也是于下半阕开端时突然荡开作景语，正中词往往忽然以闲笔点缀一二写景之句，极富俊逸高远之致，这正是《人间词话》之所以从他的一贯之"和泪试严妆"的风格中，居然看出了有韦苏州、孟襄阳之高致的缘故。可是正中又毕竟不同韦、孟，正中的景语于风致高俊以外，其背后往往依然还是含蕴着许多难以言说的情意。即如前一首之"河畔青芜堤上柳"，表面原是写景，然而读到下面的"为问新愁，何事年年有"二句，才知道年年的芜青柳绿原来就正暗示着年年在滋长着的新愁。这一句的"楼上春山寒四面"，也是要等到读了下面的"过尽征鸿，暮景烟深浅"二句，才体会出诗人在楼上凝望之久与怅惘之深。而且"楼上"已是高寒之所，何况更加以四面春山之寒峭，则诗人之孤寂凄寒可想，而"寒"字下更加上了"四面"二字，则诗人的全部身心便都在寒意的包围侵袭之下了。以外表的风露体肤之寒，写内心的凄寒孤寂之感，这也正是正中一贯所常用的一种表现方式，即如前一首之"独立小桥风满袖"，此一首之"楼上春山寒四面"，及下一首之"风入罗衣贴体寒"，便都能予读者此种感受和联想。接着说"过尽征鸿"，不仅写出了凝望之久与瞻望之远，而且征鸿之春来秋去，也最容易引人想起踪迹的无定与节序的无常。而诗人竟在"寒四面"的"楼上"，凝望这些飘泊的"征鸿"直到"过尽"的时候，则其中心之怅惘哀伤不言可知矣。然后承之以"暮景烟深浅"五个字，暮景者，日暮之景色也，然则日暮之景色究竟何有？则远近之暮烟耳。"深浅"二字，正写出暮烟因远近而有浓淡之不同，既曰"深浅"，于是而远近乃同在此一片暮烟中矣。这五个字不仅写出了一片苍然的暮色，更写出了高楼上对此苍然暮色之人的一片怅惘的哀愁。于此，再反顾前半阕的"梅落繁枝"三句，因知"梅落"三句，固当是歌散酒醒以后之所见，而此"楼上春山"三句实在也当是歌散酒醒以后之所见，不过"梅落"三句所写花落之情景极为明白清晰，故当是白日之所见，至后半阕则自"过尽征鸿"一句表现着时间消逝之感的四个字以后，便已完全是日暮的景色了。从白昼到日暮，诗人何以竟在楼上凝望至如此之久呢？于是结二句之"一晌凭栏人不见，鲛绡掩泪思量遍"便完全归结到感情的答案来了。"一晌"二字，据张相《诗词曲语辞汇释》云"一晌，指示时间之词，有指多时者，有指暂时者"，引秦少游《满路花》词之"未知安否，一晌无消息"，以为乃"许久"之义，又引正中此句之"一晌凭栏"以为乃"霎时"之义。私意以为"一晌"有久暂二解是不错的，但正中此句当为"久"意并非"暂"意，张相盖未仔细寻味此词，故有此误解也。综观此词，如上所述，既自白昼景物直写到暮色苍然，则诗人凭栏的时间之久当可想见，故曰"一晌凭栏"也，至于何以凭倚在栏杆畔如此之久，那当然乃是内心中有一种期待怀思的感情的缘故，故继之曰"人不见"，是所思终然未见也。如果是端己写人之不见，如其《荷叶杯》之"花下见无期""相见更无因"等句，其所写的便该是确实有他所怀念的某一具体的个人，而正中所写的"人不见"，则大可不必确指，正中所写的乃是内心寂寞之中常如有所期待怀思的某种感情之境界，这种感情可以是为某人而发的，但又并不使读者受任何现实人物的拘限。我之所以敢作如是说者，只因为端己在写"人不见"时，同时所写的乃是"记得那年花下"及"绝代佳人难得"等极现实的情事。而正中在写"人不见"时，同时所写的则是春山四面之凄寒与暮烟远近之冥漠，则是一片全属于心灵上的怅惘孤寂之感。所以我说正中词中"人不见"

之"人"是并不必确指的。可是人虽不必确指,而其期待怀思之情则是确有的,故结尾一句乃曰"鲛绡掩泪思量遍"也。"思量"而曰"遍",可见其怀思之情的始终不解;又曰"掩泪",可见其怀思之情的悲苦哀伤,至于"鲛绡",则用物以掩泪之巾也。据《述异记》云,鲛绡乃南海鲛人所织之绡,而鲛人则眼中可以泣泪成珠者也,曰"鲛绡",一则可见其用以拭泪之巾帕之珍美,再则用泣泪之人所织之绡巾来拭泪,乃愈可见其泣泪之悲,故曰"鲛绡掩泪思量遍"也。全词至此,原已解说完毕,只是我在前面一直都以主观自我叙写之口吻来解说此词,假如此词果为正中之自叙,则正中乃是一位男士,而末句"鲛绡掩泪"之动作,乃大似女郎矣。其实正中此词,如我在前面所说,原来它所写的乃是一种感情之境界,而并未实写感情之事迹,全词都充满了象喻之意味,因此末句之为男子口吻抑为女子口吻实在无关紧要,何况美人香草之托意自古而然,"鲛绡掩泪"一句,主要的乃在于这几个字所表现的一种幽微珍美的悲苦之情意。这才是读者所当用心去体味的。这种一方面写自己主观之情意,而一方面又表现为托喻之笔法,与端己之直以男子之口吻来写所欢的完全写实之笔法,当然是不同的。

第三首我们所要看的乃是一首《抛球乐》。《阳春集》中共收了八首《抛球乐》,其中"尽日登高"一首,注云"别作和凝",然侯文灿刊名家词本并无此注,且《花间集》所收《和凝词》二十首中亦无此词,郑骞《词选》云:"《阳春集·抛球乐》八首风格一致,高华俊朗,非和凝所能到。"此八首《抛球乐》皆为正中之作,自无可疑。但本文因为篇幅及体例所限,不能全部加以选录解说,因此我只录了最为一般选本所常选的一首来作例子。此词开端"酒罢歌余兴未阑"一句,前四字是写两件事情的结束,而后三字却正暗示了另一些情事的开端。昔周济《词辨》评欧阳修《采桑子》一词之开端"群芳过后西湖好"一句云"扫处即生",也就是说一方面是结束而另一方面却正是开始的意思,正中此七字也正是如此。"酒罢歌余"者,是酒既饮罢歌亦听残，然而却又继之以"兴未阑"，是意兴犹有未尽也。于是诗人遂不得不为此难尽之意兴更觅一安顿排遣之所，因之乃有下一句之"小桥流水共盘桓"也。然而，饮酒听歌是何等热闹欢欣的场面，而小桥流水又是何等冷落凄清的所在，正中自如彼饮酒听歌的场面，因为意兴未阑而却转入如此冷落凄清之所，这是极耐人寻味的一件事，有此一转然后可知正中在听歌饮酒之意兴中，原来就自有其寂寞凄凉之一面心境，更可知正中在寂寞凄凉之心境中，有时却又自有其强求欢乐的一种意兴。正中词中往往表现有此二种相反衬之意境，如其《采桑子》词之或于"旧愁新恨知多少"之后，接写"更听笙歌满画船"，或于"满目悲凉"之后，接写"纵有笙歌亦断肠"，或于愁恨中翻更听歌，或于笙歌中转亦断肠，正中词每于耽溺之执着中作反省之挣扎，又于反省之挣扎中见耽溺之执着，所谓"和泪试严妆"，这种悲苦与欢乐之综错的表现，该也正是"和泪试严妆"所代表的另一种境界吧？而这也正是此词于"酒罢歌余兴未阑"之后，当下便转入了"小桥流水共盘桓"的缘故。"盘桓"者，徘徊不去之意，昔陶渊明《归去来辞》有"抚孤松而盘桓"之语，证之于渊明诗之往往托孤松以自喻，则渊明之所以抚孤松而徘徊不去者，岂不因其内心深处与此孤松正有一份戚戚之共感？如今正中乃欲与小桥流水共此盘桓，夫"小桥"是何等孤伶无可荫蔽的所在，"流水"更象喻着何等凄寒而长逝的悲哀。而且"桥"之为物，乃是供人来往之用，并非供人长久盘桓之所在，而今正中于"酒罢歌余"之际，乃竟盘桓于"小桥"之上，欲共此"流水"而徘徊不去，则其内心于追欢寻乐之后的孤寒百无聊赖可知。继之以下二句之"波摇梅蕊当心白，风入罗衣贴体寒"，则盘桓之际孤寒百无聊赖中之所见所感也。"梅蕊"自然指梅树上之花蕊，然而既是树上之花蕊，又何以能被水波摇动？或以为梅蕊乃指已落在水中之梅花，这实在乃是误解，一则因为"蕊"乃指含苞初放之花朵，杜甫《江畔独步寻花》诗"嫩蕊商量细细开"一句可以为证，是"梅蕊"不指已落之花者一也；再则自下面的"当心白"三字来看，"白"字自当指花蕊之色，"当心"则为正当波心之意，如果是落在水中的花蕊，则零落散漫随波流逝，如何能把花蕊之白色只留在波心，此"梅蕊"之不指已落之花者二也。但既非落花，则树上之花蕊又何以会在波中摇动？则杜甫之《渼陂行》有句云："半陂以南纯浸山，动影袅窕冲融间"，浸在水中之山影既可以随波摇动，则浸在水中的花影当然更可以随波摇动了，所以说"波摇梅蕊"其随波摇动者正为梅蕊之倒影，而并非落花可知。这正是其所以能只留在波心而并不随流水以俱逝的缘故。而梅蕊之倒影则是白色的，故曰"当心白"，此三字正写梅花倒映在水中所呈现在波心之一片白色的摇动的光影，以上只不过是把本句的文字及其所写的景物略作说明而已，其实此句真正之好处乃在于写景之外所表现之由此景物所唤起及所象喻着的一种内心之境界。试想一片白色的光影动摇在波心的水中，白色的凄寒与光影的动荡迷茫，其所唤起及所象喻着的诗人内心中之凄寒迷惘的感觉该是何等深切，因此说"波摇梅蕊当心白"，明明写出"当心"二字来，正足以表现此摇动之一片白色之自波心直动荡到诗人之内心，是诗人之心中亦正复有此迷惘凄寒的动摇之一片白色也。这是极有神致的一句好词，所写正不仅眼前景物而已，而是由眼前景物所唤起和象喻的一种内心之境界，这正是正中词的独到之处。王氏四印斋刻本《阳春集》于"当"字下注云："别作伤。""伤心白"三字，也未始不好，一则"伤心"二字双声，恰好与下一句"贴体"二字之双声相对，再则"波摇梅蕊""白"五字都是写景，加上"伤心"二字写情，一如世所传李白之《菩萨蛮》词"平林漠漠"一首之"寒山一带伤心碧"，使人读之大有情景交融之感，所以作"伤心白"似亦原无不可。唯是除四印斋本有此注语外，其他诸本及选本仍以作"当心白"者为多，而且"伤心白"三字之好处，乃是容易讲出来的；而"当心白"三字之好处则是不容易讲出来的，"当心白"三字虽不明言"伤心"，而自彼波心映入诗人心目中之一片光影摇动，似乎却更富于惝恍迷离之感，这是我之所以选取了"当心白"三字，而且不惜辞费来加以解说的缘故。至于下一句"风入罗衣贴体寒"表面上也只是写桥上之风寒直透人衣而已，然而试看这一句所用的"风入"的"入"字及"贴体"的"贴"字，都是用得何等有力而深切的字样，而且"罗衣"的"罗"字所显示的又是何等不能御风的单寒，总之此句所表现的乃是无可抵御的全身的寒冷之感，而这种全身的寒冷之感也是有着某种象喻的意味的。也就是说这种寒冷之感并非全由于外界之因素，而是由于诗人之内心中本来就有着这一种为寒冷所浸透的感觉的，所以此句所写的实在不仅只是身体之寒冷，而实在也是心灵的凄寒之感。至于如何来判断一般诗人所写的寒冷之感是仅属于身体的现实的寒冷，抑或更有着象喻意味的属于心灵的凄寒之感，我想这该是从诗人叙述的口吻中可以体味得到的。如以杜甫《月夜》一诗之"香雾云鬟湿，清辉玉臂寒"二句，与杜甫另一首《佳人》诗之"天寒翠袖薄，日暮倚修竹"二句相较，则前二句杜甫所写的乃是遥想他的妻子于月夜怀念良人之时在月光与雾气之下的肌肤的寒冷，虽然言外也有着凄清寂寞的意味，但那仍不过只是属于环境所造成的一时的凄清而已；至于后二句则是遥想一位乱离之后家人死丧又为良人所抛弃的佳人单寒翠袖、倚竹伶仃的情境，这二句的天寒袖薄，就俨然有着某种象喻的意味，而不仅只是写现实的肌肤之寒而已了。再如李义山《端居》一诗之"远书归梦两悠悠，只有空床敌素秋"二句，虽然在句中并未言明寒字，然而"素秋"二字所暗示的萧索寒冷之感是极为明显的，再加之上句所写的"远书""归梦"两俱"悠悠"，是心灵与感情之全无依傍可知，所以素秋一句乃说"只有空床"来"敌"素秋了，"敌"字乃是抵御之意，是则义山所用以抵御此萧索寒冷之素秋的只剩有一张"空床"而已，"床"而着一"空"字，是极言其丝毫无可用以抵御之物也，义山所写的无可抵御的萧索寒冷之感，就也不仅只是现实身体之寒冷而已，而乃是有着象喻意味的属于心灵的某种为寒冷所侵袭而无法抵御的感觉。正中此句"风入罗衣贴体寒"就是把这种属于内心中之寒冷无法抵御的感觉写得极深切的一句词。如果把此句与上一句之"波摇梅蕊当心白"合看，才更可体味出正中所写的内心中之一片迷惘凄寒，是何等"当心""贴体"的悲凉无奈。而在这两句小桥流水的盘桓所唤起的悲凉无奈之感以后，正中却忽然掉转笔来重写对欢乐的追寻，而且极执着地写下了"且莫思归去，须尽笙歌此夕欢"的句子，遥遥与开端之"酒罢歌余兴未阑"七字更相呼应，不仅笔法有顿挫往复之致，而且用字也用得极为曲折沉郁，如上一句"且莫思归去"之"且莫"二字，与下一句"须尽笙歌此夕欢"的"须尽"二字，可以说都是经过感情的挣扎然后盘郁而出的。"且莫"者，暂且不要之意也，说"暂时"不要归去是明知其终必要归去也，而犹作此"且莫"之挣扎，岂不因归去以后之孤寂悲凄，较之此际小桥流水之波摇、风入的迷惘凄寒有更为难耐者在，这是第一层盘郁；至于"须尽"则是一定要做到终尽之意，至其所欲尽者则是笙歌之欢乐，然而此词开端却又明明已先写出过"酒罢歌余"的字样，而且中间曾经过一段小桥流水的波摇风入的盘桓，则结尾之所谓"须尽""欢"者，其为悲苦孤寂中强欲寻欢之心境分明可知，而却仍以"须尽"字样，说是一定要做到尽欢，这种挣扎乃是第二层盘郁。这正是正中一贯用情和用笔的态度，如前所举第一首《鹊踏枝》词之自抛弃闲情之转入惆怅依旧，第二首《鹊踏枝》词之自已落繁花之转入犹自多情，便都是表现的这一种顿挫缠绵悄悦抑郁的境界。读正中词虽不能使读者确知其情事之究竟何指，而读之者却自然会兴起一种难以自解的无可奈何的怅惘哀伤之感，其意蕴之深厚曲折，确实是难以作明白之言说的。这正是正中词之所以独被《人间词话》赞许为"深美闳约"的缘故。

从以上所举的三首例证，我们已可明白看到，正中词所表现的乃正如我在前面所说的，是一种"感情之境界"，而且正中之感情的境界乃是曾经过反省挣扎的熬苦以后的一种无法解脱的执着，这种熬苦的过程中，更充满着寂寞的悲凉之感，而且以其执着的热情时时流露出浓丽的色泽，又以其悲凉之寂寞表现为闲远之风致，其内容是繁复而深美的，其过程是曲折而沉郁的。所以正中词使人读之自然会别有一种缠绵顿挫幽咽怅惋之感，这正是正中词最大的好处，也正是其特色之所在。如果以之与飞卿、端己二家相较，则飞卿之难解乃在于其不相连贯的名物的跳接，端己之难解则在于其似达而郁、似直而曲的从劲直中见深切的笔法，而正中之难解则全在于其所含蕴的一种"深美闳约"的难以言说的感情之境界。前二种难解乃是属于表现方式的难解，这毕竟乃是外表性的问题，是比较容易说明和掌握的，而且只要在掌握住重点加以说明后，一切困难就都可以迎刃而解了。而正中词则不然。正中词之难解乃是完全属于本质方面的难解。解说温、韦词只要把字句方面的跳接转折之处加以说明，就可以大致把他们的词的好处介绍出来了。正中词之难解不在于字句，所以仅作字句的说明，对于了解正中词乃是全然无益的一件事。要想了解正中词真正的好处，就一定要把其词中深厚丰美的意蕴介绍出来才可以。正中词之意蕴却又表现得如此幽咽怅惋不可确指，这才是最大的一个难题。昔陶渊明《饮酒》诗有"此中有真意，欲辨已忘言"之句，我对于解说正中词，亦复正有此感。正中词原是可以意会而并不易于言传的，因此我在解说正中词时乃不得不尝试用多方面的比较陪衬，以期能烘托出正中词之难以言传的意境，也就为了这个缘故，所以本文选录的正中词虽然仅有三首，而所占的篇幅却依然很多。

但愿能自这三首词中，使读者窥见正中词意境之一斑，而且能因此而辨识出一条欣赏正中词之门径，那本文的浪费笔墨，就并非全然无益了。总之，飞卿词乃是以客观唯美的态度所写的香艳的歌辞，端己乃是以主观抒情的态度所写的一己的情诗，而正中词则是虽以主观态度抒写，却又超乎一己现实之情事的某一种对人生有综合性体认的感情之境界。这种境界既不是现实的感情之事迹，也不是一时的感情之冲动，而是曾经过酝酿提炼后的一种境界，在主观抒写中带有浓厚的象喻意味，是一种更具有普遍性和永恒性的触及某种悲哀之本体的境界。由飞卿的歌辞转而为端己的情诗，再转而为正中的如此"深美闳约"的境界，这当然是晚唐五代词在意境方面的又一个重大的演进。

# 四、李后主

我们所要看的第四位词人乃是李后主。《人间词话》对于李后主之评语，较重要者有以下四则，其一是说"词至李后主而眼界始大，感慨遂深，遂变伶工之词而为士大夫之词。周介存置诸温、韦之下，可谓颠倒黑白矣。'自是人生长恨水长东'，'流水落花春去也，天上人间'，《金荃》《浣花》能有此气象耶"；其二是说"词人者，不失其赤子之心者也。故生于深宫之中，长于妇人之手，是后主为人君所短处，亦即为词人所长处"；其三是说"客观之诗人，不可不多阅世。阅世愈深，则材料愈丰富，愈变化，《水浒传》《红楼梦》之作者是也。主观之诗人，不必多阅世。阅世愈浅，则性情愈真，李后主是也"；其四是说"尼采谓：'一切文学，余爱以血书者。'后主之词，真所谓以血书者也。宋道君皇帝《燕山亭》词亦略似之。然道君不过自道身世之戚，后主则俨有释迦、基督担荷人类罪恶之意，其大小固不同矣"。上列四则评语中，有两段枝节之言颇易引起读者误会，是先要辨明的。前举第一则词话曾引"周介存置诸温、韦之下"的话，按周济《介存斋论词杂著》曾云："毛嫱、西施天下美妇人也。严妆佳，淡妆亦佳，粗服乱头不掩国色。飞卿，严妆也；端己，淡妆也；后主则粗服乱头矣。"如果只就这一段来看，则周介存对三位词人实在并未明加轩轾，只不过是说明三家词风格之不同而已，至其同为绝代之佳人则一也。因为一般说来，飞卿的风格乃是浓丽的，此周氏之所以用"严妆"为喻也；端己的风格则是清简的，此周氏之所以用"淡妆"为喻也；后主之风格则是真率自然的，此周氏之所以用"粗服乱头"为喻也，但要紧的乃是周介存在"粗服乱头"之下还加上了"不掩国色"四个字，粗服乱头而能不掩国色，这才更可以见出此一位佳人之丽质天成全无假乎容饰。周介存的评语原来亦自有其见地，只是"粗"与"乱"二字颇易引起人之误会，因此《人间词话》遂径谓介存置后主于温、韦之下，这是需要辨明的第一点。再则前举之第四则词话谓"后主之词真所谓以血书者也",又云"后主则俨有释迦、基督担荷人类罪恶之意",这一则词话也颇易引起读者之误会,有人以为词中之表现哀感,往往多用"泪"字而不用"血"字,因此以为《人间词话》之赞美后主词为"以血书者",乃是不合适的评语;也有人以为就宗教言之,则后主亦为罪人,何能比之于释迦、基督之担荷人类罪恶,因此这一则词话乃是不当的。其实《人间词话》的意思不过是一种借喻的说法而已。所谓"以血书"者,其实不过是说后主词所表现的情感,其哀伤真挚有如血泪凝铸而成,原非真指用"血"来书写或者用"血"字来表现的意思。再则所谓"担荷人类罪恶"亦不过喻言后主词中所表现者虽为其个人一己之悲哀,然而却足以包容了所有人类的悲哀,正如释迦、基督之个人一己而担荷了所有人类之罪恶,并非真谓后主有担荷世人罪恶之意也,这是需要辨明的第二点。以上两点既经辨明,现在我们就可以来看前面所举的四则词话之意义究竟何在了。这四则词话实在可以分作两方面来看,第一与第四两则乃是说后主词之眼界大感慨深,足以担荷人类共有之悲哀,是就其意境包容之大而言;而第二与第三两则,则是说后主不失赤子之心,生长于深宫之中,阅世甚浅,是就其经历识见之浅而言。这两点初看起来,似乎乃是互相矛盾的两件事,因为一个人既然阅世浅何以又能眼界大呢?既然不失赤子之心何以又能感慨深呢?但对后主而言,则这两方面乃是同样真实可信的,而且这两段话正恰好说出了后主词之两点最重要的好处。我们先从其阅世浅与不失赤子之心的一面来说,后主之为人与为词的最大的好处原来就在于他的真纯无伪饰。我尝以为中国历代诗人中最能以任真的态度与世人相见的,一个是陶渊明,另一个就是李后主。不过渊明之"真"乃是阅世甚深以后有着一种哲理之了悟的智慧性的"真",后主之"真"则是全无所谓阅历、更无所谓理性的纯情性的"真";渊明在任真中,仍然有着他自己的某种反省与节制的持守,后主之任真则是全无所谓反省与节制的任纵。渊明与后主之所以为"真"的内容虽然不同，然而他们之全然无所矫饰的以真纯来与人相见的一点，在基本上却是有着相似之处的。而且渊明在六朝诗之演进的文学史方面的成就，以及后主在五代词之演进的文学史方面的成就，都是具有超时代的意义的。渊明的诗不是六朝诗所能拘限的，后主的词也不是五代词所能拘限的。他们之所以能有如此超越时代的成就，我以为他们之不假矫饰、不计毁誉的任真的态度乃是极值得注意的一点因素。后主之纯真与任纵，我们可以从他的为人与为词中得到证明。我们试看后主在亡国以前之耽溺于享乐，在亡国以后之耽溺于悲哀；在大周后疾笃时，后主虽然伉俪情深，却依然不免与小周后有着"刬袜步香阶"的幽期密约；在亡国入宋以后，虽然自知身为阶下囚安危不自保，然而为词时既仍不免有"故国不堪回首"之句，在徐铉奉太宗命来见时又不免有"悔杀潘佑李平"之语：凡此种种皆足以见后主为人之任纵与纯真。至于就为词言之，则后人往往将后主词自亡国前后分为两期，以为亡国前的作品乃是香艳的，而亡国后的作品则是悲哀的，这从外表来看，原是不错的。然而却殊不知后主这两种不同的风格，原来却乃是同出于"任纵与纯真"之一源。后主在亡国前写闺情之直写到"微露丁香颗""笑向檀郎唾"；写幽会之直写到"一晌偎人颤""教君恣意怜"，固然乃是"任纵与纯真"之表现。而后主在亡国后写悲愁之直写到"一江春水向东流"，写故国之直写到"不堪回首月明中"，实在也同样是"任纵与纯真"之表现。我以前写《大晏词的欣赏》一文时，曾经将诗人试分为理性之诗人与纯情之诗人两类，说理性之诗人"其感情乃如一面平湖"，"虽然受风时亦复縠绉千叠，投石下亦复盘涡百转，然而却无论如何总也不能使之失去其含敛静止、盈盈脉脉的一份风度"，"此一类型之诗人自以晏殊为代表"。而现在我们所讨论的李后主则恰好是另一类型纯情之诗人的一位最好的代表。这一类诗人之感情，不像盈盈脉脉的平湖而却像滔滔滚滚的江水，一任其奔腾倾泻而下，没有平湖的边岸的节制，也没有平湖渟蓄不变的风度，这一条倾泻的江水，其姿态乃是随物赋形的，因四周环境之不同而时时有着变异，经过蜿蜒的涧曲，它自会发为撩人情意的潺湲，经过陡峭的山壁，它也自会发为震人心魄的长号，以最任纵最纯真的反应来映现一切的遭遇，这原是纯情诗人所有的特色。后主亡国前与亡国后的作品，其内容与风格尽管有明显的差异，而却同样是这一种任纵与纯真的映现，这是欣赏后主词所当具的最重要的一点认识。此外就后主词之用字造句而言，他的基本态度也是全以任纵与纯真为主的，摆落词华，一空依傍，不避口语，惯用白描，无论其为亡国前之作品或亡国后之作品，无论其为欢乐之辞或愁苦之语，都是同样以任纵与纯真为其基本之表现方式的，像这样一位表里如一的任纵与纯真的诗人，《人间词话》称其"不失赤子之心"，"阅世愈浅"，"性情愈真"，这当然乃是极有见地的评语。但另一方面《人间词话》却又评后主词为"眼界大""感慨深"，足以"担荷人类所有的罪恶"，这段话初看来似与前一段话相矛盾，但却是同样真实有见地的评语，后主就正是以他的赤子之心体认了人间最大的不幸，以他的阅世极浅的纯真的性情领受了人生最深的悲慨。这看似相反的两面，原来却正出于相同的一源，这是极有意味的一件事。我一直以为一个人对人世的接触和认识，可以有两种不同的角度和方式，一种是外延的，一种是内入的。外延的一型，其对于人世所得的体认乃是由于博大周至的观照；而内入的一型，其对于人世所得的体认，则乃是由于深刻真切的感受。理性诗人较近于前者，其诗之好处大半在于其所表现的一种圆融的观照；而纯情诗人则较近于后者，其诗之好处，乃大半在于其所具有的一种深锐的感受。李后主这一位词人，当然乃是属于后者的类型，所以他虽然阅世甚浅不失其赤子之心，但是他却独能以其任纵与纯真的性情对一切遭遇都有特别深刻强锐的感受，他对人世的体认，全无假于对外延的普遍的认识，而却是以其纯真强锐的感受直透核心，唯其所掌握的乃是最深切的核心，所以表现于外，乃有着一种自核心遍及全体的趋势。这正是后主之所以虽然阅世浅，而却能表现为眼界大，虽然不失赤子之心而却能表现为感慨深的缘故。此外就字句而言，则我在前面论及后主之任纵与纯真之时，已曾提到过他的白描的自然表现。其实后主晚期的作品，当他深入于悲苦之核心，而有着自核心掌握全体的眼界与感慨的时候，他在用字造句方面也往往以其直感使用出一些气象极为阔大的字样，如其《相见欢》词之"人生长恨"，《浪淘沙》词之"天上人间"诸句，便都有着包容人世整体的趋势。这种气象不仅是飞卿、端己的《金荃》《浣花》二集所没有的，就是正中之超越于感情的事迹之上而独能掌握某种"深美闳约"之境界的《阳春集》，也只是以近乎象喻的笔法来表现某种境界而已，而从来未曾真率自然地使用过如此博大而赤裸的普遍包举的字样，所以《人间词话》评正中词乃谓其"不失五代风格"，而评后主词则认为《金荃》《浣花》岂能有此气象，而独推许后主为自伶工之词变为士大夫之词的一个开山人物，那是因为端己与正中在意境方面虽有演进，而外表则一直并未能完全摆脱伶工之词的范畴的缘故。只是有一点我以为仍要说明的，那就是后主晚期作品之在字面上具有了博大遍举的外表，这对于后主而言，乃是并无反省自觉而只是全出于本能的一种表现。后主之词经常有着表里如一、声情一致的表现，如其《清平乐》词结尾之"离恨恰如春草，更行更远还生"二句，写寸寸芳草之远接天涯，而缠绵婉转之致，便与两个六字句的，每二字为一顿挫的一波三折的音节，配合得恰好表里如一；再如其《虞美人》词结尾之"问君能有几多愁，恰似一江春水向东流"二句，写悲愁与春水之滚滚长流，其奔放倾泻之势，便与两个七字与九字长句的流转奔放的语势，也是配合得恰好表里如一。后主这种声情合一的表现，其自然率真之处，又使人足可见其绝非出于有心的造作安排。有人说一个天才的作者，自会找到他自己的语言，因为天才有一种特别锐感的本能，他自然会以其本能掌握住他所要使用的字句，而后主的感觉原是特别纯真而敏锐的，因此他不仅经常表现为表里如一、声情一致，而且更在他晚期作品中，当内容上有了自核心掌握全体的趋势时，在外表上也同时以其锐感的本能掌握了博大遍举的字样。后主真是一位纯情诗人的最好的代表，他无论在内容上与外表上，都以其纯真与任纵的本性，有着发挥到了极致的成就。《人间词话》的四则评语，虽看似有相矛盾之处，然而却实在乃是对于后主最基本的质性与其最极致的成就两方面都有极深切之体认的话，是极值得我们玩味的。下面就让我们举后主的几首词来尝试一加研析：

### 玉楼春 一首

晚妆初了明肌雪，春殿嫔娥鱼贯列。凤箫吹断水云闲，重按霓裳歌遍彻。　　临风谁更飘香屑，醉拍阑干情味切。归时休放烛花红，待踏马蹄清夜月。

### 虞美人 一首

春花秋月何时了，往事知多少？小楼昨夜又东风，故国不堪回首月明中。　　雕阑玉砌应犹在，只是朱颜改。问君能有几多愁？恰似一江春水向东流。

### 相见欢 一首

林花谢了春红，太匆匆，无奈朝来寒雨晚来风。　　胭脂泪，相留醉，几时重？自是人生长恨水长东。

我们先看第一首《玉楼春》，这一首尤疑乃是后主在亡国以前的作品，通篇写夜晚宫中的歌舞宴乐之盛，其间并没有什么高远深刻的思致情意可求，然而其纯真任纵的本质、奔放自然的笔法、所表现的俊逸神飞之致，则仍然是尤人可及的。《人间词话》另一段评语说："温飞卿之词，句秀也；韦端己之词，骨秀也；李重光之词，神秀也。"这一段评语也是极为切当的。飞卿之词精艳绝人，其美全在于辞藻字句之间，所以说是"句秀也"；端己则字句不似飞卿之浓丽照人，而其劲健深切足以移人之处乃全在于一种潜在的骨力，所以说是"骨秀也"；至于后主则不假辞藻之美，不见着力之迹，全以奔放自然之笔写纯真任纵之情，却自然表现有一种俊逸神飞之致，所以说是"神秀也"。这一首《玉楼春》就是写得极为俊逸神飞的一首小词。先看第一句"晚妆初了明肌雪"，此七字不仅写出了晚妆初罢的宫娥之明丽，也写出了后主面对这些明艳照人之宫娥的一片飞扬的意兴。先说"晚妆"，有的本子或作"晓妆"，然而如果作"晓妆"则与下半阕踏月而归的时间景色不合，而且"晓妆"实在不及"晚妆"之更为动人，一则"晓妆"乃是为了适合白昼的光线而作的化妆，虽然也染黛施朱，然而一般说来则大多是以较为淡雅的色调为主的。而"晚妆"则是为了适合灯烛的光线而化的妆，朱唇黛眉的描绘都不免较之"晓妆"要更为色泽浓丽，所以只用"晚妆"二字，已可令人想见其光艳之照人。再则"晓妆"之后或者尚不免有一些人间事务之有待料理，而"晚妆"则往往乃是专为饮宴歌舞而化的妆，所以用"晚妆"二字，乃又足可令人联想到宴乐之盛况，是则仅此二字已足透露后主飞扬之意兴矣。再继之以"初了"二字，"初了"者，是化妆初罢之意，乃是女子化妆之后最为匀整明丽的时刻，所以乃更继之以"明肌雪"三字，则是说其如雪之肌肤乃更为光彩明艳矣，看后主此七字之愈写愈健，其意兴乃一发而不可遏。继之以次句之"春殿嫔娥鱼贯列"，则写宫娥之众。"春殿"二字足见时节与地点之美，"鱼贯列"三字则不仅写出了嫔娥之众多，而且写出了嫔娥队伍之整齐，舞队之行列已是俨然可想。再加之以下面"凤箫吹断水云闲，重按霓裳歌遍彻"两句，歌舞乃正式登场矣。"凤箫"一作"笙箫"，笙箫分别为两种乐器，凤箫则是一种乐器。（按：箫有名凤凰箫者，比竹为之，参差如凤翼，凤箫或当指此。）总之，凤箫二字所予人之直觉感受乃是精美而奢丽的乐器，与本词所写之耽溺奢靡之享乐生活，其情调恰相吻合，如作"笙箫"反不免驳杂之感。再则如作"笙"字，则此句前三字"笙""箫""吹"皆为平声，音调上便不免过于平直无变化，如作"凤箫"则"凤"字仄，"箫"字平，"吹"字平，"断"字仄，在本句平仄之格律中虽然第二与第四两字必须守律，然而第一与第三两字之平仄则不必完全守律者也，后主以平仄间用，极得抑扬之致，且"仄平平仄"乃词曲中常用之句式，故私意以为作"凤箫"较佳。"凤箫"下继言吹断，"断"字据张相

《诗词曲语辞汇释》云，"断犹尽也，煞也"，是"吹断"乃尽兴吹至极致之意。再继之以"水云閒"，"閒"一作"闲"，又作"间"，"闲"字"閒"字之通假，至于"间"字，则如果认为乃"閒"字之同义字，似亦原无不可，但"间"字又有中间之意，则"水云间"乃指凤箫之声吹断，其音飘荡于水云之间之义，似亦有可取者。至于"閒"字则有悠闲之意，作"水云閒"则一方面写所见之云水闲扬之致，一方面又与前面之"凤箫吹断"相应，是箫声乃直欲与水云同其飘荡闲扬矣，故私意以为作"閒"字更佳。再继之以"重按霓裳歌遍彻"，"按"者乃按奏之意，"重按"者乃"重奏""更奏""再奏"之意，是不仅吹断凤箫，且更重奏霓裳之曲也。"吹"而曰"吹断"，"按"而曰"重按"，此等用字皆可见后主之任纵与耽溺，而且据马令《南唐书》载："唐之盛时，《霓裳羽衣》最为大曲，罹乱，瞽师旷职，其音遂绝。后主独得其谱，乐工曹生亦善琵琶，按谱粗得其声，而未尽善也。（大周）后辄变易讹谬，颇去淫哇，繁手新音，清越可听。"后主与大周后皆精音律，情爱复笃，何况《霓裳羽衣》又是唐玄宗时代最著名的大曲，又经过后主与周后的发现和亲自整理，则当日后主于宫中演奏此曲之时，其欢愉耽乐之情，当然更非一般寻常歌舞宴乐之比，故不仅"按"之不足而曰"重按"，且更继之以"歌遍彻"也。遍、彻，皆为大曲名目，按大曲有所谓排遍、正遍、衮遍、延遍诸曲，其长者可有数十遍之多，至于"彻"则《宋元戏曲史》云："彻者入破之末一遍也。"曲至入破则高亢而急促，《六一词·玉楼春》有"从头歌韵响铮𫓧，入破舞腰红乱旋"之句，可见入破以后曲调之亢急，则后主此句所云"歌遍彻"者，其歌曲之长之久，以及其音调之高亢急促皆在此三字表露无遗，而后主之耽享纵逸之情亦可想见矣。下半阕首句"临风谁更飘香屑"，据传后主宫中设有主香宫女，掌焚香及飘香之事，"焚香"易解，至于此句所云"飘香屑"者，盖宫女持香料之粉屑散布各处，则宫中处处有香气之弥漫矣。至于"临风"二字，一作"临春"，郑骞《词选》云："临春，南唐宫中阁名，然作'临风'则与'飘'字有呼应，似可并存。"可是郑骞所选用的却仍然是"风"字，作"临风"实更为活泼有致，且临风而飘香则香气之飘散乃更为广远弥漫，不见飘香之宫女，而已遥闻香气之喷鼻，故后主乃于此句中更着以"谁更"二字，曰"谁"者，正是闻其香而不见其人的口吻，恰好把临风飘散的意味写出，至于"谁"字下又着以一"更"字，则乃是"更加"之意，当与上半阕合看，盖后主于此词之上半阕，已曾写出其所享乐者：有目所见之"明肌雪""鱼贯列"的宫娥，有耳所听之"吹断"的"凤箫"和"重按"的"霓裳"，而此处乃"更"有鼻所闻之"临风"的"飘香"，故着一"更"字，正极力写出耳目五官之多方面的享受，何况继之还有下面的"醉拍阑干情味切"一句，"醉"字又写出了口所饮之另一种享乐的受用，真所谓极色声香味之娱，其意兴之飞扬，一节较之一节更为高起，遂不觉其神驰心醉手拍栏杆，完全耽溺于如此深切的情味之中矣。至于最后两句"归时休放烛花红，待踏马蹄清夜月"则明明乃是歌罢酒阑之后归去时的情景，而后主却依然写得如此意味盎然余兴未已。"莫放烛花红"者，是不许从者点燃红烛之意，以"红烛"之光焰的美好，而却不许从者点燃，只是"待踏马蹄清夜月"的缘故，"待"者，要也，只是为了要以马蹄踏着满街的月色归去，所以连美丽的红烛也不许点燃了。后主真是一个最懂得生活之情趣的善于享乐的人，而且"踏马蹄"三个字写得极为传神，一则"踏"字无论在声音或意义上都可以使人联想到马蹄嘚嘚的声音，再则不曰"马蹄踏"而曰"踏马蹄"，则可以予读者以双重之感受，是不仅用马蹄去踏，而且踏在马蹄之下的乃是如此清夜的一片月色，且恍闻有嘚嘚之蹄声入耳矣。这种纯真任纵的抒写，带给了读者极其真切的感受。通篇以奔放自然之笔表现一种全无反省和节制的完全耽溺于享乐中的遣飞的意兴，既没有艰深的字面需要解说，也没有深微的情意可供阐述，其佳处极难以话语言传，而却是写得极为俊逸神飞的一首小词。这一首词可以作为后主亡国以前早期作品的一篇代表。

第二首我们所要看的乃是《虞美人》，这是后主最为人所熟知的一首词，但也是最难以解说的一首词，而其难以解说也就正是其过于为人所熟知的缘故。我这样说，听起来似乎颇为矛盾，而其实却是非常真实的。第一，凡是为人所熟知的作品，一定没有什么生涩艰难的辞字，因之要想解说这类作品，就往往会使人有无从着力之感，这是其难于解说的原因之一；再则凡是为人所熟知的作品，一般读者往往会反而因其过于熟悉而对之产生了一种近于麻木的钝感，因此在解说时就不容易再给予读者以新鲜强锐的感动了，这是其难于解说的原因之二。后主的这首小词就正是属于这一类的作品。俞平伯《读词偶得》评后主此词之开端，曾云："奇语劈空而下，以传诵久，视若恒言矣。"这确实是一句深辨个中甘苦的话。这首词开端"春花秋月何时了，往事知多少"二句，如果不以恒言视之，就会发现这真是把天下人全都"一网打尽"的两句好词。"春花秋月"仅仅四个字就同时写出了宇宙的永恒与无常的两种基本的形态。套一句东坡的话，"自其变者而观之"，则花之开落、月之圆缺，与夫春秋之来往，真是"不能以一瞬"的变化无常；可是"自其不变者而观之"，则年年春至，岁岁秋来，年年有花开，岁岁有月圆，却又是如此之长存无尽。包容着如此深广的情意，而后主所用的却不过是"春花""秋月"短短两个名词而已。即此一端，我们就可以体会出后主词极可注意的一点特色，那就是后主对一切事物之感受与表现的态度之全出于直觉之感受。如果试将后主与东坡作一比较，就会发现东坡在《赤壁赋》中提到天地之变与不变的两种现象时，曾经发出洋洋洒洒的高论，这当然一方面乃是赋之为体，原来就以铺叙为主，与五代小令之以精炼简洁为美的风格，根本就不相同的缘故。然而除此以外，还有一点我们不能不承认的，那就是东坡对事物之感受与表现的态度，原来就与后主也有所不同的缘故。东坡乃是以高才健笔表现其旷达超迈的襟怀，他在感受与表现的态度上，都是一方面既不免有着逞才弄笔之心，一方面又不免有着分辨说明之念的；而后主则根本没有什么逞才或分辨的意念，只是纯真如实地写下他自己的直觉感受而已。可是也就正是这种纯真的直感，才更能触及宇宙一切事物的核心。所以后主所写的虽然只是他个人一己对此"春花秋月"的直觉感受，然而却把普天下之人面对此永恒与无常之对比所具有的一份悲哀无可奈何的共感都表现出来了。下面的"何时了"三个字，就恰好一方面写出了此种无可奈何的共感，一方面也写出了"春花秋月"的无尽无休。面对此春花秋月的无尽无休，人的生命却随着每一度的花落月缺而长逝不返了，所以下一句就以"往事知多少"五个字写出了人世无常之足以动魄惊心，曰"知多少"，其实只是"去日苦多"之意，并非真欲问其多少也。这五个字在表面上乃是与上一句相对比的，上一句之"春花秋月何时了"乃是写宇宙之运转无穷，是来日之茫茫无尽；而此句之"往事知多少"乃是写人生之短暂无常，是去者之不可复返。可是另一方面，"何时了"三字却又早已透露出了负荷着无常之深悲的人，面对此无穷尽的宇宙之运转的深深的无奈，在对比中有承应，于自然中见章法。而且这种对比的章法，还不仅首二句为然。试看下一句之"小楼昨夜又东风"，岂不恰好是翻回头来再与首句之"春花秋月何时了"相呼应？着一"又"字正写出了"何时了"的无尽无休，何况"东风"又恰好是属于"春花"的季节，其相呼应的章法，岂不明白可见？只是首句的"春花秋月"所写的乃是一般人都可以有的共感，而此句之"小楼昨夜"则把时间和地点都加上了更切近的指述。后主之能写出一般人所同具的共感，正由于他个人一己之深切的感受，所以下一句乃完全以一个亡国之君的一己的口吻，写下了"故国不堪回首月明中"的一句深悲极恨的苦语。这一句与上一句乃是又一个鲜明的对比。上句之"又东风"乃是与首句之"何时了"一致的，同样写宇宙之运转无尽的一面；而此句之"不堪回首"则与第二句之"往事知多少"是一致的，同样写人生之变化无常的一面。除去这两层对比之外，此句后三字之"月明中"又隐然与首句之"秋月"相遥应。虽然此句承上句"东风"来看，应该乃是"春月"，然而无论其为春月或秋月，其为"月明"则一也，而"月明"则是最容易引起人的思乡怀旧之情的，因为"月明"乃是属于恒久不变的，故乡之明月既同样地临照他乡，今宵之月色亦正复大似当年之月色，则此日为阶下囚的后主，如果看到天边的一轮明月而想到当年"待踏马蹄清夜月"的豪兴，则故国已经倾覆败亡，何处是当年的春殿，何处是当日的笙歌，何处能再重温当时"醉拍阑干"的一份情味，凡此种种都已成为永不复返的往事，故曰"故国不堪回首月明中"也。说是"不堪回首"，却并非是"不回首"，"不堪"者正是由于"回首"，才知其难于堪忍此回首之悲也，是则正足以证明其曾经"回首"也。所以下半阕开端之"雕阑玉砌应犹在"，就全写的是回首中的故国情事，"应犹在"的"应"字，正是一片追怀悬想的口吻。所谓"雕阑"，其所追怀者莫非是自己当年曾经亲手醉拍的阑干；所谓"玉砌"，其所追怀者莫非是当年曾经有人划袜偷步的阶砌。雕阑与玉砌无知，不解亡国之痛，必当依然尚在，只是当年曾经在阑边砌下流连欢乐的有情之人，却已非复当年之神韵丰采了，故曰"只是朱颜改"也。这两句词的上句之"应犹在"乃是与第三句之"又东风"及首句之"何时了"相承而下的，全从宇宙之恒久不变的一面下笔；而下一句之"朱颜改"，则是与第四句之"不堪回首"及第二句之"往事"相承而下的，全从人生之短暂无常的一面下笔。这样一看，就会发现，原来这一首词的前面六句，乃是恒久不变与短暂无常的两种现象的三度对比。在如此强烈的三度对比之下，所表现的"往事""故国"与"朱颜"都已成长逝不返的哀痛，当然乃一发而不可遏了。于是后主乃以其奔放之笔，写出了最后二句之"问君能有几多愁"的对人生彻底的究诘，与"恰似一江春水向东流"的彻底的答复。写词至此，则人生所有的只剩下了一片滔滔滚滚永无穷尽的哀愁而已。后主写哀愁之任纵奔放，亦正如其前一首《玉楼春》词写欢乐之任纵奔放，唯有能以全心去享受欢乐的人，才真正能以全心去感受哀愁，而也唯有能以全心去感受哀愁的人，才能以其深情锐感探触到宇宙人生的某些最基本的真理和至情，所以后主此词乃能从一己回首故国之悲，写出了千古人世的无常之痛，而且更表现为"春花秋月"之超越古今的口吻，与

"一江春水"之滔滔无尽的气象。这种直探核心而又包举外延的成就，当然不是宋朝道君皇帝《燕山亭·北行见杏花》一词之"裁剪冰绡，轻叠数重，淡著胭脂匀注"之描头画脚的对外表的刻画所能相比的。所以《人间词话》说道君皇帝"不过自道身世之戚"，后主则俨若"释迦、基督"可以透过一己担荷起全人类的悲哀，其意境与气象之博大开阔，乃是显然可见的。最后我还要说明一点，就是我在前面曾经提及这一首词前六句之对比，与隔句相承的章法，这六句虽然层层呼应、章法分明，而在后主而言，却又并非出于有心之造作安排，后主只是纯真而任纵地写他从极乐到沉哀的一份直觉感受而已。他的章法之周密，与他的气象之博大，都并非出于有心，他只是全凭纯真与任纵为其感受与表现的基本态度，而却使得各方面的成就都能本然地达到极致，这正是后主词之最不可及的一点。

第三首我们所要看的乃是一首《相见欢》。这是篇幅极短，而包容却极深广的一首小词，通篇只从"林花"着笔，却写尽了天下有生之物所共有的一种生命的悲哀。如果以这一首词与前一首相较，则前一首词后主乃是以个人一己的悲哀包举了全人类，而这一首词却是以一处林花的零落包举了所有有生之物，主题愈小、篇幅愈短，而所包容的悲慨却极为博大，而且表现得如此真纯自然，全不见用心着力之迹，这是唯有像后主这样纯情的诗人，才能以心灵的直感，写出这样神来之笔的小词。我们先看开端的第一句"林花谢了春红"，仅短短的六个字，却已把生命凋谢之可悲哀与生命美好之可珍惜完全表现出来了。在这一句词中，最有感人之力的乃是"谢了"这两字动词与"春红"这两字形容词。"谢"字下面加上一个"了"字，"了"字这个语词，有完成与加重的口吻。一方面表现出"林花"之谢已经零落全休，一方面也表现出了诗人对此林花之谢的无限悼惜哀伤，所以用一个可以使口气更为沉重的"了"字，表现出深长的叹惋。仅此四字便已写出零落全休的生命之可惋惜悲叹。而后主却更在此四字之后加上了"春红"两字，试想"春"字代表的乃是何等美好的季节，"红"字所代表的乃是何等美好的颜色，一个生命有着如此美好的颜色，生在如此美好的季节，却竟然落到"谢了"的零落全休的下场，则其可叹惋孰甚于此。如果试把后主这一句词拿来与晏殊《破阵子》词的"荷花落尽红英"一句相比较，则这两句词都是六个字，首二字都各有一个"花"字，虽然有"林花"与"荷花"之不同，而其同为可以凋落的"花"，则是一样的。次二字"谢了"与"落尽"之为意，亦正复相似，凋"谢"是即零"落"，"了"与"尽"都是表示"完了"的口气，而末二字"红英"与"春红"则都是写落下的红色的花瓣，不过因为荷花不是开在春天，所以不能说是"春红"而已，然其为"红"之颜色则一也。可是尽管这两句词有如此多的相似之处，可是它们的口气与情意却是迥不相同的。晏殊的六个字景胜于情，后主的六个字却是情胜于景。"红英"只是客观地写红色的花瓣，而"春红"却是由诗人主观所掌握的一种对于美好之事物的特别鲜锐的感受。"落尽"近于平实的叙述口吻，而"谢了"却有着沉重的惋叹之情。读中国旧诗词，一定要从这些细微的地方，分辨出一些作品的相似之中的不同，才能对每一位作者不同之风格个性有较深切的体认，也才能触探到一首诗歌之真正的灵魂命脉之所在。在国外曾讲授中国旧诗词有多年之久，我深深感到困难的一点，就是这些微妙的声情口吻，在翻译为另一种语文时之难于传达保留，因此"林花谢了春红"与"荷花落尽红英"，在都译成英文之后，就难于再分辨后主与晏殊的个别面目了，这是极为可惜的一件事。因此有时要从译文去分辨不同作者的不同风格，就必须要从通篇的情意叙述去体会，而不能只从一句的声调口吻去辨识了。而后主在通篇的叙述中也是有其特色的，那就是他的纯情的直叙式的抒情，所以如果不能从"林花谢了春红"一句体会出他的叹惋之情，那么只要接下去看，则下面的"太匆匆"三字的叹惋之情就显然可见了。"太匆匆"三字正是前一句"林花谢了春红"所表现的对于美好之生命落到如此无常之下场所引起的叹惋的延长和加重，"太"字乃是何等浅俗的口语，上一句的"了"字也是何等浅俗的口语，而后主用来却予人以何等自然而深切的哀感，这当然也是这一位纯情之诗人的另一特色。他全以纯真的直感去掌握一切，所以才能把最浅俗的口语，运用得如此传神入妙。"太匆匆"三字，已是把生命的短暂无常之可悲写到极致的三个字。然而生命之可悲还不仅只是"无常"而已，于是后主遂又接写了下面的"无奈朝来寒雨晚来风"一个九字的长句，更表现了在无常之生命中所遭受的摧毁挫伤的痛苦。稼轩《水龙吟》词说得好，"可惜流年，忧愁风雨"，人生在一世的流年中有多少哀愁忧患的摧伤，正如好花之不免于有朝暮风雨的侵袭，只是稼轩所写的乃是以流年之忧愁为主，把"风雨"接在下面，不过是忧愁的象喻而已，而后主的"朝来寒雨晚来风"则乃是对眼前真实情事的直觉感受，只是后主之感觉特别敏锐，感情特别深挚，而且是用如此单纯直入的方式，所以乃能因宇宙生物之任何一种现象，而直透生命的核心，因此乃能自花落风雨的外表现象，而直入地体验了生命之无常与挫伤的悲苦。既然有了如此深广的体验，则花便已经完全浸染在人所感受的生命之悲苦中了，所以下面乃把花与人泯合为一体，写下了"胭脂泪，相留醉，几时重"的三句极迫切的悲慨的问句。"胭脂泪"三字便已是花与人泯合的开始，"胭脂"二字原当是承首句之"春红"而来，我在前面已曾说过这两个字所代表的乃是生命中何等美好的季节与颜色，如今既然以人面之胭脂拟比春红之花，则"胭脂"二字便已同时是花之美好生命之象喻，也同时是人之美好生命之象喻了，下面的"泪"字，就花而言自是指朝暮风雨侵袭的雨滴，而就人而言则又岂非流年忧患哀伤的泪点？下面又接以"相留醉"三字，后主写得真是缠绵多情，"相留"一本作"留人"，私意以为把"人"字明白写出，反不如"相留"二字的含蓄而婉转。"相留"者，是写如彼之有胭脂之美、有泪点之哀的一个对象之相留劝醉之意，承上文而言自当指着雨之零落春红，恍如有相留劝醉之意，然而就后主所感受之深广而言，则人世间岂不正有过多少如花一样美好的对象，也曾使人不免为之痴迷沉醉，而这些对象原来也是如花之短暂无常，如花之有着风雨挫伤的。面对这样

无常忧患之生活而有痴迷沉醉的留恋，这是何等可哀的一件事。以其
虽有沉醉之情而终不能长相保有也，所以继之乃以极悲慨的口吻提出
了"几时重"一句问话。然而花落不会重开，事往不能重返，则亦唯
有空抱此终天难补之长恨而已，故结尾一句乃以一往无还的口吻，写
下了"自是人生长恨水长东"的另一个九字的长句。这一句在音节上
及音义上都与前面一个九字句遥遥相应。前面九个字，乃是从"花"
写起的"花"之无常与悲苦的一句总结；这一句的九个字，则是从
"花"转到"人"以后，"人"之无常与悲苦的一句总结，而中间的三
个三字短句，则正是从花到人的一个转折，表面上仍是以花为主，而
其实花之悲苦与人之悲苦却早已泯合为一了。"胭脂泪"是所有无常之
生命的美好与悲苦的象征；"相留醉"则是对此无常与悲苦之生命的不
免于沉醉痴迷的情意；"几时重"则是对上一句之沉醉痴迷的"当头棒
喝"，于是"无常"乃如一面巨大的阴影无情地笼罩下来，于是"胭脂
泪"所象喻的生命、"相留醉"所表现的情意，遂都为这一面阴影所吞
没，只剩下一片滔滔滚滚的无尽无休的长恨而已。前三个短句的紧迫
急促的转折，逼出来了最后一句的一纵难收的倾泻。我在前面曾经论
到过后主词之声情的合一，与后主词之章法的完整，说他全非出于有
心的造作安排，只是全由于天才锐感的本质，以纯真自然的态度来掌
握一切。这首词在这方面也是一个很好的例证。后主对于这一首《相
见欢》的几个三字短句和两个九字长句，又作了一次声情合一恰如其
分的掌握，而由花到人的转折承应也写得如此的流转无痕，而其全篇
之进行，则完全乃是由于看到林花之凋谢于风雨的一种纯情的感受发
展而来的，丝毫没有雕饰和安排，而却把意境表现得如此深广，把形
式和内容也配合得如此完整，后主这一位纯情的诗人，他以直感所达
到的极致的成就真是无人可及的。关于这首《相见欢》词另一点值得
注意之处，是其结尾之"自是人生长恨水长东"九个字，与前首《虞
美人》词结尾之"恰似一江春水向东流"九个字之非常相似。但是如
果把这二句仔细作一比较，就会发现它们虽有相似之处，却也有着相

异之点。相似之处乃在于后主都是以东流的逝水来表现悲愁和长恨，从这种相似，一则可以看出后主亡国以后的心情，乃是经常怀着深长无尽之愁恨的；再则可以看出后主所取之象喻的纯任自然，至于此二象喻之是否相似，好像完全并不在后主的顾虑之内，他只是全心耽溺于愁恨之中，因此就只管纯真任纵地表现他这一份愁恨而已。这是这二句词之所以相似的缘故。至于就其相异之点而言，则是在于二句所表现之声吻之并不尽同。《虞美人》的"恰似一江春水向东流"九个字，乃是承接着上句的"问君能有几多愁"而来的，把"愁"比作"水"，而"愁"在上一句，"水"在下一句，因此下一句就只是一个单纯的象喻而已，九个字一气而下，中间更无顿挫转折之处。这一首《相见欢》的末一句之把"恨"比作"水"，则是"恨"与"水"同在一句之内，前六个字写"恨"，后三个字写"水"，因此这一句之"自是人生长恨水长东"九个字乃形成了一种二、四、三之顿挫的音节，有一波三折之感。如果以自然奔放而言，则《虞美人》之结句似较胜，但如果以奔放中仍有沉郁顿挫之致而言，则《相见欢》之结句似较胜，至于究竟以何者为美，则见仁见智，就要看读者个人的喜好如何了。

综观以上所论的温韦冯李四家词，我们已经可以清楚地看到他们的风格确实有着明显的不同之处，也可以清楚地看到《人间词话》对于他们的评语虽极简短却确实有着非常精到的见解。飞卿之词全以辞藻之精美以及对于这辞藻之排列组合的错综变化取胜，没有鲜明的个性和感情。欣赏飞卿的词最好只站在纯美的角度作完全艺术性的欣赏，如此就会发现其音节与意象之跳接的精美微妙，确有其过人之处。至于在内容方面，则读者虽然有时可以自这些纯美之意象产生若干联想，然而却并不可便指实为作者之用心，张皋文的《词选》与王国维的《人间词话》对于飞卿之所以有不同的评价，便因为张皋文往往把自己的偶然之联想便指为作者之用心，因此便不免有牵强附会之处，而王国维则只从飞卿词之纯艺术性之成就立论，因此只评飞卿词为"句秀"，称其"精艳绝人"，又以"画屏金鹧鸪"来比拟飞卿的词品。"画屏金鹧鸪"原来就是一种不具生命和个性的、徒以其精美之外形供人赏玩的艺术品而已。而中国诗中有一部分作品，如南朝的宫体诗、晚唐五代的艳词，它们的性质就很像这种徒然供人赏玩而并无鲜明之个性的画屏上的金色的鹧鸪鸟。飞卿词在这一类作品中，虽然乃是表现之艺术最为精美、予人之联想最为丰富的，然而在风格上言之，毕竟仍然是属于晚唐五代徒供歌唱赏玩的艳词之作品。不过，他确实乃是所有的"金鹧鸪"中最精美的一只"金鹧鸪"，而且是美到具有某种象喻意味的。至于端己的成就，则在于他能把个人之生命感情带到不具个性的徒供歌唱的艳词之内，写成了真正属于一己抒情的诗篇。他的好处在于感情之深挚真切，其辞藻虽不及飞卿之精艳绝人，然而清新劲健，别具活泼之生命与鲜明之个性，所以《人间词话》乃称其"情深语秀"，而且将之比拟为"弦上黄莺语"，"黄莺语"自然是有活泼之生命的，即使那乃是人所弹奏出来的如"黄莺语"一样的弦音，这一份流利生动的弦音中也是充满着弹奏之人的感情与生命的，而这种鲜明真切的个性的表现便正是端己词的特色。从不具个性的艳曲，到具有鲜明个性的情诗，这是晚唐五代词在意境方面第一度的演进。至冯正中的词，则独以意境之"深美闳约"见长。我在前面已曾把正中与端己作过比较，说端己所写的乃是感情之事迹，是有拘限的，正中所写的则是感情之境界，是没有拘限的，斯固然矣，但是我却未曾把正中与飞卿在这方面作过比较。其实飞卿词之易于引起人丰富之联想，从表面看来似乎也是不为现实所拘限的，与端己之写现实情事者当然不同，而与正中之不为现实所拘限者反若有相似之处，我想这也许正是张惠言《词选》之所以把"深美闳约"四字的评语归给飞卿，而《人间词话》却要将这四个字的评语归给正中的缘故。其实飞卿之不为现实所拘与正中之不为现实所拘，虽看似相似，其实乃大有不同之处。飞卿之不为现实所拘，乃因其根本不作主观现实之叙写，往往只是一些纯美的意象的组合，他的词之所以能引起读者某一种"深美闳约"之感受可能只是由于读者对那些纯美的意象所生的一种联想，而并不能因此就指为作者一定有此"深美闳约"之意蕴,张惠言一类的读者就是把自己的联想认作作者的意蕴,所以乃把"深美闳约"四字的评语归给了飞卿,而王国维却因为飞卿词除了精美的辞藻外并不能证明其确实有如张惠言所说之意蕴,因乃认为飞卿不足以当此四字之评语,而把这四个字的评语归给了正中,因为正中之不为现实所拘限,才确实乃是因其本身具有"深美闳约"之意蕴,而非仅只是由于读者之联想而已。正如我在前面所言,正中词所表现的乃是一种经过酝酿提炼以后的,有着综合性体认的感情之境界,他的情意虽不为现实所拘限,然而却是确实有着某种主观深挚之情意的,也就是说,如果以作者真正具有的意蕴而言,正中才是当得起"深美闳约"四个字评语的一个作者。由飞卿之客观唯美的香艳的歌辞,到端己之主观抒情的恋爱的诗篇,再转而为正中之表现为经过综合酝酿以后的一种感情之境界,使得原以唯美与言情为主的艳词染上了一种理想化和象喻化的色彩,而且深深地影响了北宋初年如大晏、欧阳等一些重要的作者,这是晚唐五代词在意境方面极可注意的一大演进。至于后主之成就,则可以分为两方面来看:其一是内容方面的,由于一己真纯的感受而直探人生核心所形成的深广的意境;其二是由于他所使用之字面的明朗开阔所形成的博大的气象。这两种成就,就词之演进的历史性而言,我以为第二点实较第一点为更可注意,因为其第一点成就乃正如我在前面所言,后主与渊明在这一方面都是超时代的作者,因为他们的成就乃在于他们真纯之本性所独具的一点"任真"的特色,这种特色乃是属于"天"而并不属于"人"的。如果以后主与正中在词境方面所表现的有着综合性体认的感情之境界相较,则正中词境的形成乃是一种持守与酝酿的结果,这种成就是有着属于"人"的某种修养和工力之因素在的,是纵然不可以学而能,或许尚可以养而致的;而后主之以纯真任纵之感受直探人生核心的意境,则不仅不可以学而能,也不可以养而致的,后主之成就乃是纯属于天生的某一类型之天才所特有的成就。因此谈到晚唐五代词在意境方面之演进,如果就"史"的意义而言，我以为实在应当推正中为承先启后的最有成就的作者，因为他在意境方面的成就是可以继承的。而后主在意境方面的成就则是不属于历史演进过程的一种天才的突现，乃是可遇而不可求的，所以后主成就虽高，然则就词之演进而言，实在反不及正中之更为重要。可是另外一面，后主在用字方面所开拓出的博大开朗的气象，则又是正中所没有的，正中词的意境虽然有"深美闳约"的含蕴，可是字面上实在仍"不失五代风格"，而后主的开朗博大的字面与气象，则有令人耳目一新之感。后人称东坡词"逸怀浩气"，"指出向上一路"，后主实在乃是一位为之滥觞的人物。这种开拓当然对于词之演进有极重要的影响，然而就后主而言，却仍然只是属于天才之自然的表现与偶然的成就，而并非词在演进阶段的一个属于演进的阶次，所以他的开拓对于词之演进虽有影响，却并不代表演进的一个阶段，这是需要分辨清楚的。

# 论词学中之困惑与
# 《花间集》词之女性叙写及其影响

一

"词"这种文学体式，自唐、五代开始盛行以来，迄今盖已有一千数百年之久。在此漫长之期间内，虽然"江山代有才人出"，前人曾在创作方面为我们留下了无数多姿多彩而且风格各异的作品，但在如何评定词之意义与价值的词学方面，则自北宋以迄今日却似乎一直未能为之建立起一个完整的理论体系。虽然在零篇断简的笔记和词话中，也不乏精微深入的体会和见解，然而却因为缺乏逻辑性的理论依据，遂在词学的发展中为后人留下了无数困惑和争议。至其困惑之由来，则主要乃是由于早期词作之内容既多以叙写美女与爱情为主，而此种伤春怨别的男女之情，则显然不合于传统诗文的言志与载道之标准，在此种情况下，自然使得一般习惯于言志与载道之批评标准的士大夫们，对于如何衡量这种艳科小词，以及是否应写作此类艳科小词，都产生了不少困惑。即如魏泰在其《东轩笔录》中，即曾载云："王安国性亮直，嫉恶太甚。王荆公初为参知政事，闲日因阅读晏元献公（晏殊）小词，而笑曰：'为宰相而作小词可乎?'平甫（王安国字）曰：'彼亦偶然自喜而为尔，顾其事业岂止如是耶?'时吕惠卿为馆职，亦在坐，遽曰：'为政必先放郑声，况自为之乎?'平甫正色曰：'放郑声，不若远佞人也。'吕大以为议己，自是尤与平甫相失也。"① 从这段记载来看，小词之被目为淫靡之"郑声"，且引起困惑与争议之情

---

① 魏泰：《东轩笔录》卷五，见《笔记小说大观》第 28 编，第 1 册，台北新兴书局，1979，第 337 页。

况，固已可概见一斑。于是在此种困惑中，遂又形成了为写作此种小词而辩护的几种不同的方式，即如胡仔在其《苕溪渔隐丛话·前集》即曾载云："晏叔原（几道）见蒲传正云：'先公（晏殊）平日，小词虽多，未尝作妇人语也。'传正云：'绿杨芳草长亭路，年少抛人容易去。岂非妇人语乎？'晏曰：'公谓"年少"为何语？'传正曰：'岂不谓其所欢乎？'晏曰：'因公之言，遂晓乐天诗两句云，欲留年少待富贵，富贵不来年少去。'传正笑而悟。"① 这是将词中语句加以比附，而推衍为他义的一种辩护方式；又如张舜民在其《画墁录》中，曾载云："柳三变既以词忤仁庙，吏部不敢改官。三变不能堪，诣政府。晏公（殊）曰：'贤俊作曲子么？'三变曰：'只如相公亦作曲子。'公曰：'殊虽作曲子，不曾道"针线闲拈伴伊坐"。'柳遂退。"② 这是将词句分别为雅正与淫靡二种不同之风格，而以雅正自许的一种辩护方式。再如释惠洪在其《冷斋夜话》中，曾载云："法云秀关西铁面严冷，能以理折人。鲁直（黄庭坚）名重天下，诗词一出，人争传之。师尝谓鲁直曰：'诗多作无害，艳歌小词可罢之。'鲁直笑曰：'空中语耳。非杀非偷，终不至坐此堕恶道。'"③ 这是以词中语句为"空中语"而强为自解的一种辩护方式。这几段话，从表面看来原不过是宋人笔记中所记叙的一些琐事见闻而已，而且其辩解既全无理论可言，除了显示出在困惑中的一种强词夺理的辩说以外，根本不足以称之为什么"词学"，但毫无疑问的，中国的词学却也正是从这种困惑与争议中发展出来的。即以我们在前面所引用的这几则笔记而言，其中就也已然显露出了后世词学所可能发展之趋向的一些重要端倪。

我们先从前面所举引的《苕溪渔隐丛话》中的一则记叙来看，蒲传正所提出的"绿杨芳草长亭路，年少抛人容易去"二句词中的"年

---

① 胡仔：《苕溪渔隐丛话·前集》卷二十六，人民文学出版社，1962，第178页。

② 张舜民：《画墁录》，引自许士鸾《宋艳》卷五，见《笔记小说大观》第6册，台北新兴书局，1962，第6203页。

③ 释惠洪：《冷斋夜话》卷十，见《笔记小说大观》，第22编，第1册，台北新兴书局，1978，第642页。

少"两字，就其上下文来看，其所指自应是在"长亭路"送别之地，"抛人"而"去"的"年少"的情郎，这种意思本是明白可见的；可是晏几道却引用了白居易之"富贵不来年少去"二句诗中的"年少"，从文字表面上的相同，而把"年少"情郎之"年少"，比附为"年少"光阴之"年少"，其为牵强附会之说，自不待言。至于晏几道之所以要用这种比附的说法来为他父亲晏殊所写的小词作辩护，主要当然乃是由于如我们在前面举引《东轩笔录》时所提出的当时士大夫之观念，认为做宰相之晏殊不该写作这一类淫靡之"郑声"的缘故。而谁知这种强辩之言，却竟然为后世之词学家之欲以比兴寄托说词者，开启了一条极为方便的途径。清代常州词派的张惠言，可以说就是以此种方式说词的一个集大成的人物。而此种说词方式一方面虽不免有牵强比附之弊，可是另一方面却有时也果然可以探触到小词中某种幽微深隐的意蕴，因此如何判断此种说词方式之利弊，自然就成了词学中之一项重大的问题。其次，我们再看前面所举引的《画墁录》中的一则记叙。关于晏殊与柳永词的"雅""俗"之别，前人可以说是早有定论，即如王灼在其《碧鸡漫志》中，即曾称美晏词，谓其"风流蕴藉，一时莫及，而温润秀洁亦无其比"。又曾批评柳词，谓其"浅近卑俗，自成一体，……予尝以比都下富儿，虽脱村野，而声态可憎"①。可见词是确有雅俗之别的，于是南宋的词学家张炎遂倡言"清空骚雅"②，提出了重视"雅词"的说法。而一意以"雅"为标榜的词论，至清代浙派词人之末流，乃又不免往往流入于浮薄空疏，于是晚清之王国维乃又提出了"词之雅郑，在神不在貌"③之说。因此，如何判断和衡量词之雅郑优劣，自然也就成了词学中之一项重大问题。最后，我们再看前面所举引的《冷斋夜话》中的一则记叙，黄山谷所提出的"空中语"之说，虽然只是为了替自己写作小词所作的强辩之言，但这种说法确

---

① 王灼：《碧鸡漫志》卷二，第1—2页，见《词话丛编》第1册，台北广文书局，1967，第32—34页。若无特别说明，下引《词话丛编》皆依此本。
② 张炎：《词源》卷下，见《词话丛编》第1册，台北广文书局，1967，第208页。
③ 徐调孚：《校注人间词话》，香港中华书局，1961，第19页。

实在一方面既显示了早期的小词之所以不同于"言志"之诗的一种特殊性质，另一方面也显示了早期的士大夫们当其写作小词时，在摆脱了"言志"之用心以后的一种轻松解放的感情心态。不过，词在演进中并不能长久停留在早期的小词的阶段，因此我在 1987 年所写的《对传统词学与王国维词论在西方理论之观照中的反思》（以下简称《传统词学》）一篇长文中，遂曾尝试把词之演进分为"歌辞之词""诗化之词"与"赋化之词"三个不同的阶段。早期的小词，原是文士们为当日所流行的乐曲而填写的供歌唱的歌辞，这一类"歌辞之词"作者在写作时既本无"言志"之用心，因此黄山谷乃称之为"空中语"，这原是可以理解的。不过，如我在《传统词学》一文中所言，这类本无"言志"之用心的作品，有时却反而因作者的轻松解放的写作心态，而于无意中流露了作者潜意识中的某种深微幽隐的心灵之本质，而因此也就形成了小词中之佳作的一种要眇深微的特美。其后这类"歌辞之词"既逐渐"诗化"和"赋化"，作者遂不仅在作词时有了抒情言志的用心，而且还逐渐有了安排和勾勒的反思，那么在这种演进之中，后期的"诗化"与"赋化"之词，是否仍应保持早期"歌辞之词"的特美，以及对"空中语"所形成的词之特质与特美，究竟应该怎样加以理解和衡量？这些当然也都是词学中的一些重大问题。透过上面的叙述，我们已可清楚地看到一个有趣的现象，那就是中国早期的词学原是由于当时士大夫们对此种文体之困惑而在强词辩解之说中发展起来的。这种现象之形成，私意以为主要由于早期之小词乃大多属于艳歌之性质，而中国的士大夫们则长久被拘束于伦理道德的限制之中，因此遂一直无人敢于正式面对小词中所叙写的美女与爱情之内容，对其意义与价值作出正面的肯定性的探讨，这实在应该是使得中国之词学，从一开始就在困惑与争议中陷入了扭曲的强辩之说中的一个主要的原因。

而也就在早期的艳歌小词使士大夫们都陷入了困惑与争议之中的时候，中国词坛上遂出现了一位以其天才及襟抱大力改变了小词之为艳科的作者，那就是"一洗绮罗香泽之态""使人登高望远""指出向上一路，新天下耳目"①的苏轼，但苏词的出现，却不仅未曾解开旧有的困惑和争议，而且反而更增添了另一种新的争议和困惑。即如陈师道在其《后山诗话》中，即曾云："退之以文为诗，子瞻以诗为词。如教坊雷大使之舞，虽极天下之工，要非本色。"②胡仔在其《苕溪渔隐丛话·后集》中，也曾引有一段李清照词论中评苏词的话，说苏词乃是"句读不葺之诗耳"，而词则"别是一家"③，于是在苏词的向诗靠拢，与李清照之向诗宣告背离之间，遂使中国之词学更增加了另一重新的困惑和争议，而且事实上苏氏在创作方面所作出的开拓，与李氏在词论方面所作出的反思，对于早期之词在艳歌时代为这种文体所树立的宗风，以及这种宗风所形成的特殊的美学品质，也都未能有明确的体会和认知，而也就正因其无论是在词之创作方面，或词之评说方面，都未能从理论方面来解答词之美学特质的根本问题，因此遂使得婉约与豪放的正变之争，以及婉约中的雅郑之争，与豪放中之沉雄与叫嚣之别等种种问题，一直成为词学中长久难以论定的困惑和争议。于是在这种种困惑与争议之中，遂又有人想把合乐而歌的小词比附于古代的诗、骚和乐府。王灼在其《碧鸡漫志》中，即曾云："古歌变为古乐府，古乐府变为今曲子，其本一也。"④王炎在其《双溪诗余·自序》中，也曾云："古诗自《风》《雅》以降，汉魏间乃有乐府，而曲居其一，今之长短句盖乐府之苗裔也。"⑤胡寅在其《酒边词·序》中也曾云："词曲者，古乐府之末造也。古乐府者，诗之旁行也。诗出于

---

① 见王灼《碧鸡漫志》卷二，第35页，及胡寅《酒边词·序》，味闲轩藏版汲古阁校选《宋六十名家词》第2集，第5册，第2页。
② 陈师道：《后山诗话》，见《笔记小说大观》第9编，第6册，台北新兴书局，1979，第3671—3672页。
③ 胡仔：《苕溪渔隐丛话·后集》卷三十三，人民文学出版社，1962，第254页。
④ 王灼：《碧鸡漫志》卷二，第1页，见《词话丛编》第1册，第32—34页。
⑤ 王炎：《双溪诗余·自序》，见《宋元三十一家词》，第3册，光绪十九年王鹏运四印斋汇刻本，第1页。

《离骚》《楚辞》，而《离骚》者，变风变雅之怨而迫，哀而伤者也。"①而《诗》之变"风"变"雅"及《离骚》《楚辞》等作品，既都可以有比兴与寄托之意，于是中国的词学遂又从溯源与尊体的观念中更发展出了一套比兴寄托之说。这种说法的形成，本来也同样是出于对词之被目为艳科而受到轻视的一种反弹，与本文前面所举引的宋人笔记中那些强辩之说，同不免于有牵强比附之处。不过，对美女与爱情的叙写，既在诗骚中原曾有比兴寄托之传统，而且词之发展到了南宋的时代，在一些咏物之作中也确实有了比兴寄托的用意，因此到了清代常州词派张惠言等人的出现，其所倡导的以比兴寄托来说词的风气，乃开始盛行一时。于是自此以后遂又引起了如何判断其所说之是否为牵强附会的另一场困惑和争议。到了晚清另一位词学家王国维的出现，乃直指张惠言之说为"深文罗织"②，于是王氏自己遂又提出了其著名的"境界"之说，但王氏对其所标举的"境界"一词之义界，却也依然未能作出明确的理论说明，于是遂又引起了近人的更多的困惑和争议。对于一种已经流行了有一千数百年以上之久，而且其间曾经名家辈出的重要文类，我们却竟然直至今日仍然陷入在困惑与争议之中，而不能对如何衡定此种文类的意义与价值作出溯源推流的理论性的说明，这实在不能不说是一项亟待我们反思和检讨的重要问题。

关于中国的词学之所以从一开始就陷入了困惑与争议之中的主要原因，私意以为实在乃是在中国的文学批评传统中，过于强大的道德观念压倒了美学观念的反思，过于强大的诗学理论妨碍了词学评论之建立的缘故。如我在数年前所写的《传统词学》一篇论文所言："所谓'词'者，原来本只是在隋唐间所兴起的一种伴随着当时流行之乐曲以供歌唱的歌辞。因此当士大夫们开始着手为这些流行的曲调填写歌辞时，在其意识中原来并没有要借之以抒写自己之情志的用心，这对于

---

① 胡寅：《酒边词·序》，味闲轩藏版汲古阁校选《宋六十名家词》第2集，第5册，第2页。

② 徐调孚：《校注人间词话》，香港中华书局，1961，第58页。

诗学传统而言，当然已经是一种重大的突破，而且根据《花间集·序》的记载，这些所谓'诗客曲子词'，原只是一些'绮筵公子'在'叶叶花笺'上写下来，交给那些'绣幌佳人'们'举纤纤之玉手拍按香檀'去演唱的歌辞而已。因此其内容所写乃大多以美女与爱情为主，可以说是完全脱除了伦理政教之约束的一种作品，这对于诗学传统而言，当然更是另一种重大的突破。"① 因此要想真正衡定词这种文类本身的意义与价值，我们自不能忽视《花间集》中对于美女与爱情之叙写所形成的词在美学方面的一种特殊的品质，以及此种特殊的品质在以后词之演进和发展中所造成的一种特殊的影响。关于《花间集》之重要性，早在陈振孙之《直斋书录解题》中，已曾称其为"近世倚声填词之祖"②。近人赵尊岳，在其《词籍题要》中也曾谓"盖论词学者，胥不得不溯其渊源，渊源实惟唐五代，当时词人别集莫可罗致，则论唐五代词者，固舍兹莫属"③。虽然早在《花间集》编订以前，自隋唐间宴乐之开始流行，社会上原已出现过两类配合这种乐曲而创作的歌辞：一类是市井间传唱的俗词，如后世敦煌石窟中所发现的曲子词可以为代表；另一类则是当时文士对这种新文体的尝试之作，如刘禹锡、白居易诸诗人所写作的《忆江南》《长相思》等作品可以为代表。只不过前一类的曲子既未经编订流传，且又过于俚俗，因而遂未曾引起当时作者的重视；至于后一类刘、白等诗人之作，则又因其与诗之风格过于相近，并不足以为"词"这种新兴的文学体式，树立起什么特定的宗风。因此乃必待《花间集》之出现，这种新兴的文学体式，才开始形成了自己所特有的一种品质和风貌，而且在五代以迄宋初的词坛上，造成了风靡一世的极大的影响，甚至当词之演进已经"诗化"和"赋化"以后，这种由早期《花间集》中的"歌辞之词"所形成的一种美学方面的特质，在那些风格已经完全不同的作品中，也仍然有着潜隐

---

① 叶嘉莹：《中国词学的现代观》，岳麓书社，1990，第4—5页。
② 陈振孙：《直斋书录解题》卷二十一，商务印书馆，1939，第581页。
③ 赵尊岳：《词籍题要》，见《词学季刊》第3卷，第3号，台北学生书局，1967，影印本，第55页。

的存在。因此要想弄清中国词学中的困惑和争议，我们所首先必须面对的，实在应该就是《花间集》词究竟含有怎样一种美学特质的问题。如我们在前文之所言，这一册词集中所收的作品，原来只是"绮筵公子"为"绣幌佳人"所写作的香艳的歌辞，其内容既多以叙写美女与爱情为主，因此其所形成的美学特质，当然就必然与其所叙写之内容有着密切的关系，而对美女与爱情的叙写，则无论是在道德传统或是在诗歌传统中，却一贯是被士大夫们所鄙薄和轻视的对象。所以也就正当这种特殊的美学特质的形成期，这种美学特质却在意识观念上，立即就受到了士大夫们的否定的裁决，因此遂将这一类以叙写美女与爱情为主的小词，目之为"艳科""末技"，讥之为"淫靡""郑声"。然而有趣的则是，尽管这些士大夫们在意识观念上将这一类"艳科"的小词，予以了否定的裁决，可是他们却又敌不过这一类小词的"美"的吸引，而纷纷加入了写作的行列。直到南宋的陆游，在他写作小词时仍存有这种矛盾的心理，因此他在《渭南文集》的《长短句序》一文中，就曾经自叙说："乃有倚声制词，起于唐之季世……予少时，汩于世俗，颇有所为，晚而悔之……今绝笔已数年，念旧作终不可揜，因书其旨，以识吾过。"[①] 这种矛盾的心理，在当时不仅存在于作者之中，就连宋代著名的词学家王灼，在其专门论词的《碧鸡漫志》一书的序文中，就也曾自叙说："乙丑冬，予客寄成都之碧鸡坊妙胜院，自夏涉秋，与王和先、张齐望所居甚近，皆有声妓，日置酒相乐，予亦往来两家不厌也。"他所写的《碧鸡漫志》五卷，就都是当时饮宴听歌后所写的有关歌曲的见闻考证。而当他二十年后要将所写的这五卷《碧鸡漫志》付之刊印时，却忽然自我忏悔说："顾将老矣，方悔少年之非，游心淡泊，成此亦安用？但一时醉墨，未忍焚弃耳。"[②] 这与陆游自序其词所表现的既曾经耽溺，又表现忏悔，而又终于付之刊印的

---

① 陆游：《渭南文集》卷十四，见《陆放翁全集》第1册，《国学基本丛书》，商务印书馆，1933，第34页。

② 王灼：《碧鸡漫志·序》卷二，第17页。

矛盾心理，简直如出一辙。那么，又究竟是什么样的因素，才使得这些艳歌小词具有如此强大的吸引力，竟使得当日的士大夫们乃甘冒礼教之大不韪，虽在极强烈的矛盾和忏悔中，也终于投向了对这类小词之创作与评赏的呢？关于此一问题，我们所可能想到的最简单且最明显的答案，大约可归纳为以下两点：其一可能是由于小词所配合来歌唱的音乐之美，如我在《论词的起源》一文之所考证，隋唐间新兴的此种所谓"宴乐"，原是结合有中原之清乐，外来之胡乐，及宗教之法曲而形成的一种新的乐曲，而"词"则正是配合这种集合众长之新乐而演唱的歌辞，其音声之美妙，自可想见①。这当然很可能是使得当日的士大夫们纷纷愿意为这种新兴的乐曲来填写歌辞的一项重要的因素。其次则可能是由于当日的士大夫们，在为诗与为文方面，既曾长久地受到了"言志"与"载道"之说的压抑，而今乃竟有一种歌辞之文体，使其写作时可以完全脱除"言志"与"载道"之压抑和束缚，而纯以游戏笔墨作任性的写作，遂使其久蕴于内心的某种幽微的浪漫的感情，得到了一个宣泄的机会，这当然也可能是使得当日的士大夫们纷纷愿意为此种新兴的乐曲来填写歌辞的另一项重要的因素。而黄山谷之所以用"空中语"来为自己写作的小词作辩解，就正可以说明了当日士大夫们在写作这一类小词时，所感到的被从"言志"与"载道"之束缚中解放出来的一种轻松的心理状态。以上所提出的两点因素，本应是对于士大夫们何以甘冒礼教之大不韪而投身于小词之写作的两个最明显且最简单的答案，而除去这两点表面的因素以外，私意以为小词之所以特具强大之吸引力者，实在更可能是由于经过了写作和评赏的实践，这些士大夫们竟逐渐体会到了这一类艳歌小词，透过其表面所写的美女与爱情的内容，竟居然尚具含一种可以供人们去吟味和深求的幽微的意蕴和情致。只不过这种意蕴和情致，就作者而言既非出于显意识之有心的抒写，就读者而言也难于作具体的指陈和诠释，有些词学家如常州词派的张惠言，可以说就是对此种幽微之意蕴

---

① 叶嘉莹：《论词的起源》，见《灵谿词说》，上海古籍出版社，1987，第1—26页。

颇有体会的一个读者，但他却犯了一个最大的错误，就是想把这种幽微的意蕴，都一一加以具体的指述，于是遂不免陷入牵强比附之中而无以自拔了。至于《人间词话》的作者王国维，当然也是对小词中这种幽微深隐之意蕴深有体会的一位读者，所以他一方面虽批评张惠言的比附之说为"深文罗织"，但另一方面他却也曾经用"成大事业大学问"之"三种境界"来评说晏殊等人的一些小词。他之较胜于张惠言者，只不过是未曾将自己的说法指称为作者之用心而已。总之，小词之佳者之往往具含一种引人生言外之想的幽微深远之意致，乃是许多词学家的一种共同的体会。只不过他们却都未能对小词之所以形成此种特殊品质的基本原因，作出任何理论性的说明。我在 1987 年所写的《传统词学》一文，虽曾对词在演进中由"歌辞之词"转化为"诗化之词"再转化为"赋化之词"的经过历程，及各类词之风格特色都作了相当的探讨；并曾作出结论说：以上三类不同之词风，其得失利弊虽彼此迥然相异，然而若综合观之，则我们却不难发现它们原有一个共同的特点，那就是三类词之佳者莫不以具含一种深远曲折耐人寻绎之意蕴为美①。我更曾在 1986 年所写的《迦陵随笔》中，举引过若干词例，用西方之符号学、诠释学和接受美学等理论，对张惠言与王国维二家之好以言外之想来说词的方式，作过相当理论性的研述②。但对于词之何以形成了此种以富于深微幽隐的言外之意致为美之特质的基本原因，也未曾作出溯本穷源的探讨。近年来我偶然读了一些西方女性主义文学批评的论著，当我透过他们的某些观点来反思中国小词之特质时，遂发现中国最早的一册词集《花间集》中对女性的叙写，与词之以富于幽微要眇的言外之想的意致为美的这种特质之形成，实在有着极为密切的关系。而中国词学之所以长久陷入于困惑之中，一直未能为之建立起一个理论体系，也正与中国士大夫一直不肯面对小词中对美女与爱情之叙写，作出正面的肯定和研析有着密切的关系。因

---

① 参看本书第八篇，第 298 页。
② 参看本书第十篇。

此，下面我遂想借用西方女性文论中的一些观点，来对中国小词之特质之所以形成了以幽微深隐富于言外之意致为美的基本原因，略进行一次溯本穷源的探讨。

## 二

谈到西方女性主义的文学批评，那原是伴随着西方的女权运动而兴起的，带有妇女意识之觉醒的一种新的文学理论。一般人往往将之溯源于1949年西蒙·德·波伏娃（Simone de Beauvoir）之《第二性》（*The Second Sex*）一书之刊行。在此书中，波伏娃曾就其存在主义伦理学的观点，提出了两个重要的概念：那就是女性是男性眼中的"他者"（the other），是"被男性所观看的"（being looked at）。而在这种情况下，女性遂由"人"的地位被贬降到了"物"的地位①。波伏娃的这种观念，当然代表了一种强烈的女性自我意识之觉醒。于是到了20世纪60年代后期与70年代初期，遂有大量的有关女性意识之书刊相继出现，即如李丝丽·费德勒（Leslie Fieldler）在其《美国小说中的爱与死》（*Love and Death in the American Novel*）一书中，就曾指出了男性作者在其文学作品中所叙写的女性形象，对于女性有着歧视的扭曲②。又如费雯·高尼克（Vivian Gornick）和芭芭拉·莫然（Barbara K. Moran）所合编的《在性别主义社会中的女人》（*Woman in a Sexist Society*）③，以及凯特·密勒特（Kate Millett）所写的《性别的政治》（*Sexual Politics*）等书④，这些著作的重点主要在于要唤起和建立一种可以和男性相对抗的女性意识。到了20世纪70年代后

---

① Simone de Beauvoir, *The Second Sex*, trans. H. M. Parshley, Harmondsworth Press, 1972.

② Leslie Fieldler, *Love and Death in the American Novel*, New York: Stein and Day, 1966.

③ Vivian Gornick & Barbara K. Moran, *Women in a Sexist Society: Studies in Power and Powerlessness*, New York: Basic Books, 1971.

④ Kate Millett, *Sexuel Politics*, New York: Double Day, 1970.

期乃有艾琳·邵华特（Elaine Showalter）所写的《她们自己的文学》（*A Literature of Their Own*）①，以及桑德拉·吉伯特（Sandra Gilbert）和苏珊·葛巴（Susan Gubar）所合著的《阁楼中的疯妇》（*The Mad Woman in the Attic*）等书相继出现②，其后吉伯特与葛巴又于20世纪80年代中期合力编成了一部厚达两千四百余页的《诺顿女性文学选集》（*Norton Anthology of Literature by Women*），于是紧随在女性意识之觉醒及对文学中女性形象之探讨以后，遂更开始了对于女性作者及女性文学的介绍和批评，而且蔚然成为一时的风气。而与此相先后，则更有露斯文（K. K. Ruthven）之《女性主义的文学研究概论》（*Feminist Literary Studies：An Introduction*）③与特丽·莫艾（Toril Moi）的《性别的、文本的政治：女性主义文学理论》（*Sexual/Textual Politics：Feminist Literary Theory*）④以及艾琳·邵华特的《女性主义诗学导论》（*Towards a Feminist Poetics*）⑤和玛吉·洪姆（Maggie Humm）的《女性主义文学批评：作为当代文学批评家的妇女》（*Feminist Criticism：Women as Contemporary Critics*）⑥等书相继问世。于是女性主义文学批评，乃逐渐脱离了早期的女性与男性相互对立抗争的狭隘的观念，而发展成为一种由女性意识觉醒所引生的新的文学批评理论的建立。本文由于篇幅及作者能力之限制，对于西方的这些女性主义的文学理论自无暇作详细之介绍，而且本文也并不想完全套用西方的模式来评说中国的词与词学，但无可否认的则是

---

① Elaine Showalter，*A Literature of Their Own：British Women Noverlists from Bronte to Lessing*，Princeton：Priceton University Press，1977.

② Sandra Gilbert & Susan Gubar，The Mad Woman in the Attic：*The Woman Writer and the Nineteenth Century Literary Imagination*，New Haven：Yale University Press，1979.

③ K. K. Ruthven，*Feminist Literary Studies：An Introduction*，New York：Cambridge University Press，1984.

④ Toril Moi，*Sexual/ Textual Politics：Feminist Literary Theory*，London & New York：Routledge，Chapman and Hall Inc，1988.

⑤ Elaine Showalter，"Towards a Feminits Poetics," *in Women Writing and Writing about Wonmen*. ed. Mary Jacobus，London：Croomfelm，1979.

⑥ Maggie Humm，*Feminist Criticism：Women as Contemporary Critics*，Brighton：Harvester，1986.

任何一种新的理论出现，其所揭示的新的观念，都可以对旧有的各种学术研究投射出一种新的观照，使之从而可以获致一种新的发现，并作出一种新的探讨。一般说来，无论中西的历史文化，在过去都曾长久地被控制在男性中心的意识之下，因此当女性意识觉醒以来，遂在短短的几十年间，就对世界上各种社会经验及文化传统都造成了强烈的震撼。我个人作为一个中国古典诗词的研究工作者，遂在西方女性主义文论的观照中，对于中国小词中之女性特质，以及此种特质在词学中所引起的许多困惑的问题，也有了一些新的体认和想法。下面我就将把个人的这一点新的体认和想法，略进行简单的叙述。

首先我们所要提出来一谈的，乃是《花间集》词中的女性形象之问题。中国旧传统之文评家，往往将诗词中所有关于女性的叙写都混为一谈，因此过去之说词人才会将小词中美女与爱情的叙写，或者任意比附于古代之风骚，或者推源于齐梁之宫体，或者等拟为南朝乐府中的西曲及吴歌。然而事实上这些不同的文类中，虽同样有关于美女与爱情的叙写，但其所形成的美学之特质与作用，却显然有着极大的区别。关于这方面，我觉得西方女性文论中对于文学中女性形象的论述和探讨，似乎颇有可以提供我们反思之处。早在 20 世纪 60 年代，李丝丽·费德勒（Leslie Fiedler）在其《美国小说中的爱与死》一书中，就曾提出了男性作者所写之女性往往将之两极化了的问题。费氏以为男性作者所写之女性，总是或者将之写成为美梦中之女神，或者将之写成为噩梦中之女巫[1]，而这两类形象，当然都并不是现实中真正的女性。其后在 20 世纪 70 年代又有苏珊·格伯曼·柯尼伦（Susan Koppelman Cornillon）编辑了一本论集，题名为《女性主义者所看到的小说中之女性形象》（*Images of Women in Fiction*：*Feminist Perspectives*），其中收有二十一篇论文，都严格地批评了文学作品中女性

---

① Lesline Fieldler, *Love and Death in the American Novel*（New York：Stein and Pay，1966），p. 314.

形象之不真实性①。后来在 20 世纪 80 年代，玛丽·安·佛格森（Mary Anne Ferguson）在其《文学中之女性形象》（*Images of Women in Literature*）一书中，则更曾将文学中之女性形象详细地分成了三大部分：第一部分为"传统的妇女形象"（traditional images of women），在此一部分中，佛氏曾将女性分为五种类型：其一为妻子（the wife）之类型，其二为母亲（the mother）之类型，其三为偶像（women on a pedestal）之类型，其四为性对象（the sex object）之类型，其五为没有男人的女性（women without men）之类型。这五种类型之身份虽然各有不同，但事实上却都是作为男性之配属而出现的，即使在没有男人的女性之类型中，此一类型也是作为因没有男人而被怜悯、被异视而出现的。这些传统的形象在早日的文学作品中，已早成为固定的类型（stereotype），不仅在男性作品中存在，即使在女性作品中也难以脱去这种限制。不过自女性的意识开始觉醒以后，于是文学中遂有了另外的女性类型之出现。这就是佛氏书中的第二部分，所谓"转型中之女性"（woman becoming）。这一类型的女性形象，主要在努力脱除旧有的定型的限制，试图表现出女性真正的自我，写出女性自我的真正生活体验和自我真正的悲欢忧乐，成为自我的创造者（self-creators）。另外，佛氏在书中的第三部分，还提出了所谓女性的"自我形象"（self-images）。这主要是由于近年来有不少女性的日记和书信曾经被发现和整理了出来，不过因为内容和性质的杂乱，还有待于进一步的研究和探讨②。

以上我们虽然对西方女性主义文论中有关女性形象之论著，作了简单的介绍，但本文却并不想把关于《花间集》词中女性形象的讨论，套入到西方的模式之中。这一则因为东西方之文化背景原有着明显的不同，我们原难将西方之模式作死板之套用；再则也因为他们的探讨

---

① Susan Koppelman Cornillon，*Images of Women in Fiction*：*Feminist Perspectives*，Ohio：Bowling Green University Popular Press，1973.

② Mary Anne Ferguson，*Images of Women in literature*，4th Ed. Honghton Mifflin Co，1986.

乃大多以小说中之女性形象为主，这与我们所要探讨的《花间集》词中的女性形象，当然也有着极大的差别；三则更因为西方女性主义之文论，原与西方之女权运动有着密切的关系，而本文之主旨，则只是想透过《花间集》词中的女性叙写，来对小词之美学特质一加探讨，而全然无意于女权之运动。但我却仍然对他们的论点进行了相当的介绍，我的目的只是想透过他们对女性形象之身份性质之分析的方式，也对中国诗词中之女性形象之身份性质一加反思，并希望能借此寻找出《花间集》词中之女性叙写，与词之美学特质的形成究竟有着怎样的一种关系而已。

在中国诗歌中关于女性的叙写，当然并不自《花间集》词为始，即如为《花间集》写序的欧阳炯，就曾把这一类写美女与爱情的作品，推溯到前代的乐府与南朝的宫体诗，而后世之以溯源与尊体为说的词学家，其不惜将小词比附于《诗》《骚》，则更已如前文所述，他们的这些说法，从表面看来似乎也都有可以成立的理由，因为自《诗经》《楚辞》以下，降而至于南朝乐府中之"吴歌""西曲"和齐、梁间的宫体诗，以至于唐人的宫怨和闺怨的诗篇，其中本来早就有了大量的对于美女与爱情的叙写，这原是不错的。盖以男女之情既为人性之所同具，爱美而恶丑也为人性之所同然，因此若只从其叙写美女与爱情的表面情事来看，则所有这些作品自然便都有着可以相通之处，但值得注意的则是，虽然同样是叙写美女与爱情的作品，为什么却只有"词"这种文类中的一些作品才特别富于一种引人生言外之想的要眇宜修之特质？我以为这才是最值得我们去探讨的一个重要问题。关于此一问题，私意以为西方女性文论中对作品中女性形象之身份性质的讨论，似乎颇可以给我们一些启发。在中国的文学史中，虽然早自《诗经》开始，就已经有了关于美女与爱情的叙写，但事实上各种不同时代不同体式的文学作品中，其所叙写之女性形象之身份性质，以及其所用以叙写之口吻方式，却原有着极大的差别。以下我们就将对这些差别稍加论述。

《诗经》中所叙写的女性，大多是具有明确之伦理身份的现实生活中之女性，其叙写之方式，亦大多以写实之口吻出之，这是一类女性的形象。《楚辞》中所叙写之女性，则大多为非现实之女性，其叙写之方式，乃大多以喻托之口吻出之，这是又一类女性的形象。南朝乐府之吴歌及西曲中所叙写之女性，则大多为恋爱中之女性，其叙写之方式则大多是以素朴的民间女子自言之口吻出之，这是又一类女性的形象。至于宫体诗中所叙写之女性，则大多为男子目光中所见之女性，其叙写之方式乃大多是以刻画形貌的咏物之口吻出之，这是又一类女性之形象。到了唐人的宫怨和闺怨诗中所叙写的女性，则大多亦为在现实中的具有明确之伦理身份的女性，其叙写之方式则大多是以男性诗人为女子代言之口吻出之，这是再一类女性之形象。如果以词中所叙写之女性形象与以上各文类中之不同的女性形象相比较，我们就会有一种奇妙的发现，那就是词中所写的女性乃似乎是一种介乎写实与非写实之间的美色与爱情的化身。我这样说，也许有一些读者不免会对此产生疑问，盖以如我们在前文所言，《花间集》中所选录的作品，既原是"绮筵公子"为"绣幌佳人"而写的"文抽丽锦"的歌辞，因此其中所写之女性，自然应该乃是那些当筵侑酒的歌儿酒女之形象。如此说来，则此一类女性形象自当是现实中之女性。可是这一类女性却又并无家庭伦理中之任何身份可以归属，而不过仅只是供男子们寻欢取乐之对象而已。而《花间集》中的作品，就正是出于那些寻欢取乐的男性作家之手，因此其写作之重点乃自然集中于对女性之美色与爱情之叙写，而"美"与"爱"则恰好又是最富于普遍之象喻性的两种品质，因此《花间集》中所写的女性形象，遂以现实之女性而具含了使人可以产生非现实之想的一种潜藏的象喻性。如果以这一类女性形象与我们在前文所提到的其他文类中的女性相比较，则《诗经》中所写的现实生活中之女性，可以说基本上并不具含什么象喻性，即使后世的说诗人可以据之为美刺讽喻之说，也只是后加的一种比附，而并非其所写之女性形象之本身所具含的特质。这是我们所当注意的第一点区别。至于《楚辞》中所写之女性，则大多本出于作者有心之托喻，而有心之托喻，则一般皆有较明白之喻旨可以推寻，这与《花间集》词中之本无托喻之用心，而本身却极富象喻之潜能的女性形象，当然也有很大的不同。这是我们所当注意的第二点区别。再就吴歌及西曲中的女性而言，则此类乐府歌辞本出于民间，且观其口吻盖多为女子之自述。如果以之与《花间集》词之出于男性文士之手的作品相比较，则前者之所叙写乃大多为现实的女性之情歌，并无象喻之色彩，而后者则由于乃是男性作者对其心目中之"美"与"爱"的叙写，因而遂具含了某种象喻之色彩。这是我们所当注意的第三点差别。更就宫体诗言之，则宫体诗中所写之女性乃大多是被物化了的女性，作者在叙写之时，很少有主观感情之投入，可是《花间集》词中所写的女性则正是爱情所投注的主要的对象，因此宫体诗中的女性遂只成为一些美丽的被物化了的形象而已，而《花间集》词中的女性则因为有着爱之投注，而具含了一种象喻的潜能，这是我们所当注意到的第四点区别。再就唐代的宫怨与闺怨之诗言之，则私意以为此类怨诗似可分别为两种不同之情况：一种怨诗所写者乃属于现实生活中女性所实有的空虚寂寞之怨情，另一种怨诗所写者则是假托女性之怨情来喻写男性诗人自己不得知遇的悲慨。前者之所写，与《诗经》中的思妇弃妇之性质似乎颇有相近之处；后者之所写，则与《楚辞》中的托喻之性质似乎也颇有相近之处。而此二种情况则与我们前面所言及的《花间集》词中所写的现实中之女性而却具含引人生象喻之想的、介乎写实与非写实之间的女性形象都并不相同，这是我们所当注意的第五点区别。

以上是我们透过西方女性主义文论中对文学作品中女性形象之反思，所可能见到的在《花间集》词中所叙写的女性形象，与其他文类中所叙写的女性形象的一些重要区别。而这当然是形成词之特别富于引人生言外之想的象喻之潜能的一项最主要的因素。

其次我们所要提出来一谈的，乃是《花间集》词中之语言的问题。

关于词与诗之语言的不同，前代的词学家当然也早曾注意及之。所谓"诗庄词媚"之说，固久为论词者之共同认知。至于词与诗在语言形式上的明显差别，则主要当然乃在于诗之句式整齐，而词则富于长短参差之变化。即如清人笔记就曾载有一则故事，说清代的学者纪昀博学而好滑稽，一日偶然在扇面上题写了唐代诗人王之涣的一首七言绝句，原诗是："黄河远上白云间，一片孤城万仞山。羌笛何须怨杨柳？春风不度玉门关。"而纪氏却漏写了首句最后的"间"字。当有人指出其失误时，纪氏乃戏谓其所写者原非七言之绝句，而为长短句之词，于是乃对之重加点读为："黄河远上，白云一片。孤城万仞山。羌笛何须怨？杨柳春风，不度玉门关。"① 如果从内容所写的景物情事来看，则二者原可以说是完全相同，可是却因其句式之不同，后者遂显得比前者更多了一种要眇曲折的姿态。可见词之语言形式的参差错落，乃是造成其与诗之语言的性质不同的一个重要原因。但二者之区别，又不仅在形式之不同，即如《王直方诗话》曾载苏轼与晁补之及张耒论诗之言，晁、张云："少游（秦观）诗似小词，先生（苏轼）小词似诗。"② 元好问《论诗绝句》也曾引秦观《春日》诗中的两句而评之云："'有情芍药含春泪，无力蔷薇卧晚枝'，拈出退之《山石》句，始知渠是女郎诗。"③ 可见词之语言与诗之语言，除了形式方面的差别以外，原来也还有着性质方面的差别。秦观诗之被评为"女郎诗"，又被评为"诗似小词"，都足以说明"词"较之于"诗"乃是一种更为女性化的语言。那么究竟怎样的语言才是女性化的语言呢？关于此点，西方的女性主义文论的一些观点，也有颇可以供我们反思参考之处。原来西方的女性主义文评之重点，开始时原在对文学作品中女性形象之探讨，其后遂转向了对于女性作品之探讨，于是他们遂注意到了女性

---

① 笔者幼时闻先伯父狷卿公讲述如此，经查，未见出处。

② 见郭绍虞校辑《宋诗话辑佚》卷上，哈佛燕京学社出版，《燕京学报》专号之十四，1937，第97页。

③ 元好问：《论诗绝句》之二十四，《元遗山诗集笺注》册下，卷十一，台北广文书局，影印道光蒋氏藏版，第8页。

作品中的女性语言之问题。关于女性语言（female language）的讨论，最初他们也是站在两性对立的观点来看待的。他们以为一般书写的语言，都带有男性的意识形态，这对于女性遂形成了一种压抑。所以法国的女性主义文评家安妮·李赖荷（Annie Leclerc）在其《女性的言说》（"Parole de Femme"）一文中乃尝试专以写作实践写出一种自己的语言，而不欲被限制在男性意识的界限之中①。此外卡洛琳·贝克（Carolyn Barke）在其《巴黎的报告》（"Reports from Paris"）一文中，也曾指出法国女性文学的一个重要论题，乃是如何去发掘和使用一种适当的女性的语言②。至于所谓女性语言的特色，则是英国任教的一位女性主义文评家特丽·莫艾在其《性别的、文本的政治：女性主义文学理论》一书中，曾指出一般人的看法，总以为男性（masculine）所代表的乃是理性（reason）、秩序（order）和明晰（lucidity），而女性（feminity）所代表的则是非理性（irrationality）、混乱（chaos）和破碎（fragmentation）③。不过莫氏自己却又提出说她本人反对这种男性与女性的对分法。她以为我们必须停止这种把逻辑性、观念性和理性认为是男性的分类法。这种争议之由来，私意以为主要都是由于西方女性主义文评之源起与女权主义结合有密切之关系的缘故。因此当他们讨论到女性语言时，遂往往将之牵涉到两性在社会中之权力地位等种种方面之问题，不过，我们现在却不想从生理的性别来讨论男性之语言是否较之女性之语言，更为逻辑性与更为理念性之问题，也不想把女性语言与男性语言相对立而讨论其优劣的问题。我们现在只是想借用西方女性主义文论中的一些观念，来探讨《花间集》词之语言所形成的某种美学特质之问题。

---

① Annie Leclere，"Parole de femme," *in New Feminisms：An Anthology*. ed. Elaine Marks & Isabelle，(The University of Massachusetts Press，1980)，pp. 79—86.

② Carolyn Burke，"Reports from Paris：Women's Writing and the Women' s Movement." *Signs* 3 (Summer 1978)：844.

③ Toril Moi，*Sexual/Textual Polities：Feminist Literary Theory*，(London & New York：Routledge Chapman and Hall Inc，1988)，p. 160.

　　如果从西方女性文论中所提出的书写语言带有男性的意识形态的一点来看，则中国传统文学中的言志之诗与载道之文等作品，当然便该毫无疑问地都是属于所谓男性的语言。因为中国儒家的教育一向以治国平天下为其最高之理想，所以在中国的诗文中遂一向充满了这种想法的意识形态，朱自清先生在其《〈唐诗三百首〉指导大概》一文中，就曾指出了唐诗中的一种主要意识形态，说："在各种题材里，'出处'是一重大的项目，从前读书人唯一的出路是仕，出仕为了行道，自然也为了衣食，出仕以前的隐居、干谒、应试（落第）等，出仕以后的恩遇、迁谪乃至爱民、爱国、思林栖、思归田等，乃至真个归田，都是常见的诗的题目。"① 而在中国旧传统的社会之中，则女性既根本没有仕的机会，因此这种以"仕隐"与"行道"为主题的作品，当然乃是一种男性意识的语言。可是《花间集》小词的出现，却打破了过去的"载道"与"言志"的文学传统，而集中笔力大胆地写起了美色与爱情，而且往往以女子之感情心态来叙写其伤春之情与怨别之思，是则就其内容之意识而言，《花间集》词之语言，固当是一种属于女性化之语言。何况在语言之形式方面，如我们在前文之所曾论述，词之语言与诗之语言的主要差别，固原在诗之语言较为整齐，而词之语言则更富于长短错落之致。而如果从西方女性主义所提出的两性语言之性质方面的差别来看，则毫无疑问的，诗之语言乃是一种更为有秩序的、明晰的、属于男性的语言，而词则是比较混乱和破碎的一种属于女性的语言。也许有些人会认为混乱而破碎的语言形式，相对于明晰而有秩序的语言形式，乃是一种较为低劣的语言形式，可是中国的小词却有力地证明了这种混乱而破碎的语言形式，不仅不是一种低劣的缺点，而且还正是形成了词之曲折幽隐，特别富于引人生言外之想之特美的一项重要的因素。即如为《花间集》词树立宗风的一位弁冕全集的作者温庭筠，他的词之所以备受后人推崇，认为有屈骚之托

---

① 朱自清：《朱自清古典文学论文集》册下，台北源流出版事业股份有限公司，1982，第357页。

意的主要原因，事实上就正在于他所使用的语言，无论就内容意识方面而言，或者就外表形式方面而言，都恰好是带有最强烈的女性语言之特色的缘故。温词既大力地描述女子的衣饰之美与伤春怨别之情，又经常表现为混乱破碎不连贯的章法和句式。所以讥之者如李冰若之《栩庄漫记》乃谓其往往"以一句或二句描写一简单之妆饰，而其下突接别意，使词意不贯，浪费丽字，转成赘疣，为温词之通病"①。而赏之者如陈廷焯之《白雨斋词话》乃称其"意在笔先，神余言外，……若隐若现，欲露不露，反复缠绵，终不许一语道破。匪独体格之高，亦见性情之厚"②。可见温词之所以特别具含引人生言外之想的潜能，固正由于其所使用之语言，无论就内容意识而言，或就外表形式而言，都是最富于女性化之特色的缘故。因此我们自然可以说词之女性化的语言，乃是形成了词之特别富于引人生言外之想的象喻之潜能的另一项重要的因素（关于温词中所写的女性的姿容衣饰之美，以及其句法中之看似扞格不通之处，之所以易于引人生言外之想的缘故，我在《温庭筠词概说》及《温庭筠〈菩萨蛮〉词所传达的多种信息及其判断之准则》二文中，已曾就其"客观"与"纯美"及符号学中之"语码"等理论，作过相当详细之析论，兹不再赘③。只不过本文所提出的其所写的容饰之美在意识方面之属于女性化之语言，以及其句法之破碎在形式方面之属于女性化之语言，乃是更为触及词之根本特质的一种看法而已）。

　　以上我们从西方女性文评中所提出的"女性形象"与"女性语言"两方面，对词之所以形成其幽微要眇具含丰富之潜能的因素，作了相当的探讨。但事实上这其间却原来存在着一个重大的问题，那就是西方女性文评之所谓"女性语言"，本是指女性作者所使用之语言而言的，可是《花间集》中所收录的十八位词人，却清一色的都是男性的

---

　　① 李冰若：《栩庄漫记》，见《花间集评注》，开明书店，1935，第16页。
　　② 陈廷焯：《白雨斋词话足本校注》册上，齐鲁书社，1983，第20页。
　　③ 见《迦陵论词丛稿》，上海古籍出版社，1980，第1—37页，及《中国词学的现代观》，岳麓书社，1990，第78—83页。

作者，于是《花间集》词特质之形成，遂在除去我们已讨论过的两项因素以外，还应再增入一项更为重大的因素，那就是由男性作者使用女性形象与女性语言来创作，所形成的一种特殊的品质。关于此种特殊之品质，私意以为西方女性文评近年来所提出的一些观念，似乎也有颇可以供我们参考之处。原来西方的女性文评，近年来已逐渐脱离了早期的女性与男性互相对立抗争的狭隘之观念，而发展成为一种由女性意识之觉醒，从而引生出来的新的文学批评理论之建立，而其中最值得注意的一个理论观念，就是卡洛琳·郝贝兰（Carolyn G. Heilbrun）在其《朝向雌雄同体的认识》（*Toward a Recognition of Androgyny*）一书中所提出的"雌雄同体"（androgyny）之观念，这个字原是古代希腊的一个词语，其字原乃是结合了 andro（男性）与 gyn（女性）两个字而形成的一个词语，本意指生理上雌雄同体的一种特殊现象，但郝氏之提出此一词语，则意指性别的特质与两性所表现的人类的性向，本不应作强制的划分，因此就郝氏之说而言，此"androgyny"一词，也可将之评为"双性人格"。郝氏之提出此一观念之目的，是想从一种约定俗成的性别观念中，把个人自己真正的性向解放出来。郝氏在书前序文中，曾经引用批评家托马斯·罗森梅尔（Thomas Rosenmeyer）在其《悲剧与宗教》（*Tragedy and Religion*）一书中的话，以为希腊神话中的酒神狄奥尼索斯（Dionysus）既非女性，亦非男性。或者更好的说法应是狄奥尼索斯所表现的自己，乃是男人中的女人，或女人中的男人①。郝氏更曾引用心理学家诺曼·布朗（Norman C. Brown）在其《生对死：心理分析的历史意义》（*Life Against Death：The Psychoanalytical Meaning of History*）一书中的话，以为犹太神秘哲学的宗教家就曾提出说上帝具有双性人格的本质；东方道家哲学的创建者老子，在《道德经》中也曾提出过"知其雄，守其雌"的说法；而诗人里尔克（Rilke）在其《给

---

① Carolyn Heillbrun，*Toward a Recognition of Androgyny*，（New York：Norton & Co. 1982），p. xi.

一个青年诗人的信》（*Letters to a Young Poet*）中，也曾认为男女两性应密切携手，成为共同的人类（human beings）而非相对之异类（as opposites）①。从以上所征引的种种说法来看，郝氏的主要之目的原不过是想要证明，无论是在神话、宗教、哲学和文学中，"双性人格"都该是一种最高的完美的理想，因此女性文评自然也应该摆脱其与男性相抗争的对立的局面，而开创出一种以"双性人格"为理想的新的理论观点。是则郝氏虽然反对社会上因约定俗成而产生的把男女两性视为相对立的观念，但其出发点却实在仍是以此一观念为基础的。至于本文之引用郝氏之说，则与现实社会中男女性别之区分与对立全无任何关系，而不过只是想借用其"双性人格"之观念，来说明《花间集》词的一种极值得注意的美学特质而已。

所谓"双性人格"或"雌雄同体"之说，如果从医学和生理方面来理解，则我们之使用此一词语来讨论《花间集》之小词，自不免会使人感到怪异而难以接受。但若就美学之观点言之，则《花间集》之小词却确实具含了此种"双性人格"的一种特美。虽然《花间集》词之作者并未曾有意追求此种特美，但却由于因缘之巧合，乃使得《花间集》词的那些男性作者，竟然在征歌看舞的游戏之作中，无意间展示了他们在其他言志与载道的诗文中，所不曾也不敢展示的某种深隐于男性之心灵中的女性化的情思。关于男性在意识中之潜隐有女性之情思，本来在 20 世纪 50 年代的心理学家荣格（C. G. Jung）就曾提出过此种说法②。而近年有一位美国西北大学的教授劳伦斯·利普金（Lawrence Lipking）在其 1988 年出版的《弃妇与诗歌传统》（*Abandoned Women and Poetic Tradition*）一书中，则更曾从诗学之传统中，对男性之潜隐有女性化之情思，作了深细的探讨。不过利氏所谓"弃妇"，并非狭义的只指被弃的妻子，而是泛指一切孤独寂寞对爱情有所

---

① Carolyn Heillbrun，*Toward a Recognition of Androgyny*，（New York：Norton & Co. 1982），p. xi.

② "Aion：Phenomenology of the Self，" *in The Collected Works of C. G. Jung*，trans. R. F. C. Hull. Vol. 9，Part II.（Bollingen Foundation Inc.，1959），pp. 1—42.

期待或有所失落的境况中的妇女。利氏自谓促使他撰写此书的动机之一，乃是因为他读了西蒙·德·波伏娃的《第二性》一书中的《恋爱中之妇女》（"Women in Love"）一节，于是才引起了他对于此一主题的思考。利氏以为诗歌中之有弃妇的叙写，可以说是与诗歌之有历史同样的悠久。他曾举古希腊的诗人欧威德（Ovid）所写的《一组女人的书信》（*Epistulae Heroidum*）为例证，此一组书信乃是欧氏假托古代有名的女人——从希腊神话中奥德修斯（Odysseus）的妻子潘尼洛普（Penelope）到希腊的女诗人萨福（Sappho）诸人之名而写作的一系列的爱情的书信，信中所表现的都是她们对所爱的远方之情人的怀思。利氏以为此种在诗歌中所表现的弃妇思妇之情，无论在任何文化中都是普遍存在着的。而"弃男"的形象则很少在文学作品中出现。因为社会上对男女两性有着不同的观念，诗歌中写到女性之被弃似乎是一件极自然的事，但男性之被弃则似乎是一件难以接受之事。而男人有时实在也有失志被弃之感，于是他们乃往往借女子口吻来叙写。所以男性诗人之需要此一"弃妇"之形象实较女性诗人为更甚。因此"弃妇"之诗所显示的遂不仅是两性之相异性，同时也是两性之相通性[①]。利氏之所言，当然有其普遍之真实性，而此种观念验之于中国传统之诗歌，则尤其更有一种特别之意义。因为在中国传统社会中，除去如利氏所提出的，男女两性因地位与心态不同，故男子难于自言其挫辱被弃，乃使得男性诗人不得不假借女性之口以抒写其失意之情以外，在中国旧日的君主专制社会中，原来还更存在有一套所谓"三纲五常"的伦理观念。"五常"一般多以为指"仁、义、礼、智、信"五种常德，此与本文所讨论之主题无关，姑置不论；至于"三纲"则是指三种不平等的人际伦理关系，也就是"君为臣纲、父为子纲、夫为妻纲"。在这种关系中，为君、为父与为夫者，永远是高高在上的掌权发令的主人，而为臣、为子与为妻者，则永远是被控制支配的对象。

---

① Lawrence Lipking, *Abandoned Women and Poetic Tradition*，（Chicago：University of Chicago Press，1988），pp. xv－xxvii.

不过此"三纲"中,"父子"乃是先天的伦理关系,所以"弃子"的情况,不仅发生得比较少,而且复合的机会也比较多;可是"君臣"与"夫妻"则是后天的伦理关系,其得幸与见弃乃全然操之于高高在上的为君与为夫者的手中,至于被逐之臣与被弃之妻,则不仅全然没有自我辩解与自我保护的权利,而且在不平等的伦理关系中,还要在被逐与见弃之后,仍然要求他们要持守住片面的忠贞。在此种情况下,则被逐与见弃的一方,其内心所满怀的怨悱之情,自可想见,而也就正由于这种逐臣与弃妻之伦理地位与感情心态的相似,所以利普金氏所提出的男性诗人内心中所隐含的"弃妇"之心态,遂在中国旧社会的特殊伦理关系中,形成了诗歌中以弃妇或思妇为主题而却饱含象喻之潜能的一个重要的传统。曹植《七哀》诗中之自叹"当何依"的"贱妾",以及《杂诗》中之自叹"为谁发皓齿"的"佳人"①,可以说就都是此一传统中的明显的例证。

当我们有了以上的对于东西方诗歌中"弃妇"之传统的认识以后,再来反观这些在歌筵酒席间演唱的歌辞,我们就会发现这些歌辞所写的,原来大多乃是寻欢取乐的男子们对那些歌妓酒女们的容色与恋情的叙写。这种恋情盖正如利普金氏在其《弃妇》一书中所提到的,如同 11 到 13 世纪间法国南部、西班牙东部和意大利北部所流行的,一些抒情诗人们(troubadours)所写的恋歌一样,总是男子们在爱情的饥渴中寻求得一种满足后便扬长而去,而女子们则在一场恋情后留下了绵长的无尽的怀思②。在中国小词中所写的恋情也正复如此,这在早期的敦煌曲中便已可得到证明。即如《敦煌曲子词》中的两首《望江南》(莫攀我)及(天上月)。这两首词中所写的"恩爱一时间"及"照见负心人",所表现的就都是一些歌妓酒女们对那些一度欢爱后便抛人而去的情人们的怨意和怀思③。只不过那些敦煌曲子所写的很可

---

① 丁晏编:《曹集诠评》卷五,及卷四,商务印书馆,1933,第 41 页、第 28 页。

② Lawrence Lipking, *Abandoned Women and Poetic Tradition*,(Chicago:University of Chicago Press,1988),pp. xv−xxvii.

③ 王重民辑:《敦煌曲子词集》卷上,商务印书馆,1956,第 44 页。

能就是那些被弃的歌妓酒女们的自言之辞，所以其词中所表现的就只是一份极质朴的女子的怨情，可是《花间集》的作者则是男性的诗人文士，因此当他们也尝试仿效女子的口吻来写那些相思怨别之情的时候，就产生了两种极值得注意的现象。其一是他们大多把那些恋情中的女子加上了一层理想化的色彩，一方面极写其姿容衣饰之美，一方面则极写其相思情意之深，而却把男子自己的自私和负心以及由此而引起的女子的责怨，都隐藏起来而略去不提。于是在他们的作品中之女子遂成为一个忠贞而挚情的美与爱的化身，而不再是如敦煌曲中的充满不平和怨意的供人取乐和被人遗弃的现实中的风尘女子了。这是第一点值得注意之处。其二则如我在前文所言，由于"逐臣"与"弃妻"在中国旧社会中伦理地位之相似，以及"弃妇"之辞在中国诗歌中所形成的悠久之传统，因此当那些男性的诗人文士们在化身为女子的角色（persona）而写作相思怨别的小词时，遂往往于无意间就竟然也流露出了他们自己内心中所蕴含的，一种如张惠言所说的"贤人君子幽约怨悱不能自言之情"。这种情况之产生，当然可以说是一种"双性人格"之表现。而由此"双性人格"所形成的一种特质，私意以为实在乃是使得《花间集》小词之所以成就了其幽微要眇具含丰富之潜能的另一项重大的因素。

除去以上所提及的种种因素以外，最后还有一点我想要加以说明的，就是男子之假借女子之形象或女子之口吻来抒写其仕宦失志之情，原不自小词为始，但何以却只有小词才形成了其独特的要眇幽微之特质？关于此一问题，我在前文论及诗歌中女性之形象时，已曾将小词中女性之形象，与其他诗歌中女性之形象之性质的不同，以及由此而产生的美学效果的不同，都作过了一番比较和讨论。我以为一般而言，大多数诗歌中所写之女性形象，约可分别为两大类：一类是具有明确之伦理身份的现实中之女性；另一类则是并无明确之伦理身份的托喻中之非现实的女性，而小词中所写的女性，则似乎乃是一种介于写实与非写实之间的、美色与爱情的化身。而这种介于写实与非写实之间

92

的、并无明确的象喻之意义的女性形象，却似乎较之那些有心托喻具有明确之象喻意义的女性形象，具含了更丰富的象喻之潜能。关于此种现象之形成，私意以为当代法国的一位女学者朱丽娅·克里斯特娃（Julia Kristeva）所提出的一些理论，似乎也颇有可供我们参考之处。克氏是一位关心女性主义文评，然而却不被女性文评所拘限的、学识极为渊博的女性学者，她自称她自己所建立的学说为解析符号学（sémanalyse），是针对传统符号学（semiotics）在诠释近代一些诗歌时所面临的不足，而创立出来的一种新学说。克氏主要的论点在于要把符号（sign）的作用分为两类：一类是符示的（semiotic），另一类是象征的（symbolic）。克氏以为在后者的情况中，其符表之符记单元（signifying unit）与其所指之符义对象（signified object）间的关系，乃是一种被限制的作用关系（restrictive function-relation）。而在前者之情况中，其能指之符记单元与所指之对象中则并没有任何限制之关系。克氏以为一般语言作为表意的符记，其作用大抵是属于象征的层次，也就是说其符表与符义之间的关系，乃是固定而可以确指的；可是诗歌的语言，则可以另有一种属于克氏所谓的符示的作用，也就是说其符表与符义之间的关系，往往带有一种不断在运作中的生发（productivity）之特质，而诗歌之文本（text）遂成为一个可以供给这种生发之运作的空间。在这种情形下，文本遂脱离了其创作者的主体意识，而成为一个作者、作品与读者彼此互相融变（transformer）的场所①。克氏生于保加利亚，于 1966 年来到法国巴黎，当时她只有二十五岁。她带着东欧的学术思想背景，立即投入了西方学术思想精英的活动之中，这种双重学术文化的融会，使她所本来具有的卓越的才智得到了极大的发挥。她的学识之渊博与思辨之深锐都是过人的。本

---

① Julia Kristeva，"The Semiotic and the Symbolic," *in Revolution in Poetic Language.* trans. Margaret Waller. (New York：Columbia University Press，1984)，pp. 19－106. 并请参看于治中先生《正文、性别、意识形态》一文，见《中外文学》第 18 卷，第 1 期，台北《中外文学》月刊社，1989 年 1 月，第 151 页。关于 transformer 一词，见 Julia Kristeva，*Sèméiotikè：Recherches Pour une Sémanalyse.* (Paris：Seuil，1969)，p. 10.

文因篇幅及笔者能力之限制，对于克氏之说自无法作详尽的介绍。我现在只不过是想断章取义地借用她所提出来的"符示"与"象征"两类不同的符号作用之区分，来说明《花间集》小词中，由于"双性人格"之特质所形成的一种幽微要眇的言外之潜能，与传统诗歌中那些有心为言外之托喻的作品之间的一些差别而已。

就传统诗歌中有心托喻的作品而言，其用以托喻的符表，与所托之意的符义，可以说乃是完全出于作者显意识之有心的安排。即如屈原在《离骚》中所写的"美人"，与曹植在《七哀》诗中所写的"弃妇"，就该都是属于克氏所说的"象征的"作用之范畴。也就是说其符表之符记单元与其所指之符义对象之间，是有着一种明白的被限定之作用关系的。虽然洪兴祖的《楚辞补注》曾经提出说"屈原有以美人喻君者，……有喻善人者，……有自喻者"[①]，指出了三种不同的喻意，但"美人"之为一种品德才志之美的象喻则是一致的，而且这种喻意可以说乃是明白可晓的所有读者的一种共同认知；至于曹植《七哀》诗中的"贱妾"，以及《杂诗》中的"佳人"，则是中国诗歌中女性之形象，已由单纯的"美"之象喻，融入了"君臣"与"夫妇"之不平等的社会伦理之观念以后的一种喻意，以不得男子之赏爱的女子喻托为仕宦失志的逐臣，这种喻意可以说也是明白可晓的、所有读者的一种共同认知。像这种情况，其文本中的符记单元与其所喻指的符义对象之间的关系，自然是属于一种由作者之显意识所设定的被限制了的作用关系，也就是克氏所说的"象征的"作用之关系。可是《花间集》小词中所写的女性之形象，就作者而言，则当其写作时原来很可能只是泛写一些现实中的美丽的歌女之形象，在显意识中根本没有任何托喻之用心，可是却由于我们在前文所曾述及的"女性形象""女性语言"及"双性人格"等因素，而使之具含了一种象喻之潜能。像这种情况，其文本中的符记单元，则如克氏所云只是保持在一种不断引人产生联想的生发的运作之中，而并不可对其所指的符义对象，作

———————

① 洪兴祖：《楚辞补注》，台北广文书局，1962，第3页。

出任何限制性的实指，也就是说这种作用乃是属于克氏所说的一种"符示的"作用之关系。像这种充满了生发之运作的活动而却完全不被限制的符记与符义之间的微妙的关系，当然是使得《花间集》小词虽然蕴含了丰富的象喻之潜能，而却迥然不同于有心之托喻的一个重要的原因。

## 三

以上我们既曾透过西方女性主义文学批评的一些论点，对《花间集》小词之何以特别具含一种要眇幽微的言外之潜能的种种因素，作了相当理论化的论述，现在我们就将以这些论述为基础，回过头来对本文开端所曾提出的中国词学中的一些困惑之问题，结合实例来作一番反思的探讨和说明。首先我们将举引《花间集》中的几首小词来略加比较，以为评说立论之依据。下面就让我们先把这几首词抄录下来一看：

### 欧阳炯《南乡子》

二八花钿，胸前如雪脸如莲。

耳坠金环穿瑟瑟。霞衣窄。笑倚江头招远客。

### 温庭筠《南歌子》

倭堕低梳髻，连娟细扫眉。终日两相思。为君憔悴尽，百花时。

### 张泌《浣溪沙》

晚逐香车入凤城，东风斜揭绣帘轻。漫回娇眼笑盈盈。

消息未通何计是，便须伴醉且随行。依稀闻道太狂生。

### 韦庄《思帝乡》

春日游。杏花吹满头。陌上谁家年少，足风流。

妾拟将身嫁与，一生休。纵被无情弃，不能羞。

以上我所抄录的四首词，可以看作是两相对比的两组作品。第一和第二两首是一组对比，主要都在写一个美丽的女性形象。不过，其叙写的口吻却有着明显的不同。第一首乃是纯出于男子之口吻的对一个他眼中所见的容饰美丽的女子的描述；第二首则是出于女子之口吻的对自己之容饰及情思的自叙。至于第三和第四两首则是另一组对比，主要都在写外出游春时对一段爱情遇合的向往和追寻。第三首是写一个男子在游春时对一个香车中的女子的追逐；第四首则是写一个女子在游春时对一个风流多情之男子的向往和期待。如果从表面所写的情事来看，则无论是前二首所写的美色，或者是后二首所写的爱情，固应同属于被士大夫们所鄙薄的不合于传统道德观念的淫靡之作，但温、韦二家之词，在后世词学家中却一直受到特别的推重，至其受推重之原因，则是由于他们认为这两家的词特别富于深微的言外之意蕴，令人生喻托之想①。我们现在就将把这四首词略加比较和讨论，看一看究竟是什么因素，使得同样是叙写美女与爱情的小词竟有了优劣高下之分。先就前二首言，欧阳炯所写的"二八花钿，胸前如雪脸如莲"，与温庭筠所写的"倭堕低梳髻，连娟细扫眉"，虽在表层意义上同属于对女子的美色之描述，但在本质上却实在有着很大的差别。欧词所写的乃是男子之目光中（male gaze）所见到的一个已经化好妆了的美丽的女子，是男子眼中的一个既可以观赏也可以欲求的他者（the other）。像这种对美色的描述，除了显示出男子的一种充满了色情的心思意念之外，自然就更没有什么可供读者去寻思和探求的深远的意蕴了。可是温词所写的则是一个正在化妆中的女子的自述，如果结合着中国文化背景中之所谓"士为知己者死，女为悦己者容"的观念来看，则在此一女子之"梳髻"和"扫眉"的容饰中，自然便也蕴含了想要取悦于所爱之男子的一份爱意和深情。何况紧接在此二句之后的就是

---

① 张惠言《词选》谓温词为"感士不遇"，有"《离骚》初服之意"，又谓韦词为"留蜀后寄意之作"，中华书局，1957。

"终日两相思"的叙写，则其在"梳髻"与"扫眉"之中就已蕴含了此"相思"之情，更复从而可知。而且"低梳"与"细扫"，所叙写的是何等柔婉缠绵的动作，"倭堕"与"连娟"所描述的又是何等容态秀美的风姿。而结之以"为君憔悴尽，百花时。""为君"一句，既写出了"衣带渐宽终不悔，为伊消得人憔悴"的用情之深挚，而"百花时"一句，则更呼应了开端的"梳髻""扫眉"两句之"为悦己者容"的期盼，而表现了一份"欲共花争发"的"春心"。综观全词，即使仅就其表层意义所写的容饰与怀春的情事而言，我们也已经可以清楚地感受到了其用字的质地之精美，与其句构的承应之有力。这一份艺术效果，便已迥非欧阳炯一词之粗浅轻率之可及。何况若更就其深层的意蕴而言，则不仅其所写的"女为悦己者容"的情意，可以在文化传统上引起一份"士为知己者死"的才志之士之欲求知用的感情心态方面的共鸣，而且其所写的"梳髻""扫眉"之修容自饰的用心，也可以令人联想到《离骚》中屈原所写的"余独好修以为常"的一份才人志士的修洁自好的情操，何况"扫眉"一句所暗示的蛾眉之美好，与画眉之爱美求好的心意，在中国文化中更有着悠久的喻托之传统。于是温庭筠的这一首小词，遂在其所写的美女之化妆与怀春的表层情意以外，更具含了一种可以引人生言外之想的深层意蕴之潜能。这一份深微的意境，当然就更非欧阳炯之只写出了男子的色情之心态，而更无言外之余蕴的作品之所能企及的了。

其次，我们再看后二首词。张泌的"晚逐香车入凤城"一首，乃是以一个男子口吻所写的，在外出游春之际偶然见到了一辆香车上的一个美女，于是遂对之紧追不舍的一段浪漫的遇合；韦庄的"春日游"一首，则是以一个女子口吻所写的，在外出游春之际因见到繁花盛开而希望有所遇合的一份浪漫的情思。二者之情事虽然并不全同，但其皆为由春日所撩动而引起的一份男女之恋情，则是相同的。也就是说就表层的意义而言，二词之所写者固皆为男女之春情，但若就其深层的本质而言，则二者间实在也有着很大的差别。张泌之词与前面所举引的欧阳炯之词相近，同是写一个男子之目光中所见到的一个美丽的女子，一个可观赏也可以欲求的他者。只不过欧词远停留在观看凝视的阶段，张词则已展开了追逐的行动。至于韦庄之词则与前所举引的温庭筠之词相近，同是以一个女子口吻所写的对于一个男子的期盼和向往。不过温氏那首间的风格表现得纤柔婉约，而韦氏这首词的风格则表现得劲直矫健。即以其开端而言，韦词之"春日游"所表现的一种向外的游赏和追寻之主动的心态，就已经与温词所表现的在闺中"梳髻""扫眉"而坐待之被动的心态有了明显的不同。不过，尽管二者间有着如此的分别，但在具含言外的较深之意蕴的一点，则是相同的。只是，它们之所以具含较深之意蕴的因素，则却又不尽相同。温词之佳处在于其文本中所使用的一些语言符号，随时可以唤起我们对文化传统中之一些符码的联想。而韦词之佳处则在于其文本自身中所蕴含的一种字质和句构中的潜力。不过，我这样说却并不是为之作出绝对的区分，因为温词除予人符码之联想外，同样也仍表现有字质和句构的潜力；而韦词除表现有字质和句构的潜力以外，同样也仍可予人符码之联想。我所说的只不过是一种相对的比较而已。关于温词由文本所可能引生的言外之意蕴，我们在前面既已作了相当的探讨，现在就来让我们对韦词也一加探讨。

韦词之第一句"春日游"，虽只短短三个字，但事实上却已掌握了全首词的生命脉搏。"游"字自然已显示了外出游赏和追寻的主动心态，而"春日"两个字则更已明白暗示了其外出追寻的诱因与目的。因为"春日"既是万物之生命萌发的季节，也是人类之感情萌动的季节，所以开端的"春日游"一句虽只三个字，却实在已传示了全词之由诱因到目的之整个脉动的方向。至于次句的"杏花吹满头"，则是进一步以更为真切有力的笔法来叙写由"春"之诱因所引发的追寻之情志的旺盛和强烈。先就"杏花"而言，一般说来，不同品类的花都各自有其不同之品质，也都可以引起人们的不同的感受和联想，所以周敦颐才会说："菊，花之隐逸者也；牡丹，花之富贵者也；莲，花之君子者也。"① 至于杏花之为花，则一般对之虽并无一定的评断，但证之于文士们在诗词中对杏花之描述，如"红杏枝头春意闹""一枝红杏出墙来"② 等句之所叙写，则杏花以其娇红之颜色与繁茂之花枝，所给予人的自应是一种充满生命力的春意盎然的撩动。何况韦词在"杏花"之下还接写了"吹满头"三个字，则此撩人春意之迎头扑面而来，乃真有不可当之势矣。而且这种"不可当"之势，还不仅是一种意义上的说明和认知而已，而是在其所使用的"吹"字与"满"字等字质之中，直接传述了一种极其充盈饱满的劲力。而这种劲健直接的表现，就正是韦词的一种特色，于是紧接着这种劲健直接的春意撩人的不可当之势，此一被春意所撩动的女子，乃以毫无假饰的极真挚的口吻，脱口说出了"陌上谁家年少，足风流？妾拟将身嫁与，一生休"的择人而欲许身的愿望。然后接下来还更以"纵被无情弃，不能羞"两句，表明了对这种许身之不计牺牲不计代价的、全然奉献而终身不悔的一份决志。而且这种决志也不仅只是在意义上的一种说明而已，同时还在自"陌上"以下两个九字句一个八字句的长句之顿挫抑扬，以及"妾拟将身嫁与"一句中运用的几个舌齿的发音中，用韵律、节奏和声音，直接传达出了此一许身之决志的坚毅无悔的情意，给予了读者一种极为直接的感动。综观此词，即使仅就其表层意义所写的自春意的萌发，到许身的愿望，再到无悔的决志，其劲健深挚的感人之力，无论就感情之品质或艺术之效果而言，便已都绝非张泌《浣溪沙》词以轻狂戏弄之笔墨所写的调情之作品之所能比。何况若更就其深层之意蕴而言，则韦词所表现的感情之品质，其坚贞无悔之心意，乃竟然与儒家之所谓"择善固执"的品德，及楚骚之所谓"九死未悔"的情操，在本质上有了某些暗合之处。这种富含潜能之意蕴，当然就更非张泌所写的"伴醉随行"之浅薄轻佻的调情之作所能企及的了（关于韦庄

---

① 周敦颐：《爱莲说》，见《周濂溪集》卷八，《国学基本丛书》，商务印书馆，1937，第139 页。

② 宋祁：《玉楼春》，见《全宋词》第 1 册，中华书局，1965，第 716 页。叶适：《游小园不值》，见《千家诗》，香港广智书局，未注出版年月，第 131 页。

此词之详细论述,请参看江苏古籍出版社 1986 年出版的《唐宋词鉴赏辞典》所收拙撰之评说)。

透过以上四首词的两两相比较,我们已可清楚地见到,虽然同样是叙写美女与爱情的小词,但其间却果然是有着深浅高下之区分的。也就是说早期的艳歌小词为"词"这种新兴的文类所树立起的一种特殊的美学品质乃是特别易于引起读者的言外之联想,且以富于此种言外之意蕴为美的。而此种特殊之品质,与评量之标准的形成,则与早期艳歌中之女性叙写,如温词中之"梳鬓""扫眉"的形象和语码,以及韦词中之许身无悔的口吻和情思,有极为密切的关系。因为正是这些女性的叙写,造成了一种潜隐的双性之性质,也才造成了这类小词的双层意蕴之潜能。而这实在是我们要想探讨中国词学,所当具备的一点基本的认知。有了这一点认知以后,我们就可以对旧日词学中之一些使人困惑的问题,来依次一加探讨了。

首先我们要提出来一谈的乃是以"比兴"说词的问题。关于此一问题,我在多年前所写的《对常州词派比兴寄托之说的新检讨》一篇长文中,已曾有过详细的论说,在此并不想对之再加重述①。我现在只不过是想就本文所提出的一些论点,对之再加一些补充的说明。首先我们应该认识到的,乃是早期《花间集》的小词,本来大都是文士们为歌伎酒女所写之艳歌,本无寄托之可言。至其可以令人生寄托之想,则是由于这些艳歌中所叙写的女性之形象,所使用的女性之语言,以及男性之作者透过女性之形象与女性之语言所展露出来的一种"双性人格"之感情心态,因此遂形成了此类小词之易于引人生言外之想的双重或多重之意蕴的一种潜能。而此种潜能之作用,则是如本文在前面所引述的克里斯特娃之所说,其作用乃是"符示的",而并不是"象征的"。其符表与符义之间的关系乃是不断在生发的运作中,而并不可加以限制之指说的。清代常州词派张惠言所犯的最大的错误,就在于他竟然想把自己由此种符表之生发运作中所引生的某种联想,直

---

① 叶嘉莹:《迦陵论词丛稿》,上海古籍出版社,1980,第 317 页。

指为作者之用心。所以常州派后起的一些说词人，为了想补救张氏之失，乃对读者之以联想说词的方式，作了一番更为深细的探讨。在这种探讨中，私意以为周济与陈廷焯二人所提出的两段话最为值得注意。周氏在其《宋四家词选·目录序论》中，对于有关读词者之联想，曾提出过一段极妙的喻说，谓："读其篇者，临渊窥鱼，意为鲂鲤。中宵惊电，罔识东西，赤子随母笑啼，乡人缘剧喜怒。"① 周氏的这段话，如果透过我们前面所引的克里斯特娃的说法来看，则周氏所谓"随母"之"母"，与"缘剧"之"剧"，自当是指其富含有生发之运作的文本。至于随之而"笑啼""喜怒"的"赤子"和"乡人"，则是经由文本中符记之生发运作而因之乃引生出多种之感发与联想的读者。但此种感发与联想又不可以作限制的指实的说明，所以周氏乃将之喻比为"临渊窥鱼"和"中宵惊电"，虽然恍惚有见，然而却不能指说其品类之为鲂为鲤，其方向之为东为西。至于陈廷焯则将此种难以指说的深隐于文本之符示中的生发运作之潜能，名之以为"沉郁"，而且对之加以解说云："所谓沉郁者，意在笔先，神馀言外，写怨夫思妇之怀，寓孽子孤臣之感。凡交情之冷淡，身世之飘零，皆可于一草一木发之。而发之又必若隐若现，欲露不露，反复缠绵，终不许一语道破。"② 这段话之可贵，我以为乃正在于陈氏曾"一语道破"地点出了"怨夫思妇之怀"与"孽子孤臣之感"之相类似的感情心态。这种体会其实已经触及了我们在前文所曾提出的"双性人格"之说。只不过在陈廷焯之时代当然还没有所谓"双性人格"的说法和认知，因此陈氏乃将小词中此种由女性之叙写而引生的"符示的"生发运作之关系，与传统诗歌中之有心喻托的"象征的"被限制的符表与符义之关系，混为了一谈。不过陈氏却也曾感到了小词之引人联想的作用，与传统诗歌中可以指说的喻托之意，又显然有所不同。于是遂又对之加上了一段"若隐若现""欲露不露"的说法。综观周、陈二氏之说，当然都不失为对小词

---

① 周济：《宋四家词选·目录序论》，台北广文书局，1962，影印涝喜斋刊本，第1页。
② 陈廷焯：《白雨斋词话足本校注》册上，齐鲁书社，1983，第20页。

富含感发作用与多层意蕴之特质的一种体会有得之言。至于他们所犯的错误，则就其明显之原因言之，乃是因为他们都受了张惠言的比兴寄托之说的影响，因此遂将读者所引发的偶然之联想，强指成了作者有心之托喻。而如果就其更根本的内在之原因言之，则实在乃由于他们对小词中之女性叙写所可能造成的双性人格之作用之未能有清楚的认知。按照他们的意思来看，则小词之所以有深浅优劣之分，原来乃是由于作者在创作意识中便有着根本的差别。一则有心写为喻托之作，一则但为淫靡香艳之辞。但事实上原来却并非如此。因为就《花间集》之小词言之，其所写者本来大都是绮筵绣幌中交付给歌女去唱的艳词，本无所谓喻托之意。至于其中某些作品之竟然使读者产生了言外之想，则我们在前文中虽已曾就其字质、语码、句法、结构等各方面，都作了分析和说明，但事实上其中却还有一个更为重大也更为基本的原因，我在当时所未曾提及的，那就是其叙写之口吻与心态的不同。温庭筠与韦庄的两首词，其叙写之情思乃皆出于女性之口吻，代表了一种女性的心态。而欧阳炯与张泌的两首词，其叙写之情思乃皆出于男性之口吻，代表了一种男性的心态。如果将此两类词一加比较，我们就会发现前者之所以特别富含有一种言外之双重意蕴，实与男性之作者假借女性之口吻来叙写女性之情感所形成的一种双性人格之作用，有着密切的关系。至于后者则直接以男性之作者，用男性之口吻来写男性对美色之含有欲念之观看与追求，则纵然此一类作品虽或者也可以写得生动真切，但却毕竟也只是单层的情意，而缺少了一种言外之双重意蕴的特美。

关于此种双重意蕴，我们在前面所举引的四首词例中，已然作了相当的探讨。透过温、韦二家的两首词我们已经清楚地看到，这些词中之"低梳髻""细扫眉"及"将身嫁与一生休"等，我们所称为字质、语码、句法、结构等各方面引人产生言外之联想的因素，实莫不与我们所提出的女性之叙写及双性之人格有着密切的关联。因此"女性"与"双性"实当为形成此类小词之美学特质的两项重要因素。写到这里，有些读者也许会产生一个疑问，那就是以男性之作者直接用男性本身之口吻所写的艳歌小词，有时岂不是也可能同样富含有一种言外的意蕴深微之美？举例而言，即如韦庄的《菩萨蛮》五首、《女冠子》二首以及《谒金门》（空相忆）一首等作品，就都是直接用男性口吻所写的作品。但这些作品却迥然不同于欧阳炯与张泌二词之浅率轻狂，而写得极为深婉沉挚。关于此种情况之产生，私意以为其间实有一点极可注意之处，那就是这些词虽然是用男子之口吻所写的作品，但其所表现的情意之深挚绵长，乃与前所举之欧阳炯及张泌二词之把女子视为可视看与可追求之"他者"的轻狂之态，大异其趣，反而大有近于用女子口吻所写的女性的执着和无尽的怀思。此种现象之形成，遂使我想到了本文在前面所曾举引过的劳伦斯·利普金的一些说法。利氏不仅以为男性与女性对待爱情的态度有所不同，男性往往在满足其爱情之饥渴后便扬长而去，而女性在经历了爱情后，则往往便对之留下无尽的怀思；利氏更以为男子是要透过对女子的了解和观察，才能学习到被弃掷和失落以后的幽怨之情①。因此我们可以说凡男性之作者用男性口吻所写的相思怨别之词，其所以有时也同样能具含一种言外的意蕴深微之美，固正由于其在表面上虽未使用女子之口吻，然而在本质上却实在已具含了女性之情思的缘故。如此，我们当然更可证明《花间集》中之艳歌小词，其美学特质乃是以具含一种双重的言外深微之意蕴者为美，而《花间集》词之女性叙写及其所蕴含的双性之人格，则实为形成此种美学特质之两项最基本且最重要之因素。至于传统词学家之所以往往将本无比兴寄托之艳歌，强指为有心托喻之作，造成了牵强附会之弊，就正因为他们对此种由女性与双性形成的特质，未曾有明确之认知的缘故。不过从另一方面言，则后世之词也果然有一些有心为比兴喻托的作品，这类词之性质与《花间集》一派词当然已有了很大的不同，但却实在仍是《花间集》词之特质的影响

---

① Lawrence Lipking, *Abandoned Women and Poetic Tradition*，（Chicago：University of Chicago Press，1988），p. xix.

下之产物，关于此种情况，我们将留待后文论及《花间集》词之特质对后世之影响时，再加探讨。

其次我们所要讨论的乃是词学中之所谓"雅""郑"的问题。如我们在前文所言，《花间集》中所收录的本都是歌筵酒席的艳歌，就其所写之美女与爱情言，固当同属于淫靡之"郑声"，然而就前所举之四首词例来看，则其间又果然有着优劣高下之不同，所以王国维在《人间词话》中乃提出了"词之雅郑，在神不在貌"之说。至于其"雅""郑"之分的标准，则王氏以为乃在其"品格"之高下，因此王氏遂又曾提出了"永叔、少游，虽作艳语，终有品格"之说①。但既然同是"艳语"，则品格高下之依据又究竟何在？王氏对此虽并无理论之说明，可是我们却也不难从王氏另外的几则词话中窥见一些消息。第一点值得注意的，乃是王氏之论词也同样注重言外之感发，即如其曾将晏、欧等人的一些写爱情的小词，拟比为"成大事业大学问者"的"三种境界"，又以"诗人之忧生"及"诗人之忧世"来评说冯延巳和晏殊的相思怨别之句②。而冯延巳及晏、欧诸家之令词，则正是自《花间集》一派衍化出来的被北宋评词人目为艳歌小词的作品。可是这些作品又竟然可以使读者产生极高远的超乎艳歌以外的联想，这当然可能是使得王氏提出了"词之雅郑，在神不在貌"，以及"虽作艳语，终有品格"之说的一个重要原因。第二点值得注意的则是王氏论词虽然也推重引人产生言外之联想的小词，可是却对于被常州词派所推重的也足以引人生言外之想的温庭筠的词，有着不同的歧见，以为温词虽然"精艳绝人"，但却并无"深美闳约"的言外之丰富的意蕴③。这种歧见之产生，私意以为乃是由于常州派《词选》的作者张惠言，与《人间词话》的作者王国维，二人对于小词之所具含的可能引起言外之联想的因素，有着不同的体认之故。张氏好以比附为说，所以重在小词

---

① 徐调孚：《校注人间词话》，香港中华书局，1961，第19页。
② 同上书，第15—16页。
③ 同上书，第6页。

中可以用于比附的文化语码，如"画眉"之可以引人联想到《楚辞》中的"众女嫉余之蛾眉"，"深闺"之可以引人联想到《楚辞》中的"闺中既已邃远"之类。而王氏所重视的则是作品本身之感发的品质所可能引起的读者之联想，而温词则一般说来较缺少直接之感发，且王氏又极不喜字面之比附，这很可能是王氏不认为温词有"深美闳约"之意蕴的一项重要原因。而王氏所重视的则是作品本身之感情品质所可能引起的感发之联想，即如他在词话中所举引的晏、欧等词中所写的某些感情之品质，与"成大事业大学问者"，或诗人之"忧生""忧世"者的感情之品质在基本上可以有相通之处之类。所以王氏在另一则词话中，乃又曾提出过"故艳词可作，唯万不可作傂薄语"的重视感情品质之说①。而值得注意的则是，所谓"傂薄语"的作品，大都乃是男性作者用男性口吻所写的，视女性为"他者"的作品。而另一方面则凡是用女性口吻所写的词，或者虽用男性口吻而却是具含女性之情思的作品，一般说来则大多不会有"傂薄语"的出现。经过以上的讨论，我们就会有一个奇妙的发现，那就是凡是可以引人产生深微或高远的超乎艳歌以外之联想的好词，其引发联想之因素，无论就文化语码方面而言，或者就感发之本质方面而言，原来都与小词中之女性叙写，以及作者隐意识中的一种双性的朦胧心态，有着密切的关系。如"画眉"与"深闺"之类的语码，其有合于"美人"之喻托，固自应属于"女性"之叙写。至于就感发之本质而言，则王国维所提出的"不可作傂薄语"之说，也足可使我们想到王氏所赞美的"虽作艳语，终有品格"的好词，必然不会是男性作者直接用男性口吻所写的，视女性为"他者"的轻狂之作，而当是男性作者用女性口吻所写的，或是虽用男性口吻但却具含女性之情思的作品，而这类作品则显然都含有一种"双性"之情质。这是我们对于《花间集》一派之艳歌小词的所谓"雅""郑"之分，所当具备的一点最基本的认识。至于当小词演化为长调以后，则所谓词之"雅""郑"的分别，自然就也随之而另有

---

① 徐调孚：《校注人间词话》，香港中华书局，1961，第67页。

了一种新的性质，也另有了一种新的评量标准。不过，其性质与标准虽然有了不同，但却也仍然受有《花间集》词之特质的极大的影响。关于此种情况，我们也将留待后文，论及《花间集》词之特质对后世之影响时，再加探讨。

以上我们既然对《花间集》一派小词之"比兴"与"雅郑"的问题，都作了相当的探讨，现在我们就将再对此类作品之被目为"空中语"，以及"空中语"之价值与意义，也一加探讨。如我们在前文所言，《花间集》之词既大多为歌酒间之艳歌，因此在本质上遂与"言志"之诗，有了一种明显的区分，也就是说诗歌之写作对作者而言，乃是显意识中的一种自我之表达，可是词之写作则往往只是交付给歌女去演唱的一时游戏之笔墨，与作者本身显意识中的情志和心意，本无任何必然之关系。因此黄山谷在为自己所写的艳歌小词作辩护时，乃将之推说为"空中语"，这种说法，在黄氏本意不仅是对自己所写的美女与爱情之词的一种推托，而且对此类并非言志的游戏笔墨之艳词，也含有一种轻视之意。所以一般而言，北宋人在编选诗文集时，往往并不将小词编入正集之内，其不视之为严肃之作品的轻鄙之态度，自可想见。然而却殊不知小词之妙处，乃正在其并不为严肃之作，而为游戏笔墨的"空中语"。下面我们便将把此种"空中语"之价值与意义，结合我们在前面所提出的"女性"与"双性"之特质，略加论述。

关于"游戏笔墨"的"空中语"之所以能在小词中产生一种微妙作用，我以为其主要的因素约可分为以下的几点来看：第一点微妙的作用，乃在于这些"空中语"恰好可以使作者脱除了其平日在写作言志与载道之诗文时的一种矜持，因而遂在游戏笔墨中，流露出了一份更为真实的自我之本质。所以王国维在《人间词话》中，乃曾提出说"五代北宋之诗，佳者绝少。而词则为其极盛时代，即诗词兼擅如永叔、少游者，词胜于诗远甚。以其写之于诗者，不若写之于词者之真也"[1]。这是可注意的第一点。第二点微妙的作用，乃在于小词之所以

---

[1]　徐调孚：《校注人间词话》，香港中华书局，1961，第45页。

为"空中语"，还不同于其他戏弄的笔墨，小词之为"空中语"，乃是在自我从显意识隐退以后，更蒙上了一层女性之面目的作品。因此遂使其脱除了显意识之矜持以后的自我之真正本质，与作品中之女性叙写于无意中融成了一种双性之特质。这是可注意的第二点。至于第三点微妙的作用，则更在于以其为"空中语"之故，遂使作者隐意识中之真正本质，与其小词中之女性叙写之融会，乃完全达成了一种全出于无心的自然运作之关系。而这也就正是何以小词中所写的美女，与传统诗歌中所写的有心托喻之美女，在符表与符义之运作关系上，遂产生了极大之不同的一个基本原因。我们在前文所举引的克里斯特娃之说，就曾将符表与符义之关系，分别为"符示的"与"象征的"两种不同之作用。有心托喻之作中的美女，其符表与符义之间的关系，乃是属于"象征的"作用关系，是一种可以确指的被限制了的作用关系。可是这种"空中语"的小词中所写的美女，则恰好因其本为并无托意的"空中语"，因此其符表中之女性叙写，乃脱离了所谓"象征的"关系中之固定的限制，而成为一种自由运作的"符示的"关系。克氏以为在此种关系中，文本遂脱离了其创作者所原有的主体意识，而成为作者、作品与读者彼此互相融变的一个场所。而就"空中语"的小词而言，则更因其创作者既本来就缺少明确和强烈的主体意识，而其对美女与爱情的叙写，又如此富含女性与双性所可能引生的微妙的作用，因此这类"空中语"的小词，遂于无意间具含了如克氏所说的融变的最大的潜能。这是可注意的第三点。而这种"空中语"之微妙的作用，当然是造成了小词之双重性与多义性之特质的一个重要的因素。不过，词之发展却很快地就超越了歌辞之词的"空中语"的阶段，而在文士们的写作中逐渐走向了"诗化"和"赋化"的演进。在此种演进中，词遂脱离了所谓"空中语"之性质，而成为具有明显的主体意识之叙写和安排的作品。但值得注意的则是，虽然这些"诗化"和"赋化"之词的性质及写作方式已与早期《花间集》的"歌辞"之词有了很大的不同，可是《花间集》词所形成的一种以双重与多义为美的特质，却仍然对这些"诗化"与"赋化"之词的优劣之评量，具有极大的影响。下面我们就将从《花间集》词之女性叙写所形成的双性特质，对后世词与词学之影响方面，也略加探讨。

<h2 style="text-align:center">四</h2>

谈到词之演进，私意以为其间曾经过几次极可注意的转变：其一是柳永之长调慢词的叙写，对花间派之令词的语言，造成了一大改变；其二是苏轼之自抒襟抱的"诗化"之词的出现，对花间派之令词的内容，造成了一大改变；其三是周邦彦之有心勾勒安排的"赋化"之词的出现，对花间派令词的自然无意之写作方式，造成了一大改变。如果从表面来看，则这三大改变无疑是对我们前文所曾论及的，《花间集》词之女性语言、女性形象，以及由自然无意之写作方式所呈现的双性心态的层层的背离。因此下面我们所要探讨的，自然就该是当词之发展已脱离了《花间集》词之女性与双性之特质以后的，这些不同的词派其美学特质之标准又究竟何在的问题了。关于此一问题，私意以为有一点极可注意之处，那就是当词之发展已脱离了《花间集》词之女性叙写以后，虽然不再能完全保有《花间集》词之女性与双性的特质，但无论柳词一派之佳者、苏词一派之佳者，或周词一派之佳者，却都各自发展出了一种虽不假借女性与双性，然而却仍具含了与《花间集》词之深微幽隐富含言外意蕴之特质相近似的、另一种双重性质之特美，而这种美学特质之形成，无疑曾受有《花间集》词之特质的影响。王国维曾云"词之雅郑，在神不在貌"，这种脱离了女性与双性之后的多种方式的双重性质之美学特质的形成，可以说正是《花间集》词之特质的一种"在神不在貌"的演化。下面我们就将对柳词、苏词与周词所发展出来的这些各自不同的双重性质之特点，分别略加论述。

首先，我们将从柳永之长调慢词对花间派令词之语言所造成的转变说起。如我们在前文论及《花间集》词之语言特色时所言，就其语言形式来看，《花间集》令词所使用者乃是比较混乱和破碎的一种属于女性之语言形式，也就是说是句子短而变化多的一种语言形式。即以《花间集》中温、韦二家所最喜用的《菩萨蛮》一调而言，全词一共不过只有八句，但却换了三次韵，每两句就换一个韵。而这种参差跳跃的变化，事实上却正是造成了如陈廷焯所称美的"发之又必若隐若现，欲露不露，反复缠绵，终不许一语道破"之富于言外之意蕴的一个重要的因素。可是柳永之长调慢词，则势不得不加以铺陈的叙述，因此柳永乃以其善用"领字"，长于铺叙，为世所共称。而如果从我们在前文所引用之西方女性主义对两性语言之差别的说法来看，则这种以领字来展开铺叙的语言，无疑地乃是一种属于明晰的、理性化的、有秩序的男性的语言。此一变化，遂使得柳词失去了短小之令词的"若隐若现""欲露不露"的富含言外之意蕴的女性语言之特点，而变为了一种极为显露的、全无言外之意蕴的现实的陈述。所以温庭筠《菩萨蛮》词所写的"鸾镜""花枝""罗襦""鹧鸪"等关于女性的描述，乃使读者可以生无限言外托喻之想；而柳永《定风波》词所写的"暖酥消，腻云亸，终日厌厌倦梳裹"和"针线闲拈伴伊坐"等关于女性的描述，乃不免为人所讥了。不过，柳永除去此一类被人讥为"俚俗""媟黩"的作品以外，却实在还更有一类被人称为"言近意远""神观飞越""一二笔便尔破壁飞去"的佳作①，而所谓"破壁飞去"，事实上其所赞美的便应该仍是一种富于言外之意蕴的特点。那么柳永在以其领字铺叙变小词之错综含蓄为浅露之写实以后，又是怎样达成了另外一种"破壁飞去"之特点的呢？关于此点，我以为主要盖在于柳永在写相思怨别的作品中，竟然加入了一种秋士易感的成分，而对此种悲慨，柳氏又往往不作明白的叙说，却将之融入了对登山临水的景物叙写之中，于是相思怨别之情与秋士易感之悲既造成了一种双重之性质，景物的

---

① 周济：《介存斋论词杂著》，见《宋四家词选》附录，台北广文书局，1962，影印涉喜斋刊本，第2页。又见龙榆生《唐宋名家词选》引郑文焯与人论词遗札，上海古典文学出版社，1956，第89页。

叙写与情思的融会又造成了另一种双重之性质，于是遂形成了其"破壁飞去"的一种特美。何况秋士易感之悲与美人迟暮之感，在基本心态上又有着极为相似之处，所以柳永的这一类词虽以男性口吻作直接之叙写，但在其极深隐的意识深处，却实在也仍隐含有一种双性之性质。这正是柳永的这一类词之所以有"言近意远"引人感发联想的一个重要缘故。从柳永的这两类词中，我们自可看出虽然其长调慢词对《花间集》令词之语言，曾造成了一大改变，但《花间集》令词所形成的以富含言外之意蕴为美的美学之要求，则即使在柳词中也仍然是判断其优劣的一项重要的准则（关于柳词之详细论说，请参看《灵谿词说》中拙撰《论柳永词》一文）。

其次，我们将再看苏轼自抒襟抱的"诗化之词"对花间派令词之内容所造成的改变。如我们在前文所言，《花间集》词内容所叙写者，乃大多以美女与爱情为主，而苏词则以"一洗绮罗香泽之态"著称[①]，一变歌辞之艳曲，而使之成为可以抒写个人之襟抱与情志的另一种形式的诗篇。其后更有南宋辛弃疾诸人之继起，于是词学中遂产生了婉约与豪放二派之分，且由此引发了无数之困惑与争议。要想解答这些困惑和争议，私意以为我们实应先对柳词与苏词之关系略加叙述。从苏轼平日往往以己词与柳词相比较的一些谈话来看，苏氏对柳词盖有两种不同之态度。一方面是对柳词之所谓"俗俚媟黩"之作的鄙薄，另一方面则是对柳词之所谓"神观飞越"之作的赞赏。关于此两方面之关系，早在《论苏轼词》一文中，我对之已曾有相当之论述，兹不再赘[②]。至于本文所要做的，则是将柳、苏之关系放在本文所提出的《花间集》词之女性叙写所形成的词之美学特质中，再加一番更为根本的观察和探讨。如前文之所述，柳词之被人讥为"俗俚媟黩"者，主要原因实并不在其所写之内容之为美女与爱情而在于其所使用之语言

---

① 胡寅：《酒边词·序》，味闲轩藏版汲古阁校选《宋六十名家词》第2集，第5册，第2页。

② 见《灵谿词说》，上海古籍出版社，1987，第198—203页。

形式，使之失去了《花间集》词之语言在写美女与爱情时所蕴含的双重意蕴之潜能。至其被人称赏为"神观飞越"者，也不在其所写的单纯的秋士易感之悲，或景物之高远而已，而在其能将二者相融会，且在基本心态上隐含有一种双性的性质。因此遂产生一种富含双重意蕴之美。至于苏轼对柳词，则是只从表面见到了其淫媒之失与其超越之美，但却对其所以形成此种缺失与特美之基本因素，也就是对其是否具含言外双重之意味的一种美学特质，未曾有真正的体会和认知，因此苏词所致力者主要乃在一反柳词的淫媒之作风，而以自抒襟抱"一洗绮罗香泽之态"者为美，而对其是否具含双重意蕴的一点，则未曾加以注意。因此苏轼对词之开拓与改革，乃造成了一种得失互见的结果。而在苏词之影响下，对后世之词与词学，遂形成了几种颇为复杂的情况。因此我们对之就也不得不略费笔墨来作一点较详的论述。

先从词之写作一方面而言，此一派"诗化"之词的得失，约可分为以下三种情况：一类是虽然改变了《花间集》词之女性叙写的内容，然而却仍保有了《花间集》词所形成的以双重意蕴为美的词之美学特质者；另一类则是既改变了《花间集》词之内容，也失去了词之特美，然而却由于其"诗化"之结果，而形成了一种与诗相合之特美者；再一类则是既未能保有词之特美，也未能形成诗之特美，因之乃成为此一类词中的失败之作品。关于第一类之作品，我们可以举苏轼与辛弃疾二家词之佳者为例证：即如我在《论苏轼词》一文中，所曾析论过的《水调歌头》（明月几时有），《念奴娇》（大江东去），《八声甘州》（有情风万里卷潮来）诸作，以及在《论辛弃疾词》一文中所曾析论过的《水龙吟》（举头西北浮云）与（楚天千里清秋）和《摸鱼儿》（更能消几番风雨）诸作，可以说就都是具含词之多重意蕴之美学特质的"诗化"以后之词的佳作之代表（本文因篇幅及体例所限，对此不暇细述，请读者参看《灵谿词说》中所收拙撰论苏词及论辛词二文[①]）。至于第二类之作品，则如张元干《贺新郎》（梦绕神州路），陆游《汉宫

---

① 见《灵谿词说》，上海古籍出版社，1987，第 191-228 页，及第 401-449 页。

春》（羽箭雕弓）及张孝祥《六州歌头》（长淮望断）诸作①，虽然缺少言外深层之意蕴的词之特美，但其激昂慷慨之气，则颇富于一种属于诗的直接感发之力量，故亦仍不失为佳作。至于第三类之作品，则如刘过《沁园春》（斗酒彘肩）（玉带猩袍）（古岂无人）诸作②，则但知铺张叫嚣，既无词之意蕴深微之美，亦无诗之直接感人之力，是以陈廷焯在其《白雨斋词话》中，乃谓刘过之所学但为"稼轩皮毛"，并对其《沁园春》诸词，讥之为"叫嚣淫冶"③，像这一类作品，其为失败之作，自不待言。透过以上的例证，我们已可看出词在"诗化"以后，固仍当以其能保有词之双重意蕴者为美。至其已脱离词之双重意蕴之特美者，则其上乘者虽或者仍不失为长短句中之诗，而其下焉者则不免流入于粗犷叫嚣，岂止不得目之为词，抑且不得目之为诗矣。由此可见是否能保有词之双重意蕴之特美，实当为评量"诗化"之词之优劣的一项重要条件。而如我们在前文所言，花间派令词之所以形成其双重意蕴之特美，主要盖由于其女性叙写所形成的一种双性人格之特质。至于"诗化"之词，则既已脱离了对美女与爱情之内容的叙写，那么其双重意蕴之特美的形成，其因素又究竟何在？关于此一问题，私意以为"诗化"之词之仍能保有双重意蕴之特美者，其主要之因素，盖有二端。一则在于作者本身原具有一种双重之性格。在这方面，苏、辛二家可以为代表。就苏氏言，其双重性格之形式，主要乃在其同时兼具儒家用世之志意与道家超旷之襟怀的双重的修养。就辛氏言，其双重性格之形成，则主要乃在其本身的英雄奋发之气与外在的挫折压抑所形成的一种双重的激荡。而更值得注意的，则是苏词的儒、道之结合，和辛词的奋发与压抑的激荡，主要盖皆由于在仕途中追求理想而不得的挫伤。如果按照我们在前文所引的利普金氏的"弃妇"心态而言，则苏、辛二家词之双重意蕴之形成，当然也与这种男

① 见《全宋词》册三，中华书局，1965，第1073页、第1588页及第1688页。
② 同上书，第2142—2143页。
③ 陈廷焯：《白雨斋词话足本校注》册上，齐鲁书社，1983，第110页。

性之欲求行道与女性之委屈承受的双重心态有着密切的关系。因此苏、辛二家词乃能不假借女性之形象与口吻，而自然表现有一种双重意蕴之美，此其一。二则在于其叙写之语言，虽在"诗化"的男性意识之叙写中，但却仍表现出了一种曲折变化的女性语言的特质。在这方面，辛词较之苏词尤有更高之成就。所以苏词有时仍不免有流于率意之处，因而损及了词之特美。而辛词则虽在激昂悲慨的极为男性的情意叙写中，但却在语言方面反而表现了一种曲折幽隐的女性方式的美感。我以前在《论辛弃疾词》文中，对辛词之艺术手段，曾有过颇为详细的讨论，以为其对古典之运用，"乃造成了一种与使用美人芳草为喻托的同样的效果"。而且在语法句构中又能极尽骈散顿挫的各种变化，更善于将自然之景象与古典之事象及内心之悲慨交相融会①，因此遂能以横放杰出之姿态，却达成了一种如陈廷焯所说的"发之又必若隐若现，欲露不露，反复缠绵，终不许一语道破"的女性语言之特美。因此遂使得这一类"诗化"之词，具含了一种双重意蕴之美，而这也正是诗化之词中的一种成就最高的好词。

以上我们既然从词之写作方面，对"诗化"之词的得失优劣作了简单的论述。现在我们就将从词学方面，对"诗化"之词所引起的困惑和争议，也一加论述。我们首先要讨论的，乃是所谓"本色"与"变格"的问题。如本文在前面所言，早期《花间集》词之特色，既以对美女与爱情之叙写为其主要之内容，从而遂形成了一种以"婉约"为正格的传统之观念。而苏轼对词之内容的开拓，自然是对《花间集》传统的一大变革，如果从这方面来看，则此种目苏词为变格之观念，本来未可厚非。不过，如我们在前文之所论述，《花间集》词中同样以叙写美女与爱情为主之作品，既已有优劣高下之分；"诗化"之词在"一洗绮罗香泽"之后的作品中，也同样有优劣高下之分。是则就苏词在内容方面之开拓改革而言，虽可以有"变格"之说，但在优劣之评量方面，则所谓"本色"与"变格"之别，实在并不应代表优劣

---

① 见《灵谿词说》，上海古籍出版社，1987，第424—429页。

高下之分。世之以"本色"与"变格"相争议者，便因其未能认清所谓"本色"的婉约之词，并非以其婉约方为佳作，而主要乃在于婉约词中对女性之叙写，往往可以形成一种双重意蕴的美学特质，而其下者则一样可以沦为浅率淫靡。至于所谓"变格"的豪放之词，则其下者固可以沦为粗犷叫嚣，而其佳者则同样也可以具含一种深微幽隐之双重意蕴的词之特美。这是我们在词学的本色与变格之争议中，所当具有的一点基本的认识。

接着我们所要讨论的，则是女词人李清照所提出的"词别是一家"之问题。李氏之说，就文学中之"文各有体"的基本观念而言，当然是不错的。只不过李氏对"词"之"别是一家"的认识，却似乎是只限于外表的区分，如"协律""故实""铺叙"等文字方面的问题，而对于词之最基本的以深微幽隐富于言外意蕴为美的一种美学之特质，则未能有深入之认知。而缺少了此种认知，遂不仅影响了其词论之正确性与周密性，而且也影响了李氏自己之词作，使其未能将自己所本有的才能作出更大和更好的发挥。现在我们就将透过李氏自己的词作，来对其词论一加检讨。如我们在前文所言，早期的《花间集》词原以女性之叙写为主，是中国各种文类中最为女性化的一种文类。不过值得注意的则是，这种使用女性的语言，叙写女性的形象，富有女性之风格的文体，最早却是在男性作者的手中发展和完成的。至于女性的作者，则不仅以其性别的拘限，不能在以仕隐出处为主题的、属于男性语言的诗歌创作中，与男性作者一争短长；而且在极为女性化的文体"词"之创作中，更因其所叙写者多为男女相思怨别之情词，遂因而在传统的礼教中受到了更大的禁忌。即以李清照言，就曾因其在自己的词中对于夫妻间之爱情有较为生动真切的叙写，尚不免遭到词学家王灼所说的"自古搢绅之家能文妇女，未见如此无顾忌"[①] 之讥评。私意以为李清照本有多方面之才华，如其诗、文各体之作，皆有可观，且无丝毫之妇人气，而独于其词作则纯以女性之语言写女性之情思，

---

① 王灼：《碧鸡漫志》卷二，见《词话丛编》第 1 册，台北广文书局，1967，第 4 页。

表现为"纤柔婉约"之风格，此种情况之出现，盖皆由于李氏心目中之存有"词别是一家"之观念，有以致之。而李氏在当时妇女中，无疑地乃是敢于使用此种"别是一家"之文体来直写自己之爱情的一位勇者。本来以女性之作者，使用女性之语言和女性化之文体，来叙写女性自己之情思，自然应该可以在其纯乎纯者之女性化方面，达到一种过人的成就。而且以李氏之喜好与人争胜之性格言，在这方面也必有相当之自觉。关于此点，我们在其极为女性化的尖新而生动的修辞方面[①]，也可以得到证明。不过可惜的则是李氏乃只知其一，不知其二，只知词之以女性化为好的一面，而忽略了词之佳者更需具有双性化方为好的另一面。不过，李氏在显意识中虽并没有词之佳者以具含双性之意蕴为美的观念，但在隐意识中李氏却实在具含了双性之条件。那就因为李氏所出生的家庭，既是传统士大夫的仕宦之家，而且以李氏在诗、文等各方面之成就而言，也足可证明其幼年必曾接受过很好的传统的教育。而所谓"传统的教育"，所诵读者自是充满了男性思想意识之典籍，这从李氏所写的诗文中，也可以得到充分的证明[②]。因此在李氏之词作中，乃出现了另一类超越了单纯的女性而表现出双性之潜质的作品。清代的沈曾植在其《菌阁琐谈》中论及李氏之词时，就曾将之分别为"芬馨"与"神骏"两类，云"堕情者醉其芬馨，飞想者赏其神骏，易安有灵，后者当许为知己"[③]，其所称赏的"神骏"一类，私意以为就当是我在前文所提出的蕴含有双性之潜质的作品。如其《渔家傲》（天接云涛连晓雾）一首，可以为此类之代表作。只可惜这一类作品传下来的不多，这一则固可能是由于当日编选易安词者搜辑之未备，再则也很可能是由于李氏自己之限于"词别是一家"之观念，故其所写之词乃以偏于"芬馨"者为多，而偏于神骏者则少。是以沈氏之言就词之美学特质来看，固属甚为有见，但就易安言，则

---

① 王灼：《碧鸡漫志》卷二，见《词话丛编》第 1 册，台北广文书局，1967，第 4 页。

② 王仲闻：《李清照集校注》，人民文学出版社，1979，第 101－182 页。

③ 沈曾植：《菌阁琐谈》，见《词话丛编》第 11 册，台北广文书局，1967，第 3698 页。

或者未必许为知己也。这也就是我在前文何以提出说，李氏只知其一，未知其二，遂使其"词别是一家"之论，乃但及于外表的音律文字之特色而未能触及词之美学本质，因而遂限制了李氏自己之词的成就，使其才能未能得到更大和更好的发挥的缘故。这是我们对李氏"词别是一家"之论，所当具的一点认识。

其三，我们将再看一看周邦彦的"赋化之词"对花间派令词之写作方式所造成的改变。从表面来看，这一次改变固仅在于写作方式之不同，但如果更深入一点去看，则我们就会发现这一次改变，实隐含有对词之双重与多重之意蕴的深微幽隐之特质的一种潜意识的追求。如我们在前文所言，当柳词以理路分明之铺叙的男性之语言，改变了《花间集》一派小词之婉曲含蕴的女性之语言以后遂使得柳词中对女性与爱情的叙写，失去了《花间集》一派令词之幽隐深微的多重意蕴之美，而不免流入于俗俚淫靡。苏轼有见于此，遂致力于内容之开拓改革，想借此以挽救柳词之失。不过苏词之"诗化"，基本上乃是以男性之作者来直接叙写男性之思想和情志，因此除非如苏、辛二家在男性思想和情志的本身质素方面，原就具有双重之性质，否则乃极易因缺乏双重意蕴之美，而不免流入于浅率叫嚣，一般词学家之往往将苏、辛一派词目为"变格"而非"本色"，其"一洗绮罗香泽"之内容方面的改变，固为一因，其缺少了双重意蕴的词之特美，实当为另一更重要之原因。只不过一般人对于更为重要的次一原因，却并没有明白的反省和认知，于是遂单纯地以"婉约"和"豪放"作为了"本色"与"变格"的区分。在此种情况下，一方面既要保持词之"婉约"的"本色"，一方面又要接受词之由小令转入长调的文体之演化，而且还要避免柳永之直接铺叙所造成的缺少余蕴的浅俗之失，因此遂有周邦彦一派"赋化"之词的兴起，想从写作方式方面来加强词之幽隐深微的特美，以避免柳词对《花间集》词女性化之语言加以改变后，所造成的浅俗淫靡之失，以及苏词对《花间集》词女性化之内容加以改变后，所造成的粗犷叫嚣之失。于是所谓"赋化"之词在写作方式方面的改变，乃大多以加强词之幽微曲折之性质者，为其改变之主要趋向。即以周邦彦而言，周济就曾称"美成思力，独绝千古"，又云"勾勒之妙，无如清真"①。此外陈廷焯亦曾称周词之妙处乃在其"沈郁顿挫"，以为"顿挫则有姿态，沈郁则极深厚"②。可见以"思力"来安排"勾勒"，以增加其"姿态"之变化，及意味之"深厚"，乃是所谓"赋化"之词在写作之方式上所致力的重点。至于就周邦彦之词而言，则我在《论周邦彦词》一文中已曾对周词作过不少的论述。约言之，则其以思力为安排勾勒的特色，大略可分为以下三点：其一是在声律方面好为拗句，及创用"三犯""四犯"甚至"六犯"之曲调以增加艰涩繁难之感。其二是在叙写方面好用盘旋跳接之手法，以增加词之曲折幽隐之性质。其三则是往往以有心之用意写为蕴含托喻之作。关于以上三点，我在论周词一文中，曾分别举引其《兰陵王》（柳阴直），《夜飞鹊》（河桥送人处）及《渡江云》（晴岚低楚甸）诸词为例证，分别作过详细的论说③，兹不再赘。

而自周词之写作方式出现以后，南宋诸词人遂不免多受有周词之影响，因而乃造成了赋化之词在南宋之世盛极一时之风气。即以南宋著名之词家如姜夔、史达祖、吴文英、周密、王沂孙、张炎诸人而言，虽然成就不同，风格各异，但就其写作之方式而言，则实在可以说莫不在周词的影响笼罩之中。这种现象之出现，当然自有其外在的社会之因素，即如南宋之竞尚奢靡与结社吟词之风气，当然就都有助于此种以安排勾勒取胜的写作方式之流行④，而除此以外，私意以为实在也有词在发展方面的本身内在之因素的存在。盖已如我在前文所言，自小令之衍为长调，此固为词之发展的必然之趋势，长调之需要铺陈，此亦为写作上必然之要求，而过于直率的铺陈则不免使婉约者易流于淫靡，豪放者易流于叫嚣，此亦为一种必然之结果。在此种情形下，

---

① 周济：《介存斋论词杂著》，见《宋四家词选》附录，台北广文书局，1962，影印涝喜斋刊本，第3页。

② 陈廷焯：《白雨斋词话足本校注》册上，齐鲁书社，1983，第74页。

③ 见《灵谿词说》，上海古籍出版社，1987，第289—329页。

④ 见《灵谿词说》，上海古籍出版社，1987，第547—548页。

"赋化"之词的出现，从表面看来虽只是一种写作方式的改变，但实质上却原带有一种想要纠正前二类词之缺失的作用。如此说来，自然就无怪乎周词之写作方式，会对南宋词人造成如此重大之影响了。而在词学方面，则与此种写作方式相应合者，乃有张炎之《词源》，与沈义父之《乐府指迷》两种论词专著之出现。综观二书之要旨，如其论句法、字面、用事、咏物，以及论起结、论过变、论虚字等①，盖莫不属于如何安排的写作技巧方面之事，而其所以如此重视写作技巧之安排，主要目的又在避免柳词一派之淫靡，与苏、辛一派之末流的叫嚣，所以张、沈二家之词论，于重视安排技巧之余，乃又提出了对于"雅"之要求②。而南宋词论之所谓"雅"，乃是特别重在句法与字面之雅，这与本文前面所举引的王国维之所谓"词之雅郑，在神不在貌"之针对五代北宋词所提出的论点，实在已有了很大的不同。因此张、沈二家之词论，其想要挽救词之末流的淫靡与叫嚣之失的用心，虽然不错，但可惜的是他们只见到了外表的语言文字，而未能对其何以造成了词之末流的淫靡与叫嚣之失的根本原因，也就是缺少了词之以富于引人生言外之想的双重意蕴为美的一种美学的特质，未能有深刻之反省与认知，因此一意致力于安排之技巧与避俗求雅的结果，遂形成了另外一种得失互见的偏差。其佳者固可以借写作技巧之安排，使其原有之情意更增加一种深微幽隐的富于言外意蕴之美。至其下者则因其本无真切之情意，因而遂但有安排雕饰之技巧，乃全无言外之意蕴可言。而且此一类词之深微幽隐之意致，既大多出于有心安排之写作技巧，因此如果用我们在前文所举引的克里斯特娃的解析符号学之说来加以反思，我们就会发现此类词中的符示与符义之间的关系，乃是属于克氏所谓被限制了的"象征的"作用之关系。与《花间集》一派歌辞之词的深微幽隐的引人生双重意蕴之想的，属于"空中语"之全然不受

---

① 张炎：《词源》，见《词话丛编》第1册，台北广文书局，1967。沈义父：《乐府指迷》，见蔡嵩云《乐府指迷笺释》，中华书局，1948。

② 张炎：《词源》，见《词话丛编》第1册，台北广文书局，1967。沈义父：《乐府指迷》，见蔡嵩云《乐府指迷笺释》，中华书局，1948。

限制的自然生发和融会的所谓"符示的"作用关系，其间有了很大的不同。而如果以《花间集》词所树立的美学特质而言，则词之美者自当以具含后者之作用关系者，较具含前者之作用关系者尤为可贵。在此种差别中，私意以为对此类赋化之词的衡量，遂有了另一层更为深细的标准，也就是说，能在有心安排之写作技巧中，表现有意蕴深微之美者，固是佳作；但如果其符表与符义之间的作用关系过于被拘限，则毕竟不能算是第一流的最好的作品。举例而言，周济在评周密之词时，就曾谓其词如"镂冰刻楮，精妙绝伦"，但虽"才情诣力，色色绝人，终不能超然遐举"①。又在评王沂孙之词时，谓其"思笔可谓双绝"，"惟圭角太分明，反复读之，有水清无鱼之恨"②。于是周济在其《介存斋论词杂著》中，乃又提出了从"有寄托"到"无寄托"之说，谓："初学词求有寄托，有寄托则表里相宜，斐然成章。既成格调，求无寄托，无寄托，则指事类情，仁者见仁，智者见智。"③也就是说学词之人虽可以从有心安排的写作技巧下手，以求其富含幽微深远的言外之意蕴，但却同时又要超出有心安排所形成的符表与符义之间的被限制了的作用关系，而使之达到一种可以脱除拘限的自由的作用关系，如此方为此一类赋化之词中的最高之成就。而如果以此种标准来衡量，则私意以为周邦彦与吴文英二家之词，实在极值得注意。周词之佳者以"浑厚"胜，虽是以有心安排之写作技巧为之，然而却能"愈勾勒愈浑厚"，不仅泯灭了安排的痕迹，而且具含了一种错综变化"令人不能邃窥其旨"的"沈郁顿挫"的意蕴④。这自然是在"赋化之词"中的一种可注意的成就。至于吴词之佳者，则能于艰涩沉郁中见飞动之致。所以周济之赞美吴词，乃称"其佳者，天光云影，摇荡绿波，抚

---

① 见《宋四家词选·目录序论》，第 2 页，及《介存斋论词杂著》，台北广文书局，1962，影印涝喜斋刊本，第 4 页下。

② 《宋四家词选·目录序论》，台北广文书局，1962，影印涝喜斋刊本。

③ 《介存斋论词杂著》，台北广文书局，1962，影印涝喜斋刊本，第 2 页。

④ 见《宋四家词选·目录序论》，台北广文书局，1962，影印涝喜斋刊本，第 1 页，及《白雨斋词话足本校注》，齐鲁书社，1983，第 74 页及第 76 页。

玩无斁，追寻已远"。又云"梦窗每于空际转身，非具大神力不能"①。况周颐也曾赞美吴词，谓"其芬菲铿丽之作，中间隽句艳字，莫不有沉挚之思，灏瀚之气，挟之以流转，令人玩索而不能尽"②。这自然也是"赋化之词"中的一种可注意的成就。总之，"赋化之词"虽是以有心安排之写作技巧，改变了《花间集》词这"空中语"的以自然无意为之的写作方式，但此类词之佳者，其仍以具含一种深微幽隐难以指说的双重或多重之意蕴为美的衡量标准，则是始终未变的。因此周济所曾提出的"临渊窥鱼，意为鲂鲤。中宵惊电，罔识东西"的一种词所特具的微妙之感发的作用，遂不仅可以适用于"歌辞之词"的佳者，也同样可以适用于"赋化之词"的佳者了。于是词学中之"比兴寄托"之说，遂也从五代北宋之本无托意而可以引人生比附之想的情况，转入为一种纵有喻托之深意，而却以使人难于指说为美的情况了。

透过以上的论述，我们已可清楚地见到，词在不断演进中，虽然曾经过了三次重大的改变，但无论是柳永的长调之叙写对《花间集》令词之语言的改变，苏轼的诗化之词对《花间集》令词之内容的改变，或周邦彦的赋化之词对《花间集》令词之写作方式的改变，尽管他们的这些改变，已曾对《花间集》词之女性叙写与双性心态作出了层层的背离，可是由《花间集》词之女性叙写与双性心态所形成的，以富含引人联想的多层意蕴为美的一种美学特质，则始终是衡量词之优劣的一项重要的要求。过去的词学家们之所以曾对于词之雅郑的问题、词之比兴寄托的问题、词之本色与变格的问题、词在诗化与赋化以后当如何加以评赏和衡量的问题、张惠言与王国维二家说词之以不同的方式重视言外之感发的问题，不断地产生种种困惑与争议，私意以为盖皆由于旧日的词学家，不敢正视《花间集》词中之女性叙写，未尝对之作出正面的美学特质之探讨的缘故。希望本文透过西方女性主义文评，对于中国之"词"这种特别女性化之文类的美学特质之形成与

---

① 周济：《介存斋论词杂著》，台北广文书局，1962，影印渟喜斋刊本，第3页。
② 况周颐：《蕙风词话》卷二，《蕙风词话》与《人间词话》合刊本，香港商务印书馆，1961，第48页。

演变，所作出的一番反思，对于解答旧日词学中的这些困惑与争议的问题，能够提供一点帮助。

关于中国文学批评之有待于西方理论的补充和拓展，早在 20 世纪 60 年代，当我撰写《从比较现代的观点看几首中国旧诗》一文时，就早已有了此种认知①。其后在 20 世纪 70 年代初，当我撰写《王国维及其文学批评》一书时，更曾在书中第二编之第一章，对此一问题作过相当理论性的探讨②。不过，不久以后我就注意到了有些青年学者在盲目引用西方理论来评析中国古典诗歌时，往往会因旧学根底不足，而产生了许多误谬和偏差，因此我遂又撰写了《关于评说中国旧诗的几个问题》一篇文稿，想对此种偏差加以劝导和纠正③。而其后自 20 世纪 80 年代初，我与四川大学缪钺教授合撰《灵谿词说》以来，遂久久不复引用西方之文论。然而时代之运转不已，就目前世界情势言，中国之古典文学批评确实已面临了一个不求拓展不足以更生自存的危机。因此近年来我遂又接连写了几篇在西方理论之观照中，对中国传统文学批评加以反思的文稿④。这些文稿如果从传统的眼光来看，也许会不免被目为荒诞不经，而如果从现代的眼光来看，则似乎与西方理论也并不完全相合，而我的用意则本是取二者之可通者而融会之，而并非全部的袭用，所以我不久前在《论纳兰性德词》一篇文稿中，就曾写有"我文非古亦非今，言不求工但写心"⑤两句诗。而我现在则更想引用克里斯特娃的两句话来作自我辩解，那就是"我不跟随任何一种理论，无论那是什么理论"⑥。

① 见《迦陵论诗丛稿》，中华书局，1984，第 240—275 页。
② 见《王国维及其文学批评》，香港中华书局，1980，第 123—145 页
③ 见《中国古典诗歌评论集》，香港中华书局，1977，第 109—159 页。
④ 见《中国词学的现代观》，台北大安书局，1988。
⑤ 叶嘉莹：《论纳兰性德词》，《中外文学》第 19 卷，第 8 期，第 30 页。
⑥ Julia Kristeva, *Desire in Language*. ed. Leon S. Roudiez, trans. Thomas Gora, Alice Jardine & Leon Roudiez, (New York：Columbia University Press, 1980)，p. 1.

# 论咏物词之发展及王沂孙之咏物词

纷纷毁誉知谁是，一代词传吟物篇。
欲向斯题论得失，须从诗赋溯源沿。

东坡而后更清真，流衍词中物态新。
白石清空人莫及，梦窗丽密亦能神。

靥心切理碧山词，乐府题留故国思。
阶陛能寻思笔在，介存千古足相知。

离离柳发掩柴门，犹有归来旧菊存。
多少世人轻诋处，遗民涕泪不堪论。

## 一、咏物之作的历史渊源

王沂孙是南宋末期词人中特别以咏物词著称的一位作者，他的词传世者不多，今所见者仅《花外集》一卷，收词五十一首，即使加上《绝妙好词》及《阳春白雪》诸书辑录之所得，一共也不过只有六十余首而已；而其中分明标题为咏物的作品，则竟有将近四十首之多，这实在是一个极为可观的数量。盖在南宋词人之作品中，咏物已成为一项重要内容。姜夔、史达祖、吴文英、周密、张炎诸名家，都留有不少咏物之作。而这一类咏物的作品，则历来论词者对之却颇有不同的评价。大抵清代词评家对此一类词都颇加称赏，而近世论词者，则对此一类作品乃颇有不满之辞。即以王沂孙词而论，世人对之就曾有许多毁誉不同的批评。誉之者如清代的张惠言、周济、陈廷焯诸人，就曾对之大加赞赏，既曾称"碧山咏物诸篇，并有君国之忧"，又称其"缠绵忠爱""覼心切理"，又以为其"思、笔可谓双绝"，可以为"入门阶陛"，甚至将之比美于诗人中之曹子建、杜子美①。而毁之者则如近世之胡适、胡云翼、刘大杰诸人，则谓王沂孙的这些咏物词"至多不过是晦涩的灯谜，没有文学的价值"，"表达不明确，反映没有力量"，"时有不连贯和莫知所云的地方"。又以为王沂孙也称不上"缠绵忠爱"，因为他"曾做元朝的官，算不得什么遗民遗老"，即使有"托意"，也"不过是一点微弱的呻吟罢了"②。像这类悬殊的意见，实不仅对王沂孙词为然，就是对姜夔、史达祖、吴文英、周密、张炎诸人之词，其评价之悬殊，也都有类似的情况。这种情况之所以形成，我以为主要乃由于评者对于咏物之作的传统及其特质，都未曾作过客观的理论分析，遂不免仁者见仁，智者见智，各以主观之感受，作出了毁誉悬殊的评价。王沂孙既是南宋咏物词中重要的作者，而我们在《灵谿词说》中，对于咏物词也还未作过正式的介绍和讨论，而且就西方近世结构主义的文论来看，他们极重视文类的批评，以为一定要通过对一种文类的共同模式的整个系统的认识，然后才更能看出一个作者或一篇作品的特殊意义和价值。因此，我们便将借此机会，对中国古典诗词中咏物之作的传统及其发展略加论述，希望透过此一论述，不仅可以使我们对咏物词之发展及其特质能有较清楚之认识，同时也可以对王沂孙词作出更正确的判断并获得更深刻的了解。

本来咏物之作在中国古典文学中，原可说是渊源甚早，这与中国诗歌之重视感物言志的传统，大概有相当密切的关系。自《毛诗大序》就曾经将诗歌之创作推源于"情动于中，而形于言"，以为"情动"是诗之源起，而据《礼记·乐记》则云"人心之动，物使之然也"，可见中国诗论是从一开始就将"物"与"心"之相感，看作诗歌创作之重

---

① 以上诸评语，分见于张惠言《词选》、周济《宋四家词选·目录序论》及陈廷焯《白雨斋词话》。

② 以上诸评语，分别见于胡适《词选》、胡云翼《宋词选》及刘大杰《中国文学发展史》。

要质素的。此在中国历代诗文评论中，都可以得到证明。如陆机《文赋》即曾有"遵四时以叹逝，瞻万物而思纷"之言，钟嵘《诗品·序》亦曾有"气之动物，物之感人，故摇荡性情，形诸舞咏"之说，刘勰《文心雕龙·明诗》也曾有"人禀七情，应物斯感，感物吟志，莫非自然"之语。凡此种种说法，都可以见出在中国的"感物吟志"的抒情言志的诗歌传统中，对于外物之感发的普遍重视。因此清康熙朝所编订的《佩文斋咏物诗选》，在序文中乃竟将咏物之作推源于《诗》三百篇，以为"虫鱼草木之微"，可以发挥"天地万物之理"，而结论云："诗之咏物，自三百篇而已然矣。"这种说法自不免过于迂远。盖以情之动于中虽可能由于外物之触引，然而"三百篇"所写者，仍毕竟是以情志为主体，而并不以物为其主体，所以"三百篇"虽然亦有鸟兽草木之名，但却决不能目之为咏物之诗篇。只不过这种以鸟兽虫鱼为比兴而引发情志的作用，却是确实已孕育了后世诗歌向咏物之作去发展的一颗潜伏的种子。这一点则是极可注意的。至于专以写物为主题的作品，则在中国古典文学中，实当推荀况和宋玉的一些标题为"赋"的作品为最早。《文心雕龙·诠赋》篇对赋之介绍，即曾云："赋也者，受命于诗人，拓宇于《楚辞》也。于是荀况《礼》《智》，宋玉《风》《钓》，爰锡名号，与诗画境。"又云："赋者，铺也。铺采摛文，体物写志也。"可见"赋"与"诗"之渊源，一方面虽在外物与情志之相感方面有相近之处，但另一方面则"赋"之写作却已经把重点更转移到对"物"的铺陈叙写方面去了。荀、宋之赋虽尚不忘托意，而后世之赋乃往往竞尚丽辞，流衍实繁，不暇遍举。但其中值得注意的则是，就在荀、宋二家最早的写物之赋中，却已经也就显露了后世诗词中咏物之作的某些特质。第一点应该提到的，我以为乃是荀赋中的隐语性质；第二点应该提到的，则是宋赋中的铺陈性质。所以《文心雕龙·诠赋》篇就也曾提出荀、宋二家赋之特质，说"荀结隐语，宋发巧谈"，又指出写赋的一种方式，说"拟诸形容，则言务纤密，象其物宜，则理贵侧附"，而这种写作方式，则正与后世诗词中某些咏物之作的写作方式互相吻合。这一点也是极可注意的。我之所以提出以上两点可注意之处，只是为了说明咏物之作品在中国诗歌之传统中，既原来就有使之产生的必然因素之存在，而其多用隐语及铺陈，也原是咏物之作在叙写时的一种重要的手法。至于咏物之作在后世诗歌中的发展，则大约可以分为以下几个重要阶段。其一是建安时代，这一时期的咏物之作虽然并不是很多，但却已显示了咏物诗的两种重要特质，以及形成此两种特质的两项外在因素。先就第一种特质而言，我以为那就是咏物之作的喻托性，此一特质可以举曹植的《吁嗟篇》及《野田黄雀行》等诗为代表。前者借"转蓬"之为物，来喻写一种"长去本根逝"的悲哀；后者借"黄雀"之为物，来喻写一种被网罗伤害的忧惧。所以黄节撰《曹子建诗注》于《吁嗟篇》之下，即曾引朱绪曾之说，谓此诗乃"子建藩国屡迁，求试不用，愿入侍左右，终不能得，发愤而作"。于《野田黄雀行》一首之下，引朱乾之说，谓此诗乃"自悲友朋在难，无力援救而作"。这种说法，自然是极为有见之言。而促使曹植要用咏物之作以喻托方式来抒写自己之情意的一项重要因素，则是当时的政治环境，使曹植有不敢直言之苦衷的缘故。再就第二种特质而言，我以为那就是咏物之作的社交性，此一特质可以举曹植、刘桢、应场诸人所写的题目相同的《斗鸡诗》为代表。黄节《曹子建诗注》中在此一《斗鸡诗》题目之下，亦曾引朱绪曾之言，谓"刘桢、应场俱有《斗鸡诗》，盖建安中同作"，而黄节自己之按语，则曾引应场《斗鸡诗》中"兄弟游戏场，命驾迎众宾"二句，以为此诸诗"乃子桓未即帝位时，与子建游戏斗鸡之作"。这也就正是我在前面所说的咏物之作的一种社交性的特质。这一类诗往往在内容方面并无深远之情意，而只不过是对所咏之物的一种铺陈描绘。即如曹植、刘桢、应场诸人对于斗鸡的叙写形容，便都表现了这类社交性咏物诗重视铺陈描绘的特质。因为一般而言在文学风气极深的社团中，古代诗人文士聚会之时，往往喜欢找一些共同的题目来各自吟写，以展现自己的才能。如我在本文开端之所言，诗歌之创作既原应以内心有所感发为主，但在文士集会之时，诗人内心既未必真能有所感发，于是遂不得不找一个共同的题目，以丽辞巧思安排出一篇因文造情的作品，这正是咏物之作中何以有此一种以铺陈描绘为主的社交性作品的一项外在因素。不过，建安时代毕竟去古未远，所以此一类社交性的咏物诗虽无深远之情意，但在叙写之口吻声气中，仍不失一种健举的风骨。以上可以说是咏物诗在第一阶段所表现出来的一些特色。至于第二个阶段，则当是齐、梁时代的咏物诗。此一时期的咏物诗，一方面虽然也可以说是继承前一个时期之社交性的咏物诗的一个发展，不过在性质上却更转入了一种游戏遣玩的性质，风格也更为纤巧浮华，这主要是由于文风之转变。因为一般而言，在中国文学发展的历史中，由魏、晋到南北朝，乃是中国文学开始转向唯美方面去发展的一段时期。再加上南朝宫廷中的一种淫靡的风气，因而这一阶段的咏物诗也就开始更注重人工辞采的描述，其所吟咏的主题也更加细致靡丽。即如梁武帝之《咏舞》《咏烛》《咏笔》《咏笛》等作品，梁简文帝之《咏风》《咏烟》《咏萤》《咏镜》《咏蛱蝶》《咏芙蓉》等作品，便都可以为此一阶段咏物诗的代表。而上有好之，下必有甚焉者，于是一时文臣乃亦竞为靡丽的咏物之诗篇。这种情况，一直到初唐的宫廷诗仍未能脱离它的影响。直到陈子昂的出现，才使风气为之一变，于是咏物诗乃进入了重视内容的第三阶段。陈子昂在其《修竹篇·序》中，曾经对于他的有心转变风气，作了明白的宣言。一般人所最喜欢引用的，就是他所说的"汉、魏风骨，晋、宋莫传"及"齐、梁间诗，彩丽竞繁，而兴寄都绝"的一段话，据此来指出陈子昂在唐诗发展中所提倡的复古精神，并以之与李白在《古风》五十九首之一所写的"自从建安来，绮丽不足珍"一段话相并举，以为"他俩的生活思想，虽完全不同，然在诗界的复古这一点上，意义却是一致的"（刘大杰《中国文学发展史》）。不过仔细分析起来，他们二人的意见却实在并不全同。李白的说法是一般的泛论性质，而陈子昂的《修竹篇·序》，则原是写给当时另一位诗人东方虬的一封书信，原来东方虬曾写了一首题为《孤桐篇》的诗，为陈子昂所称赏，所以陈氏自己便也写了一首题为《修竹篇》的诗，以为奉答，而观《孤桐》及《修竹》之命题，则分明是咏物的诗篇，所以陈子昂所讥评的"齐、梁间诗，彩丽竞繁，而兴寄都绝"的话，也应该是特别针对齐、梁间的咏物诗而言的。这种观念的范畴所指，是我们首先要分别清楚的。关于东方虬的《孤桐篇》，可惜不传于世，我们已无法见到。至于陈子昂的《修竹篇》，则观其篇中的"岁寒霜雪苦，含彩独青青。岂不厌凝冽，羞比春木荣。春木有荣歇，此节无凋零"诸句，岂不就正是他所提倡的"兴寄"的托意？因此，陈子昂在其著名的三十九首《感遇》诗中，便也曾以"兰若生春夏"及"翡翠巢南海"等草木禽鸟的形象，在咏物之中喻寄了自己的托意，为自己的理论作出了成功的实践。而且陈氏的理论和实践，还曾影响了当时另一位诗人张九龄。张氏虽然因为一度在朝廷中做过丞相，受环境影响曾经写过一些奉和应制的诗篇，但在脱离了这种环境之时，他所写的诗却是与陈子昂颇为同调的作品。即如他也曾以《感遇》为题写过一系列的十二首诗，而且也曾以"兰叶春葳蕤"及"孤鸿海上来"等草木禽鸟的形象，在咏物之中表现了自己的兴寄，其曾经受到陈子昂的理论及实践的影响，自是明白可见的。何况他还曾写过一首题为《答陈拾遗赠竹簪》的诗，其开端两句所写的就是"与君尝此志，因物复知心"的话，可见借外物来喻托内心的情志，在他们两人之中，原是有一种共同之默契的。而且《唐诗纪事》卷十五曾记叙当时李林甫对张九龄颇加毁谤，张氏遂写了一首《咏燕》送给李林甫，其中有"无心与物竞，鹰隼莫相猜"之语，用以消除李之恚怒。则张九龄之善于在咏物诗中寄托比兴之情意，也就可以想见了。而此中寓含有深厚的比兴之托意的作品，到了杜甫手中遂有了更大的发展。而且杜甫是从其早年所写的《房兵曹胡马》《画鹰》诸诗中，就已经表现了此种在咏物诗中寓含比兴之托意的趋向了。其后杜甫在秦州所写的《初月》《归燕》《促织》《萤火》诸诗，在成都所写的《病柏》《病橘》《鹦鹉》诸诗，甚至晚年在夔州所写的《孤雁》《猿》《麂》《黄鱼》《白小》诸诗，可以说都莫不有极为深远的比兴之托意。仇兆鳌《杜少陵集详注》卷十七，于《白小》一诗之后，曾引黄生之言曰："前后咏物诸诗，合作一处读，始见杜公本领之大，体物之精，命意之远，说物理、物情，即从人事世法勘入，故觉篇篇寓意，含蓄无限。"又在卷八《苦竹》一诗后，引钟惺之言曰："少陵如《苦竹》……《白小》《猿》《鸡》《麂》诸诗，于诸物有赞羡者，有悲悯者，有痛惜者，有怀思者……有用我语诘问者，有代彼语对答者，蠢者灵，细者巨，恒者奇，嘿者辩。咏物至此，神、佛、圣、贤、帝王、豪杰具此难着手矣。"所以杜甫的咏物之作，实在可以说是咏物诗中极高的一种成就。不过，虽然杜甫咏物诗之重视比兴托意的内容，与陈子昂、张九龄二人的发展趋向属于同一途径，但他们所用以表现兴寄的方式，则并不完全相同。陈与张的兴寄比较偏重于思致的安排，而杜甫的兴寄则比较偏重于感情的直接投注。而且陈、张二人所咏之物如"兰若""翡翠""孤鸿""海燕"等，常常都并非眼前之实物，而只是一种意念中之物象。而杜甫所咏之物，则多为眼前实见之物。像这种种区分，当然也是我们在讨论咏物之作时，所不可不注意及之的。

以上所写是我们对于咏物诗之发展的一个简略的介绍。如果稍加归纳的话，则我们可以得到下面几点结论：其一是咏物之作在中国重视"感物言志"及"体物写志"的诗、赋之传统中，原来就具有促使其发生的一种根本基础。其二是咏物之作既以写"物"为主，所以在叙写时原来就易于走向"隐语"及"铺陈"的方式。其三是咏物之作往往因作者及环境的关系，而可以形成为或偏重喻托、或偏重社交、或偏重遣玩之种种不同之内容性质。而且同样是喻托性质的作品，又可以有或偏重思索安排、或偏重直接感发的不同表现方式。而对于这一切因素、特质及方式的了解，对于我们去探讨词体中咏物之作的发展过程，以及欣赏和衡量王沂孙咏物词的成就，都可以有不少启发和帮助。

## 二、两宋咏物词之发展

一般而言，词在初起时本来是属于与诗之性质并不同类的另一种文学体式。诗是以"感物言志"为主的，所以"物"在诗中从一开始便占有一种较为更值得注意的地位。而词在初起时，则只是写给歌女们在酒筵前去歌唱的曲子，所以唐五代的早期词作，往往都是直接去写美女和爱情，并不假借什么草木禽鱼之物以为引发。而且词中之美女既然本身就是歌筵酒席间有血、有肉、有情、有爱的女子，所以词中虽然多写美女，甚或后世的读者还可以由美女而引发喻托的联想，但在唐、五代词中真正以美女为一种物象或一种喻象去写的作品则极少。如此说来，美女本身在词中既不被视为一种"物"，而另外也不需假借什么草木禽鱼之"物"来作为"感物言志"的引发，所以在早期词作中真正咏物之作原是极少的。在《花间集》所收录的十八位作者五百首作品中，除了像《杨柳枝》等习惯上多用来咏柳的作品以外，大概只有牛峤的两首《梦江南》可以算是咏物之作。这两首词，前一首咏燕子，后一首咏鸳鸯，其作法都是前面大段写物，而最后却都归结到主观的抒情：前一首结句是"堪羡好姻缘"，表现了人对燕子之双飞的羡慕；后一首结句是"全胜薄情郎"，则表现了人因见到鸳鸯之双宿而引起了对薄情郎的怨思。像这种咏物之作，表面看来虽大段以物为主，但其实其所咏之物却只是引起内心某种情意的一个媒介，这种情况其实与诗歌中"感物言志"的写法极为相近，只不过是"物"所占的比例较大而已。所以真正咏物之作，在唐、五代的小词中，实在可以说极为罕见的。其后到了北宋之世，咏物词才逐渐得到发展，而其中对咏物词之发展最具影响力的两位作者，则一个自当是使词转向诗化的作者苏轼，另一位则是使词走向思索安排之途径的作者周邦彦。在苏轼以前的作者，一般咏物之词的数量都极少。即以著名的词人柳永而论，在他的二百多首作品中，真正称得上咏物的作品，实在不过只有题作《杏花》《海棠》《柳枝》的三首《木兰花》小令而已。可是在苏轼的三百多首词中，则分明标题为咏物的作品，竟有将近三十首之多，这当然是一个极值得注意的现象。关于此一现象之形成的因素，则第一可以说是苏轼将词"诗化"了的结果，遂使本来并不具含咏物之性质的词体，也由于"诗化"而产生了咏物的作品。其次，则也是在苏轼的周围，更曾经形成了一个如同建安时代的文学写作的集团，因此苏词中之有较多的咏物词的出现，便自然还有其社交性的因素。关于此点，我们只要一看苏词中之往往有次韵、和韵之作，便可得到证明。何况在苏门交往的几位文士之间，还曾经有一些题目相同的咏物之作。即以咏茶而言，苏轼和黄庭坚就各有数首同样以"茶"为题的词作，而且其中一首还用的同是《西江月》的牌调，苏词首句是"龙焙今年绝品"，黄词首句是"龙焙头纲春早"。另外，秦观也有一首题为"茶词"的作品，词调是《满庭芳》，一开端写的就是"雅燕飞筋，清谈挥麈，使君高会群贤。密云双凤，初破缕金团。窗外炉烟似动，开瓶试、一品香泉"。则此一首咏茶之词，其必然是写于饮茶之社交性的聚会可知。此外，如晁补之更不仅有许多咏物之作，而且多为和韵，次韵之词，更且还在题目中往写有像"扬州芍药会作""秦宅作海棠"及"亳社观梅""亳社作惜化"等叙述，然则当日苏轼左右之文士们之往往聚会填词，且多以咏物为题的风气，也就可以想见了。这种社交性背景，当然是使得咏物之词逐渐加多起来的一项重要因素。至于以风格而论，则在此一以苏轼为中心的文士集团之中，自然仍以苏轼的咏物词之风格最为值得注意。本来我在前文论及咏物诗时，已曾谈到一般社交性的咏物之作经常都是以铺陈描绘为主，有时也带有一些游戏遣玩的性质，而缺少作者真正感发的自我之面目。但苏轼却以其过人之才情，独能不落入一般铺叙之窠臼，写出了他自己的咏物而不滞于物的挥洒自如之风格。所以苏之《水龙吟·次韵章质夫杨花词》才会被王国维在《人间词话》中赞美，认为："东坡《水龙吟》咏杨花，和韵而似原唱，章质夫词，原唱而似和韵，才之不可强也如是。"这主要就是章楶的原词只紧贴着杨花之为物去铺叙，而苏轼却能不滞于物地去抒写自己的感发和联想的缘故。而且苏轼的咏物词往往仍有感物而言志抒情的作法，即如其《西江月》（玉骨那愁瘴雾）及《南乡子》（寒雀满疏篱）二首咏梅的词，《菩萨蛮》（画檐初挂弯弯月）之咏新月的词，《虞美人》（定场贺老今何在）之咏琵琶的词等作品，就都于咏物之中表现有作者自己情意的感发。不过值得注意的则是，苏轼咏物词中的情意，大多都是属于直接的感发，而并不是以隐语安排的喻托。其比较近于以隐语为喻托的一首，可能要算是那首曾引起不少后人议论的《卜算子》（缺月挂疏桐）咏孤鸿的词。本文在此对此词虽不暇细论，但此词确当为有喻托之作，则殆无可疑。不过值得注意的乃是这首词的命题，原来并不是咏孤鸿，而是"黄州定慧院寓居作"。这就可以见出咏物之词虽然有以隐语为喻托的可能性，但在苏轼写咏物词时，却还未曾形成借咏物以隐语为喻托的写作习惯，所以他的《卜算子》一词并未以咏物为题，这是颇可玩味的一件事。

自从词之逐渐诗化，由苏轼等文士集团把咏物之风气带入词之体式中以后，另一位又使咏物词由直接感发而转入安排思索之写作方式的，则是在词坛上结北开南的改变风气的作者周邦彦。周氏的咏物词并不多，在他现存的二百首左右作品中，真正可以称得上是咏物之作的词，不过只有十余首而已。这本来正因为词体中之咏物之作原是诗化之结果，所以北宋词坛上纯粹词人之词的咏物之作都不多，柳永之绝少咏物之作，固然是一个很好的例证，即以苏轼等文士集团而论，号称独具"词心"的秦观，也是其中咏物词写得极少的一位作者。不过咏物之风气既已进入词之体式之中，所以周邦彦本身的咏物之作虽然也不算太多，但他的安排思索的写作方式，却为后来南宋大量咏物词的出现开辟了道路。要想明白周词之此种思索安排的写作方式，足以影响后来大量咏物词之发展的缘故，我们就不得不于此一加回顾。因为如我在前文所言，在中国文学发展的历史中，最早的专以写物为主的文学作品，并不是感物言志的诗歌，而是荀卿与宋玉的体物之赋。

因为诗之篇幅短，赋之篇幅长，在短的篇幅中，物只是引起情意之感发的一个触引的媒介，但在长的篇幅中，则对于物的铺陈叙写自然便占了很大的比重，而且篇幅既长，在写作时自然便不能不用思索去安排，周邦彦词之以思力安排取胜，也就正是他也长于辞赋，所以把赋笔也带进了词体中的缘故（关于此点，我在《论周邦彦词》一文中已曾有所论述，兹不再赘）。如此说来，则周词之重视思索安排的赋笔，其足以开拓后来咏物词之先路，自然也就无怪其然了。而且更因为长调慢词的形式，其每句字数之多寡，及音节与谐韵之参差错落，都与诗之字数整齐、韵律划一之性质有所不同，所以周邦彦的长调咏物词，乃不仅以其思索安排之写作方式，开了南宋咏物词之先声，而且其长调慢词之布局章法，也使得所咏之物与诗人之情意，呈现了一种诗所不能传达的更为繁复曲折的关系。以下我们就将对周邦彦之咏物词的性质略加介绍。周氏词集中本来也有一些短小的咏物的令词，不过此类作品大多也只不过是感物言情而已，与其他人写的这一类咏物小词并没有很大的不同，可以姑置不论；至于周氏的长调咏物之作，如其《六丑·蔷薇谢后作》（毛本、戈选、郑校本题为《落花》）、《花犯·梅花》及《大酺·春雨》，这些长调的咏物词，才是真能表现出周邦彦之特色的作品。本来我以前在《论周邦彦词》一文中，已曾提到过周词的几点特色：其一就是以赋笔为词所表现的安排勾勒的思力；其二则是在章法方面表现的错落繁复的结构；其三则是在内容方面所表现的言外寄慨的微意。这些特色表现于他的长调的咏物的作品中，于是就使得他所叙写的物与他所蕴含的情意，形成了一种极复杂的关系，既不是一般感物言情的由物到情的直接的过渡，也不是单纯写物全无情意的堆砌铺陈，又不是完全借物言志的隐语托喻，而是一种时而写物，时而言情，物中有情，情中有物，时间与空间及内心与外物都可以交错映衬之复杂的结合。本文因篇幅限制，不能举例作详细之说明，但只要一看过去词评家对周氏这些词的评说，也就可以略见其一斑了。即如周氏的《六丑·蔷薇谢后作》（正单衣试酒）一首，陈廷焯《白雨斋词话》卷二评此词，即曾云："满纸是羁愁抑郁，且有许多不敢说处，言中有物，吞吐尽致。"黄蓼园《蓼园词选》则谓此词乃周氏"自叹年老远宦，意境落寞，借花起兴，以下是花、是自己，比兴无端，指与物化，奇情四溢，不可方物，人巧极而天工生矣"（据《宋词三百首笺注》引）。又如周氏之《花犯·咏梅》（粉墙低）一首，黄昇《花庵词选》评此词，即曾云："此只咏梅花，而纡徐反覆，道尽三年间事。昔人谓好诗圆美流转如弹丸，余于此词亦云。"《蓼园词选》评此词，则谓："总是见宦迹无常，情怀落寞耳。忽借梅花以写，意超而思永。言梅犹是旧风情，而人则离合无常；去年与梅共安冷淡，今年梅正开而人欲远别，梅似含愁悴之意而飞坠；梅子将圆，而人在空江中，时梦想梅影而已。"以上所引诸评说，虽只是略见一斑，但也足可借此窥知周氏之长调咏物词，其中物与情互相交错映衬之妙了。所以周氏集中咏物之作虽然数量并不太多，但却确实为后来南宋词人之咏物者，开启了无数变化的法门，而这种种变化之妙，当然都与词中长调之错综变化的形式有密切的关系。所以周邦彦之咏物词，数量虽不是很多，但其特色则极可注意。如果说苏轼是由于诗化而把诗歌中咏物之风气带进词中的一位作者，那么，周邦彦则应是使咏物词脱离"诗化"而真正达到"词化"的一位作者。

至于周邦彦以后的南宋词人，则就其咏物词之成就与风格言之，重要之作者大约可分为以下几种类型。其一，是在铺叙与描绘方面虽受有周词之影响，然而却缺少周氏之越勾勒越浑厚之健笔，虽在铺陈刻画方面亦复极有可观，但却不免过分沾滞于物者。如史达祖、周密、张炎诸人，其气质风格虽各有不同，但大抵皆可归入此一类之作者。其二，则是能自周词变化而出的作者，第一个我们要提到的就该是以清空疏宕著称的姜夔。姜氏之咏物词约可分为两类：一类是单纯以咏物命题者，如其《好事近》（凉夜摘花钿）之咏茉莉及《虞美人》（西园曾为梅花醉）之咏芍药等作品，此一类词与一般咏物诗、词之描绘物态、点染情景之作大都相同，并无姜词明显之特色，可置不论。至于另一类则是并不单纯以物命题，而却在词前缀以小序，将所咏之物与某些情事结合叙述者，如其《长亭怨慢》《淡黄柳》《角招》《凄凉犯》诸词之与"柳"相结合；《一萼红》《清波引》《夜行船》诸词之与"梅"相结合；《念奴娇》《惜红衣》诸词之与"荷"相结合。更有小序中虽然不及于物，而观其内容及词调之命名则亦为借物以贯串情事者，则有《暗香》《疏影》之分明以咏梅为主干。这一类词才是姜词中最具特色的值得注意的作品。如果约略分析，则其继承与变化亦颇有可得而言者，而首先该提出来的一点，则是其用精思而不取直言的写作方式。此一特色，一方面固由于曾受到周邦彦之以思索安排为词的作风之影响，而另一方面则也因为姜氏在诗歌创作方面原曾受有江西派诗风之影响，避陈俗而尚瘦硬，再加之姜氏之词又往往好为自度曲，与一般音律圆熟之习见之牌调多有不同，故姜氏以精思为词之结果，乃表现为一种清空宕折之姿，与周邦彦之思索安排而具有浑灏流转之气者，又有相当的差别，这也就正是使得姜词能自周词变化而出的一个主要原因。其次一点我们要提出的，则是姜氏词中物与情之关系。在姜氏词中之物，往往只是其一己观念中某些时空交错之情事中的一种提醒和点染的媒介，其繁复错综之叙述结构，虽也曾受有周邦彦之影响，但其所叙写之情事既似较周氏更为隐秘幽私，其叙写之笔法也不似周氏之圆转，而更为峻折，这也就正是使得他能自周氏变化而出的另一个原因。故姜氏咏物之词乃能不滞于物，而别有清空峭拔之致，这实在不仅因为姜氏在用笔方面自有其特色，也因为在内容方面姜氏本意也就并不是专以咏物为主的。除姜夔外，第二个我们要提到的自周邦彦变化而出的作者，则当是以深邃密丽著称的吴文英。如果我们尝试在此一作回顾，则史达祖、周密、张炎诸人，可以说都是写物而沾滞于物的作者；姜夔的一些词则是其意本不以物为主，所以能不沾滞于物的作者；至于吴文英则是一方面既能紧扣住所咏之物来叙写，而另一方面却也能时时有灵气透出其外的作者。吴词之特色，盖在既有丽藻深思，而又有锐敏之感受与丰富之想象。即如其《宴清都》（绣幄鸳鸯柱）之咏连理海棠，其上半阕自"绣幄鸳鸯柱"一句，以"绣幄"状繁花，以"鸳鸯柱"写连理的枝干，便极为丽密贴切；以下又以"腻云低护秦树"一句点明海棠①，再承以"芳根兼倚，花梢钿合，锦屏人妒。东风睡足交枝，正梦枕、瑶钗燕股"数句全写花之连理，而其后忽以"障滟蜡、满照欢丛，嫠蟾冷落羞度"来承接，把天上的孤月与蜡烛光下连理的花枝作对比，于是便自然有了不滞于物的一种飞跃之致。至其下半阕，则以"人间万感幽单"一句，写入人世之悲慨。其后自"华清惯浴"以下，直至"凭谁为歌长恨，暗殿锁，秋灯夜语"，则全取《长恨歌》中"在地愿为连理枝"一句为之渲染想象，既不离所咏的物之主题，可以暗指"连理海棠"，同时也寄喻了古今盛衰、生死离别的无限悲慨，遂使其词于沉实丽密之中，顿现空灵飞舞之致。是其铺陈细密，虽有得于周邦彦，然其秾丽中之空灵，沉实中之飞舞，则非周词之所有。其所以然者，盖在于自周邦彦以下，南宋词人之写咏物之作者，大都全以思致安排为主，而吴文英则是在思索安排之中，时时涌现出直接感发之力量的一位作者。所以周济在《宋四家词选·目录序论》中，乃称吴氏可以"返南宋之清泚，为北宋之秾挚"，就正指的是吴词这种与北宋词相似的具有直接感发之力的特色。因此，我们可以说吴文英乃是自周词变化而出的另一类型的作者。虽然因篇幅所限，我们在此不能多举吴词作为例证，但即此一例也足可以窥见一斑了。以上诸家可以说都是受周邦彦之影响的作者，但另外却还有一位完全不被周词所笼罩的作者，那就是"壮岁旌旗拥万夫"的以豪杰之士而为词人的辛弃疾。本来我们在前文论述咏物诗之发展时，曾提出过唐代之陈子昂和张九龄二人，认为他们是以安排思索在

---

① 按：吴文英《宴清都·连理海棠》，其"腻云低护秦树"一句，一般选本对之多未作注释，唯杨铁夫《梦窗词笺释》于此句之下，曾引《阅耕录》云："秦中有双株海棠，高数十丈，悠然在万花之上。"又据《太真外传》所载，谓明皇登沉香亭召太真，时太真卯酒未醒，命力士扶掖而至，上曰："此海棠花未睡足耳。"故吴词又有"东风睡足交枝"之句，且通篇皆以白居易《长恨歌》咏唐明皇、杨贵妃事之"在地愿为连理枝"一句为骨干，遂使连理之花枝与兴亡之悲慨相结合。盖吴文英文辞丽密，用心深细，凡其所言，莫不贴切有据，未可率尔读过也。

咏物中寓含兴寄的作者，而杜甫则是全以自己之感情投入，由直接感发来表现兴寄之托意的作者。如果以宋代之咏物词与唐代之咏物诗相比较，则自周邦彦以下，姜、史、吴诸作者，都可以说是以思索安排来写咏物词的作者，只不过词之形式更为富于变化，故其物与情之关系便也较一般咏物诗更为繁复错杂。而且因为词之内容既一向多以写儿女之情为主，所以周、姜词中便也往往多写怀人忆别之情，与诗中借物喻志的内容也有了很大的分别。以上可以说是以思索安排方式来写咏物词的一般情况。至于如唐诗中之杜甫之能全以感情投入、以直接感发在咏物之作中表现自己之情怀志意者，则南宋词人中，实在当以辛弃疾这位豪杰词人为代表。虽然因为诗与词之形式既有所不同，杜甫与辛弃疾之才气性情也有所不同，所以杜诗与辛词在内容及风格方面都有许多差别，但其不以安排思索取胜，而全以直接感发取胜的一点，则是相同的。像这一类作品，固全为作者之性情、襟抱以及平生遭际之自然流露，并非后世一般人之可以勉强学步者。若就宋词发展言之，则南宋大多数咏物词之描绘安排，固皆可谓其出于周邦彦，唯有辛弃疾之独具个人性情面目之作，可以说是属于北宋另一位天才作家苏轼的同类。但苏、辛之关系，却绝不属于继承模仿的发展，而是各具开创之才情，所以才能够各自有其臻于不同之极致的成就。以上我们可以说是简单介绍了两宋咏物词之发展，在作者与作者相互继承与开创间的一般情况。

除此以外，关于南宋之咏物词，还有两点也应略为述及：一则为当时使咏物词盛行之社会背景，再则为咏物词中用典之风气。现在先就第一点略加介绍。原来在南宋之时，吟词结社之风既极为盛行，而且偏安既久，士大夫大多养成了奢靡的风气。先就吟诗结社而言，即如史达祖词中就曾多次提到"社友"，并曾有"爱酒能诗之社"之言〔见其《点绛唇》（山月随人）、《龙吟曲》（道人越布单衣）及《贺新郎》（同住西山下）诸词〕。而且除去私人的结社吟词之外，还有一些盛大的公众的诗酒之社，即如吴自牧之《梦粱录》卷十九记南宋临安的集会结社之盛，在其《社会》一则之下，即曾载云："文士有西湖诗社，此乃行都缙绅之士及四方流寓儒人，寄兴适性赋咏，脍炙人口，流传四方，非其他社集之比。"凡此种种，都可使人想见当日结社吟咏之盛。至于南宋士大夫之奢靡，则周密之《齐东野语》卷二十有"张功甫豪侈"一则，曾载云："张镃功甫号约斋，循忠烈王诸孙，能诗，一时名士大夫莫不交游，其园池声妓服玩之丽甲天下。"以下又叙述一次牡丹会中之种种排场，谓歌者、乐者凡十易，无虑数百十人，皆歌前辈牡丹名词侑酒，客皆恍然如仙游，其豪侈可以想见。姜夔与张镃及其弟鉴（平甫）交谊甚笃。周密《齐东野语》卷十二有《姜尧章自叙》一则，谓姜氏自云："旧所依傍，惟有张兄平甫，其人甚贤，十年相处，情甚骨肉。"姜词中有《莺声绕红楼》一首，题前小序谓此词即为其与张平甫"携家妓观梅于孤山之西村"之所作，当时并曾"命国工吹笛，妓皆以柳黄为衣"，则当时咏物词之写作背景亦可概见。又如姜夔之《暗香》《疏影》二词，其词前小序亦曾谓此二词原是他住在诗人范成大家中时，范氏"授简索句，且征新声"之所作。盖当时在南宋奢靡之风气下，一般贵仕显宦之家，往往多养有一批才士为其门客，常为主人撰写一些作品，以供吟赏。姜夔就曾先后为范成大及张鉴诸人之门客，吴文英亦曾游于吴潜及嗣荣王与芮之门，此盖亦南宋一时之风气。我以前在一篇论吴文英的文字中已曾述及，兹不再赘（见《迦陵论词丛稿》中之《拆碎七宝楼台》一文）。所以南宋的竞尚奢靡及吟词结社之风盛行的社会背景，自然也是使得咏物词盛行的重要因素。而像这一类属于社交性的咏物之词，在作者而言，既未必都有什么丰富深厚的感发，所以在写作时除了对物态的刻画描写以外，便还需要引用一些材料以供铺陈，于是前人的诗词和典故，便成为咏物词中常用的材料。即如史达祖《绮罗香》一词之咏春雨，其"蝶宿西园"二句，乃用李商隐《细雨成咏》之"稍稍落蝶粉，班班融燕泥"之诗句；"门掩梨花"一句，乃用白居易《长恨歌》之"梨花一枝春带雨"，及李重元《忆王孙》词之"雨打梨花深闭门"之诗句及词句；"剪灯深夜语"一句,乃用李商隐《夜雨寄北》之"何当共剪西窗烛,却话巴山夜雨时"之诗句。像这种用前人诗句及典故以为铺叙的写法,本来也始自周邦彦,不过南宋人用此种铺叙来写咏物词者,其成就与风格也颇有不同之层次。即如史达祖此词,只不过是贴切工丽而已,此外却更无深意。至如姜夔之《疏影》一词之咏梅,其"昭君不惯胡沙远"之句,乃用王建《塞上咏梅》之"天山路边一株梅,年年花发黄云下。昭君已没汉使回,前后征人谁系马"之诗句;"犹记深宫旧事"三句,乃用宋武帝女寿阳公主日卧含章殿檐下,梅花落其额上成五出花之故事。一方面既贴切于咏梅之内容,而另一方面则用"昭君""胡沙""深宫"等字样,遂更可以使读者生一层托喻之想,以为可以暗寓北宋之亡,徽、钦二帝被虏,诸后妃相从北去之感慨。这当然就显得较史达祖的词内容深厚得多了。不过,姜氏还只不过是字面上有些点染暗示而已,并不予人直接之感发;至于像辛弃疾《贺新郎》(凤尾龙香拨)一首之赋琵琶,则几乎句句都是与琵琶有关之故实,而且句句都充满直接的感发,所以陈廷焯《白雨斋词话》(足本校注卷八引《云韶集》卷五)乃称辛氏"此词运典虽多,却一片感慨,故不嫌堆垛。心中有泪,故笔下无一字不鸣咽"。这正是我在前文之所以说辛氏咏物词是属于杜甫咏物诗之重直接感发之一类作品的缘故。不过杜之咏物诗大多由对物之直感而引起感发,而辛词则有时可以由用典中引起感发。这种差别,一则固由于辛与杜之才情不同,再则也由于词中此类长调咏物之作,本来一向就重视用事铺陈的缘故。至如吴文英《宴清都》一词之咏连理海棠,则虽不能如辛词之句句都有感发,但却在铺陈之中,能以白居易《长恨歌》中"在地愿为连理枝"之诗句为骨干,遂使得这首咏花之作,隐然有了一种盛衰兴亡的悲慨,而且其"人间万感幽单"及"凭谁为歌长恨"诸句所用皆主观直叙之笔法,夹入客观铺陈叙写之中,遂使其词于密丽之中,往往突现飞扬之神致。所以陈洵《海绡说词》评此词,乃称其"只运化一篇《长恨歌》,乃放出如许异彩"。又云,"得力尤在换头一句,人间万感,天上蝥蟾,横风忽断,夹叙夹议，将全篇精神振起”。又云，“天宝之不为靖康者，幸耳。故曰'凭谁为歌长恨'”。由以上所叙述，我们不仅可以见到两宋咏物词之发展的约略的迹象，同时也可以见到其叙写之笔法的各种不同之方式，与内含之意蕴的各种不同之层次。在有了这些认识以后，我们对于王沂孙之咏物词，就可以作出一番较客观和较正确的衡量了。

## 三、王沂孙之咏物词

关于王沂孙的咏物词，我以前写过一篇《碧山词析论》，曾经对王氏之《天香·龙涎香》（孤峤蟠烟）及《齐天乐·蝉》（一襟余恨宫魂断）二词，作过较详细的评说（见《迦陵论词丛稿》）。如果把王氏这一类的咏物词，放在中国古典文学的咏物之作的传统中来看，我们就会发现王氏之咏物词，既有隐语之特质，也有铺陈之特质；既有喻托性，也有社交性；既有思索之安排，也有直接之感发：王氏是把中国咏物之作的传统中的许多特质，都作了集中表现的一位作者。以下我们就将从这些方面，对王氏之咏物词略加论述。先就隐语及铺陈之二种特质言之，如我在本文开端所言，"感物言志"既原是中国诗歌之重要传统，而物与心之相互感发，则是促成诗歌之创作的重要质素。不过在《诗》三百篇之中，物一直只是引发情志的一个媒介而已。自赋体出现以后，对物之铺陈叙写才在作品中占有重要之位置，为后世咏物之作的发展，开拓了先声。然而无论是"感物言志"的诗也好，或"体物写志"的赋也好，总之在中国文学之传统中，其内含之"志"一直被认为是作品中最重要的价值与意义之所在的。因此当"物"之比重逐渐增加，至全篇皆为咏物，而不再经由过渡来叙写情志之时，自然就会提出了咏物之中要具含托意的要求。这正是为何后世咏物之中，其铺陈写物之分量越重，同时对其隐语之托喻的要求便也越高的缘故。所以陈子昂在其《修竹篇·序》中，才会对"齐、梁以来"之诗，提出了"兴寄都绝"的批评，而周济在其《宋四家词选·目录序论》中，才会对咏物之词提出了"咏物最争托意"的主张。因此在咏物之作中，"铺陈"与"隐语"之特质，乃成为两种相互依存之现象与要求。而如果以此种文学演进所形成的客观标准来衡量，则毫无疑问的，王沂孙之咏物词，乃是在宋人咏物词中，最合于这种衡量的代表作品；而王沂孙之所以写出了这一类大量的咏物之作，则又由于在当时之历史背景中，对其咏物词原有社交性与喻托性之双重要求。盖已如我在前文所言，南宋时填词结社之活动，既已成为一时盛行之风气，只不过当南宋还能苟安享乐之时，其咏物词之内容，乃往往仅具有供遣玩之社交性，而缺少深挚之喻托性。这类作品自然不能完全符合中国文学传统中重视"情志"之衡量标准。而王沂孙则曾经身历亡国之痛，当其结社填词之际，也别具一种悼念故国之思，这正是王沂孙之咏物词之所以兼具社交性与喻托性之属于咏物之作的双重特质的缘故。若更就其写作之方式而言，则王沂孙一方面固然继承了自周邦彦以后所发展的重视思索安排之写作方式，而另一方面则又因为他果然亲身经历了亡国之痛，所以虽在铺陈安排之咏物的叙写中，便也时时流露出真切的感发。所以周济在其《宋四家词选·目录序论》中，乃曾经称美王氏，谓"碧山餍心切理，言近指远"，其所谓"餍心"，自当指其情意之足以予人以真切之感动，而其所谓"切理"，则当指其安排叙写之有思致和法度，所以方能使人有"言近指远"之喻托的感发和联想。以上我们只是把王沂孙的咏物词放在中国咏物之作整个发展的背景中，为之简单界定了一个应得的重要位置而已。至于如何证明王氏咏物词在以上各方面之成就，则我在多年前所写的《碧山词析论》一文中，本已对之曾有详细之评说，现在为了对本文读者作一完整之交代，因此就不得不将以前之评说，略作简单之叙述。

首先我们要介绍的，当然是王沂孙写作咏物词的时代背景。王沂孙身世沦微，姓名不见于史传。清代之查为仁及厉鹗编撰《绝妙好词笺》，曾经采摭资料为词人考订生平，于王沂孙之下，仅著录云："沂孙，字圣与，号碧山，又号中仙，会稽人。有《碧山乐府》二卷，又名《花外集》。"又引《延祐四明志》云:"至元中,王沂孙庆元路学正。"又据夏承焘之《唐宋词人年谱》中之《周草窗年谱》所附及之考证,知王氏盖与周密同时而稍晚,大约生于南宋理宗绍定五年(1232年)以后至淳祐初年(1241年)之间,卒年当在张炎卒年之前,而已不可确考(详见拙著《王沂孙评传》)。据此一年代来看,可知王沂孙盖正生于南宋自衰危至灭亡的一段悲惨的历史年代中。而当南宋覆亡之际,王氏不过三十余岁而已。且王氏之故乡会稽又与南宋之都城临安距离甚近,因此王氏对南宋之亡必有不少目击心伤的悲慨。所以王沂孙的词作,一般都充满了悲思凄苦的亡国之音,这种情绪之出现,自有其个人之历史背景在。何况王氏之某些咏物词,更曾牵涉到一段特殊之历史事件。原来在元朝初年,有一个总管江南浮屠的胡僧名杨琏真迦者,曾经奏发南宋诸陵,且以所获金宝修建了天衣寺。据万斯同辑《南宋六陵遗事》所引诸书之记载,谓理宗之尸,启棺如生,或谓含珠有夜明者,遂倒挂其尸树间,沥取水银,如此三日夜,竟失其首。又谓一村翁于孟后陵曾得一髻,发长六尺余,髻根尚有短金钗云。时会稽有义士名唐珏者,乃募集里中少年,收诸帝后遗骸共瘗之,且自宋故宫中移取冬青树植于坟上,谢翱所为赋《冬青树引》者也。当时之遗民有王沂孙、周密、张炎、陈恕可、仇远及唐珏等,共十一人,曾于词社集会中,先后共取用五个不同的牌调,分咏龙涎香、白莲、莼、蝉、蟹等五物,共得词三十七首,编为一集,名曰《乐府补题》,借咏物之词以寓写家国之恨。清厉鹗《论词绝句十二首》中,有论《乐府补题》之一绝云:"头白遗民涕不禁,补题乐府在山阴。残蝉身世香莼兴,一片冬青冢上心。"即指此事而言者也。所以王沂孙的咏物词,其确实有极深切的家国之恨的托意,原来是与他自己所生活经历的时代背景,有着非常密切之关系的。

关于王沂孙咏物词之实例,我以前在《碧山词析论》一文中,曾经举引其《天香·龙涎香》及《齐天乐·蝉》二首词,作过详尽的分析。现因篇幅限制,将只取《天香》一词,略作简单之评说。

　　　　孤峤蟠烟，层涛蜕月，骊宫夜采铅水。汛远槎风，梦深薇露，化作断魂心字。红瓷候火，还乍识、冰环玉指。一缕萦帘翠影，依稀海天云气。　　　　几回殢娇半醉。剪春灯、夜寒花碎。更好故溪飞雪，小窗深闭。荀令如今顿老，总忘却、樽前旧风味。谩惜余熏，空篝素被。

　　为了以下便于评说起见，我们现在将首先对其所咏的"龙涎香"略加说明。据吴震方《岭南杂记》（卷下）之所载，谓"龙涎于香品中最贵重，出大食国西海之中。上有云气罩护，则下有龙蟠洋中大石，卧而吐涎，飘浮水面，为太阳所烁，凝结而坚，轻若浮石。用以和众香，焚之，能聚香烟，缕缕不散"。其实所谓"龙涎香"者，盖为海洋中抹香鲸之肠内分泌物，并非龙吐涎之所化。不过词人王沂孙之想象所依据者，则为有关龙涎之传说，故具引《岭南杂记》之传说如上。至于龙涎香制造之过程，则据陈敬所撰《香谱》（卷一）之记述，谓制"龙涎香"时，须取"龙涎"与"蔷薇水"共同研和，然后用"慢火焙，稍干带润，入瓷合窨"。至于制成之形状，则可以"造作花子、佩香，及香环之类"，又可以制成篆形之心字，焚时最好在"密室无风之处"，则香气便可如"翠烟浮空，结而不散"。当我们对其所咏之龙涎香有了这些认识之后，我们便可以对这一首词略加评赏了。开端"孤峤蟠烟，层涛蜕月，骊宫夜采铅水"三句，是叙写龙涎香采集之地点、时间与经过。"孤峤"点明产地，"蟠烟"写其上常有云气罩护。"层涛蜕月"写采集之时间为海上月夜，"蜕月"描状月影在层波中闪动恍如鳞甲之片片蜕退。"骊宫"为想象中龙之所居处，"铅水"指传说中之龙涎。此三句之所叙写，不仅与所咏之物极为贴切，而且其所用之字如"蟠"字"蜕"字，皆可以使人联想及于龙蛇之蟠伏与鳞甲之蜕退，出人意外而入人意中，联想丰富，意象鲜明，且切合物题。至于状"龙涎"而名曰"铅水"，则一则可以表示"龙涎"之不为纯水而含有某种物质，再则也可以暗指其颜色之白如铅粉，三则更可使人联想及李贺之《金铜仙人辞汉歌》中之"忆君清泪如铅水"之诗句，既可喻示龙涎被采离故土时亦当有泪如"铅水"之悲哀，更可暗寓家国败亡之痛。以上三句可以视为此词之第一大段落。其下"汛远槎风，梦深薇露，化作断魂心字"三句，则写龙涎已被采去远离故土，复经炼制，乃成为心字之篆香。但其"汛远""梦深"诸句之用字，则写得极为绵远多情，虽为状物之铺陈，而却极富于感发之力量。以上三句可视为此词之第二大段落。其下"红瓷候火，还乍识、冰环玉指。一缕萦帘翠影，依稀海天云气"数句，则写龙涎香被焙制及焚爇的情景。"红瓷"指瓷盒，"候火"指焙制及焚爇，"乍识"一句乃因而写入焚香之女子，为下半阕种种想象预作安排。至于"萦帘翠影"二句，则既以描状"龙涎香"被焚烧时"翠烟浮空"之景象，而且在"海天云气"中，也暗示了对故居海上之绵渺的相思，更且可以使读者引起对于南宋在海上崖山之覆亡的联想。这是此一首词之第三大段落，也是上半阕的一个总结。至于下半阕自"几回殢娇半醉"至"小窗深闭"数句，则是以表面所写的人事为焚香之背景的陪衬。盖上半阕乃完全以写龙涎香为主，仅于"还乍识、冰环玉指"一句，点出人物。所以下半阕乃正写人物，而实则却仍是以人物为焚香之衬托。"殢娇半醉"者，乃是写当日焚香之女子的情态，"剪春灯夜寒花碎"者，是写女子在春夜剪灯时灯花之细碎，其动作之纤柔、景象之幽微，正以之衬出焚香时之环境气氛。所以下面即承以"更好故溪飞雪，小窗深闭"二句，用"深闭"之"小窗"，点出"龙涎香"之特质，"更好"在"密室无风之处焚之"也。此一大段以"几回"二字为引起之领字，曰"几回"者，不仅一回之意，便已是回忆之辞，所以下面乃承以"荀令如今顿老，总忘却、樽前旧风味"，一笔翻转，遂将前面所写的春夜剪灯之种种温馨美好之情事，蓦然全部扫空，使人顿生无限悲欢今昔之感，这正是王沂孙在以思索安排为主之铺陈中，仍能富于直接之感发之又一证明。而且用荀令之典故，以荀令之衣香暗中呼应主题之龙涎香，又以"樽前"二字呼应前面之"殢娇半醉"，则是暗指对当年焚香时情景之追忆，章法线索极为细密。又曰"总忘却"，可是观其叙写之细腻，则又何曾忘却，曰"忘却"，只不过加强其往事不堪回首的悲慨而已。所以下面乃继之以"谩惜余熏，空篝素被"，为全首词作了一个极为哀思怅惘的结尾。篝笼之内的焚香既已经不复存在，剪灯的殢娇半醉之人也已经不复存在，唯余素被余熏，令人徒增悼惜之情而已。通篇所写全以所咏之"龙涎香"为主，而亡国之哀感尽在言外。不仅用字之工切，意象之丰美，结构之完密，可以作为咏物词之典范，而且在思索安排之中充满了真切的感发之情。所以周济在《宋四家词选·目录序论》中，乃既称王沂孙词为"餍心切理"，又谓"词以思笔为入门阶陛，碧山思笔可谓双绝"。周济的评语自是极为有见之言。而清代词评家之所以普遍都称美王沂孙词的缘故，则除去王词本身在"思"与"笔"两方面都使人有"餍心切理"之感以外，还另有两项其他的因素：首先是由于常州词派自张惠言以来之有意推尊词体，主张在词中应有比兴寄托之意。但词在早期，其性质本来只是歌筵酒席之艳曲，并无托意可言，所以张氏之说用于五代两宋之其他词人，都常不免使人有牵强附会之感，但对王沂孙而言，则其词中之隐寓有故国之思，则是确属可信的。这当然是清代词评家之多喜推重王沂孙词的一项原因。再则晚清同光时代如端木埰、王鹏运诸人之推尊王沂孙词，则还更有其时代背景在。即如当光绪庚子年（1900年）八国联军入京之际，朱祖谋等诸词人便曾一度聚居于王鹏运之四印斋，每夕篝灯唱酬，借填词以寓写幽忧（见《庚子秋词·序》）。是其填词的环境，与王沂孙当年与周密、张炎诸词人集社填词以寄托亡国之痛的境遇，固亦大有相似之处，这自然也是王沂孙词之多为清代词评家所推重的另一个原因。只不过王氏之词纵有故国之思，却也并不宜于字比句附地强加附会，即如端木埰之说王氏之《齐天乐·蝉》（一襟余恨宫魂断）一首，便不免于此种弊病。我在《碧山词析论》一文中，已加以评论，兹不再赘。

　　至于近人对王沂孙这一类咏物词，往往多加以讥评，其意见则大约可以分为两点来看。其一，是对其表现之方式表示不满；其二，则是对其表现之内容表示不满。先就第一点表现之方式而言，胡适在其

《词选·序》中，即曾批评这一类词，说："这时代的词侧重咏物，又多用古典，他们没有情感，没有意境，却要作词，所以只好作'咏物'的词。这种词等于文中的八股，诗中的试帖，这是一班词匠的笨把戏，算不得文学。"又特别批评王沂孙的词说："其实我们细看今本《碧山词》，实在不足取。咏物诸词至多不过是晦涩的灯谜，没有文学的价值。"刘大杰在其《中国文学发展史》中也曾批评王氏之词说："他的咏物、隶事两项，周济虽加以'托意'与'浑化无痕'的好评，但我们读起来觉得仍是与吴文英一样的晦涩堆砌，时有'不连贯'和'莫知所云'的地方，这一点是这一派词人不可药医的病根。"关于这种意见，当我们对于中国古典文学中咏物之作的出现与发展，有了如前文所叙述的客观的历史的认识以后，我们就会理解到咏物之作的写作方式，其需要思索的安排、典故的铺陈及言外之托意，原是一般咏物之作的共同特质，而且是早自荀、宋之"体物写志"的"赋"的作品中，就已经表现了此种"隐语""巧谈"与"言务纤密"和"理贵侧附"之趋向了。当然，我们也承认在历代咏物之作的各种体式之作品中，都存在一部分但重铺陈堆砌如胡适所讥评的"没有意境"的作品。但是王沂孙的咏物词，如我们在前文所作的关于其《天香·龙涎香》一词之分析，则已足可证明周济对王沂孙的"餍心切理"及"思笔可谓双绝"的赞美，实在并非虚誉。只不过近人对于这一类词中所写之物如"龙涎香"之有关情事，既已不甚了解，又对于其所用之古典不耐细加探求，因此读起来自然便不免会有"晦涩"如"灯谜"之叹息了。这种意见之形成，就正是批评者未曾采取客观之态度，未曾认识到词中咏物之作，原来自有其近于"体物写志"之"赋"的一种渊源，而"隐语"及"巧谈"也原来就是此一类以写物为主之作品中所习用的一种写作方式的缘故。现在经过本文对咏物之作的特质及传统的介绍，相信读者们对于如何评赏王沂孙的这一类咏物词，就会有一种较为客观公正的衡量，而不致对之轻加诋毁了。其次，再就王词所表现的内容情意而言，近人对之也曾多所讥评。即如胡适在其《词选》中论及王沂孙时，就曾经对王词《齐天乐·蝉》（一襟余恨宫魂断）一首加以讥评说："作者不过是作了一个'蝉'字的笨谜，却偏有这班笨伯去向那谜里寻求微言大义。"又说："王沂孙曾做元朝的官，算不得什么遗民遗老。"此外如刘大杰在其《中国文学发展史》中，也曾批评王沂孙，说他"做了元朝的顺民，元至正中做过庆元路学正，这样看来，他又不能算是真正的遗民了"。胡云翼的《宋词选》，也曾批评王氏说："王沂孙是宋末失节的词人之一。"又在其《中国词史略》中说："王沂孙是在元朝做过官的，他的词自然不会一概是'故国之感'，我们更不能拿'多故国之感'来赞美他的词。"关于这些批评，实在有两点值得讨论之处。第一是王沂孙既曾在元至正中一度出仕为庆元路学正，是否便不能再算是遗民的问题。第二是他既曾一度出仕，是否便减少了其词中"故国之感"的问题。关于这种意见的形成，我以为也仍是未曾将批评的对象放在历史背景中，以客观态度去衡量的缘故。我以前在《碧山词析论》中，已曾经引过碧山同时代之著名文士戴表元所写的《送屠存博之婺州教序》一文，说明当时"不可以仕而不可以不仕"的艰难处境，以及"不仕而为民，则其身将不免于累也"的危虑（见《剡源戴先生文集》卷十三）。还曾征引过《元诗选》中牟巘的《陵阳集》前面的序文，说明当时有些人之"不免出为儒师"，是为了"以升米自给"的谋生需要。更曾征引过清代全祖望为宋、元之际的名学者王应麟所写的《宋王尚书画像记》中所说的"山长，非命官，无所屈也"的话，说明后人对于宋亡后在元朝出为朝官与出为学官的不同看法（见《鲒埼亭集》卷十九）。所以近人如周祖谟先生所写的《宋亡后仕元之儒学教授》（见1946年《辅仁学志》第十四期）及孙克宽先生所写的《元初南宋遗民初述》（见1974年《东海学报》第十五卷），还有最近澳洲大学华裔谢惠贤女士（Jennifer Weiyen Jay）在其所写之博士毕业论文《宋、元易代之际的忠义人士及其活动》（*Loyalist Personality and Activities in the Song to Yuan Transition*）诸论文中对于如王沂孙等之一度曾在元朝仕为学官的人，都能按当时历史背景谅解其不得已之处境，而仍是以遗民视之的。何况根据王沂孙自己所写的《齐天乐·四明别友》及《醉蓬莱·归故山》诸词，我们也足可证明王沂孙之一度出为学官，既自有其不得已之"孤怀""凄怨"，而且在出仕不久以后，就又辞官"归故山"了。我们试看他自己在《醉蓬莱》一词中，写的"步屧荒篱，谁念幽芳远"，以及张炎在《洞仙歌·观王碧山〈花外词集〉有感》一词中，因悼念王沂孙而写的"野鹃啼月，便角巾还第"及"门自掩，柳发离离如此"诸词句，则王沂孙归故山以后心情与生活之悲哀凄寂，也就可以想见了。至于王沂孙词之内容，虽然不可能"一概是故国之感"，不过其时时流露有故国之思，则是可以从他的词中得到充分证明的。

总之，如果以咏物词而言，则王沂孙之咏物词，确实是集合了属于咏物之作品的多种特质，无论在铺陈安排之用笔方面，或者在寄托喻义之用思方面，可以说都是有相当可观之处，而且线索分明，结构细密，足以矫正初学为词者的荒疏粗率之弊，所以周济乃谓其"思笔""双绝"，可以为"入门阶陛"，这是颇为有见之言。但周济又曾谓王词"圭角太分明，反复读之，有水清无鱼之恨"，则是因其思索安排过多，所以反不免有所拘限，因此王词虽可以为"入门阶陛"，却并不是词中最高之境界。关于此意，我在《碧山词析论》中，也曾有较详细之探讨，兹不再赘。至于陈廷焯将王沂孙比美于曹植、杜甫，自不免过于溢美，端木埰说王氏《齐天乐·蝉》，其所言也过于牵附，以及近人对王词之多所讥评，皆不免有不尽公正客观之处，固当分别观之也。

# 论陈子龙词

## ——从一个新的理论角度谈令词之潜能与陈子龙词之成就

一

关于明末清初之际的陈子龙词之成就，历来评词者本早已注意及之。即如谭献在其《复堂词话》中，就曾以为陈词可以上追后主直接唐人，谓"重光后身惟卧子（陈子龙字）足以当之"。又云："词自南宋之季，几成绝响。元之张仲举（张翥字）稍存比兴。明则卧子，直接唐人，为天才。"况周颐在其《蕙风词话》中也曾称美陈词，谓其"含婀娜于刚健，有风骚之遗则"。吴梅在其《词学通论》中，则不仅亦称陈词为"能上接风骚"，且更曾谓其能"得倚声之正则"。以上诸家之词论，可以说大多乃是就陈词之成就在继承方面能得渊源之正而言者。至于更能就其影响一方面而言者，则如沈惟贤在其《片玉山庄词存词略序》中，就曾提出说："明末乃有陈卧子《湘真词》，上追六一，下开纳兰，实为有明一代生色。"① 龙沐勋在其所编选的《近三百年名家词选》中，则不仅取陈词以冠篇首，而且更曾经在评语中提出说："词学衰于明代，至子龙出，宗风大振，遂开三百年来词学中兴之盛。"这些评语自然可以说都是词学家的品味有得之言，只可惜他们都未曾对其所提出的评语作任何理论性的说明。多年前，我在1981年加拿大亚洲学会在哈立菲克斯（Halifax）召开的一次年会中，虽曾对陈词作过稍具理论性的评述，但却未曾将该次谈话整理发表。近年来我在《灵谿词说》一书中，对唐五代两宋一些名家词的渊源流变，既已作了相当的探讨；继之我又在《迦陵随笔》与《对传统词学与王国维

---

① 转引自《白雨斋词话足本校注》，齐鲁书社，1983，第 237 页。

词论在西方理论之观照中的反思》（以下简称《传统词学》）诸文中，曾尝试透过西方文论来为中国词学建立一个理论架构。私意以为，在唐五代及两宋的词之发展中，我们大概可以分为三大类别：第一类是"歌辞之词"，唐五代时之温、韦、冯、李及北宋初之晏、欧诸家属之；第二类是"诗化之词"，北宋之苏轼及南宋之辛弃疾诸家属之；第三类是"赋化之词"，北宋之周邦彦及南宋之姜、史、吴、王诸家属之。此三类不同之词风，其得失利弊虽彼此迥然相异，然若综合观之，则我们就不难发现它们原有一个共同的特点，那就是三类词之佳者，莫不以"具含一种深远曲折耐人寻绎之意蕴为美"。而且我还曾引用西方的诠释学、符号学、接受美学和意识批评等理论，对于形成此种深远曲折耐人寻绎之意蕴的因素，也作过相当的讨论。并且曾将西方理论与中国词学加以结合，而提出说："张惠言对词之衍义的评说，乃大多是以词中的一些语码为依据的；而王国维对词之衍义的评说，则大多是以词中所传达的本质为依据的。"总之，词之特质乃是以其文本中能具有丰富的潜能〔potential effect，见于伊塞尔（Walfgang Iser）之《阅读活动——一个美学反应的理论》（*The Act of Reading：A Theory of Aesthetic Response*）一书之序文中〕为美。本文所要尝试的，就是想把陈子龙词放在我所提出的这一理论架构中，作一次评说的实践。

要想从理论方面来探讨子龙词之成就，我以为首先要注意到的乃是诸位词学家所提出的"上追后主""直接唐人""有风骚之遗音""得倚声之正则"等评语在理论上究竟何指的问题。本来早在 20 世纪 70 年代初期，当我撰写《常州词派比兴寄托之说的新检讨》一文时，对于清代的张惠言在其《词选·序》中所提出的"《诗》之比兴，变风之义，骚人之歌"诸说，已作过相当的讨论。只不过当时我为文的重点主要乃是针对着张氏一家之言的得失所作的论述，而现在我却想把清代以来的词评家之所以要把词上比《风》《骚》，以为其有比兴寄托之意，而且认为如此方为倚声之正则的观念，放在词之源起、词之特质与词之流变的宏观中，结合我在《传统词学》以及《迦陵随笔》诸文中所尝试建立的评词之理论，对陈子龙词的成就作一次较具系统性的评述。

关于词之源起、特质与流变，我在《传统词学》一文中，曾作过简单的论述。现在为了要讨论陈子龙之令词的缘故，我将对五代北宋令词之所以易于引人产生言外之感发的因素，试分为几个阶段再加以较详的探讨和说明。本来词在初起时原只是隋唐间伴随新兴之乐曲而歌唱的歌辞，但当文士们着手来填写歌辞时，遂因此一特殊之写作背景，而使得词这种文学体式形成了一种特殊的内容与风格。这类早期的"诗客曲子词"，可以举《花间集》中所收录的作品为代表。据欧阳炯的《花间集·序》所言，我们可以知道这些作品原来乃是"绮筵公子"为"绣幌佳人"所填写的在歌筵酒席中演唱的歌辞。也正是此种写作之背景，遂使得早期供歌唱的令词形成了一种迥然不同于"诗"的特殊的品质。此种品质之特殊性又可以分为以下两个方面来加以说明：其一是由作品内容所形成的风格方面的特质。因为这种歌辞之词所写之内容既大多以美女与爱情为主，于是在风格上遂形成了一种特别纤柔婉约的特质，此其一；其次是由作者之写作心态所形成的功能方面的特质，因为此类词既大多为歌酒筵席之作，对于"爱"与"美"表现了大胆的追寻和向往，此就中国之文学传统言之，实在乃是对于"诗以言志"和"文以载道"之伦理道德观念所加之于作者心理方面之压抑和约束的一种公然的叛离，正是这种心理的因素，遂使得这一类歌辞之词反而无意中具有了一种可以呼唤起人们内心中最为幽隐婉约之追寻向往之情意的潜在的功能，此其二。以上二者可以说乃是早期歌辞之词所具有的两种最为基本的特质。而这两种特质当其表现于作品之中时，又可以分别为以下两种不同之情况：一种情况是属于对现实中具体的爱与美的寻求和向往，这类作品虽然也可以具有属于词所特有的一种纤柔婉约之美，然而却因其所写者过于现实和具体，遂不易更引起读者心灵中的言外之感发与触动，即如《花间集》中某些对于爱情与美女写得较为现实露骨的艳情词，便应是属于这一类的作品。

另一种情况则是只泛写一种对于爱与美之追寻向往的情意，却并不实写现实中具体之情事者，这一类词既同样仍具有写爱情之词所特有的一种芬芳悱恻之特质，但另一方面却由于其并不对爱情之事件作具体之实指，遂在其对于爱与美之追寻与向往的泛写中，往往可以在读者之心灵中唤起一种深隐幽微的缠绵悱恻的触动，而使之产生了许多言外之感发与联想。这种微妙的作用，我想很可能就是后来的词评家之所以对唐五代的小词往往认为其有比兴寄托之意的一个主要因素。而比兴寄托之传统，其渊源既可以远溯风骚，同时此种引人产生感发与联想的微妙的作用又正是早期的一些意蕴深美之好词所共具的特质，于是某些想要推尊词体的词学家遂有意提出了一种评词的论点，认为只有与这种早期之词作风相近的、具有纤柔婉约之风格且可以引起读者丰富的感发与联想的作品，才可以称得上是"得倚声之正则"，足以"上接风骚"有"比兴寄托"之意的好词。

这种"风骚比兴"的论点虽然只是一种牵强附会之说，然而早期词之佳作确实具有一种易于引发读者丰富之感发与联想的可能的潜能，则是不争的事实。此种潜能经历了由晚唐而西蜀而南唐直至北宋初期的一段发展，于是遂更由几位杰出的作者如温、韦、冯、李、晏、欧诸家，分别各以其身世遭遇和性格学养等各方面之因素，使早期令词的这种富于感发和联想的潜能，得到了更为逐层深入的发挥。因此早期之令词遂在后世评赏者的心目中奠定了一种被尊视为填词之正则的地位。但其后由于长调逐渐流行，写长调之作者既不得不注意致力于铺叙及安排，如柳、周、苏、辛，降而至于姜、史、吴、王，这些作者虽然也仍能各以其形式及手法而保持了词所特具的某种要眇宜修之美，然而却终不免使人觉得他们的作品在发扬蹈厉或安排琢饰之中有一种古意渐失之感。即使他们的作品中也仍然保有一些令词之作，但在意蕴深美引人产生感发及联想的潜能方面，却与早期的令词不可同日而语了。至于金、元以下的作品自然更是去古益远，而早期之词所独具的此种特美遂也似乎在词的发展中已成为不可复作的绝唱。但谁知却在有明一代的词学衰落之后，居然在明代末年出现了陈子龙这一位作者，使得早期之令词的已成绝响的特美，又重新在词坛上开出了复苏的花朵，这就词之发展而言，我以为实在可以说是因缘巧合的一种异数。而要想说明我所谓的"异数"，我就不得不对在令词之发展过程中促使其在引生感发及联想之潜能方面不断加强的因素，以及将这些因素不断带入作品中的一些重要作者，都略加简单的讨论和介绍。如我在前文所言，后世词评家对于早期令词之指称其有风骚比兴的托意，固原为一种牵强附会之说。然而在早期令词之发展过程中，则这种潜能却又确实有着不断加强的现象；而且这种潜能的加强，又与此一时期一些重要作者的学养及身世有着颇为密切的关系。下面我们就将把此种潜能之发展以作者为代表，试分为几个阶段来略加说明。第一个阶段的潜能之发展，我以为乃是令词之特美与中国诗歌中以美人为喻托之传统相结合的结果。此一阶段之作者可举温庭筠为代表。关于温词中之此种潜能，我在标题为《从符号与信息之关系谈诗歌的衍义之诠释的依据》和《温庭筠〈菩萨蛮〉词所传达的多种信息及其判断之准则》两篇《迦陵随笔》中，曾举引过温词《菩萨蛮》（小山重叠金明灭）一首为例证，说明此词中之"照花"四句与《离骚》中"初服"一句所写的衣饰之修洁方面的联想关系；更指出温词中的"懒起画蛾眉"一句，与《离骚》中的"众女嫉余之蛾眉兮"一句，及李商隐《无题》（八岁偷照镜）一诗中的"长眉已能画"一句和杜荀鹤《春宫怨》一诗中的"欲妆临镜慵"一句，在诗篇之间所可能引生的语码之联想。而且还曾引用俄国符号学家洛特曼（Yury M. Lotman）之说，指出符码与文化背景的关系。如果作更进一步的推求，我们就会发现中国诗歌之喜好以美人为托喻，除了诗歌传统之关系以外，实在与中国的伦理思想传统有着密切之关系，因为在中国的伦理之中，夫妇之间的关系与君臣之间的关系原是颇有相似之处的，君与夫是高高在上的主人，臣与妾则永远处在被选择与被抛弃的卑下地位。因此凡是在仕宦方面不得意的诗人，遂往往喜好以对爱情有所期待的寂寞女子来自喻。曹植《七哀诗》所写的"君怀良不开，贱妾当何依"，便是很好的例证。至于早期的令词，虽然只不过是写美女与爱情的歌辞，但当一位男性的作者假借着女性的口吻与心态来写爱情的歌辞时，遂由于上述的诗篇之语码及伦理传统中男女之关系与君臣之关系之相似的文化背景，而使得此类歌辞具有了引发读者之丰富的托喻联想的潜能；同时作者自身也往往因其所使用的女性之口吻与心态，而使其内心中所蕴蓄的某些在政治仕宦方面的失意之慨，于无意中得到了某种潜意识的发泄。这种情况，私意以为乃是早期令词之易于引发托喻之联想的一项最主要的因素，而温庭筠则无疑是属于此一阶段之发展的一位重要的作者。

第二个阶段的令词中潜能之发展，我以为乃是令词之特美与诗人之忧患意识相结合的结果。此一阶段的发展又可分为以下几种不同的情况：第一种情况可以举西蜀的词人韦庄为代表。关于韦庄的词，我以前在《从〈人间词话〉看温韦冯李四家词的风格》（以下简称《温韦冯李四家词的风格》）和《论韦庄词》两篇文稿中，已作过相当的论述。约而言之，则韦庄所写者，就其内容情事而言，固多为主观抒情之怀人怨别的爱情歌辞；然而值得注意的则是，造成韦庄之流离漂泊使之不得不与所爱之人离别的原因，则是当时的战乱忧患。韦庄最著名的五首《菩萨蛮》词，就在写了"红楼别夜"与"美人和泪辞"之后，也写了"未老莫还乡，还乡须断肠"的家国之思与乱离之慨。因此张惠言《词选》乃指称此数首《菩萨蛮》词为"盖留蜀后寄意之作"。陈廷焯《白雨斋词话》卷一也认为此数首词有"惓惓故国之思"。又指称韦氏《归国谣》词之"别后只知相愧，泪珠难远寄"和《应天长》词之"夜夜绿窗风雨，断肠君信否"诸句，也都是"留蜀后思君之辞"。私意以为张、陈二氏之竟将韦氏的一些相思怨别的情词，皆指为有心托喻的"寄意"之作，固不免有过于牵强附会之讥，然而韦词之所以能具有此种引人生托喻之想的潜能，则是韦词中确实有一种隐含的乱离忧患之意识为其爱情之词的底色的缘故。这是令词之潜能在第二阶段发展中的第一种情况。至于第二种情况，则私意以为可以举南唐之冯延巳和中主李璟为代表。此一种情况与前一种情况之差别，主要盖有以下两点：其一是前种情况所写的伤离怨别乃多为具体的爱情事件，而此一种情况之所写者则往往为一种爱情之心态。其二是在前一种情况中，乱离忧患意识之产生，乃由于作者亲历了现实中发生之事实；而在后一种情况中则其忧患意识之产生乃由于作者对尚未发生之事实的一种悲虑，而这种悲虑之心态在作品中无意的流露，遂产生了足以引起读者丰富之联想的潜能。因此张惠言《词选》仍称冯氏的《蝶恋花》诸词，为"忠爱缠绵，宛然《骚》《辩》之义"。王国维《人间词话》亦称中主李璟的《山花子》一词为"众芳芜秽，美人迟暮之感"。关于冯氏的《蝶恋花》词及中主李璟的《山花子》词，我在《温韦冯李四家词的风格》和《论南唐中主李璟词》两篇文稿中，曾作过相当的讨论（见《迦陵论词丛稿》及《灵谿词说》）。在论冯词的文稿中，我指出冯词之特色乃是"可以令读者产生较深较广之联想"，并且加以分析说"其所以然者"，乃是由于冯词之所写乃是"不为现实所拘限的一种纯属于心灵所体认的感情之境界的缘故"，在论李词的文稿中，我也曾指出李词之特色"乃在于其能在写景抒情遣词造句之间，自然传达出来一种感发的意趣"，所谓"感情之境界"与"感发之意趣"，自然应该是透过作品中之意象所流露出来的作者的一种意识与心态之活动，而意识与心态之形成，当然又与作者之主体及其所处之时代有着密切的关系。因此冯煦在其《阳春集·序》中便曾将冯词与其时代合论，谓"翁（按指冯延巳）俯仰身世，所怀万端"，又云"周师南侵，国势岌岌……翁负其才略，不能有所匡救，危苦烦乱之中，郁不自达者，一于词发之"。我在《感发之联想与作品之主题》一则《迦陵随笔》中，也曾举李璟词为例证，说明过李氏《山花子》一词"其显意识中的主题虽然可能是写闺中思妇之情"，但是"就作者李璟所处的南唐之时代背景而言，其国家朝廷在当日固正处于北方后周的不断侵逼之下，因此这首词之'菡萏香销'二句所表现的一切都在摧伤之中的凄凉衰败的景象，也许才正是作者李璟在隐意识中的一份幽隐的感情之本质"。私意以为也就正是由于南唐之时代背景所造成的此种忧患意识，才使得冯延巳和李璟的词中蕴含了如此丰富的引人生言外之想的潜能。这可以说是令词之潜能在第二阶段发展中的第二种情况。至于第三种情况，则我以为可以举后主李煜后期的词为代表，我以前在《温韦冯李四家词的风格》及《论李煜词》二文中，曾对李氏之词作过相当的讨论。在前一篇文稿中，我说"后主之成就，可以分为两方面来看，其一是内容方面的，由一己真纯的感受而直探人生核心所形成的深广的意境；其二是由于他所使用之字面的明朗开阔所形成的博大的气象"。在后一篇文稿中，我又说"独李煜之词，能以沉雄奔放之笔写故国哀感之情，为词之发展中之一大突破"。但李煜词之值得注意者，还不仅在于其能以奔放沉雄之笔写出了破国亡家的哀感而已，且更在于他所写者虽为个人之哀感，但却透过个人之哀感而表现了苦难无常之人世所共有的一种悲慨。所以王国维乃称其"有释迦、基督担荷人类罪恶之意"。可知李词之所以有如此丰富的感发之潜能，也正由于其所经历的一段破国亡家的惨痛的遭遇。这可以说是忧患意识对令词之潜能的发展在第二阶段中所形成的第三种情况。

以上我们所讨论的，可以说是令词潜能之发展在唐五代时期与文化传统相结合及与忧患意识相结合的两个阶段的几种情况。至于北宋初期之令词，则私意以为乃属于令词潜能之发展的第三个阶段。此一阶段之发展，我以为乃是令词之特美与作者之品格修养相结合所产生的结果。晏殊与欧阳修二家可以作为此一阶段的代表作者。关于晏殊词之富于此种引人产生言外之想的潜能，我们可以举王国维《人间词话》来加以证明。即如晏殊《蝶恋花》（槛菊愁烟兰泣露）一词中之"昨夜西风凋碧树，独上高楼，望尽天涯路"三句，王氏就曾经既称其有"诗人忧生"之意，又以之喻说为"古今之成大事业大学问者"的"第一种境界"。至于欧阳修词之易于引人产生言外之想，则王国维在其《人间词话》中论及"词之雅郑，在神不在貌"之时，也曾特别称美欧词，谓其"虽作艳语，终有品格"，只不过是欧词之引人产生的意外之想，并不可以任何情事为指说，而仅是一种修养品格之境界而已。所以王氏在《人间词话》中，曾经又举引欧阳修《玉楼春》（樽前拟把归期说）一词中之"人生自是有情痴，此恨不关风与月"和"直须看尽洛城花，始共春风容易别"数句，谓其"于豪放之中，有沉着之致，所以尤高"。其所称说者也仍是一种"在神不在貌"的品格修养之意境。其实王国维不仅对欧词不曾作托喻之实指，即使在其以"成大事业大学问之第一境界"来评说晏殊词时，也并未曾以托喻之意来作解说，而只不过是称述大晏的某些词句可以引人体悟到某种人生之境界而已，这种评说态度与旧传统之词评家之指称温、韦、冯诸家之有缠绵忠爱的风骚比兴之托意者，当然有着明显的差别。这种差别之产生其实还不仅是评说者之态度有所不同，同时也是晏、欧二家词在引起读者产生联想的因素方面也有所不同的缘故。温词之具有引人联想的潜能，主要乃是其作品中具含丰富的带有文化传统的语码，因此遂易于引起评者的比附之说。韦庄与冯、李诸家之具有引人联想的潜能，则主要是由于其现实生活所经历的充满忧患的历史背景，作者既未免有一种忧患意识之流露，评者自然可以据以为比附之评说。至于晏、欧二家词之具有引人联想的潜能，则纯然只是作者的品格修养在叙写之口吻中的无意流露，虽然难于作比附之指说，然而却确实有一种引人联想的潜能，因此我才敢于提出说令词潜能之发展的第三个阶段，乃是令词之特美与作者之品格修养相结合所产生的结果，而晏殊与欧阳修二家则是此一阶段的最好的可以作为代表的作者。（关于晏、欧二家词之品格修养在其叙写之口吻中的无意流露，以及其富于感发作用的潜能，可参看拙著《大晏词的欣赏》及《论晏殊词》与《论欧阳修词》诸文。）

二

以上我们既然对于令词潜能之发展的三个重要阶段，以及每一阶段中形成其特殊潜能的重要质素，都作了简单的介绍，下面我们就可以把陈子龙词放在这种宏观的背景中，对其何以能使此种几成绝响的潜能，在作品中重新获得新生的因缘巧合的异数，略加说明了。提到因缘之巧合，我们首先应注意到的就是如我在前面所举引的温、韦、冯、李、晏、欧诸位作者，他们的词之所以能引起读者丰富的言外之想，主要皆由于其作品于无意中具含了可以引发此种潜能的某些质素，而并不是出于有心求之所安排出来的托意。因此要想在作品中也具含此种潜能，当然就必须有待于与此种潜能之所以形成的质素有一种因缘巧合的际遇，而陈子龙则恰好是特别有合于此种潜能之质素的一位作者。至于陈子龙究竟有合于形成此种潜能的哪一些质素，则可以分为以下几个方面来加以探讨。

第一点有合之处，我以为乃是歌辞之词的基本性质。如我在前文所言，早期的令词本来就是绮筵公子为绣幌佳人所写的歌辞，美女与爱情既是这一类作品的主要内容，其芬芳悱恻而富于感发之特质，也原是此类歌辞之词的一种特美。后世之词评家虽然对此种特美仍能有所体认，因而乃衍生了许多比兴寄托之说，然而后世之作者却往往并不能重新获致此种特美，就因为他们已经失去了这种为美女与爱情而写作的环境和情意。然而陈子龙却由于某种因缘的巧合，而重新获致了与早期写作歌辞之词相类似的一种环境和情意，那就是陈子龙与当时名妓柳如是之间的一段爱情的遇合。

关于陈、柳之间这一段短暂的因缘，陈寅恪先生在《柳如是别传》一书中，已有详细的考证，本文对此当然不必再加重复，现在只将陈、柳因缘及其对陈子龙词之影响择要叙述于后。据陈寅恪先生之考证，柳如是本姓杨氏，初在嘉兴名妓徐佛处为侍婢，后转入吴江故相周道登家为姬妾，而为他妾所嫉，遂被出鬻为娼，因而流落民间，至松江，与当时名士胜流相交往，乃与陈子龙及其友人宋徵璧、宋徵舆兄弟，以及李雯、李待问诸名士相结识。当时柳氏已以其才艳名噪一时，而其为人则风流放诞不拘常格。曾一度与宋徵舆交密，后因事决裂。《柳如是别传》第三章曾记其事云："河东君（按柳氏后归钱谦益为继室，钱氏以此相称，《柳如是别传》因沿用之）与宋辕文（宋征舆字）之关系，其初情感最为密好，终乃破裂，不可挽回。"至于陈子龙与柳氏之关系，则据《柳如是别传》第三章之考证，以为"陈、杨两人之关系，其同在苏州及松江者，最早约自崇祯五年（1632年）壬申起，最迟至崇祯八年（1635年）乙亥秋深止，约可分为三时期：第一期自崇祯五年至七年，此期卧子与河东君情感虽甚挚，似尚未达到成熟程度。第二期为崇祯八年春季并首夏一部分之时，此期两人实已同居。第三期自崇祯八年首夏河东君不与卧子同居后，仍寓松江之时，至是年深秋离去松江移居盛泽止。盖陈、杨两人在此时期内，虽不同居，关系依旧密切。凡卧子在崇祯八年首夏后、秋深前，所作诸篇皆是与河东君同在松江往还酬和之作。若在此年秋深以后所作，可别视为一时期，虽皆眷念旧情，丝连藕断，但今不复计入此三期之内也"。《柳如是别传》曾引述此三期中陈、杨二人赠答之诗词甚多。关于诗之部分，以其既非本文所讨论之范围，且为篇幅所限，今姑置不论，现在我们将仅就此一爱情事件对陈子龙词之影响，略加论述。

陈子龙词，据近年上海古籍出版社出版的施蛰存、马祖熙二位先生根据《陈忠裕全集》卷三至卷二十所整埋标校之《陈子龙诗集》卷十八《诗余》所收之词考之，计共得七十九首。而据陈寅恪先生《柳如是别传》之考证，其中有关柳氏之作，竟有二十一首之多。不过，本文之目的并不在考证陈、柳二人之爱情本事，而在要说明此一爱情本事对于形成陈词中富于感发潜能之特质有何重要影响。因此，我们首先要讨论的，遂并不是此一类词中之爱情本事，而是此一类词中究竟具有何种特质的问题。要想说明此一问题，我想先谈一谈陈子龙的好友李雯在《与卧子书》中所提到的"春令"之作。原来李雯及宋征舆皆为云间（江苏松江）人。据陈子龙自撰《年谱》（见《陈子龙诗集》下附录），在崇祯六年（1633年）癸酉《年谱》中曾自谓其是年"文史之暇，流连声酒，多与舒章（按即李雯字）倡和，今《陈李倡和集》是也"。同年之《年谱》中又载云:"季秋,偕尚木(按即宋征璧字)诸子游京师。"其后于崇祯十六年癸未(1643年),曾辑印三人所作诗为一集,题曰《云间三子新诗合稿》,陈氏曾写有一篇序文,谓:"三子者何?李子雯、宋子征舆及不佞子龙也。曩予家居,与二子交甚欢,衡宇相望,三日之间,必再见焉。"① 足可见三人交谊之密切,而此三人则与柳如是皆曾有所交往。据李雯《蓼斋集》卷三十五所载《与卧子书第二通》曾言及所谓"春令"者,云:"春令之作,始于辕文(即宋征舆),此是少年之事。而弟忽与之连类,犹之壮夫作优俳耳。"而我们在前文已述及宋征舆与柳如是原有一段密切之关系。宋氏之诗文集今日虽未见流传,但顾贞观与纳兰性德合辑之《绝妙近词》(卷下)曾收有宋氏之词二十一首,多为旖旎缠绵之作,其所写为春景者有十五首之多。据《柳如是别传》之考证,陈、李、宋三人之词作中颇多牌调相同情旨相近的作品,而且部分词作也与柳如是和宋征舆及陈子龙两人的爱情本事似有相关之处。而且李氏在《与卧子书》中又曾分明言及此"春令之作"乃"少年之事",则此一类作品之为写男女柔情之作,从而可知,纵然其爱情本事未必可以一一确指,但陈子龙与李雯及宋征舆三人之皆曾留有此一类柔情之作,而且陈子龙在此一时期之《年谱》中,也曾自己写有"留连声酒"之自叙。其词作中之部分作品确为"声酒"间的柔情之作,自是可以相信的。而这种写爱情的令词,则恰好有合于本文在前面所提出的歌辞之词的一种特质,那就是此一类作品由于对旧传统之伦理道德之约束的突破,而于无意中形成的一种引人产生丰富之联想,足以唤起人内心中最为幽隐婉约之追寻向往之情意的一种潜在的功能,而这种功能也就正是唐五代令词之易于引人生托喻之想的一个重要因素。所以我认为陈子龙词之所以被称为"直接唐人""有风骚之遗音",事实上很可能就是陈子龙曾经既有过一段与柳如是的爱情本事,又有过一段"留连声酒"的浪漫生活,因而乃与唐五代的歌辞之词在本质方面有了某种暗合的缘故。

---

① 《陈忠裕全集》卷二十六。

这应该是陈词之所以有其被誉为"上接风骚","得倚声之正则"之成就的"异数"之一。

不过，如我在前文所言，同是写美女与爱情的歌辞之词，也有着两种不同的差别：一种写得较为具体和现实，遂不易更引起读者之感发与联想；另一种则不作具体之写实，而此一类令词本身的具有的纤柔婉约的特质，使作者内心最为深隐幽微的情思，结合了其性格学养经历，在作品中有了无意的流露，于是遂使其作品中充满了引人产生感发与联想的丰富的潜能。而陈子龙词就恰好具备了足以引生此种潜能的多种质素。就令词发展言之，此多种质素所形成的感发之潜能，原是经历了由晚唐五代以迄北宋初年，由许多位作者逐层深入的发展而完成的。然而陈子龙却以一位单独的作者，既具有了不凡的性格和学养，又经历了一段不凡的忧患之遭遇，因此第二点我们所要提出来的就是要对陈氏的性格学养和经历之有合于令词感发之潜能的多种质素，作一番综合的论述。

陈子龙既是才人又是烈士。在明季的各种史传中，对其生平与为人都曾有不少记述。近年由上海古籍出版社所出版的朱东润先生所撰著的《陈子龙及其时代》更综辑各种史料对于陈子龙的时代与生平作了深入的论述。本文对此当然亻需再加重复。而且为了篇幅的限制，即使是对于陈氏之性格学养经历之有合于形成令词中感发潜能之质素者，本文也只能作简单的重点的讨论。首先我们要提出来一谈的，自然是陈子龙所生的忧患之时代在其创作中形成的一种忧患意识。陈子龙为松江华亭人，生于明神宗万历三十六年（1608 年）。当时的明室已是内忧外患接踵而至，经济既已面临大崩溃的前夕，再加之以阉宦之弄权、吏治之不修、乡绅之横暴，视细民为鱼肉，人民既无以为生，乃纷纷揭竿而起。崇祯十七年（1644 年）三月，李自成攻入北京，思宗自缢死。当时关外满族建立的清政权已相当强大，于是吴三桂向满清开关求助，清军于五月二日进入北京。当时马士英、阮大铖等人遂立福王由崧于南京。次年（1645 年）五月，南京失陷，鲁王以海遂于

六月称监国于绍兴。而唐王聿键亦于闰六月称帝于福州，又次年
（1646年）唐王被执，桂王由榔即位于肇庆。在此数年间，江南各地
曾经纷起义兵与南下之清军相对抗。陈子龙亦参加义军，为清兵所执，
乘间投水死。当时陈氏不过四十岁而已。即使只从此一节极短之概述
来看，陈氏一生所经历的危亡忧患之遭遇已经足可想见。何况陈氏之
为人，据其好友夏允彝之记述，又是一位"好奇负气，迈越豪上""慨
然以天下为己任，好言王伯大略"①的人物。当时张溥组复社于吴县，
陈子龙与同郡夏允彝亦组几社于松江以相应和，复社务通声气，而几
社则取友谨严，砥砺名节，以品格学问相尚。崇祯十年（1637年）陈
氏与夏氏同登进士。未几，以母丧归里，用世之志未展，乃与友人徐
孚远、宋征璧合力编成《皇明经世文编》五百余卷，又取徐光启遗稿
编校为《农政全书》六十卷。崇祯十四年（1641年），陈氏为绍兴推
官。正月，天寒大雪，饥民盈路。陈氏徒步雪中求富室发粟救亡。其
自撰《年谱》中，曾记其事云："予蹑芒屩，策短筇，驰驱林麓中者累
月。又设病坊，延名医治癃羸，不幸死者，官为瘗之，又设局收弃儿
于道者，募老妪及乳媪饲之……前后活人十余万。"后以定东阳之乱，
擢为兵科给事中。及福王立，遂应召赴南京。朝见后，即上疏三篇：
一劝主上勤学定志，以立中兴之基；一论经略荆襄布置两淮之策；一
历陈先朝治乱之由。而当事不能听。陈氏自谓："予在言路不过五十
日，章无虑三十余上，多触时之言，时人见疾如仇。"遂请疾还乡为父
祖营窀穸之事②。未几而南京失守，江南各郡纷起义兵。据《明末忠
烈纪实·陈子龙传》所载，谓："松江起兵，子龙设太祖像誓众……称
监军左给事中。"八月三日，松江失陷，同郡夏允彝赋绝命词，自投深
渊以死。陈氏念祖母年九十，不忍割，乃遁为僧。次年，其祖母病卒，
陈氏乃受鲁王兵部职。时吴江人吴易受鲁王命为兵部侍郎，以五月登
坛誓师，曾请陈氏亲临其军。未几而吴氏兵败。其后又有降清的辽将

① 见《陈子龙诗集》下附录《癸酉倡和诗·序》。
② 以上俱见《年谱》。

吴胜兆欲反正，其部下有人与陈氏为旧识，曾为之通消息。而吴胜兆以事泄被执。时有清军之巡抚土国宝谋乘此尽除三吴知名之士，而以陈氏为首。遂被执，系之舟中，陈氏伺守者之懈，乃猝起投水而死①。

从以上的叙述来看，则陈子龙无疑乃是一位忠义奋发殉节死难的烈士，与其在令词中所表现的柔婉缠绵之情致，乃似若全不相符。所以朱东润先生在其《陈子龙及其时代》一书中，乃将陈氏之一生分为了三个阶段，以为其发展乃是由一位"文士"而成为一位"志士"，再成为一位"斗士"的。这样分别，就陈氏现实生活中所经历的过程而言，原是不错的。然而可注意的，则是这种不同的发展，却本来是同出于其天性中所具有的深挚之情的一源。沈雄在其《古今词话》中，论及陈氏时就曾提出说"大樽（陈氏晚号大樽）文高两汉，诗轶三唐，苍劲之色，与节义相符。乃《湘真》一集，风流婉丽如此。传称河南亮节，作字不胜绮罗，广平铁心，《梅赋》偏工清艳，吾于大樽益信"。沈氏所提出的"河南"，指的乃是唐代名书法家褚遂良。褚氏曾封河南郡公，直言敢谏。唐高宗欲废王皇后立武昭仪，褚氏曾叩头流血以谏，亮节刚肠，为世所称。而其书法则颇具柔婉之致。至于"广平"，则指的乃是唐代开元名相宋璟。皮日休在其《桃花赋·序》中曾称"余尝慕宋广平之为相，贞姿劲质，刚态毅状，疑其铁石心，不解吐婉媚词……而有《梅花赋》，清便富艳……殊不类其为人"（《全唐文》卷七九六）。其实在中国文学史中，这一类具有此种相反而相成的两面性格的作者，原来颇不乏人。《四库全书总目提要》论晏殊词，也称其"赋性刚峻，而词语特婉丽"。张溥《汉魏百三家集题辞》在其为傅玄所写的《傅鹑觚集·题辞》中，也曾提出说"休奕（傅玄字）天性峻急，正色白简，台阁生风。独为诗篇，新温婉丽，善言儿女。强直之士，怀情正深"。我认为张溥所提出的"强直之士，怀情正深"二句实在乃是触及了此一类双重性格之本质的具眼有得之言。不过"强直之士"是否果然就皆能具有柔婉之深情，或者柔婉深情之士是否果然就皆能具有

---

① 以上所叙见《明史·陈子龙传》及《年谱》。

强直之操守，则又当分别观之。私意以为所谓"强直之士"原可能有两种不同之类型，一类是由道德礼法等外在之观念教条所形成的强直之士；另一类则是由本心中深挚之情性所形成的强直之士。前者之外貌虽亦有强直方正之姿，然而却往往不免有失于质木无文之病；后者则往往不仅有强直之操守，而且还能饶有柔婉风流之文采，此其分别之一。再就"怀情正深"言之，私意以为亦可分别为两种不同之类型：一类虽然有缠绵柔婉之深情，然而其用情却只限于对小我的自私的男女之爱；另一类则是在内心中具有一种真诚深挚之本质，不仅对男女之爱是如此，对君国之忠爱也同出于此深挚之一源。前者虽然亦复可以有一种柔婉之深情，然而却往往会因其用情之狭隘，而不免流于浅薄柔靡；后者则由于其用情之深广，而往往可以有一种高远之意境。而陈子龙词则无疑乃是属于后一类情况。这种"强直之士，怀情正深"的性格上的双重特质，再加上了陈氏所生活之时代给他的一份忧患之意识，因此乃使得陈子龙词具有了一种可以引人产生感发与联想的丰富的潜能。所以况周颐在《蕙风词话》中，乃赞美陈词，谓其"含婀娜于刚健，有风骚之遗则"。而这种将作者之性格修养与忧患意识融入令词的制作之中，产生了丰富之潜能的特殊成就，在五代至北宋初期，原是由许多位作者逐渐完成的。而陈子龙竟然以一位单独的个人而具含了此多种潜能之质素，而且此多种质素之融会，又皆出于自然之巧合，而全非出于有心之追求与造作。这正是我之所以称陈子龙词之成就为一种因缘巧合之"异数"的主要缘故。

三

以上我们既从理论方面对五代及北宋初期之令词在发展中所形成的一些富于感发之潜能的质素，作了相当的探讨；又从陈子龙之生平经历及性格学养各方面，对陈词之所以能具含这些质素的因缘巧合的"异数"作了相当的论述。然而，不论是如何丰富美好的质素，却毕竟要借助于作品的文字来加以表达，因此下面我们将选取陈氏的几首令词，来尝试对之略加评说，以与我们前面所作的论述互相印证。为了叙写的方便，我把陈词试分为以下几个层次来逐步讨论。

我所要举引的第一类词，乃是陈氏的一些纯写柔情的本事之作。这一类词我想举陈氏的一首《踏莎行·寄书》词作为代表。现在我们先把这首词抄录下来：

> 无限心苗，鸾笺半截。写成亲衬胸前折。临行检点泪痕多，重题小字三声咽。　　两地魂销，一分难说。也须暗里思清切。归来认取断肠人，开缄应见红文灭。

据《柳如是别传》之考证，此词当为陈氏与柳氏的酬和之作，柳氏有同调同题词一首，云"花痕月片，愁头恨尾。临书已是无多泪。写成忽被巧风吹，巧风吹碎人儿意。半帘灯焰，还如梦里。消魂照个人来矣。开时须索十分思，缘他小梦难寻你"（此据大东书局 1933 年影印董氏诵芬室《众香词》引录。《柳如是别传》以为"你"字为"咮"字之讹写）。从这两首词之牌调与题目之相同，及"开时须索十分思"与"开缄应见红文灭"等辞意之相近来看，《柳如是别传》以为当为陈、柳二人酬和之作，此说当属可信。此一类词，私意以为可归属于本文在前面所述及的，唐五代歌辞之词中以写美女与爱情为主之作品中的第一类作品，也就是以写现实中具体的爱情与美女为主的作品。此一类作品虽然在唤起读者之感发与联想的潜能方面似有所不足，然而却不仅仍具有属于词所特有的一种纤柔婉约之美，而且还更有一种质直真切的属于唐五代艳词之本色的特质。关于唐五代时的这种质直真切的艳词，有一些读者也许会因其缺少言外引人联想的感发之潜能，而不予重视；另一些读者也许又会因其过于质直过于香艳而不欲对之加以称述，然而这种笔法质直情感真挚的写爱情的艳词，却正是其后之所以能发展出多层次之感发潜能的一项基础。关于此点，我以为在历代词评家之中，当以况周颐对之最有深切的体认，且曾作过大胆的肯定。即如况氏在评顾敻词时，即曾谓"顾敻艳词多质朴语，妙在分际恰合"。又云："顾太尉，五代艳词上驷也。工致丽密，时复清疏，以艳之神与骨为清，其艳乃益入神入骨。"又曾对欧阳炯的一些艳词也极致赞美，谓其"艳而质，质而愈艳。行间句里，却有清气往来"（此评语不见于况氏《蕙风词话》，乃据龙榆生《唐宋名家词选》转录）。如果持此一标准以衡量陈子龙的这一类纯写爱情的令词，我们就会发现陈氏之词确乎与之颇有相合之处。即以此词而论，如其"写成亲衬胸前折"之句就颇有"艳而质，质而愈艳"的特色，而其"归来认取断肠人，开缄应见红文灭"等句，则又颇有"清气往来"其间。这一类词虽然未必能引发读者什么丰富的感发与联想，但其质朴深挚的本色的感情质地，却正是陈子龙词之所以能"直接唐人"，而且能发展出其富于感发潜能之成就的基本原因。而陈子龙之所以能写出这一类艳词，则除去我们在前文所述及的他与柳氏的一段遇合使其在生活方面经历了与唐五代词人相近似的"绮筵公子，绣幌佳人"的生活以外，另一方面更值得注意的，则是陈氏自己对词之写作也有重视这一类词的观念和勇气。即如他在《幽兰草词序》中就曾说"自金陵二主以至靖康，代有作者，或浓纤婉丽，极哀艳之情；或流畅淡逸，穷盼倩之趣。然皆境由情生，辞随意启，天机偶发，元音自成"。又云："吾友李子宋子（按即指前文所曾叙及之李雯及宋征舆），当今文章之雄也，又以妙有才情，性通宫徵，时屈其班、张宏博之姿，枚、苏大雅之致，作为小词，以当博弈，予以暇日，每怀见猎之心，偶有属和，宋子汇而梓之曰《幽兰草》。"① 从这一段话来看，则陈氏之不鄙薄这一类"哀艳""盼倩"之作，其观念固属显然可见。何况他还曾明白表示了他之写作此一类令词，原来乃是"以当博弈""见猎"心喜的游戏之作。而我以为也就正是由于他这种并非出于有心造作的随意自然的写作态度，才使他掌握了唐五代宋初之令词所特有的一种活泼而富于感发的基本特质。这也就正是我之所以选录了这一首词来作为陈氏之第一类作品例证的主要缘故。

---

① 《安雅堂稿》上。

第二类词，我们所要举引的，乃是陈氏的一些虽亦属于柔情之作，然而却并无现实具体之情事可以确指，因而别具一种富于感发之远韵的作品。这一类作品我们将举陈氏的一首《忆秦娥·杨花》词为例证，现在就先把这首词抄录下来一看：

> 春漠漠，香云吹断红文幕。红文幕，一帘残梦，任他飘泊。
>
> 轻狂无奈东风恶。蜂黄蝶粉同零落。同零落，满池萍水，夕阳楼阁。

这首词的题目是"杨花"，而柳如是本姓杨氏，因此一般而言，在陈子龙的诗词中颇有一些叙及杨柳或杨花的作品，多是与他和柳如是之间的爱情本事有关之作。即如其词中之《浣溪沙·杨花》一首，据《柳如是别传》考证，就曾以为是与柳氏有关之作。词云："百尺章台撩乱吹，重重帘幕弄春晖。怜他飘泊奈他飞。淡日滚残花影下，软风吹送玉楼西。天涯心事少人知。"① 又如其《青玉案·春暮》一首，《柳如是别传》以为亦与柳氏有关，可能为陈氏迫于家庭环境而终不得不与柳氏忍痛分手时所作。词云："青楼恼乱杨花起。能几日，东风里。回首三春浑欲悔。落红如梦，芳郊似海，只有情无底。华年一掷随流水。留不住，人千里。此际断肠谁可比。离筵催散，小窗惜别，泪眼阑干倚。"② 至于本文现在所举引的这一首《忆秦娥》词，题目虽亦为"杨花"，然而《柳如是别传》中对此一词却并无任何有关陈柳二人的爱情本事之考证。而私意以为此词之不必有任何本事之指说，实在也就正是此一词的佳处之所在。以下我们就将对这三首与"杨花"有关的词，略作比较和说明。约言之，则《浣溪沙》一词全篇皆以"杨花"为主体，开端一句用"章台柳"之故实，既点出了所咏的"物"，也暗喻了柳氏之姓名及身份。通篇皆能将"物"与"人"融为一体，是写所咏之"物"杨花的飘泊无依，也是写所咏之"人"柳氏作为一个章台女子的飘泊无依。写得情景交融，俊逸真切，自然是一

---

① 《陈子龙集》下。
② 《柳如是别传》第三章。

首佳作。只是因为过于被所咏之"物"与所喻之"人"所拘限，因此遂缺少了一种可以引发读者丰美的自由联想的意趣。至于《青玉案》一词，则开端一句虽然也是写"杨花"，然而题目所咏的却是"春暮"，因此其主题所写的实在乃是春光之短暂无常，开端写"杨花"的"能几日，东风里"的生命之短暂，也是作为"春暮"的韶光易逝的衬托之形象来叙写的。而春光之易逝在象喻一层的暗示来说，正表现了一切美好事物的短暂无常，所以下半阕乃引申而写出了"华年一掷""离筵催散"等人事之堪悲，而结之以"泪眼阑干倚"，既是怨别也是伤春。通篇将伤春与怨别结合写出了多方面多层次的哀悼之情，自然是一篇佳作。而篇中最为使人惊心动魄的处所，我以为实在乃是"落红如梦，芳郊似海，只有情无底"三句形象与情意相生情景交融的有力叙写，此三句不仅以"落红"及"芳郊"两个形象，写尽了如晏殊《踏莎行》词所写的"小径红稀，芳郊绿遍"的春暮景色，而且更以"如梦"和"似海"两个述语的形容，传达了与情意相结合的一种象喻的气氛。上句的"落红"表现了一切美好事物的消逝无常，而"如梦"的述语则表现了对一切已消逝之事物的怀思无尽。下句的"芳郊"表现了"红稀""绿暗"春光已逝后的结果与下场，而"似海"的述语，一方面既可以承接上句的"落红"，表现了花落难寻的无边的哀感，一方面又可以与下句的"情无底"相呼应，表现了诗人似海的无尽深情。虽然此词据《柳如是别传》之考证，可能为陈子龙与柳氏分手时的伤别之作，但是这三句叙写中所蕴含的感发力量，却足可使此一本为伤春怨别的写现实情事的作品，提升到了一种象喻的层次。只不过这首词的结尾，自"此际断肠谁可比"句以下，却毕竟写得过于现实，因此遂使得这首词的意境又自象喻一层跌回现实的本事之中了。

至于本文前面所举的《忆秦娥》一词，从题目来看，其所写者自然是与前引《浣溪沙》一词相同的以"杨花"为题的咏物之作。只不过在叙写的手法方面，二者却有着极大的差别。《浣溪沙》所写者，主要以杨花的飘泊无依的哀感为主，写得较单纯、较直接。而《忆秦娥》

所写者，则层次较多，方面较广，因此也就有了更为丰美的感发意趣。先说首句"春漠漠"三个字，以"漠漠"写"春"，只短短两个字的形容，就把所有的读者都笼罩在广漠无边的春日之景色与感受之中了。而继之以"香云吹断红文幕"，"香云"所指的自然乃是题目中的"杨花"，"吹断"则是写其由吹来而萦拂而终至于吹尽的一段历程，而"红文幕"则是此"香云"所吹粘萦拂的所在。但作者此二句词所传达叙写出来的，却实在已不仅是杨花曾经吹拂在一个帘幕之上的一件现实情事，而且还更在其文本中的很多字质之内，蕴含了丰富的象喻的潜能。即如"香云"一词的"香"字既传达了一种芬芳美好的本质，又提供了一种浪漫多情的暗示，"云"字则既写出了杨花的飘泊纷纭的形貌，也表现了一种绵绵悠扬的情致。再如"红文幕"一词，"红"字的颜色之鲜浓，"文"字的花纹之绮丽，所表现的也同样是一种美好而多情的品质，与上面的"香云"一词，在品质上恰好互相承应，不仅加强了象喻的色彩，而且以"香云"而吹拂于"红文幕"之上，更当是一种何等幸福美好的遇合，而其间的"吹断"二字则写尽了此一段美好之遇合，由相遇而终至于断尽难留的一场悲剧历程。下面的"红文幕"三字的重复，则以此三字之重复所造成的顿挫，表现了对此一"红文幕"所遭遇之悲剧的深重哀悼。而且陈词中屡用"红文"二字，也可能更有其个人之事典，不过那就不是我们一般读者可测知的了。至于下面的"一帘残梦，任他飘泊"两句，则所写者已是回顾中的感伤，空余下"一帘残梦"的怀思，完全无补于"任他飘泊"的分离。仅以此上半阕而论，我想读者们已经可以清楚地感受到陈子龙这一首小词的意蕴之丰美了。

下半阕过片一句"轻狂无奈东风恶"，则是在回顾之余追想造成此一悲剧之因素，乃全由于外在环境的恶劣和摧残。而下面更继之以"蜂黄蝶粉同零落"，则是写此外在的摧残力量之强大，不仅吹断了飘泊的"香云"，也摧残了一切多情的蜂蝶。"蜂"而曰"黄"，"蝶"而曰"粉"，正所以写"蜂"与"蝶"的美好多情，而继之以"同零落"，则是写一切美好之事物之同归于零落无存。以下再重复一句"同零落"，更加强表现了此摧残零落之无可逃避。而最后总结之以"满池萍水，夕阳楼阁"。"萍水"一句，重新点明题旨所咏之杨花，用苏轼《水龙吟·次韵章质夫杨花》词"晓来雨过，遗踪何在，一池萍碎。春色三分，二分尘土，一分流水"诸句，盖苏东坡此词曾自注云"杨花落水为浮萍"，故陈词曰"满池萍水"，则是写此杨花不仅已经被东风摧残落尽，更且已落入水中化为异物之"萍"，如此则是此杨花之飘零断灭乃更无挽回之余地，真是写得沉悲极痛，令人心断望绝。写物至此，可以说是用笔已到极处，本已更无可写，而陈子龙乃蓦然腾跃而出，写下了"夕阳楼阁"四个字，这真是一句神来之笔。此句自表面看来虽似与杨花全不相关，然而事实上却不仅是一句极贴切的收束，而且还在言外含有极深的悲慨。原来陈氏此词在上句的"萍水"既用了苏东坡的词，而此句的"夕阳楼阁"则使人想到欧阳修的一句词。欧阳修曾写过一组六首《定风波》词，极写伤春的哀感，其第五首开端曾有"过尽韶华不可添，小楼红日下层檐。春睡觉来情绪恶，寂寞，杨花缭乱拂珠帘"之句。陈子龙此一首《忆秦娥》咏"杨花"的词，既然从一开始就写了"香云吹断红文幕"和"一帘残梦"等句，则与欧词之"杨花缭乱拂珠帘"一句，岂不大有可以相通之处。而欧词在此句之前，则恰好写有"小楼红日下层檐"之句，红日之下楼檐，正是极写韶华过尽之更不可稍作添延，如此则杨花之缭乱飘零自然也无挽回之余地。如果以陈词与欧词相比照来看，我们就会发现欧词之"杨花"与"珠帘"之关系仍在缭乱萦拂之中；而陈词之"香云"与"红文幕"之关系则是从一开始便已经"吹断"了，是则陈词所写者固已是较欧词更深一层的绝望的悲哀。再则欧词直写"杨花"和"珠帘"，而陈词则代之以"香云"和"红文幕"，在强调多种美好之品质的同时，遂使得陈词似乎较之欧词之直写现实者更多了一层象喻意味。何况陈词在象喻意味中，不仅把"香云"和"红文幕"的遇合，写成了一场"吹断"的悲剧，而且还把"蜂黄蝶粉"一切美好的多情的事

物，都写到了同归于"零落"的下场。而终至于"吹断"的杨花竟已
化为"满池萍水"之异物。如此层层地写下来，在一切美好多情之事
物皆已摧伤殆尽之时，天地宇宙之间更有何物之存留？于是陈氏乃写
下了结尾一句的"夕阳楼阁"。夫"夕阳楼阁"不仅为无情之物，而且
"楼阁"之高寒寂寞与"夕阳"之沉没难留，更显现了一种心断望绝之
后的面对定命的哀感，而陈氏却全出以客观写景之笔，将极深的悲慨
都融入了闲淡悠远的景色的叙写之中，较之直叙乃留给了读者更多的
回思的余味。这种叙写实在是陈氏所极为擅长的一种笔法。即如前面
所举引的《青玉案·春暮》一词，其前半阕之"落红如梦，芳郊似
海"，还有陈氏的一些其他名作，如其《诉衷情·春游》一首的"一双
舞燕，万点飞花，满地斜阳"，以及其《柳梢青·春望》一首前半阕的
"陌上香尘，楼前红烛，依旧金钿"和同词后半阕的"绿柳新蒲，昏鸦
春雁，芳草连天"等句，就都是以两个或三个四字句，在表面上似并
不相干的纯写客观的景象之层转中，传达出无限蕴藉深微的情意。而
有时陈氏也偶或以两句看似不相干的情语，或一句景语一句情语的跳
接，传达其含蓄蕴藉的不尽的情意，即如此词前半阕之"一帘残梦，
任他飘泊"和另一首《眼儿媚》词中的"只愁又见，柳绵乱落，燕语
星星"等句，就是很好的例证。虽然这些四字句本都是词调的固定格
式，但是不同的作者在填写这些词调时，却往往可以因其微妙的运用
而产生截然不同的效果，只是本文在此处，来不及对此多作比较和发
挥了。

　　总之，陈子龙的这一首词，从"杨花"的标题来看，当然原属一
首咏物之作，从杨花与柳氏的联想来看，当然也可能有暗指与柳氏之
一段爱情本事的可能。然而从其叙写表现来看，却不仅已超出了所咏
之物的杨花，而且也不必更作喻说为任何本事的实指，而就在其叙写
之中本身已呈现为一种可以提供给读者丰富之感发与联想的感情意境。
王国维在《人间词话》中曾提出"词以境界为最上，有境界则自成高
格，自有名句。五代北宋之词所以独绝者在此"。陈子龙这一首词可以

说就是能具有五代北宋之词这一类境界的作品。也就是我在前面所说的，虽亦属于柔情之作，然而却并无现实具体之情事可以实指，因而乃别具一种富于感发之远韵。

第三类词我们所要举引的乃是陈氏的一些具有忧患意识的作品。关于这类词，我们将举陈氏的一首《点绛唇·春日风雨有感》为例证。现在就先把这首词抄录下来一看：

> 满眼韶华，东风惯是吹红去。几番烟雾，只有花难护。
>
> 梦里相思，故国王孙路。春无主，杜鹃啼处，泪染胭脂雨。

本文在前面已尝试将陈词分为第一类纯写柔情之作和第二类虽写柔情，然而却富于感发之远韵之作，现在又提出了第三类具有忧患意识之作。这一切分别其实只是为了叙写方便，从表面所作的区分而已；若究其本质，则私意以为此三者实乃互相关联而有可以相通之处者。则即如其在纯写柔情之作品中所表现的专一而且深挚的感情之品质与用情之态度，就可以视为陈词中的一种基本之质地，无论其所写者之为儿女之柔情，或者为家国之忠爱，这种品质和态度都是不变的。这自然是其可以互相关联而相通的一个因素。而且陈氏在经历其与柳氏遇合之一爱情本事时，同时也正经历着家国的忧患，这自然是其可以相互关联而相通的又一因素。即如陈子龙在其自撰《年谱》中，于崇祯六年叙及其"文史之暇，流连声酒"之生活时，就同时又写下了"是时，乌程当国（按乌程指温体仁，见《明史·奸臣传》），政事苛促……相对蒿目而已"，明白表现了对国事的忧患之思。因此在陈子龙的诗中，曾留下了不少将儿女柔情与忧患之思相并举的诗句，即如其在与柳氏相识后一年所写的《癸酉长安除夕》一诗中，就既写了"去年此夕旧乡县，红妆绮袖灯前见"之句，又写了"今年此夕长安中，拔剑起舞为谁雄"之句，把"红妆绮袖"的儿女柔情，与"拔剑起舞"的豪杰之志，作了明白的对举。又如其在崇祯六年季秋曾写有七古一首，题曰："予偕让木北行矣，离情壮怀，百端杂出，诗以志慨。"据《柳如是别传》之考证，也以为"'离情壮怀，百端杂出'之'离情'，即为河东君而发，'壮怀'则卧子乃指其胸中之经世之志略"，而且在这首诗中，陈氏既写有"美人赠我酒满觞，欲行不行结中肠"之句，表现了缠绵婉转的儿女之柔情；又写了"不然奋身击胡羌，勒功金石何辉光"之句，表现了慷慨激昂的报国之壮志，也同样是将二者作了明白的并举。

关于诗人之可以同时兼具这两方面的双重性格，我在本文前面已举引过沈雄《古今词话》中论陈子龙词的评语和张溥《汉魏百三家集题辞》中论傅玄诗的评语，提出过"强直之士，怀情正深"之说，所以陈子龙作品中之同时表现有此类性格风貌，本来并不足异。而值得注意的则是陈子龙在诗中用以表现此双重性格的方式，与他在词中用以表现此双重性格之方式，二者实在并不相同。正如我在本文前面所言，一般而论，诗之写作较偏于显意识之叙述，而词之写作则较偏于隐意识之流露。因此在陈子龙诗中，无论是对于儿女之柔情，或对于报国之壮志，都有较明白的叙写，而且往往将二者作明白之并举。然而在陈子龙的词作中则往往将二者相结合，作一种幽微要眇之传达。因此在其写爱情的词中，既往往隐含一种忧患之底色，而在其写忧患之词中，也往往隐含一种爱情之底色。而且还有更值得注意的一点，那就是其忧患意识之反映于诗者与其所反映于词者，在内容方面也并不相同。在其诗作中所表现之内容，往往为作者显意识中的一种主观的报国杀敌之愿望，而在其词作中所表现之内容，则往往为作者隐意识中的一种对于家国沦亡的无可奈何的悲悼。就中国儒家之修养而言，固早有"知其不可而为之"之说，陈子龙在诗中所表现的乃是作为一个报国之烈士的"为之"的主观愿望，而在其词中所流露的则是作为一位善感之词人的"知其不可"的忧危的哀感。也正是这种复杂的心态，遂使陈子龙的词蕴含了一种幽微要眇的可以引发读者之丰富的感发与联想的潜能。而我们现在所要讨论的这一首《点绛唇》词，可以说正是陈词中之具有此种特色的一篇代表作。

这首词的题目乃是"春日风雨有感"。仅以此一标题而言，就已经隐含了一种引人产生喻托之想的潜能。首先是"风雨"一词在中国诗歌之传统中早就成为可以引人产生喻托之想的一个语码。《诗经·郑风》中有一篇标题为《风雨》的诗篇。《毛传》以为"风雨"所喻言的乃是"乱世"。而后世的词人则更常以"风雨"喻言人生中的种种挫伤和苦难。即如苏轼在其贬居黄州之后所写的《定风波》（莫听穿林打叶声）一首词中，就曾有"回首向来萧瑟处，也无风雨也无晴"之句；辛弃疾在南渡以后不能实现其北伐之壮志而遭到挫折打击时，所写的《水龙吟》（楚天千里清秋）一首词中，也曾有"可惜流年，忧愁风雨"之句。这些词中的"风雨"所喻托者，固正为作者在生活中所经历的挫折和苦难。以陈子龙的时代及身世而言，其《点绛唇》词题中的"风雨"之含有喻托之潜能，当然是极为可能的。而更可注意的则是陈氏此词之标题，在"风雨"之上还有"春日"二字，夫"春日"所代表者，自然应是万紫千红的美好的季节，而"春日"之"风雨"，自然也就喻示了外在的挫伤打击对一切美好之事物所造成的破毁和摧残。但陈氏标题所写的却还不只是"春日风雨"，而是在"春日风雨"之环境中，作者因"有感"而引发的一种幽微深隐的内心的感发活动，故曰"春日风雨有感"。昔况周颐论词之创作，就曾提出说"吾听风雨，吾览江山，常觉风雨江山外有万不得已者在，此万不得已者，即词心也"。夫"词心"而曰"万不得已"，则此词心之为真诚深挚更复要眇幽微自可想见。陈氏此词既是"风雨""有感"，与况氏所谓"风雨江山外有万不得已者"固正有暗合之处。而况氏对此难以言说之"词心"，还曾更加以引申说明，谓"吾苍茫独立于寂寞无人之区，忽有匪夷所思之一念，自沉冥杳霭中来，吾于是乎有词。洎吾词成，则与顷者之一念若相属若不相属也。而此一念方绵邈引演于吾词之外，而吾词不能殚陈，斯为不尽之妙"[1]。而陈子龙的这一首《点绛唇》词，可以说就恰好是表现了这一种"绵邈引演"的"不尽之妙"的作品。

先看这首词开端的"满眼韶华，东风惯是吹红去"二句，如我在

---

① 《蕙风词话》。

《迦陵随笔》中论及"感发之作用""感发之联想"和"感发之本质"几篇文稿中之所讨论，一首词中所传达的感发之力量的大小强弱，原来都当以其文本中所蕴含的感发之潜能为依据，而形成此潜能的因素则在于其文本中的具有微妙之作用的一些字质语法等的显微结构。即以此《点绛唇》词的开端二句而言，其首句"满眼韶华"之所指者，固当为眼前春日之景物的万紫千红。也许有人会以为诗歌中的形象要以鲜明具体为好，然而陈氏此句"满眼韶华"的概括的叙述，却实在传达出了"万紫千红"之鲜明具体的叙写所不能传达出来的更丰富的潜能。因为具体的形象虽有鲜明真切的好处，但往往也有了约束和局限，"万紫千红"所指者只能是春日的花朵，而"满眼韶华"则可以包举天地间之鸟啼花放云行水流等一切春日的美好景物和形象，而且"满眼"的"满"字既可以给读者一种丰富的包举之感，"眼"字又可以给读者一种如在目前的真切之感。因此这一句虽是极抽象概念的叙写，却充满了饱满的精力，写出了春日韶华之盛美。但下句的"东风惯是吹红去"则在与上句的承接之中表现出一个有力的反跌，直恍如禅家的当头棒喝，不仅把上一句的"满眼韶华"一笔扫空，而且更表现得如此悲哀无奈。曰"东风"，正与题目中的"春日风雨"之"风"相应合，象喻了春日中的一份摧伤打击的力量；曰"惯是"，则显示出此挫伤打击之不断的发生。又继之以"吹红去"三个字，"吹"字写摧伤之力的来到，"红"字写被摧伤的韶华之美好，"去"字写韶华之终于断尽难留。短短的三个字，充分写出了一切美好事物终被摧残殆尽之无可遁逃。只此开端两句，实已喻现了一幅充塞于天地之悲剧的场景。下面的"几番烟雾，只有花难护"二句，则是对前三句的推演和承应。曰"几番"正所以呼应前句的"惯是"，进一步写外来的摧伤打击之不断发生无可遁逃，只不过前句的"东风"是一种单纯的摧伤的力量，而此一句的"烟雾"则其情致乃更为哀惋凄迷，所表现的已不只是单纯的摧伤，而是在雾朝烟暮中的不断的销蚀和承受。至于"只有花难护"一句，则是对前一句"吹红去"的承应，此句之"花"，自然就是上一句的"红"，只不过上句的"吹红去"所写的还仅只是美好之事物被摧毁的一个现象而已；而这一句的"只有花难护"所写的则是诗人对此一现象的深切哀悼。曰"只有"，曰"难护"，其充满悲苦的痛惜而无可奈何的一片情意，实在写得极为深切哀惋。

如果只从表现情意来看，此词上半阕四句所叙写者，原只是在春日中风雨摧花的一种大自然的现象，以及诗人对此自然界现象所产生的一种哀感之情而已；然而此开端的"满眼韶华"之概念的包举，"惯是"和"几番"的口吻之重复，以及"吹红去"三个字以重点所表现的悲剧感，却使得这一首小词隐然有了可以引生言外之联想的丰富潜能。如果就陈氏之生平及其时代言之，则陈氏与柳如是的一场爱情悲剧，以及陈氏所身历的家国忧患，当然都可能是使其形成此种感发之潜能的一些重要因素，而且我在本文前面也提到过在陈氏之词中其儿女之情与忧患之思往往相关联和相融合。所以此词前半阕之所写实可以同时兼含此两种之悲慨；只不过其下半阕有"故国"字样，因此我遂将此词归入了家国忧患之思的作品。同时我在此还想顺便声明一句，那就是我们在前面所评说的《忆秦娥·杨花》一首，其词中所表现的杨花零落、春光老去的深悲，实在也同时可以寓含兼指两种悲慨的潜能，只不过那一首的标题是"杨花"，与柳氏之姓名有暗合之处，为了解说时之方便起见，所以我就将之归入柔情之作了。至于现在这首词，则除去"故国王孙路"一句表现了较明显的家国之思外，其他各句同时也兼含两种悲慨的潜能。即如"梦里相思"一句，其所指者就可以既是"故国梦重归"的"梦里相思"，也可以同时又是"几回魂梦与君同"的"梦里相思"。总之无论其为家国之思或儿女之情，"梦里相思"所表现的都是一种魂梦牵萦的深挚怀念。只有下面的"故国王孙路"一句，才较明白地点明了家国的悲慨。而这一句的妙处，实乃在于最后一个"路"字，盖以"故国王孙"四个字较为明白易解，杜甫在安史之乱长安沦陷玄宗出奔以后，就曾写有标题为《哀王孙》的一首诗，表现了对故国乱亡首都沦陷之际皇室王孙流离失所的悲慨，而明末败亡之情况正有类于此，故曰"故国王孙"。至于"路"字之妙，则使人联想到《楚辞·招隐士》一篇中的"王孙游兮不归，春草生兮萋萋"，而其所谓"春草生"的处所，自应就是王孙远游而不归的天涯路。现在陈子龙乃以一"路"字直承于"故国王孙"之下，于是遂产生了多重的联想作用：一则可以从"路"字联想到王孙的不归，于是遂更加深了对于家国败亡后的怀思和悲慨；再则又可以因"路"字而联想到"春草萋萋"而由此回到题目中的"春日风雨"，而使之增加了一种"清明时节雨纷纷，路上行人欲断魂"的凄怨迷离之致。凡此种种，自然都是诗人在"春日风雨"中，"吾听风雨，吾览江山"后所引发的一种"万不得已"的词心。而结之曰"春无主，杜鹃啼处。泪染胭脂雨"。"春无主"三个字写得真是有无穷的幽怨。夫"满眼韶华"既然已都被东风吹尽，而"相思""故国"又已经归去无从，春去难留，问天不语，则此春光之长逝，乃更有何人为主？故曰"春无主"。短短三个字写出了心断望绝以后而又无可奈何的一片深情。更继之以"杜鹃啼处，泪染胭脂雨"。夫"杜鹃"之为物亦可以使人有多重之联想：一则杜鹃之啼声相传其音有如"不如归去"之说，如此则可以与前面的"王孙路"相承应，表现已经归去无路以后而依然想要归去的一份刻骨的相思；再则杜鹃鸟之啼，可以代表春光之消逝，如此则可以与前面的"满眼韶华，东风惯是吹红去"相承应，表现有一份韶华不返、落红难护的深悲；三则在中国文学传统中更相传有蜀望帝死后其魂魄化为杜鹃的传说，如此则可以与"故国"相承应，表现有对故国君主的一片悼念和怀思。而在此多层次的悲怀悼念之中，最后以"泪染胭脂雨"五字的痛哭之泪作了全篇整体的结束，不仅笔力沉着深挚，而且字字都与通篇的叙写有着呼应和承接。"泪"字和"雨"字都与这首词题目中的"风雨"之"雨"字相呼应，盖以此词之标题原是"春日风雨有感"，上半阕的"东风"一句，有"风"而无"雨"，所以特在结尾之处明白点出"雨"字，此其呼应之一。再则"胭脂"二字则与此词上半阕之"吹红去"和"花难护"二句相呼应。曰"红"，曰"花"，曰"胭脂"，遂使春日风雨中之花朵一化而为忧患苦难中之人事，花上的雨滴也就是人间的泪点，其潜能之丰富，象喻之深广，而且层层呼应，把一片伤痛之情写得如此缠绵往复，百转千回。这真是一首可以作为陈子龙令词中之既具有忧患意识且蕴含丰富之潜能的代表作的好词。

关于所谓令词之潜能，以及对于形成这种潜能之质素的分析，是我近年来透过对于词之起源、特质和流变之探讨，所归纳出来的一点个人体会。我以为如果以这一点体会为依据，我们不仅对张惠言和王国维二家的比兴说及境界说可以作出较具理论性的更好的说明，而且对于个别词人的令词之作，也能作出更好的解说和衡量。大抵张惠言之说词重在语码之联想，而王国维之说词则重在字质及语法等显微结构所予人之感发。我们对陈子龙词之评赏大抵也就是从这两种评说方式所作的探讨和分析。关于详细的理论，我近两年曾写有《迦陵随笔》十五则及《对传统词学与王国维词论在西方理论之观照中的反思》和《王国维词论及其词》诸文，可以供读者们参考。至于令词潜能之发展的三个阶段与三种质素，则是我在本文中才提出的一个较新的看法。如果依照我所提供的这三种质素来对陈子龙词加以归纳和说明，则陈子龙与柳如是之爱情本事，及陈子龙所经历的忧患之遭遇，与其个人之才情、志意和襟抱，当然都是促使其令词中含有丰富之潜能的重要因素。前二者属于机遇，后一者属于本质。而在此三种质素中，则无疑地本质乃是其中更为基本的一项质素。在这方面，陈子龙自然是具有过人之本质的一位优秀词人。而更值得注意的，则是陈氏在前二种质素的机遇中亦自有其过人之处：首先陈子龙与柳如是之爱情本事，与晚明一些名士的风流浪漫的行为便有着明显的不同，因为柳如是本身也与一般当歌侑酒的歌妓有所不同。从陈寅恪先生所写的《柳如是别传》来看，我们便可认识到柳氏实不仅是以色艺取胜而已，她同时也是一位既有过人之才情，且有忠烈之意志的不凡的女子。因此陈先生在其书中乃对柳氏之支持复明运动，及其最后在钱谦益死后为钱氏家难而殉节的行事，立有专章为之论述。陈氏的爱情对象既是如此一位不凡的女子，则此一爱情本事之可以对陈氏令词之创作激发起丰富的潜能自不待言。其次陈氏在破国亡家的遭遇中，既曾亲自领导和参与了义军的起事，而且事败之后终以身殉，这自然也就与一般人所经历的忧患有了明显的不同，因此也就在他的词作中更加强了丰富的感发的潜能。而也正是这种种因缘巧合的异数，遂使得陈子龙的词不仅重新振起了令词中这种潜能之特美，而且更以其感发之潜能中的真挚而鲜活的生命，开出了有清一代的"词学中兴之盛"。虽然以后清词之演进，已经脱出了陈氏的令词之范畴，而有了浙西、阳羡和常州诸派的更大的发展，但使得词之生命从明代的空洞衰微中重新复活起来的，却不得不推陈子龙为一个转变风气的重要作者。

经过了以上的讨论和说明，我们对于清代词评家之所以推重和称美陈词，谓其可以"直接唐人""有风骚之遗则""得倚声之正则"等评语，自然也就可以获得更明白和更正确的了解。至于评者又谓陈子龙为"重光后身"，更谓其可以"上追六一""下开纳兰"，凡此诸说，若就其意指诸家词之同具有鲜活之生命与丰富之潜能而言，这些作者自然基本上有相似之处。然而若就每一位作者之特殊风格言之，则实在又各有自家之风貌。只是本文之篇幅已嫌过长，自不暇更在此作详细的比较和论述。我不久以后还计划写一篇《论纳兰词》的文稿，希望在那篇文稿中，能对此诸家之异同优劣再作一次较详的讨论。

# 谈浙西词派创始人朱彝尊之词与词论及其影响

　　有清一代，号称为词之中兴的时代，这种情况之出现，自有各种
不同的因素。而明清之际，其兴亡激荡的时代背景，实当为促成清词
之中兴的一个主要的因素。其次则清代的词人之众与流派之多，则应
当是造成了清词之盛的另一重要因素。再次则清代之词人往往兼为饱
学深研的学者，因此遂不仅对词之编校整理，作出了不少贡献，而且
也对于词之美学特质，作出了不少词学方面的反思的探讨。这自然是
造成了清词之盛的又一重要因素。而在此号称中兴的清词之盛大的场
面中，由秀水朱彝尊所倡导而形成的所谓浙西词派，在有清一代之词
与词学的发展和演化中，实在占有一个极值得重视的地位。因为朱氏
之词与词学所代表的，原来可以说正是由明清之际的兴亡激荡，而转
入到康熙盛世之成熟与反思的一个重要阶段。关于朱氏之词，早在一
年多以前，我已曾写过一篇题为《从艳词发展之历史看朱彝尊爱情词
之美学特质》（以下简称《朱彝尊爱情词》）的文稿，对朱彝尊这一位
作者作过简单的介绍①。不过那篇文稿所探讨的，主要只限于朱氏之
爱情词的美学特质。现在本文所要做的，则是想对朱氏所倡导的浙西
词派，就其创作与理论两方面在清代之词风与词学之演化中所造成的
影响及得失，作一番较具历史观的全面的探讨。

　　首先我们所要叙介的，乃是浙西词派之形成的过程。朱氏学习写
词的年岁颇晚，他在《书〈东田词〉卷后》一文中，曾经自叙说"予

---

　　① 参见拙著《清词丛论》中《从艳词发展之历史看朱彝尊爱情词之美学特质》一文。

少日不喜作词,中年始为之"①。至于其学习写词的经过,则曾经受到过他的一位同乡先辈曹溶的影响。曹氏字秋岳,号倦圃,与朱氏同为浙西秀水(今浙江嘉兴)人,而曹氏较朱氏年长有十六岁之多。据杨谦所撰《朱竹垞先生年谱》,在顺治六年(1649年)谱中,就曾有"曹侍郎溶见先生诗文,尤赏激不置"②的记述。其后于顺治十三年(1956年)夏,朱氏曾应广东高要县知县杨雍建之邀,赴岭南往课其子中讷。时正值曹溶在广东任布政使之职,朱氏曾与曹氏一同辑录过《岭南诗选》。其后于康熙三年(1644年)曹氏任山西按察副使备兵大同时,朱氏又曾赴山西往依曹幕。及至曹氏编印其《静惕堂词》,朱氏更曾为之撰写序文,且曾在文中叙及当年他们在一起饮酒填词的一段生活,说"彝尊忆壮日从先生南游岭表,西北至云中,酒阑灯炧,往往以小令慢词,更迭唱和"③。我以前在论《朱彝尊爱情词》一文中,曾经提到过朱氏有一卷未曾收入《曝书亭集》的早期习作之手抄本词集,题名为《眉匠词》。在这册词集中,有《齐天乐》(阑干三面)一阕,小序注明为"丁酉暮春"所作④。据朱氏《年谱》,丁酉为顺治十四年(1657年),当时朱氏正在岭南与曹溶一同辑录《岭南诗选》一书。是则朱氏之学习填词之曾受有曹溶之影响,自属可信。而若从这一卷习作之词来看,则如我在论《朱彝尊爱情词》一文中之所言,其中既有近于《花间》之作,也有近于小晏之作,既有近于北宋周、秦之作,也有近于南宋白石之作,更有近于苏、辛的豪放之作⑤。可见朱氏着手学词的方面原来非常广泛,而并未尝受到任何一家之所拘限。这就朱氏为学之一向精勤务博的性格而言,该原是一种极为自然的现

---

① 见《曝书亭集》卷五十三,《国学基本丛书》,台湾商务印书馆,1968,第860页。以下凡引自此书皆同,不另注。

② 《朱竹垞先生年谱》,见杨谦:《曝书亭集诗注》,清乾隆间杨氏木山阁刊本,附录第8页下。

③ 《静惕堂词序》,见《清词别集百三十四种》第1册,台湾鼎文书局,1976,第75页。

④ 《眉匠词》,台湾"国立中央图书馆"藏三馀读书斋手抄本,未标页数,词页间多有眉批及旁批,亦未标批者之名氏。

⑤ 参见拙著《清词论丛》中《从艳词发展之历史看朱彝尊爱情词之美学特质》一文。

象。至于朱氏之大量为词，而且写出了自己独特的风格与成就，则当是在他追随曹溶军幕旅游云中大同的一段时期所完成的。此一时期的代表作，就是他先后于康熙六年（1667 年）所编订的《静志居琴趣》一卷和康熙十一年（1672 年）所编订的《江湖载酒集》三卷。前一卷词所写的全是他与其妻妹冯女的一段苦恋和悲恋的爱情词，而《琴趣》编订之年，则正是冯女的逝世之年，朱氏在这一年编订了这一卷词，其间自然有一份极难以言喻的悼念之深情，而这卷词中所叙写的情事和意境，则曾被后来的词评家陈廷焯推誉为"尽扫陈言，独出机杼"，以为"真古今绝构也"。则此一卷词之并不能被归属于任何词派，亦复从而可知。关于此一卷词之成就，我在《朱彝尊爱情词》一文中，已有详细论述，兹不再赘。

至于在其《江湖载酒集》三卷词中，朱氏所表现的内容和风格，事实上也是极为多样的。如果我们要尝试对之一加归纳，则此三卷词集中所收录的，大约可分别为以下几类性质不同的作品。其一是一般词人作品中所常有的写美女与爱情之作。因为词这种文学体式，可以说自从早期的《花间集》以来，就久已经形成了一种以叙写美女与爱情为主的风气。即使是在《近三百年名家词选》中，被龙沐勋先生称誉为"开三百年来词学中兴之盛"的云间派词人之领袖，为抗清复明而殉节死义的陈子龙，他与他的追随者的词集中，就也留有不少叙写美女与爱情的作品。其他如朱氏曾从之学词的作者曹溶，以及曾与朱氏并称"朱陈"的阳羡派词人之领袖陈维崧，他们的词集中也都无一例外地留有此类作品。只不过朱氏对于他在此一时期中所留下的此一类作品，却另有一番解说。他在为陈维崧的弟弟陈维岳所写的《陈纬云〈红盐词〉序》一文中，就曾经自叙说："予糊口四方，多与筝人酒徒相狎，情见乎词。后之览者且以为快意之作，而孰知短衣尘垢栖栖北风雨雪之间，其羁愁潦倒未有甚于今日者耶。"① 关于朱氏的这一段自叙，如果我们结合他的生平经历一加考查，就可知道他所说的话，

---

① 见《曝书亭集》卷四十，第 662 页。

乃是真实可信的。朱氏之曾祖朱国祚在明代万历天启之间，虽然曾以进士第一人历任礼部侍郎兼翰林院侍读学士，仕至户部尚书兼武英殿大学士。但以其为官清廉，到朱氏出生时，家境早已没落。朱氏少年时代曾以家贫无力纳聘不能娶妻，而不得不入赘于外家冯氏①。更加之在他十六岁时，即值甲申国变，所以一直未参加过科举考试，何况其父辈所往来者，多为复社中之人物。朱氏自己与当时一些抗清复明的志士，如朱士稚、钱缵曾、祁班孙、魏耕、陈三岛等，也曾有过颇为密切的交往②。其后这些人既相继被诛捕或远放，朱氏遂也不得不因避祸而离家外出。何况他既无科第名位，在家乡只靠授徒为生，也难为长久之计。所以才不得不长年地过着客居游幕的生活。他之把此一时期所写的三卷词作，题名为《江湖载酒集》，其取义于杜牧诗句的"落拓江湖载酒行"，以"江湖载酒"为名，来暗示其生涯"落拓"之悲，这种用心乃是显然可见的。因而在此三卷词集中，其第二类作品，可以说就正是与其第一类写美女爱情的歌酒之作相为表里的，表现其身世的飘零落拓之悲的作品。何况就中国旧社会之传统言之，则失志的才士之寄情于歌酒美人，两者本来就是并不互相矛盾的一体两面之表现。而除去此二类作品以外，在朱氏的"载酒"一集中，还更曾留有大量的登临怀古的慨往伤今之作。盖以如我们在前文所言，朱氏既曾经在十六岁时身经国变，以后又曾与一些抗清复明之志士有过相当密切的交往，如此则当其"南走羊城，西穷雁塞，更东浮淄水"的游旅飘泊之际，其不免会写有一些登临吊古触目兴怀之作，这也原是一件极自然的情事。而除去此三类主要内容外，朱氏在《江湖载酒集》中也还有不少酬赠与即兴之作，总之其所表现的风格，乃是姿采多方而并不为一家所拘限的。而且无论就任何一种内容或风格而言，朱氏可以说也都不乏佳作。举例而言，即如其写爱情的小令《桂殿秋》（思

---

① 见《年谱》第 7 页上；又见《亡妻冯孺人行述》，《曝书亭集》卷八十，第 1233 页。

② 见朱氏所撰《贞毅先生墓表》，及朱氏与诸人酬赠之诗篇，《曝书亭集》卷七十二，及卷四与卷五之古今体诗，第 59 页、第 61 页、第 66 页、第 1134 页。

往事）一首，就曾被谭献称美为"复振五代、北宋之绪"①，更曾被况周颐举引为"国朝词人"之代表作的"佳构"②。又如其写爱情的长调《高阳台》（桥影流虹）一首，也曾被谭献赞美为"遗山、松雪所不能为"③。再如其写羁旅落拓之感的小令《菩萨蛮》（夕阳一半樽前落）一词，其"小楼家万里，也有愁人倚。望断尺书传，雁飞秋满天"诸句，则不仅写出了动人的羁旅之愁，而且还表现了一种高渺悠扬的远韵。又如其长调之《百字令》（菰芦深处）一词，其"四十无闻，一丘欲卧，漂泊今如此。田园何在，白头乱发垂耳"诸句，也不仅写出了羁旅之愁，而且更表现了一种才人失志的凄清萧瑟的襟怀。再如其另一长调之《飞雪满群山》（椎髻鸿妻）一词，其"岂不念飞帆归浙水，叹旧游零落，无异天边。竹林长笛，鸰原宿草，又谁劝酒垆前"诸句，则更是不仅叙写了飘零久客的悲哀，而且还借用竹林七贤中向秀《思旧赋》的事典，以向秀闻笛音而思念"以事见法"的嵇康、吕安等旧友的故事④，暗示了朱氏对其早年所交往的一些因抗清复明之活动，而不幸遇难的一些志士的怀思和悼念，其一种难解的悲怀，更是凄然言外。至于他的登临吊古之作，则如其《风蝶令》（青盖三杯酒）及《卖花声》（衰柳白门湾）等令词，其借用"石城"及"雨花台"等登临吊古的题目，来写明清易代之慨，像前一首的"夕阳留与蒋山衔，犹恋风香阁外旧松杉"和后一首的"燕子斜阳来又去，如此江山"等句，就都不仅写得感慨深挚，而且笔致高远。篇幅虽短，而意蕴则极为深曲悠长，这些固早是脍炙人口的佳作。再如他的《满江红》（玉座苔衣）和《水龙吟》（当年博浪金椎）等长调之作，前者是借"吴大帝庙"为题，以孙权之具有知人善用的谋略，而终能割据江东的霸业为反衬，来慨叹南明的瞬即败亡的立朝之短。后者则借"谒张子房祠"为题，以楚汉之际的张良一心想为韩复仇的志意为主题，既以之反讽

---

① 徐珂：《清词选集评》，商务印书馆，1926，第39页。
② 《蕙风词话》，见《词话丛编》第5册，第4522页。
③ 徐珂：《清词选集评》，商务印书馆，1926，第39页。
④ 《思旧赋》，见李善注《昭明文选》卷十六，世界书局，1926，第213—214页。

当日变节降清的一些明朝的旧臣，也表现了志士仁人未能完成其原有之志意的一份悲慨。这两首词都曾被陈廷焯收入了他所编著的《词则》一书的《放歌集》中，与南宋辛、刘诸人的豪放之作，同在一编。陈氏且曾称美其《满江红》（玉座苔衣）一词为"气象雄杰"，又曾称美其《水龙吟》（当年博浪金椎）一词为"笔力""高绝"①。然则朱氏《江湖载酒集》中之词作之并不为姜夔和张炎二家之所拘限，其风格与内容之多彩多样，固是显然可见的。可是朱氏所倡导的浙西一派之词论，则一意标举姜、张，以清空骚雅为依归，而且其后期的词风，也与早期之词风有了相当大的差别。这从一般人来看，其间自然不免有许多使人感到矛盾困惑之处。本文在前面既然对朱氏学词之经历，作了简单的介绍和说明，因此下面我们就将对朱氏词论之要点，及其形成之因素与过程，以及其词论对词风之影响，也略加简单的叙介。

要想介绍朱氏之词论，首先我们应当有所认知的，就是朱氏之性格的一点特色。朱氏乃是一位在学问方面极为精勤渊博，而且富于深研和反思之精神的学者。这我们只要一看他所留下来的著述，就可得到证明。朱氏留有《经义考》三百卷，《日下旧闻》四十二卷，《明诗综》一百卷，《词综》三十卷，在此之外尚有《瀛洲道古录》《吉金贞石记》《粉墨春秋》等，虽未全部成书，但他所研求的方面之广与用力之勤，也已可想见一斑了。以朱氏的此种性格，所以当他学习为词以后，便也对词之研读投入了大量的精力。我们在前文曾经引用朱氏的《书东田词卷后》，说明他学词之晚，自谓"少日不喜作词，中年始为之"。而接下来他就自叙说"为之不已，且好之，因而浏览宋元词集几二百家"②。这不仅证明了他学词时的用力之勤，而且恰好也因之而说明了，他何以能在词的创作方面，会表现出如我们在前文所言的，如此其风格多样的一个主要的缘故。而也就正是在这种精勤的研读与创作的实践中，朱氏遂更以其反思的性格，对词之美感的特质，有了逐

① 陈廷焯：《词则》上册，上海古籍出版社，1984，第 14 页下、第 16 页上。
② 见《曝书亭集》卷五十三，第 860 页。

步的体悟。因此，要想衡量朱氏之词学，我们自己就不得不首先也对"词"这种文学体式的美感特质，其形成与被人认知之经过，也先有一点反思的了解，如此我们对朱氏词学的判断和衡量，才不致失之于肤浅和片面。

关于"词"这种文学体式的美感特质，早在三年前，我曾写过一篇题为《论词学中之困惑与〈花间集〉词之女性叙写及其影响》（以下简称《论词学中之困惑》）的长文，对之作过一番溯源推流的讨论。而早在此之前，我更曾于1988年写过一篇题为《对传统词学与王国维词论在西方理论之观照中的反思》的长文。对于词这种文学体式之演进，曾依其体制作法之不同，与时代之先后，尝试将之划分为"歌辞之词""诗化之词"及"赋化之词"三类性质不同的作品。如果将这两篇文稿合看，我们就会发现中国词学之发展，实在与这三类性质不同的作品之演化和发展，有着极为密切的关系。而对词之美感特质的体认，则正应是结合着这种演化和发展而逐渐形成的。首先从"歌辞之词"谈起，这一类作品自当以早期《花间集》中的作品为代表。此一类词之性质既原是歌酒筵席间演唱的歌辞，其内容自然大多只是对于美女与爱情的叙写，而这种内容，在中国旧传统的"诗以言志"和"文以载道"的以伦理道德为准的文学观念中，当然难于为之找到一个合理的价值与地位。所以中国早期的词学，可以说原是从困惑与争议中开始的。关于此一时期中的困惑与争议，我在《论词学中之困惑》一文中，已曾举引过多种宋人之笔记著作，对之作过相当的讨论。约言之，则从这些困惑中所发展出来的词学观念，大略可分为以下数点：其一乃是将令词中所写的美女与爱情，比附为其他含义。如晏几道之引用白居易的"欲留年少待富贵，富贵不来年少去"之写少年志意的诗句，来解说他父亲晏殊的"绿杨芳草长亭路，年少抛人容易去"两句写爱情的小词，就属于这一种情况①。其二则是将歌辞中对于美女与爱情的叙写，推说是"空中语"，来脱卸开作者在道德伦理方面所可能遭受

---

① 胡仔：《苕溪渔隐丛话·前集》卷二十六，人民文学出版社，1962，第178页。

到的指责。黄庭坚对法云秀的自辩之言，就属于这一种情况①。其三则是将歌辞中对美女与爱情的叙写，分别为"雅"与"郑"两种不同的品质，其中"雅"的作品，乃是可以为士大夫们所允许和接受的，而"郑"的作品，则是为士大夫们所鄙薄而不肯接受的，晏殊与柳永的一段问答之言，就属于这种情况②。以上这三种情况，其所表现的，事实上都是在中国文学批评的传统中，因为受到了诗与文之道德伦理之衡量准则的笼罩和影响，于是遂不得不替这种逸出于准则之外的写美女与爱情的作品，曲加解说的强辩之言。不过，就在这种曲解和强辩之中，却也于无意间探触到了这些写美女与爱情的早期的歌辞之词，于游戏笔墨中所无意形成的一种美学的特质。那就是这一类令词中之佳者，果然可以在其表面所写美女与爱情之内容以外，更具含一种足以引起读者许多丰富之感发与联想的言外之意蕴。而这种富含言外意蕴的曲折深蕴之美，实在可以说是"词"这种文学体式所特具的一种最基本的美学之品质。

不过词的发展当然并没有停止于早期《花间集》的艳词小令之作，不久以后，就出现了柳永的以长调来写的艳词，这些艳词也是交给歌女们去唱的歌辞之词，可是当这类作品变成了长调的慢词以后，那些刻露而铺陈的对于美女与爱情的叙写，遂使之失去了早期令词之曲折深蕴引人生言外之想的美感特质，而成为浅薄与淫亵的作品了。于是在这种情形下，遂出现了一位想要一洗此种绮罗香泽之态，而有心要把词之意境提高和拓广的天才的诗人，那就是挟带着天风海雨而来的苏轼。本来，就文士之词的发展而言，其形式之不免要从小令演进为长调，这自然是一种必然的趋势；其内容之不免要从写美女与爱情的歌辞，演化为可以借之抒怀写志的诗篇，这自然也是一种必然的趋势。不过值得注意的则是，那种由早期令词所形成的、以曲折深蕴为美而

---

① 释惠洪：《冷斋夜话》卷十，载有释惠洪劝黄庭坚之语，谓"艳歌小词可罢之"，黄云"空中语耳"以自辩。见《笔记小说大观》第 22 编，第 1 册，台北新兴书局，1979，第 642 页。

② 许士奇：《宋艳》卷五，载有柳永谒晏殊之谈话，晏谓柳曰，"殊虽作曲子，不曾道'针线闲拈伴伊坐'"，以讽柳词之俗靡。在《笔记小说大观》第 6 册，第 6203 页。

使人生言外之想的、属于词的一种美感特质，在这种形式与内容之必然性的演化之冲击中，曾受到了怎样的影响？是留存，或是转变？如果转变，该是一种怎样的转变？我们对这种转变，又该采取怎样的态度去反思和认知？这实在是研究词学的人所必须面对的一项重要的课题。关于此一课题，我在《论词学中之困惑》一文中，也已曾有所讨论。一般说来，柳词用长调来写男女之情的艳词，其铺陈刻露之叙写，对于早期短小之令词的曲折深蕴之特美所造成的冲击和破坏，其浅俗淫靡之失，可以说已经成为一般词学家的一种共同认知，因此在这方面历来并未引起过什么严重的困惑和争议。至于苏氏的诗化之词，对于早期令词的曲折含蕴之特美，所造成的冲击和破坏，则因其情况之复杂与得失之互见，于是遂在后来的词学中引起了不少困惑和争议。要想对这些困惑和争议加以分辨和说明，私意以为我们首先应对诗与词之基本性质的差别略有认知。一般而言，"诗"是以"言志"为主的作品，"情动于中"，而后"形于言"。所以对于诗的评赏，基本上应该乃是以其能传达出一种兴发感动，且能唤起读者之兴发感动者，方为佳作。因此孔门论诗，乃有"兴于诗"及"诗可以兴"之言。其所谓"兴"应该指的就是一种兴发感动的作用，所以"诗"乃是以直接感发为其美感特质的。至于"词"则不然，词乃是在歌酒筵席间演唱的，为流行乐曲而填写的歌辞，是并不一定代表作者自己之情志的"空中语"。可是，如我在《论词学中之困惑》一文中之所言，这些以叙写美女与爱情为主的、并无"言志"之用心的歌辞，却因其女性形象与女性语言之叙写，而于无意间竟然流露了那些男性作者之潜意识中的某些深微幽隐的感情心态，这种微妙的作用，遂使得"词"这种文学体，形成了一种以深微幽隐富含言外之意蕴为美的美感特质。不过，一般说来，诗与词虽然各有其不同的美感特质，但二者却并非截然不能相容的。盖以一则就作者而言，很多写词的作者，同时就也都是写诗的诗人。再则就早期令词之体式而言，其五言或七言之句式，与诗之五、七言的句式也并无明显之区分。三则就这些写词的诗人而言，当他已习惯于词体之写作，而又未能忘情于诗人的抒怀言志之感发时，于是偶然情动于中，遂不免也就用这些本来以写美女与爱情为主的歌辞之体式，写下了某些抒怀言志的诗篇，这当然也是一件极为自然的事。即如后蜀鹿虔扆在其《临江仙》（金锁重门荒苑静）一词中所写的亡国之慨、北宋初范仲淹在其《渔家傲》（塞下秋来风景异）一词中所写的边塞之情，可以说就都是早期令词中的诗化之作。至于被王国维称为"变伶工之词为士大夫之词"的南唐后主，其亡国后的作品，当然也都是带有极强烈的作者主体之情意的诗篇，而不再只是所谓的"空中语"的歌辞而已了。不过，值得注意的则是，这些早期的诗化之作，一向在词学中并未引起过很大的争议，而是一直等到苏轼的诗化之词出现以后，这种争议才兴起的。此种情况之形成，大约有两个原因，其一是因为早期词作中，这种诗化的作品数量既少，而且大都为作者情意自然感发之作，而并非有意要对词之内容和风格作出什么本质方面的改变。因此，读者们遂不仅未对之产生什么争议，而且还因此类作品多为作者主观感情的感发之作，而对之颇为赏爱。其二则是因为早期的带有诗化之倾向的作品，大多为短小之令词，而如我们在前文所言，早期令词中五、七言之句式，与诗之五、七言之句式，并无根本之区分，而此种五、七言之句式，则最宜于传达一种直接之感发，因此，这类作品纵使缺少一种曲折幽隐富含言外意蕴的属于词之美感特质，但却大多都带有一种富于直接感发的属于诗之美感特质。而就一般读者而言，则他们原是更习惯于诗之以感发为主之美感特质的。这当然是使得此类早期诗化之作之不仅未引起读者们的争议，而且还颇获赞赏的又一因。及至苏轼的诗化之词的出现，其情况则有了很大的不同：其一，苏轼对词之诗化，乃是有意为之的，关于此点，我以前在《论苏轼词》一文中已曾加以论述，兹不再赘。这种对词之内容与风格的有心改变，对于那些一向习惯于叙写美女与爱情，以绮罗香泽之柔靡风格为美的人，当然造成了很大的冲击，这应该乃是苏轼的诗化之词之所以引人争议的一个重要原因。其二，苏轼之倡写诗化之词，已是在柳永的长调流行以后的事，因此苏氏自不免也写了许多诗化的长调的作品。而长调之句式，则与小令中五、七言之近于诗的句式，有了很大的不同。长调中不仅有了四字一句或六字一句的近于散文之句式，而且即使是五字或七字之句，也往往与诗之五、七言句的节奏停顿有着很多的差别，诗中的五、七言句，大多为二、三及四、三之停顿，可是词中的五、七言句，则可以为一、四或三、二，以及三、四，或一、六之停顿。而也就正是这种句式与叙写口吻之改变，遂使得词中长调的美感特质，与词中小令的美感特质，有了相当大的差别。词中的小令在诗化以后，不仅不会破坏其词之美感特质，往往还会使之更增加了一种诗的美感特质。可是词中的长调在诗化以后，则可以产生得失优劣多种不同的情况。关于这种种不同的情况，我在《论词学中之困惑》一文中，也已有所论述。约言之，则我在该文中乃是就全部宋词之发展立论，因而曾将之分别为三种不同之情况；现本文虽是仅就苏轼的诗化之词立论，但我想我们也仍可将之分别为三种不同之情况。第一类词是在诗化以后既具含了诗的直接感发之美，但同时也仍具有词的深隐曲折之美者，如苏词之《八声甘州》（有情风万里卷潮来）属之，这是苏氏长调的诗化之词中，最好的佳作之代表；第二类词则是在诗化以后，虽不复具含词的深隐曲折之美，但却尚能具含诗的直接感发之美者，如苏词之《水调歌头》（落日绣帘卷）属之；第三类词则是在诗化以后既失去了词的深隐曲折之美，但却也未能具有诗的直接感发之美者，如苏词之《沁园春》（孤馆灯青）及《满庭芳》（蜗角虚名）等词，就都属于此类作品。而也就正是此种第三类的作品，遂暴露出了长调之词在诗化以后的一个最易陷入的缺点，那就是平直浅露，了无余味。而如果误以此种作品为豪放，再加之以纵情使气，则自然就不免会流入于粗犷叫嚣了。

通过以上的论述，长调之词在诗化以后，其得失利弊的情况之复杂，固已可概见一斑。后人对此种复杂之情况不加详察，于是遂产生了两种片面的见解。或者固执于词在早期作品中所形成的婉约之传统，于是遂对此类诗化之词，不论其优劣都一律加以排斥，以为其乃是"句读不葺之诗耳"①，而不肯将此类作品接受到词的疆域中来。又或者则以为此种诗化之词乃是对早期的香艳柔靡之作，所作出的一种品质方面的开拓和提升，于是遂又对此类作品，不论其优劣而一律加以赞美，以为其可以"使人登高望远"，"指出"了"向上一路"②。以上两种观点之所以都不免流于片面之失，私意以为就正是他们都未能认知和掌握词的美感特质来作为衡量之标准的缘故。如我们在前文所言，长调的诗化之词，其佳者乃是虽在诗化后直接言志的叙写中仍能保有一种词的深隐曲折之美；至其失败之作，则是在其诗化后的直接言志的叙写中不仅失去了词的深隐曲折之美，同时也未能具有诗的直接感发之美的缘故。如果我们更进一步去探讨，我们就会发现这其间既牵涉有作者本人情志之本质的问题，同时也牵涉有作品之句法及叙写方式等表现形式的问题。苏、辛等诗化之词之所以不乏佳作，主要乃是由于苏、辛二家在作者情意的本身之内，原就具含了一种可以使其表现为深隐曲折的质地。关于此点，我在《论词学中之困惑》以及《论苏轼词》和《论辛弃疾词》诸文中，也早曾有所论述③。约言之，则苏氏直抒怀抱的诗化之词，其佳者之所以能在直接叙写中，仍含有一种曲折深蕴之美，乃是因为苏氏在其情意的本质中，既原就有着用世的儒家志意与超旷的道家修养之双重品质的糅合，而且其政治上的理念与现实中所遭际之磨难间也有不少的难言之处，这种复杂的本质乃是使得苏氏的某些诗化之词的佳者，虽在直接抒发中却仍具含了词的深隐曲折之美的主要原因。至于辛氏之表现激昂慷慨之志意的诗化之词，其所以大多能在激昂慷慨中仍具含一种曲折深蕴之美，则更是由于在辛氏本身之情意中原就有着双重的矛盾和激荡，一方面是作者主观的冀望有所作为的奋发的冲力，另一方面则是外在环境所加之于他

---

① 胡仔：《苕溪渔隐丛话后集》卷三十三，人民文学出版社，1962，第254页。

② 见胡寅《酒边词·序》，在《宋六十名家词》一函，第5册。汲古阁本，第2页下。又王灼《碧鸡漫志》卷二，见《词话丛编》第1册，中华书局，1990，第85页。

③ 见《词学古今谈》，岳麓书社，1993，第325页。

的谗毁摈斥的压力。而在这种双重的矛盾和激荡间，当然更有着许多难言之处。这种复杂的本质，也是使得辛氏的许多诗化之词，虽在激昂慷慨中却偏偏同时也能具含一种曲折深蕴之美的主要原因。所以豪放一派的诗化之词，要想能在作品中，一方面既有诗的抒情写志的直接感发之美，而另一方面还能保有词的曲折深蕴之美，则作者本人情意方面之质地实在是一项最为基本的要求。但世之词人之能具有如苏氏之修养与辛氏之志意者毕竟不多，这正是何以这种兼具诗词之双美的作品也极为罕见的缘故。至于一般词人的诗化之作，其上焉者，虽或者在失去词之深蕴曲折之美后，仍能保有一种诗的直接感发之美；至其下焉者，则就不免会流入浅薄直率和粗犷叫嚣了。前者的例证，如张元干的《水调歌头》（万里冰轮满）及张孝祥的《六州歌头》（长淮望断）等词，可以说就都是虽然失去了词的曲折深蕴之美，但却仍不失为能保有一种诗的直接感发的作品①。至于后者的例证，则如刘过的《沁园春》之"斗酒彘肩"及"古岂无人"等词，则可以说已是流入于浮率叫嚣的作品了②。这种弊病之所以易于出现在诗化之词的长调之中，私意以为这实在与我们在前文所曾言及的长调之词的句法及叙写方式，有着密切的关系。小令的五、七言句式，与诗之句式相近，容易表现为一种直接的感发；而长调的慢词则有许多近于散文的句式，何况长调又需要有铺陈的叙写，如此则在散文的句式与铺陈的叙写手法之结合中，其易于流为浮率叫嚣，自然就是一种难以避免的弊病了。这与长调慢词之写美女与爱情者之易流为俗浅淫靡，其道理原是相通的。于是长调的慢词遂发展出了另外的一种写作方式，那就是以安排勾勒之思致取胜的周邦彦的写作方式。对于周氏的此种作品，我在《对传统词学与王国维词论在西方理论之观照中的反思》一文中，也曾给它取了一个名字，那就是"赋化之词"。我所以名之为"赋化"，那就因为"赋"之写作，原有两点特色，一是重在铺陈，一是重在用

① 见《全宋词》，第 2 册及第 3 册，中华书局，1965，第 1078 页、第 1686 页。
② 见《全宋词》，第 3 册，中华书局，1965，第 2142－2143 页。

意。这正是"感物吟志"之"诗",与"体物写志"之"赋"的最大的差别。就词之体式而言,其由小令发展为长调,既是必然的趋势;而长调慢词之散文化之句式与铺陈之叙写,其易流于平直浅率,则又是一种自然的结果。如此则为了避免慢词的平直浅率之叙写所造成的淫靡与叫嚣之失,于是有了周邦彦的以勾勒安排之思致取胜的写作方式。而这种写作方式所追求的,则正是想要在铺陈的叙写中,以"用意"来寻求一种避免平直的曲折深蕴之美。这应该也正是长调慢词在美感方面的一种自然之要求。所以南宋词人,除去辛弃疾等几位在情意本质上确有过人之处的作者以外,其他一般慢词的作者,如姜夔、史达祖、吴文英、王沂孙、周密、张炎等人,乃无不受有周邦彦之影响,这种情况当然就也正是在长调慢词之美感要求下所形成的一种必然之趋势了。何况南宋末年又经历了一次亡国的巨变,于是因缘际会,遂把这种赋化之词的形式与内容都推向了一个极致的高峰,而此一高峰的代表作品,则正是当时"休宁汪氏(汪兴)购之长兴藏书家",被朱氏所发现,及"爱而亟录之",且于康熙十七年被召入京应博学鸿词试时,携入京师的一卷南宋遗民的咏物词集《乐府补题》①。此一卷词集被携入京师后不久,就有在京师的一位宜兴词人蒋景祁"读之赏激不已,遂镂板以传"。而且据蒋氏在其《刻瑶华集述》一文之所言,曾谓"得《乐府补题》而辇下诸公之词体一变"②。而也就正是在此种背景中,朱氏所倡导的所谓浙西词派遂在当时造成了莫大之影响。而朱氏既原是一位精勤务博且富于反思之精神的学者,如此则在他学词与读词之过程中,对于词这种文体,自唐五代的歌辞之词,历经两宋的诗化与赋化之演变,以迄于赋化之词的高峰之作被发现,这一切不同风格之作品的不同之美感,他当然也曾对之作过一番分别的反思。而朱氏之词论当然就代表了他在反思之后的一种体悟和认知。这也就正是何以我们在评述朱氏之词论以前,也先要对词之美感特质,及其演变

---

① 《乐府补题·序》,见《曝书亭集》卷三十六,第602页。
② 见《瑶华集》上册,中华书局,1982,第9页。

之过程，都先作此一番介绍的缘故。

谈到朱氏的词论，其留存下来的资料，虽然并不算少，但可惜却大多不过是散见于他为各家不同之词集所作的序跋之中，而并无系统之专著。而序跋之写作，则不免会因各家词集之性质的不同及写作之时、地与事之不同，往往有不同之立论与不同之说法。所以朱氏之词论，初看起来乃似乎有许多互相矛盾之处，这自然曾经引起了不少人的困惑与讥评。其实我们只要对其写作之时、地与人事有相当了解，然后我们再结合前文所提出的词之美感特质之种种演化的经过来看，我们也并不难为朱氏之词论寻找出一条主要的脉络。

首先我们要提出一谈的，乃是朱氏在《陈纬云〈红盐词〉序》和《〈紫云词〉序》两篇序文中，所表现出来的被人认为极其矛盾的两种说法。为了讨论此一问题，我们现在就将先把这两篇序文的主要论点，都分别抄录出来一看：

> 词虽小技，昔之通儒钜公往往为之，盖有诗所难言者，委曲倚之于声。其辞愈微，而其旨益远。善言词者，假闺房儿女子之言，通之于《离骚》、变雅之义，此尤不得志于时者所宜寄情焉耳。（《〈红盐词〉序》）①

> 昌黎子曰："欢愉之言难工，愁苦之言易好。"斯亦善言诗矣。至于词或不然，大都欢愉之辞工者十九，而言愁苦者十一焉耳。故诗际兵戈俶扰，流离琐尾，而作者愈工；词则宜于宴嬉逸乐，以歌咏太平，此学士大夫并存焉而不废也。（《〈紫云词〉序》）②

从以上所引的两段话来看，朱氏在前一篇序文中，既曾提出说词是"不得志于时者所宜寄情"，可是在后一篇序文中，他却又提出说词是"宜于宴嬉逸乐，以歌咏太平"。这其间的矛盾，原是显然可见的。因此乃有不少人曾对朱氏的此种矛盾之论点大加讥议，而尤其对后一篇的"宴嬉逸乐"之说，更曾被有些人批评为保守或媚世。这些讥评

---

① 见《曝书亭集》卷四十，第662页。
② 见《曝书亭集》卷四十，第664页。

之言，初看起来，虽然似乎也不为无理，但事实上其间却原来存在有不少值得我们思索和探讨之处。首先我们应加以辨明的，当然是这两篇序文的写作年代与写作对象之不同。前一篇是朱氏为陈纬云之《红盐词》所写的序文，陈纬云名维岳，为阳羡派名词人陈维崧之弟。在这篇序文前面，朱氏曾经有"其年（陈维崧之字）与予别二十年"之言，考之朱氏年谱，顺治七年（1650 年）至九年（1652 年）之间江南文会颇多，朱、陈二人之相遇，盖极可能在此数年间①，若依此下推二十年，则朱氏此一篇序文，盖当写于康熙十年（1671 年）左右。当时的朱氏与陈氏兄弟都还未曾入仕，所以朱氏在此篇序文中，就还曾有"三人者，坎坷略相似也"的话。为了表现他们同在坎坷中，且同样耽爱词之写作的情况，所以朱氏在为陈纬云之《红盐词》所撰写的序文中，乃提出了词是"不得志于时者所宜寄情焉耳"之说，这当然自有其道理在。至于后一篇，则是朱氏为丁雁水之《紫云词》所写的序文，丁雁水的名字是丁炜，福建晋江人，自顺治十二年（1655 年）仕清，曾任河南鲁山县丞，迁直隶献县，历任皆有政声，曾内迁为户部主事，除兵部武选司郎中，调职方司，出为湖广按察使②。其《紫云词》编订于康熙二十五年（1686 年），当时的清朝既已进入了安定之盛世，朱彝尊也已经入仕翰林院有七年之久。而且朱氏在为丁氏之《紫云词》所写的序文中，还曾叙述丁氏写词之环境背景说："晋江丁先生雁水，以按察司佥事分巡赣南道，构甓园于官廨。且于层波之阁、八境之台，携宾客倚声酬和。"③ 丁氏的《紫云词》既是这种环境中的产物，所以朱氏在为其词集所写的序文中，乃提出了"词则宜于宴嬉逸乐"之说，这当然也自有其道理在。

---

① 参看顾师轼《梅村先生年谱》，见《梅村家藏稿》之附录及毛奇龄《骆明府墓志铭》，见《西河文集》，《四库全书珍本》第 4 册，第 16 页下。

② 见《清史稿列传》卷四百八十四，台北明文出版社，第 13356 页。又有名丁昺者，亦云"号雁水"，见于《词林辑略》卷二，第 7 页。然丁炜传明载为"晋江人"，与朱氏序文所言相合；丁昺则为山东人，与朱氏所言不合，当以前者为是。

③ 见《曝书亭集》卷四十，第 664 页。

以上我们虽然就朱氏此二篇序文之写作对象与写作时地之不同，说明了其看似矛盾的论点原来也各自有其道理存在。然而，这却还不过是消极一面的辩解之辞而已，事实上是，朱氏这两段看似矛盾的序文，原来却分别关系着词之美学特质方面的一些重要问题。如我们在前文所言，早期《花间集》中的歌辞之词，本来就正是歌酒筵席间的"宴嬉逸乐"之作。而这实在也就正是歌辞之词与言志之诗的一个最大的区分。只不过值得注意的则是，也就是正在这种无意于言志的歌辞之词中，有时却反而流露了作者最深隐也最真实的一种潜藏的意念和心态。关于这种微妙的现象，我在《论词学中之困惑》一文中，已曾就歌辞之词中有关美女与爱情之叙写，以及男性作者在此种叙写中所可能流露的双性心态，作过颇为详细的讨论，兹不再赘。总之，早期的歌辞之词，原是"宴嬉逸乐"之作，这本是不错的；其可以于无意中反映出一些"不得志于时者"的贤人君子们的潜隐的心态，也是不错的。朱氏的两篇序文，虽然原带有酬应之性质，因此遂不免因其写作之对象及写作之时地的不同，而提出了两种看似矛盾的说法。但这两种说法却实在也正反映了词之一体两面的一种美感特质。虽然朱氏当时可能并没有如我在《论词学中之困惑》一文中所提出的，对词之美感的双重性质的理论方面的思辨，但他却能以一己对词之体认，于应酬文字的序文中，以看似矛盾的说法，于无意中探触到了词之一体两面的特质，这种体认，也仍是值得我们尊重和反思，而并不是可以用今日革命意识之批评观点，而便将之讥为"保守落后"而一概加以抹煞的。

前引两篇序文，可以说是代表了朱氏对歌辞之词之性质的一些基本体认。不过，如我们在前文所言，词之发展却并未停止于此一阶段，而更有着由小令而长调的形式方面的演变，以及由歌辞之词变而为诗化之词，又自诗化之词变而为赋化之词的种种内容和风格方面的演变。因此下面我们就将再举引朱氏在其他序文中之一些论词的话，来看一看他对这种种不同阶段之演化中所形成的、内容形式各异，且风格与作法都不相同的作品，又有着怎样的看法呢？关于此一问题，我以为我们首先要提出来一谈的，应该就是朱氏对于短小之令词与长调之慢词两种不同体式的词所表现的两种不同的看法。现在就让我们把朱氏有关这方面的言论，抄录出来一看：

> 世人言词，必称北宋。然词至南宋始极其工，至宋季而始极其变。（《词综·发凡》）①

> 曩予与同里李十九武曾论词于京师之南泉僧舍，谓小令宜师北宋，慢词宜师南宋。武曾深然予言。（《鱼计庄词·序》）②

> 予尝持论，谓小令当法汴京以前，慢词则取诸南渡。（《水村琴趣·序》）③

> 窃谓南唐北宋惟小令为工，若慢词至南宋始极其变。（《书〈东田词〉卷后》）④

从以上所引的四段话来看，朱氏所提出的小令当法汴京以前之说，在一般读者中实并无争议。因为如我在前文所言，令词之篇幅短小，且多用五、七言之句式，其美感特质原与诗有相近之处，而诗之美感，则早为一般人所共同认知，只不过五代北宋的一些令词中之佳作，更富于一种言外之意蕴。就一般读者而言，从其所熟知的诗之美感中来认取一些富有言外意蕴之佳作，这自然并没有什么值得困惑争议之处。可是朱氏对南宋慢词之极致推崇，则不是一般人所都能接受的了。即如在前引《水村琴趣·序》的一段话之后，朱氏接下去就又曾说："锡山顾典籍不以为然也。"⑤ 另外，在前引《书〈东田词〉卷后》的一段话以后，朱氏接下来就也曾说"以是语人，人辄非笑"。可见朱氏谓"慢词宜师南宋"，及"慢词至南宋始极其变"的推尊南宋慢词之说，原来是早在与朱氏同时的友人间，就已经有不同的争议了。何况近世

---

① 《词综·发凡》上册，上海古籍出版社，1978，第10页。
② 见《曝书亭集》卷四十，第665页。
③ 见《曝书亭集》卷四十，第666页。
④ 见《曝书亭集》卷五十三，第860页。
⑤ 同上。

之人，既已经过了革命思想的洗礼，对于这一类重视思致安排的所谓"古典词派"，本已早曾讥之为反动而大加诋毁，则其对朱氏的推尊南宋慢词之说之不能赞同，当然也就在意料之中了。不过，值得注意的则是，朱氏之言却原来乃是他对于词这种文学体式，经过了大量的写作和研读的反思以后，所得到的一个结论。在前引的《书〈东田词〉卷后》一段话之前，朱氏原来还曾有一段话，说"予少日不喜作词，中年始为之。为之不已且好之，因而浏览宋元词集几二百家"。正是在如此大量的阅读后，朱氏才提出了他的慢词推尊南宋的主张。因此我们对朱氏之说，在未经深入的探讨以前，实不应对之率尔就加以否定。而如我以前在《论词学中之困惑》一文中之所言，过去的词学家们对于词这种文学体式之美感特质的反思和体认，原曾经过了一段迷惘困惑的路程。而其所以有此种迷惘与困惑之原因，则主要是在中国过去的文学批评传统中，过于强大的道德观念，压倒了美学观念的反思，过于强大的诗学理论，妨碍了词学评论之建立的缘故。而朱氏的推尊南宋慢词之说之不易被人们所接受，应该就也正是受到了上面所提及之文学批评传统中的这两种观念和理论之影响的缘故。先从诗学理论方面而言，如我在前面论及慢词之句式与诗之句式之差别时所曾述及，诗之五、七言的节奏顿挫，乃是以二、三之停顿或四、三之停顿为主的节拍，这种节奏顿挫特别富于一种直接感发的力量，可是慢词的句式则往往有近于散文的节拍，而且每句字数并不相同，读起来自然就缺少了如五、七言诗的直接感人的力量。这自然是使得一般读者不容易接受和赏爱南宋慢词的一个原因。再就道德观念方面而言，南宋词人除去辛、刘等少数豪放派作家在长调慢词中有一些激昂慷慨之作以外，大多数南宋词人如白石、梅溪、梦窗、碧山、草窗、玉田诸家，其所作往往多不免情意悲凄、笔致纤曲，既不能使人精神上感发兴起，且更有晦涩之病，这自然是使得一般读者不容易接受和赏爱南宋慢词的又一个原因。只是如果就词之美感特质而言，则如我们在前文之所论述，当歌辞之词转为长调慢词，而不免流入于鄙俚淫靡；继之以诗化之挽救，而又不免流入于浅率平直之际，则作者与评者自然都应对此种慢词形式何以易流入上述两种流弊的原因，作出一番反省。周邦彦的赋化之词的出现，以及南宋诸家对此种赋化之写作方式的追随和推衍，可以说就都有一种美感方面的自觉之追求。只不过在词学方面，却一直没有人能在这方面作出深切的反思，而且明白地提到理论上来。朱氏能以其精勤的研读和反思之精神，不畏他人之讥议，而提出了"慢词宜师南宋"之说，不论这一类南宋之慢词在内容意境上有着何等缺失，朱氏对慢词之形式所要求的一种美感特质的认知，也都是值得我们重视的。

　　除去以上所述的朱氏对于小令与慢词两种不同体式之不同美感的反思与认知以外，与此种反思及认知相应合的，朱氏还曾提出了对南宋慢词之风格与写作方式的一点认知，那就是推崇姜夔与张炎二家的"雅正"的词风。关于这方面的一些言论，我们现在也分别抄录出来一看：

　　　　……词经南宋始极其工，……姜尧章氏最为杰出。（《词综·发凡》）①

　　　　言情之作，易流于秽，此宋人选词，多以雅为目。（《词综·发凡》）②

　　　　词莫善于姜夔。（《黑蝶斋诗余·序》）③

　　　　词虽小道，为之亦有术矣。去《花庵》《草堂》之陈言，不为所役，俾淬窳涤濯，以孤技自拔于流俗。（《孟彦林词·序》）④

　　　　予名之曰《群雅集》，盖昔贤论词必出于雅正。（《群雅集·序》）⑤

　　　　盖词以雅为尚。（《乐府雅词·跋》）⑥

----

① 《词综·发凡》上册，上海古籍出版社，1978，第 10 页。
② 同上书，第 14 页。
③ 《黑蝶斋诗余·序》，见《曝书亭集》卷四十，第 662 页。
④ 《孟彦林词·序》，同上书，第 665 页。
⑤ 《群雅集·序》，同上书，第 667 页。
⑥ 《乐府雅词·跋》，同上书，卷四十三，第 708 页。

念倚声虽小道，当其为之，必崇尔雅、斥淫哇。……往者明三百祀，词学失传，先生（指《静惕堂词》之作者曹溶）搜辑南宋遗集，尊曾表而出之。数十年来，浙西填词者，家白石而户玉田，春容大雅，风气之变，实由先生。（《静惕堂词·序》）[①]

……老去填词，一半是、空中传恨。……不师秦七，不师黄九，倚新声、玉田差近。（《解珮令·自题词集》）[②]

如本文在前面论及朱氏早期词作时之所曾提出，朱氏早期之词作本是风格多样不主一家的，但他后来所倡导的浙西词派，则特别提出了推尊南宋姜、张二家的主张。我们在上面所抄录的这几段文字，就不仅明白地显示了朱氏的此种主张，而且也透露出了使朱氏形成此种主张的一些过程和因素。在这些过程和因素中，我们首先应注意到的，就是朱氏为曹溶之《静惕堂词》所写的一篇序文。朱氏早年曾从曹氏学词，固已如前文所述。不过朱氏在早年学词时，自然并没有什么成说立派的想法，所以朱氏方能以其精勤获致了风格多样不主一家的成就。朱氏之有了成说立派的想法，应该乃是由于他既曾致力于词籍之整理，编订了《词综》一书，又发现了南宋遗民所作的一卷咏物词集《乐府补题》，朱氏对此自必极为振奋。正应是在这种搜集整理和编辑的过程中，朱氏才逐渐有了"慢词宜师南宋"，且产生了推尊姜、张并以"雅正"为美的反思。而在朱氏为曹溶之《静惕堂词》所写的序文中，则明白地透露出了在朱氏编订整理《词综》一书之过程中，所受到的曹氏之影响。盖正如朱氏在序文中之所言，曹溶曾"搜辑南宋遗集，尊曾表而出之"。若不是有曹氏所提供的众多的"南宋遗集"，来供给朱氏去作精心阅读整理的反思，一般而言，南宋慢词的美感特质是并不容易被人所认知和体悟的。再者，朱氏在此一篇序文中，所提出的"往者明三百祀，词学失传"之言，也并不是有意贬低明词的意气之语。因为如果以明代之词与两宋及清代之词的质与量相对比而言，

---

① 见《清词别集百三十四种》，第 1 册，台湾鼎文书局，1976，第 75 页。
② 见《江湖载酒集》，见《曝书亭集》卷二十五，第 418 页。

明词在词史上确实乃属于衰微不振的一代，纵使有少数作家的少数作品尚有可观，也不能改变明词属于衰微不振之一代的整体的情势。至于明词之所以衰微不振的原因，则约言之大概有以下数端：其一是受到了明代诗文复古之风气的影响，遂使一般文士对词这种文体乃多目之为小道末技，不加重视，所以词籍流传不广。王昶在《明词综》的序中，就曾提出说："永乐以后，南宋诸名家词皆不显于世，惟《花间集》《草堂》诸集盛行。至杨用修、王元美诸公，小令中调颇有可取，而长调则均杂于俚俗矣。"① 其二则是受到了明代曲之写作盛行的影响。明代之作者对于词之美感特质既缺少反思的体认，乃往往以为词与曲同是属于依乐调填写的歌辞，而对两者之区别并没有明白的认知，所以乃有时不免用写作曲子的思致和笔法来写词。而曲之特质则在于以痛快淋漓及活泼尖新为美，与词之以曲折深隐为美者，原有很大的不同。而明人以曲之笔法来写词的结果，则正是造成了明词缺少高远之致，而不免流入于浅薄滑易的一个主因。清代吴衡照《莲子居词话》就曾提出说："明词无专门名家，一二才人……皆以传奇手为之，宜乎词之不振也。其患在好尽，而字面往往混入曲子……若近俗近巧，诗余之品何在焉？"② 近人郑骞先生在其《论词衰于明曲衰于清》一文中，也曾提出谓明人填词"因为作惯了曲的关系，思致笔路都固定在曲那方面，再也写不出好词来"③。

　　至于词与曲二种文体，何以在美感特质方面有如此大的不同？我以为这实在与此二种文体在形式上之微妙的差别，有着密切的关系。盖以如我在前文所言，词中之长调慢词，一方面既因其句法及写作方式与诗之不同，不能在铺叙中传达出如诗之五、七言句的直接感发之作用；另一方面则又不能如曲之增衬变化之随意自然，传达出如曲文之痛快淋漓或活泼尖新的口吻，以直接诉诸读者当下之快感。正是因

① 《明词综·序》，见《国学基本丛书》，台湾商务印书馆，1968，第1页。
② 《莲子居词话》，见《词话丛编》，第3册，中华书局，1990，第2461页。
③ 郑骞：《景午丛编》上册，台北中华书局，1972，第164页。

了词在形式方面的这种特殊性，才造成了词之既不能等同于诗，也不能等同于曲的一种特殊的美感品质。关于这种美感品质，在朱彝尊受曹溶影响而"搜辑南宋遗集"，并"表而出之"以前，本来并未引起过人们普遍的注意。这一则当然因为如前引王昶所言"永乐以后，南宋诸名家词皆不显于世"，人们自无从认知南宋词之美感特质；再则也因为一般人对于词并未曾下过如朱氏之精勤的研习和整理的功夫，如此自然也就无法对此种美感特质有什么反思的认知，所以朱氏才会对其"慢词宜师南宋"，且提出推尊姜、张二家之主张，如此其沾沾自喜，而且如此其津津乐道。古人说"乐莫乐兮新相知"，不仅对人的交往是如此，就是在读书研习方面，有了一种新的发现和体认，该也是如此的吧。只不过，在这里我们还可以进一步提出一个问题，那就是如我在前文所言，长调慢词之走向赋化以求避免淫靡浅率之失，这条道路本是由北宋后期的作者周邦彦所开拓出来的，南宋诸家之以思致来安排铺叙的写作手法，原都是自周词变化而出的，只是朱氏论词何以不推尊北宋之周清真，而独尊南宋之白石和玉田呢？关于此一问题，我也有一个答案，我以为那是因为北宋之时代距离隋唐以来的词之早期俗曲的时代未远，所以不仅在柳永的《乐章集》中，存有许多用勾栏瓦舍之语言写的俚俗之作，就是秦观、黄庭坚，以至周邦彦的诸家之词集中，也都留存有一些这一类俚俗的词作，这类作品，就评者的眼光看来，当然绝不是什么佳作。更加之明代词人之以写曲的手法来写词，于是就更加显出了此类作品的俚俗轻率的弊病，所以朱氏在其《词综·发凡》中，就曾对明代的一些词，提出了"陈言秽语，俗气薰入骨髓，殆不可医"①的批评。正是为了挽救此种弊病，所以朱氏词论才特别提出了"崇尔雅，斥淫哇"的主张，而清真词中则不免仍有俚俗淫亵之作，我想这很可能就是朱氏虽体会出了南宋慢词的要以思致来安排铺叙的美感特质，但却独尊姜、张，而不肯提出姜、张所自出的周清真为楷模的缘故。而这当然同时也就说明了朱氏在其《解佩

---

① 《词综·发凡》上册，上海古籍出版社，1978，第15页。

令》一词中，何以声言说"不师秦七，不师黄九"，而要说"倚新声、玉田差近"的缘故。盖以如果以求雅避俗而言，则姜、张二家词中，确实没有如秦、黄、周等人的俚俗之语，这应该乃是朱氏之所以推尊姜、张二家词的一个原因。再则，除去此一"雅""俗"之美感的因素以外，我以为朱氏之推尊姜、张，很可能也还有一些感情方面的因素，盖以姜、张二家词中，往往蕴含一种家国身世之慨。白石之《暗香》《疏影》，人以为伤北宋徽钦二帝之蒙尘①。玉田更是身经南宋之败亡，其所作自不免亡国之慨。更加之白石一生漂泊依人，玉田于亡国后亦复生涯落拓，朱彝尊亦复于早年身经国变，过了大半生的飘泊依人的生活。前文所举引的朱氏之《解珮令》一词，其上半阕中即曾有"十年磨剑，五陵结客，把平生、涕泪都飘尽。老去填词，一半是、空中传恨"之言。所以朱氏之赏爱姜、张二家之词，其出于家国身世之慨的某些相近之处，自是可能的。再则白石早年曾有一段合肥情遇，其作品中有不少流露有对此合肥女子之追怀忆念的难忘的情意，而朱氏也曾有过一段铭心刻骨的爱情往事，则朱氏读白石词之多共鸣之感，自然也是可能的。以上两点感情因素，我以为很可能是朱氏推尊姜、张二家词的又一个原因。再则朱氏论词亦颇重调谱及作法，这我们只要一看他的《词综·发凡》，就可得到证明。姜、张二家皆精于声律，张氏《词源》更为早期词学中一本最有系统的专著，凡此种种，当然也可能是朱氏论词推重姜、张二家的另一个原因。

经过了以上的讨论，我们对于朱氏词论中所提出的"慢词宜师南宋"，推尊白石、玉田，及"崇尔雅，斥淫哇"的许多主张，其形成之过程及种种因素，既已有了相当的了解，接下来我们就要谈一谈"浙西"一派之得名成派的缘由了。说到以地区名派，这本是清代词坛的一个普遍的现象。这种现象之形成，盖与清代的词人之众及词风之盛，有着密切的关系，所以每每在一个地区之间、一个家族之内，而作者

---

① 郑文焯校《白石道人歌曲》，据唐圭璋《宋词三百首笺注》引录，台湾学生书局，1971，第 180 页。

辈出，遂相互影响而蔚然成风。如我们在前文所言，朱氏之为词就是因为受了其乡先辈曹溶的影响。虽然朱氏早年并没有成家立派的想法，但其所受到的曹氏之影响，则确实已经为他后来所倡导的浙西一派埋下了一粒种子。正是由于曹氏之喜欢"搜辑南宋遗集"，才引起了朱氏之编辑《词综》的念头，也才引起了朱氏对南宋慢词之美感特质的反思。而且在《词综》一书之《发凡》中，提出了他许多论词的主张，而更加巧合的，则是恰好当他编订了《词综》的时候，又正值他蒙召入京来参加博学鸿词的考试，更恰好携来了一卷他录自江南藏书家的南宋遗民的咏物词集《乐府补题》，而且很快就被刻印流传，造成了京师很大的震动，而这时的朱氏更是已经被"天子亲拔置一等"，授了翰林院检讨的官职。如此风云际会，本来已造成了朱氏之词与词论之足以影响一时的风气，何况更有钱塘的词人龚翔麟将朱氏的《江湖载酒集》，与朱氏乡人李良年及李符兄弟二人所作的《秋锦山房词》和《耒边词》二集，及沈皞日与沈岸登叔侄二人所作的《柘西精舍词》和《黑蝶斋词抄》二集，再加上龚氏自己所作的《红藕庄词》一集，合刻了一部词集，题名为《浙西六家词》。在此一情况下，于是朱氏遂以其一代之学者才人及朝堂之翰林新贵的身份，俨然成了众望所归的浙西一派词坛之盟主。而自此以后，朱氏遂果然也就有了成家立派的意念，这我们也可以从朱氏的一些作品中得到证明。即如朱氏在其所写的《孟彦林词·序》中就曾特别标举了"浙西"之名。不过因为孟氏为浙东人，所以朱氏在序文中，乃以浙东为陪衬，而称述说："宋以词名家者，浙东西为多，钱唐之周邦彦、孙惟信、张炎、仇远，秀州之吕渭老，吴兴之张先，此浙西之最著者也。三衢之毛滂，天台之左誉，永嘉之卢祖皋，东阳之黄机，四明之吴文英、陈允平，皆以词名浙东，而越州才尤盛。陆游、高观国、尹焕倚声于前，王沂孙辈继和于后。今所传《乐府补题》大都越人制作也。自元以后，词人之赋合乎古者盖寡。三十年来，作者奋起浙之西，家娴而户习。顾浙江以东鲜好之者。会稽孟彦林（按孟氏名士楷，作有《夕葵园词》），访予京师，出所著《浣花词》凡五百余阕，其好之也笃，其为之也勤，宜其多且工也。"① 其行文之以浙东为衬而称述浙西的意思，是显然可见的。再如朱氏在其所写的《鱼计庄词·序》中，则是想扩大浙西词派之声势，而有心将侨居浙西者及作风之相近者，皆归入浙西之内，说："休宁戴生锜，侨居长水，从予游，其为词务去陈言，谢朝华而启夕秀，盖兼夫南北宋而擅场者也。在昔鄱阳姜石帚、张东泽，弁阳周草窗，西秦张玉田，咸非浙产，然言浙词者必称焉。是则浙词之盛，亦由侨居者为之助，犹夫豫章诗派，不必皆江西人，亦取其同调焉尔矣。"② 如此一扩展，于是朱氏遂将其所推崇的姜、张二家，一并也纳入了浙西之内。因而朱氏论词之推尊姜、张的主张，遂与其所倡导的浙西词派，在时空的扩展和超越中，相互结合在一起了。

从我们在本文前面所作的逐步论述来看，朱氏在词的创作方面，既已有了可观的成就；在词的理论方面，也有其精研反思后，对于小令与慢词之不同的美感特质的一种深切的体认；再加之其浙西词派之建立，又有其风云际会的一种有利的形势，如此说来，则在朱氏浙西词派之倡导下，本该有一批杰出的作者与作品出现才是。然而不幸的则是，朱氏的浙西词派却并没有能获得所预期的成果，甚至连朱氏自己的作品也走向了衰退，失去了他早期作品中的劲力和光彩。那么，造成此一结果的原因又究竟何在呢？关于此一问题，我以为其答案大约可分为以下几点来略加说明：其一是理论与创作在本质上的不同，在理论方面以分析和反思的认知为可贵，即如朱氏之能分辨令词与慢词二种体式之美感特质的不同，就词学理论而言，其反思的认知，实可视为中国词学中之一大进展。但就创作方面而言，则决不可以把理性的认知来作为一种创作的标准和模式。昔《庄子·应帝王》篇，曾有"七窍凿而浑沌死"的寓言，创作的情况与此也颇有相近之处。因为创作所需要的乃是一种感发的元气，而过分地以知解去作有心的追

---

① 见《曝书亭集》卷四十，第 665 页。
② 同上。

求，则往往反而会对这种创作的元气造成一种损伤和破坏。不过，理论的认知对创作而言，却也并非全然无益，那就是朱氏的理论至少指出了属于慢词的一种美学特质，庶几可使某些浅率浮嚣的作者，能因此而知所警惕和趋避。而不幸的则是，当朱氏词论盛行之时，一般作者却只知从写作的技巧形式方面去追求和模仿，仅此一出发点，便已落入了第二乘，则自无怪其未能产生更为杰出的作品了。其二则是朱氏当时所发现的那一册南宋遗民的咏物之作《乐府补题》的出不逢时。如我在前文所言，《乐府补题》中的作品本代表了赋化之词的一个极致的高峰，此一高峰之达致，一则固由于赋化之词的美感特质在南宋末期已达到了一个极为成熟的阶段，再则也由于《乐府补题》中的作者都曾经历了南宋的亡国之痛，而当时在蒙元的统治之下，则此种伤痛自有许多难言之处，所以才使得此种赋化之词之以安排思索而求曲折深隐之美的咏物之作，因形式与内容之微妙的结合，而达到了一个高峰的成就。但朱氏之将《乐府补题》携入京师，且经蒋景祁刻印流传之日，则已是满清的康熙盛世，于是遂使得此一卷词之出现，陷入了一个颇为矛盾的境况之中。一方面则这一卷词集中所蕴含的南宋败亡之伤痛，固仍足以唤起当时人们对明朝之败亡一种共鸣的哀感，但另一方面则当时距离明朝之亡，毕竟已经有了四十年左右之久，这与《乐府补题》中之作者王沂孙等遗民之对亡国之创痛犹新的强烈的激情之感受，也毕竟有了很大的不同，所以《乐府补题》一集之出现，虽造成了京师一时的震动，但在感情之本质方面，他们却已经无法再写出如《乐府补题》中之作者的那样幽怨深微的作品来了。在这种情形下，除了少数作品以外，他们用赋化之词的写作方式所写下的咏物之作，于是就只成了以思致安排来争奇斗胜的一种文字的酬应和游戏。其三则如我在前文所言，朱氏自己的早期词作，虽然风格多样，方面甚广，但自其透过精勤之研读和反思，而对南宋慢词之美学特质有了一番体会和认知以后，于是其为说立论，乃过于侧重在此一类词之美感特质，而忽略了对内容本质方面的重视和倡导。于是在朱氏词论的影响下，遂使得浙西词派的作品逐渐形成了一种形式精美而内容空疏的弊病。其四则朱氏自己在诗词创作方面，原来就具有一种贪多逞才的习性。赵执信在《谈龙录》中论及朱氏之诗时，就曾对朱氏有"学博"及"才足以举之"和"朱贪多"的评语[1]。近人卢冀野写有论清词的百首《忆江南》，对朱氏亦曾有"朱十总贪多"的评语[2]。在这种性格的影响下，朱氏在《茶烟阁体物集》中所收录的咏物之作，遂产生了瑕瑜优劣的种种不同的情况。本来以朱氏之博学多才及其身经国变半生飘泊的生活经历，其咏物词中自亦不乏意蕴深微的佳作，即如其《长亭怨慢》（结多少悲秋俦侣）的"咏雁"之作，《满江红》（绝塞凄清）的"塞上咏苇"之作。《潇潇雨》（秋林红未足）的"咏落叶"之作，以及《笛家》（亡国春风）的"题赵子固画水墨水仙"之作，这些咏物词中所寄托和含蕴的缅怀故国感慨平生的情意，就都写得极为深婉动人[3]。可是另外一面，则朱氏却也曾留有一批与友人酬答的无聊之作，即如其《雪狮儿》三首"咏猫"的词，就是因其友人"钱葆酚舍人（钱芳标）书咏猫词索和"而写作的[4]。再如其咏美人身体之各部位的十几首《沁园春》词[5]，则私意以为乃是由于宋代之词人刘过曾写有同一牌调的这一类词[6]，朱氏之为此盖亦颇有欲与古人一争短长之意。而也就正是贪多逞才之念，于是遂使得朱氏自己在理论上所倡导的"词至南宋始极其工，至宋季始极其变"的以南宋遗民之《乐府补题》为代表的咏物之作，在他自己之创作的实践中，埋下了使浙西一派之词作，日益走向了征典逞才而意蕴空枵的败坏的种子。

此外朱氏还有题为《蕃锦集》的一卷词，则全部皆为集句之作，本来以朱氏之博学强识之才，其集句之词中自亦不乏佳作，关于此点，

① 赵执信：《谈龙录》，与《石洲诗话》合刊本，人民文学出版社，1981，第15页。
② 卢前：《忆江南》，见《清词别集百三十四种》第1册，台北鼎文出版社，1976，第1页。
③ 《茶烟阁体物集》，见《曝书亭集》卷二十八，第475、第480页、第491页、第494页。
④ 同上书，第496页。
⑤ 同上书，第470—474页。
⑥ 见《全宋词》第3册，中华书局，1969，第2145—2146页。

我在论朱氏爱情词一文中，已曾述及①。然而集句之作毕竟乃属于一种文字游戏，朱氏之为此，盖亦未能免除其逞才示博之一念，所以朱氏虽以其精勤之工力与反思之精神，对清代之词与词学作出了极大的贡献，然而他所创导的浙派之词，却是在他自己本身的一些作品中，就已经留下了许多足以致病的因素。我曾经设想，假使朱氏能早在避祸远游飘泊依人之时，就发现了《乐府补题》这一卷南宋人的咏物之词，则朱氏必能为我们留下更多更好的托意深微的佳作。又假使朱氏能珍惜笔墨，不写作那些征典集句的逞才之作，则朱氏之词的数量虽或者不免有所减少，但他在词之成就方面的地位，却或者也许反而能有所提高。然而人既无法自外于所处之时代环境，也难于自胜于一己之性格习惯，遂使得朱氏之词与词学，竟在其巅峰之状态中走向了下坡的道路，这实在是极可为之憾惜的一件事。

　　这篇文稿写到前面的一节，本来已可告一结束，但我却还想对朱氏词论在清代词学之发展中的影响，以及其渊源先后，略作一点历史性的考查。首先我要提出来一谈的，乃是朱氏在《红盐词》的序中，所提出来的"假闺房儿女子之言，通之于《离骚》、变雅之义，此尤不得志于时者所宜寄情焉耳"的说法。这段话与常州词派张惠言在其《词选·序》中所提出来的"极命风谣里巷男女哀乐，以道贤人君子幽约怨悱不能自言之情……盖诗之比兴，变风之义，骚人之歌，则近之矣"的一段话②，二者实极为相近。关于写美女与爱情的"歌辞之词"之易于引起读者的言外托意之联想，我在《论词学中之困惑》一文中，已曾对之作过详细的讨论，朱氏与张氏的两段话，可以说都是触及了此一类"歌辞之词"之美学特质的极重要的论点。不过常州派之词论后起得人，有周济等人为之纠偏补缺、发扬光大，遂使后世之论词者，更熟悉于张氏之说；而对朱氏之亦曾提出此一论点之事，则反而漠然视之以为并无新义了。其实就时代先后论之，则朱氏生于1629年，而

----

①　参见拙著《清词丛论》中《从艳词发展之历史看朱彝尊爱情词之美学特质》一文。
②　张惠言：《词选·序》，中华书局，1958，第2页上。

张氏则生于 1761 年，朱氏较张氏所生之年代实早有一百余年之久。所以常州派张惠言之此一论点，其曾经受有浙西派朱氏词论之启发与影响，应该乃是极为可能的。至于朱氏之说之是否亦曾受有前人之影响，若据今日所可见的前人词论来看，则早在南宋之刘克庄，虽曾在其《题刘叔安〈感秋〉八词》中，提出过"叔安刘君落笔妙天下，间为乐府，丽而不亵，新不犯陈，借花卉以发骚人墨客之豪，托闺怨以寓放臣逐子之感"的说法①，但刘克庄之所言，乃是专对刘叔安《感秋》八词提出的评语，可以说只是一个偶然的个例，而并不是对词之美感特质的经过反思后的普遍认知。除此之外，则在前人词论中，似乎还没有人曾像朱彝尊这样能够把"闺房儿女子之言"与"不得志于时者所宜寄情"这二者之间的关系，如此明白而密切地结合在一起而立论的。如果从我在《论词学中之困惑》一文中，对于《花间集》词中之女性形象及女性语言，在男性作者手中所形成的富于双重意蕴的一些特质的讨论来看，则朱氏所提出的此一论点，实当为对于歌辞之词之美感特质的一项重要的体认。此一体认，就词学发展之历史而言，是极可值得重视的。何况此一体认又正与那些想要推尊词体，将所谓小道末技之词比附于诗骚风雅的观念相暗合，于是美感之体认与道德之观念遂得以互相结合，因而乃形成了常州一派的比兴寄托之说，而且在清代之词学中产生了极大的影响。不过朱氏所提出的，原只是说"闺房儿女子之言"为"不得志于时者所宜寄情"，并未尝强调一字一句间的比兴之托意。而张惠言之《词选》，则因为过分强调了一字一句的托意，于是遂不免有了牵强比附之病。但常州派词人之所以强调托意，则恰好又正是针对着浙派词论的另一点弊病而提出的。关于浙派词人的一个最大的弊端，那就是我们在前面所已经指出的，朱氏在理论上所倡导的"词至南宋始极其工，至宋季始极其变"的，以南宋遗民之《乐府补题》为极致的咏物之作，却在他自己的创作实践中，因为一心致力于征典逞才的铺陈，而不免流入于意蕴空枵的结果，所以

---

① 见《后村题跋》卷一，适园丛书本，第 14 页上。

常州派的词论乃特别标举出重视意蕴的"比兴寄托"之说，这实在也正是在浙派之影响下所产生的一种反弹的作用。昔王国维之论词，曾谓"一代有一代之文学"，其实不仅创作之风气与作者所生之时代有着密切的关系，就是在理论方面，也同样各有其时代之影响和限制。朱彝尊所生之时代，正是一般词人与词学家，对于词之美感特质开始有了反思的时代，而且也是南宋人之词集开始大量被发现和辑印的时代。所以当时不仅是朱氏开始注意到了南宋慢词之特殊的美感特质，就是时代与朱氏相近的一些其他词人和词学家，也都开始有了类似的反思和体悟，即如王士禛在其《花草蒙拾》中，就曾提出说："宋南渡后，梅溪、白石、竹屋、梦窗诸子，极妍尽态，反有秦、李未到者。"[①] 邹祗谟在其《远志斋词衷》中亦曾提出说："词至长调而变已极，南宋诸家凡以偏师取胜者，无不以此见长。"[②] 这就因为正如我在前文所言，长调须用铺陈，若纯以直笔叙写，则不免或流于淫靡或流于叫嚣之失，所以南宋慢词之作者才造成了各以思致之安排取胜的一种风气。王又华在其《古今词论》中，也曾提出说："填词长调不下于诗之歌行，长篇歌行犹可使气，长调使气便非本色，高手当以情致见佳。"又云："歌行如骏马蓦坡，可以一往称快。长调如娇女步春，旁去扶持，独行芳径，徙倚而前，一步一态，一态一变，虽有强力健足，无所用之。"[③] 凡此种种论点，都可见到长调慢词之确实具含一种特殊的美感特质，而凡是对此种特质无所认知的作者，则往往不长于长调之慢词。即如王士禛在论及云间派之词人时，就也曾提出说："其于词，亦不欲涉南宋一笔，佳处在此，短处亦在此。"[④] 后之王国维，其《人间词话》之论词，虽然颇富精义，但却因其对南宋词之美感特质未能有深入之体认，故对南宋词人乃大多无所赏爱，而其自为之词，遂亦不长于长调之慢词，这实在是王氏之词与词论中的一个极可憾惜的盲点。

---

① 《花草蒙拾》，见《词话丛编》第 1 册，中华书局，1990，第 682 页。
② 《远志斋词衷》，见《词话丛编》第 1 册，第 650 页。
③ 《古今词论》，见《词话丛编》，第 1 册，第 609 页。
④ 《花草蒙拾》，见《词话丛编》第 1 册，第 685 页。

而由此也可见到对南宋长调慢词之特美的体认，实在是关系着词学之演进的一件大事。朱彝尊氏既生当于对此种美感特质开始有所认知的时代，所以其词论乃过于强调了此种美感之特质，而忽略了对于内容意蕴方面的重视，因此乃又有常州派词论之兴起，倡为比兴寄托之说，以强调对于内容意蕴方面的追求，其得失利弊以及袭演变化之渊源，自然也是论词学者所不可不知的。

# 说张惠言《水调歌头》五首

## ——兼谈传统士人之文化修养与词之美学特质

张惠言是清代著名的词学家，编有《词选》一书，标举"意内言外"之旨，以比兴寄托说词。以为词之为体，虽属"缘情造端"之作，然而其所写的"风谣里巷男女哀乐"之言，有时却颇有一种"兴于微言，以相感动"的作用，至其"极命"，亦颇可"以道贤人君子幽约怨悱不能自言之情"，而且表现有一种"低徊要眇"之致①。关于张氏之说，虽有人颇病其迂执比附，但也有人认为张氏之说既提高了词在文学体式中之地位，而且可以使习其说者，所作不流于浅率，其功自不可没②。加之张氏之说继起得人，除去曾与他合编《词选》的其弟张琦，以及曾为之校刻《词选》并写有《后序》的弟子金应珪以外，张氏更曾传其学于其甥同邑之董士锡，董氏又传其学于其子董毅及另一常州人荆溪之周济，于是清代词学遂形成了所谓常州一派，对嘉、道以还，以迄晚清及民初之词与词学，造成了极大之影响③。所以凡从事于清词之研究者，几乎都无不曾对张惠言所倡始的常州词派有所研讨。早在 1969 年，我也曾写过一篇题为《常州词派比兴寄托之说的新检讨》（以下简称《常州词派》）的长文，对张氏之说的得失利弊及其传承与影响，都作了颇为详尽的论述。只不过讨论张氏之词论者虽极多，但对张氏在词之创作方面之成就加以探讨者则极少，这其间的一个主要的原因，当然是因为张氏之词作的数量极少。据台湾学古斋文物印刷社于 1976 年所刊印的《阳湖张惠言先生手稿》来看，其所收

---

① 张惠言：《词选·序》，第 5 册，台北世界书局，1956，四部刊要本，第 145 页。

② 王国维：《人间词话》；谢章铤：《赌棋山庄词话》，见《词话丛编》第 5 册及第 3 册，北京中华书局，1986，第 4261 页、第 3486 页。

③ 龙沐勋：《论常州词派》，《同声月刊》1941 年第 1 卷第 10 号，第 1—20 页。

《茗柯词》一卷不过四十七首而已。书眉有张氏手书干支纪年，计癸丑年〔乾隆五十八年（1793 年）〕录词十九首，当时张氏年三十三岁；次年甲寅（1794 年）录词仅一首，是年冬十月遭母丧，其后之乙卯（1795 年）及丙寅（1796 年）两年无词作。丁巳年（1797 年）在歙县金榜家问学及授徒，并编订《词选》一书，是年录词作十四首。戊午年（1798 年）未收词作，己未年（1799 年）收词三首，是年在京师应试，举进士。次年庚申（1800 年）收词十首，又次年（1802 年）以病逝世，享年仅四十二岁而已①。计其录有词作之年，不过五年，词作仅得四十七首，而其中还有一首录于己未年中，题名"祝寿"的《沁园春》词，在手稿中已被张氏亲手删去，是以今所传世之《茗柯文编》中所收录之《茗柯词》一卷，实仅得四十六首而已。若以张氏此一卷不足五十首之词，来与清代词学中与常州派并称的其他两大词派的创导人相比较，则浙西词派的创导人朱彝尊计留有词作八卷三百余首之多②，阳羡派之创导人陈维崧则更留有词作三十卷千数百首之多③。相形之下，张氏自不免有所不及，这当然可能是张氏之词作一向并不被人重视的原因之一。再则张氏之词作其内容所叙写者，往往但为一种心灵意念之间的感受和活动，而很少有什么感事怀古甚或相思怨别等有情事可以指实的作品，这当然也可能是张氏之词作一向不甚引人注意的原因之二。三则张氏虽有颇著名的《水调歌头》五首，誉之者且曾称其"胸襟学问，酝酿喷薄而出"④，然而胸襟学问之修养，有时也不免会被认为不过是用"韵文"宣扬"教化"的老生常谈，实在并无新意，那些称誉之说，不免是"大言欺人"⑤。那么，作为一代词学之重要词派的创导者，除去词学理论之创导以外，在词作的实践方面，

---

① 《阳湖张惠言先生手稿》收《茗柯词》一卷，未标页数，台北学古斋文物印刷社，1976。
② 朱彝尊：《曝书亭集》，商务印书馆，四部丛刊本，收词七卷，另有手抄稿《眉匠词》一卷，台北中央图书馆藏三馀读书斋手抄本，共计八卷。
③ 陈维崧：《陈迦陵文集·迦陵词全集》，商务印书馆，1929，四部丛刊本。
④ 谭献：《箧中词》，《历代诗史长编》第 21 种，台北鼎文书局，1971，第 167 页。
⑤ 严迪昌：《清词史》，江苏古籍出版社，1990，第 435 页。

其所成就者究竟是否也有足资称述之处，以及其词作与词论之间究竟是否也有着彼此相关之处？这些当然都是一些值得探讨的问题。本文就是想把张惠言所最被人称赏的《水调歌头》五首词，举引作为一个实例，借此来对其词作方面之成就，及其词作与词论之间的关系，作一次较为细致深入的探讨。

要想对张惠言之词作的成就，及其词作与词论的关系作出深入的探讨，我们自不得不首先对于足以影响其思想及心性的家世背景，以及其为学之经历，都略作一些简单的说明。据张氏自己所写的《先府君行实》《先祖妣事略》及《先妣事略》等自叙其家世的文字来看，张氏盖出生于一个两世孤寒的儒学世家之中。自五世祖以下，历世皆为县学生，未曾仕宦，唯以教学为事。祖父讳政诫，倜傥好学，通六艺诸子之书，乡试赴顺天，卒于京师，年仅三十五岁。父讳蟾宾，九岁而孤，曾补府学生，亦不获永年，三十八岁而卒，时惠言年仅四岁，有一姊，年仅八岁。父卒后四月，遗腹生其弟翊（后改名琦）①。家贫，赖其母及姊为女红以维生计。有世父居城中，张氏年九岁，世父令其就城中读书。一日，暮归，家无夕飱，各不食而寝。次日，惠言饿不能起，其母曰："儿不惯饿惫耶？吾与尔姊尔弟，时时如此也。"于是相对而泣。惠言依世父读书四年，返家后，其母令惠言授其弟读书。每夕，只燃一灯，母姊相对为女红，惠言与弟则读书其侧②。这种艰苦而勤奋读书的早年生活，对于张氏当然有极大的影响。此外，张氏在其《文稿自序》及其《送恽子居序》与《杨云珊览辉阁诗序》诸文中，也曾分别叙及其为学之经历。张氏家贫，少年时欲求得一科第，故曾专力学为时文，为之十余年。其后又好《文选》辞赋，又曾专力为之三四年。其后又有友人劝其为古文，因见为古文者"言必曰'道'"，故乃"退而考之于经"，"求天地阴阳消息于《易》虞氏，求古先圣王礼乐制度于《礼》郑氏"。嘉庆之初，曾"问郑学于歙金先生"。

---

① 见《茗柯文编》，上海古籍出版社，1984，第89—95页。
② 同上书，第93—94页。

张氏也曾一度学为诗，而"久之无所得，遂绝意不复为"①。盖张氏之词学，虽为研究清词者之所重视，而张氏为学之本旨，则原来志在经学，而尤长于《易》。嘉庆八年（1803 年）扬州阮氏琅嬛仙馆所刊《张皋文笺易诠全集》，收有张氏有关《易学》之著作，竟达十二种之多②。而张氏所最为精研有得者，则是东汉三国时虞翻的易学。关于张氏对虞氏《易》学之体认，我们可以从张氏的著作中，归纳出以下几个重点：其一是重视"象"的联想，张氏在《虞氏易事·序》中，就曾经提出说"虞氏之论象备矣"，又曰"夫理者无迹，而象者有依"，以为"舍象而言理，虽姬、孔靡所据以辩言正辞"，所以要"比事合象"，才能够"有所依逐"③。其二是重视阴阳消息的变化，张氏在《易义别录·序》中，也曾提出说："《易》者象也。"又曰"《易》以阴阳往来九六升降上下而象著焉，阴阳以天地日月进退次舍而象生焉，故曰'消息'"，而认为"虞氏之言，发挥旁通"，"其用虽殊，其取于'消息'一也"④。从这些话来看，我们姑不论张氏精研虞氏《易》之得失若何，至少我们可以看出来一点，那就是张氏乃是一个极善于从具体之象来推求抽象之理的非常富于联想及推衍之能力的人。不过张氏之研求《易》学，其主旨却并不在于卜筮，而在于借易之阴阳消长之理，以求学道知命。他在《答钱竹初大令书》中，就曾经以"性理天命"来论易道，说："迁善改过，'益'之道也，虽反'泰'可也。君子穷理尽性，以至于命，如此而已。"⑤ 而且在读经研《易》以求学道知命而外，张氏亦复有为政致用之理想，他曾写有《原治》《论保甲》及《吏难》等论文多篇⑥。从以上我们所叙写的张氏之家世，及其为学之经历与其退而求学道知命、进而求为政致用之理想来看，张

---

① 见《茗柯文编》，第 117 页、第 27 页、第 114 页。
② 参看《张皋文笺易诠全集》，嘉庆八年扬州阮氏琅嬛仙馆本。
③ 见《茗柯文编》，第 40 页。
④ 同上书，第 42 页。
⑤ 同上书，第 146 页。
⑥ 同上书，第 112 页、第 179 页、第 167 页。

氏自然原是一个身世孤寒的从艰苦自学之中成长起来的经师与儒士，而且若从其特别重视性理天命之修养来看，张氏似乎还颇有些理学家或道学家的气味，何况张氏还极为重视礼之研究与讲求。而词这种文学体式，就一般而言，则似乎乃大多以纤艳为特质，与儒家学道守礼之观念，可谓大相径庭，所以历来儒士中之近于理学家者，大抵都并不工词。缪钺先生在其《宋词与理学家》一文中，就曾提出说："宋代理学家中，作诗出色的尚有其人，而作词出色的几乎无有。"[①] 至于我们现在所要讨论的张氏，若就其词论而言，则张氏的"兴于微言"的比兴寄托之论，可以说就正是一个以带有理学家之气味的儒师来说词的典型的例证。所以我在《常州词派》一文中，就曾批评张氏的词论，以为张氏的比兴寄托之说，就"词这种体式之容易被写成或解成为有寄托之作"的本质而言，虽能"善于观察和运用这种香艳的体式，就其本身性质之趋向而给予了一种更高的诠释"。但张氏自己则"似乎只是一个颇为迂执的经师"，以为"他之提出比兴寄托的理论，并非完全由于文学的观念，而大半乃是由于道德的观念"[②]。可是，近年来当我对西方的各种文学新论有了更多的接触，同时对于张惠言的词作了进一步的研读以后，我却发现张惠言实在乃是一位具有极为细致精微的词人之心性的人，他的词论也不仅是出于经师的欲求载道的道德观念而已，而是对词之美感特质也确实有其一己之体认。至于其不免落入了迂执比附之失，则是受了学术演进中传统观念之限制的缘故。下面我们就将透过一些词例对于张氏之将其一己儒学方面的文化修养，与词之美感特质所作出的微妙结合，略加评说和讨论。

现在就让我们首先把所要评说的张氏的极为著名的《水调歌头》五首词，先抄录出来一看：

> 东风无一事，妆出万重花。闲来阅遍花影，唯有月钩斜。我有江南铁笛，要倚一枝香雪，吹彻玉城霞。清影渺难即，飞絮满

---

① 见《词学古今谈》，岳麓书社，1993，第29页。
② 见《迦陵论词丛稿》，上海古籍出版社，1980，第345页。

天涯。　　飘然去，吾与汝，泛云槎。东皇一笑相语。芳意在谁家？难道春花开落，更是春风来去，便了却韶华？花外春来路，芳草不曾遮。（其一）

百年复几许，慷慨一何多。子当为我击筑，我为子高歌。招手海边鸥鸟，看我胸中云梦，蒂芥近如何？楚越等闲耳，肝胆有风波。　　生平事，天付与，且婆娑。几人尘外相视，一笑醉颜酡。看到浮云过了，又恐堂堂岁月，一掷去如梭。劝子且秉烛，为驻好春过。（其二）

疏帘卷春晓，胡蝶忽飞来。游丝飞絮无绪，乱点碧云钗。肠断江南春思，粘著天涯残梦，剩有首重回。银蒜且深押，疏影任徘徊。　　罗帷卷，明月入，似人开。一尊属月起舞，流影入谁怀。迎得一钩月到，送得三更月去，莺燕不相猜。但莫凭阑久，重露湿苍苔。（其三）

今日非昨日，明日复何如。揭来真悔何事，不读十年书。为问东风吹老，几度枫江兰径，千里转平芜。寂寞斜阳外，渺渺正愁予。　　千古意，君知否，只斯须。名山料理身后，也算古人愚。一夜庭前绿遍，三月雨中红透，天地入吾庐。容易众芳歇，莫听子规呼。（其四）

长镵白木柄，劚破一庭寒。三枝两枝生绿，位置小窗前。要使花颜四面，和著草心千朵，向我十分妍。何必兰与菊，生意总欣然。　　晓来风，夜来雨，晚来烟。是他酿就春色，又断送流年。便欲诛茅江上，只恐空林衰草，憔悴不堪怜。歌罢且更酌，与子绕花间。（其五）

要想评说这五首词，我们自然首先应该对张惠言写作这五首词的時、地、人物等背景略加考查。据张氏《手稿》，这五首词编在癸丑年所作词之内，词前有题序，曰"春日赋示杨生子掞"①。考之张氏生平，张氏盖生于乾隆二十六年（1761年），而癸丑为乾隆五十八年（1793年），张氏时年三十三岁。据张氏《送钱鲁斯序》所云，"乾隆戊申（五十三年）自歙州归，过鲁斯"，"已而余游京师"，"留京师六年，归更太孺人之忧"②，可知自乾隆五十四年（1789年）至乾隆五十九年（1794年）张惠言皆在京师，是则此五首词固当为张氏在京师之所作。至于所谓"杨生子掞"其人，则据张氏《茗柯文外编》曾收有代他人所作的《赠杨子掞序》一文，此文开端即云，"某曩在京师，与子掞共学于张先生"③。可知杨生子掞必为当时在京师曾从张惠言受学之弟子。而且在本年之词作中，除去此一组《水调歌头》以外，还有一首《水龙吟》词，题序亦云"荷花为子掞赋"④。而据张氏代人所作之《赠杨子掞序》一文之所叙写，则曾谓"先生数言子掞可与适道"，而且文中还曾记有一段杨生自述其学道之经历的谈话，谓："子掞尝自言'自吾闻仁义之说，心好焉。既读书，则思自进于文词'。"可见杨生确有好学向道之心。不过杨生又尝自言其内心之矛盾，谓其往往"忽然而生不肖之心，乖沴之气，类有迫之者"⑤。不过，这种矛盾痛苦，却实在也应正是一位好学向道之人的可贵的反思。所以张氏"赋示杨生子掞"的这五首词，其中之可能含有以学道相慰勉之意，应该乃是可以肯定的。这种内容之并不适合于用词之体式来叙写，应该也是可以肯定的。可是张氏的这五首词却不仅果然写出了学道之儒士的一种心灵品质方面的文化修养，而且还果然表现了词这种文学体式所特有的一种要眇深微的特美。像这种内容意境与这种美感特质的结合，即使在全部词史的发展中，也该算是难得一见的作品，所以谭献在

① 见《茗柯词稿》，第6—7页。
② 见《茗柯文编》，第69页。
③ 同上书，第222页。
④ 同上书，第7页。
⑤ 同上书，第69页。

《箧中词》中，就曾赞美张氏的这五首词，谓其"胸襟学问，酝酿喷薄而出。赋手文心，开倚声家未有之境"①。至于张氏这五首词何以能达致了此种成就，则私意以为其中最重要的一个因素，盖张氏原具有一种深思锐感之心性，此种心性一方面既使得他在儒家学道之精微的义理中，足以获得一种研寻与自得的乐趣，而另一方面则同时也使得他对于词这种文学体式中之要眇幽微的特美，也特别具有一种领悟与掌握的能力。而他为《词选》所写的一篇序言，可以说就恰好表现了他个人以自己之心性，对这两方面之体悟所作出的一种微妙之结合。

要想说明张氏对学道之义理与词之美感的双重体悟与结合，我个人以为张氏在《词选·序》中所提出的"兴于微言"一句，其所使用的"微言"二字，就恰好表现了一种双重性的微妙作用，既可指道之义理的"微言"，也可以指词之美感的"微言"。先从义理方面看，此二字原出于《汉书·艺文志》开端之"仲尼没而微言绝，七十子丧而大义乖"的两句话。据颜师古注以为"微言"乃是指一种"精微要妙之言"，李奇注以为乃是指一种"隐微不显之言"②。就孔子之"微言"而论，则其所谓"微言"，自然是指一种精微幽隐的"义理"之言。但值得注意的则是，当张氏以"兴于微言"来说词的时候，其所提出的"微言"二字，却也恰好有合于词的一种特美，即如王国维在《人间词话》中，论及词之特质时，就曾经提出过"词之为体，要眇宜修"的说法。其"要眇宜修"四字盖原出于《楚辞·九歌》之《湘君》一篇，原文是"美要眇兮宜修"，王逸注云"要眇，好貌"③，但对其为怎样的一种"好"则未加详言。而此外《楚辞》中《远游》一篇，则恰好又有"神要眇以淫放"一句叙写。洪兴祖注云"要眇，精微貌"，又云"眇，与妙通"④，如此说来，则王国维对词之特美所提出的"要眇"之形容，若据洪兴祖注所说的"精微貌"的注释来看，则岂不是与

---

① 谭献：《箧中词》，《历代诗史长编》第21种，台北鼎文书局，1971，第167页。
② 王先谦：《汉书补注·艺文志》卷三十，中华书局，1983，第865页。
③ 洪兴祖：《楚辞补注》，台北广文书局，1962，第27页。
④ 同上书，第69页。

《汉书·艺文志》颜师古对孔子之"微言"所作出的"精微要妙"的注释，二者乃大有可以相通之处。如此说来，我们若对"微言"二字试作一种通俗而富于涵盖性的解释，则所谓"微言"，固当是指一种精致细微而富于深隐幽微之意蕴的语言，而此种语言，则正是词的一种特质，即如缪钺先生在其《论词》一文中，就曾提出说"词之特征，约有四端"："一曰其文小"，缪氏以为"诗词"皆"贵用比兴"，"而词中所用尤必取其轻灵细巧者"；"二曰其质轻"，缪氏以为即使是"极沉挚之思，表达于词，亦出之以轻灵，盖其体然也"；"三曰其径狭"，缪氏以为"文能说理叙事、言情写景，诗则言情写景多，有时仍可说理叙事，至于词则惟能言情写景，而说理叙事绝非所宜"；"四曰其境隐"，缪氏以为"诗虽贵比兴，多寄托，然其意绪犹可寻绎"，"若夫词人"，"其感触于中者，往往凄迷怅惘，哀乐交融，于是借此要眇宜修之体，发其幽约难言之思"，"故词境如雾中之山、月下之花，其妙处正在迷离隐约，必求明显，反伤浅露"[①]。可见词之特征固正在于一则要求形式上的细微精美，一则要求意境方面的幽微隐约，是则无论就形式或内容而言，词之语言固当皆属于一种"微言"之性质。而更妙的则是张惠言所提出的"微言"二字，还恰好有一个"仲尼"之"微言"的出处。是则张氏在其《词选·序》中，所提出的"兴于微言"一句，其所以选用了"微言"二字，岂不极可能既包含有他对儒家之义理的推寻，也包含有他对小词之美感体悟的一种双重用意。而我们现在所要评说的这五首《水调歌头》，则恰好更在创作的实践方面，把张氏对儒家义理之追寻，与对小词之美感的体悟，作出了一种极为艺术性的微妙的结合，也对我个人在前文所提出的张氏在《词选·序》中"兴于微言"一句的"微言"之妙用，作出了很好的实践的证明。写到这里，我们本该即刻展开对张氏《水调歌头》五首的评说和讨论才是，但我却又并不想对张氏这五首词中的"微言"，与张氏所追寻的儒家义理之修养，只作一种死板拘狭的说明和比附，因此我遂想对于"微言"之妙用，与张氏词论的拘狭比附之失，更透过西

---

① 缪钺：《诗词散论》，香港太平书局，1962，第5—10页。

方文论来作些简单的反省和说明。

其实早在 1986 至 1987 年间，我就已曾引用了西方之符号学、诠释学、接受美学等各种理论，对于温庭筠之《菩萨蛮》词何以会使得张惠言产生了屈骚托意之联想，以及李璟之《山花子》词和晏殊的《蝶恋花》词何以会使得王国维产生了"美人迟暮"和"成大事业大学问之三种境界"的联想，都分别作了探讨和说明①。我现在不想再对以前的讨论加以重复，简单说来，每一篇作品之"文本"，原来都是由一串串语言符号所组成。这些语言符号除了其表面的字音、字义、句法、结构以外，原来还暗藏有许多被称为"显微结构"的极精微的质素，何况每一语言符号还都携带有每个国家、每个民族的丰富的文化语码的背景。而且这些语言符号在互相结合、互相影响中，还可以形成许多互为文本的关系，而这种种复杂精微的因素，遂使得作品之文本，除去其表层的字义语法所说明的意义以外，更提供了足以引起读者之感发与联想的许多丰富的潜能。只可惜中国的说诗传统，早自《诗经》开始就已经被笼罩在了政治与道德的比兴寄托之中，把原来一些原具有极丰富之潜能的意象，都纳入了一种约定俗成的比兴寄托的死板的套式。清代顾龙振在其《诗学指南》中，就曾引用僧虚中之《流类手鉴》，把中国诗歌中一些常用的物象，都作了约定俗成的比兴的指说，如"夜，比暗时也"；"残阳落日，比乱国也"；"百花，比百僚也"；"浮云、残月、烟雾，比佞臣也"②。这些指说，作为一种文化语码来看待，自然也有其可供参考之处，只是如我们在前文引用西方文论之所言，每一篇文本中其所蕴含的足以提供读者之感发与联想之潜能的因素，实在极为复杂精微，我们如果不能体会这些因素的微妙的作用，而只按约定俗成的比兴之义来加以指说，自然就不免会受到牵强比附之讥了。对于张惠言而言，我们若从他自己的词作来看，张氏的作品中实在蕴含极为丰富的感发之潜能，只可惜当他的《词选》

① 王国维：《人间词话》，见《词话丛编》第 5 册、第 3 册，第 4242 页、第 4245 页。
② 顾龙振：《诗学指南》卷四，台北广文书局，1970，第 118 页。

对前人之作品加以评说时，却不免受到了中国传统诗说中约定俗成的比兴之说的拘限，遂使得一般人竟以为张氏之说只是一个迂执的经师的比附，而忽略了他作为一个词人所禀赋的对于小词之富于潜能的美感特质的精微的体会，我们现在就正是想从张氏自己的词作中，来证明张氏既果然是一位禀赋有幽微要眇之词心的词人，其词论的比兴寄托之说，除去儒士与经师的义理之观念以外，对词之美感之潜能也果然有一种幽微的体会，而其《水调歌头》五首组词，则更是把他自己作为一个经师的儒学的修养，与词之富于潜能的美感的特质，在写作实践中所作出的一次美妙的结合。

说到张氏所禀赋的词人之心性，我以为最能对这一点加以证明的，实在就是张氏自己的词作。即以其《手稿》中所收录的癸丑年中一批最早的作品来看，如其《传言玉女》一词中所写的"低晴浅雨，做清明时节。昨夜花影，认得江南新月，一枝枝漾，春魂如雪"数句，就把一位词人对春天的体会和感受，叙写得极为要眇幽微。再如其《水龙吟·瓶中桃花》一词所写的"疏帘不卷东风，一枝留取春心在"及"趁红云一片，扶侬残梦，飞不到、垂杨外"诸句，更以词人之心性，为瓶中桃花拟想出何等绵渺的情思。更如其经常被人采入选本的《木兰花慢·杨花》一词，其所写的"尽飘零尽了，何人解、当花看"数句，则是从词的一开端，就把所有的读者都带入了为杨花之生命落空而不被珍惜的深沉悼痛之中，而其后的"寻他一春伴侣，只断红、相识夕阳间。未忍无声委地，将低重又飞还"数句，则更是把一个美好的生命，当其面对消亡长逝之时的回顾与挣扎，写得何等的低徊无奈，何等的委曲缠绵。记得早在 1984 年，我在撰写《论秦观词》一文时，曾经引用过冯煦在《宋六十一家词选》中论少游词的话，说"他人之词，词才也。少游，词心也，得之于内，不可以传"。我当时曾对冯煦之所谓"得之于内"的"词心"，尝试加以说明，以为秦氏之"词心"乃是由于他"最善于表达心灵中一种最为柔婉精微的感受"①。盖以此

---

① 见《灵谿词说》，上海古籍出版社，1987，第 241 页。

种感受最近于词之要眇幽微之特美，而此种特美，与诗之较为更偏重直接叙写的感慨发扬之美，则是颇有不同的。所以秦观虽被称为有"词心"，但却不长于诗，因而乃被元好问讥为"女郎诗"。而巧合的则是，张惠言也不长于为诗，他在《送徐尚之序》《送钱鲁斯序》及《杨云珊览辉阁诗序》诸文中，就都曾屡次提到"余少学诗不成"，"学为诗，诗又不工"及"余学诗，久之无所得"① 云云，对自己之不长于诗作了多次自憾的叙述。而私意以为却也正是这种偏胜而并非兼工的特殊心性，才使得秦观虽不能如苏轼之长才多方，而却以"词心"独胜，也才使得张惠言虽不能如朱、陈之长才多方，而却也以"词心"独胜。只不过张惠言之亦具有精微锐感之词心的一点，虽与秦观有相似之处，但其发展的结果，却使二人的风格产生了很大的歧异。秦观在仕宦失志以后，其凄婉善感之词心，遂一变而为悲苦绝望的凄厉之音。张惠言早期之词作，如我们在前文之所举引者，虽然也表现有一份凄婉锐感之词心，但他却同时另外也写出了被谭献所赞誉为"胸襟学问，酝酿喷薄而出"的一系列《水调歌头》。这其间的差别，我以为实在乃由于张氏之精研虞氏《易》，遂能更以其精微锐感之词心，对于儒学的性命消息之道心也别有一份悟入的结果。是则无论其为"词心"或"道心"，原来却都与张氏自身所禀赋的精微锐感的心性，有着密切的关系，而这应该也才正是张氏这五首《水调歌头》词，何以能够把他个人的儒学之修养，与词体的美感之特质，作出如此充满兴发感动之美妙的结合，而完全没有沾染上一般理学家之迂腐的说教之气味的缘故。下面我们就将对张惠言这五首《水调歌头》，在其精微锐感之心性中，把儒学之修养与词体之美感所作出的美妙的结合一加评述。

先看第一首词，其开端的"东风无一事，妆出万重花"，虽然仅只是两个短短的五字句，但作为这一系列五首词的总起，却已经真可说是做到了下笔有神、落纸风生的地步。至于其何以能富含如此兴发感动的力量，则我们自然应该从其文本中之显微结构——若用张惠言的

---

① 见《茗柯文编》，第89—95页、第200页、第69页、第114页。

话来说则该说是小词中的"微言"——来加以分析和推求。先说首句的"东风"二字，在中国诗歌传统中，"东风"此一语码所可能引起读者的联想，首先就是春天的季节的美好，因为在中国传统中，不同方向的东、南、西、北风，就恰好代表了春、夏、秋、冬等四个不同的季节。而且除了季节之美好的联想以外，"东风"的"风"字，还暗示了一种活泼的生命力，所以"东风"二字，实在传述出了春天的季节中，宇宙间万物萌发的一种生机与动力。而对此萌发之生命与动力作出美好之证明的，则正是由"东风"所"妆"点"出"来的"万重花"朵。而更值得注意的则是在此句形容花之繁盛的数量字"万重花"之上句，原来却还有与之相对的数量极轻的"无一事"三个字。于是在此对比之下，愈发显得"东风"之"妆"点出此"万重花"朵，乃竟然全出于"无一事"的轻松与自然，所谓"莫之为而为者，天也"。而也就是在此天心自然的"东风无一事"之中，所"妆"点出的"万重花"朵，却已经足可以引起诗人词客们的"物色之动，心亦摇焉"的无穷的感发。所以这两句词实在是充满着感发之潜能，为下文开启了无穷意境的两句好词。何况这两句词，还对题序中所写的"春日赋示杨生子掞"的词旨，作了极为确切的掌握。"东风"与"万重花"，所掌握的自然是题序中"春日"二字的感发，这是全词第一层的表面的词意。而若参想及我们在前文介绍杨生子掞时，所曾提出的杨生之好学向道，又时或有矛盾退馁之心，而张惠言之写词"赋示"又颇存慰勉之意来看，则此二句词却实在也有一种对于"行健"与"好生"之"天心"的体认暗示隐然含寓其中。只不过张氏却并未陷入一般理学家之欲以韵文说理的窠臼中去，不仅这两句词写得充满了感发的意兴，而且下面更以"闲来阅遍花影，惟有月钩斜"两句，呈现了一片幽微要眇的词人的意境。"花"而曰"影"，"月"而曰"钩斜"，这自然正是如我们在前文所引缪钺先生《论词》一文所提出的"其文小""其质轻"的属于词之"微言"的特色。而且这两句词写得极为含混隐约，其所谓"阅遍花影"的主辞何在？若直从"闲来阅遍花影"一句来看，则此句固大似作者之自我叙写，但若从紧接着的下一句来看，则"阅遍花影"者，实在应当乃是下句的"月钩斜"，若再承接着开端的两句来看，则是在"无一事"的"东风"由天心自然而妆点出"万重花"朵以后，若欲求得一个赏爱此花朵体悟此天心的对象，却原来只有夜深时的天上一钩斜月，故曰"惟有月钩斜"。而此一钩斜月对于花的爱赏，则极尽幽微深曲之致，故曰"闲来阅遍花影"，"闲来"者，极言其赏爱的时间之长久与从容，"阅遍"则极言其观赏之仔细与周遍，其用情固正如李商隐《燕台》诗所写的"蜜房羽客"之"芳心"，直欲与"冶叶倡条"皆能"遍"得"相识"也[①]。而更妙的则是此一钩斜月之所观赏阅遍的，原来还不是"花"，而是"花影"，这真是词人的一种要眇幽微的想象。而此一"影"字遂不仅隐然指向了深宵的月光，而且还可以在"互为文本"的关系中引发读者们对于宋朝词人张先的名句"云破月来花弄影"的一份联想。如此则不仅是月光在赏爱着花影，花影也以美丽的舞姿答向了月光。张惠言把天地间一份相知相赏的珍贵的情谊和境界，真是写得何等的幽深婉曲，何等的精微入妙。只是我们却不要忘记，在"月钩斜"之上，张氏原来还曾更写了"惟有"两个字，也就是说由"东风"所妆点出的"万重花"的天心生意，除此一钩斜月以外，在人世间乃竟然更无有对此天心生意能知所体悟和加以珍赏的人了吗？于是下一句张氏遂以"我有江南铁笛，要倚一枝香雪，吹彻玉城霞"三句，写出了他自己在此情境中的一份回应。这三句中的"微言"，也有着极妙的作用。先说"江南铁笛"一句，一般选注此诗的人，往往多引朱熹《铁笛亭诗序》，谓"侍郎胡明仲，尝与武夷山隐者刘君兼道游，刘善吹铁笛，有穿云裂石之声。故胡公诗有'更烦横铁笛，吹与众仙听'"[②]之句。这一事典，可以使"铁笛"带给我们两点联想，其一是"穿云裂石"的笛音之高远嘹亮，其二是其

---

① 李商隐《燕台》四首，《李商隐诗集》第 4 册，中华书局，四部备要聚珍仿宋本，第 34 页。

② 朱熹：《铁笛亭诗序》，钱仲联：《清词三百首》，岳麓书社，1992，第 179 页。

笛音之可以与"众仙"相通。而除此事典外,其实"江南铁笛"四字的结合,在其字面的本质之作用中,也还可以给我们两点联想,其一是"铁笛"之"铁"字,在本质上可以给我们一种强硬坚贞的联想,其二则"江南"二字,又可以给我们一种温柔多情的联想。而更妙的则是在"江南"与"铁笛"两种引人联想的质素前,原来张氏却还写了"我有"二字,作了明白有力的自我陈述。于是在这两句的互相结合中,张氏所写的"我有江南铁笛"一句,其所有的便已不仅是一支现实的"铁笛"而已,而成为一种充满自信之口吻的对某种既坚贞而又多情的品质之自我认定。而下面的"要倚一枝香雪"二句,则更是紧承前句而下的叙写,前句的开端是"我有",所以下句开端的"要",自然也正是"我要"。而"我要"所表现的则正是在前句的坚贞与多情之本质下,"我"的一种追求和向往。至其所追求向往者为何,则是"要倚一枝香雪,吹彻玉城霞"。"香雪"二字,正是对此词开端的"万重花"的呼应,夫"香"者,是花之气味,"雪"者,是花之颜色,而"倚"字则表示了一种极亲密的相接近之关系。古诗云"投我以木桃,报之以琼瑶"。夫"东风"既"妆出万重花"以示我,则我当何以报之乎?而张氏之所相报者,则正是要在"万重花"的"一枝香雪"之侧,用其所有的"江南铁笛"之美好的品质,为之吹奏出一阕对天心生意相酬答的花之赞曲,而且要直吹到"吹彻玉城霞",夫"玉城"固当指仙人所居之处,又称"玉京",昔唐代之天才诗人李白,就曾以其飞扬之想象,写出过"遥见仙人彩云里,手把芙蓉朝玉京"[①]的名句。而"吹彻"之"彻"字,则有"通彻""直彻"之意,是作者固欲以其"江南铁笛",为"香雪"之花,直吹出一阕可以上达玉京之曲也。而如我在前文所言,"江南"和"铁笛"既传示了作者自我之某种品质,而"香"与"雪"则又暗示了其所倚近的"花"所代表的某种美好的品质,而"彻"字则既表示了"吹彻"之吹者的竭心尽力,也表示了其音声之直欲上达玉京的强烈而热诚的追求和向往。而值得注意的则

---

① 李白:《庐山谣》,《唐诗三百首新注》,上海古籍出版社,1980,第59页。

是，张氏在这里却又以其词人之心性，作了一笔要眇幽微的叙写，那就是他还更在"玉城"之下，加了一个"霞"字，于是张氏所要吹彻的就甚而不仅是直达到天上的玉城而已，而是更要直吹到玉城上的云霞都作出云飞霞舞的感动。张氏的这几句词，真是写得既委曲又飞扬，无论就其对词之美感而言，或就其对天心生意的道心之体悟而言，可以说都达到了一种极高的境界。可是张氏却在此数句之后，蓦然笔锋一转，竟然承接了"清影渺难即，飞絮满天涯"二句，乃使前面所写的一切"我有""我要"的品质和追求，都骤然跌入了落空无成的下场。因为所谓"我要"者，原只不过是一种自我的主观愿望而已，西方《圣经》中就曾说过"立志""由得我"，只是"做出来不由得我"，五代时冯延巳词，也曾写过"天教心愿与身违"①的话，这种美好的心志与愿望的落空，岂不是人间最大的悲哀。所以说"清影渺难即"，"清影"承上句的"玉城霞"而来，固当指天上之云光霞影，"渺难即"则极言此一境界之高远难及，固正指一种理想与愿望的落空无成。更可悲的则是岁月难留，年华不待，就在人们怅惘于"清影渺难即"的落空失望之时，春光已经长逝，而且已到了落花飞絮飘满天涯的无可挽回的地步了。

下半阕以"飘然去，吾与汝，泛云槎"三句领起，对上半阕结尾处所写的落空失望之感，作出了一大转折，而在此一转语中，却实在也包含了儒家的一种修养境界。盖儒家之所追求者，原在一种所谓"仁"的人格之完成。这种完成，就个人而言，自是指一种"我欲仁，斯仁至矣"②的品格的修养，但若就其更高一层的"任重道远""以天下为己任"③的理想而言，则当是"仁政"的推行。所以就一位有理想的士人而言，本可以有两种自我完成的方式，当其"达"，固可以"兼济天下"，当其"穷"，也还可以"独善其身"④。就其"独善其身"

---

① 冯延巳：《浣溪沙》，《全唐五代词》，上海古籍出版社，1986，第420页。
② 《论语·述而》，见阮元校刻《十三经注疏》第2册，中华书局，1980，第2483页。
③ 《论语·泰伯》，同上书，第2487页。
④ 《孟子·尽心上》，同上书，第2765页。

的一面而言，虽可以有"仁者不忧"的一种不假外求的自得之乐，但若就其"兼济天下"的一面而言，则虽是圣者如孔子，也不免会有"道不行"的困厄之叹。而此词下半阕开端的第三句"泛云槎"，就隐然指向了孔子在"道不行"时，所说的"乘桴浮于海"的一句话。所谓"乘桴浮于海"，朱熹集注已曾谓其为"假设之言"[①]，钱穆先生撰《论语新解》则更曾对此一章加以称美，谓其"辞旨深隐，寄慨甚遥，戏笑婉转，极文章之妙趣"[②]。那就正是为孔子在说这一段话时，一则既未曾果有乘桴而去的辞世之想，再则孔子之所以能将"道不行"之悲慨转化成了一种戏言的想象，便正是其虽在失志之中也并未完全失去自得之乐的缘故。现在张氏此词隐用孔子"乘桴浮于海"之假设的戏言，便也正有同样的一种妙趣。只不过张氏却把孔子的"乘桴"改变成了"泛槎"，于是此一辞语遂又产生了另一联想的妙用，那就是《博物志》中所记载的一则神话故事，说："有人居海上……见浮槎来，不失期……乘之而去……至天河"[③]。于是在此双重联想的结合中，张氏遂将前半阕结尾处所写的落空失志之悲，立即转化成了一片飘然远引的洒脱飞扬之致。同时还隐然也表现了学道之士人的一种自得的修养。也就在此一片飞扬的想象中，张氏遂与代表着天心与生意的春神——东皇，有了一种相互的交往，所以下面接着就写了一大段东皇的告语，说："东皇一笑相语，芳意在谁家？难道春花开落，更是春风来去，便了却韶华？"东皇的告语是以两段问话开始的，而却在问话之前先写了"一笑"两个字。昔古人有云"相视一笑，莫逆于心"。是则"东皇"在开口之前，固已与词人有一种"莫逆"之感，而且写得如此之亲切生动，大可以与阮嗣宗所写的"飘飘恍惚中，流盼顾我傍"[④]的一段与"西方佳人"相遇合的境界相比美。"东皇"所代表着的既是

① 《论语·公冶长》，同上书，第 2473 页。
② 钱穆：《论语新解》，香港新亚研究所，1964，第 148 页。
③ 张华：《博物志》卷三，中华书局，四部备要聚珍仿宋本，第 3 页上。
④ 阮籍：《咏怀诗》之十九，黄节：《阮步兵咏怀诗注》，人民文学出版社，1957，第 25—26 页。

天心和春意，所以此处张惠言所写的实在应该是张氏自己对天心春意的一种反思和体悟。次句的"芳意在谁家"，其所提出的当然就也正是对于谁人能对此天心春意真正能够有所悟得的一种反思。所谓"天心春意"当然指的是一种精神心灵的悟入，而不只是外表的色相而已，所以接下来两句，张氏所写的就是："难道春花开落，更是春风来去，便了却韶华？"如果只从外表色相来认识春天，则春天自然是短暂的，而这也就正如佛教金刚经所说的"若以色见我，以音声求我"之"不得见如来"①一样，所以张氏乃以"难道"两字提出了一种要人破除外表色相之拘束的反思，而结之以"花外春来路，芳草不曾遮"的最终的告语。这两句话，就儒家之学养言之，实在可以说是一种"见道"之言，《论语》记载孔子的谈话，就曾有"仁远乎哉？我欲仁，斯仁至矣"②之言。夫天心春意之可以常留在"见道者"的心中，固绝非春花之落之便可以断送，也绝非春草之生之便可以阻隔的。昔苏轼《独觉》诗即曾有句云："浮空眼缬散云霞，无数心花发桃李。"③即使到了肉体的眼已经视物昏花的时候，而内心中却竟然仍可开放出无数桃李的繁花。所以清代的俞樾在殿试中，乃竟以"花落春仍在"一句，博得了考官的赏识，高中首选第一名④，原来就也正是他写出了一种儒家至高的修养之境界的缘故。张氏此词所写的也是一种儒家修养之境界，自无可疑。不过张氏却能全以词人之感发及词人之想象出之，而且其中果然也结合了张氏自己对儒学的一份真正的心得与修养，写得既深曲又发扬，这当然是一首将词心与道心结合得极为微妙的好词。

张惠言的《水调歌头》共有五首之多，这自然是属于一系列的成组的作品。关于组诗与组词之成为一个系列，这中间当然有多种不同之情况，而主要则可分为以下两类，其一是全组作品之排列各有一定之次序，而且彼此各有前后呼应之关系，既不可任意删选，也不可任

---

① 朱棣：《金刚经集注》，上海古籍出版社，1984，第124页。

② 《论语·述而》，见阮元校刻《十三经注疏》第2册，中华书局，1980，第2483页。

③ 苏轼：《独觉》，见王文诰辑《苏轼诗集》卷四十一，中华书局，1982，第2284页。

④ 见俞樾《春在堂全书》第5册《随笔》卷一，台北环球书局，1968，第3538页。

意颠倒其次序者，在诗中如杜甫之《秋兴》八首，在词中如韦庄之《菩萨蛮》五首，便都是属于此类之作品。其二则是全组作品并无必然之次第，只不过在开端或结尾表现有某种或引发或结束之意味者，在诗中如陶渊明之《饮酒》二十首，在词中如欧阳修之《采桑子》十首，便都是属于此类之作品。至于张惠言的这五首《水调歌头》，则从我们刚才所讨论过的第一首词来看，其开端的"东风无一事，妆出万重花"两句，实在写得充满了对春天之生意欣然的感动，自然是此一组题名"春日"之作的总起之开端，至其第五首词结尾的"歌罢且更酌，与子绕花间"两句，则分明提出了"歌罢"之言，自然是此一组词的总结之收尾，其次第可说是明白可见的。至于其中间的三首词，则似乎并无明显的必然之次序，而且其景物之兴象与典故之事象，参差错出，变化多姿，似乎颇有一点近似阮籍之《咏怀诗》的"反覆零乱，兴寄无端"① 之致，不过因为张氏之词一共只有五首，较之阮籍之《咏怀》的多至八十余首者，毕竟要少得多了，所以虽在兴寄无端之中，其大体脉络却还是隐然可寻的，下面我们就将对其第二首词一加评说。

第二首词与第一首词相较，其手法稍有不同。第一首词从景物之兴象开端，写得颇有隐约幽微之致，而这一首词开端的"百年复几许，慷慨一何多"，则从赋笔的直叙入手，写得颇有感慨激昂之气。不过，虽是直叙的赋笔，但其间却也同样包含了许多"微言"的妙用。首先是这两句开端之词，一落笔便以其熟知习见的口吻，带给了我们不少文本方面的联想，其一自然是《古诗十九首》之"生年不满百，常怀千岁忧"的联想；其次则是曹操《短歌行》之"对酒当歌，人生几何"和"慨当以慷，忧思难忘"的联想。如果从《古诗十九首》的联想来看，则"生年不满百"一诗中曾有"昼短苦夜长，何不秉烛游"之句，与张氏此词结尾所写的"劝子且秉烛，为驻好春过"二句中之"秉烛"二字，固可谓正相呼应。"生年不满百"一诗有劝人及时行乐之意，然则张氏此词岂不也可能有劝人及时行乐之意？若再从曹操《短歌行》

---

① 沈德潜：《说诗晬语》卷上，中华书局，四部备要聚珍仿宋本，第7页下。

的联想来看，则曹氏为乱世之英杰，他所写的自是一份英雄豪杰恐惧于年命易逝而功业难成的悲慨。张氏虽非乱世英杰，但作为一个有志于道的儒士，则张氏岂不也可能有一份年命易逝而所志难成的悲慨？而除去以上诗句文本所可能给人的联想以外，若再从"慷慨"二字之词语所给人的联想而言，则"慷慨"与"忼慨"同，据徐锴《说文》注以为乃"内自高忼愤激"[1] 之意。而使人内心高忼愤激之情事则甚为广泛，所以《史记·项羽本纪》写项王之被困垓下，可以有"悲歌慷慨"[2] 的叙述，《后汉书·齐武王传》写齐武王缜之性格刚毅，也可以有"慷慨有大节"[3] 的形容。如果从这种广义的方面来理解，则人世之种种不平、不义、不善、不美之事，其使人内心足以愤激感慨者固自正多，故曰"慷慨一何多"也。张氏这二句词的妙处，则正在其能以如此熟见习知的词句，却带给了读者如此丰富而又难以确指的联想。其下面所承接的"子当为我击筑，我为子高歌"两句，从表面来看，固仍是赋笔的直叙，写张氏呼引杨生子掞为同道，表现了对"慷慨一何多"的一种感情的流露。不过此二句中又包含了一个事典，所以虽是直叙之笔，却同样也给了人不少丰富的联想。《史记·刺客列传》写荆轲在未遇燕太子丹以前，曾与市井间之狗屠及善击筑者高渐离相交往，"日与狗屠及高渐离饮于燕市，酒酣以往，高渐离击筑，荆轲和而歌于市中，相乐也。已而相泣，旁若无人者"[4]。司马迁的这段叙述，对于一些未得知用的志意过人之士彼此间的相知相惜的一种共同悲慨，真是写得既深刻又生动。张惠言引用此一事典，更于"击筑""高歌"之前，加上了"子为我"及"我为子"两方相互以深情投注的叙写，遂使得读者对于张氏与杨生子掞的师弟之情之感动以外，更多了一份知己相怜而共伤不遇的感动。在此种感动之下，张氏却忽然又把笔墨扬起，写出了一种"招手海边鸥鸟，看我胸中云梦，蒂芥近如

---

① 徐锴：《说文解字系传》卷二十，台北华文书局，1971，第851页。
② 见《史记·项羽本纪》第1册，商务印书馆，1932，第23页。
③ 见《后汉书集解·齐武王传》卷十四，台北艺文印书馆，1955，第207页。
④ 见《史记·荆轲列传》第3册，商务印书馆，1932，第74页。

何？楚越等闲耳，肝胆有风波”的襟怀和气象。这段叙写，则同样也是虽用赋笔直接叙写，却以事典增加了深曲之致的美妙的结合。先说"招手海边鸥鸟"一句，原来在《列子·黄帝篇》曾记载了一则故事，说海上有人好鸥鸟，鸥鸟常飞下来与之嬉戏，后来有一天，此人之父令其捉一只鸥鸟回来，于是当此人再至海上时，就因为他已经有了想要捉鸥鸟的一种"机心"，鸥鸟遂不肯再飞下来了[①]。现在张氏说"招手海边鸥鸟"，当然也就正表示了张氏已经没有人间之得失利害的机心了。至于下面的"胸中云梦"两句，则出于司马相如之《子虚赋》，赋中记述子虚向人夸说"楚有云梦，方九百里"云云，乌有先生则向之夸说齐国，谓可"吞若云梦者八九于其胸中，曾不蒂芥"[②]。在《子虚赋》中，这原是对齐国之大的一种夸说之言，后人说"胸中云梦"，则是寓言胸怀之博大，连云梦之大都可吞入胸中，却连纤微如蒂芥的不适之感都没有，则其胸襟之大自可想见。不过这种博大的胸襟有时却又正是从挫折苦难中磨炼出来的一种修养。南宋的陆游，在其《六月十四日宿东林寺》一诗中，就曾有"看尽江湖千万峰，不嫌云梦芥吾胸"[③] 之句，至于张氏这几句词的妙处，则在其从意义上可以给读者的这些联想以外，还有他叙写之口吻方面的一些特色。他并未简单直接地说我"胸吞云梦而不蒂芥"，而是说"招手"叫"海边鸥鸟"来"看我胸中云梦"。而且在"蒂芥"之下还加了"近如何"三个字，并未曾作"曾不蒂芥"的直叙。也就是喻示着从昔日到"近"日之间，这种有无蒂芥之感，还可能正在有所变化之中，而这当然也就是更增加一种修养之进境的暗示。从"招手"到"如何"，这几句词张氏写得真是极尽生动而又深婉之能事，而最后乃以二语结之曰"楚越等闲耳，肝胆有风波"。在这里，张惠言又用了一个典故，《庄子·德充符》曾记载一段孔子的谈话，说："仲尼曰：'自其异者视之，肝胆楚越也；

---

① 见《列子·黄帝》卷二，北京文学古籍刊行社，1956，第 13 页。
② 司马相如：《子虚赋》，见《评注昭明文选》卷二，台北学海出版社，1981，第 198 页。
③ 陆游：《六月十四日宿东林寺》，见《剑南诗稿校注》册二，上海古籍出版社，1985，第813 页。

自其同者观之，万物皆一也。'"① 张氏所说的"楚越等闲耳"两句，"等闲"二字是表示不重要的轻视之词，也就是说"自其同者观之"，虽"楚越"之异可以视为一体之意，而若"自其异者视之"，则"肝胆"虽在人体一身之内，却也可以有如楚越之异，引生敌异之风波。所以庄子所追求的最高境界，乃是"天地与我并生，万物与我为一"②。庄子在这里引用了"仲尼"之言，那便因为儒家思想中，原来也有一种"万物皆备于我"的"仁者以天地万物为一体"③ 的观念。此二观念虽看来相似，但其实却并不全同。庄子的立论是由相对的观念出发，以为一切是非、大小、寿夭、同异之区分，皆为人类主观之观念，若能泯灭此相对之观念，自然便可达到"天地与我并生，万物与我为一"的一种至高的修养境界。至于儒家之立论，则是从仁者之心出发，若能推此"仁心"而广之，则自然便也可达到一种"天地与我并生，万物与我为一"的至高的修养境界。不过此种儒道二家思想之异同，在此实不必作勉强之分别，因为中国传统中有修养的儒士，其思想中原来就有儒道二家思想之结合互补的一种妙用。张氏此二句词可以说就正是此种修养的一种表现，而张氏此二句词，原来却还并不在于所表现的是何种思想修养，而在于他所表现的口气之潇洒自然，承接着前面的"招手海边鸥鸟"一气贯下，全无说理之迂腐，所以谭献评张氏这五首词，曾称其"胸襟学问，酝酿喷薄而出"。以此数句词所表现的修养境界及其叙写之口吻而言，谭氏的称美之辞，固非虚誉也。以上是此词的前半阕，从开端的"百年几许，慷慨何多"的愤激悲慨，写到"楚越等闲耳"的胸襟修养，已经完成了一大段落。

下半阕的"生平事，天付与，且婆娑"三句，就音节而言自是另一个新段落的开始；若就内容情意而言，却实在是对前半阕结束时所写的胸襟修养之境界，所作出的一种意脉不断的阐发。其所写者固当

---

① 《庄子·德充符》，见《庄子集解》，中华书局，1954，第 30 页。
② 《庄子·齐物论》，同上书，第 13 页。
③ 《孟子·尽心上》，见阮元校刻《十三经注疏》，第 2764 页。

正是在有了前半阕所写的胸襟修养之后的一种"知命""不忧"的境界。这种修养境界，就现在倡言革命与斗争之时代言之，固当不免于不合时宜的迂腐之讥，而且这种境界也并不易被一般人所体会和掌握，稍一不慎，就会成为了一些庸俗懦弱不求长进之人的借口。而这种境界则又确实是儒家修养的一种极高的境界。孔子自叙其为学之体验，就曾经自谓是经历了"三十而立，四十而不惑"，然后才达到了"五十而知天命"①的境界。不过，儒家所说的天命却并不是宗教迷信中之天帝与命运，而应该乃是对于天理之自然、义理之当然与事理之必然的一种体悟，有了这种体悟，而且能在生活中去实践，则自然便会在内心中获致一种"不忧"的境界，所以张氏在写了"生平事，天付与"的"知天命"的体悟以后，接着便写出了一种"且婆娑"的自得其乐的境界。可是这种境界却并不是每个人都可以获致的，所以接下来张氏在下面就又写了"几人尘外相视，一笑醉颜酡"两句词，表现了一种寂寞与欣愉交感杂糅的情思。其"几人尘外"四字，就正表现了一般耽溺于得失利害之争逐的尘世中人，对此"知命""不忧""尘外"之境界之不能共同享有和体悟，故曰"几人"，其所表现的就正是"无几人"的寂寞的悲慨。可是此句最后的"相视"二字，则又表现了相知者自有其人，其所指者，当然就正是被张氏认为"可与适道"的杨生子掞了。"相视"二字写得极为生动有情致，可以使人联想到一种"目成心许"的不假言语的真赏的意境。所以接下来就写了"一笑醉颜酡"的相知共醉之乐。至其所醉者，则除了表层意思所指的酣醉于酒的意思以外，自然也潜藏有酣醉于道的一种深层意思隐寓其中了。而无论是酣醉于酒也好，酣醉于道也好，总之写到这里，应该已是进入了一种欣愉自得的"不忧"之境界了。可是张氏在下面却又将笔锋一转，写下了"看到浮云过了，又恐堂堂岁月，一掷去如梭"三句，表现了一种忧恐之情，这真是一种极妙的转折，因为也就是在这种看似矛盾的两种不同的情感中，张氏却实在传达了儒家学道之经历中的一

①　《论语·为政》，见阮元校刻《十三经注疏》，中华书局，1980，第 2461 页。

种更为细致深入的体会。因为正如本文在前面所言，这种"知命""不忧"之境界，实在并不易被一般人所体会和掌握，稍一不慎，就会沦落到苟且偷安不求长进的情况中去，所以张氏才又写了此三句忧恐之辞。不过此三句中之首句"看到浮云过了"，却实在可以说还是承接着前面的"知命""不忧"写下来的。"浮云"可以有两种喻示：其一在《论语》中孔子曾有言曰"不义而富且贵，于我如浮云"①，则"浮云"自可指人间利禄之被学道者之视同"浮云"；其次，则辛弃疾《西江月》词，也曾有"万事云烟忽过"②之言，是则"浮云"当然也可以喻指人间万事的无常与多变，张氏说"看到浮云过了"，当然也就隐喻有一种阅尽人间万事的一种超然自得之意。可是此句之下张氏却即刻承接以"又恐堂堂岁月，一掷去如梭"的两句悲慨忧"恐"之言。这其实也就正是对于我们在前面所提出的"知命""乐天"往往会误流入于苟且偷安之情况的一种警惕和补救。因为儒家对于"天"的体认，除了"天命"之应"知"与应"畏"以外，原来还有着另一方面的体认，那就是"天行健，君子以自强不息"的一种"乾乾自惕"的精神③。然而人生苦短，而志意苦长，岁月难留，堂堂竟去。"堂堂"是公然如此之意，正写岁月之无情。唐代诗人薛能在其《春日使府寓怀》的诗中，就曾写有"青春背我堂堂去"④的诗句，可以为证。至于"一掷去如梭"一句的"一掷"二字，则可以使人有两种联想，其一可能是指岁月之掷人竟去，陶渊明《杂诗》就曾有"日月掷人去，有志不获骋"⑤之言，可为参证。其次则也可能是指人们对岁月之抛掷而不加珍惜。从前句的"堂堂岁月"看下来，则此句之"一掷"固当指岁月之掷人竟去；但若从下面的"如梭"二字来看，则此处之"一掷"

---

① 《论语·述而》，见阮元校刻《十三经注疏》，第2482页。
② 辛弃疾：《西江月》（万事云烟忽过），见《全宋词》第3册，中华书局，1965，第1920页。
③ 《易经·乾卦·文言》，见阮元校刻《十三经注疏》，第14—15页。
④ 薛能：《春日使府寓怀》，见《全唐诗》第17册，卷559，中华书局，1960，第6482页。
⑤ 见《陶渊明诗文汇评》，中华书局，1961，第246页。

自当指人之抛掷岁月而任其如掷梭之不返。此二义既可以相辅相成，故以词之感发而言，此二义实可并存而不必强加区分也。夫"岁月掷人"虽属一件无可奈何之事，但人之虚掷岁月则是可以挽回和补救的。所以此词最后乃以"劝子且秉烛，为驻好春过"二句作结，表现了一种对于"好春"岁月的珍惜之意。"秉烛"二字，所表示的自然是一种夜以继日的追求，然其所追求者究为何事？则就张氏此词言之，实有两种可能性：其一是对《古诗十九首》的"昼短苦夜长，何不秉烛游"的联想，从此一联想来看，则此二句词固当是劝扬生子揽应及时行乐之意；其二则"秉烛"不寐所追求者，也不必然只是行乐。杜甫诗就曾有"检书烧烛短"①之句，则"秉烛"自然也可能有"秉烛夜读"之意；其三则除去行乐与读书等具体可指之情事以外，"秉烛"二字在本质上固可以被视为对任何一种美好之事物或理想之勤力追求的喻示。张氏此词之妙处，就正在其开端与结尾都是用《古诗十九首》之诗句点化而成，所以从表面来看，乃首先给人一种人生苦短应及时行乐的联想。但若从其通篇叙写之口吻转折及其所用的事典来看，则此一首词中，实在又处处流露有张氏对于人间世事之悲慨，与对于一己之怀抱修养的反思。表面全用赋笔的直叙，但却充满了言外的深曲的潜能，而且在结尾两句既用"劝子"二字表现了一份情意之浓，又用"好春"二字表现了一份意致之美，而且上下相承，"劝子"之"秉烛"，正是为了"为驻""好春"之"过"。而"过"字之意，则是明知"好春"之一过即逝之不可久留，但当其"过"时，我们却当使其尽量延长，对之尽意珍惜，所以说"驻"，明知其不可留而尽力使之留住。这两句写得真是婉转多情，但其表面之口吻却又表现得极为简率平易。昔陈廷焯《白雨斋词话》曾评韦庄词，称其"似直而纡，似达而郁，最为词中胜境"②。张惠言此词盖亦颇有近于此种意境之处也。

张惠言这五首《水调歌头》，虽然都是以春日之感兴为主的作品，

---

① 杜甫：《夜宴左氏庄》，见《杜诗镜铨》卷一，台北新兴书局，1970，第3页下。

② 陈廷焯：《白雨斋词话》，见《词话丛编》第4册，中华书局，1986，第3779页。

但其着笔之重点则每首颇有不同。第一首从"东风"之"妆出万重花"写起，全首皆以春之兴象为主，而结之以"花外春来路，芳草不曾遮"，暗示了一种天心春意之可以长存的最高境界。第二首开端是对第一首结尾的一个反接，脱离了天心春意而写起了年命之无常与人心之慷慨，中间几经转折，而结之以"劝子且秉烛，为驻好春过"，是虽在几番人心慷慨的转折反思之后，仍归结到对天心春意之可以长存永在的一种勉励与追求，而下面的第三首遂又回返到春天之兴象中来了。

第三首词一开始，就以"疏帘卷春晓，胡蝶忽飞来"二句，张起了一片飞扬意兴，而且每一辞语都充满了"微言"的妙用。先说"春晓"二字，"春"为一年之始，"晓"为一日之始，仅此二义，便已充满了一片活泼的生机。何况此二字还可以同时带给人许多关于"春"之万紫千红的美盛，与"晓"之朝晖旭日的光明的种种联想。但这句词要写的却还不仅是外在的"春晓"的兴象之美而已，而且更要写出人心对此种兴象的感动和接纳，所以"春晓"之上遂更有"疏帘卷"三字，传达出了一种更为微妙的作用，以表示本就有可以相通之处的"疏"字为形容，加之以"帘卷"的全面的开启，遂使内在的人心完全迎向了外在"春晓"的美盛与光明。而也就在此"疏帘"乍"卷"之际，帘外的"春晓"遂化生出了一只美丽动人的"胡蝶"，舞动着翩然的双翅向人迎面飞来。其句中的"忽"字用得极妙，"忽"字所表示的自应是一种不期而然的惊喜，此"不期而然"，就人而言自是意外，但若就春而言则却又正是天心春意一片美丽生机自然的呈现。因而就在此人心之疏帘乍然卷起、春心之胡蝶忽然飞来的交感之中，人心与春心之间遂产生了一片情意的撩动。于是遂有了下面两句"游丝飞絮无绪，乱点碧云钗"的叙写，"游丝飞絮"既是春之撩动也是心之撩动，李商隐《燕台四首》的第一首写"春"，就曾有"絮乱丝繁天亦迷"[①]之句，李氏用了一个"亦"字，遂将人意天心一同写入了此一片游丝

---

① 李商隐：《燕台》四首，见《李商隐诗集》第 4 册，中华书局，四部备要聚珍仿宋本，第 34 页。

飞絮的迷惘撩乱之中，而张惠言则是分为两句来写春意对人心之撩乱，"乱点"二字的主辞在前一句的"游丝飞絮"所代表的天心春意，而其受语的宾辞则是"碧云钗"所代表的一位美丽的女子。"碧云钗"三字不仅使人联想到此一女子的容貌之美丽与身份之高贵，而且"碧"之颜色可以给人一种"春草碧色"的青春与生命之想象，"云"之质地可以给人一种"摇曳碧云斜"的飘渺与轻柔的想象。至于"乱点"二字，其上一字之"乱"自然是接着"游丝飞絮"说的，极写其丝絮之盛多与撩乱，而其下的"点"字则是直指后面的"碧云钗"三字说的，极写其丝絮对于"碧云钗"的点缀与扑飞。这种情景，遂使我联想到了韦庄的两句词，其一是其《浣溪沙》（清晓妆成寒食天）一词中的"柳毬斜裦间花钿"[①] 之句，其二是其《思帝乡》（春日游）一词中的"杏花吹满头"[②] 之句。前者是写柳絮成毬飞裦在女子的花钿之侧，后者是写杏花之无数花瓣都被吹落到女子的头上。这两句所写的都是外面的春意对女子之内心的撩动，其力量之强大乃逼人而来竟有及身触体之不可抗御者在，而这首词中张惠言所写的固应也是外在之春意对人心的一种强力的撩动。从"疏帘"之"卷"起，"胡蝶"之"飞来"，直到撩乱的"丝絮""乱点"到"碧云钗"上，春意对人心之撩动，盖亦正有其及身触体之不可抗御者矣。那么，当一个人的追寻爱情的春心被撩动起来之后，其追寻的结果又如何呢？于是张惠言接下来遂写了"肠断江南春思，粘著天涯残梦，剩有首重回"三句落空悲怨之词。"江南"二字所给人的联想当然还是浪漫与多情，故曰"江南春思"。可是多情的春心又将落到什么下场呢？李商隐的一首《无题》诗，就早曾写下了"春心莫共花争发，一寸相思一寸灰"[③] 的名句。那自然就无怪乎张惠言所写的"江南春思"也只落到了"肠断江南春思"的结果了。下面的"粘著天涯残梦，剩有首重回"二句，则更进一步叙

---

①　韦庄：《浣溪沙》，见《全唐五代词》，上海古籍出版社，1986，第 523 页。

②　韦庄：《思帝乡》，同上书，第 552 页。

③　李商隐：《无题四首》之二，见《李商隐诗集》第 3 册，中华书局，四部备要聚珍仿宋本，第 43 页。

写"春思"已令人"肠断"之后，但好梦虽残而此情难已的一份追怀和回忆。从"春思"到"天涯"，正写其追寻与飘泊之远，"残梦"则表现了梦虽已破而尚未全醒的一种痴迷的意境。至于"粘著"二字，则似乎可以有多重含意。如果从上句的"春思"接下来看，则此句固当指"春思"之粘著于"残梦"，虽"断肠"而未已。但若从更前面的引起"春思"的"游丝飞絮"来看，则张惠言之所以选择了"粘著"二字，固应正是对"游丝飞絮"之性质的一个回应，于是在"粘著"二字之中，"游丝飞絮"遂果然与"春思"相结合而为一体了。昔周邦彦之《玉楼春》词，曾有"情似雨余粘地絮"[①] 之句，昔日飞扬之情思，遂只余下了粘满天涯而更复飞扬不起的一痕残梦，故结之曰"剩有首重回"，正是对前半阕自"卷""帘"以后所引起的"春思"只落到"肠断"之结果的一个总结的回忆。于是在此一痛苦的回想之总结后，词人遂立下了一个不想再被外在的春色所撩乱的决心，说"银蒜且深押，疏影任徘徊"。"银蒜"是古代用以押帘之物，银制，其形如蒜，故曰"银蒜"。这一句正是对开端首句之"帘卷"的一个反接。卷帘的结果，是外在的春色所带给人的撩乱的"春思"，而"春思"的追寻则徒然使人"肠断"，故此句乃曰"银蒜且深押"正是欲以银蒜押帘而使之不复开启之意，于是词人乃将一切撩乱人心的"游丝飞絮"的春色尽皆阻隔于帘外了，而且一任飞花舞絮之疏影在帘外舞弄徘徊，词人却已表示了不再为其撩乱的决心，故曰"疏影任徘徊"也。

而下半阕张氏却又以"罗帷卷，明月入，似人开"三句，开始了又一次的追寻。从表面看来，这里所写的"帷卷""月""入"，与上半阕开端所写的"帘""卷""蝶""来"虽似乎颇有相似之处，但事实上其中所传达的情思意境，则表现有很大的不同。前半阕所写的乃是外在之春色对人心的撩动，而此处所写的则是天上之明月对人心的开启。如果按照我们在前文所曾叙及的张惠言之求学向道之修养，来对此词

---

① 周邦彦：《玉楼春》（桃溪不作从容住），见《全宋词》，第2册，中华书局，1965，第617页。

所写的意境一加推想，则前半阕所写的意境，似乎乃是人心对世上之繁华所引起的追寻和向往，而此处所写的意境，则似乎乃是一种对天心之妙悟，所以下面紧承以"一尊属月起舞，流影入谁怀"，作者乃将自己的情思，放在与天上之明月相等的高度，作了悬空的拟想。而此二句更可引起三个"互为文本"的联想，那就是李白的名诗《月下独酌》和苏轼的名词《水调歌头》，以及李商隐的《燕台四首》。李白诗中曾有"举杯邀明月"及"我舞影凌乱"之句，苏轼词用李白诗意，曾有"起舞弄清影"之句，李商隐诗则曾有"桂宫流影光难取"之句。至于张惠言的这两句词，则虽然透过前人的句子可以给我们很多丰富的联想，但却实在更有他自己所独具的一种取意。先说"一尊属月起舞"一句，"属月"是以杯属月，也就正是李白诗的"举杯邀明月"的意思，在张氏词中继承着前面的"明月入"所引发的天心的启悟，于是作者在此句遂以"属月"二字，把自己的心境提升到了一个与明月同其超远和光明的境地，更继之以"起舞"，则正显示了在此境地中的一种与明月为友的相得之乐。可是张氏用笔之妙，却当下作了一个转折，立即以明月为心写出了一份高寒无偶的寂寞之悲，故曰"流影入谁怀"。昔李商隐《嫦娥》诗曾有"嫦娥应悔偷灵药，碧海青天夜夜心"[①]之句，设使明月而有知，明月也一定愿将自己投入一个相知相爱之人的怀抱中去，然而举目人间，何处又有此可以投入之人呢？所以作者乃发出了"流影入谁怀"的慨叹。从表面看来，这自然是为明月而慨叹，但其实却也就正暗示了作者自己的慨叹。不过张惠言却又并未使自己停留在这种寂寞的慨叹之中，于是笔锋一转，遂又写出了"迎得一钩月到，送得三更月去，莺燕不相猜"的另一层境地。由"迎得"到"送""去"，这自然表现了一个时间的过程，而其所迎送的对象则是天上的明月，也就是说作者已与天上的明月有了一番交往，而当一个人与天上的明月已经有了一番"属月起舞"的交往以后，则纵

---

① 李商隐：《嫦娥》，见《李商隐诗集》第 4 册，中华书局，四部备要聚珍仿宋本，第 19 页。

然在尘世间没有一个可以相知相爱的投入之人，其内心中也必然早已有了一种不假外求的自足的境界，所以说"莺燕不相猜"。俗语说"莺燕争春"，如今作者既已展示了一种不假外求的自足境界，当然不会更有与"莺燕"争春的竞逐繁华之想，故曰"莺燕不相猜"也。而最后乃结之曰"但莫凭阑久，重露湿苍苔"，这两句也可以给我们多重的联想，首先是李白《玉阶怨》一诗，曾有"玉阶生白露，夜久侵罗袜"[①]之句，李诗写的是一个女子有所期待而终于落空的怨情，久立玉阶，乃至露湿罗袜。张词的"凭阑"当然也暗示了一种有所期待的情思。至于"重露"之"湿苍苔"，当然就也暗示了"重露"之亦可以沾湿衣履，而由于"露"之可以沾湿衣履，于是遂又可以引起我们的另一个联想，那就是《毛诗·召南·行露》一篇所写的"厌浥行露，岂不夙夜，谓行多露"[②] 几句诗。"厌浥"二字所形容的正是行道上的露之浓重。诗中写一女子谓其岂不欲早夜而行，但却因"畏多露之沾濡而不敢"，而"露之沾漏"则喻示了一种外来的侵凌与玷污。张氏此二句词，从"凭阑"写到"露湿"，而却在开端加上了"但莫"二字，正表示了一种警惕的语气。从表面的意思来看，其所警惕者固当指重露之沾濡，而从深一层的意思来看，则当然也可能有一份警惕杨生子掞不可以一心向外追寻以免自身受到玷污的含意隐寓其间。而这当然也正是针对此词前半阕开端所写的"帘卷""蝶""来"等种种外在的撩动，所作出的一个回应。如何在欲求知用的冀望，与"人不知而不愠"的"居易俟命"[③] 的持守之间，找到一个平衡点，这应该正是儒家所追求的一种可贵的修养。

不过，纵使果然如前首词所写的，找到了一个修养的平衡点，但却还有一个不能解决的问题，那就是千古人类之所同悲的光阴之流逝与年命之无常。所以唐代的大诗人李白，就早曾写过"长绳难系日，

---

① 李白：《玉阶怨》，见《唐诗三百首新注》，上海古籍出版社，1980，第 322 页。
② 《毛诗·召南·行露》，见阮元校刻《十三经注疏》，中华书局，1980，第 288 页。
③ 《论语·学而》，见阮元校刻《十三经注疏》第 2 册，第 2483 页。

自古共悲辛"①的诗句，晚唐的名诗人李商隐，也曾写过"从来系日乏长绳，水去云回恨不胜"②的诗句，而在这种长逝的无常中，我们人类以一个有限的生命又将怎样来对待它呢？所以张惠言在第四首词的一开端，乃立即就写下了"今日非昨日，明日复何如"的问句。上一句所写的就正是逝者之不返与年命之无常，而次句所写的则正是对未来之明日究应如何处理和对待的一个严肃的思考。根据已逝的体验，我们都早就认知了一切身外之物之都不能够被自己长相保有，如此说来，则也许唯有进德修业才是真正能属于自己的一种获得，所以接下来张氏就又写出了"揭来真悔何事，不读十年书"的两句词，"揭来"二字是诗文中的常用之语，或以为乃"去来"之意，或以为乃"聿来"之间，或以为乃"尔来"之意。至于"何事"二字，如依标点断句，则此二字自当为"真悔"之宾语，也就是说近来我所真正后悔的是什么事呢？于是下面的"不读十年书"，就成了此一问题的答案。但在词的惯例上也可以句虽断而语意不断，如此则"何事"二字便可直与"不读十年书"一句相连贯，也就是说近来我所真正后悔的，是为了何事而未曾好好地读十年书呢？这两种读法的意思虽不全同，但却也并不互相抵触，因此可以并存。总之此二句词所表示的，乃是在"今日非昨日，明日复何如"的反思下，所得到的一个既是自悔也是自勉的答案。而下面的"为向东风吹老，几度枫江兰径，千里转平芜"三句，则是在开端数句全用赋笔的直叙以后，转入了一种景物的兴象，不过此数句所写却又并非单纯的眼前之景物，而是含有一个《楚辞》的出处。原来《楚辞·招魂》一篇，在结尾之处曾写有"朱明承夜兮时不可以淹，皋兰被径兮斯路渐。湛湛江水兮上有枫，目极千里兮伤春心"③的句子。所以我们在此必须先对《楚辞·招魂》的这几句叙写先作一些简单的说明。据《楚辞》王逸的注解，以为"招魂者，宋玉

---

① 李白：《拟古十二首》之三，见《李太白集》卷二十四，《国学基本丛书》，商务印书馆，1993，第 3 页。

② 李商隐：《谒山》，见《李商隐诗集》第 3 册，第 39 页。

③ 《楚辞·招魂》，见洪兴祖《楚辞补注》，台北广文书局，1962，第 91—92 页。

之所作也……宋玉怜哀屈原忠而斥弃，愁懑山泽，魂魄放佚，厥命将落，故作《招魂》，欲以复其精神，延其年寿，外陈四方之恶，内崇楚国之美，以讽谏怀王，冀其觉悟而还之也"①。此处所引数句中的"朱明"，指的是日，"淹"字是停留之意，"朱明承夜"一句，正是写昼夜之相继长逝，而时光则不可淹留，与张氏此词的开端正相应合。至于"皋兰"则指泽畔兰花，以喻君子，"被径"谓皋兰之盛多而无人采择，以喻君子之不见用。"渐"字谓为水所浸，"斯路渐"则指此皋兰被径之路之被水淹没，以喻贤人之久被弃捐。至于"湛湛江水"一句，则王逸注以为此处乃写"江水浸润枫木，使之茂盛"，而屈原则"不蒙君惠而身放弃，曾不若树木得其所"。"目极千里"一句，则"言湖泽博平，春时草短，望见千里，令人愁思而伤心也"②。张惠言此处虽用了《楚辞》中的一些语句，但却在前面加上了"为问东风吹老"一个问语的口气，隐然与此一系列五首组词之第一首开端所写的"东风"互相呼应，再一次点明了"春日"的主题，于是遂使得以下所引用的一些《楚辞》中的语句，立即就都与作者的感发作了密切的结合。由作者向东风发问，询问"东风"曾经"几度"把"枫江兰径""吹老"。所谓"几度"正暗示着年复一年的时光流逝之速，"吹老"则暗示着"枫江兰径"之岁岁的荣枯，至于"平芜"二字，则暗示着春时草短之意，"转"字则也暗示着由荣而枯的草之转变，"千里"二字，则当然也暗示了"目极千里兮伤春心"的联想。所以这几句词乃在古典之出处与作者之感发的互相结合中，蕴含了丰富的潜能，既呼应了此词开端之"今日非昨日"的时光长逝年命无常的哀感，同时也隐含了贤人志士之不得知用的悲慨。用一个问句直接贯串下来，却传达了如此丰富的意蕴，这正是张惠言之善于掌握"微言"的妙用，至于下面的"寂寞斜阳外，渺渺正愁予"二句，则也暗含了一个《楚辞》的出典。原来在《楚辞·九歌·湘夫人》一篇的开端，曾经有"帝子降兮北渚，目眇眇

---

① 《楚辞·招魂》，见洪兴祖《楚辞补注》，台北广文书局，1962，第85页。
② 同上书，第91—92页。

兮愁予"及"登白蘋兮骋望，与佳期兮夕张"的叙写。据王逸注，谓"帝子"指尧之二女娥皇女英，洪兴祖补注谓"帝子"二句，乃写"神之降，望而不见，使我愁也"。至于"眇眇"二字，则有多种解释，王逸以为是"好貌"，洪兴祖以为是"微貌"①，而"眇眇"一般连用也有高远之意，如陆机《文赋》有"志眇眇而临云"②之句，可以为证。另外，"眇"字单用，也有"细视"之意，如《汉书·叙传》有"离娄眇目于毫分"③之言，可以为证。总之，张氏之"渺渺"从"眇眇"来，而"渺渺"二字连用所给我们直接的反应，乃是一种极目远望而不可得见的感觉。故曰"渺渺正愁予"也。至于前句的"寂寞斜阳外"，则正是从前面所引的《楚辞》原文"与佳期兮夕张"一句变化而来，洪兴祖补注谓此句所写"言己愿以此夕设祭祀、张帷帐，冀夫人之神，来此歆飨"④。因其所期待的神之降临在日夕，故曰"斜阳"，而神则并未降临，故曰"寂寞斜阳"，而更着一"外"字，则当与下句之"渺渺"一起参看，正写其极目远望之远至"斜阳外"也。如果从旧传统的说法，把《九歌》视为"屈原之所作"，以为其在"上陈事神之敬"以外，还有"托之以讽谏"之意，则张惠言的这几句词，当然也可以给人许多"哀窈窕""思贤才"和"自伤不遇"的联想，但事实上张氏在表面所写的，自"为问东风"以下，直到"渺渺正愁予"数句，却原来不过是春光易老相思不见的小词中所常见的伤春怨别的情思而已。其引人生言外之想的潜能，则完全来自一些"微言"的妙用，这正是我们在探讨张惠言之词与词论时，所最应加以注意的。

以上前半阕，张氏既已从光阴易逝年命无常，写到了进德修业的自勉，但进德修业也依然改变不了年光之流逝与期待之落空的怅惘和哀愁，所以下半阕就对于人类究竟是否能突破生命短暂之拘限的问题，开始了既是情绪的也是理性的思考。一开始"千古意"三个字，所写

① 《楚辞·九歌·湘夫人》，见洪兴祖《楚辞补注》，台北广文书局，1962，第27页。
② 陆机：《文赋》，见《昭明文选》卷四，台北华海出版社，1981，第329页。
③ 《汉书·叙传》，见《汉书补注》卷七十上，中华书局，1983，第1737页。
④ 《楚辞·九歌·湘夫人》，见洪兴祖《楚辞补注》，台北广文书局，1962，第27页。

的就正是人类千古长存的一种内心的追求，只要在无常尚未真正到来的一刻以前，每个人都不肯停止自己的向往和追求，所以各有其千古之意。而张氏在此乃给了人们一个当头棒喝，说"君知否？只斯须"，"斯须"是极言其顷刻之短，张氏正是要向人点明，原来人们所认为的"千古"，其实只不过是顷刻的"斯须"，而"君知否"则是使人醒觉的一种呼唤和警告。在此种冷酷的无常之现实下，于是各种宗教遂给了人许多超越于现实以外的盼望和安慰，或曰永生，或曰长生，或曰来生，至于儒家则既非宗教，于是针对着人类内心这种"千古意"的心灵追求，就也想出了一种慰解的说法，那就是德业与声名的"不朽"。早在春秋时代，叔孙豹与范宣子的一段谈话，就曾提出了"立德、立功、立言"的三不朽之说①。所以汉代的司马迁受了腐刑后，在写给他的朋友任安的一封书信中，就曾经自叙说其"所以隐忍苟活，幽于粪土之中而不辞者，恨私心有所未尽，鄙陋没世，而文采不表于后世也"②。因此他遂坚持写作，完成了他传世的名著《史记》一书，而且还要将此书"藏之名山，传之其人"③，于是司马迁就果然"不朽"了。不过司马迁的《史记》虽在，而他自己却早已化为尘土了，所以杜甫在《梦李白》的诗中，就曾写有"千秋万岁名，寂寞身后事"④的句子，而这也就正是张惠言何以在此一词中，也写下了"名山料理身后，也算古人愚"两句词的缘故。本来人生之年命虽短，还可以寄望于"身后"的不朽，而如今却连身后的不朽也被作者加以否定了。如此则在重重的落空与否定之下，那么人生的意义尚复何所存留呢？于是张氏乃忽然又将笔锋一转，在"山穷水尽疑无路"之后，蓦然更为人们开出了"柳暗花明又一村"的一片充满生机的崭新的天地，以"一夜庭前绿遍，三月雨中红透，天地入吾庐"三句，写出了一片充满

---

① 《左传·襄公二十四年传》，见阮元校刻《十三经注疏》第 2 册，上海古籍出版社，1986，第 1979 页。

② 司马迁：《报任少卿书》，见《昭明文选》卷十，台北学海出版社，1981，第 13 页上。

③ 同上书，第 782 页。

④ 杜甫：《梦李白》，见《杜诗镜铨》卷五，台北新兴书局，1970，第 12 页上。

生机的超然妙悟的见道境界。如果以此种境界，与前面所提及的所谓"三不朽"者相比较，我们自不难看出，所谓"三不朽"者原来还是一种向外的追求，而此三句所写的则已进入了一种以天地之心为心的充实饱满而不复更假外求的境界了。而且就文学之美感而言，这三句也写得极好。前面是两个偶句，"一夜"与"三月"相对，"庭前"与"雨中"相对，"绿遍"与"红透"相对。"一夜"极言此生机之到来的迅速，"三月"极言此春日之生机的美好，"庭前"写出了此生机之近在眼前，"雨中"写出了此生机之沾濡润泽，"绿遍"写草之青，"红透"写花之美，而"遍"字与"透"字则淋漓尽致地写出了生机之周遍与生机之洋溢。而也就在此两两相对充满张力的对天地间大自然之生机的叙写之后，作者却突然承接了一个五字的单句，把"天地"之生机，作了一个"入吾庐"的收尾，真可说是笔力万钧地写出了一种"天人合德"的境界。而且张氏乃是纯从春日的景物之兴象写起，全以美的直观把自我提升进入了一种与天地同德的意境，这是需要作者果然有此美感直观，才能够有此妙悟的。这也就正是张氏这五首词之所以与一般道学家之以韵语说教之作之有所不同的主要缘故。张氏却并未停止在这里，因为达到此境界是一回事，能否保有此境界是另一回事，所以《易经》在"与天地合其德"的理想以外，就也还曾提出了"天"的另一美德，那就是"天行健，君子以自强不息"[1] 的一种不断的提升和追求。因此张氏遂又接着写下了"容易众芳歇，莫听子规呼"的戒惧的叮咛。昔屈子《离骚》曾写有"及年岁之未晏兮，时亦犹其未央。恐鹈鴃之先鸣兮，使夫百草为之不芳"的句子。洪兴祖补注曾引《反离骚》颜师古注云"鹈鴃，一名子规，常以立夏鸣，鸣则众芳皆歇"[2]，这当然正是张氏此二句词的出处。而张氏这五首词原是"赋示杨生子掞"的，所以在提示了前面的"天地入吾庐"之境界后，乃更戒之以及时自勉的叮咛，但表面上则仍是从春日之"众芳"叙写下

---

① 《易经·乾卦·文言》，见阮元校刻《十三经注疏》，中华书局，1980，第 17 页。
② 《离骚》，见洪兴祖：《楚辞补注》，台北广文书局，1962，第 15 页。

来，表层的意思与深层的意思密合无间，同时在勉人之中，也有自勉之意。为此词开端所提出的"明日复何如"之人生困惑，作了一个圆满的回答。

最后第五首从"长镵白木柄，劚破一庭寒"两句启端，一开始就把读者又带入了另一个不同层次的境界。前面几首所写的"春"，乃是从天心自然的"春"之到来，逐步写出自我对"春"之种种感受和回应，而现在这一首开端所写的，则是自我要以自力来创造出一个美好的春天。至于其用以创造春天的工具，则只是有着"白木柄"的一把"长镵"，张惠言在这里又用了一个出典，那就是杜甫的《乾元中寓居同谷县作歌七首》的第二首开端，杜甫曾写有"长镵长镵白木柄，我生托子以为命"[①]之句。当时的杜甫饥寒交迫，流落在满山风雪的一个穷谷之中，只仰赖着手中的一把长镵去挖掘山中的黄独以维持全家的生命。不过，张惠言此处用杜诗的这个出典，与他在前几首词中所用的一些出典，如《史记》《列子》《庄子》《楚辞》，甚至李白诗、苏轼词等的用法，却微有不同，张氏在用那些出典时，其词中的取意与那些出典的原意，一般都有着相当的关系。但他在此处所用的杜诗的出典，都与原诗所写的饥寒交迫掘黄独以维生的原意并无必然关系。也许张氏本来的意思只是要叙写一个可以掘破土地迎来春天的工具，但中国旧诗的传统一向注重文字的典雅，遣词用字都以曾见于前人诗文之著述者为佳，那么要想为挖掘土地的工具找一个典雅的出处于是就自然想到了杜诗中写"长镵"的诗句了。只是尽管张氏在此处之用杜诗并没有什么深层的取意，但此一文本的出处，却也依然能给我们一些联想。首先是杜甫在使用此"长镵"时的"托子为命"的全心的投注，其次则是杜甫在使用此"长镵"时，所显示的更无长物的简素和质朴，而"白木柄"三字所表现的，就正是一种素朴的感觉。于是这些联想，遂给张氏的这两句词增加了很多言外的感发，也就是说，

---

① 杜甫：《乾元中寓居同谷县作歌七首》之二，见《杜诗镜铨》卷七，台北新兴书局，1970，第4页上。

只要有全心的投注与努力，虽只是最简单素朴的工具，也可以把"一庭"的严"寒"斫破，而迎来一片美好的春天。于是张氏在下面，遂以极其柔婉纤细的用笔，开始了对春之生意的到来，与自己对春意之珍惜的描述，说"三枝两枝生绿，位置小窗前"。"三枝两枝"当然不是满园春色，但这种纤少的叙写，却正显示了一种春意之萌发的开始。"生绿"两个字的"生"之活力与"绿"之鲜美，则正代表了萌发之春意的具体的呈现，而继之以"位置小窗前"，则写出了何等亲切珍重的一份爱赏之心。"位置"所表现的是对此"三枝两枝生绿"的安放之所珍重的选择和安置，"窗"虽"小"，却应正是人所朝暮相对的极亲近的所在，故曰"位置小窗前"。于是在珍重地将此一片生机春意安放好了以后，作者遂又写出了自己的一片虔诚的祝愿，说"要使花颜四面，和著草心千朵，向我十分妍"。在这里张氏又用了两个偶句和一个单句。前两句的"花颜"与"草心"相对，"四面"与"千朵"相对。"颜"与"心"都是用拟人的手法，把"花"和"草"都视作了有情之人，"四面"言其美丽之容颜无所不在，"千朵"谓其芳心之千种含蕴无穷，中间以"和著"二字相连接，遂将"四面"之"颜"与"千朵"之"心"融会成了一片既美丽又多情的无边春色。而结之以一个五字的单句，曰"向我十分妍"，遥遥与前面的"要使"两字相呼应，以"要使"的强烈的愿望，呼唤着"向我"的回应。我所付出的是最好的，我所得到的回应也必然是最好的，故曰"十分妍"。"十分"是极致之词，"妍"是美好之意。至于"妍"字之所指，自然就正是前面所写的"花颜四面"与"草心千朵"的春色与春心。而且若更从此词开端的"长镵"二句看下来，则此一片春色与春心，固正出于我全心的期盼与全力的辛勤之所获致，是则人生之快乐与安慰更复何过于是。如此则纵然我所种植出来的并不是什么名花和异卉，但却毕竟是我亲自培养出来的一片生机与春色，于是张氏最后乃以"何必兰与菊，生意总欣然"二句，为上半阕作出了一个欣然自足的结束。

可是也就正在上半阕之欣然自足的结束后，张惠言却又将笔锋一转，于下半阕的开端写下了"晓来风，夜来雨，晚来烟"三个短句，表现了春色与生机中的一连串可能发生的变故。本来，"风""雨"和"烟"都只是宇宙间的一些自然现象，它们对于春天的花草，可以说是既无恩也无怨，但却因了种种时地情况的不同，于是人们遂看到这些花草既在这些自然现象中生长萌发，也在这些自然现象中凋残零落。当诗人们看到花草在这些自然现象中萌生的时候，就对之加以赞美，说"昨夜风开露井桃"，说"春风吹又生"，说"好雨知时节……润物细无声……"① 而当诗人们看到花草在这些自然现象中凋落的时候，就对之表现了哀怨，说"风飘万点正愁人"，说"无奈朝来寒雨晚来风"，说"几番烟雾，只有花难护"②。而且诗人们有时还会把自己拟比为草木，把自己所遭遇到的忧患挫伤拟比为风雨，即如南宋的名词人辛弃疾，就曾写有"可惜流年，忧愁风雨，树犹如此"③ 的词句。如果从这首词的上半阕看下来，则张氏本已写到了一个自我完成的充满生机与春意的欣然自足的境界，可是尽管一个人在自己内心中已经达到了此种境界，但外在的环境和变化则并不是自己所能掌握的，那么当外在环境出现了种种变化时，自己又该采取怎样的态度去对待这些变化呢？于是张惠言遂又以一个进德学道之人的体悟，写出了下面的"是他酿就春色，又断送流年"两句词。人生之不能完全避免忧患，也正如春日众芳之不能完全避免风雨，人生既在忧患中成长，也在忧患中老去，亦正如春日众芳之既在风雨中萌生，也在风雨中凋落。如果一个人有了这种认识和体悟，那么当风雨忧患到来的时候，人们首先就会想到风雨忧患原来也可以使人萌生和成长，如此人们自然就会减少了对于风雨忧患之徒然无益的怨尤和恐惧，因而在面对忧患时就可以有一种"生于忧患"的奋发兴起之心，在终于未能战胜忧患时，

---

① 所引诗句分别见于王昌龄《春宫怨》、白居易《草》及杜甫《春夜喜雨》。前二诗均见《唐诗三百首新注》第 329 页、第 217 页。后一诗见《杜诗镜铨》卷八，第 3 页上。

② 所引诗词分别见于杜甫《曲江二首》之一，见《杜诗镜铨》卷 4，第 10 页上，李煜《乌夜啼》，见《全唐五代词》第 449 页，陈子龙《点绛唇》见《陈子龙诗集》第 596 页。

③ 辛弃疾：《水龙吟》（楚天千里清秋），见《全宋词》，第 3 册，第 1869 页。

也可以有一种"守道自得"的承担的智慧和力量。以上所写，当然都是在说明人世间的风雨忧患之无可逃避。然而人们却也许终不免会有逃避之一想，于是张惠言遂又笔锋一转，为想要逃避的人写下了后面的三句词，说"便欲诛茅江上，只恐空林衰草，憔悴不堪怜"。"诛茅"二字，最早见于《楚辞》，相传为屈原所作的《卜居》一篇，曾写有"宁诛锄草茅以力耕乎？将游大人以成名乎？"① 之句，表现了对洁身引退与屈身求仕的出处之抉择的困惑。其后南北朝时期的庾信，在其《哀江南赋》一文中，也曾写有"诛茅宋玉之宅，穿径临江之府"② 之句，则是叙述其先祖诛锄茅草而卜居于江陵宋玉之旧宅。再后唐代的杜甫在其《楠树为风雨所拔叹》一诗中，则又曾写过"诛茅卜居总为此"③ 之句，则是直接把"诛茅"与"卜居"作了相连的叙写。至于此处张惠言之使用此一出典，则是既然含有庾信文与杜甫诗的"诛茅""卜居"之意，同时也暗喻有屈原的仕隐出处的选择之意。至于"江上"二字，表面上自然是指其卜居之地之靠近江边，但若就中国传统文化中经常使用的语码而言，则"江上"二字也可以使人联想到"江湖"，而"江湖"则是常被用来与"魏阙"及"庙堂"相对举的表示仕隐之相对的意思。所以张氏在此所写的"便欲诛茅江上"一句，于是乃在表面的卜居江边之地的一层意思以外，同时还暗中寓有了欲绝意仕进而求归隐的另一层深意的可能性。前面的"便欲"两个字，是说就是想要这样做，而后面的"又恐空林衰草，憔悴不堪怜"二句，则是考虑到了这样做了以后的结果又将如何。这二句也可以有两层含意，表面上是说"江上"的地点之荒凉，无可怜赏。而暗中则也喻示了儒家之一贯的入世与用世的理想和志意。在《论语》中的《微子》篇，就曾记述有一则故事，说有隐者长沮及桀溺耦而耕，孔子使子路向他们问路，桀溺劝子路从之避世，说"滔滔者，天下皆是也，而谁以易

---

① 《楚辞·卜居》，见《楚辞补注》，第73页。
② 庾信：《哀江南赋》，见《庾子山集注》卷二，中华书局，1980，第104页。
③ 杜甫：《楠树为风雨所拔叹》，见《杜诗镜铨》卷八，第9页上。

之。且而与其从避人之士也，岂若从避世之士哉"。子路把他的话告诉孔子后，孔子怃然说："鸟兽不可与同群，吾非斯人之徒与而谁与？天下有道，丘不与易也。"① 从这一则故事，我们已可见到孔子之汲汲于救世的仁者的襟怀。而对人世之关怀，其实也正是人心中的一份生机，所谓"哀莫大于心死"，纵然行道的理想不能实现，但关怀的仁心则不可丧失。所以晨门之称孔子，乃曰："是知其不可而为之者欤？"② 如果放弃了这种关怀人世的入世用世之心，则失去了内心中的一份生机，其心灵之枯萎也就将成了正如张惠言在这二句词中所写的"又恐空林衰草，憔悴不堪怜"了。所以百转千回之后，张氏乃又回到了对眼前之春色与生机的珍惜，说"歌罢且更酌，与子绕花间"。"歌罢"二字，一方面当然是为这一系列咏春日的五首《水调歌头》所作的一个结束之语，另一方面则此处之"歌"字，又可与下面表示饮酒的"酌"字相呼应，高歌饮酒，正是人们对美丽的春光来表示赏爱和酬答的一种普遍的方式。北宋的欧阳修就曾写过一组六首以"把酒花前"开始的《定风波》词，其中就曾有"对花何惜醉颜酡"及"十分深送一声歌"，以及"对酒追欢莫负春"等词句。此处张惠言在"歌罢"与"更酌"之间，还加了一个"且"字，这个字也可以有双重的作用，一则是表示"而且""更且"之口吻，可以有既歌且饮的对春之单纯的赏爱与珍惜之意，再则是表示"姑且""聊且"之口吻，则可以有更深一层的曲折，是说前面的几首歌中虽曾经提到人生的种种追求与失落，凡我们所无力掌握和改变者，则慷慨亦无益，不如姑且更饮一杯酒，来掌握我们所当掌握的当下的眼前春色，故最后乃以一语结之曰"与子绕花间"。"花间"二字正回应了第一首开端的"万重花"，其所喻示者还是宇宙间一份无私的春意与天心，"绕"字则正表示了绕行周遍的对此天心与春意的融入的投注，而冠之以"与子"二字，一方面就章法而言，此二字自然是对题序中之"赋示杨生子掞"的呼应，再则在这五首词

---

① 《论语·微子》，见《十三经注疏》，第 2529 页。
② 《论语·宪问》，同上书，第 2513 页。

中，张氏曾多次使用第一人称的"我"字与"吾"字，也曾多次使用第二人称的"汝"字与"子"字，这种自我直接站出来表示对于对方之呼唤的叙写口吻，不但表现了张氏与杨生师弟之间一份亲切的感情，而且也增添了这五首词所传达的一种直接感发的力量。可是此句中"绕"字的环绕回旋之意，则又为此直接感发之力，增加了一种回荡盘旋之余韵。所以此"与子绕花间"一句，乃为这五首《水调歌头·春日赋示杨生子掞》的组词，不仅完成了一个呼应周至的结尾，而且还带着一种回荡的感发之力，为读者留下了悠长不尽的反思和余味。

　　以上我们对于张惠言的词与词论，既都已作了简单的介绍，而且还举引了他的名作《水调歌头》五首，作了逐句的评说。现在我们就将以这些讨论为依据，将张氏的词与词论结合起来，再作一个总结的论述。而在作出此一总结的论述之前，我想我们首先要对词体之美学特质及其在历史演进中，因作品风格之不同而产生的种种不同性质的变化首先有些认知，然后才能在总结中作出公平和正确的判断。下面我们就将对这些不同风格的词，其美学特质中的同中有异及异中有同的种种情况，略作简单的说明。

　　早在 1988 年，我曾写过一篇题为《对传统词学与王国维词论在西方理论之观照中的反思》的文稿。在该文中，我曾根据词在历史中的演化，将词之风格特质尝试区分为三大类别，那就是歌辞之词、诗化之词及赋化之词。我认为此三类词之风格虽有很大的不同，但其中的杰作却都表现了一种共同的美感特质，那就是莫不以要眇深微、富含言外之意蕴者为美。只不过其表现为要眇深微之美的一点虽同，但其所以表现为要眇深微富含言外之意蕴的因素，则并不相同。第一类歌辞之词之佳作之所以表现为要眇深微富含言外意蕴之美，大多并不是出于作者有心之追求，而是歌辞之词中对美女与爱情的叙写，其女性之形象与女性之情思与传统士人之喜用美人以喻君子和喜用男女之关系以喻君臣的叙写，在情思中有某种暗合之处的缘故，此类作品虽可以引人生言外之想，但却不必然是作者之本意，这是最富于自由之联想性的一种引人生言外之想的要眇深微之美。至于第二类诗化之词，则作者已经有了自我言志抒怀的用心，与第一类歌辞之词的"空中语"有了很大的不同，而其佳者乃亦可以表现有一种要眇深微富含言外意蕴之美，如苏、辛词中的一些佳作，则是由于作者本身之情意中原就具含了一种深隐曲折之质地，而且更因政治环境中的某种挫折使他们在叙写的方式上也增加了许多的委曲难言之处，而不欲作直言之表露，这是由作者本身之情志叙写方式所形成的一种富含言外意蕴的要眇深微之美。此一类之特美，虽不似第一类之可以给予读者许多联想之自由，但却别有一种由作者情志所透出的感发的力量，是词之特美与诗之特美所作出的一种美妙的结合。至于第三类赋化之词，则是因为前二类词中的一些劣作，往往因缺乏要眇深微之致，而形成了淫靡与叫嚣之失，于是遂有些作者要以安排勾勒的手法来寻求深婉与雅正之美，其下焉者虽不免堆砌之病，但其佳者则亦可以有一种要眇深微富含言外意蕴之美，只不过此类词多出于有心之安排，既不同于第一类歌辞之词的自由的联想，也不同于第二类诗化之词的情志的感发，而是透过了安排与思致而形成的一种深微的喻示。私意以为中国词学之所以陷入于长久的困惑之中，主要就是一般人对词之特美与诗之特美的性质之不同既未能有深刻之认知，而且对于词之特美中种种风格不同之作品的一些同中有异的美感品质也未能详加辨析的缘故。所以本文才要对此种种美感特质之微妙的差别，先作此简单之说明，然后我们就可以对张惠言之词与词论的得失所在，都作出更为清楚的综论和衡量了。

　　首先我们要再反观一下张氏的词论，张氏在《词选·序》中，对词之源起与特质曾首先提出说："词者，盖出于唐之诗人，采乐府之音以制新律，因系其词，故曰'词'。"这当然表现了张氏对早期之词原始于歌辞之词的一种基本认识，这种认识原是不错的。继之张氏又说："传曰，'意内而言外谓之词'，其缘情造端，兴于微言，以相感动。极命风谣里巷男女哀乐，以道贤人君子幽约怨悱不能自言之情，低徊要眇，以喻其致。盖《诗》之比兴，变风之义，骚人之歌，则近之矣。"
在这一段话中，张氏之立说就已经有了不少值得商榷之处。第一点是
有心的比附，即如张氏之引用许慎《说文解字》的"意内言外"之说，
来解释歌辞之词，又将歌辞之词与《诗经》《离骚》相比拟，凡此种
种，盖皆出于张氏想要推尊词体所作出的有心的比附，此固为一般人
之所共见，我们可对之暂置不论。至于第二点，则很可能就正是张氏
对歌辞之词的美感特质与赋化之词的美感特质之不同，未能作出精微
的辨别，因而乃造成了在解说和诠释中的一种混乱的现象。即如张氏
在《词选·序》中，所提出的"风谣里巷男女哀乐"的叙写，这本应
是属于歌辞之词一类作品的内容，此类作品虽可以引起读者丰富的联
想，但却不必是作者有心之托意，固已如本文前面之所论述，而张氏
则皆指以为"贤人君子"的托意之作，而且在《词选》一书中，还曾
提出了"义有幽隐，并为指发"的说词方式，对于温庭筠的《菩萨蛮》
和欧阳修的《蝶恋花》等伤春怨别的小词，都作了字比句附的评说。
像这种情况，则是以本应属于对"赋化之词"的解说方式，用到了对
"歌辞之词"的解说之中，这是张惠言词说的最惹人讥议之处。而这种
情况的造成，主要就应正是张氏对于不同风格的作品之不同的美感特
质，未能有深入之体会和辨析的缘故。除去其词论本身中之值得商榷
之处以外，我们若再将张氏这五首《水调歌头》的作品与其词论相结
合来看，我们就更会有一个发现，那就是他自己的这五首词乃是既不
属于"歌辞之词"，也不属于"赋化之词"，而是属于"诗化之词"一
类的作品。因此从表面看来，张氏在《词选·序》中，所提出的"极
命风谣里巷男女哀乐"云云，这些论词之言乃完全不适用于对他自己
这五首词的评说，在张氏的词论中，并未能对此一类"诗化之词"提
出什么评说的理论。像此种不够周至的疏失之处，主要就也应是旧日
的词学家，对于词的历史演进中所形成的不同风格之作品的不同特质
未能够有清楚的认知，遂将所有被称为"词"的作品并皆混为一谈，
因而才造成了中国词学中的许多争议和困惑。张惠言的词论与评说之

失，就也正是由于张氏既未能突破此种将所有之"词"都混为一谈的笼统之观念，又欲将《诗经》《离骚》比兴之说强加于各类词之上以推尊词体，而未能就各类风格不同之作品作出相应的评说，此种疏失自然是我们讨论张氏之词说时所首应认知的。

不过，尽管张氏的词论有着以上的种种失误，但张氏的词论却确实掌握了词之美感的两种基本的质素，那就是所谓"兴于微言"的语言符号之微妙的作用，与所谓"低徊要眇"的美感方面之特殊的效果。这二者之间的关系又正是互为表里的。先说"微言"的作用，早在1986年，我曾写过一系列题为《迦陵随笔》的文稿。在第七节《从符号与信息之关系谈诗歌的衍义之诠释》、第八节《温庭筠〈菩萨蛮〉词所传达的多种信息》、第十三节《三种境界与接受美学》及第十四节《文本之依据与感发之本质》①诸篇文稿中，曾经尝试引用过西方之符号学、诠释学与接受美学中的一些理论，对语言符号在文本中所可能产生的微妙的作用，以及当读者阅读和诠释这些语言符号时所可能引生的衍义和联想，作过一些结合词之实例的论述和分析。即如温庭筠之《菩萨蛮》词，其所以引起了张惠言的屈子《离骚》之想，就很可能是由于温氏词中所使用的一些语言符号之作用。像"蛾眉""画""眉""簪花""照""镜"等叙写，若就西方符号学家洛特曼（Yury M. Lotman）的理论来看，则一切文本除去其表层的语言规范以外，还有一个第二层的规范系统（secondary modelling system），那就是文化的规范系统。任何语言符号在一个国家民族中，经过了长久的使用，就会成为一个带有许多文化信息的语码（code），张惠言之以《离骚》来解说温氏之《菩萨蛮》词，就应该正是由温氏词中所携带的一些文化语码的信息，而引起张惠言的衍义之联想的②。这当然是一种属于"兴于微言，以相感动"的作用。再如南唐中主李璟的《山花子》词，则曾引起了王国维的"众芳芜秽，美人迟暮"之想，就很可能也是由

---

① 见《中国词学现代观》，台北大安出版社，1988，第91页、第121页、第127页。
② 同上书，第87—88页，第95页。

于李璟词中所使用的一些语言符号之作用，即如"菡萏香销翠叶残"一句中，其"菡萏"一词之古雅，"香"字与"翠"字所表现的芳馨而珍贵的美好的品质，以及"销"字与"残"字所表现的消亡与残破的摧毁的力量。这些叙写，若就另一位西方符号学家艾柯（Umberto Eco）的理论来看，则一切语言符号，除去其表层的含义以外，还有一种内含的肌理和质地（inner texture），艾考称之为显微结构（micro-structure），而李璟《山花子》词的"菡萏香销"一句，其语言符号中就正包含了许多这种显微结构的作用；而引起了王国维之感发与联想的，也应该就正是这句词中的语言符号，其肌理质地等显微结构之作用的缘故①。这当然也是一种属于"兴于微言，以相感动"的作用。如果将此种所谓"显微结构"的作用，与前一种所谓"文化语码"的作用相比较，则一般而言，前一种作用乃是比较受文化中约定俗成之观念所约束的一种联想作用，而后一种作用则是比较不受拘束而更偏重于读者之感受的一种联想作用。这种纯由文本自身所引生的读者之联想，有时甚至可以不必是作者之原意。西方的一位接受美学家伊塞尔（Wolfgang Iser）曾经把这种文本中所自生的作用，称之为文本中的潜能（potential effect）②。如果将中国文体中的诗与词相比较，则诗体多为作者有心言志之作，其文本中之语言符号大多有明确之意指，其所引起的读者之联想，也大多是属于文化语码的一种联想。至于词体则由于其初起时之作者本无言志之用心，而其所使用的语言符号又特别的细致精美，因此其所引起的读者之联想，遂往往是更富含文本之潜能的一种属于显微结构之作用的联想。张惠言所提出的"兴于微言，以相感动"之说，实在应该是已经注意到了词体中语言符号的种种微妙的作用，只不过张氏对词之诠释，却还拘限在对诗体言志之作的诠释观念之中，因而遂陷入了迂执比附之病。不过尽管张氏之说有此弊病，但他以词人之锐感所体会出来的词体中所谓"微言"的"相

①　见《中国词学现代观》，第113页、第115页。
②　同上书，第43页。

感"之妙用，却实在掌握了词之美感的一种基本的质素，这一点是极可重视的。至于所谓"低徊要眇"的、属于词之美感的特殊效果，则正与前面所谈的所谓"微言"的语言符号之作用，有着极为密切的关系。盖如本文前面所言，词中之语言符号，既可以有"文化语码"之联想，又可以有"显微结构"之联想，而二者则同属于所谓"微言"的妙用，这种妙用可以使文本的意义不断有一种变化和生发。虽然张惠言本人因为在观念中受了旧日诗说之传统的拘限，而未能对词体中"微言"的妙用作出更多的发挥，常州词派的继起者周济，却已经对词体这种更为不受显意识所拘限的妙用，以及由此而形成的"低徊要眇"的美感效果，都有了更为深入的体认。他在《宋四家词选·目录序论》中，对词体的这种妙用和美感，曾经有一段极为形象化的叙写，说"读其篇者，临渊窥鱼，意为鲂鲤。中宵惊电，罔识东西。赤子随母笑啼，乡人缘剧喜怒"①。这真是对词之可以具感而不可以具言的"低徊要眇"之美感的一段极好的描述。其实这种微妙的作用原为中西某些诗歌之所同具，西方有一位女性的解析符号学家克里斯特娃（Julia Kristeva），就曾对此提出过理论的说明，她认为诗歌的语言可以有两种不同的作用，一种可称为象征的作用（symbolic function），另一种可称为符示的作用（semiotic function）。在前一种作用中，其符表与符义之关系是比较固定而可以确指的；在后一种作用中，其符表与符义之关系则是比较不固定而不可确指的②。私意以为如果以中国诗与词二种体式而言，则诗歌之语言符号的作用似乎更近于前者之关系，但词体中语言符号之作用似乎更近于后者之关系，而应该也就正是此种因素，才造成了词体的一种"低徊要眇"的美感特质。

以上我们对于张惠言词论之得失利弊，以及词体之"兴于微言"的语言符号之妙用和词体之"低徊要眇"的美感之特质，既都已作了

---

① 见《宋四家词选》，台北广文书局，1962，第1页下。

② Julia Kristeva, *Revolution in Poetic Language*（New York：Columbia University Press，1984），pp. 79—106.

扼要的说明，于是我们现在就面对了一个重要的问题，那就是我们对于张氏自己所写的这五首《水调歌头》，应该怎样结合他的词论来加以评价的问题了。如本文在前面所言，张氏这五首词既曾有一个"春日赋示杨生子掞"的小序，而其内容所写又主要是儒家学道之修养，则其性质之属于"诗化之词"自无可疑。如果按照前文我们对"诗化之词"所提出的衡量标准来看，则"诗化之词"实在要以既具备诗之直接的感发之美，同时也具备词之低徊要眇之美者，方为佳作。在前文中，我们于论及苏、辛词之佳作时，曾提出说苏、辛词之所以有此成就，乃是作者本身之情志及其叙写之方式，都同时具含诗与词之双重美感的缘故。现在就让我们依此衡量标准，也来对张氏的《水调歌头》五首词作一观察。先从情志本身方面来看，如我们在前文中对张氏之生平及其为学经历之所叙写，张氏固原是一位对性理天命之修养都极为笃信力学的经师与儒士，也就是说他在词中所写的儒家学道之修养，固原有他自己的一种真诚的情志与一份亲身的体会，这当然正是使他这五首词充满了直接的感发之力量的一个主要的原因，而难得的则是这五首词在直接感发中，还具含了一种低徊要眇之美。如果按照本文在前面论及苏、辛词佳作时之所言，则此种美感之由来，乃是需要作者本身情志中先就具含一种深隐曲折之性质。而如果以此一标准来看张氏的这五首词，我们就会发现，张氏所写的儒家修养之内容，虽看似单纯，但就张氏在词中所表现的个人学道之体验而言，则实在充满了一种反复曲折的意致，那就因为儒家修养在本身中原就充满了进退、穷达、忧乐等种种既相反又相成的微妙错综的关系，儒家修养之最高的境界之所以不易于完美地达致和完成，就正因为在这种种看似相对的矛盾中，要想能在不断变化的微妙的关系中找到一个"执中"的平衡点，并不是一件简单容易的事。所以孔子在《论语》中，就曾说过"可与共学，未可与适道；可与适道，未可与立；可与立，未可与权"[1] 的一段话。其所谓"权"，所指的就正是在种种看似矛盾的关系

---

[1] 《论语·子罕》，见《十三经注疏》，第2490页。

中，如何去寻找出一个正确的平衡点的一种难得的智慧。张惠言这五首词所叙写的，应该就正是一个学道之人的个人的体会，既有着对于"道"的笃信力行的真诚的情志，也有着在学习寻找中的反复曲折的经历。这种情况，可以说就正是使得张氏这五首词同时兼具诗之直接感发之美，也具含词之低徊要眇之美，属于情志方面之双重性质的一个主要的原因。

再从叙写方式方面来看，首先我们应提出一谈的，乃是张惠言所选用的《水调歌头》的牌调。此一牌调有一特色，就是其中特多五字句，而且所有五字句之平仄，都是诗歌中五言律体的声律，而诗歌中律体之声律，则是最为谐畅而富于直接感发之作用的，这当然是使得张氏这五首词富于诗的感发之美的一个原因。至于与这些五字句相结合的，则是三字句与六字句。三字句用在换头之处，予人一种突然的转折变化之感；而六字句则以一个单独的六字句，与两个相并的六字句插入在一系列的五字句中如此则使得那些音节流畅奔泻而下的五字句，恍如在中流上遇到了一个盘折的漩涡，如此遂使得这五首词除去诗之美感外，更有了一种曲折要眇的词之美感。此外还有值得注意的一点，就是张氏在一些五字句中，还表现了一种文法与音律相错忤的现象，即如其第一首词中的"便了却韶华"一句，与第五首词中的"又断送流年"一句，若依声律之要求，此二句皆当作上二下三之顿挫，方为正格，但张氏此二句词之文法，则皆为上一下四之格式，因而遂有人以此为张氏之病，其实像这种文法与声律不相吻合的现象，早在唐宋人诗作中就已经出现过了。即如欧阳修的《再至汝阴三绝》之第一首的开端两句"黄栗留鸣桑葚美，紫樱桃熟麦风凉"[①]，其中的"黄栗留"与"紫樱桃"皆为专名词，本当三字连读，但依诗之声律，则在诵读时可在第二字下作一停顿，可见诗词句中固偶或可以有此种文法与声律不尽相合之现象。而就张氏之词言之，则这种错忤却恰好也造成了词中五字句之流畅中的一种曲折的变化，就格律而言虽不尽

---

① 见《欧阳修全集》卷十四，台北世界书局，1971，第103页。

合，但就美感言，则此等变化却恰好也增加了一种盘折的意致，这或者也可说是另一种"微言"的妙用吧。再就张氏在这五首词中的叙写口吻来看，则首先值得注意的，乃是张氏常用第一身及第二身的直言的称谓，如"我有江南铁笛""吾与汝，泛云槎""子当为我击筑，我为子高歌""劝子且秉烛""向我十分妍"及"与子绕花间"等句，就都是以主观自我直叙之口吻所写出的词句，显得既直接又亲切，这当然是使得这五首词充满了直接感发之效果的主要原因。可是另外一方面，则张氏对自己许多主观的情志，却又并未作主观的直叙说明，而是或用自然之景象、或用假想之意象、或用古典之事象来作出许多形象的喻示，而形象的喻示则是可以具感而难以具指的，如此遂在其直叙之口吻中，乃又平添了无限要眇低徊之致，而这自然是使得张氏这五首诗化之词，既具含了诗之美感也具含了词之美感的另一主要原因。何况张氏在其叙写之句法中，又往往有可以造成多义的歧解之处，即如其"又恐堂堂岁月，一掷去如梭"二句，既可以解作岁月之掷人竟去，又可以解作人之对岁月的虚掷。又如其"竭来真悔何事，不读十年书"二句，其"何事"二字既可以属上句作一种解释，但在词之口吻中，又可以与下一句连读作另一种解释。凡此种种，自然也是使得张氏这五首词之意蕴显得更为丰富的一些因素。再如其"一尊属月起舞，流影入谁怀"二句，则可以使人同时联想到李白诗、苏轼词及李商隐诗等多篇作品，这种"互为文本"（intertextuality）的现象，也正是我们在前文所曾述及的那位女性解析符号学家克里斯特娃，所曾提出的诗歌语言的一种妙用[①]，像这种一句文本，含有前人之多种文本的情况，当然也是使得这五首词之意蕴显得特别丰美的又一要素。总之，就叙写之方式言，张氏这五首词之所以能兼具诗之直接感发与词之低徊要眇之双重美感的因素甚多，我们在前面详说这五首词时已有逐句的论析，在此处就不再多举例证了。中国旧日词评家虽不长于

---

① Toril Moi（eds.）, *The Kristeva Reader*（New York：Columbia University Press，1986）, p. 37.

作理论的分析，但他们对张氏这五首词之双重的美感，则实在也是深有体会的。所以陈廷焯在其《白雨斋词话》中，乃曾称美张氏这五首词，说"皋文《水调歌头》五章，既沉郁，又疏快，最是高境"①。又在其《词则·大雅集》中，评此五首词，说"忽言情，忽写景，若断若连，似接不接，沉郁顿挫，至斯已极"②。这些评语所赞美的，其实就都是这五首词中的双重的美感。再如我们在前文所曾举引过的谭献之称美这五首词，谓其"胸襟学问，酝酿喷薄而出"③，其"酝酿"与"喷薄"的评语，所指称的实在也还是此双重的美感。更如近人缪钺先生在其《论张惠言〈水调歌头〉五首及其相关诸问题》一文中，也曾称赞张氏这五首词，谓其"在作法上，以辞赋恢宏之笔法，融入楚《骚》幽美之情韵"④。其所赞美的，就也同样是此一种双重的美感。可见张氏这五首词之特美，原是早有公论的。只不过陈廷焯在赞美之余，还曾将张氏的这五首词，与陈维崧及朱彝尊二家之词相评比，说"陈、朱虽工词，究曾到此地步否"⑤，这就未免会引起一些读者的异议了。因为如果是优劣相差极为悬殊的作品，则作此论评，尚易取得人的同意，而陈、朱二家，则是各有过人之成就，是则读者之见仁见智，自然就难得意见之一致了。私意以为旧日词评家之所以出此过甚之赞词者，极可能除去就词之艺术性而加以品评之外，还有就其道德性而品评的一种成分，所以谭献乃称其"胸襟学问"，陈廷焯乃称其"热肠郁思"。缪钺先生更曾明白地就张氏之为人立论，称其"表里纯白"，以为"他的《水调歌头》五首词品之高，与他的人品是密切相关联的"⑥。而如此则自然又牵涉到了作品之道德性与艺术性的问题，也牵涉到了读者之接受的问题。关于前一问题，我在多年前所写的《王

---

① 陈廷焯：《白雨斋词话》，见《词话丛编》第4册，中华书局，1986，第3864页。
② 见《词则·大雅集》，上海古籍出版社，1984，第11页上。
③ 谭献：《箧中词》，见《历代诗史长编》第21种，台北鼎文书局，1971年版，第167页。
④ 见《词学古今谈》，岳麓书社，1993，第124页。
⑤ 陈廷焯：《白雨斋词话》，见《词话丛编》，中华书局，1986。
⑥ 见《词学古今谈》，岳麓书杜，1993，第124页。

国维及其文学批评》一书中，于论及王氏"对衡量文学作品之内容所持的价值观念"时，已曾有所讨论，兹不再赘。至于后一问题，则西方之接受美学与读者反应诸说，对此有极为细致繁复之理论，在此亦不及详述。约言之，则一般说来，当然总是阅读之背景相似及心性之修养相近的人，才易于引起彼此间的共鸣和欣赏。如果我们在此再对前文所引各家对张氏这五首词的赞语作一回顾，我们就会发现，这些对张氏此一组词备加称赏的读者，固大抵皆属于旧学修养深厚，且对词之特美颇有会心的读者，而如今则时移世易，在竞相争逐的社会中，是否仍有人能欣赏张氏这五首词中所写的这种学道自足之境界，则难乎其不可知矣。

# 常州词派比兴寄托之说的新检讨

有清一代号称为词的中兴时代，不仅作者辈出，而且标举词派，蔚为宗风，先后兴起的有浙西、阳羡、常州诸派。如果以创作而言，则浙西一派标举姜、张之骚雅，自朱竹垞开其端，厉樊榭振其绪，固曾盛极一时；而阳羡一派则崇尚苏、辛之豪放，以陈迦陵为领袖，亦曾风靡当世。然而浙派之末流，既由于一意讲求典雅清丽，而渐流于浮薄空疏；阳羡派之末流，又由于一意讲求激昂豪放，而渐流于叫嚣粗率。此外，在理论方面，浙西及阳羡二派，也都没有建立起完整的体系来。所以常州一派，乃得于前两派都已渐趋衰败之际，乘时而起，而且更因其后继得人，倡导有方，遂形成为清代词作与词论之一大宗支。光绪间，缪荃荪编辑《国朝常州词录》三十一卷，收四百九十八家词共三千一百一十阕，虽其所选重在地域，不重在词派，然而标举常州，则常州派声势之盛已可概见一斑。就常州派之理论而言，则常州词论实始于常州武进之张惠言、张琦兄弟之编辑《词选》一书，推尊词体，上比《风》《骚》，以比兴寄托为作词与说词之方法，既开途径，又标宗旨，遂奠定了常州一派之理论基础。

其后，张氏更传其学于其甥同邑之董士锡，董氏又传其学于其子董毅及另一常州人荆溪之周济。董毅编有《续词选》，而于词论则并无申述。至于周济则编著有《介存斋论词杂著》《词辨》及《宋四家词选》等书。于是，常州派词论得周济之推阐，乃益得以修正补充而发扬光大。自兹而后，以迄晚清及民初之词人及词论，乃几乎无不尽在常州一派的影响笼罩之下，如宋翔凤之《香草词自序》、丁绍仪之《听秋声馆词话》、蒋敦复之《芬陀利室词话》、江顺诒之《词学集成》、谭献之《复堂词录叙》及《谭评词辨》、谢章铤之《赌棋山庄词话》、陈廷焯之《白雨斋词话》、沈祥龙之《论词随笔》、张德瀛之《词徵》以及况周颐之《蕙风词话》等，从他们的词论中都可以明显地看出曾经受到常州词论影响的痕迹。以至于晚清著名之词人如王鹏运、朱祖谋等，虽无论词之专著，但从朱氏之《彊村语业·杂题我朝诸名家词集后》的二十四首《望江南》词来看，他既曾推尊张惠言之《词选》云"回澜力，标举选家能"，又赞美周济之《词辨》云"金针度，《词辨》止庵精"，也都可见其对常州词论推崇之一斑。而且当庚子之乱，八国联军占领北京时，朱氏更曾与王氏及一些其他困居北京之友人合作填词，借比兴以寄托幽忧，后来编订为《庚子秋词》。此外，朱氏更曾将王鹏运之词，比之于常州派所推重之南宋以寄托为词来写亡国之恨的王沂孙的《花外集》，又以之与常州派之创始人张惠言的《茗柯词》相较，赞美王氏的词说："得象每兼《花外》永，起屡差较《茗柯》雄。"凡此都可见朱氏与王氏不仅曾受到常州词论之影响，而且他们在写作方面，更隐然是常州词论之实践的作者。朱氏与王氏都是晚清的词学大家，则常州词派影响之深远可见，所以龙沐勋在其《论常州词派》[①]一文中，曾经说："常州派继浙派而兴，倡导于武进张皋文（惠言）、翰风（琦）兄弟，发扬于荆溪周止庵（济），而极其致于清季临桂王半塘（鹏运）、归安朱彊村（祖谋），流风余沫，今尚未全歇。"龙氏此文发表于 1941 年，据其所言，则常州派影响之久远及常州派词论之重要可知。而且常州派所标举的比兴寄托之说，又是中国文学批评理论中，自《诗》《骚》以来就曾引起过普遍重视的问题，因此，常州派词论实在乃是中国传统文学批评中传世最晚却保留传统观念最深，因而也最值得我们研讨和重视的一派词论。只是常州派词论之影响牵涉既广，而各家词论之言又多重复错出之处，如果一一遍举，反不免琐杂繁复，徒乱人意。所以本文只想以常州派创始人张惠言及其后继之集大成者周济二家之重要词论为主，对常州派词论作一种标举重点的评析，再

---

① 发表于《同声月刊》1941 年 9 月第 1 卷第 10 期。

以现代之文学理论，对其比兴寄托之说试加检讨，以略窥此一派曾影响中国近世之词学既广且久之常州词论，在客观的评定下，其得失利弊与其真正之价值究竟何在。

首先我们所要看的，当然是常州派的开山著作，张惠言兄弟所编的《词选》。在这本书中，可以作为常州派理论之根据的，不过是张惠言的一篇序文和他兄弟张琦的一篇《重刻〈词选〉序》，以及他的弟子金应珪的一篇《后序》而已。在这几篇序文中，并没有精密周到的理论体系，我们勉强为之整理，大约可以归纳出以下几个重点来：

（一）《词选》一书编辑之年代及目的：

> 嘉庆二年，余与先兄皋文先生同馆歙金氏。金氏诸生好填词。先兄以为，词虽小道，失其传且数百年，自宋之亡而正声绝，元之末而规矩隳，窭窳不辟，门户卒迷。乃与余校录唐、宋词四十四家，凡一百十六首，为二卷，以示金生。金生刊之。（张琦《重刻〈词选〉序》）

（二）论词之起源：

> 词者，盖出于唐之诗人，采乐府之音，以制新律，因系其词。（张惠言《词选·序》）

（三）论词之定义：

> 传曰："意内而言外谓之词。"其缘情造端，兴于微言，以相感动，极命风谣里巷男女哀乐，以道贤人君子幽约怨悱不能自言之情，低徊要眇，以喻其致。盖《诗》之比兴，变风之义，骚人之歌，则近之矣。（张惠言《词选·序》）

（四）论词之评定标准：

> 其文小，其声哀，放者为之，或跌荡靡丽，杂以倡狂俳优。然要其至者，莫不恻隐盱愉，感物而发，触类条畅，各有所归，非苟为雕琢曼辞而已。（张惠言《词选·序》）

（五）论编辑《词选》之宗旨：

> 第录此篇，都为二卷，义有幽隐，并为指发，几以塞其下流，

导其渊源，无使风雅之士惩于鄙俗之音，不敢与诗赋之流同类而讽诵之也。（张惠言《词选·序》）

（六）论为词之三蔽：

> 义非宋玉而独赋蓬发……揣摩床笫，污秽中冓，是谓淫词，其蔽一也……诙嘲则俳优之末流，叫啸则市侩之盛气……是谓鄙词，其蔽二也。规模物类，依托歌舞，哀乐不衷其性，虑叹无与乎情，连章累篇，义不出乎花鸟，感物指事，理不外乎酬应，虽既雅而不艳，斯有句而无章，是谓游词，其蔽三也。（金应珪《词选·后序》）

除了以上这一些理论之外，在《词选》一书中，他们还曾分别对某些词人的作品，举出一些所谓"义有幽隐，并为指发"的实证。只是如果一一加以征引，未免过于繁杂，所以此处暂时从略，俟以后讨论到常州派词说之得失利弊时，再分别择其重要者来加以援引和评论。现在我们所首先要讨论的，则是常州派之基本论点是否正确的问题。从上面我们所列举的几则理论来看，张氏乃是有心于推尊词体，以比兴寄托之义说词，欲使之得以上比《风》《骚》。此种词论，一则可以校正浙西、阳羡二派末流的空疏及粗率之弊，再则可以使在旧日传统观念下之士大夫不至于再鄙视词为小道，而敢于坦然地从事于词之研读及写作，使词之地位得以提高，使词学得以成为一门足以为士大夫所承认的学问。这对于词的振衰起弊，确实有极大的功绩，是其用心及影响，皆不可谓为不善。只是仔细分析起来，张氏的理论，在基本观念上却有着几点误谬之处。

第一点最先应该辨明的乃是他对于词所下的定义。张氏以"意内言外"四个字来作为词的定义而再加以申述，用"缘情造端，兴于微言"来作为对于外在的"言"的说明，又用"以道贤人君子幽约怨悱不能自言之情"来作为内在的"意"的说明。其意盖以为"词"这一种体式之所以定名为"词"，就是因为它乃是用一种美丽幽微的言辞作为媒介，来寓托表示一种贤人君子的怨悱之情的作品。这实在是一种误谬的说法。因为以"意内言外"来解释"词"字，乃是东汉时代许慎在《说文解字》中的说法，而许氏所说的"词"，事实上乃是"语词"的"词"，与后来晚唐、五代时兴起的所谓"词"这一种韵文体式，原来并没有任何关系。所以谢章铤在其《赌棋山庄文集·与黄子寿论词书》中，就曾经驳正张氏之说云："词之兴最晚，许叔重之时安有减字偷声之长短句者?"张惠言用汉代许慎《说文》中解释"语词"之"词"的话，来解说晚唐、五代以来一种新兴的韵文体式，其牵强附会，当然是显然可见的，而张氏居然用了这种显然可以见其误谬的说法，殆亦并非全然无故。第一，张氏本来是一位经学家，所以喜欢引据故说，以解经的方法来说词。第二，早在宋代的陆文圭所写的《山中白云词序》中，就已经开始牵附以"意内而言外"为"词"之定义了，是则此说纵属错误，其错误也并不自张氏才开始。第三，张氏欲推尊词体，所以有心假借古义，以作为其比兴寄托之说的根据。因此，谢章铤在其《与黄子寿论词书》中，就曾经又说："若'意内言外'之说，则词家敷假古义以自贵其体也。"是则张氏为词所下的定义，虽然有着某一种牵强附会的误谬，可是张氏本身却亦自有其如此加以解说的原因与目的，其用意也未可厚非。只是如果想要以"意内言外"四个字的牵强附会的定义，来作为对于古今所有词人和词作的衡量及解说的标准，把它们一概笼罩于这种谬见之下，那就未免失之于欺妄和武断了。

张氏对"词"所下的定义既不可信，那么词的名称又究竟何所取义呢？要想对此问题加以解答，我们就不得不牵涉到词之起源的问题了。关于词之起源，历来原有许多不同的说法，约而言之，则词乃是中晚唐以后一种新兴的歌曲。只就这一点而言，则张惠言所说的"词者，盖出于唐之诗人，采乐府之音，以制新律，因系其词"的说法，实在是不错的。词既然是当时一种新兴的歌曲，则其被称为"词"的取义，实在极为简单，不过是合乐来唱的歌辞的意思而已，而歌辞这两个字本是一种极普遍的称谓，原来也并不专指某一种诗歌的体式。

所以词在初起时，本无"词"之定名，如欧阳炯《花间集·序》称其所集为"曲子词"，孙光宪《北梦琐言》则谓五代时"晋相和凝少年时好为曲子词……号为'曲子相公'"，王灼《碧鸡漫志》叙词之起源云"盖隋以来，今之所谓曲子者渐兴"，是词在初起之时，原但就其可歌唱之性质称为"曲子"，或就其为写定之歌辞称为"曲子词"而已。其后宋之词人，则或者就其可以合乐而歌，而谓之"乐府"；或者因其发展之继承诗歌而来，而谓之"诗余"；或者以其形式之多为长短不一之句式，而谓之"长短句"。总之，词在初起之时并不专名为"词"，乃是显然可见的，而其后之独以"词"称者，实在应该乃是"曲子词"的简称，而"曲子词"则不过是歌辞（song words）的意思，并没有什么"意内言外"的深义存乎其间。所以即使就张惠言自己所叙述的词之起源来看，他为词所下的"意内言外"的定义，也是不可信的。这是需要辨明的第一点。

第二点应该辨明的，则是张氏以词来上比《诗经》的问题。张氏盖因词在初起时，乃是合乐而歌的歌谣，就把词拿来与合乐而歌的《诗经》中的歌谣相提并论，以为同属于里巷风谣，又因《诗经》中之风谣是有比兴、变风之义的，所以就认为词也应该同样有比兴、变风之义。要想证明张氏此一说法的错误，首先我们不得不先简单说明一下《诗经》中的所谓比兴、变风之义。"比"和"兴"原来乃是诗之六义中的两个名目。关于六义，本文不暇详说，现在只就一般人对"比"和"兴"的观念，作一简单说明。有关"比""兴"之义，最普通的可归纳为两种说法。其一是但以"比""兴"为诗之作法者，如晋挚虞《文章流别论》云："比者，喻类之言也；兴者，有感之辞也。"朱熹《诗集传》则云："兴者，先言他物，以引起所咏之辞也。"这都是仅就作法而言的。其二则是以为比兴不仅为诗之作法，而且兼有美刺之意者，如《周礼·春官·大师》郑注云："比，见今之失，不敢斥言，取比类以言之；兴，见今之美，嫌于媚谀，取善事以喻劝之。"《诗大序》孔疏袭用其说，而更加解说云："比者，比托于物，不敢正言，似有所畏惧，故云见今之失，取比类以言之。兴者，兴起志意，赞扬之辞，故云见今之美，以喻劝之。"这类说法就都认为"比"和"兴"不仅是诗之单纯的写作方法，而且更有着美刺讽劝的含意。

至于张惠言之以"比兴"说词，则从他的"以道贤人君子幽约怨悱之情"的话来看，似乎他所说的"比兴"也当是一种有托意的"比兴"，而不仅是指诗的作法而已。另外，张氏所说的"变风之义"，则《诗大序》有言曰："至于王道衰，礼义废，政教失，国异政，家殊俗，而变风、变雅作矣。"孔疏云："变风、变雅，必王道衰乃作者，夫天下有道，则庶人不议，治平累世，则美刺不兴……变风、变雅之作，皆王道始衰，政教初失……恶则民怨，善则民喜，故各从其国，有美刺之变风也。"关于此种变风、变雅之说是否可信，此问题不在本文讨论之内。我们之所以引据这种说法，不过是为了说明在一般传统观念中，所谓"变风之义"，乃是指政道既衰之时的含有美刺之意的作品。张惠言既以"比兴"及"变风之义"来说词，可见张氏之意，乃是认为词之写作是该含有比兴美刺之喻意的。张氏的这种说法，可以分两层来加以检讨：第一是《诗经》本身是否果然有比兴美刺之意的问题；第二是以词来比附《诗经》之说，是否适当的问题。关于第一点，历代各种不同的说法甚多，在此不暇备举，现在我们只就《诗经》本身来看，则在诗篇中曾明言其有美刺讽颂之意的作品，大约有十二首之多。朱自清在其《诗言志辨》一书中就曾经说："这些诗的作意，不外乎讽与颂，诗文里说得明白。"可见《诗经》中确实有一部分作品是显然有着讽颂美刺之意的。至于此外的作品，则虽然《诗经》毛传也往往以比兴美刺之意为说可是自宋欧阳修之《诗本义》、郑樵之《诗辨妄》、朱熹之《诗序辨说》等，便早已都曾对毛传之说分别加以驳斥。由此可见，只就《诗经》本身而言，完全以比兴美刺之意为说，就已经使人觉得不可尽信了。而且，即使我们退一步承认了《诗经》毛传的说法，然而把唐、五代以后新兴的词来比附纳入此一说法之中，在根本上也依然是一种极大的错误。

张惠言之所以把词来比附《诗经》，其所根据的理由不过是因为他以为词与《诗经》同样都是里巷风谣，所以性质上便该有相近之处。这种说法，初看起来似颇为言之成理，可是仔细研究起来，就会发现其间实在有着很大的差别：第一，二者产生之时代不同；第二，二者产生之环境不同；第三，二者之被采选入乐之目的不同。《诗经》产生之时代在春秋中叶以前，为公元前六百年左右的作品，当时人民之生活较后世为纯朴，所以一般民间歌谣颇能反映一部分人民最基本之感情及生活动态。至于其所产生之环境，则《诗经》中有一部分固属里巷之风谣，而另一部分则实在乃是宗庙朝堂之乐章。产生于纯朴的农村社会之风谣，既可以作为观风问俗的参考；宗庙朝堂的乐章，当然更可以反映当时朝政之一斑。至于其采选入乐之目的，则《礼记·王制》既曾有"命大师陈诗以观民风"之言，《汉书·艺文志》也曾有"古有采诗之官，王者所以观风俗，知得失"的说法。而且《论语》中记载孔子与弟子问答之语，更曾屡次谈到诗在政教方面的功用，如"不学诗，无以言""兴于诗，立于礼，成于乐"及"诗可以兴，可以观，可以群，可以怨，迩之事父，远之事君"等谈话。另外，如《左传》中记载春秋时代朝会聘问之际，引诗句以为酬答的例子也很多。从这些记述来看，则《诗经》之编选入乐以及一般人对之加以学习诵咏，其间隐然有着一种政教的作用，乃是明白可见的。可是中晚唐以后兴起的词则不然了。词之产生，以时代言，比《诗经》差不多晚了一千三四百年之久，词之中所反映的，已不复是《诗经》时代简单纯朴的感情及基本的生活动态。而且根据最早的一本词集五代时欧阳炯《花间集·序》中的叙写来看，则词之产生环境及其编选此一词集之目的，乃是因为："有绮筵公子，绣幌佳人，递叶叶之花笺，文抽丽锦，举纤纤之玉手，拍按香檀……因集近来诗客曲子词……命之为《花间集》……庶使西园英哲，用资羽盖之欢；南国婵娟，休唱莲舟之引。"由此可见，词原来是产生于沉醉浪漫的歌筵酒席之间的作品，而其编选成集之目的，亦不过是为了给那些"南国婵娟"准备一些较之"莲舟之引"更为香艳美丽的歌辞而已。是则无论就其所产生之时代、所产生之环境，或者其被编选以供歌诵吟唱的目的来看，这种晚唐以后所盛行的曲子词，与春秋中叶以前的《诗经》，都是不可以相提并论的。此外，关于张惠言拿词来上比屈原的《离骚》的说法，则《离骚》原为屈原个人自传性的作品，以之与晚唐、五代之时传唱于歌筵酒席间的流行歌曲来相比，则较之把词来比附《诗经》，其性质与环境都更为远不相类。所以张氏之以"《诗》之比兴，变风之义，骚人之歌"来解说词，实在是一种极为牵强附会的说法。这是需要辨明的第二点。

张氏之所以造成上述一些基本观念上的错误，仔细分析起来，实在有着许多因素。第一，当张氏兄弟编辑《词选》一书时，彼等方馆于安徽歙县之经学大师金榜的家中，一方面从金榜问学，一方面也教授金氏的子弟。《词选》一书，则是张氏兄弟为了金氏子弟好填词而编订的一本词的读本。张惠言是一位以经学著名的学者，金榜更是一位皖派经学大师，从张惠言《茗柯文四编》的《祭金先生文》来看，可见张惠言对于金榜的学问、道德是极为景仰推崇的。至于张惠言自己的为人，则根据《国朝先正事略》的记载，也是一位以道德、文章自命的人物。而词之为物，则是一向为大雅君子所鄙视的小道末技，如今以一位经学的学者，要来为另一位经学大师的子弟编辑一册词的选集，则其有意于推尊词体，以之上比《风》《骚》，当然自有其心理方面的因素在。第二，张氏兄弟之编辑《词选》，乃是在嘉庆二年之际，正当浙西、阳羡二派并趋衰敝之时。浙西末流之空疏无物与阳羡末流之粗率叫器，同样是为常州一派所不取的，所以才标举"意内言外"之说，以"意内"来救浙派末流之空疏，以"言外"来救阳羡末流之粗率。金应珪《词选·后序》所提出的词之三蔽，谢章铤就曾以为是有为而发的，在其《赌棋山庄词话续编》中，谢氏即曾云："按一蔽是学周、柳之末派也；二蔽是学苏、辛之末派也；三蔽是学姜、史之末派也。"其中一蔽之所谓淫词，自然是经学家张惠言所反对的；至于二蔽之指阳羡末流之失，三蔽之指浙西末流之失，其含义也是显然可见的。所以张惠言之标举"意内言外",以比兴说词,亦自有其时代方面之因素在。第三,张惠言既以经学著名,而于经学中又尤长于虞氏《易》。戴静山师在其《谈易》一书中,曾批评张惠言的虞氏《易》学云:"张书是研究三国时虞翻一家的《易》学,我们即使承认他研究得很好,可是虞氏书本身就没有太大的价值……汉《易》重象……用拉关系的方法来求象,前人讥为牵合。"① 而这种解释《易》象的牵合附会之说,则与用比兴来说《诗》的办法在原则上颇为相近。居乃鹏在其《周易与古代文学》② 一文中,曾经举《易经·大过》九三爻辞"枯杨生梯,老夫得其女妻,无不利"为例,说第一部分可称为"设象辞",第二部分为"记事辞",第三部分为"占断辞"。又说:"如'关关雎鸠,在河之洲,窈窕淑女,君子好逑',前两句是比喻,后两句才是叙述。与《周易》比较来看,前两句如同设象辞,后两句如同记事辞。从原则上说,《周易》是据设象辞而推演人事,《诗经》是用比喻引起下面的叙述,两者极相似。"章学诚在其《文史通义·易教》下篇也曾经说:"《易》象……与《诗》之比兴尤为表里。"张惠言之好以比兴来说词,当然很可能也有其治学方面的影响。以上三点,虽足以说明张氏之所以形成某些理论错误的原因,但这些原因都是极为偏颇的主观因素,而在客观上他的错误乃是显然可见的。可是,张氏的词论却不仅为其当世的许多词人所共加承认推许,而且其影响力也极为久远深长,是则其理论自当也有一部分在客观方面足以存在的正确性。因此,下一步我们所要讨论的,就该是以比兴说词之理论在客观方面能否成立的问题了。

关于以比兴寄托说词的理论,我以为客观方面是有部分可以成立之理由存在的。因为中国文学理论中的比兴寄托之说既然源远流长,不仅说词的人会为其所左右,作词的人自然也会受其影响。作词之人既可能心存比兴寄托之念来写词,则张惠言之以比兴寄托来说词,便

---

① 见戴君仁《谈易》,开明书店,1961。
② 发表于《国文月刊》1948 年第 10 卷第 11 期。

自然有其足以成立的理由了。只是当我们使用一种只有部分正确性的理论时，我们便不得不先为这种部分的正确性，仔细划定一个分别的际限。要想划定此一分际，有几点是我们必须注意到的。第一，从词的演进发展来看，在词体初起之时，词人是否便已有了以比兴寄托为词的意念？如果初起时，并无此种意念，则后人之以此一意念来说词、写词，又究竟始于何时？第二，词中既非全部有比兴寄托之意，那么，我们如果想要判断一首词中之有无托意，究竟当以什么标准来作为判断的依据？第三，比兴寄托之意既往往极难以确定，那么说词的人对此又当采取何种态度？以下我们就将对这三点来作一研讨。

　　关于第一个问题，我以为词在初起时是并无比兴寄托之意的。这不仅从我在前面所引的欧阳炯之《花间集·序》中对"绮筵公子，绣幌佳人"的描写可以得到证明，就是在北宋初年的词人晏几道的《小山词·序》中，也仍然有"叔原往者浮沉酒中，病世之歌词不足以析酲解愠……始时沈十二廉叔、陈十君龙家有莲、鸿、苹、云，品清讴娱客，每得一解，即以草授诸儿，吾三人持酒听之，为一笑乐"的叙述，可见词在当时也仍然只是歌筵酒席间"析酲解愠"的曲子而已。而且根据宋人一些笔记的记载，如魏泰《东轩笔录》载云："王荆公初为参知政事，间日因阅读晏元献公小词而笑曰：'为宰相而作小词，可乎？'"又如惠洪《冷斋夜话》载云："法云秀，关西人，铁面严冷……尝谓鲁直曰：'诗多作无害，艳歌小词可罢之。'"从这些记述都可见到词在当时之为大雅所不取，与传统的旧诗尚且不可相提并论，当然更谈不到什么上比《风》《雅》，与《诗》《骚》同尊了。这种观念一直延续到南宋前期，尚且有残存的影响，如陆游在其《渭南文集·长短句序》中，就依然说过"乃有倚声制辞，起于唐之季世……予少时，汩于世俗，颇有所为，晚而悔之……今绝笔已数年，念旧作终不可掩，因书其首，以识吾过"的话。可见词自兴起以来，在一般人心目中原只是倚声而歌的一种流行歌曲，本来并没有什么比兴寄托之深意的。因此，才使士大夫们一方面既对此新兴体式之清新香艳存有跃跃欲试之情，一方面却又因传统之道德观念，而对于此种尝试有迟徊惭惧的不安。

可是无论如何，词既然自北宋初期便已经逐渐流入了士大夫的手中，于是一方面既不免自然而然地把士大夫的思想情意流露于小词之中，一方面也不免自然而然地要尝试着给词加以一种新的定义来提高词的地位，并借之以提高词之作者的地位。这在南宋初年，有关词学的第一本专著王灼的《碧鸡漫志》之中，便开始可以见其端倪了。如《碧鸡漫志》卷一论歌曲之起源，曾历举舜、禹以来《南风》《卿云》诸歌以为合乐而歌的词之远祖；又引《诗大序》"正得失，动天地，感鬼神，莫近于诗"的一段话，来推尊可以合乐的歌诗说："正谓播诸乐歌，有此效耳。"又推衍到词说："古歌变为古乐府，古乐府变为今曲子，其本一也。"其有心要给词一种新的定义来提高词的地位，这种用意乃是相当明显的。除此以外，王灼对北宋的作者特别推重晏殊、欧阳修和苏轼等人，那实在也正因为这些作者就正是尝试着把士大夫的情意纳入小词之中的人物。所以王灼特别提到苏轼说："东坡先生非心醉于音律者，偶尔作歌，指出向上一路，新天下耳目。弄笔者始知自振。"从王灼《碧鸡漫志》的话，我们可以清楚地看到，词这种晚唐、五代以来的流行歌曲，转入士大夫手中以后，在内容和观念上的一些改变是已经步入于借之以写怀抱，且有意在其中追求一些合于士大夫之观念的价值和意义了。其后南宋刘克庄在其《后村题跋·题刘叔安感秋八词》中更说"叔安刘君落笔妙天下，间为乐府……借花卉以发骚人墨客之豪，托闺怨以寓放臣逐子之感"，则已经开始明白地以寄托寓意来说词了。自兹而后，以比兴寄托为词的意念乃逐渐形成，更加之以南宋以来的世变日非，有许多家国之痛、身世之感是不便于明白叙述的，于是南宋末年乃有一些作者如周密、王沂孙、张炎、唐珏诸人互相结为词社，以咏物之词来写家国之痛，其有心以比兴寄托来写词的意念，则已是显然可见的了。所以词在初起时，虽并无必然要以比兴寄托为之的意念，可是自词之流入士大夫手中，乃逐渐用之以抒写怀抱志意，同时一方面要抬高词的地位，一方面又有某些时代背景的缘故，因而乃逐渐形成了以比兴寄托为词的意念。不过，即使在比兴寄托之观念已经形成之后，也并不是说每个人便都必然是以此一观念来从事词之写作，只不过是词里面确实有了用这种观念来写作的作品罢了。这种演变和区别，是我们在讨论词中比兴寄托之意时，必须弄清楚的第一点。

其次，我们所要讨论的是判断一首词中有无比兴寄托之意，究竟当以什么标准来作为依据的问题。关于这一点，我以前在《从〈人间词话〉看温韦冯李四家词的风格》（以下简称《论温韦冯李四家词》）一文中，曾经提出过三项衡量判断的标准，以为第一当就作者生平之为人来作判断；第二当就作品叙写之口吻及表现之神情来作判断；第三当就作品所产生之环境背景来作判断。关于此一问题，任二北在其《词学研究法》一书中，也曾经提出过："比兴之确定，必以作者之身世、词意之全部、词外之本事三者为准。"任氏的说法与我的意思实在并不相远，只是所用词语之含意广狭有所不同而已。任氏所提出的"作者之身世"一项，"身世"一词似乎较重在个人客观的遭遇一方面，而我所提出的生平之为人，则除客观之遭遇外，同时还重视作者本人之人格及修养。因为如果但就"身世"而言，则温庭筠乃宰相温彦博之孙，其父曦又曾尚凉国长公主，而温氏以如此之家世乃竟屡遭贬谪落拓以终，则其词作中之寄托有"身世"之慨，便当是极为可能的了。然而《栩庄漫记》却曾对张惠言之推尊温词比之于屈子《离骚》的说法，提出了强烈的反对，说："以无行之飞卿，何足以仰企屈子。"那便因为证之两《唐书》上所记载的"能逐弦吹之音，为侧艳之词"，"薄于行，无检幅，又多作侧辞艳曲"的温氏之为人来看，他的词作中之有寄托的可能性是极小的。任氏在其《词学研究法》一书中，亦曾反对张惠言之说，以为温词"难以《离骚》之义相比附"，可见任氏所提出的"身世"之说，实在也当包含作者"生平之为人"的意思，只是他所用的"身世"一词，容易使人误为仅指客观之遭遇而已。所以作者生平之为人，实当为判断词中有无寄托之意的第一项标准。其次，则任氏所提出的"词意之全部"一项标准，则从其所举之辛弃疾《菩萨蛮·书江西造口壁》一词之"江晚正愁余，山深闻鹧鸪"[①]二句所云"鹧鸪愁闻，若谓仅寻常之鸣禽兴感，则以副上文之行人多泪、长安可怜，岂不太觉浅率"的例证来看，任氏之意，盖以为此词前半阕"长安"诸句之词意较为沉重，而且"长安"一词又一向有影射帝都之意，所以如果仅以泛泛的说法来看"鹧鸪"二句，则后二句之浅率便未免与前半篇不能相副。任氏之说，固极为可信，然而除去通篇之词意以外，其叙写之口吻及表现之神情，实在也是极值得注意的。即如我在《论温韦冯李四家词》一文中所举的曹植《杂诗》之"南国有佳人"、阮籍《咏怀》之"西方有佳人"与李延年《佳人歌》之"北方有佳人"，三首诗中没有任何一首有如辛词"长安"一类沉重的字眼。如果以"词意之全部"论，则三首诗都是全部写一个绝色之"佳人"的作品，而曹、阮二人之诗便使人有托喻之想，李延年之诗则使人无托喻之想。其间之区别，实在因为曹、阮二诗所表现的口吻、神情都有着象喻的意味，使人觉得其所写的"佳人"并非实有，而李延年诗中的"佳人"，则纵然写得"绝世独立"，也使人感到确属实有，那便是"宁不知倾城与倾国，佳人难再得"二句，所表现的口吻、神情都较为现实的缘故。所以叙写之口吻、神情，应该是判断作品之有无托喻的第二项标准。三则，任氏所提出的"词外之本事"一项标准，也曾举上引辛弃疾之《菩萨蛮》词为例说："金人有造口逐舟之事实，则缘当年时局而兴感，自属可信。"当然，如果恰好有这样切合的"本事"，这当然是判断有无寄托的最好证据，然而可惜的是有些寄托之作并不能都找到这样切合的"本事"。如阮籍之八十二首《咏怀》诗，其中大部分作品就都不见得有切合的"本事"可以实指，如沈德潜《说诗晬语》所云"反复零乱，兴寄无端"；可是，论者却又都相信阮籍的诗确

---

① 全词为："郁孤台下清江水，中间多少行人泪。西北望长安，可怜无数山。青山遮不住，毕竟东流去。江晚正愁余，山深闻鹧鸪。"

有言外之意，说他"言在耳目之内，情寄八荒之表"，这种印象的获得，并不因某一件特殊的"本事"，而乃是阮籍写诗的环境背景，使人觉得他的作品中确实有用比兴托意的可能，所以沈德潜也说"遭阮公之时，自应有阮公之诗也"。所以作品产生之环境背景，实在应该是判断其有无托意的第三项标准。至于如果在某一词中恰好能在其环境背景中找到一些切合的"本事"，那当然就更是足可指认其确有托意的最好的证据了。但还有一点应该说明的是，纵然有此三项判断有无寄托的标准来作为依据，读词者与说词者也并不是能就因此而对其词中每句每字之托意来加以实指。我们现在仍以前引辛弃疾的《菩萨蛮》词为例，这一首词可以说是完全合于以上三项判断标准的作品，而且还被认为有切合的"词外之本事"。可是，历来说词者对于这一首词的解说却依然并不一致。现在我们只举出关于此词之末二句的几种主要的说法来一看。罗大经《鹤林玉露》云："盖南渡之初，虏人追隆祐太后御舟，至造口，不及而还。幼安自此起兴。'闻鹧鸪'之句，谓恢复之事行不得也。"邓广铭在其《稼轩词编年笺注》一书中，则另标新意，引《赣州府志》"郁孤台……唐李勉为刺史，登台北望，慨然曰'予虽不及子牟，心在魏阙一也'"之故实，以为："此词前章'西北望长安'句，疑是用李勉登郁孤台北望故事。亦即李白诗中所谓'长安不见使人愁'之意……所谓'山深闻鹧鸪'者，盖深虑自身恢复之志未必即得遂行，非谓恢复之事决行不得也。"另有李笠父《辛稼轩题造口〈菩萨蛮〉抉隐》[①]一文，则根据《建炎以来系年要录》于建炎三年十一月下有"金人追至太和县，太后乃自万安舍舟而陆，遂幸虔州（按即赣州，当时称虔州），后及潘贤妃皆以农夫肩舆，宫人死者甚众"的记载，因更立新说，解释此词"鹧鸪"一句说："偏有不晓事的鹧鸪，还作'行不得也哥哥'的啼唤，似乎嘲笑法驾丧失，要用农夫肩舆一样。"张惠言《词选》解说此词，全用罗大经《鹤林玉露》之说。任二北《词学研究法》虽然同意罗大经的说法，然而却不同意"鹧鸪"一

————————

① 见《大陆杂志》1956 年第 12 卷第 7 期。

句的解释，他说："特谓鹧鸪之鸣，乃指恢复之业行不得，则又未免臆断耳。"以这样一首完全合乎比兴寄托之判断标准的词，尚且有如许相异的说法，可见除了判断之标准以外，说词者所当取的态度，实在也是一项值得讨论的问题。

因此第三点我们所要讨论的便是说词者对于各种不同性质的词，所当采取的解说之态度的问题。如果以词中有无比兴寄托之意来作分类的标准，大约可以分为下列几种不同的情形来讨论：

第一类词，如《花间集》中欧阳炯的《浣溪沙》"相见休言有泪珠，酒阑重得叙欢娱"①，牛希济的《生查子》"语已多，情未了，回首犹重道"②，以及像北宋柳永的《定风波》"日上花梢，莺穿柳带，犹压香衾卧"③ 等作品，都是极实在、极鲜明地用主观的口吻，对爱情或离别的叙写，令读者可以一望而知其但为艳词而已，不会产生其他联想，因此也不会妄指其有比兴寄托之意。这是最简单、最不会引起问题的一类词。

第二类词，则如温庭筠之《菩萨蛮》"照花前后镜，花面交相映，新贴绣罗襦，双双金鹧鸪"④ 诸作，就颇易引起问题了。其实这些词与《花间集》中一些其他的艳词，实在没有很大的不同，其所以引起问题的一点微妙的因素，仔细分析起来，似乎仅在于温庭筠很少使用主观的口吻记述什么人事分明的恋爱情事，而只是用客观的态度并以秾丽的字词造成一种不具个性的意象。这种纯美的意象，极易引起读者的联想作用，所以像张惠言这种有意推尊词体、要在其中寻找比兴

① 全词为："相见休言有泪珠，酒阑重得叙欢娱，凤屏鸳枕宿金铺。兰麝细香闻喘息，绮罗纤缕见肌肤，此时还恨薄情无？"
② 全词为："春山烟欲收，天澹稀星小。残月脸边明，别泪临清晓。语已多，情未了，回首犹重道。记得绿罗裙，处处怜芳草。"
③ 全词为："自春来、惨绿愁红，芳心是事可可。日上花梢，莺穿柳带，犹压香衾卧。暖酥消、腻云亸，终日厌厌倦梳裹。无那，恨薄情一去，音书无个。早知恁么，悔当初、不把雕鞍锁。向鸡窗、只与蛮笺象管，拘束教吟课。镇相随，莫抛躲，针线闲拈伴伊坐，和我，免使年少，光阴虚过。"
④ 全词为："小山重叠金明灭，鬓云欲度香腮雪。懒起画蛾眉，弄妆梳洗迟。照花前后镜，花面交相映。新贴绣罗襦，双双金鹧鸪。"

寄托之意的人，对于温词乃大加赞美，居然从前面所引的"照花"四句，看出了"《离骚》'初服'之意"。如果按照前面所举的判断有无寄托的三项标准来衡量，则无论从作者生平之为人或词外之本事而言，温氏之词大都并不合于此种衡量之标准。像这一类词，我们最多只能说其中隐约透露有弄妆之美人的一份孤独寂寞之感而已，却不可以妄指其中有什么屈子《离骚》之意。这是在解说时，最当采取矜慎之态度的一类词。

第三类词，如韦庄的《菩萨蛮》、冯延巳的《鹊踏枝》诸作①。这些词虽也不脱《花间集》的范畴，可是韦庄身经国变，羁旅江南，冯延巳早岁得中主之知遇，曾经仕至宰相，而晚年目睹国势之艰危，既无能为挽救之计，又为政敌朋党所攻，他们二人的心中，自然有一种难于表达的深藏的哀感，因此，虽然写的也是《花间集》一类的小词，而其神情、口吻间却往往不免有一种心结蕴蓄之情的自然流露。降而至于北宋初期的范仲淹、欧阳修诸人的词作，也都往往于小词中流露有作者之性情、志意，甚至于如苏轼的逸怀浩气，亦往往可以见之于小词之中。这时的词，实在已经逐渐自歌筵酒席之间的新曲，转为士大夫手中一种可以抒情、写志的新体诗了。这一类作品虽然并没有什么"本事"可以确指，可是征之于其口吻、神情，则确有某一种较为深蕴的情怀。此外，再征之于其"生平之为人"，他们也确实有着过人的学养，且曾在政坛上扮演过重要的角色，因此，其词作中偶然流露有作者之性情、襟抱，当然便是一件极自然的事情了。只是这一类词，却绝不是有心以比兴来写寄托的作品，所以张惠言对这些词之牵强比附地强指为有托意的说法，遂不免为王国维《人间词话》所讥，说："永叔《蝶恋花》、子瞻《卜算子》，皆兴到之作，有何命意？皆被皋文深文罗织。"因此，读这一类词，虽然偶尔也可以有较深之感受和联想，却依然不可以实指为作者确有某种寄托之用意。对这一类词，在解说时也当取矜慎之态度。

---

① 韦庄《菩萨蛮》五首，冯延巳《鹊踏枝》十四首，文长不及备引，可参见《唐五代词》。

　　至于第四类词，如辛弃疾的《菩萨蛮·书江西造口壁》、王沂孙的《齐天乐·蝉》①、唐钰的《水龙吟·赋白莲》②诸作，则是用前面所提出之判断有无寄托的三项标准来衡量都有相合之处的作品。稼轩之愤发忠义，固属尽人皆知，而王沂孙、唐珏等人也都是亲自经历了南宋亡国之痛的人物。据周密《癸辛杂识》及陶宗仪《辍耕录》所引《唐义士传》的叙述，则唐珏不仅是南宋遗民，而且在亡国之后，曾因宋宗室诸陵之被元僧杨琏真迦所盗发，而暗中纠合人士前往收拾遗骸为之瘗葬，复移宋故宫之冬青树植于其地，并作《冬青行》二首及《梦中诗》四首，有"只有春风知此意，年年杜宇哭冬青"之句。是则就作者之身世为人而言，此等作家之作品自然有寄托之可能。而且辛词中之"长安"，当然可能暗指都城之所在；王词中之"铜仙铅泪"，当然也是用李贺之《金铜仙人辞汉歌》的故事来表现故国之思；唐词中之"太液池空，翠辇难驻"之表现亡国之悲，更有着非常明显的口气。这些词可以说完全合乎前面所提出的三项判断标准。像这一类词，当然已不仅是作者怀抱之自然流露，而是确实以比兴寄托之意来写的词。可是即使对这一类词，说词的人所当取的态度，也仍不可过分拘执去一一加以实指。即以辛氏《菩萨蛮》而论，前面我们已经举出过解说此词的人对其托意的多种不同的说法，可见即使是对于确有寄托的词，如果在解说时采取字比句附妄加指实的态度，也是难以使人完全信服的。可是这一类词又确实是合于判断之标准的有寄托之作，因此在解说时，当然也不可以将其托意完全置而不论。在这种情形下，说词者所当取的态度，也许应该只是说明作者之身世、为人，指出其可能有

---

　　①　全词为："一襟余恨宫魂断，年年翠阴庭树。乍咽凉柯，还移暗叶，重把离愁深诉。西窗过雨。怪瑶佩流空，玉筝调柱。镜暗妆残，为谁娇鬓尚如许？铜仙铅泪似洗，叹移盘去远，难贮零露。病翼惊秋，枯形阅世，消得斜阳几度？余音更苦。甚独抱清高，顿成凄楚？谩想薰风，柳丝千万缕。"
　　②　全词为："淡妆人更婵娟，晚奁净洗铅华腻。泠泠月色，萧萧风度，娇红敛避。太液池空，《霓裳》舞倦，不堪重记。叹冰魂犹在，翠辇难驻。玉簪为谁轻坠？别有凌空一叶，泛清寒、素波千里。珠房泪湿，明珰恨远，旧游梦里。羽扇生秋，琼楼不夜，尚遗仙意。奈香云易散，绡衣半脱，露凉如水。"

托意的词句及口吻，并说明写作之环境背景以及其可能牵涉到的本事，提供所有线索，给读者一种暗示和启发，让读者自己去加以思索和体会，以尽量避免由于牵强附会的解说所引发的种种误谬。也许这应该是说词之人所当取的一种最为妥适的态度。

以上我们既已讨论过比兴寄托在词中发展的时代、判断的标准与所当取的解说态度，现在就让我们以这些原则来对张惠言的《词选》一作衡量。张氏《词选》中，其所认为"义有幽隐，并为指发"的用比兴寄托之意来加以解说的作者及作品，总计共十二人，词四十阕①。如果根据我们前面所讨论过的几项原则，来对张氏所加之于这些作者及作品的评说一作分析，则我们便会发现张氏的比兴寄托之说，实在犯了几点错误。第一，张氏对于比兴寄托在词中发展之时代一点，似乎未能有明白的辨别，所以才会把五代、北宋时一些作者本无托意的小词，都一概目之为有寄托之作，说冯延巳的《蝶恋花》"盖以排间异己者"，说欧阳修的《蝶恋花》"殆为韩、范作乎"，这是张氏的第一点错误。第二，张氏对于判断有无寄托之标准也未能详加辨别，所以才会既不顾作者之生平为人，也不顾作品之背景本事，而便谓温庭筠之《菩萨蛮》有屈子《离骚》之意，这是张氏的第二点错误。第三，张氏说词的态度又复过于牵强比附，有时往往逐字逐句为之指求托意，如其说欧阳修《蝶恋花》一词云："'庭院深深'，闺中既以邃远也；'楼高不见'，哲王又不寤也；'章台游冶'，小人之径；'雨横风狂'，政令暴急也；'乱红飞去'，斥逐者非一人而已：殆为韩、范作乎？"这种牵强的说法，如何能使人尽信，这是张氏的第三点错误。像张惠言这种不顾一切原则，而妄指一些词中含有寄托的说法，曾经使得谢章铤、

---

① 计有温庭筠《菩萨蛮》十四首、《更漏子》三首，韦庄《菩萨蛮》四首，冯延巳《蝶恋花》三首，晏殊《踏莎行》一首，范仲淹《苏幕遮》一首，欧阳修《蝶恋花》一首（"庭院深深深几许"，按此词或以为非欧阳修所作，见唐圭璋《宋词互见考》），苏轼《卜算子》一首，陈克《菩萨蛮》二首，辛弃疾《摸鱼儿》一首、《贺新郎》一首、《祝英台近》一首、《菩萨蛮》一首，姜夔《暗香》一首、《疏影》一首，王沂孙《眉妩》一首、《高阳台》一首、《庆清朝》一首，无名氏《绿意》一首。详见张氏《词选》。

张祥龄等对常州派词论极为推重赞同的人，也对之表示过不满。谢氏在《词选·跋》中便曾经说："读皋文此选，则词不入于浅……皋文之有功于词，岂不伟哉。然而杜少陵虽不忘君国，韩冬郎虽乃心唐室，而必谓其诗字字有隐衷，语语有微辞，辨议纷然，亦未免强作解事。"张祥龄《词论》亦谓张氏之说为"胶柱鼓瑟"。所以张惠言之词论，就客观标准来衡量，其本身实在有许多谬误之处。因此，常州派之继起者周济乃对之提出了许多补充的论点。

周济的词论主要见于其所编著之《介存斋论词杂著》《宋四家词选·目录序论》及《词辨自序》之中。从他的论著之多，我们便可想见他的词论较之张惠言的一篇《词选·序》，自然要精密广泛得多了。在他的著述中，无论是对于词的作法声律，或对于作品与作者的品评，都曾有所涉及。但由于篇幅的限制，现在我们只把周济词论中，有关比兴寄托的重要论点录之于后：

一、感慨所寄，不过盛衰：或绸缪未雨，或太息厝薪，或己溺己饥，或独清独醒，随其人之性情、学问、境地，莫不有由衷之言。见事多，识理透，可为后人论世之资。诗有史，词亦有史，庶乎自树一帜矣。若乃离别怀思，感士不遇，陈陈相因，唾渖互拾，便思高揖温、韦，不亦耻乎。（《介存斋论词杂著》）

二、初学词求有寄托，有寄托，则表里相宜，斐然成章。既成格调，求无寄托，无寄托，则指事类情，仁者见仁，知者见知。（《介存斋论词杂著》）

三、夫词，非寄托不入，专寄托不出。一物一事，引而伸之，触类多通。驱心若游丝之罥飞英，含毫如郢斤之斫蝇翼，以无厚入有间。既习已，意感偶生，假类毕达，阅载千百，謦欬弗违，斯入矣。赋情独深，逐境必寤，酝酿日久，冥发妄中。虽铺叙平淡，摹缋浅近，而万感横集，五中无主。读其篇者，临渊窥鱼，意为鲂鲤，中宵惊电，罔识东西，赤子随母笑啼，乡人缘剧喜怒，抑可谓能出矣。（《宋四家词选·目录序论》）

综观周氏所说，其足以补张氏之疏失缺漏者约有二端。其一，他提出了寄托的内容主要当以反映时代盛衰为主，虽然反映之态度可以有多种之不同，或者为事前的"绸缪未雨"，或者为虑乱的"太息厝薪"，或者为积极的"己溺己饥"，或者为消极的"独清独醒"，而总之都有时代的盛衰作为背景，有"史"的意义，可以为后人"论世之资"，而不仅只为个人一己的伤离自叹而已。他所标举的寄托之内容，实在比张氏所谓"贤人君子幽约怨悱不能自言之情"要明白具体得多。因为就中国文学传统来看，自《诗经》之所谓比兴美刺，便都指的是以反映国家之治乱盛衰为主的作品，张氏所谓的比兴、变风，实在也是这个意思，只是张氏说得不明白具体，语焉不详，就会使一般读者发生一种误解，把一些个人的离别自叹之辞都一概目之为有寄托之作。然而中国诗词一向是以主观抒情为主，如此则中国诗词中将无往而不可指为有寄托之作了。所以周济为寄托所下的界说，乃是在他的词论中可注意的第一点。至于他把温、韦作为有寄托的代表，则是因为受了张惠言之推尊温、韦，以寄托来解说温、韦二家词的影响，所以周氏之理论虽多可取，而其所举之例证则大可商榷。关于这一点，我们在前面讨论如何为词中之比兴寄托之说来划分际限时，已经有过详细的分析，此处不拟赘言。此外，在周氏理论中另一点值得注意之处，是周氏对于比兴寄托所提出的"有""无"和"出""入"的说法，此一说法，我们可以按他的观点分为作者与读者两方面来看。

先就作者言，有意以寄托为词者，谓之"入"，谓之"有"。周氏以为作词当从求"有寄托"入手，至于入手的方法，周氏以为乃在对于"一物一事"都能引发联想，"引而伸之，触类多通"，然后以像"游丝"一样的精微的心思，与像"郢斤"一样的敏锐的笔法来观察和描述，即使如"飞英""蝇翼"一般精细幽微的事物，都能为作者所用而无所遗漏。以如此精微敏锐的"无厚"的心思与笔法，来观察和描述处处可以引发联想的"有间"的事事物物，所谓"以无厚入有间"，相习日久，于是乎心中有任何感慨，"意感偶生"，都可以托借于任何事物来"假类毕达"。这是周氏所提出的如何来做到能"入"和能"有"的方法。像这样写出来的词，便是能"入"的"有"寄托的作品了。至于如何能自"入"转到"出"，自"有"转到"无"，则是在有了前一种的功夫以后，修养既久，乃可不必有心拘执于寄托，而随时对任何事物都自然会投入较深微的情意，此所谓"赋情独深"，同时又自然含有较丰富的联想，此所谓"逐境必寤"。于是乎作者虽不是有心拘执于寄托，可是却会"冥发妄中"，自然而有较深厚的意境。这样写出来的词，便是所谓能"出"的"无"寄托的作品了。在这里有一点必须辨明的，就是周氏所说的"无"，乃是从"有"转来的"无"，是进"入"而后能超"出"的"无"，并不是不曾进入的真正空洞无物的"无"。关于这一点，詹安泰在《论寄托》[①]一文中曾经说："周氏所谓'无寄托'，非不必寄托也，寄托而出之以浑融，使读者不能斤斤于迹象以求其真谛。"又说："曰'求无寄托'，则其有意为无寄托，使有寄托者貌若无寄托可知。"所以周氏所说的"无"，显然乃是由"有"转变成的"无"；因此，他论到学习作词的方法，便主张当自南宋王沂孙入手，然后由南宋以追北宋。在他的《宋四家词选·目录序论》中，便曾特别标举出"问途碧山"（王沂孙号碧山），说："词以思、笔为入门阶陛。碧山思、笔，可谓双绝。"又说："南宋有门径，有门径，故似深而转浅；北宋无门径，无门径，故似易而实难。"这便因为周氏以为南宋王沂孙"有寄托"的境界乃是有途径可以依循的，而他所谓碧山的"思"与"笔"，也就正是前面本文所引周氏论如何能有寄托时，所讲的如"游丝"一样的心思和像"郢斤"一样的笔法。至于北宋人词中之不为寄托所拘限的情意，则是属于能"无"和能"出"的作品，是没有途径可以依循的。周氏的由"有"而"无"、由"入"而"出"的说法，对于想要在词中表现较深之情意的作者而言，则既可以因"入"与"有"之说而避免浮浅空虚之病，又可以因"出"与"无"之说而不致过分被狭隘的寄托所拘限，确实不失为一个可以采取的入门

---

① 发表于《词学季刊》1936 年第 3 卷第 3 号。

途径。可是周氏之说实在仍犯了一点错误，那就是他的学词方法，就词的发展而言，乃是一种倒果为因的说法。因为北宋的时代，根本还没有形成要以比兴寄托为词的意念，北宋人作品之往往有深意可寻，乃是由于作者之性情怀抱的自然流露，是在"无"中偶然涌现为"有"，而并非是从"有"转变成"无"。周氏之所以倒果为因，主要是因为受了张惠言之说的影响：一则，先存了词定要有寄托的想法；再则，又存了北宋晏、欧、东坡的一些小词都是有寄托之作的成见，而晏、欧、东坡的小词又实在难以确指其寄托究竟何在，于是乃把它们归入于寄托之说中的能"出"和能"无"的作品。这种说法，与词的发展当然并不相合，那实在是周氏不免为张氏之说所笼罩，有了某些先入为主的成见的缘故。可是周氏毕竟标举出了"出"与"无"的说法，这便较之张氏的死于句下的拘执的说法，要活泼和高明得多了。

以上是就作者而言，至于就读者而言，则周氏的由"入"而"出"，由"有"而"无"的说法，实在为说词者开了一个极广大的方便法门，它几乎使得张惠言之说的各种疏失缺漏之处都得到了弥补。因为如本文在前面所论，张氏说词之错误疏失，第一，乃在于将许多原不一定有寄托的作品，都妄指为有寄托；第二，则在于解说词的态度过于拘泥执着，字比句附，使人不能完全相信和同意。这两点错误疏失，如果用周氏的理论来解说，就都可以完全得到补救了。因为，第一，周氏提出了一种能"出"和能"无"的说法，而"出"与"无"又可以从"入"与"有"转变而来，是则一切"无"寄托的作品乃都可以视之为一种变相的"有"寄托的作品了。如此，则张氏之把"无"寄托的词解释为"有"寄托的词，乃成为读者的一种较深入的看法，而不再是一种错误和疏失了。再则，周氏对于"出"与"无"一类不可确指其托意的作品，又给读者提出了一种极为自由的欣赏和解说的态度，以为"读其篇者"可以具有一种"临渊窥鱼，意为鲂鲤，中宵惊电，罔识东西"的感受，于是"仁者见仁，知者见知"，读者的各种感受和联想，乃都可以成为作品中可能具有的一种意境了。如此，则张惠言之各种比附的说法，乃都可以为读者见仁见智之一得，而不再是一种错误疏失了。何况除了这以外，周济在其《词辨》自序中，还曾提出过"夫人感物而动，兴之所托，未必咸本庄雅。要在讽诵绌绎，归诸中正……苟可驰喻比类，翼声究实，吾皆乐取，无苛责焉"的说法，俨然给予读者一种"绌绎"解说的自由。后来谭献在《复堂词录叙》中更推衍周氏的话说："甚且作者之用心未必然，而读者之用心何必不然。"这种论调，则是为读者以一己之自由联想来比附说词提出了公然支持的理论，于是常州词论的比兴寄托之说，乃无往而不可通了。这种说法，从表面上看来，虽似乎与张惠言妄加比附的说法颇为相近，但二者之间实在有一点极大的不同，那就是张氏的比附乃是直指作者为确有如此之用心，这种随便以自己联想附会古人之词意的漫无准则的说法，当然乃是我们所决不能同意的。而周氏的说法，与张氏的最大不同之处，就是他明白指出了读者之联想未必即为作者之用心，如此则读者之联想遂得有绝大之自由，而不致再有牵强比附之讥①。这种通达的说法及态度，便恰好补救了张惠言的过于拘执比附的缺点，所以常州派词说有了周济的理论不能不说是一大拓展。

综合起来看，周氏对于张氏之推阐补充，其重要者约有以下数端：第一，周氏对于寄托的内容，作了较张氏更为具体的说明；第二，周氏对于如何以寄托为词，指点了明白的途径；第三，周氏的由"有"而"无"，由"入"而"出"的不拘执于"有"的说法，使作者与读者之思想都有了更可以自由活动的余地；第四，周氏对于读者之以一己联想及心得来解说词意给予了理论的支持，且因不拘指为作者必有何等用心，使常州派跳出了拘执比附的疵议，弥补了张氏的疏失缺漏。所以龙沐勋《论常州词派》一文即曾说："常州词派之建立，二张引其端，而止庵拓其境。"又说："常州词派，至周止庵氏而确立不摇。"这些赞语，就周济对于常州派词说的推阐发扬之功而言，他是可以当之

---

① 关于以联想说词的原则，可参看拙作《由〈人间词话〉谈到诗歌的欣赏》一文，见《迦陵谈诗》，台湾三民书局 1970 年版。

无愧的。

　　综合以上所举的张惠言与周济二家的说法，如果我们试用较现代的文学理论观点来加以衡量，则张惠言似乎只是一个颇为迂执的经师。他之提出比兴寄托的理论，并非完全由于文学的观念，而大半乃是由于道德的观念。他的主旨，只是为了要推尊词体，使之合于士大夫的价值标准，所以在他的《词选》一书中，除了牵强比附地以比兴寄托来解说词意以外，实在并没有什么更为高明的见地。而周济则不然。周济乃是一位确实具有相当欣赏批评能力的人，在他的《介存斋论词杂著》及《宋四家词选·目录序论》中，对于两宋诸大词人都不乏极精辟深入的评论。现在我们只就前面所引的他的有关寄托的几段话来看。第一，周济在论及有寄托之词与无寄托之词的作法时，曾经分别提出过"意感偶生，假类毕达"和"赋情独深，逐境必寤"的两句话。前者指的乃是把自己的情意感慨借物类来表达，后者则是指的感情对于物象的自然投注可以随时因外境而有所触发。简言之，则前者乃是以情托物，后者乃是因物移情，这正是情与物相感应结合的两种最基本的方式。诗歌既为美文，其作用本来即在于以意象唤起人之感受，而情物交感则正是形成诗中之意象的主要因素。所以周氏的"假类毕达"与"逐境必寤"两句话，如果就广义的作者之感情与物象之结合来看，原来正是古今中外所同然的一种诗歌之表现的基本方式。周氏所举出的，可以说正是直探诗歌创作之本源的两句话。

　　第二，周济在论及读者之欣赏时，对于所谓无寄托之词，曾经说过"临渊窥鱼，意为鲂鲤，中宵惊电，罔识东西"的一段话，明白指出在诗歌之欣赏中，有一部分作品原来是不可能给予确定之解说，也不需要给予确定之解说的。因此如前面所言，诗歌之创作既不在于说明而在于意象之表现，则读者自可从诗歌中之意象而引发个人之联想，其自由亦正如作者之由物象而引发个人之情意，见仁见智，原来就是可以因人而异的，所以读者自可由不同之联想而有不同之感受。而且诗歌中意象之蕴含愈丰富的，其所触发之联想必然也愈为丰富，所以愈是好诗，往往也愈不能用拘限的理念来作说明，这是古今中外所同然的一种现象，而且这也正是西方文学新批评中一个重要的理论。如西方现代文学批评大师艾略特（T. S. Eliot）在其《诗歌的音乐》（"The Music of Poetry"）一文中，就曾经说过："一首诗对于不同的读者可能显示出多种不同的意义。这些意义可能都并不是作者的原意……而一个读者的解释，虽不同于作者的原意，有时却同样的得当，甚至比作者原意更好。因为一首诗原可能存在有不为作者所自知的更多的意义。"[1] 又如燕卜荪（William Empson）所著的《多义七式》（*Seven Types of Ambiguity*）一书，则曾经为含混多义的诗举出许多理论的根据，他甚至以为愈是可以提供多方面解释的含混多义，愈是好诗。这些说法都是西方新批评派的重要理论，而中国清代的词学批评家周济，却早在一个半世纪以前就见到了这种可以从一首词中看出多种含义的现象，而且承认了以读者一己之感受来解说诗歌的多种可能性。我们不能不承认他的眼光确实犀利和深刻，因为在文学欣赏与批评方面，这实在是一种极精辟的理论。只可惜周氏为张惠言之说所拘限，未能对诗歌之创作与欣赏更作独立深入的发挥，竟因先入为主的成见，认为词必须要有寄托，遂不能跳出于张氏迂执的比兴寄托之说以外，既将诗歌创作中的情物交感的基本现象，限制于美刺比兴的感慨时世盛衰的寄托之说，又将诗中之意象引发联想的多种可能性，归之于寄托中"出"与"无"的一种成就，因之乃将读者以联想说词之可能也完全只限于比兴寄托之范围中了。这实在是倒本为末的说法。因为诗歌之有所谓寄托之作，原来不过是由于诗歌情物交感之本质所自然形成的一种表现而已；而某些不可确指为有寄托甚至本无寄托的作品之可以由读者之联想而看出寄托之意，也不过是诗歌中之意象可以引发读者多种联想中之一种解说方式而已。周氏原来有许多可以直探诗歌之本质的敏锐的见地，却被张惠言的比兴寄托之说所拘限，未

---

[1]　T. S. Eliot, "The Music of Poetry," *in On Poetry and Poets* (London: Faber and Faber, 1957) pp. 30–31.

能有更为超脱、更为深入的发挥，这是极为可惜的一件事。后来王国维所写的《人间词话》，其中虽然对常州派张惠言以比兴说词之固执颇多讥议，可是他自己却以人生哲理来说词，以晏、欧之小词为表现"成大事业大学问"之某种"境界"，而又云："然遽以此意解释诸词，恐为晏、欧诸公所不许也。"这种"作者之用心未必然，而读者之用心何必不然"的说词态度，其所受到的常州派后期的批评家，如周济、谭献等人的影响，则是显然可见的。所以周济的批评理论，实在极有引申之余地，这是我们所不能不加以注意和重视的。

关于张惠言的推尊词体、以比兴说词的说法，虽颇有迂执误谬之处，可是如果就词之本身的性质来看，则把词看成表现寄托的一种最适合的体式，在文学理论上也并非完全没有道理。因为词在本身的性质中，原来也就含了可以作为比兴寄托之用的因素。这种说法，初看起来似乎颇不易为人接受。因为词在初起时，原来只不过是歌筵酒席间的一种流行歌曲，在当时的场合下，唱歌者固大半是"绣幌佳人"，听歌者也大半是"绮筵公子"，而歌曲的内容乃大半为描写儿女之情的香艳歌辞，这种歌辞与所谓寄托美刺感慨盛衰的大题目，当然十分相远。可是仔细分析起来，二者却有一点极微妙的相似之处，那就是其中所表现的所谓"爱"的一种共相。人世间之所谓"爱"，当然有多种之不同。然而无论其为君臣、父子、夫妇、朋友之间的伦理的爱，或者是对学说、理想、宗教，信仰等的精神的爱，其对象与关系虽有种种之不同，可是当我们欲将之表现于诗歌，而想在其中寻求一种最热情、最深挚、最具体，而且最容易使人接受和感动的"爱"的意象时，则当然莫过于男女之间的情爱。所以歌筵酒席间的男女欢爱之辞，一变而为君国盛衰的忠爱之感，便也是一件极自然的事，因为其感情所倾注之对象虽有不同，然而当其表现于诗歌时，在意象上二者却可以有相同之共感。所以越是香艳的体式，乃越有被用为托喻的可能。这现象不仅在中国的诗歌中如此，即使在西方的诗歌中，我们也可以同样发现不少以香艳的爱情的诗篇来写寓托意的作品。《圣经》中的雅歌，就是最好的证明。此外，英国的诗人约翰敦（John Donne）和里查克拉修（Richard Crashaw）等，也都曾以写情诗的方式写过不少宗教信仰的颂歌。虽然东西方之文化不同，这种诗歌在各自发展的过程中可能有不少相异之点，然而无论如何，以香艳的爱情诗篇来表现另一层"托意"的办法，原来也是古今中外人心所同然的一种现象。

除了这一点以外，中国词中的喻托之作，到了南宋后又形成了咏物一派的作品，则是因为自屈原的《离骚》开始，在中国文学中，"美人"就已经与"香草"并举，成为诗人心目中所追寻的某一种完美之对象的象征。虽然早期词作中之歌筵酒席间的香艳的歌辞，并不可以用屈原寓托忠爱之自传式的《离骚》相比附，可是词这种体式转入士大夫之手中以后，长期发展下来的结果却自然受了中国的"美人香草"之悠久的传统之影响，而有了除"美人"以外更以"香草"为喻托的作品。更何况早自《诗经》中的"草木虫鱼"也就已经都被认为可以有比兴之意，所以中国文学中"词"这种体式之容易被写成或解成有寄托之作，当然便是从词之本身的性质及中国文学之传统等两方面都有着这种可能之趋势的。因此，张惠言的比兴寄托之说虽不免有牵强附会之处，然而词的性质既果然适合于比兴寄托的写作，而且中国文学中也确实有比兴寄托的传统，则张氏之说，虽然就其推尊词体之目的而言，乃是出于道德的观念而非文学的观念，可是他能善于观察和运用这种香艳的体式，就其本身性质之趋向而给予了一种更高的诠释，则在文学批评理论中便也自有其值得重视之处。关于这点，谢章铤在《课余续录》中就曾经说："张氏皋文之论词，以有怀抱、有寄托为归……作家虽不必拘其说，要不可不闻其说也。"这也正是张氏之说虽有不少牵强误谬之处，而依然为许多写词及论词的人所尊奉和推崇的缘故。

总之，对于常州派的词论，如果我们能够善加别择，不为其谬说所拘，但观其在文学理论上的根本会通之处，则词体宜于表现寄托，词之写作当以情物交感为主，词之解说可以有别具会心的领悟，这些观念都可以给予我们写词或说词时很多的启示，可以对词有更为深广的体认。我们决不可以因其一部分的误谬，便将其理论全部抹杀。此外，如晚清之王鹏运、朱祖谋之《合校梦窗四稿》以及朱氏《彊村丛书》的网罗之富、校勘之精，如龙沐勋在《论常州词派》一文中所说的"取清儒治经之法，转而治词"，当然也未尝不是由于受了常州派推尊词体之说的影响。这一点在中国词学之发展上也是相当值得注意的。更进一步来看，比兴寄托之说，既是中国传统文学批评中一项重要的理论，透过对常州派词论的分析和检讨，也许可以帮助我们对于中国文学的批评传统能有更深一层的了解，如此又不致对这种传统上的比兴寄托之说表现为盲目的信从或诋毁，这应该是我们今日想要重新衡定旧传统之文学批评所必具的一点认识。

# 对传统词学与王国维词论
# 在西方理论之观照中的反思

## 前　言

　　近几年来，我因为曾多次回国讲学及从事科研活动，常与国内青年同学们有所接触。从他们与我的谈话中，我深深地感受到目前青年们的趋势，乃是对于求新的热衷和对于传统的冷漠。作为一个多年来从事古典诗歌之研读与教学的工作者，我对他们的这种态度，可以说是一则以忧，一则以喜。忧的是古典诗歌的传承，在此一代青年中已形成了一种很大的危机；而喜的则是他们的态度也正好提醒了我们对古典的教学和研读都不应该再因循故步，而面临了一个不求新不足以自存的转折点。而这其实也可以说正是一个新生的转机。因为现在毕竟已进入到一个一切研究都需要有世界性之宏观的信息的时代，我们自然也应该把我们的古典诗歌的传统放在世界文化的大坐标中去找寻一个正确的位置。只是这种位置的寻觅，却既需要对中国传统有深刻的了解，也需要对西方理论有清楚的认识。我个人自惭学识浅薄，无力对中国古典在世界文化中的位置作出全面正确的比较和衡量。只是近年来我因偶然的机缘，既曾撰写了一系列有关唐宋名家词的专论，又撰写了一系列试用西方文论来探讨王国维词论的随笔。在写作过程中对于中国词学与王国维的词论颇有一点小小的心得，以为中国传统词学及王国维对词的评赏方式，都与西方近代的文论有某些暗合之处。只是我在撰写那些专论时既曾为体例所限，在撰写那些随笔时又曾为篇幅所限，都未能对自己的想法畅所欲言，因此才又撰写了这一篇文稿，希望能透过西方理论的观照，对中国词学传统与王国维的词论作出一种反思，以确定其在世界性文化的大坐标中的地位究竟何在。不过，本文为行文方便计，分为了三个探讨的层次。第一部分为"从中国词学之传统看词之特质"，第二部分为"王国维对词之特质的体认——我对其境界说的一点新理解"，第三部分为"从西方文论看中国词学"。本来，以上三个层次，每一层次都可写为一篇专论来加以探讨；只是本文之主旨既在作宏观的反思，而且其中某些个别的问题，我在近年所撰写的文稿中也已有相当的讨论，因此本文乃但以扼要之综述为主，其间有些我已在其他文稿中探讨过的问题，就只标举了已发表过的文题和书目，请读者自己去参看，而未再加以详述，这是要请读者加以谅解的。至于我这种观照和反思的方式之是否可行，以及我所推衍出来的结论之是否切当，自然更有待于读者们的批评和指正。我只不过是把个人的一点想法试写下来，提供给和我一样从事古典诗歌之研读和教学的朋友们作为参考而已，因写此前言如上。

## 第一节　从中国词学之传统看词之特质

词，作为中国文学中之一种文类，具有一种极为特殊的性质。它是突破了中国诗之言志的传统与文之载道的传统，而在歌筵酒席间伴随着乐曲而成长起来的一种作品。因此要想对词学有所了解，我们就不得不先对词学与诗学之不同先有一点基本的认识。一般说来，中国诗歌之传统主要乃是以言志及抒情为主的。早在今文《尚书·尧典》中，就曾有"诗言志"之说；《毛诗·大序》中亦曾有"诗者，志之所之也"及"情动于中，而形于言"之说。本来关于这些"言志"与"抒情"之说，历来的学者已曾对之作过不少讨论，朱自清先生的《诗言志辨》就是其中一种考辨极详的重要著作，因此本文并不想再对这方面多加探讨。我们现在所要从事的，只是想要从诗学的"言志"与"抒情"之传统，提出诗学与词学的一点重要区别而已。私意以为在中国诗学中，无论是"言志"或"抒情"之说，就创作之主体诗人而言，盖并皆指其内心情志的一种显意识之活动。郑玄对《尧典》中"诗言志"一句，即曾注云"诗所以言人之志意也"；孔颖达对《毛诗·大序》中"诗者，志之所之也"一句，亦曾疏云"诗者，人志意之所之适也"；又对"情动于中，而形于言"一句，亦曾疏云"情谓哀乐之情，中谓中心，言哀乐之情动于心志之中，出口而形见于言"。据此看来，可见诗学之传统乃是认为诗歌之创作乃是由于作者先有一种志意或感情的活动存在于意识之中，然后才写之为诗的。这是我们对中国诗学之传统所应具有的第一点认识。其次则是中国诗学对于诗中所言之"志"与所写之"情"，又常含有一种伦理道德和政教之观念。先就"言志"来看，中国一般所谓"志"本来就大多意指与政教有关的一些理想及怀抱而言。即如《论语·公冶长》篇即曾记载孔子与弟子言志的一段话。另外在《论语·先进》篇也曾记载有"子路、曾皙、冉有、公西华侍坐"，孔子令他们各谈自己的理想怀抱的一段话，而结尾处孔子却说是"亦各言其志也"。从这些记述中自然都足可证明中国传统中"言志"之观念，乃是专指与政教有关之理想怀抱为主的。在《诗经》中明白谈到作诗之志意的，据朱自清先生《诗言志辨》之统计共有十二处。如"家父作诵，以究王讻"及"作此好歌，以极反侧"之类，其诗中所言之志莫不有政教讽颂之意更是明白可见的。至于就抒情而言，则《论语·为政》也曾记有孔子论诗的"诗三百，一言以蔽之，曰：'思无邪'"之言。《毛诗·大序》更曾有"发乎情，止乎礼"之言。《礼记·经解》篇论及诗教，也曾有"温柔敦厚"之言。这些记述自然也足可证明纵然是"抒情"之作，在中国诗学传统中，也仍是含有一种伦理教化之观念的。然而词之兴起，却是对这种诗学之传统的一种绝大的突破。下面我们就将对词之特质与词学之传统略加论述。

所谓"词"者，原来本只是在隋唐间所兴起的一种伴随着当时流行之乐曲以供歌唱的歌辞。因此当士大夫们开始着手为这些流行的曲调填写歌辞时，在其意识中原来并没有要借之以抒写自己之情志的用心。这对于诗学传统而言，当然已经是一种重大的突破。而且根据

《花间集·序》的记载，这些所谓"诗客曲子词"，原只是一些"绮筵公子"在"叶叶花笺"上写下来，交给那些"绣幌佳人"们"举纤纤之玉手，拍按香檀"去演唱的歌辞而已。因此其内容所写乃大多以美女与爱情为主，可以说是完全脱除了伦理政教之约束的一种作品。这对于诗学传统而言，当然更是另一种重大的突破。然而值得注意的则是，这些本无言志抒情之用意，也并无伦理政教之观念的歌辞之词，一般而言，虽不免浅俗淫靡之病，但其佳者则往往能具有一种诗所不能及的深情和远韵。而且在其发展中，更使某些作品形成了一种既可以显示作者心灵中深隐之本质，且足以引发读者意识中丰富之联想的微妙的作用。这可以说是五代及北宋初期之小词的一种最值得注意的特质（请参看《唐宋词名家论稿》中拙撰论温、韦、冯、李、晏、欧诸家词之文稿）。

这种特质之形成，我以为大约有以下几点原因，其一是词在形式方面本来就有一种伴随音乐节奏而变化的长短错综的特美，因此遂特别宜于表达一种深隐幽微的情思；其二则是词在内容方面既以叙写美女及爱情为主，因此遂自然形成了一种婉约纤柔的女性化的品质；其三则是在中国文学中本来就有一种以美女及爱情为托喻的悠久的传统，因此凡是叙写美女及爱情的辞语，遂往往易于引起读者一种意蕴深微的托喻的联想；其四则是词之写作既已落入了士大夫的手中，因此他们在以游戏笔墨填写歌辞时，当其遣词用字之际，遂于无意中也流露了自己的性情学养所融聚的一种心灵之本质。以上所言，可以说是歌辞之词在流入诗人文士手中以后之第一阶段的一种特美。不过这些诗人文士们既早已经习惯了诗学传统中的言志抒情的写作方式，于是他们对词之写作遂也逐渐由游戏笔墨的歌辞而转入了言志抒情的诗化的阶段。苏轼自然是使得词之写作"一洗绮罗香泽之态"，脱离了歌筵酒席之艳曲的性质，而进入了诗化之高峰的一位重要的作者。只是苏氏的诗化之演进，在当时却并未被一般其他作者接受，而一直要等到南宋时张孝祥、陆游、辛弃疾、刘克庄、刘过等人的出现，这种"一洗绮罗香泽之态""于翦红刻翠之外，屹然别立一宗"的超迈豪健的抒写怀抱志意的作品才开始增多起来。不过值得注意的则是，这一派作品实在又可分为成功与失败两种类型。关于此一类词的递变之迹象及其成功与失败之因素，我在《论苏轼词》《论陆游词》及《论辛弃疾词》诸文稿中，也都已曾分别有所论述（均见《唐宋词名家论稿》）。约而言之，则此一派中凡属成功之作大多须在超迈豪健之中仍具一种曲折含蕴之美。因此近人夏敬观评苏词，即曾云："东坡词如春花散空，不着迹象，使柳枝歌之，正如天风海涛之曲，中多幽咽怨断之音，此其上乘也。"陈廷焯论辛词，亦曾云："辛稼轩，词中之龙也，气魄极雄大，意境却极沉郁。"凡在内容本质及表现手法上都能达到此种虽在超迈豪健中也仍有曲折含蕴之致的，自然是此一派中的成功之作。我在《论苏轼词》中所举的《八声甘州》（有情风万里卷潮来），在《论辛弃疾词》中所举的《水龙吟》（举头西北浮云）及《沁园春》（叠嶂西驰），这些作品自然都可作为此一类成功之词的例证。至于属于失败一类的作品，则大多正由于缺少此一种曲折含蕴之美，过伤于粗浅率直。因此谢章铤在其《赌棋山庄词话》中就曾说："学稼轩要于豪迈中见精致。近人学稼轩只学得莽字、粗字，无怪阑入打油恶道。"可见词虽在诗化以后，纵使已发展出苏、辛一派超迈豪健之作，而其佳者也仍贵在有一种曲折含蕴之美，这正是词在第二阶段诗化以后而仍然保有的一种属于词之特质的美。其后又有周邦彦之出现，乃开始使用赋笔为词，以铺陈勾勒的思力安排取胜，遂使词进入了发展的第三阶段，而对南宋之词产生了重大的影响。当时的一些重要词人，如史达祖、姜夔、吴文英、周密、王沂孙、张炎诸作者，可以说无一不在周氏影响的笼罩之下。这一派作品不仅与前二阶段的风格有了极大的不同，而且更对中国诗歌之传统造成了另一种极大的突破。如果说第一阶段的歌辞之词，是对诗学传统中言志抒情之内容及伦理教化之观念等意识方面的突破，那么此第三阶段的赋化之词，则可以说主要是对于诗学传统中表达及写作之方式的一种突破。早在《论周邦彦词》一文中，我对于这一种突破也已曾有过相当详细的讨论（见《唐宋词名家论稿》），约而言之，则中国诗歌之传统原是以自然直接的感发之力量为诗歌中之主要质素的。刘勰《文心雕龙·明诗》就曾明白提出说："人禀七情，应物斯感，感物吟志，莫非自然。"钟嵘《诗品·序》也曾明白提出说："观古今胜语，多非补假，皆由直寻。"可见无论就创作时情意之引发或创作时表达之方式言，中国传统乃是一向都以具含一种直接的感发力量为主要质素的。其后至唐五代歌辞之词的出现，在内容观念上虽然突破了诗歌之言志抒情与伦理教化之传统，然而在写作方式上则反而正因其仅为歌酒筵席间即兴而为的游戏笔墨，因此遂更有了一种不须经意而为的自然之致。而也就正因其不须经意的缘故，于是遂于无意中反而表露了作者心灵中一种最真诚之本质，而且充满了直接的感发的力量。然而周邦彦所写的以赋笔为之的长调，却突破了这种直接感发的传统，而开拓出了另一种重视以思力来安排勾勒的写作方式，而这也就正是何以有一些习惯于从直接感发的传统来欣赏诗词的读者们，对这一类词一直不大能欣赏的主要缘故。而且这一类赋化的词也正如第二类诗化的词一样，在发展中也形成了成功与失败的两种类型。其失败者大多堆砌隔膜，而且内容空洞，自然绝非佳作。至其成功者则往往可以在思力安排之中蕴含一种深隐之情意。只要读者能觅得欣赏此一类词的途径，不从直接感发入手，而也从思力入手去追寻作者用思力所安排的蹊径，则自然也可以获致其曲蕴于内的一种深思隐意。这可以说是词之发展在进入第三阶段赋化以后而仍然保留的一种属于词之曲折含蕴的特美。我在《论周邦彦词》一文中所举出的《兰陵王》（柳阴直）、《渡江云》（晴岚低楚甸），及在《论吴文英词》和《谈梦窗词之现代观》二文中所举出的《齐天乐》（三千年事）、《八声甘州》（渺空烟）、《宴清都》（绣幄鸳鸯柱），以及在《论咏物词之发展及王沂孙之咏物词》和《碧山词析论》二文中所举出的《天香》（孤峤蟠烟）、《齐天乐》（一襟余恨宫魂断）诸词（请参看《迦陵论词丛稿》及《唐宋词名家论稿》），可以说就都是属于这一派以思力安排为之的赋化之词中的成功之作。而在以上所述及的由歌辞之词变而为诗化之词，再变而为赋化之词的演进中，有一位我们尚未曾述及的重要作者，那就是与以上三类词都有着渊源影响之关系而正处于演变之枢纽的人物——柳永。柳词就其性质言，固应仍是属于交付乐工歌女去演唱的歌辞之词，这自然是柳词与第一类词的渊源之所在，只不过柳词在表达之内容与表现之手法两方面，却与第一类词已经有了很大的不同。先就内容看，柳词之一部分羁旅行役之作，就已经改变了唐五代词以闺阁中女性口吻为主所写的春女善怀之情意，而转变为代之以出于游子之口吻的秋士易感的情意，并且在写相思羁旅之情中，表现了一份登山临水的极富于兴发感动之力量的高远的气象。这可以说是柳词在内容方面的主要开拓；再就表现之手法而言，则柳词既开始大量使用长调的慢词，因此在叙写时自然就不得不重视一种次第安排的铺陈的手法。王灼《碧鸡漫志》即曾称柳词"序事闲暇，有首有尾"，周济《介存斋论词杂著》亦曾称柳词"铺叙委婉"，这种重视安排铺叙的写作方式，自然可以说是柳词在表现手法方面的一种重要开拓。而这两方面的开拓，遂影响了苏轼与周邦彦这两位在词之演进中开创了两派新风气的重要作者。关于此种影响及演变，我在《论柳永词》《论苏轼词》《论周邦彦词》诸文稿中，也都已曾有所讨论（均见《唐宋词名家论稿》）。约而言之，则苏轼乃是汲取了柳词中"于诗句不减唐人高处"之富于感发之力的高远的兴象，而去除了柳词的浅俗柔靡的一面，遂带领词之演进走向了超旷高远而富于感发之途，使之达到了诗化之高峰。至于周邦彦则是汲取了柳词之安排铺叙的手法，但却改变了柳词之委婉平直的叙写，而增加了种种细致的勾勒和错综的跳接，遂使词走向了重视思力之安排，以勾勒铺陈为美的赋化之途，并且对南宋一些词人产生了极大之影响。

以上我们既然对唐五代及两宋词在发展演进中所形成的几种重要词风，都已作了简单的介绍，现在我们就可以把此数种不同词风的作品结合词学评论之传统略加归纳了。约而言之，第一类歌辞之词，其下者固不免有浅俗柔靡之病，而其佳者则往往能在写闺阁儿女之词中具含一种深情远韵，且时时能引起读者丰富之感发与联想；第二类诗化之词，其下者固在不免有浮率叫嚣之病，而其佳者则往往能在天风海涛之曲中，蕴含有幽咽怨断之音，且能于豪迈中见沉郁，是以虽属豪放之词，而仍能具有曲折含蕴之美；至于第三类赋化之词，则其下者固不免有堆砌晦涩而内容空乏之病，而其佳者则往往能于勾勒中见浑厚，隐曲中见深思，别有幽微耐人寻味之意致。以上三类不同之词风，其得失利弊虽彼此迥然相异，然而若综合观之，则我们却不难发现它们原有一个共同的特点，那就是三类词之佳者莫不以具含一种深远曲折耐人寻绎之意蕴为美。这种特美，历代词评家自然也早就对之有所体认。只可惜却都未能将此三类词综合其异同作出理论性的通说，因而便只能提出一些片段的抽象而模糊的概念。即如李之仪在其《跋吴思道小词》（见《姑溪居士文集》卷四十）一文中，就已曾提出说："长短句于遣词中，最为难工，自有一种风格。"又赞美北宋初期大晏、欧阳诸人之词，谓其"语尽而意不尽，意尽而情不尽，岂平平可得仿佛哉"。此外，如黄昇在其《唐宋诸贤绝妙词选》（卷一）中于所选唐人词之前有一短序，亦曾赞美唐人之小词，谓其"语简而意深，所以为奇作也"。从这些话读者自不难看出，他们对词之特美都已经有了相当的体认，只不过他们的体认仍只是一种模糊的概念，而且所称美者也只限于唐五代及北宋初期一些短小的令词之特色而已，而并未及于长调之慢词。此盖因慢词在篇幅方面既有所拓展，乃不得不重视铺叙之安排，于是前一类短小之令词的语简意深含蕴不尽的特美，遂难以继续保存。因此以长调写为豪放之词者，在难于含蕴的情况下，其失败者乃不免流入于粗率质直；而以长调写为婉约之词者，在难于含蕴的情况下，其失败者乃不免流入于平浅柔靡。一般人既看到了豪放一派之末流的粗率质直之弊，于是遂以为词本不宜于豪放，即如王炎在其《双溪诗余·自序》中，就曾经提出说："夫古律诗且不以豪壮语为贵，长短句命名曰曲，取其曲尽人情，惟婉转妩媚为善，豪壮语何贵焉。"又有人看到了婉约一派之末流的浅俗柔靡之失，于是遂欲在写作方式上追求典雅深蕴之安排以为挽救。这正是何以周邦彦以思力安排为之的一类词乃在南宋形成了极深远之影响的缘故。因此张炎之《词源》及沈义父之《乐府指迷》两家词论，遂并皆注重写作之安排的技巧，即如二家之论起结与过片之关系、论字面之锻炼、论句法之安排、论咏物之用事，凡此种种，盖莫不属于安排之技巧。而且二家论词都对柳永之俗词及苏、辛之末流的豪气词表现了不满。于是张炎乃推重姜夔而倡言"清空"，沈义父则取法吴文英而倡用"代字"。推究其立论之本旨，私意以为二家之说盖亦皆有见于词之佳者应具有一种含蕴深远耐人寻绎之特美。故张氏言"清空"，盖取其有超妙之远韵；沈氏倡"代字"，盖取其有深曲之意致。唯是二人之立论皆过于偏重表现之技巧，而对情意之本质则未能予以适当之重视。因此张氏乃甚至对辛弃疾的"豪气词"也予以贬低，以为是"戏弄笔墨为长短句之诗耳"，谓其"非雅词也"，而殊不知苏、辛词之佳者，原来也都在其能于超旷豪放中，而仍具有一种含蕴深远耐人寻绎的属于词之特美。只不过由于苏、辛二人之达致此种特美之境界，主要乃在其情意之本质，而不重在安排之技巧而已。关于苏、辛二家词之佳处所在，我于《论苏轼词》及《论辛弃疾词》二文中，都已曾论述及之（见《唐宋词名家论稿》）。简言之，则苏词之所以能含蕴深远者，乃由于苏氏在本质中原来就具有儒家忠义之天性及道家超旷之襟怀的两种质素。因此苏词之佳者才能在天风海涛之曲中蕴含有幽咽怨断之音。至于辛词之所以能具含曲折深蕴之美者，则由于辛氏内心中一直有两种力量的盘旋激荡，一方面是源于他自己的带着家国之恨而欲有所作为的奋发的冲力，另一方面则是来自外界的摈斥谗毁的强大的压力，因此辛词才能在豪壮中见沉郁。像这种从本质中表现出来的曲折深蕴耐人寻绎的作品，可以说是诗化之词中的一种特美，而这种美自然不是只在技巧上讲求就可以达致的。所以谢章铤《赌棋山庄词话》乃谓"读苏、辛词，知词中有人，词中有品"，刘熙载《艺概·词曲概》亦曾谓"苏、辛皆至情至性人，故其词潇洒卓荦，悉出于温柔敦厚"。张炎及沈义父二家之词论则是只见到了学苏、辛之末流的粗率之病，而未能见到此一派词之佳作其真正的特美之所在，所以对苏、辛之个别词句虽亦有所赞美，但在立论中乃但知重视以安排之技巧来避免淫靡浅率之失，反而对词中最重要的情意之本质方面不免忽略了。而另外与南宋时代相当的北方之金元，则盛行受苏轼影响之豪放词，其中最重要的作者元好问即曾极力推崇苏词，其论词亦重视本质而轻视技巧。即如其在《新轩乐府引》中，便曾提出说："自东坡一出，情性之外，不知有文字，真有'一洗万古凡马空'气象。"至元氏之所自作，则亦能于"疏放之中，自饶深婉"（刘熙载《艺概》卷四《词曲概》）。此盖亦其个人之才性及身世之遭遇使然，因而乃将"神州陆沉之痛，铜驼荆棘之伤，往往寄托于词"（况周颐《蕙风词话》卷三）。是亦正如苏、辛二家能在本质中含有一种合乎词之特质的曲折深蕴之美者。只是就其词论而言，则是竟将词与诗等量齐观，是则对词之特质，便未免缺乏深切之体认矣。其后至于明代，则不仅在创作方面呈现了衰退现象，就是在词论方面也并没有什么杰出的见解。如陈霆的《渚山堂词话》、杨慎的《词品》、王世贞的《弇州山人词评》等著作，除去对个别词之评说偶有不同之见解外，一般而言，其论词之见则大多推重婉约之作。即如王世贞对苏、辛二家虽亦颇知欣赏，但却终以其为次等之变调。王氏曾综论词之特质，谓"词须宛转绵丽，浅至儇俏……至于慷慨磊落，纵横豪爽，抑亦其次"。又云，"长公丽而壮，幼安辨而奇，又其次也，词之变体也"。像这些词论，其所称美的婉约之作，自然是具有词之曲折深蕴之特质的作品，然而若只知赞美外表上婉约的作品，而不能从根本上认识词之所以形成委婉曲折之美的多种质素之所在，且不能从词之演进中通观其不同之特色与渊源，则其所论自然就不免有失于浅薄偏狭之处矣。至于清代，则一向被人目为词之复兴的时代，不仅作者辈出，蔚然称盛，即以词论言，亦颇能探隐抉微，各有专诣。本文为篇幅限制，不能作普遍周详之讨论，兹仅就其最重要者言之。一般论者大多将清词分为浙西、阳羡及常州三派：浙西标准姜、张之骚雅，以朱彝尊为领袖；阳羡则崇尚苏、辛之豪放，以陈维崧为领袖；常州则倡言比兴寄托，以张惠言为领袖。在此三派中，阳羡一派之创作成就虽亦颇有可观，但却未曾在理论方面有所建树，姑置不论；至于浙西及常州二派则不仅皆在理论方面有所建树，而且在相异之论点中，也颇可以觇见其渊源影响之迹。约而言之，则浙西一派之词论主要盖继承南宋张炎之余绪，以清空骚雅为宗旨而推尊姜、张。关于张炎词论之得失，我们在前面已曾论述及之，自不须更为重复。而值得注意的则是浙西一派在继承南宋词论之余，自己又衍生出来的几点见解：其一是朱彝尊在主张"词以雅为尚"（《乐府雅词·跋》）之余，又曾提出了"假闺房儿女子之言，通之于《离骚》变雅之义，此尤不得志于时者所宜寄情焉耳"（《陈纬云〈红盐词〉序》）之说；其次是浙派继起的厉鹗则在倡言雅正之时，更结合了尊体之说，谓"词源于乐府，乐府源于诗，四诗大小雅之材，合百有五，材之雅者，风之所由美，颂之所由成。由诗而乐府而词，必企夫雅之一言，而可以卓然自命为作者……词之为体，委曲啴缓，非纬之以雅，鲜有不与波俱靡而失其正者矣"（《群雅词集·序》）。这些说法自有许多不甚周全正确之处，本文现在对此不暇详论，兹仅就其对词之特质之体认及其在词学发展中之作用言之。本来如我们在前文论述唐五代词之特质时，已曾言及词之易于引发读者的托喻之想；只不过早期的作者及评者都未曾在显意识中标举过此种托喻之用心。其后南宋之刘克庄在其《题刘叔安感秋八词》一文中，虽曾提出了"借花卉以发骚人墨客之豪，托闺怨以写放臣逐子之感"之说，然而却也不过只是对刘叔安个别作品的一种看法而已，并未曾标举之为论词之标准。而且终有宋之一代，这种以喻托说词的观念都并未曾正式成立，这正是何以南宋后期之张炎及沈义父二人虽分别写了论词之专著，然而却并未曾有一语及于托喻的缘故，此盖亦由于词在当时仍是可以合乐而歌的一种歌曲，所以张、沈之论词乃多偏重于其乐歌之性质及写作之技巧，而并未曾标举出什么比兴寄托之说。至于清代，则词既失去了可以歌唱的背景，而成为一种单纯的案头之文学，于是乃由南宋词论的雅正之说，及身经南宋败亡的一些作者如王沂孙诸人的寄托之作，而推演出托喻及尊体之观念，这自然是在词学之演进中的一种极可注意的现象。因而其后遂有常州派词论之兴起。常州派词论一方面虽然对浙西词派末流的浮薄空疏之弊颇有微词，而另一方面则常州派的比兴寄托之说实在也未尝不受有浙西派的某些启发和影响。只不过浙西词论主要仍以追求雅正为主，其偶然发为托喻及尊体之言，实在只是想要为其雅正之说找到更多一点依据而已。这正是何以浙西词派之末流在一意追求雅正之余，终不免流入浮薄空疏之弊的缘故。至于常州词派则是竟以比兴寄托作为了评词的主要标准。关于常州派词论的得失利弊，我在多年前所写的《常州词派比兴寄托之说的新检讨》（以下简称《常州词派》）一文中，对之已曾有相当详细的论述。现在我们就将把此一派词论，也放在本文所讨论的词学之传统中来再作一次观察。张惠言对词之为义所提出的"意内而言外谓之词"及"《诗》之比兴，变风之义，骚人之歌"的说法，就词之本为歌辞的性质而言，自然乃是一种牵强比附之说；然而若就词之贵在有一种曲折含蕴之美，而且足以引起读者的联想及寻味的特质来看，则张氏所说便也未尝不是对词之此种特质的一种有见之言，只可惜张氏所说过于牵强比附而全无理论的逻辑，因此乃存在有不少引人讥议之处。不过却也就正因其所说既未始无见而却又不够完美，才引起了后人不少的思索和反省，于是常州派继起的周济和谭献两家，才提出了不少更为精辟的词论。最值得注意的，我以为乃是周济所提出的"有、无"及"出、入"之说，周氏在《介存斋论词杂著》中曾提出说："初学词求有寄托，有寄托，则表里相宜，斐然成章。既成格调，求无寄托，无寄托，则指事类情，仁者见仁，知者见知。"周氏又在《宋四家词选·目录序论》中曾提出说："夫词，非寄托不入，专寄托不出。一物一事，引而伸之，触类多通。驱心若游丝之罥飞英，含毫如郢斤之斫蝇翼，以无厚入有间。既习已，意感偶生，假类毕达，阅载千百，謦欬弗违，斯入矣。赋情独深，逐境必寤，酝酿日久，冥发妄中。虽铺叙平淡，摹缋浅近，而万感横集，五中无主。读其篇者，临渊窥鱼，意为鲂鲤，中宵惊电，罔识东西，赤子随母笑啼，乡人缘剧喜怒，抑可谓能出矣。"关于这两段话，我在多年前所写的《常州词派》一文中，已曾就作者与读者两方面对之作过分析和说明（见《清词丛论》）。总之，依周氏之说，则作者在写词之际既可以由其"入"与"有"之说而避免了浮靡空率之病；又可以由其"出"与"无"之说而不致过分被狭隘的寄托之说所拘限，这自然较之张惠言的死于句下的说法要活泼和高明得多了。而就读者而言，则更可以因其"临渊窥鱼，意为鲂鲤；中宵惊电，罔识东西"的感发和联想，而对作品作出"仁者见仁，智者见智"的各种不同的解说，这自然就更为后来之以比兴寄托说词者，开启了一个广大的法门。于是谭献在《复堂词录叙》中，就曾推衍周氏之说而更提出了"甚且作者之用心未必然，而读者之用心何必不然"的说法。如此则说词者之联想遂得享有绝大之自由，而不致再有牵强比附之讥，这自然是常州派词论的一大拓展。只不过周、谭二氏毕竟未能脱除张惠言的影响，因此其联想乃莫不以比兴为依归，这就未免仍有其局限之处了。除去周济、谭献二家之说以外，其他时代较晚的清代词评家，大多也曾受有常州派词论之影响，本文在此不暇详说，现在只能对各家词论简述其要旨：即如丁绍仪在其《听秋声馆词话》中，曾提出过"语馨旨远"之说，江顺诒在其《词品二十则》中，曾提出过"诗尚讽谕，词贵含蓄"之说，谢章铤在其《赌棋山庄词话》中，曾提出过"即近知远，即微知著"之说，刘熙载在其《艺概·词曲概》中，曾提出过"空中荡漾，最是词家妙诀"之说，蒋敦复在其《芬陀利室词话》中曾提出过"以有厚入无间"之说，陈廷焯在其《白雨斋词话》中，曾提出过"沉郁顿挫"之说，沈祥龙在其《论词随笔》中，曾提出过"词贵意藏于内，而述离其言以出也"之说，况周颐在其《蕙风词话》中，曾提出过"重、拙、大"之说，陈洵在其《海绡说词》中曾提出过"词笔莫妙于留"之说。归纳以上各家之论，私意以为首先我们应该分别从两个方面来看，其一是自其同者而视之，则我们就会发现他们对于词之曲折深蕴之特美，都有一份共同的体认；其次再就其异者而视之，则我们又会发现他们对词之所以形成此种特美之质素，却各有不同的看法。关于这方面的差别，我以为大概可以分为三类：一类是尊仰张惠言及周济之说，对词之曲折深蕴之美常以比兴寄托为之解释者，刘熙载、蒋敦复、陈廷焯、沈祥龙、陈洵诸家属之；再一类是虽亦推重常州之词论，而却反对其拘执，因之各有不同之见者，丁绍仪、江顺诒、谢章铤诸家属之；更有一类则是虽曾自常州词论得到启发，而其立说乃完全不为常州之论所局限者，况周颐属之（本文为篇幅所限，但能略述其概要如此，他日有暇，当再分别详论）。以上所述，乃是我们对于自两宋以迄晚清之词学的一个极简单的介绍，有了此种认识，我们就既可以在下一节中把王国维的词论放在这个历史的演进结构中，对其得失长短之所在，作出更为正确的衡量，也可以在下一节中在西方理论的观照中，对中国词学作出更为正确的反思了。

## 第二节　王国维对词之特质的体认
### ——我对其境界说的一点新理解

从上一节对中国词学之简单的介绍中，我们已可以约略看到词学之发展中的一些重要迹象。其一是词学家们对于词之曲折深蕴耐人寻绎的特质，越来越有了明白的反省和认识；其次则是对于词中之此种特质应如何加以发掘和诠释的问题，也越来越有了更为深入的思索。而更值得注意的，则是就在词学发展到了此一阶段的晚清时代，中国的固有文化又受到了西方文化的一次重大的冲击。而王国维的《人间词话》就正是在此种历史背景中，所写成的一册极值得注意的论词专著。因此在王氏之《词话》中，我们遂可以发现其既有对传统词学的继承和突破，也有对西方理论的接受和融会。关于王氏之文学批评中此种旧修养与新观念的结合，我在多年前所写的《王国维及其文学批评》一书中，已曾有过相当详细的论述。当时我既曾自其早期之杂文中，为之归纳出了有关文学批评的几点重要概念；又曾自其《人间词话》中，为之归纳出了一套简单的理论体系；而且在讨论其《人间词话》时，还曾将之分为了批评之理论与批评之实践两大部分。约而言之，则我以为其《人间词话》中之第一则至第九则，乃是王氏对其评词之标准的一种理论性的标示：第一则提出"境界"一词为评词之基准。第二则就境界之内容所取材料之不同，提出了"造境"与"写境"之说。第三则就"我"与"物"之间的关系之不同，分别为"有我之境"与"无我之境"。第四则说明"有我"与"无我"二种境界其所产生之美感有"优美"与"宏壮"之不同，是对于第三则的一种补充。第五则论写作之材料可以或取之自然或出于虚构，又为第二则"造境"与"写境"之补充。第六则论"境界"非但指景物而言，亦兼指内心之感情而言，又为对第一则"境界"之说的补充。第七则举词句为实例，以说明如何使作品中之境界得到鲜明之表现。第八则论境界之不以大小分优劣。第九则为境界之说的总结，以为"境界"之说较之前人之"兴趣""神韵"诸说为探其本。关于此数则词话所标举的几项重要论点，我当时都曾就中国固有之传统及外来理论之影响两方面对之作过相当的论析。因此本文对以上诸点遂不拟再作重复的讨论。我现在所要提出来一谈的，乃是我近来对王氏词论的一点新的认识和理解。

首先我要提出来一谈的乃是我对王国维所标举的"境界"一词的一点新的理解。本来早在多年前当我撰写《王国维及其文学批评》一书时，在《对"境界"一词之义界的探讨》一节中，我就已曾说明过王氏在使用"境界"一词时，往往在不同之情况中有不同之含义。盖"境界"一词并非王氏所首创，一般人在评论文学艺术之时亦曾往往用之，是以王氏在《人间词话》中使用此一批评术语时，乃产生了两种情况，其一是将"境界"一词作为评词之标准而赋予一种特殊之含义者，如《人间词话》开端所提出的"词以境界为最上，有境界则自成

305

高格，自有名句"，其所提出之境界便具有一种特殊之含义。其次则在《人间词话》其他各处使用此词时亦往往具有一般人使用此词时的多种含义。当时我对此一问题曾作过较详细的探讨，先就其特殊含义而言，当时我曾引用佛典中的"境界"之说，指出"所谓'境界'实在乃是专以感觉经验之特质为主的"。如《俱舍论颂疏》即曾云："功能所托，名为境界，如眼能见色，识能了色，唤色为境界。"是则境界之存在乃全在吾人感受功能之所及，因此外在世界在未经过吾人感受之功能而予以再现时，并不得称之为"境界"（请参看《王国维及其文学批评》一书中之第二编第三章中关于境界之讨论）。王氏在引用此"境界"一词作为评词之标准时，其取义与佛典自然并不完全相同，然而其着重于"感受"之特质的一点则是相同的。当时我也曾尝试对王氏所标举的评词之标准的"境界"一词之为义略作说明，我以为"《人间词话》中所标举的'境界'，其含义应该乃是说凡作者能把自己所感知之'境界'在作品中作鲜明真切的表现，使读者也可得到同样鲜明真切之感受者，如此才是'有境界'的作品。所以欲求作品之'有境界'，则作者自己必须先对其所写之对象有鲜明真切之感受。至于此一对象则既可以为外在之景物，也可以为内在之感情；既可为耳目所闻见之真实之境界，亦可以为浮现于意识中之虚构之境界。但无论如何却都必须作者自己对之有真切之感受，始得称之为'有境界'"。这是当时我对王氏所标举的境界一词作为评词标准之特殊含义的一点理解。再就王氏将境界一词作为一般使用时之多种含义而言，则大约分别有以下几种情况：第一是用以指作品内容所表现的一种抽象之界域而言，如《人间词话》第十六则所云"境界有二：有诗人之境界，有常人之境界"，便应为此种取义；第二是用以指修养造诣的各种不同之阶段而言，如《人间词话》第二十六则所云"古今之成大事业大学问者，必经过三种之境界"，便应为此种取义；第三是用以指作品中所叙写的一种景物而言，如《人间词话》第五十一则所云"'明月照积雪''大江流日夜''中天悬明月''黄河落日圆'，此种境界，可谓千古壮观"，便应为此种取义。

以上所言，是我多年前对王氏词论中"境界"之说的一点理解。现在回顾所言，我以为基本上也仍是正确的。只是近来我却逐渐发现，事实上这种理解原来却存在有一点极明显的不足之处。那就是凡以上所言者，都不仅可以作为论词之标准，同时也可以作为论诗之标准。而王氏在《人间词话》开端标举"境界"之说时，他所提出的最重要的一句话，却原来乃是"词以境界为最上"，可见在王氏之意念中，词固应原有不同于诗的一种特质，而"境界"一词就正代表了王氏对此种特质的一点体认。而且从《人间词话》的全部来看，王氏原来乃是对这种特质具有极深切之体认的一位评词人；只可惜王氏在他自己将《人间词话》编定而发表于《国粹学报》之时，在前九则较具系统的词话中，未曾将某些有关这方面的词话列入其内，这当然原是中国旧日缺乏理论体系的诗话及词话等著作的一般通病，于是遂使得一些极精辟的见解都成了零星琐屑的谈话。因此，也就使得后来讨论《人间词话》的人，都将注意力集中于对"境界"一词之一般性的义界及对于"造境""写境""有我""无我"与"优美""宏壮"等问题的探讨，如此所得的结论遂往往只是对文学及美学方面的一些一般性的观点，而对于王氏标举"境界"来作为评词之术语，其所意指的对于词之特质的一种体认反而忽略了。而如果要想了解王国维对词之特质的体认，及其所提出的"境界"一词与词之特质的关系，我们就不得不先对王氏所提出的另外几则词话也略加探论：

一、词之为体，要眇宜修。能言诗之所不能言，而不能尽言诗之所能言。诗之境阔，词之言长。

二、词之雅郑，在神不在貌。永叔、少游虽作艳语，终有品格。

三、南唐中主词"菡萏香销翠叶残，西风愁起绿波间"，大有众芳芜秽，美人迟暮之感。乃古今独赏其"细雨梦回鸡塞远，小楼吹彻玉笙寒"，故知解人正不易得。

四、古今之成大事业大学问者，必经过三种之境界："昨夜西风凋碧树。独上高楼，望尽天涯路"，此第一境也；"衣带渐宽终不悔，为伊消得人憔悴"，此第二境也；"众里寻他千百度，回头蓦见（按当作"蓦然回首"），那人正（按当作"却"）在，灯火阑珊处"，此第三境也。此等语皆非大词人不能道。然遽以此意解释诸词，恐为晏、欧诸公所不许也。

五、"我瞻四方，蹙蹙靡所骋。"诗人之忧生也。"昨夜西风凋碧树。独上高楼，望尽天涯路"似之。"终日驰车走，不见所问津。"诗人之忧世也。"百草千花寒食路，香车系在谁家树"似之。

先看第一则词话。我以为此一则词话乃是王氏对其所体认的词之特质的一段极为简要的说明。当然，对词之此种特质之体认也并不自王氏始，早在清代的词评家们就已曾用"要眇"二字来形容词之特质了。即如张惠言在其《词选·序》中，就曾谓词可以"道贤人君子幽约怨悱不能自言之情，低徊要眇，以喻其致"。其后，沈祥龙沿承张氏之说，在其《论词随笔》中也曾提出说"盖心中幽约怨悱，不能直言，必低徊要眇以出之，而后可感动人"。从他们所标举的这些"低徊要眇"及"要眇宜修"等评词之术语的相近似来看，可见他们对于词之特质原是具有一种共同之体认的。至于此种所谓"要眇"之特质究竟何指，我在不久前所写的《要眇宜修之美与在神不在貌》一篇文稿中，也已曾有所论述（见《迦陵随笔》之五）。约言之，则所谓"要眇"者盖专指一种精微细致的富于女性之锐感的特美。此种特美既最适于表达人类心灵中一种深隐幽微之品质，而且也最易于引起读者心灵中一种深隐幽微之感发与联想。只不过这种特质在词之不断的演进中，又曾逐渐形成了几种不同的情况：在五代宋初的歌辞之词的阶段，作者填写歌辞时，在意识中既往往并没有言志抒情之用心，故其表现于词中的此种特美，遂亦往往只是作者心灵中一种深隐幽微之品质的自然流露。因此这一类词遂亦往往可以给读者一种最为自由也最为丰美的感发与联想。这可以说是属于词之第一类的"要眇"之美。至于在苏、辛诸人的诗化之词中，则作者虽然在意识中已有了言志抒情的用心，然而却由于作者本身之修养、性格、志意和遭遇的种种因素，遂形成了一种曲折深蕴的品质，而且在抒写和表达时，其艺术形式也足以与其内容之曲折含蕴之品质相配合。所以虽在超旷和豪迈中，便也仍能具有一种深隐幽微之意致（请参看《唐宋词名家论稿》中对苏、辛词之论析）。这可以说是属于词之第二类的"要眇"之美。至于周、姜、史、吴、王诸家的赋化之词，则往往是以有心用意的思索和安排，来造成一种深隐幽微的含蕴和托喻，这可以说是属于第三类的"要眇"之美。当我们对以上三类不同性质的"要眇"之美，已有了分别之认知以后，再回头来看张惠言与王国维二家对词之特质所作的相近似的论述，我们就会发现他们二人在相似之中实在存在有一点绝大的不同，那就是张惠言之以比兴说词乃是先肯定了作者一定有一种贤人君子幽约怨悱之情，不过只是用低徊要眇的方式来传达而已。这种说词的方式，就前面所举的第三类词的"要眇"之美而言，原是可行的；而张氏之错误则是想要用此第三类的"要眇"之美，来概括和说明前两类的"要眇"之美。然而前两类的"要眇"之美的性质既与此第三类迥然不同，因此张氏之说自然就不免有牵强比附之讥了。至于王国维此一则词话之所说，则可以算是对此种"要眇"之美的一种通说，足可以将此三类不同性质的"要眇"之美都概括于其中。这自然是王氏之说较张氏之说更为周全也更为灵活之处。只是王氏在此一则综合的论述中，其所言虽似乎可以概括此三种不同性质的"要眇"之美，然而若就王氏《人间词话》之整体而言，则我们就会发现王氏在批评之实践中，对属于第三类的"要眇"之美的作品，却始终未能真正了解和欣赏。这自然是王氏词论中之一项重大的缺憾。至于对第二类的"要眇"之美，则王氏虽然论述不多，但像他在评苏、辛词时所提出来的一些论点，如"东坡之词旷，稼轩之词豪。无二人之胸襟而学其词，犹东施之效捧心也"及"读东坡、稼轩词，须观其雅量高致，有伯夷柳下惠之风"诸言，则都颇能掌握评赏此类词之重点所在。盖以诗化之词的作者，既已经具有了与写诗相近似的言志抒情之意识，因此其最易产生的一项流弊就是流于直抒胸臆，而失去了词所独具的"要眇"之特美。所以此类词之佳者，其作者乃更须在本质上先具有一种"要眇"的品质，然后才能在其作品中存有此种"要眇"之特美。王氏对苏、辛词之评赏，每自其作者之品质为说，此自不失为一种有见之言，只是王氏之所说似只为一种直觉之感受，而并无理论性之反思。而且早在清代词评家之论苏、辛词时，已从其修养品格方面为说了，我们在前一节所曾举引过的谢章铤《赌棋山庄词话》中对苏、辛词的一些评论便足以为证。是则王氏对第二类词的"要眇"之美虽亦能有所认知，然而却与前人之说甚为相近，而并未能树立起什么真正属于自己的精义和创见。经过如此的比较和观察，我们就会发现王氏论词的最大之成就，实乃在于他对第一类词之"要眇"之美的体认和评说。盖以第一类的歌辞之词，其特色乃在于作者写作时并无显意识的言志抒情之用心，然而其作品所传达之效果，却往往能以其"要眇"之美而触引起读者许多丰美的感发和联想。此种感发和联想既难以用作者显意识之情志来加以实指，因此也就很难用传统的评诗的眼光和标准来加以衡量，私意以为这应该才正是王国维之所以不得不选用了"境界"这一概念极模糊的词语，来作为评词之标准的主要缘故。只是王氏在当时虽对此一类词的"要眇"之特美已有了相当的体认，然而却并未能形成一种义界严明的理论体系。因此当他在《人间词话》中使用"境界"一词时，才产生了如我们在前文所述及的多种解说之模棱性。而我以前在《王国维及其文学批评》一书中所提出的对"境界"一词之理解，以为当其被用为一种具有特殊含义之批评术语时，乃是指"凡作者能把自己所感知之境界，在作品中作鲜明真切的表现，使读者也可得到同样鲜明真切之感受者，如此才是'有境界'的作品"的说法，原来应该只是王氏标举"境界"一词作为文学批评术语的第一层含义。此一层含义是既可以用以评词，也可以用以评诗的，可是当他在词话开端特别提出"词以境界为最上"的说法时，此"境界"一词便实在还应具有专指词之特质的另一层的含义。而这一层更为深入的含义，我以为才正是王氏词论中最重要的一点精华之所在。因此王氏遂又在这一则词话中提出了词"要眇宜修"之特质，而且还又曾对此一特质加以申述说："能言诗之所不能言，而不能尽言诗之所能言。诗之境阔，词之言长。"那就因为若将此一类歌辞之词与诗相比较，则诗之作者既在显意识中多存有言志抒情之用心，而且可以写为五、七言长古之各种体式，可以说理，可以叙事，可以言情，此种广阔之内容，自非小词之所能有。然而小词的"要眇"之美所传达的一种深微幽隐的心灵之本质，其所能给予读者的完全不受显意识所拘限的更为丰美也更为自由的感发与联想，则也绝非诗之所能有。所以在我们前面所举引的第二则词话中，王氏乃又曾提出说"词之雅郑，在神不在貌"。其所谓"貌"，应该就是指词中所叙写的表面之情事，而其所谓"神"则应是指其"要眇"之特质所能给予读者的一种触引和感发的力量。因为如果只以"貌"而言，则五代宋初之小词表面所叙写的情事，原来都只不过是一些儿女相思伤春怨别的内容而已。若以评诗之标准论之，则此种内容之诗歌固应皆属于郑卫淫靡之作，并无深远之意义与价值可言；然而若以评词之标准论之，则虽然外表同是写儿女之情的作品，可是其中却有一些作品除去外表所写的情事以外，还特别具有一种足以引起读者之深远而丰美的感发与联想的力量，而这一类小词自然就正是王氏所谓"在神不在貌"的不能再以郑卫之音目之的作品了。像这种不被内容所写之情事所拘限，而能触引起读者极自由之感发与联想的一种艺术效果，一般而言自然并非只以写显意识中之情事为主的诗之所能有。因此我以为这应该才正是王氏之所以提出"词以境界为最上，有境界则自成高格，自有名句"之说来作为评词之标准的更深一层的意旨之所在。只可惜王氏对于这一类词的"要眇"之特质，虽有相当深切的体认，然而却并未能作出更有系统的理论化的说明，因此我们便只能从他的评词实践的一些其他诸则词话中，来求取印证了。所以下面我们便将对前面所举引的第三至第五则词话略加讨论。

　　这三则词话，我以为恰好可以代表王氏之不被作品所叙写的外表情事所拘限，而以感发及联想来评词和说词的几种不同的方式。先看第三则词话，在这则词话中，王氏所举引的南唐中主李璟的《山花子》一词，就其外表所写的情事而言，原来乃是一般歌辞之词所常写的伤离怨别的思妇之情，然而王氏却以为其开端之"菡萏香销"二句大有"众芳芜秽，美人迟暮之感"，这当然可以作为王氏之"遗貌取神"，不从作品所写之外表情事立说，而从作品之感发作用所予读者之联想来立说的一则例证。再看第四则词话，在这则词话中，王氏所举引的晏、欧诸人的小词，就其外表所写的情事而言，原来也是一般歌辞之词所常写的伤离怨别的儿女之情，然而王氏却居然以为其所写之内容，足以代表"成大事业大学问者"的"三种境界"，这当然也可以作为王氏之"遗貌取神"，不从作品所写之外表情事立说，而从作品之感发作用所予读者之联想来立说的又一则例证。至于第五则词话，则王氏乃竟然以晏殊及冯延巳所写的歌辞之词中的伤离怨别的词句，来与《诗经·小雅·节南山》及陶渊明《饮酒》诗中的一些忧生忧世的诗句相比拟，其"遗貌取神"能超越于作品所写的外表情事以外，而独重读者感发之所得的一贯的读词和说词的态度，也是明白可见的。而且王氏在第四则词话中，既曾把晏殊《蝶恋花》词中的"昨夜西风"数句，比拟为"成大事业大学问者"的"第一种境界"，而在第五则词话中，王氏却又把此三句词与《小雅·节南山》中的"我瞻四方，蹙蹙靡所骋"数句相比拟，以为其与"诗人忧生"之情意有相似之处。则王氏之以联想说词时的自由和不受拘限的情况，自亦可概见一斑。

　　以上这些批评实践中的个例，已足可证明我在前面所提出来的说法，那就是王氏评词之最大的成就，乃在于他对第一类歌辞之词的"要眇"之美的体认和评说。这种评说之特色就正在于评者能够从那些本无言志抒情之用心的歌辞之词的要眇之特质中，体会出许多超越于作品外表所写之情事以外的极丰美也极自由的感发和联想。这种感发和联想与诗中经由作者显意识之言志抒情的用心而写出来的内容情意，当然有很大的不同。我想这可能才正是王氏之所以不得不提出"境界"这一义界极模棱的批评术语，来作为评词之标准的更深一层的含意之所在。因此"境界"一词虽也含泛指诗歌中兴发感动之作用的普遍含意，然而却并不能径直地便指认为作者显意识中的自我言志抒情之内容，而乃是作品本身所呈现的一种富于兴发感动之作用的作品中之世界。而如果小词中若不能具含这种"境界"，则在唐五代之艳词中，固原有不少浅薄淫亵的鄙俗之作，而这些作品当然是王国维所不取的，因此私意以为这才是王氏何以要提出"词以境界为最上，有境界则自成高格，自有名句"来作为评词之标准的主旨所在。而且在这一则词话的最后，王氏还曾提出了另一句极值得注意的话，说"五代北宋之词所以独绝者在此"。则王氏之"境界"说其重点乃专指这一类歌辞之词的引人感发与联想的要眇之特质，岂不显然可见。

以上我们虽然曾就中国词学之传统及王国维之词论，把词之"要眇"的特质归纳为"歌辞之词""诗化之词"与"赋化之词"三种不同的类型。并曾提出说张惠言的比兴寄托之说特别适用于第三类赋化之词之有心安排托意的一些作品。而王国维的境界说则特别适用于第一类歌辞之词之富于感发作用的作品。然而这种归纳实在不过是一种极为简单的说明而已。关于张、王二家词说之优劣长短及其理论之依据何在，还都有待于更深一层的探讨。而传统词说既缺乏周密的理论分析，因此下一节我们便将借用一些西方的理论来对之略加检讨。


## 第三节　从西方文论看中国词学

在前二节的讨论中，我们已曾就中国词学之传统，对词之特质作了扼要的探讨，以为词与诗之主要差别，乃在于词更具有一种深微幽隐引人向言外去寻绎的"要眇"之特质。而且还曾就词之发展过程，将此种"要眇"之特质分作了"歌辞之词""诗化之词"及"赋化之词"三种不同的类型。并曾指出张惠言之以比兴寄托说词的方式，较适用于第三类的"赋化之词"；王国维之以感发联想说词的方式，较适用于第一类的"歌辞之词"；至于第二类的"诗化之词"，则是虽然也以具有深微幽隐的"要眇"之特质者为佳，然而却并不须以比兴及联想向作品本身之外去寻绎，而是就在作品本身所写的情事之中，就已经具含了"要眇"之特质了。以上我所作的这些探讨和归纳，可以说主要都是以中国传统词说为依据的，只可惜中国文学批评一向缺少逻辑严明的理论分析，因此虽有一些极精微的体会，却都只形成了一些模糊影响的概念，而不能对其所以然的道理作出详细的说明。而近来我却发现这些传统词学，与西方现代的一些文论颇有暗合之处，因此下面我便将借用一些西方文论来对中国这些传统的词说略作反思和探讨。不过，在引用西方理论之前，我却要首先作一个简单的声明，那就是本文既不想对西方理论作系统性的介绍，也不想把中国词学完全套入西方的理论模式之中，我只不过是想要借用西方理论中的某些概念，来对中国词学传统中的一些评说方式，略作理论化的分析和说明而已。

首先我要提出来一谈的是西方的阐释学（hermeneutics），此一词之语源盖出于希腊罗马神话中赫尔墨斯（Hermes）一字，赫尔墨斯为大神宙斯（Zeus）与美亚（Maia）所生之子，是一位为神传达信息的使者。因此西方遂将诠释《圣经》中神的语言的学问，称为 hermeneutics，本意是解经之学。而另外自亚里士多德开始，欧洲也原有一个对古典加以阐释的传统。其后经德国的神学家与哲学家施莱尔玛赫（F. Schleiermacher）及狄尔泰（W. Dilthey）等人把二者加以发扬和融会，于是原来的解经之学，遂脱离了教条的束缚而发展成为一种可以普遍适用于哲学与文学之解释的总体的阐释学。本文因主题及篇幅所限，对此自无法作详细之介绍。我现在只想把中国传统词学与西方阐释学的一些暗合之处，略加叙述。第一点我要提出来一谈的是西方对《圣经》的阐释，往往至少有两层意义，因为经文中常有一种喻言的性质，因此说经之人对于经文遂至少要作出两层解释，第一层是对于经文之语法及词意等字面之解释，第二层是对其精神内含的寓意的解释（圣奥古斯丁在其《基督教教义》一书中，甚至曾将之分为"字面的""寓言的""道德的"及"神秘的"四重含义，以过于繁复，兹不具论）。如果以这一点特色与中国词学传统相比较，则如我在前一节之所论述，中国词与诗的差别，就在于词更具有一种幽微要眇引人向更为深远之意蕴去追寻的特质。这正是张惠言之所以提出了意内言外的比兴寄托之说，王国维之所以提出了在神不在貌的境界之说的缘故。可见对于词的欣赏和评说都更贵在能透过其表面的情意而体会出一种更深远的意蕴。像这种对于两层意蕴的追寻和探索，我以为这正是中国词学与西方阐释学的第一点暗合之处。第二点我要提出来一谈的，则是阐释学中的多种解释的可能性，西方的阐释学，其最初之本意是要推寻出经文中神的旨意，或古代作品中的作者之本意，可是在实践的发展中，他们却发现自己面临了一个重大的困难，那就是每一个诠释人都有其时代与个人之背景的种种限制，因此当他们对于不同时间不同空间不同之作者的作品作出诠释时，自然就免不了会产生出种种偏差，于是从作品中所体会出来的，遂往往不一定是作者的本意（meaning），而只是诠释者自作品中所获得的一种衍义（significance）。而且不仅不同的诠释人可以自作品中获得不同的"衍义"，甚至同一位诠释人在不同的时空背景下阅读同一篇作品，也可以因不同背景而获得不同的衍义。如果以阐释学中这种衍义之说与中国传统词学相比较，则如张惠言之说温庭筠的《菩萨蛮》词，谓其"照花前后镜"四句有"《离骚》初服之意"，王国维之说李璟的《山花子》词，谓其"菡萏香销翠叶残"二句有"众芳芜秽，美人迟暮之感"，像这种解说，依阐释学言之，自然就都可以被视为一种衍义。而这种衍义的评说，既可以因诠释人的时空背景之不同而作出种种不同的解说，因此常州词派之周济和谭献二人，遂又提出了"仁者见仁，知者见知"，与"作者之用心未必然，而读者之用心何必不然"之说。于是晏殊之《蝶恋花》词之"昨夜西风凋碧树"三句，遂既可以被王国维评说为"成大事业大学问者"的"第一种境界"，又可以被王国维评说为有"诗人忧生"之意。像这种衍义的评说，我以为也正可以用西方阐释学来加以说明。这是中国传统词学与西方阐释学的第二点暗合之处。第三点我要提出来一谈的，则是阐释学中阐释之依据的问题，而一切阐释的依据当然都在所阐释的"文本"（text，一译为"本文"），是"文本"为阐释者提供了材料，且提供了各种阐释的可能性。如果以此一点与传统词学相比较，则如张惠言之评温庭筠的《菩萨蛮》词，就曾提出说："'照花'四句，《离骚》初服之意。"可见"照花"四句便是张惠言之评说所依据的"文本"。王国维之评李璟的《山花子》词，也曾提出说："'菡萏香销'二句，大有众芳芜秽，美人迟暮之感。"可见"菡萏香销"二句也就是王国维之评说所依据的"文本"。这自然可以说是传统词学与西方阐释学的第三点暗合之处。只是我们虽然承认了张惠言与王国维之评说各有其所依据的文本，然而这些文本何以竟会引发了他们所诠释的那些"衍义"，则还是一个应该探讨的问题。因此下面我们便将再征引一些其他的西方理论，来对这方面的问题略加论述。

所谓"文本"，其组成的因素自然是文本中所使用的语言，而语言则是传达信息的一种符号。因此我们现在就将对西方的符号学（semiotics）也略加介绍。本来早在我所写的《从符号与信息之关系谈诗歌的衍义之诠释的依据》一文中，我对符号学已作过简单的介绍，而且曾引用符号学的一些理论，对张惠言之以比兴寄托说词的依据也作过简单的分析（见《迦陵随笔》之七）。约言之，则根据瑞士符号学之先驱者结构语言学家索绪尔（Ferdinand de Saussure）之说，作为表意符号的语言，其作用主要可以归纳为两条轴线，一条是语序轴（syntagmatic axis），另一条是联想轴（associative axis）。语序轴指语法结构的次序而言，当然是构成语言之表意作用的一种重要因素。但索氏认为语言之表意作用除了这在语言中实在出现的语序轴以外，还要考虑到每一语汇所可能引起的联想的作用。一些有联想关系的语汇可以构成一种语谱（paradigm）。如果以中国文学为例证，则如我们要叙写一个美丽的女子，则我们便可以联想到"美人""佳人""红粉""蛾眉"等一系列的语谱。而语谱中的每一个语汇都可以提供给说话人一种选择，当我们选择此一语汇而不选择彼一语汇时，这其间就已经有了一种表意的作用了。而且当这些语汇依语法次序排列成一个语串之时，则此一语串除去依语序轴之次序所表明的语意以外，便还可以由联想轴之作用而隐含另一组潜伏的语串。索氏的此一理论，实在为以后的学者提供了不少可提供发挥的基础。至于把符号学用之于对于诗歌的研讨，则以雅各布森（Roman Jakobson）和洛特曼（Yury M. Lotman）二人之说最为值得注意。雅各布森原为国际上著名的语言学家，并曾结合语言学与符号学来探讨诗学。他曾以索绪尔的二轴说为基础，而发展出一种语言六面六功能的理论（此说过繁，此处不暇介绍，暂时从略），其中之一就是所谓诗的功能（poetic function），这种功能之形成，主要就是由于把属于选择性的联想轴的作用，加在了属于组合性的语序轴之上，于是就使得诗歌具有了一种整体的、象征的、复合的、多义的性质，这自然就使得我们对于诗歌的内涵和作用，有了更为丰富也更为深入的认识和了解。不过，雅氏也曾对语言的交流提出了一项重要的条件，那就是说话人（addresser）和受话人（addressee）双方必须具有相当一致的语言的符码（code）。其后，另一位俄国的符号学家洛特曼（Yury M. Lotman）则更把符号学从旧日的形式主义及结构主义中解放出来，使之与历史文化相结合，并且接受了信息交流的理论（information theory），而提出了更进一步的说法。洛氏认为人类不仅用符号来交流信息，同时也被符号所控制，符号的系统也就是一个规范系统。而且此种规范系统还可以分为两个层次：我们日常普通所使用的语言是第一层的规范系统；而当我们把文学、艺术及各种风俗、习惯加之其上，于是就形成了第二层的规范系统。因此当我们研析一篇文学作品时，就不应只注意其第一层的规范系统，还应注意其外在时空的历史文化背景所形成的第二层的规范系统。同时洛氏还曾把符号分成了理性的认知（cognition）与感官的印象（sense perception）两种不同的性质。前者多属于已经系统化了的符号，后者则多属于未经系统化的符号。前者可以给人知性的乐趣，后者则可以给人感性的乐趣。通常一般人读诗都只注意诗篇之语汇在语序轴上所构成的表面的信息与意义，而依洛氏之说，则无论是语序轴或联想轴所可能传达的信息，无论是知性符号或感性符号，甚至诗篇外的历史文化背景，都可以视为诗歌的一个环节。因此洛氏的理论遂把诗篇所能传达的信息的容量大幅度地扩展了。

以上我们既然征引了一些西方符号学之说，说明了在语言符码中之联想轴的重要性，也说明了这些符码系统与历史文化背景有着密切的关系，现在我们就可以借用这些理论来对张惠言说词之依据略加说明了。即如我们在前文所举出的张惠言对于温庭筠《菩萨蛮》（小山重叠）一词中"照花"四句的评说，此四句词原文本是"照花前后镜，花面交相映。新贴绣罗襦，双双金鹧鸪"。如果只从语序轴表面的叙写来看，则此四句词原不过是写一个女子的簪花照镜及其衣饰之精美而已。可是张惠言却从其中看出了"《离骚》初服之意"，那便因为就中国历史文化之传统而言，则《离骚》中既多以"美人"喻为"君子"，而且常以美人之修容自饰来比喻君子之高洁好修。《离骚》中"初服"一句，原文就是："进不入以离尤兮，退将复修吾之初服。"据王逸注即曾云："退，去也，言己诚欲遂进，竭其忠诚，君不肯纳，恐重遇祸，故将复去，修吾初始清洁之服。"而其所喻示的则是贤人君子之不遇者的一种高洁美好的品德。所以紧接着"初服"一句，《离骚》就写了一大段"芰荷为衣""芙蓉为裳""缤纷繁饰""芳菲弥章"的衣服容饰之美。可见张惠言之说温词以为其有屈子《离骚》之意，他所依据的原是文本中一些语码所提示的带有历史文化背景的联想轴的作用（温氏此一词中的语言符号，如其"画眉""照镜"等叙写皆可以有引人联想之符码作用。请参看《迦陵随笔》之八《温庭筠〈菩萨蛮〉词所传达的多种信息及其判断之准则》一文）。而像张惠言的这种说词方式，实在可以说是中国词学以比兴寄托说词的一个传统方式，即如鲖阳居士之说苏轼《卜算子》（缺月挂疏桐）一词（见张惠言《词选》所引）谓其"'缺月'刺明微也，'漏断'暗时也……"云云，端木埰之说王沂孙《齐天乐》（一襟余恨宫魂断）一词谓其"'宫魂'句点出命意，'乍咽''还移'慨播迁也"云云（见四印斋刻《花外集》王鹏运跋文），他们所采用的就都是以文本中某些语码来比附为某种托意的方式。这种解说方式，从表面看来虽然似乎也是一种可以使词之诠释更为丰富的衍义，但实际上却反而是给词之诠释更加上了一层拘执比附的限制。关于这种诠释的缺点，西方符号学家也已曾注意及之。即如艾柯（Umberto Eco）在其《读者的角色》（*The Role of the Reader*）一书之"诗学与开放性作品"（"The Poetics of the Openwork"）一节中，就曾认为西方阐释学中像这种以道德性（moral）、喻托性（allegorical）及神秘性（anagogical）来作解释的中古时期的说诗方式，是一种被严格限制了的僵化的解说，事实上已经背离了诗歌之自由开放的多义之特质。在中国词学中，张惠言这一派比兴与寄托的常州词论之所以往往受到后人的讥评，就也正是这种缘故（请参看《迦陵随笔》之九《"兴于微言"与"知人论世"》一文）。因此，王国维遂批评张氏之说词为"深文罗织"，而王氏自己遂发展为一种更重视读者之联想的更富于自由性的说词方式。下面我们便将对王氏说词之方式，也借用西方之文论来略加论述。

如果以王氏说词之方式与张氏说词之方式一加比较，我们就会发现其间实在有两点极大之差别。其一是张氏之说词其所依据的主要是一种在历史文化中已经有了定位的语码，这一类语码在文本中是比较明白可见的；而王氏之说词则并不以这种已有定位的语码作为依据，此其差别之一。其次则张氏之说词乃是将自己之所说直指为作品之本意与作者之用心；而王氏则承认此但为读者之一想，此其差别之二。从以上两点差别，我们已可清楚地见到，张、王二氏不仅是在说词方式上有着明显的不同，而且在批评的重点方面也已经有了极大的转移。

张氏的批评主要仍是以追求和诠释作者之用心与作品之原意为评说之重点；而王氏则已经转移到以文本所具含之感发的力量，及读者由此种感发所引起的联想为评说之重点了。为了要对王氏说词的方式也略加理论化的分析，因此我们就不得不对另一些西方文论也略加介绍。首先我要提出来一谈的，就是西方的接受美学（德文为 rezeption asthetik，英译为 aesthetic of reception），此一学派源起于联邦德国的康茨坦斯大学（University of Konstanz）。当时该大学有一批学者经常聚会，如尧斯（Hans Robert Jauss）及伊塞尔（Walfgang lser）诸人皆在其中。他们曾把一些共同讨论的主题，写为论文发表在一本名为《诗学与诠释学》（*Poetik und Hermeneutik*）的杂志中，所谓"诗学"与"诠释学"虽然研究的重点不同，前者重在对于诗之性质及其内在结构的分析，而后者则重在对于意义的解说，但经由诗学的分析实在可以产生出对于诠释的重大影响，因此二者间自然有一种密切的关系。而所谓"接受美学"就是综合了诗学与诠释学而发展出来的一种新兴的文学批评理论。而且在发展的过程中还曾结合了结构主义与现象学的一些影响，因此牵涉的问题颇为广泛，本文对此不暇详述。我现在只想对此一派文学理论所提出的读者之重要性略加介绍。约言之，盖早自捷克的结构主义学者莫卡洛夫斯基（Jan Mukarovsky）就已曾提出了艺术品有待读者或欣赏者来加以完成的说法，他认为一切艺术品在未经读者或欣赏者的再创造以前，都只不过是一种艺术成品（artefact）而已，一定要经过读者或欣赏者的再创造来加以完成，然后此一艺术品才成为一种美学的客体（aesthetic object）〔见莫氏所著《结构、符号与功能》（*Structure，Sign and Function*）〕。而波兰的现象学哲学家英伽登（Roman Ingarden）则认为作品本身只能提供一个具含很多层次的架构，其中留有许多未明白确定之处，要等读者去阅读时，才能将之加以具体化的呈现。而且一切作品都必须经由读者或欣赏者以多种不同之方式加以完成，才能产生一种美感经验，否则此一艺术品便将毫无生趣〔参看英氏所著《文艺作品的认知》（*The Cognition of the Literary Work of Art*）及《文艺作品的本体性、逻辑性及理论性探讨》（*The Literary Work of Art：An Investingation on the Borderline of Ontology，Logic and Theory of Literature*）〕。而接受美学的学者伊塞尔在其《阅读过程——一个现象学的探讨》（"The Reading Process：A Phenomenological Approach"）一文中，遂明白地提出了文学作品的两极（two poles）之说。他认为文学作品具有两个极点，一方面是艺术的（artistic），一方面是美学的（aesthetic）。前者指的是作者所创作的文本，后者则指的是阅读此一文本的读者。因此我们对文学的研讨，就不应该只把重点放在作者的文本上面，而应该对于读者的反应也同样加以重视。伊氏又曾主张，读者对作品的反应不能被严格地固定在一点之上，而阅读的快乐也就正在其不被固定的活动性和创造性。而另一位接受美学家尧斯，在其《关于接受美学》（*Toward an Aesthetic of Reception*）一书中，则更提出了一种主张，以为一篇诗歌的内涵可以在读者多次重复的阅读中，呈现出多层含义，而且读者的理解并不一定要作为对作品本文之意义的解释和回答。此外还有一位意大利的接受美学的学者墨尔加利（Franco Meregalli），在其《论文学接受》（"Sur la Réception Littéraire"）一文中，则曾把读者分为若干类，第一类是普通的读者，他们只看作品表面的意思；第二类是超一层的读者，他们在阅读时对于作品带有一种分析和评说的意图；而还有第三类的读者，他们都只把作品当成一个出发点，从而透过自己的想象可以对之作出一种新的创造性的诠释。墨氏称此类读者对其所阅读的文本是造成了一种创造性的背离（la trahision créative，英译应为 creative betrayal）。〔墨氏此文见于法文之《比较文学杂志》（*Revue de Littérature Comparee*）1980 年第 2 期，134－149 页。〕

当我们对以上这些理论有了简单的认识以后，我们就会发现王国维说词之方式与这些理论确实有不少暗合之处。其一，接受美学主张一切艺术作品都有待于读者来完成，如果不然，则此一作品便只是一件艺术成品而毫无生趣。王氏之以"众芳芜秽，美人迟暮之感"来说李璟的《山花子》词，又以"三种境界"来说晏、欧诸人的小词，主要就都是透过了读者的感发，而给作品赋予了一种新鲜的生趣。这可以说是与此一派理论的第一点暗合之处。其二，接受美学以为一篇作品可以对读者呈现出多层含意，而且读者的理解和诠释并不一定要作为对作品本文之意义的解释和回答。因此王氏对晏、欧诸人之小词，遂可以既将之评说为"成大事业大学问者"的一种境界，又可以将之评说为有诗人"忧生""忧世"之心。这可以说是与此一派理论的第二点暗合之处。其三，接受美学既曾提出读者对于文本之诠释可以透过自己之想象而形成一种创造性的背离，因此王氏在以三种境界说晏、欧诸人之小词时，遂也曾提出说"遽以此意解释诸词，恐晏、欧诸公所不许也"。可见王氏对自己的解说之背离了作品的原意，也原是有所认知的。这可以说是王氏词说与此一派理论的第三点暗合之处。如果只从以上几点来看，则读者对作品之接受与诠释，乃似乎可以享有绝大之自由了。但事实上却也并非全然如此。因此接受美学还有一则极重要的理论，那就是一切诠释都必须以文本中所蕴含的可能性为依据。关于这一方面，伊塞尔在其《阅读活动——一个美学反应的理论》(*The Act of Reading：A Theory of Aesthetic Response*) 一书之序文中，就曾提出他对于文本与读者之关系的看法，以为是文本提供了一种可能的潜力 (potential effect)，而这种潜力是在读者阅读的过程中加以完成的。因此美感的反应乃是在文本与读者的交互作用中，所产生的一种辩证的关系。如此看来，则旧日之只重视作者与作品而忽略了读者之美感反应的文学批评，固然是一种偏差；而如果只重视读者的反应而忽略了作品之文本的根据，则其所作出的诠释势必也将形成为荒谬妄诞而泛滥无归，则同样也是另外一种偏差。因此我们在承认了王国维之以一己感发之联想来说词的方式以后，就还应该更对其在文本方面的依据也略加探讨。

说到文本中的依据，当然就要以实践的批评为例证，而西方的著作则往往偏重理论的成分多，而实践的例证少。即使有一些例证，如伊塞尔对于班彦（John Bunyan）和司考特（Walter Scott）等人著作的分析，乃大多以小说为主，而缺乏讨论诗歌的范例。至于尧斯则虽然曾经讨论过法国波德莱尔（Charles Baudelaire）的一首诗歌，然而东西方的文化背景和语言特质既都有很大的不同，因此我们也不能生硬地便把西方的个例来作为我们的典范。如此则我们在探讨王国维说词方式在文本中的依据之时，便不得不再对中国古典诗歌之特质一加回顾。本来关于此一问题，我在《王国维及其文学批评》一书中于论及《境界说与中国传统诗说之关系》一节内，已曾对中国古典诗歌之传统及特质作过简单的论述。另外，我在《中国古典诗歌中形象与情意之关系例说》一篇文稿内（见《迦陵论诗丛稿》），也曾把中国诗论与西方诗论之差别作过一番比较。约言之，则西方的创作与批评都较重视有心的设计与安排，而中国的创作与批评则较重视自然的感动和兴发，这正是何以在中国诗论中特别重视"兴"的作用，而在英文的批评术语中竟然找不到一个与之相当的语汇的缘故。现在我们如果要把西方的接受美学与读者反应论引用到对中国古典诗歌的评说中来，我们自然也就不能不重视中国传统中之所谓"兴"的作用。而且中国诗论中之所谓"兴"原来乃是可以兼指作者与读者而言的。就作者而言，所谓"兴"者，自然是指作者"见物起兴"所引起的一种感发；而就读者而言，所谓"兴"者，则是指读者在阅读时由"诗可以兴"而引起的一种感发。"诗可以兴"最早见于《论语》，本是孔子论诗的一句话。关于孔门说诗之重视读者读诗时之"兴"的感发作用，我在《"比兴"之说与"诗可以兴"》一篇文稿中已曾有所讨论，兹不再赘（见《迦陵随笔》之十）。总之，孔门说诗所着重的，乃是读者要能从诗歌中引起一种感发和联想。这种读诗和说诗的方式，与西方的接受美学及读者反应论虽然也有可以相通之处，然而基本上却又并不完全相同。这自然因为就阅读现象而言，无论古今中外的读者在接受作品中所传达的信息时，都必然会引起某种反应，这原是人类认知过程中之一种共性，所以基本上有可以相通之处。但对于如何接受和反应，以及如何对之作出诠释，则因为古今中外之文化历史背景不同，自然也会因此而产生极大之差别。我以为王国维的说词方式，可以说就是在理论上，虽与西方文论有可以相通的暗合之处，而在实践中则实在是带有中国传统的"诗可以兴"的深远之影响的一种重视诗歌之感发作用的说词方式。因此，当我们要为王氏说词方式之个例找出其文本中之依据的时候，我们自然就不得不对其文本中所蕴含的感发之潜能加以重视。所谓感发之潜能是与文本中每一个符号所呈现出来的形式和作用都有着密切之关系的，这种鉴别需要一种极细致的感受和体察，当然不似张惠言一派说词所依据的在文化历史已有定位的语码之明白可见。因此要想说明王氏说词之方式在文本中的依据，我们就要对其所依据的文本作一番深细的观察和探讨。

关于王氏说词方式在文本中之依据，我在《感发之联想与作品之主题》及《三种境界与接受美学》两篇文稿中，本已曾论述及之（见《迦陵随笔》之十二及十三）。约言之，则李璟《山花子》一词之所以引起了王氏的"众芳芜秽，美人迟暮"之慨，乃是因为在"菡萏香销翠叶残，西风愁起绿波间"二句文本中，原来就蕴含了足以引起王氏此种感发的一种潜能。首先是"菡萏"一词在此一文本中的作用和效果。原来"菡萏"乃是荷花之别名，见于《尔雅·释草》。不过，每个不同的语汇都各有其不同的品质，也各自带有其不同的作用。即以"菡萏"与"荷花"而言，它们所指向的名物虽然相同，然而其所传达的品质方面的感受则有所不同。"荷花"一词予人之感受较为通俗，也因此而显得更为写实；而"菡萏"一词则因其较为古雅，因此乃别有一种高贵而疏远的感觉。于是此一词乃因其推远了现实之距离，而似乎具含了一种象喻的意味。再看"翠叶"二字，所谓"翠叶"者，自然是指绿色的荷叶，如果说"绿叶"，自亦未尝不可；可是如果以"绿叶"与"翠叶"相比较，我们就会感到"绿叶"似较为浅薄而庸俗，而把"绿"字换成了"翠"，则不仅把绿色表现得更为鲜明具体，而且还可以由"翠"字所引起的"翡翠""翠玉"等联想而表现出对于珍贵美好之品质的一种喻示，因此"翠叶"二字在与开端之"菡萏"一词的相呼应之间，遂造成了一种珍贵美好之品质的重叠出现，于是遂使得此种品质形成为此一句文本中足以引起读者象喻之联想的重点。何况与此"菡萏"及"翠叶"二者相映衬的，还有中间的一个"香"字。此一"香"字所提示的，也同样是一种芬芳美好的品质，因此也就更增强了此一句中的象喻的意味。同时更可注意的则是夹在这种珍贵美好之名物的叙写之中，诗人所用的两个述语，一个是"销"字，一个是"残"字。这两个动词的重叠出现，遂同样也因其质量的增强，而使得其所叙写的消毁和残破的现象，也同样具含了一种象喻的意味，如此则"菡萏香销翠叶残"七个字一口气读下来时，遂自然就使得读者产生了一种恍如见到无数珍贵美好的事物都同时走向了消毁和残破的感受。至于次句的"西风愁起绿波间"，则"西风"一词本身就带有一种萧瑟和摧残的暗示，而且西风吹起的所在，所谓"绿波间"，实在也就是前一句中之"菡萏"的美好之生命的托身之所，所以此一句的叙写，也就更加强了首句所喻示的一切珍贵美好之生命都已走向消毁残败之无可遁逃的整个场景之悲剧感。是则仅就此二句文本中所蕴含的足以引起读者感发的潜能而言，固已足可说明王氏对此二句词之评说的依据了。而如果我们更结合了中国的历史文化背景来看，则秋日草木之萧瑟凋零，本来也早就有一种悠久的象喻的传统。早在《诗经·小雅·四月》中，就曾有过"秋日凄凄，百卉俱腓。乱离瘼矣，奚其适归"的句子，表现了由秋日之百卉凋伤所引发和象喻的在乱离中无所遁逃的哀感。另外，在《离骚》中也曾有过"惟草木之零落兮，恐美人之迟暮"的句子，则是把芬芳美好的植物与象喻着贤人君子的美人相结合，借草木之零落而喻示了才人志士之生命落空的悲慨。其后宋玉之《九辩》则更写有"悲哉秋之为气也，萧瑟兮草木摇落而变衰"的句子，于是"悲秋"在中国文学传统中，遂形成为一个经常出现的"母题"（motif），所以唐代的杜甫乃写下了"摇落深知宋玉悲"的句子。可见草木之摇落一直是引起诗人感发的因素，而诗歌中对草木摇落的叙写，也就一直成为一个使读者引起感发的重要因素了。因此王国维遂谓李璟之"菡萏香销"二句"大有众芳芜秽，美人迟暮之感"，这其间便不仅是有文本之依据，而且也是有历史文化背景为之依据的了。只不过王氏所依据的乃是文本中所蕴含的一种感发的潜能，而并不只是语言中的符码而已。像王氏的这种说词方式，当然需要对文本中语言符号的每个成份的功能都要有精微细致的感受和辨别的能力，然后才能对文本中的潜能作出正确的发挥，而不致流于荒谬的妄说。关于语言符号中这种精微细致的质素之重要性，艾柯在其《一个符号学的理论》（*A Theory of Semiotics*）一书中，曾经特别提出过所谓"显微结构"（microstructure）一词，来与所谓"符码"（code）一词相对举。他以为"符码"所传达者乃是一种已经定型的意义（established meaning）；而"显微结构"所传达的则不仅是表面的意义，而且是符号本体中所具含的一种质素（element），而也正是这种质素给用以表达的语言符号提供了一个更为基本的表达形式。所以从表面看来张惠言从语言符号之带有文化定位的语码所作出的阐释，虽然似乎更有可信的依据；但事实上则王国维对词之评说，有时却似乎反而更能掌握住文本所传达的某些基本的质素。我在《感发之联想与作品之主题》一文中，在讨论李璟这一首《山花子》时，就曾提出说："此词显意识之所写，固原为闺中思妇之情，这种情事自表面看来与'美人迟暮'之喻托虽然似乎是截然不同之二事，但自《古诗十九首》之写思妇之情，就曾写过'思君令人老，岁月忽已晚'的话。李璟此词在'菡萏香销'二句之后，便也曾写了'还与韶光共憔悴'的话。是则思妇之恐惧于韶华流逝容颜衰老之情，在本质上与'众芳芜秽，美人迟暮'的悲慨之情，固也原有其可以相通之处……而王国维之所说乃正为一种'在神不在貌'的直探其感发之本质之评说。"并且我还曾自此推论说："就作者李璟所处身的南唐之时代背景而言，其国家朝廷在当日固正处于北方后周的不断侵逼之下，因此这首词之'菡萏香销'二句所表现的一切都在摧伤之中的凄凉衰败的景象，也许反而才正是作者李璟在隐意识中的一份幽隐的感情之本质。而王国维却独能以其锐感探触及之，这实在正是王国维说词的最大的一点长处与特色之所在。"而且艾柯在其《一个符号学的理论》一书中，论及符号学的主体（subject）之时，也曾提出过一种看法，以为符号的主体（也就是使用符号的人——作者）是可以经由符号的活动来加以界定的。因此王氏乃透过"菡萏"二句语言符号的某些特殊质素，从而引起了一种与主体意识之本质相暗合的感发，这当然就不仅是个人之锐感，而且也是在符号学中足以为之找到理论之依据的了。

经过上面的论述，我们已可清楚地见到王国维之以感发说词的方式，从表面看来虽然似乎只是个人一己读词时偶发之联想，但实际上则是既可以为之找到西方理论的依据，而且同时也是有中国传统之重视感发的深厚之根基的。本来我们对王国维说词之方式的讨论，原可到此即告一结束，只是我们在前文中，既然还举有其他两则王氏说词的例证，当然我们就应该对此也略作交代。只是为篇幅所限，我们不能再对之作详尽的分析，现在只简单说明如下：第一点我们要加以说明的，当然是王氏以"三种境界"来评说晏殊诸人小词之一则词话的文本之依据，关于此点，我在《文本之依据与感发之本质》一篇文稿中，已曾有所论述（见《迦陵随笔》之十四），兹不再赘。第二点我们要加以说明的，则是王氏以"诗人之忧生"及"诗人之忧世"来评说晏殊及冯延巳二人之词的一则词话。在这则词话中，实在包含了两个例证。前一个例证是说"'我瞻四方，蹙蹙靡所骋'，诗人之忧生也。'昨夜西风凋碧树，独上高楼，望尽天涯路'似之"；后一个例证是说"'终日驰车走，不见所问津'，诗人之忧世也。'百草千花寒食路，香车系在谁家树'似之"。现在我们先看前一个例证，在这个例证中王氏所举引的"我瞻四方"二句，原出于《诗经·小雅·节南山》之第七章。这一篇诗是《诗经》中少数有主名的作品之一。作者在此诗之末一章，曾明白地写有"家父作诵，以究王讻"的诗句，清楚地表现了此诗之有讽刺之意。只不过历代说诗人对其所刺之对象，则颇有不同的说法，或以为是刺幽王，或以为是刺师尹。总之无论其所刺者为何人，我们从这首诗中所叙写的"天方荐瘥，丧乱弘多""昊天不佣，降此鞠讻""不吊昊天，乱靡有定"等诗句看来，这首诗乃是一首忧危念乱之诗，殆无可疑。至于"我瞻四方，蹙蹙靡所骋"二句，则据《毛传》郑笺云："蹙蹙，缩小之貌。我视四方土地日见侵削于夷狄，蹙蹙然虽欲驰骋无所之也。"是其所喻言者，自然乃是诗人对自己生于乱世不得顺遂其志意的一种慨叹，也就是王氏所云"忧生"之意。而晏殊的"昨夜西风"几句词，则就其表面所写之情事来看，其所写者固原为伤离怨别的对远人怀念之词，与所谓"忧生"之意实在本不相干，不过若自其语言符号中所蕴含的更深层的基本质素言之，则"昨夜西风"一句所表现的寒劲之"西风"对于"碧树"的摧残，固正有如诗人所遭受到的外界危乱之苦厄，而"独上高楼"二句所表现的登高望远之情意，便也似乎与诗人之意欲有高远之追寻而无法实践的悲慨大有可以相通之处。而这很可能也就是王氏之所以认为此数句词与《节南山》一诗之"我瞻四方"二句一样，同是有"忧生"之意的缘故了。而另一方面则此种登高望远的追寻向往之情，当然与"成大事业大学问者"的"第一种境界"在本质上也有相通之处，因此王氏在另一则词话中，遂又曾以"第一种境界"说之。从表面看来，其所说的意思虽有不同，但却同样有文本中所传达的一些基本的质素为依据。我在前文介绍西方接受美学之时，曾经提到所谓文本中的"潜能"，也就是文本中本来就蕴含有多种解说的可能性。另外，我在《三种境界与接受美学》一文中，也曾提出说"按照西方接受美学中作者与读者之关系而言，则作者之功能乃在于赋予作品之文本以一种足资读者去发掘的潜能。而读者的功能则正在于使这种潜能得到发挥的实践"。所以王国维在"三种境界"一则词话中，乃又曾提出说"此等语皆非大词人不能道"，那便因为只有最为优秀的诗人才能对其所使用的文本赋予如此多层次的潜能。也唯有最优秀的读者才能从所阅读的文本中，发掘出如此多层次的潜能。若就此点而言，则王国维无疑乃是一位最优秀

328

的读者和说词人。他对晏殊之"昨夜西风"几句词所作的两种不同的评说，就是一个最好的证明。其次，我们再看这一则词话中的第二个例证，在这则词话中王氏所举的"终日驰车走，不见所问津"二句，原是陶渊明《饮酒》诗末一首中之诗句。关于陶氏《饮酒》诗之托意深远，当然已早为世人之所共同认知。尤其末一首既为此一组二十首诗之总结，故其感慨乃尤为深至。若从此诗前半所写之"羲农去我久，举世少复真。汲汲鲁中叟，弥缝使其淳"及"如何绝世下，六籍无一亲"诸句来看，则此诗之有"忧世"之意，殆无可疑。黄文焕《陶诗析义》（卷三）说此二句诗，即曾云："怅怅迷途，不知以六籍为津梁。"又云："既不亲六籍，终日奔走世俗，夫复何为？"是则此二句盖慨叹世人之劳劳奔走而未能得一正途之意。而冯延巳《鹊踏枝》词之"百草千花寒食路，香车系在谁家树"二句，就表面所写之情事言之，则本意盖原写游子在外之游荡不返，与所谓"忧世"之意本不相干。不过，如果不只看其表面之意义，而从其所蕴含之更深一层的感发质素而言，则冯氏此二句词固原也表现有一种在百草千花之中游荡而却茫然不知其止泊之所的迷惘和悲哀。而这很可能也就是王氏之所以认为冯氏此数句词与陶诗之"终日驰车走"二句一样，同是有"忧世"之意的缘故了。而当我们讨论过王氏这几则说词之例证以后，我们就会发现王氏之以衍义说词的方式，除去其所依据者多为文本中更为基本的一种感发之质素以外，还有一点值得注意之处，那就是他所说的衍义，无论是"众芳芜秽，美人迟暮""成大事业大学问"的"三种境界"或"忧生"与"忧世"之意，它们所指向的都是有关人生的一些基本的态度与哲理，而并不以个别的一人一事为拘限。凡此种种当然都是使得王氏之词说显得比张氏之词说既更能探触到一篇作品之本质，也显得更为开阔通达的缘故。只是王氏却也由此而养成了一种偏好，遂特别欣赏五代宋初之某些专以感发取胜的属于第一类歌辞之词的作品，而却对于以思索安排取胜的属于第三类赋化之词的作品有了成见，因此在其《人间词话》中乃对南宋的姜、史、吴、王诸家词大加贬抑，这就未免也有失于偏狭之弊了。

　　经过以上对于张惠言与王国维二家词说之讨论和分析，我们可以说是对他们以衍义来说词的方式，都既有了理论的认知，也有了实例的考查。如果我们要在此为之下一结论的话，则我们自不难加以归纳说：张氏说词所依据者，大多为文本中已有文化定位的语码，而其诠释之重点则在于依据一些语码来指称作者与作品的原意之所在。像他这种以思考寻绎来比附的说法，自然可以说是属于一种"比"的方式。至于王氏说词所依据者，则大多为文本中感发之质素，而其诠释之重点则在于申述和发挥读者自文本中的某些质素所引生出来的感发与联想。像他这种纯以感发联想来发挥的说法，自然可以说是一种属于"兴"的方式。张氏之方式适用于对第三类有心以思索安排取胜的赋化之词的评说，而王氏之方式则适用于对第一类以自然感发取胜的歌辞之词的评说。至于属于第二类的诗化之词，则如我在《从中国词学之传统看词之特质》一节中之所言，这一类词乃是不需要在诗篇的本意之外更去推寻什么衍义，而就在其本意的叙写中，就已经蕴含了一种曲折深蕴的属于词之特美了。因此对这一类词的评说所采用的实在应该是一种属于"赋"的方式。而也就是这个缘故，遂使人觉得对于如何欣赏这一类词乃反而更没有一种模式可以依循。我想这很可能也就是何以在中国词学传统中，对于这一类诗化之词一直认为是别调，而且也一直未能产生出一位有如张、王二家对其他两类词之评说的理论大师来的原因之所在吧。只是为了使本文对于中国词学之探讨更臻完整起见，我们在下面便将这一类诗化之词应该如何加以评说的方式，也略加理论的探讨和个例的说明。

　　一般而言，我以为对此一类诗化之词的评赏，似乎应注意到以下的两个方面：第一，我们要认识的是此一类词既已经有了与"言志"之诗相近似的诗化之倾向，其所叙写之情志也已成为作者显意识中的一种明白的概念，因此自然就不再容许读者以一己之联想对之作任意的比附和发挥。可是"词"作为一种文学型类（genre），这一类诗化之词的好的作品，就也仍需要具含一种属于词之特质的曲折含蕴之美，因此遂必然要求其在所表达的情志之本质中，就具含此种特美，而读者在评说这一类词时，当然也就最贵在对此种在内容本质中所具含的曲折含蕴之特美能有深入的掌握和探讨，此其一。第二，我们也要认识到，除去情志之本质方面所含蕴之美以外，这一类作品作为"词"的文类而言，在表达形式方面便同样也需要具有一种曲折含蕴之美。如此写出的作品才能算是这一类诗化之词中的成功的作品，此其二。关于这一类词的评赏，我在《论辛弃疾词》一文中曾经作过一点尝试（见《唐宋词名家论稿》）。首先我曾对辛词情意方面之本质，提出了"万殊一本"之说，以为"辛词中感发之生命，原是由两种互相冲击的力量结合而成的。一种力量是来自他本身内心所凝聚的带着家国之恨的想要收复中原的奋发的冲力；另一种力量则是来自外在环境的，由于南人对北人之歧视以及主和与主战之不同，而对辛弃疾所形成的一种谗毁摈斥的压力。这两种力量之相互冲击与消长，遂在辛词中表现出了一种盘旋激荡的多变姿态"。我以为这种在情意之本质方面的特色，乃是形成了辛词的曲折含蕴之美的一项重要原因。再则我对于辛词在表达方面的艺术特色，也曾作了一点分析和说明，我以为辛词之富于曲折含蕴之美，就其表达之艺术方面言之，约可归纳为以下几点特色：其一是在语言方面既常以古典之运用而造成一种艺术距离，又常以骈散之变化及句读之顿挫而造成一种委婉之姿态；其次则在形象方面既能以状语与述语传达出一种感发之作用，又能将静态之形象拟比为动态之形象而有生动之描述，更能将具体之形象拟比为抽象之概念而加深其意境，且能将自然景物之形象及历史事件之形象与所叙写之情事完全融会为一体，互相感发映衬而造成一种既丰厚深隐而又极直接强大的感人的力量，这自然是形成了辛词的曲折含蕴之美的又一项重要原因（在《论辛弃疾词》一文中，我曾举出其《水龙吟·过南剑双溪楼》及《沁园春·灵山齐庵赋》二词，对以上各种特色作过极具体而详尽的说明，读者可以参看，兹不再赘）。

　　如果想对以上这种重视作品中情意之本质的评赏方式，也找一点西方文论来作为参考的话，则我以为近年来西方新兴起的所谓"意识批评"（criticism of consciousness）或有可参考之处。此一批评学派曾受近代西方哲学中现象学（phenomenology）之影响，而现象学所重视的原是主体意识与客体现象相接触时之带有意向性的意识活动（consciousness as intentional），因此意识批评所重视的也就正是在文学作品中所呈现的这种意识活动。只不过有一点要说明的，就是意识批评所着重的并不是作者在创作时的现实之我的心理分析；他们所要探讨的乃是作品之中所表现的一种意识形态〔patterns of consciousness，亦有人称之为动机的形态（patterns of impulse），或经验的形态（patterns of experience），或感知的形态（patterns of perception）〕。而且他们以为很多伟大的作者，我们都可以从他们的一系列作品中，寻找出这一种潜藏的基本的形态。本来当这一种意识批评才开始兴起时，曾经颇受到以前所流行的所谓新批评（new criticism）一派的讥评，认为他们忽略了作品的独立性和作品的美学价值。其实我以为西方很多文论本来各有其探索之一得，也各有其长短之所在，原可以互相参考而并行不悖。因此所谓意识批评其所重视的虽是作品中之意识形态，然而其他各派批评的理论学说，也未尝不都可以借为参考。即如我在论述辛稼轩词时，对其万殊一本的本质之探讨，虽有近于意识批评之处，然而当我对其艺术特色加以探讨时，则又似乎与新批评颇有相近之处了。而且我以为正是新批评的所谓细读（close reading）的方式，才使我们能对作品的各方面作出精密的观察和分析，因此也才使我们能对作品中之意识形态得到了更为正确和深入的体认。可见新批评一派所倡导的评诗方式，确有其值得重视之处。只是新批评把重点全放在对于作品的客观分析和研究，而竟将作者与读者完全抹煞不论，而且还曾提出所谓"原意谬论"（intentional fallacy）及"感应谬论"（affective fallacy），把作者与读者在整个创作过程及审美过程中的重要作用都加以全部否定，这就不免过于偏狭了。所以我虽然早在20世纪 50 年代所写的说诗的文稿中，就已曾用细读的方式作为分析的依据，但却对新批评之完全抹煞作者与读者，且不顾历史文化背景的狭隘的观点，一向未能接受。我一直认为西方各派的文论各有其优劣短长之所在，也正如中国各派的诗论词论，也各有其优劣短长之所在，而无论对任何一家一派之说，如果只知生硬死板地盲从都是偏颇而且狭隘的。本文的尝试就是想从一个较广也较新的角度，把中国传统的词学与西方近代的文论略加比照，希望能借此为中国的词学与王国维的词论，在以历史为背景的世界文化的大坐标中，找到一个适当而正确的位置。不过，因为我自己学识和写作之时间与篇幅的限制，虽然已写得如此冗长，却仍感到有许多偏狭不足之处，也只好等待广大的读者再加以补充和指正了。

论王国维词：
从我对王氏境界说的一点新理解谈王词之评赏

## 一、前　言

　　早在 20 世纪 50 年代，当我在台湾大学教书时，曾经写过一篇题为《说静安词〈浣溪沙〉一首》的文稿。那时我就曾有心想写一册评注王国维词的小书。我之兴起此念，盖当日我既在生活方面经历了一番艰苦和不幸的遭遇，因此在阅读方面遂特别耽溺于一些带有悲观色彩的著作，于是叔本华的哲学以及曾受有叔本华思想之影响的王国维的文哲方面的作品，乃成为我所最爱耽读的书籍。在《说静安词》一文的开端，我就曾提到了这种偏爱，说："我独于静安先生词似有较深之偏爱。其故殆亦难言，惟觉其深入我心，遣之不去耳。"其后，当我于 20 世纪 70 年代中为我的《王国维及其文学批评》一书撰写《后叙》时，也曾提及我当日在艰苦不幸的遭遇中，所"最常记起来的，就是静安先生用东坡韵咏杨花的《水龙吟》词的头两句'开时不与人看，如何一霎濛濛坠'。我以为自己便也正如同静安先生所咏的杨花一样，根本不曾开过，便已经零落凋残了"。也就正是由于我对王国维的词有着这样一份感情，因此才兴起了要为王国维词作评注的念头。那时我已曾着手把王氏的词抄录在一册笔记本中，并已作了若干注释。后来有一位也非常喜爱王国维词的同学，说愿意协助我查找资料，于是我就把那册笔记本交给了这位同学。谁知世事无常，固正如王国维在一首《采桑子》词中之所云"人生只似风前絮"，不久以后那位同学就因事离开了台北，而我也因应聘来到了北美教书，于是就和那位同学失去了联系，而对王国维词的评注工作，也就从此中断了。

其后当我于 20 世纪 70 年代初期开始撰写《王国维及其文学批评》一书时，则又因当日心情的转变，对王氏这些充满悲观绝望之情的小词，乃竟尔舍置而未曾对之一加评述。而今回思往事，距离我当初动念要评注王国维词之时代，盖已逾三十年之久矣。在这三十年间，海内外既已出版了多种研讨王国维词的著作，本已不需我更为狗尾续貂之举。只是因为近年来我曾与四川大学缪钺教授合作撰写《灵谿词说》一书，既已完成了对唐五代及两宋重要词人的论述，缪先生及出版者都希望我们能继续撰写论金、元、明、清词的续集。缪先生已写有论金、元人词的文稿数篇，而我较感兴趣的则是清人的词与词论。我本计划仍按照我以前撰写《灵谿词说》中诸稿的方式，依时代先后来展开讨论，因此我所计划要写的《灵谿词说续集》的第一篇，本将是讨论明末清初之陈子龙词的一篇文稿。然而自 1986 年秋季以来，我又曾应《光明日报》之邀为之撰写了一系列《迦陵随笔》，对于王国维论词之要旨提出了一点新的理解；其后又因接受了一位友人的提议，将这些随笔中的零星见解作了一番系统化的整理，写了题为《对传统词学与王国维词论在西方理论之观照中的反思》（以下简称《传统词学》）的一篇长文。在撰写这些文稿时，遂时时想到这一点新的理解或者也可以作为评赏王国维词的一条新的途径，于是当年想要评说王国维词的那一点心念，遂又油然复起，所以乃决定暂时不写陈子龙而写了王国维。而且撰写的重点将尽量集中于近年来我对王氏词论的一点特殊的理解，想将之作为一个基准，来对王国维词的成就及特色略作一些较新的探讨和衡量。同时在这种探讨和衡量中，我还有一点个人的想法，就是颇想把近年来我对传统词学和王国维词论所作的理性的研析，与我过去对王国维词的一点感性的偏爱结合起来，为自己多年来对古典诗词的评赏建立一个自我的模式。如我在《迦陵论诗丛稿·后叙》中之所言，希望能做到"七窍虽凿而浑沌不死，使古今中外的知性资料都能在七窍之凿中效其妙用，而却仍能护持诗歌中感发之生命，使之在读者之感受中不仅不受到斫丧，而且能得到更活泼更完美之传达和滋长"。这种尝试之是否能成功，我当然对之一无把握。因为一般而言总是偏重理论研析的文字，就未免在感性之欣赏的发挥方面会受到牵制和拘限，而偏重感性欣赏的文字，则又往往未免过于主观而缺乏理论的依据，所以多年来我就总抱有一个想使二者相结合的愿望。近两年我既在《传统词学》与《迦陵随笔》诸文稿中作了不少理论的分析和研讨，因此现在我就想把这种理论研讨的结果作为评说之依据，来对王国维词作一番自理性化升出来的感性的评赏。这种赏析的角度与我多年前纯凭主观直感的评说方式，当然已有了很大的不同。年华既已经长逝不返，三十年前所可能写出来的感受自亦永远不可能再度出现。虽然古语有云"失之东隅，收之桑榆"，然而其然岂其然乎？因为此前言如上。

## 二、王国维境界说的三层义界

如我在前一节之所言，本文撰写的要点原将是以我个人近年来对王氏词论的一些新理解为基准，对王氏之词所作的一点新的探讨和衡量，因此我自然就不得不先把我个人对王氏词论的一些新理解略作简单的介绍。本来关于我的这一点理解，我已曾在近年来所撰写的《迦陵随笔》及《传统词学》诸文稿中有所叙述；现在为了使本文的读者易于了解起见，我将再把其中一些要旨略为简述。约言之，我以为王氏在《人间词话》中所标举的"境界"之说，其义界之所指盖可分为三个不同层次的范畴。其一是作为泛指诗词之内容意境而言之辞，如《人间词话·附录》第十六则所提出的"有诗人之境界，有常人之境界"及《人间词话·删稿》第十四则所提出的"'西（按：当作秋）风吹渭水，落日（按：当作叶）满长安'，美成以之入词，白仁甫以之入曲，此借古人之境界为我之境界者也"。若此之类，便都是对内容意境的一般泛指之辞，此其一。其二是作为兼指诗与词的一般衡量准则而言之辞，如《人间词话》第八则所提出的"境界有大小，不以是而分

优劣。'细雨鱼儿出，微风燕子斜'，何遽不若'落日照大旗，马鸣风
萧萧'？'宝帘闲挂小银钩'，何遽不若'雾失楼台，月迷津渡'也"。
他所举引的前二则例证是杜甫的诗句，而后二则例证则是秦观的词句，
可见他提出的境界之大小优劣之说，自然应该乃是兼指诗词之衡量准
则而言的，此其二。其三则是将"境界"二字作为专指评词之一种特
殊标准而言之辞，即如他在自己亲手编订的发表于《国粹学报》的六
十四则《人间词话》中，所首先提出来的第一则词话，就是"词以境
界为最上。有境界则自成高格，自有名句"。从这段话来看，其"境
界"一词自然应该乃是专指他自己所体认的词的一种特质而言的，此
其三。

我于十余年前撰写《王国维及其文学批评》一书时，本曾对王氏
之境界说作过相当仔细的分析，只不过当时的分析大多限于第一和第
二两个层次，而未及于第三个层次。如果只就前两个层次而言，我们
大概可以将王氏的境界说，归纳为以下几个要点：首先，就泛指诗词
之内容意境的一层义界而言，王氏之所谓"境界"应该乃是指作品中
所叙写的情与景相结合的一种意境而言的。即如他在《人间词话·删
稿》第十四则中所提出的"借古人之境界为我之境界"的一则词话，
他所谓"美成以之入词"及"白仁甫以之入曲"者，原来乃是指周邦
彦《齐天乐·秋思》一词中的"渭水西风，长安乱叶，空忆诗情宛转"
几句词和白朴《双调得胜乐·秋》一曲中的"听落叶西风渭水"及其
《梧桐雨》杂剧第二折《齐天乐》一曲中的"伤心故园，西风渭水，落
日长安"几句曲而言的，因为这些句子都使用了唐代诗人贾岛《忆江
上吴处士》一诗中的"秋风吹渭水，落叶满长安"二句诗中的"境
界"，也就是王氏所谓"古人之境界"。不过它们所写的内容虽然都有
"渭水"和"长安"，都有"秋风"或"西风"，都有"落叶"或"乱
叶"，景物虽然相似，然而情意方面的感受则并不完全相同。所以王国
维在这一则词话中于提出了"借古人之境界"以后，乃又云"然非自
有境界，古人亦不为我用"。是其所谓"借古人境界"者，盖指其所写

之景物与古人有相似之部分；至其所谓"自有境界"者，则当指其各有情意方面不同之感受。于此已可见出王氏之境界说乃特别重在个人感受的一方面。故其《人间词话·附录》第十六则在提出了"诗人之境界"及"常人之境界"之说以后，便也曾加以解释说"诗人之境界"是"惟诗人能感之"的一种意境；而"常人之境界"则是"常人皆能感之"的一种意境。是其所谓"境界"者，就第一层义界而言，虽是指作品中情意与景物相结合的一种意境，但其特别重在作者个人之感受的一点，却已是明白可见的了。其次再就其作为兼指诗与词的一般衡量准则而言，在其《人间词话》第六则中，王氏也曾提出了一段极为重要的话，说："境非独谓景物也，喜怒哀乐，亦人心中之一境界。故能写真景物真感情者，谓之有境界。"其所谓"真"，便是指一种个人的真切之感受而言的。因此王氏在《人间词话·删稿》第十则中，就又曾提出说："昔人论诗词，有景语、情语之别，不知一切景语皆情语也。"其所谓"景语皆情语"，便也当是意指对景物具有一种真切之感受而言的。所以我在《王国维及其文学批评》一书中，论及其"境界"说之时，就曾经为之下了一个结论，说："境界之产生，全赖吾人感受之作用；境界之存在，全在吾人感受之所及。因此外在世界在未经过吾人感受之功能而予以再现时，并不得称之为'境界'。如外在之鸟鸣花放云行水流，当吾人感受所未及之前，在物自身都并不可称为'境界'。而唯有当吾人之耳目与之接触而有所感受之时，才得以名之为'境界'。或者虽非眼、耳、鼻、舌、身五根对外界之感受，而为第六种意根之感受，只要吾人内在之意识中确实有所感受，便亦可得称为'境界'。"而这也就正是王氏用以作为兼指诗词之衡量准则而言的"境界"说的第二层义界了。而且王氏还曾在此一层义界中，更就其形成此种境界的不同因素，作了以下几种区分，那就是他所提出来的"造境""写境""有我""无我""理想""写实"诸说。关于这些说法，我在《王国维及其文学批评》一书中也已曾作过相当的探讨，约言之，则"造境"与"写境"乃是指其写作时所采用之材料是否为现实中所实有之情景而言的；"有我"与"无我"则是指其作品中所表现的"我"与"物"是否有对立之关系而言的。大抵"以我观物"者为"有我"之境，"以物观物"者为"无我"之境①。"理想"与"写实"则是对于"造境"与"写境"的进一步说明，盖"写境"之作所写者虽属现实情景，但既写之于作品之中，就也已脱离了现实之关系与限制，而"造境"之作所写者虽属非现实之情景，但其取材及安排也仍须合于自然之法则。这正是王氏何以在"造境"与"写境"之一则词话中，曾提出说"大诗人所造之境，必合乎自然；所写之境，亦必邻于理想"的缘故。

以上种种概念不仅是王氏词论中的一些基本概念，而且也是我们想要评赏王词所当具有的几点重要认识。然而这却还只不过是我们对王氏词论中之"境界"说的前两层义界的认识而已。这前两层的义界乃是可以普遍适用于对一般诗与词之内容意境之衡量的，当然也可以用之于对王氏自己的作品的衡量。只是我们如果要想对王氏之词作出更深一层的探讨，我们就不得不对他的"境界"说之第三层义界，也就是专指评词之特殊标准的义界再作一点说明。关于此一层义界在《人间词话》中颇有几则可供参考的提示，如《人间词话·删稿》第十二则就曾提出说"词之为体，要眇宜修。能言诗之所不能言，而不能尽言诗之所能言。诗之境阔，词之言长"。又如《人间词话》第三十二则也曾提出说"词之雅郑，在神不在貌。永叔、少游虽作艳语，终有品格"。综合此两点来看，可见王氏所认识的词之特质乃是第一须具有一种要眇宜修之美，第二须具有一种在神不在貌的引人生言外之想的意蕴。这种特质之形成，与词之形式及词之源起当然都有密切的关系。我在《迦陵随笔》第五则，题为"要眇宜修之美与在神不在貌"的一篇文稿中，已曾有所论述，兹不再赘。总之，王氏乃是对词之此种特质具有极深切之体认的一位评词人，因此他才会从中主李璟的"菡萏香销翠叶残"两句词中看出了"众芳芜秽，美人迟暮"的悲慨；也才

---

① 此说深受叔本华哲学之影响，请参看拙著《王国维及其文学批评》一书中之分析。

会从晏、欧诸公的小词中，联想到了"成大事业大学问"的"三种境界"。像这种完全不受作品的主题所局限而纯以引发人丰富之联想的特质，当然并非以言志为主的诗之所有，因此我在《作为评词标准之境界说》一则随笔中，遂曾为王氏"境界"说的此一层义界，作了一个简单的结论，说："小词中的这种感发之特质，却又很难用传统的评诗之眼光和标准来加以评判和衡量。因此王国维才不得不选用了这个模糊影响极易引起人们争议和误解的批评术语'境界'一词。"又说："'境界'一词虽也有泛指诗歌中兴发感动之作用的普遍的含意，然而却并不能便径直地指认为作者显意识中的自我心志之情意，而乃是作品本身所呈现的一种富于兴发感动之作用的作品中之世界。如果小词中不能具含这种'境界'，则五代艳词中固原有不少浅薄猥亵的鄙俗之作，而这些作品当然是王国维所不取的。因此私意以为这才正是王氏何以要提出'词以境界为最上。有境界，则自成高格，自有名句'作为评词之标准的主旨所在。"这就是我对王氏评词之"境界说"的一点新的理解，也就是我在前面所提出来的王氏之境界说的第三层义界。现在我们既然对境界说的几种不同层次的义界都已经作了相当的说明，下面我们就将以此为基准，来对王氏之词的特色及成就略加研讨了①。

## 三、王词意境之特色与形成其意境的一些重要因素

在前一节中我们既然已经对王国维之境界说的义界作了简单的介绍，现在我们就把王国维自己的作品放在他自己的理论中来一起探讨。如我们在前文之所论述，王氏之境界说的前二层义界，原是指作品中情与景相结合的一种意境，而且是以"能写真景物与真感情者"始得"谓之有境界"为衡量之标准的。因此我们首先就将于意境方面对王词略加探讨。本来早在《人间词》甲、乙稿前面所附的署名樊志厚所写

---

① 本文对王氏境界说之介绍颇为简略，请参看拙著《王国维及其文学批评》与《中国词学的现代观》诸书。

的两篇序文中，已曾对王词之意境方面有所论述。关于这两篇樊序，以前赵万里先生曾一度提出说此二序"均为先生自撰，而假名于樊君者"（见赵撰《王静安先生年谱》）。但近来则有人证之以《人间词话》原稿第二十六条之记述，谓樊志厚即樊抗夫，而据王德毅之《王国维年谱》，则樊抗夫实即王氏在东文学社之同学樊炳清（字少泉，又字亢父）。而据王幼安校订本之《人间词话·附录》，于此二序之下，又曾加按语云"此二序虽为观堂手笔，而命意实出自樊氏"。总之，此二序究竟出自谁之手笔虽尚无确论，但樊氏与王氏既为自少年同学时之好友，且据序文所言，谓"王君静安将刊其所为《人间词》，诒书告余曰'知我词者莫如子，叙之亦莫如子宜'"，又谓"比年以来，君颇以词自娱，余虽不能词，然喜读词。每夜漏始下，一灯荧然，玩古人之作，未尝不与君共。君成一阕，易一字，未尝不以讯余"。可知二人论词之见解必有相近之处。因此我们在探讨王词之意境时，遂将先对樊序中的"意境"之说也略加叙述。《人间词乙稿》樊序曾言："文学之事，其内足以摅己，而外足以感人者，意与境二者而已。上焉者，意与境浑，其次或以境胜，或以意胜，苟缺其一，不足以言文学。"又推论意境之形成谓"原夫文学之所以有意境者，以其能观也。出于观我者，意余于境；而出于观物者，境多于意。然非物无以见我，而观我之时又自有我在，故二者常互相错综，能有所偏重，而不能有所偏废也"。又持此论点以评王词，谓"静安之为词，真能以意境胜"。又曾以王词与欧阳修及秦观二家词相比较，谓"静安之词、大抵意深于欧，而境次于秦"。如我们在前文之所言，此序文之究为樊作或王氏自作，历来说者虽颇有不同的意见，然要之其所说必与王氏论词主张相契合，且可以与《人间词话》之论点相发明，则是可以肯定的。因此当我们要对王词之意境作进一步探讨之时，这段话实有极大的参考价值。

我们在前一节论及王氏"境界"说之第一层义界时，已曾提出说境界之第一层义界有泛指诗词中之内容意境之意，盖"境界"乃是一个把作品中之"情"与"景"都包举在内的统摄之词；若分言之，则可以分别为"意"与"境"二者，大抵作品中属于对感情志意之叙写者为"意"，而作品中属于对景物形象之呈现者则为"境"。二者既可为浑然之结合，所谓"意与境浑"；也可以各有所偏胜，所谓"或以境胜，或以意胜"。至于所谓"观我"与"观物"之说，则是指从美学立论，把所写之"情意"或"景物"作为一种叙写之客体来观察。若夫"情意"既为我之所有，所以把"情意"作为对象来观察叙写，便是一种"观我"之作，而若把"景物"作为对象来观察叙写，则是一种"观物"之作。所以说"出于观我者，意余于境"；"出于观物者，境多于意"。不过王氏既然又主张"一切景语皆情语"，而且在其《屈子文学之精神》一文中，还曾提出说："其写景物也，亦必以自己深邃之感情为之素地"，则是"物"中亦自有"我"在，何况"我"之情意也往往要借用景物形象以表达，而且无论"观物"或"观我"之"观"者，也依然是"我"，所以乃又说："然非物无以见我，而观我之时又自有我在，故二者常互相错综，能有所偏重，而不能有所偏废也。"至于王氏之词，若依据这些论点来看，则大抵属于"观我"的"以意胜"之作为多。而且王词还有一个极大的特色，就是其所写之内容虽以"意胜"，然而却往往并不对其"意"作直接之表述，而常是假借一种景物或情事以表出之。而且这种景物情事还可以有"写境""造境"种种不同，所以《人间词甲稿》的樊序乃又云："若夫观物之微，托兴之深，则又君诗词之特色。"而由此一特色，遂使得我们欲评说王词者，乃不得不自其境界说之第二层义界更进入到其第三层义界，也就是说，要自其重视真切之意境的衡量标准，再追而要对其深微要眇之意蕴的托兴，更作出一番超乎其所写的外表之景物情事以外的较深一层的探寻。

词之富于要眇深微的言外之意，固原为词之一种特质。关于此点，我在《传统词学》及《迦陵随笔》诸文稿中，已早曾有所论述，只是就作者而言，如何方能使其作品中具有此种特质？以及就说者而言，又应取如何之态度来对之加以评说？这两方面当然也仍是有待探讨的问题。我们现在就将把静安词放在此种探讨中来一作衡量。关于这种衡量的准则，我以前在《传统词学》一文中也曾作过相当的讨论。约言之，则在"词"这种文类中，其能具有此种深微要眇之特质的佳作，一般大约有以下的几种情况：第一类是歌辞之词，这一类词的作者在填写歌辞时虽然并没有抒写个人情志的用心，但却往往就也正在其游戏笔墨的小词中，反而于无意中流露了自己的性情学养所融聚的一种心灵之本质，因而遂形成了一种要眇深微之美；第二类是诗化之词，这一类词的作者虽然有自我言志抒情的用心，但却由于其情志本身的深厚丰美与表现方式之曲折含蕴，虽在明白抒写之中，却也仍保留了一种要眇深微之美；第三类是赋化之词，这一类词的作者大多好以安排勾勒的笔法在作品中为有心的托喻，因此在深隐的叙写中，自然就也形成了一种要眇深微之美。以上是我在《传统词学》一文中，对词中之所以具有此种要眇深微之美，就作者方面所作的几点分析。若更就说者方面而言，则我在该文中也曾将之分为了两类不同的说词方式：一类可以张惠言为代表。张氏说词之方式大多是以作品中之一些语码及相关的本事为依据，来对作者之志意与作品之主旨作道德伦理方面的比附的诠释。另一类可以王国维为代表。王氏说词的方式大多是以作品所传达的感发之本质为依据，从而对作品中之意蕴作一种衍义性的发挥。而且我还曾提出说，王氏之说词方式较适用于对第一类以自然感发取胜的歌辞之词的评说；而张氏之说词方式则较适用于对第三类以思力安排取胜的赋化之词的评说。以上是我在《传统词学》一文中，对于应如何对词中要眇深微之意蕴加以评说的问题，就说者方面所作的几点分析。并且在分析之时，我还曾引用过西方的诠释学、符号学以及接受美学等理论，为张氏与王氏两种说词方式，找到过充足的理论依据。

有了以上的几点概念，现在我们就可以对王氏词中之所以具有此种深微要眇之意蕴的因素，以及我们对之应如何加以评说的问题，加以更进一步的探讨了。私意以为王词意蕴实在乃是兼有我们在前文所提出的"歌辞之词""诗化之词"与"赋化之词"之多种因素，而并非可以将之简单地归属于任何一类的。先就歌辞之词方面的因素来说，王氏之词既多以短小的令词之形式为主，且颇富于直接的感发，这可以说是与第一类词的相近之处；然而王氏之词却又并不是真如第一类歌辞之词之并无意于抒写自我情志的应歌之作，而是果然在显意识中具有强烈的言志抒情之用心的，如此当然便与第二类所谓诗化之词又有着相近之处了。但王氏对自己之情志却又并不作直言的叙写，而往往仍借第一类歌辞之词所常用的形象及情事以表出之，故其性质乃又仍近于第一类之词而并不完全属于第二类之词了。若再就其与第三类词之关系言之，则王氏对自己之情志既往往并不作直接的叙写，而常取象喻之方式以表出之，是则与第三类赋化之词之有心安排为托喻之作的性质，当然就也有相近之处了。只是王氏的叙写方式却又与第三类词之全以安排勾勒来铺写长调者并不全同，而是以安排托喻用于小令之中的。而且其所喻托者多为一种哲理之思致，此与第三类词之每以政治伦理为喻托之内容者当然也有所不合。像这种兼有以往旧传统词的多种特质，但却又并不完全归属于其中任何一类的情况，实在就正是王词的一种特质，也正是王词在词之意蕴方面的一种开拓①。此所以王氏在其《静安文集续编·自序二》中，叙及其填词之成功时，乃敢于自谓"余之于词，虽所作尚不及百阕，然自南宋以后，除一二人外，尚未有能及余者，则平日之所自信也。虽比之五代北宋之大词人，余愧有所不如，然此等词人亦未始无不及余之处"。这正是王氏审己度人后的一段反省自得之语。我们一定要先对王氏的此种特殊的开拓与成就首先有所认知，然后才不会对王词作出但以貌相的错误的衡量，也才能对其要眇深微的意蕴作出较正确的理解。

谈到对王词中深微要眇之意蕴的探寻，如我们在前文之所言，王词既兼具歌辞之词、诗化之词、赋化之词的多重特质，但同时却又与其中之任何一类词都并不全同，也并不为其中任何一类词之所拘限，因此我们对王词中之意蕴的探寻，自然就也应当采用王国维之自感发

---

① 关于王词与此三类词之关系，我们将在本文"余论"中再作较详细之探讨。

之本质加以推衍，与张惠言之自语码与本事加以比附的双重方式。为了便于以后用此二种方式来对王词加以评说和探讨，因此我们现在就不得不对王氏写词之年代以及其性格、思想与生活之各方面的情况都略作简单的介绍。

王氏的词今之传世者一共不过一百一十五首而已，计王氏生前所手自编定的《观堂集林》之第廿四卷《缀林》曾收其词廿三阕，题为《长短句》。此外，罗振玉于王氏殁后所编定之《王忠悫公遗书》之《观堂外集》中曾收其词九十二阕，题名为《苕华词》。据王德毅《王国维年谱》所附《王观堂先生著述考》之考证，谓《苕华词》一卷，"乃合《人间词》甲、乙稿及宣统二年以后所为词数阕而成。初改名为《履霜词》，后改今名。有民国六年（1917 年）排印本，原稿较此多半倍，罗氏编入《观堂外集》卷四中，乃是据排印本刊入遗书的"。又云："《观堂集林》卷廿四所收长短句二十三阕，就是从全稿中录出的。"据此可知《观堂集林》所收之《长短句》与《观堂外集》所收之《苕华词》，实各为其《人间词》甲、乙稿之一部分。《人间词甲稿》前之樊序，自署云写于光绪丙午（1906 年），序中曾谓"比年以来，君颇以词自娱"。《人间词乙稿》前之樊序自署云写于光绪卅三年（1907年），其中所收皆为《人间词甲稿》辑成后的一年间之所作。至王氏所自编于《观堂集林·缀林》中之《长短句》廿三阕，则曾自注云"乙巳至己酉"，计时盖为清光绪卅一年（1905 年）至宣统元年（1909 年）之所作。这几年是王氏大力从事于词之写作的时代，后此则极少再有所作矣。至于《苕华词》中所收之末四阕，则从每首词前所附之标题及写作年代来看，盖全为王氏晚年戊午（1918 年）至庚申（1920 年）年间的应酬之作。这很可能是罗振玉为王氏编辑《王忠悫公遗书》时所增入的。所以这四首词与其早期作品之风格既完全不同，与其《人间词话》中论词之主张亦多有不合。因此本文所讨论者乃将不包括此四首，而专以讨论其早年之作品为主。

至于王国维之性格与思想，则我在以前所写的《王国维及其文学批评》一书中，已曾对之作过相当的讨论。约言之，则我曾将王氏之性格主要归纳为以下三点特色：其一是知与情兼胜的禀赋。这种禀赋虽使他在学术研究方面表现了过人的成就，但另一方面却也使他在现实生活中深陷于感情与理智之矛盾痛苦中而无以自拔。王氏之从事于词之写作，也就正是他深感自己矛盾之痛苦而欲于文学中求直接之慰藉的结果。在《静安文集续编·自序二》一文中，王氏即曾自述谓："余疲于哲学有日矣，哲学上之说大都可爱者不可信，可信者不可爱……知其可信而不能爱，觉其可爱而不能信，此近二三年中最大之烦闷，而近日之嗜好所以渐由哲学而移于文学，而欲于其中求直接之慰藉者也。"又云："近年嗜好之移于文学亦有由焉，则填词之成功是也。"这种矛盾之性格与填词之动机，当然是我们欲探讨王词之意境所当具的第一点认识。其二是忧郁悲观的天性。王氏在其《静安文集续编·自序一》中，也曾自谓"体素羸弱，性复忧郁，人生之问题日往复于吾前"。因此当他在东文学社中开始接触西方哲学之际，遂为叔本华之悲观哲学所深深吸引，即如他在《叔本华与尼采》一文中，即曾对叔氏的天才忧郁之说有所发挥，谓"天才者，天之所靳而人之不幸也，蚩蚩之民，饥而食，渴而饮，老身长子，以遂其生活之欲，斯已耳……若夫天才，彼之所缺陷者与人同，而独能洞见其缺陷之处，彼与蚩蚩者俱生，而独疑其所以生"。又曾在《〈红楼梦〉评论》一文中，论及人生之欲望与痛苦，谓"生活之本质何？欲而已矣。欲之为性无厌，而其原生于不足，不足之状态，苦痛是也。既偿一欲，则此欲以终，然欲之被偿者一，而不偿者什佰，一欲既终，他欲随之，故究竟之慰藉终不可得也"。在此种悲观忧郁之心情中，王氏遂又写有《论性》《释理》《原命》诸文，思欲对人生与人性之问题有所究诘，而其所获得之答案，则《论性》一文之结论乃是人性善与恶之永恒的斗争；《释理》一文的结论则是理性并无益于人性之徙恶迁善，且不足为行为之准则；《原命》一文的结论则是福禄寿夭皆有定命，善恶贤不肖皆有定业。透过这些结论，我们自可看到在王氏眼中的人世，其罪恶与痛苦乃是全然没有救赎之望的。这种悲观忧郁的性格及思想，当然是我们想要探讨王词之意境所当具的第二点认识。其三是追求理想的执着精神。王氏一生鄙薄功利，轻视一切含有功利目的之欲求，且曾深受叔本华天才论之影响。在《叔本华与尼采》一文中，王氏即曾论及天才与俗子之不同，谓"知力之最高者，其真正之价值不存于实际而存于理论，不存于主观而存于客观，峣峣焉力索宇宙之真理而再现之……彼牺牲其一生之福祉，以殉其客观上之目的，虽欲少改焉而不能"。这种追求理想的执着精神，在其词作中自然也有所表现。这是我们想要探讨王词之意境所当具的第三点认识。

除去以上三点性格及思想方面的特色以外，当他从事于词之写作的短短数年之间，更曾在生活方面迭遭大故。先是王氏之父乃誉公于 1906 年 7 月病卒于家，时王氏方随罗振玉在学部任职，在京闻耗，遂仓促奔丧回里。继而王氏之妻莫夫人又于 1907 年之夏病危，王氏遂再度仓促还乡。据王德毅撰《王国维年谱》，王氏于 6 月 16 日抵家，莫夫人于 6 月 26 日病殁，病榻相聚，不过旬日。而当时王氏之长子潜明甫九岁，次子高明方六岁，三子贞明则尚不满三岁。王氏所受到的打击与内心的悲痛，自是可以想见的。而相距不过半载，王氏之继母叶太夫人又于 1908 年 1 月病卒于家，王氏遂再度奔丧回籍。在短短不到一年半的时间内，王氏竟接连经历了三次最亲近之家人的死丧大故。凡此种种生活上不幸之遭遇，自然也都在他的词作中有所投影，形成了他的词之意境中的某些"感情之素地"，这是我们在探讨王词时，所当具的另一点认识。

经过以上的探讨，我们对王氏境界说的义界，以及王氏自己的词在意境方面的特色，与形成此特色的一些重要因素，既然都已经有了相当的认知，下面我们就可以在此种理性认知之基础上，对他的词作一番感性的评赏了。

# 四、王国维词赏析

如我在本文"前言"中之所说，我现在所要尝试的对王词评说之方式，乃是想以理论为依据的感性的评说，因此我就将按照前文所述及的王氏之境界说的几层义界的次序，来对王词进行讨论。先就第一层义界而言，其"境界"之所指原当是作品中情意与景物相结合的一种意境。不过王氏在提出"境界"之说时，却也同时包含了一种评量之意味，那就是"能写真景物真感情者"，始得"谓之有境界"，而这也就是"境界"说的第二层义界。在此一义界之中，若就其所采用的材料而言，则又可以分别有"造境"与"写境"之不同，而就其叙写之方式言，则也既可以有"观物"的"以境胜"的"无我"之作，也可以有"观我"的"以意胜"的"有我"之作，还可以有"意境两忘，物我一体"之作。现在我们就将先从王词中之出于"观物"的以写自然景物为主的近于"无我"的"写境"之作看起。这一类作品我认为乃是王词中的最为薄弱的一环，盖王氏固正如《人间词乙稿》樊序所言，乃是一位"以意胜"的既具有深挚的感情又耽于哲理之思考的作者，所以纯然写景而表现出一种自然之风致的作品比较少，但却也并非全然没有。举例而言，如其"波逐流云，棹歌袅袅凌波去。数声和橹，远入蒹葭浦。落日中流，几点闲鸥鹭。低飞处，菰蒲无数，瑟瑟风前语"的一首《点绛唇》词，以及"舟逐清溪弯复弯，垂杨开处见青山，毵毵绿发覆烟鬟"和"路转峰回出画塘，一山枫叶背残阳，看来浑不似秋光"等《浣溪沙》词，便都能将景物写得极为自然真切，饶有风致。像这一些作品当然都可以作为王氏所说的属于"写境"一类的能写"真景物"之作的例证。另外还有一类同样也应是属于"写境"之作，但其所写却并非自然之景物，而为现实之情事者。举例而言，如其"玉盘寸断葱芽嫩，弯刀细割羊肩进。不敢厌腥臊，缘君亲手调。红炉颒素面，醉把貂裘缓。归路有余狂，天街宵踏霜"一首

《菩萨蛮》词之写一次羊羔美酒的饮宴，以及"似水轻纱不隔香，金波初转小回廊，离离丛菊已深黄。尽撤华灯招素月，更缘人面发花光，人间何处有严霜"一首《浣溪沙》词之写一次秋宵月夜的佳会，这些小词也都并没有什么深远的含意，但也都写得生动真切，情致飞扬，便也该同是属于"写境"之类的"能写真景物真感情"之作的例证。只不过以上所举的这此词例，无论其为写景或叙事抒情，却都仅属于表面一层的叙写，而并未能在意境方面表现出任何属于王国维的性格与思想方面的特色来。但《人间词甲稿》樊序则曾谓："呜呼！不胜古人，不足以与古人并，君其知之矣。"而王氏在其《静安文集续编·自序二》中，也曾自述其填词之成功，谓："余之于词，虽所作尚不及百阕，然自南宋以后，除二人外，尚未有能及余者。"又曰："虽比之五代北宋之大词人，余愧有所不如，然此等词人亦未始无不及余之处。"如果王氏的词作只限于前面的一类作品，当然"不足以与古人并"，因此我们就还要更进一步去探讨王氏之词，其所以胜于古人者，究竟何在？

王氏之词之所以胜于古人之处，我以为大约可以归纳为内容意境与表现手法两个方面，而此二方面又往往互相结合和影响。盖以静安词之特色主要盖原在其无论在写景、叙事、抒情之作品中，都往往流露有一种要眇幽微的深思与哲想，而这也就进入了王氏之境界说的第三层义界。下面我们就将选录王氏的一些在写景和叙事抒情中含有要眇幽微的深思哲想的作品，结合其内容意境与表现手法来一加评述。

第一首我们所要评述的，是王氏的一首《浣溪沙》词，现在先把这首词抄录在下面：

### 浣 溪 沙

月底栖鸦当叶看，推窗趷趷堕枝间。霜高风定独凭阑。

觅句心肝终复在，掩书涕泪苦无端。可怜衣带为谁宽。

从这首词开端的"月底栖鸦"四个字来看，王氏所写者固原为眼前实有的一种寻常之景物。可是当王氏一加上了"当叶看"三个字的述语以后，却使得这一句原属于"写境"的词句，立即染上了一种近于"造境"的象喻的色彩。其所以然者，盖因既说是"当叶看"，便可证明其窗前之树必已经是枯凋无叶的树。而所谓"栖鸦"，则是在凄冷之月色下的"老树昏鸦"，其所呈现的也应原是一幅萧瑟荒寒的景象。可是王氏却偏偏要把这原属于荒寒的"栖鸦"的景色作为绿意欣然的景色来"当叶看"。只此一句，实在就已表现了王氏在绝望悲苦之中想要求得慰藉的一种挣扎和努力。然而现实毕竟是现实，无论诗人在感情方面抱有多么大的期待和幻想，残酷的现实也终于会把它们全部摧毁和消灭。所以当诗人想要把隔在中间的窗子推开，对于幻想中之"当叶看"的美景作进一步的探索和追寻之时，乃蓦然发现这些枝上不仅本然无叶，而且就是那些暂时点缀在枝上，可以使诗人"当叶看"的"栖鸦"也已经飞逝无存了。在这句中，王氏所用的"跕跕"二字，盖原出于《后议书》之《马援传》，本来是写马援出征交趾之时，当地的气候恶劣，"下潦上雾，毒气熏蒸"，连飞鸟也不能存活，所以"仰视飞鸢跕跕堕水中"。王氏使用了此一有出典的"跕跕堕"三字，实在用得极好。第一，此三字原为形容飞鸟之语，"鸦"亦为飞鸟之一种，故可用以形容之。第二，此一古典之运用，遂使静安词别有一种古雅之美。第三，就王氏所见之实景而言，当其推窗之际，窗外之鸦自当是惊飞而去，而绝非如《马援传》所写的"跕跕"而"堕"，然而王氏既曾将此"栖鸦""当叶看"，则树上栖鸦之消逝，就诗人之想象而言，固又正如落叶之再一次的飘堕。如此则现实自然中本已有过的一次叶落，固已使诗人遭受过一次美好之生命已全归破灭的打击，如今则幻想中"当叶看"的"栖鸦"乃竟然又一次如叶之飘堕，是则对诗人而言，乃更造成其幻想中之美好的景象又一次破灭无存，于是此"跕跕堕"三字遂有了一种超写实的象喻感。第四，"跕跕堕"三字在《马援传》中写飞鸟之堕，盖原由于环境之恶劣，因而在王氏此句中的"跕跕堕"三字，遂亦隐然有了一种隐喻环境之恶劣的暗示。于是在此二句所写的"当叶看"与"跕跕堕"之幻想破灭之后，所留给诗人的遂只余下了一片毫无点缀、毫无遮蔽的寂寞与荒寒。于是诗人遂写下了第三句的"霜高风定独凭阑"。"霜"而曰"高"，自可使人兴起一种天地皆在严霜笼罩之中的寒意弥天之感；至于"风"而曰"定"，则或者会有人以为不如说"风劲"之更为有力，但私意以为"定"字所予人的感受与联想实在极好。盖以如用"劲"字，只不过使人感到风力依然强劲，其摧伤仍未停止而已。而"定"字所予人的感受，则是在一切摧伤都已经完成之后的丝毫更无挽回之余地的绝望的定命。正如李商隐在其《暮秋独游曲江》一诗中所写的"荷叶枯时秋恨成"之"恨成"，也正如《红楼梦》中《飞鸟各投林》一曲所说的"好一似食尽鸟投林，落了片白茫茫大地真干净"之一切荣华早已归于无有的"真干净"。然则诗人在面对如此情境之下的"独凭阑"，又该是如何的一种感受和心情？把一切悲悼、绝望、寂寞、高寒之感都凝聚在一起，而却以"独凭阑"三字写得如此庄严肃穆，这实在是静安词所特有的一种境界。

以上前半阕的三句本是以写外在之景象为主的，然而王氏却在写景之中传达了这么丰富的感受和意蕴，遂使得原属于"写境"的形象同时也产生了"造境"的托喻的效果。这种形象与托喻相结合的力量既已经如此之丰美强大，于是下半阕遂不再假借任何景物与托喻，而改用了直抒胸臆的叙写。至于如何直抒胸臆，则王氏此词原有两种不同之版本，我们在前面所抄录的是收入于《观堂外集》中的《苕华词》的版本，但在其早年所编印的《人间词》的版本中，则此二句原作"为制新词髭尽断，偶听悲剧泪无端"，私意以为《苕华词》本较胜。盖以《人间词》本的两句，所表现的只有一层情意，前一句"为制新词髭尽断"写作词之辛苦，用古人"吟成一个字，捻断数茎髭"之句，谓因作词而髭皆捻断。后一句"偶听悲剧泪无端"则写内心之悲哀易感，故偶听悲剧而涕泪无端，如此而已。可是《苕华词》本的两句，却可以传达出更多层次的情意，而其作用则全在用字与语法之切当有力。

　　先说"觅句心肝终复在"一句,这句从表面看来本也是写作词之用心良苦,与"为制新词"一句的意思似颇为相近;但却因其用字与句法的安排,而蕴含了如我在《传统词学》一文中介绍西方接受美学时所述及的一种可以给读者以更多感发的可能的潜力。先说"觅句心肝终复在"一句,首先是"觅"字从一开始就暗示了一种探索追寻的努力;再则是"心肝"二字又给予人一种极强烈的感受。其所以提出"心肝"二字者,盖因就中国传统之诗论言之,本来一向都认为"诗者"是"志之所之","情动于中而形于言",先要有"摇荡性情"的感动,然后才会有"形诸舞咏"的创作。所以"心"实在是引起创作之感发的一个根源。只不过这种感发之"心",原是指一种抽象的情思,而并非现实中生理的"心肝"之心。所以就一般情况而言,王氏此句本可以写为"觅句心情"或"觅句心怀",但王氏却并未使用这些习见的字样,而用了给人以一种血淋淋的现实之感的"心肝"字样。这两个字初看起来颇给人一种不舒适的感觉,然而却带有一种极强烈的力量,亦正如蔡琰《悲愤诗》之写伤痛的心情乃曰"怛咤糜肝肺",杜甫之写关切的心怀乃曰"叹息肠内热",其作用与效果盖颇有相近之处。而且私意以为王氏所用之"心肝"二字还可以更给读者一种联想,那就是当"心肝"二字连用作为指称抽象的感情之辞时,往往带有一种指责之意味,如一般称人之自私自利对国家社会全然无所关心者,则谓之为"全无心肝"。而王氏此句乃曰"心肝终复在",则反用其意表现了自己对此冷漠无情之人世之终于不能无所关怀的一份强烈而激动的感情。而且"终复在"三个字的叙写口吻更表现了有如李商隐《寄远》诗所写的一份"姮娥捣药无时已,玉女投壶未肯休"的不已无休的缠绵深挚的执着。关于王国维对于人世的深切关怀,我在《王国维及其文学批评》一书中,于论及王氏之性格与时代之关系时,曾经提出过一段话,说王氏"一方面既以其天才的智慧洞见人世欲望的痛苦与罪恶……而另一方面他却又以深挚的感情,对此痛苦与罪恶之人世深怀悲悯,而不能无所关心"。而且王氏早年之所以离开故乡海宁而到上海去求学，继而又远赴日本去留学，主要就正因为他原有一种用世与救世之心。即使当他几经挫折而以写词自遣时，他同时也还写了若干杂文，如其《静安文集》及《静安文集续编》中所收录的《教育偶感》《论平凡之教育主义》《论教育之宗旨》《教育普及之根本》《人间嗜好之研究》与《去毒篇》等，也都无一不表现了他对于人世的一份深切的关怀。而此词中的"觅句心肝终复在"一句，所表现的就正是这一份深切的感情。而且王氏还更以其"觅"字、"心肝"字及"终复在"的口吻，将这份感情表现得如此深刻曲折而强烈，这就是我所以认为《苕华词》本的改句较《人间词》本之原句为胜的主要原因。

再说其下面的"掩书涕泪苦无端"一句。此句亦较《人间词》本之"偶听悲剧泪无端"为胜。盖以"偶听"一句既已明白指出了泪"无端"是由于听"悲剧"而来，如此则其所谓"无端"者便已有一端绪可寻，因而其悲感遂亦有了一种原因与限度，所以其感人之力遂亦因而也有了限制。至于"涕泪苦无端"之句，则以一"苦"字加强了"无端"之感，是欲求其端而苦不能得之意，如此遂使其涕泪之哀感成为一种"莫之为而为，莫之致而至"的与生命同存的哀感，于是其所写的哀感之情，乃亦自有限扩而为无限矣。这自然也是使我觉得《苕华词》本胜于《人间词》本的一个原因。至于句首的"掩书"二字，则表面看来虽或者也可视为涕泪之一端，但实际上"掩书"所写的原来只是一个动作，而如果以"掩书"的动作与下文之"涕泪"结合起来看，则可以提供给读者很多层次的联想。首先就王氏的性格来谈，则王氏平生最大的一个爱好就是读书。他曾经自谓"余毕生惟与书册为伴，故最爱而最难舍去者，亦惟此耳"①。至于他喜爱读书的动机，则私意以为盖有两点主要之原因：其一是想要在读书之中求得人生的解答和救世的方法，即如其研读哲学之动机便可谓属于前者，而其研究史学考古之动机则可谓属于后者。关于此二种动机，王氏在其著作中也曾有所叙述。如其在《静安文集续编·自序一》中就曾述及其研

----

① 见《国学论丛》一卷三号《王静安先生手校手批书目跋文》。

治哲学之动机云："体素羸弱，性复忧郁，人生之问题日往复于吾前，自是始决从事于哲学。"另外在《国学丛刊·序》中，王氏则曾述及其研治史学之动机云："欲求知识之真与道理之是者，不可不知事物道理之所以存在之由与其变迁之故，此史学之所有事也。"然而王氏研治哲学之结果，既未能求得对人生之完满的解答，其研治史学之结果，亦未能达成救世之理想与愿望。这种动机与结果，自然可以想象为其掩卷兴悲涕泪无端的一项因素。其次则王氏之读书原来也曾有欲借读书以自我逃避和慰藉之意。关于此一动机，我们在王氏的著作中也可找到证明。在《静安文集续编·自序二》中，王氏就曾明白叙述说："近日之嗜好所以渐由哲学而移于文学，而欲于其中求直接之慰藉者矣。"另外在其《拚飞》一诗中，王氏也曾自叙云："不有言愁诗句在，闲愁那得暂时消。"但他逃避和寻求慰藉的结果，则反而是更增加了心灵中的悲苦和寂寞，所以在另一首《浣溪沙》中，他就又曾自叙说："掩卷平生有百端，饱更忧患转冥顽，偶听啼鴂怨春残。坐觉无何消白日，更缘随例弄丹铅，闲愁无分况清欢。"是则无论其欲在文学之研读创作中求慰藉，或者欲在丹铅之考证的研读中求逃避，而最终则依旧是"掩卷平生有百端"的悲慨，那一首词的"掩卷"也就正可作为这一首词中"掩书"一句的注脚。可知其"无端"之涕泪固正由此"百端"之悲慨也。然而王氏的此种深悲极苦之情与悲天悯世之意又谁知之者乎？故乃结之曰"可怜衣带为谁宽"。这一首《浣溪沙》词，实在可以说是王氏由眼前寻常景物之写境写起，而却蕴含极丰富的深情与哲想的一首代表作。

像这一类从叙写眼前的景物开始，而却引发出多层次的要眇深微之意蕴的作品，在王词中还有不少，即如其"辛苦钱塘江上水，日日西流，日日东趋海"一首《蝶恋花》词，"夜起倚危楼，楼角玉绳低亚"一首《好事近》词，"西园花落深堪扫，过眼韶华真草草"一首《玉楼春》词，便都在所写的景物以外，更有一种幽微深远之意蕴。只是为篇幅所限，本文已不暇详说，只好请读者自己去欣赏了。

以上我们既然举引了王氏一首以叙写景物为主的属于"写境"的词例，对其所可能蕴含的要眇深微之意蕴，作了一番评说；现在我们就将再举引王氏一首以叙写情事为主的也属于"写境"之词例，对其所可能蕴含的要眇深微之意蕴也略加评说。现在我就先把这首词抄录在下面一看：

## 蝶 恋 花

窈窕燕姬年十五，惯曳长裾，不作纤纤步。众里嫣然通一顾，人间颜色如尘土。　　一树亭亭花乍吐，除却天然，欲赠浑无语。当面吴娘夸善舞，可怜总被腰肢误。

这首词，本来一向都被我认为是一首"造境"之作。盖因这首词实在表现了一种要眇深微之意蕴，可以引发读者许多丰富的联想，颇有象喻之意味。而且其所象喻的一种"境界"又与王氏之为人及其论词之主张都有不少暗合之处，所以我一向都以为这首词很可能是王氏将自己的为人修养与论词之见解的两种抽象情思化为具象之表达的"造境"之作。不过，近年来我偶然看到了萧艾先生所撰著的《王国维诗词笺校》（湖南人民出版社 1984 年版）一书，却指出其中原来有一段"本事"。据萧氏谓曾接到刘蕙孙教授函告云，王氏此词乃为一"卖浆旗下女"而作，且谓此词中有句实为其先君刘季英所拈，而请王氏足成者。又谓此说盖闻之于其先君刘季英与其舅父罗君美之谈话。刘季英与王国维既皆与罗振玉为儿女之姻亲，则刘氏既因有所见而戏拈新句，乃请王氏足成之，此事自属可能。因而我在此遂将之归入为写现实情事的"写境"之作了。本来关于"写境"与"造境"之难于作明显之区分，王氏也早有此种认识。他在《人间词话》中就曾提出说："有造境，有写境，此理想与写实二派之所由分。然二者颇难分别，因大诗人所造之境，必合乎自然；所写之境，亦必邻于理想故也。"就以我们才评说过的"月底栖鸦当叶看"的那首《浣溪沙》词而言，其"栖鸦""推窗""凭阑"甚至"觅句""掩书"等叙写，都为眼前当下的寻常景物与情事，自然应是属于"写境"之作，然而若就其所予人之丰美的联想而言，则又含有一种要眇深微引人生托喻之想的意蕴。此类作品自可作为王氏所说的"大诗人……所写之境亦必邻于理想"的代表作。再以我多年前所评说过的王氏之"山寺微茫背夕曛"那首《浣溪沙》词而言，就其所写的"试上高峰窥皓月，偶开天眼觑红尘，可怜身是眼中人"诸句而言，其所写既皆为抽象之哲思，自应是属于喻说式的"造境"之作，然而若就其开端所写的"山寺微茫背夕曛，鸟飞不到半山昏"诸句来看，则也未始不可能为实有之景象，只不过此种景象不及另一首《浣溪沙》所写的"栖鸦""推窗""凭阑"等景象之更为切近而已，此类作品自可作为王氏所说的"大诗人所造之境，必合乎自然"的代表作。至于这一首《蝶恋花》词，则虽然可据其"本事"之说而将之归入"写境"之作，但其丰美之意蕴却也已将之提升到一种理想化的"造境"之境界了。现在我们就将对这首词之所以达到此种境界的缘故，就其内容意境与表现手法两方面逐句略加评说。

先说第一句"窈窕燕姬年十五"，即此一句七个字的叙写，实在就已兼含"写境"与"造境"之双重意境了。先就"写境"而言，如果按萧艾先生所提出的"本事"之说，则此句自应是写一现实中所见的在北京的"卖浆旗下女"，"燕"字言其地，"十五"言其年，而"窈窕"则言其姿质体态之美好。如此便可全作一一落实的解说。然而奇妙的则是就在这种叙写之中，却已经同时就具含了一种"造境"之意味。如果用西方接受美学的理论来说，那就是王氏在此一句的叙写中，蕴含了可以引发读者多层象喻之想的一种潜能（potential effect）。这种潜能的由来，我以为大概有以下几个因素：第一个因素在于其叙写之口吻全出于客观，遂使得此一女子完全脱离了现实中人际之关系，而成为一个独立的美感之客体，此其一；第二个因素则在于其所使用的一些语汇都带有符号学中的一种"语码"（code）之作用，遂可以使读者由这些语码所唤起的文化历史的积淀而产生丰富的联想。先说"窈窕"二字，此二字原出于《诗经·国风·关雎》之首章。私意以为即此二字便已有多重之作用，盖以此二字一方面既以其源出于《诗经》，而含有一种古雅之意味；另一方面则又因其传诵之久远，而使人有一种惯见习知的亲切之感受；同时此二字又已在历史的积淀中具有了多层次之含义，既有美好之意，又有幽深之意，既可指品德之美，又可指容态之美。这种多重的性质，遂为全词之象喻性提供了一种有利的因素。试想如果我们将"窈窕"二字代之以"美丽"二字，则纵使意思相近，平仄不差，然而其浅陋庸俗立刻就可以将其象喻性破坏无遗，如此则"窈窕"二字在促成此词之象喻性方面的作用，自是显然可见的。再说"燕姬"二字，此二字在中国诗歌传统中于叙写美女之时，也已形成为一种泛称，因而遂有了并非写实专指的泛称之性质。即如《古诗十九首》中即曾有"燕赵多佳人"之句，晋傅玄《吴楚歌》也有"燕人美兮赵女佳"之句，梁刘孝绰《古意》诗亦有"燕赵多佳丽"之句，所以"燕姬赵女"乃成为对美女一般泛称之辞，于是遂超出了专指的写实的意义，而也提供了象喻的可能性。再说"年十五"三个字，在"写境"的一层意思上讲，此三字自可谓实指一个女子的年岁。然而巧合的是，女子的"十五"之年在中国文化传统中原来也有一种语码之作用，盖十五之年原为女子成人可以许嫁的"及笄"之岁，相当于男子之"及冠"（见于《礼记》之《曲礼上》及《内则》篇）。因此在中国诗歌传统中，当诗人借用女子之形象而写为托喻之作时，乃亦往往用"十五"之年以喻托男子之成人可以出而仕用之岁，如李商隐的"八岁偷照镜"一首《无题》诗，自一个女子从八岁时之开始学习"照镜""画眉"写起，接写其衣饰才艺之美，直写到十四之依然未嫁，最后乃结之以"十五泣春风，背面秋千下"，便是以一个女子的形象来喻写一个男子从高洁好修之精神觉醒到终于未得仕用之悲慨。因此这句词中的"年十五"三个字，自然也就在带有历史文化背景的语码作用中，有了象喻之意。

至于下面的"惯曳长裾，不作纤纤步"二句，则同样也是兼具了"写境"与"造境"之多重意蕴的潜能。先就"写境"而言，萧氏在提出了"本事"之说以后，便曾以"本事"说此二句，谓"'惯曳长裾'，旗装也；'不作纤纤步'，天足也。惟卖浆旗下女子足以当之"。此种解说自然与"本事"之说甚为切合，可以视为"写境"之层次中的一种情意。然而王氏此词之佳处，事实上却并不在于其所写者为如何之事实，而乃在于其在叙写中所产生之效果与作用。如果从这方面来看，我们就会发现此二句之佳处固也在于其具含一种可以引发读者之联想的丰富的潜能。至其造成此种潜能之因素，则私意以为实由于"曳长裾"与"纤纤步"二种不同之意态，所造成的一种鲜明的对比。"裾"字指衣襟而言，"曳长裾"者，谓人着长裾之衣曳地而行，如此则自然可以使人联想到一种高贵从容之仪态。至于"纤纤步"三字，则可以使人联想到一种娇柔纤媚之身姿。前者颇有一种矜重自得之概，后者则颇有弄姿愉人之意。此种鲜明之对比已使得这两种不同之品质产生了一种象喻之潜能，何况前者在"曳长裾"之上还加有一个"惯"字，后者在"纤纤步"之上还加有"不作"两个字。所谓"惯"者，是一向如此之意；所谓"不作"者，则是不肯如彼之意。于是此二句遂不仅在品质之对比方面提供了象喻的潜能，同时在叙写的口吻方面也提供了一种"有所为"和"有所不为"的象喻的潜能，因此遂使得此二句隐然有了一种表现品格和持守的喻托之意。

接下的"众里嫣然通一顾，人间颜色如尘土"二句，"嫣然"二字出于宋玉《登徒子好色赋》，写东邻女子之美"嫣然一笑"可以"惑阳城，迷下蔡"；"颜色如尘土"则出于白居易《长恨歌》及陈鸿《长恨歌传》，写杨玉环之美"回眸一笑"可以使"六宫粉黛""颜色如土"。因此自"写境"的一层意思来说，此二句自可以视之为但写"本事"中之女子的美丽。然而此二句之叙写却实在也已蕴含了可以引发读者象喻之想的丰富的潜能。盖以借美女喻人或自喻，在中国文学历史中，自屈原之《离骚》开始，就已形成了一种悠久之传统，而且此二句中的"通一顾"三个字，还曾见于宋代陈师道以美女为喻托的两首《小放歌行》的第一首之中。陈氏原诗是"春风永巷闭娉婷，长使青楼误得名。不惜卷帘通一顾，怕君着眼未分明"。据《王直方诗话》谓黄庭坚曾评陈氏此诗，谓其"顾影徘徊，炫耀太甚"，可见陈氏所写之美女原是以美女自喻的一首有托意的诗。由此一诗之联想，当然也增加了王氏此二句词的托意的潜能。何况王氏此二句词在叙写之口吻中曾经先以"众里"二字，将此一美女与一般众人作了第一度对比，又以"人间颜色"四字将此一美女与人世间其他颇有姿色的美女作了第二度对比，于是遂将此一女子的美丽提升到了一种极高的理想化之境界，因而也增加了一种象喻的潜能。而如果以象喻的"造境"来析说此二句词的话，则又可以有两种可能：首先可以视之为自喻之词，这主要因为如我在前文所言，这一首词从开端就是以把此一美女作为一种美感之客体的口吻来叙写的，这也正如李商隐的"八岁偷照镜"一首诗中的女子，诗人也是将之作为一个美的客体来叙写的，而此一客体自然可以作为诗人之自喻的一个形象，此其一。再则就前面所引的陈无己的《小放歌行》而言，陈氏诗中的"通一顾"也是以美女为自喻的口吻来叙写的。其意盖谓此一女子本为不得宠爱而遭摈斥的一个美女，故其娉婷之美色乃深闭于永巷之中使世人不可得见，遂反使青楼中之凡姿俗艳误得虚名。而且纵使此女子不惜降低身份而卷帘一示色相，也恐怕没有一个人能真正地认清和赏识她的绝世之姿的。是则就此一诗篇联想轴（associative axis）而言，此词中所写之美女自然便也可以视为自喻之词了，此其二。三则王氏在他自己的词里面，原来也写有不少以美女为自喻的作品，即如其"碧苔深锁长门路"的一首《虞美人》词，"莫斗婵娟弓样月"的一首《蝶恋花》词，就都是以美女为自喻的，可见这首词如果作为自喻来看，与王氏之品格为人也原是有暗合之处的，此其三。既有此种种可能引起自喻之想的因素，当然可以视之为自喻之词了。但有趣的则是，此二句词所蕴含的潜能却也可以使人视之为喻他之词。造成此种联想之可能的第一个因素，也是由于这首词通篇都是把此一美女作为一个美的客体来叙写的。既是一个美的客体，则除了自喻的可能外，当然也可以作为诗人心目中任何美好之理想的象喻，此其一。再则如果不用陈无己的诗篇联想，而但就其

"通一顾"三个字而言，则此所谓"通一顾"者自然也可以是从观者方面而言之词，意思就是说作为观者的我在众人之中而蓦见一绝世之姿的美女，当其嫣然一笑之际更对我有垂眄之一顾，而因此一顾之相通，遂使我反观人世间之任何美色都如尘土矣。这种境界当然可以象喻为心目中一完美崇高之理想，此其二。三则王氏在他自己其他的词里面，本也经常表现有此种"恍惚焉一瞥哲理之灵光"的意境，即如我以前曾经评说过的那首"山寺微茫背夕曛"的《浣溪沙》词，其中的"上方孤磬"与"高峰皓月"，以及在"忆挂孤帆东海畔"一首《蝶恋花》词中所写的"咫尺神山"和"望中楼阁"，便也都是此种恍如有见才通一顾的美好崇高的精神意境。可见以喻他之词来看，这首词中所表现的意境与王氏对崇高完美之精神境界的追寻向往之性格也是有暗合之处的，此其三。既有此种种可以引起人喻他之想的因素，则我们当然就也可以视之为喻他之词了。

以上是我们由此词前半阕之文本中所蕴含的丰美之潜能，所可能联想到的多层次的要眇深微之意蕴。下面我们便将对其后半阕词中的意蕴也略加评说。

如果以此词之后半阕与前半阕相比较，则后半阕之意蕴实较为单纯。盖以前半阕之文本中，既牵涉了许多符号学中所谓的具有历史文化背景的语码，而且在语言学的语法结构方面，也往往可以自语序轴与联想轴各方面，为之作出多方面的解说。可是下半阕的叙写则比较简单而且直接得多了，即如"一树亭亭花乍吐，除却天然，欲赠浑无语"之句，一口气直贯而下，全写对于一种天然之美的赏赞。此数句若自"写境"之层次言之，当然只不过是写萧氏的"本事"之说中的"卖浆女子"的天然之美而已。然而即使是如此简单的词句，却实在也仍然蕴含了一种要眇深微之象喻的潜能。此种潜能之由来，一则前半阕之叙写已酝酿成一种象喻的色调及氛围，因而此数句遂亦不免仍使人产生象喻之想，此其一；再则此数句亦并未直写现实中之人物，而是以"一树亭亭"的"乍吐"之"花"作为美之象喻的，因而此一

"花"之形象遂有了不只限于现实之人的更广泛的象喻之意味，此其二；三则此数句所赞赏的天然不加雕饰之美，与王氏《人间词话》中所标举的评词之审美观也有暗合之处。因此即使是提出了"本事"之说的萧艾先生，亦曾说此词云"通过此词，吾人更可窥见静安之审美观，静安论词，极力称道生香真色，论元曲佳处亦曰'一言以蔽之，自然而已'，所谓'粗服乱头，不掩国色'，'天然'之谓也"。此外，田志豆编注的《王国维词注》（香港三联书店 1985 年版）中，对此词亦曾评说云："北国健康美丽的少女，给词人留下深深的印象。'天然'二字是静安审美的标准。'清水出芙蓉，天然去雕饰'，这就是《人间词话》中盛称的'自然神妙'之处。"又说："本词也可以作一篇词论读。"可见这首词之可以引发读者的象喻之想，也原为众人之所共见。只不过萧氏与田氏都是先肯定了此词之为实写一"本事"中现实之女子，仅是王氏对此一女子的审美观与其论词之审美观暗合而已。而我的意思则是以为不仅此三句对"天然"之美的赞赏与其论词之主张暗合，而且全词的每一句都充满了象喻的意味。而且此三句所写的也不只是对"天然"之美的赞赏而已，我们还更要注意到这三句词与下面的"当面吴娘夸善舞，可怜总被腰肢误"二句词，在对比中所形成的讽谕的作用。本来此二句中的"吴娘"与此词开端一句的"燕姬"已是一种对比，而如果以此数句与"一树亭亭"数句合看，我们就更会发现的面所写的"天然"与后面所写的"善舞"，原来乃是又一度在品质上的对比。我说是"又一度"对比，那就因为这首词在上半阕的"曳长裾"与"纤纤步"的叙写中，王氏实在已将两种不同品质的美，作了一次对比，而我在评析那两句词时，也已曾提出说品质的对比可以提供一种象喻之潜能。何况在中国诗歌传统中，当以"善舞"为象喻的时候，往往都暗指一种逢迎媚世的行径。辛弃疾的"更能消几番风雨"一首《摸鱼儿》词，便曾有"君莫舞，君不见、玉环飞燕皆尘土"之句，可以为证。而王氏此词的"可怜总被腰肢误"一句，对"善舞"者的讥贬之意，则较辛词更为明显。因而在此种对比中，王氏所赞赏的"天然"之美，遂也应不只是与其论词之主张暗合而已，同时也喻示了王氏心目中的一种人格修养的品质和意境。如果在此外我们再一回顾全篇的话，我们就更会发现这首词不仅通篇都提供了象喻的潜能，而且其象喻的意旨和象喻的结构，也都是十分完整的。当然，我这样说也并不表示我对于"本事"之说的"写境"一层意义的否定，我只不过是想要证明王氏的一些词，即使是"写境"之作，也往往蕴含一种要眇深微的意蕴，而隐然有了一种"造境"的效果，故王氏论词，乃不仅有"大诗人……所写之境，亦必邻于理想"之言，而且还曾提出了"词之雅郑，在神不在貌，永叔、少游虽作艳语，终有品格"之说，王氏此词，便可以作为他的词论之实践的一首代表作。

透过以上二首词例，我们对于王国维之以"写境"为主而隐含有深微丰美之意境的作品，既然已经作了相当的论析和评说，因此下面我们便将再举引王词中之以"造境"为主而亦隐含深微丰美之意境的一些作品，也尝试对之略加论析和评说。首先我们所要举引的乃是王词中一首以叙写景物为主的属于"造境"的作品，现在我们就先把这首词抄录在下面一看：

### 鹧 鸪 天

阁道风飘五丈旗，层楼突兀与云齐。空余明月连钱列，不照红葩倒井披。　　频摸索，且攀跻，千门万户是耶非？人间总是堪疑处，唯有兹疑不可疑。

本来，我们在前文论及王国维《人间词话》中之"造境"与"写境"之说时，已曾引述过王氏的话，说"二者颇难分别"，盖以"大诗人所造之境，必合乎自然，所写之境，亦必邻于理想故也"。因此我在评说王氏之《蝶恋花》（窈窕燕姬年十五）一首词时，就曾提出说我以前曾以为此词可能是属于"造境"之作，其后因见到了萧艾先生的有关此词的一则"本事"之说，于是才将之定为"写境"之作。然而现在我们所要评说的这首《鹧鸪天》词，我却敢于断定其必为"造境"之作无疑。我之所以敢于断定其必为"造境"之作，当然主要由于其开端所写的景物之奇突不类眼前之所实有，然而王氏却也曾说过"所造之境必合乎自然"的话，可见虽属虚构之"造境"，但作者在想象出此一景象之时也必应有其想象之依据。那么王氏所写的这些奇突之景物，其想象之依据又究竟何在呢？关于这首词，一般读者多以为其隐晦难解，那是因为其所写之景象过于奇突，使人不知其究竟何指的缘故。但我们若能探寻得这些形象的出处来源，再结合王氏之思想感情的一般状态来看，我们就会发现其意旨之所在了。

先看这首词的开端二句："阁道风飘五丈旗，层楼突兀与云齐"，此二句所写之景象不仅极为雄壮宏伟，且极为突兀飞扬，使人读之自觉有一种震慑而且吸引人的力量。如果从这首词下面所写的"频摸索，且攀跻"二句来看，则此开端二句时写的震慑而且吸引人的景象，固当原为诗人所"摸索攀跻"追寻的一种境界。而此种境界就王国维言之，则其所追寻者乃往往为一理想中之境界而并非现实中之境界。举例而言，即如其在《蝶恋花》（忆挂孤帆东海畔）一首词中，所写的对于"海上神山"的追寻；在《浣溪沙》（山寺微茫背夕曛）一首词中，所写的想要"窥皓月"而"试上高峰"的努力，便都表现了一种对理想中的境界的追寻和向往。这一类词中所写的意境，一般说来在王词中大多是属于象喻性的"造境"之作。"忆挂孤帆"一首所写的"海上神山"的景象，其所依据者自然乃是大家所熟知的渤海中有三神山的神话传说（见于《汉书·郊祀志》及《拾遗记》）。至于"山寺微茫"一首，所写的"山寺""高峰"诸形象，则并无特殊的出处。因此遂有人以为此词所写者原是实景，而并非造境。不过，若据此词下半阕所写的"偶开天眼觑红尘"及"可怜身是眼中人"等充满哲理思想的词句来看，则私意以为这些景象似乎也仍是所谓"造境"，固正如王氏所云，乃是"大诗人所造之境，必合乎自然"，且"其材料必求之于自然，而其构造亦必从自然之法则"的一个很好的例证而已。至于这一首词中所写的"阁道"与"五丈旗"诸景象，则一方面既非如"海上神山"之为人所熟知，另一方面则也不似"山寺微茫"之有合于自然。

如果从这一点差别来看，则私意以为这一首词中之以不为人所熟知习见之景象来写对某种境界的追寻，实在应该是较之另二首更为有心用意的一首托喻之作。

从这首词开端句所写的景象来看，其想象中之"造境"的依据盖原出于《史记·秦始皇本纪》中对于阿房宫之描绘。据《史记》所载，谓"前殿阿房，东西五百步，南北五十丈，上可以坐万人，下可以建五丈旗"。此固当为人世之宫殿中的一所绝大之建筑，所以当王国维想要为其想象中所追寻的境界觅取一个最为崇高宏伟的建筑之形象时，乃选择了《史记》中所描述的"阿房"之宫以为依据，这自然可以看作王氏选用此一形象在此一首词中的第一个作用之所在。但其作用却还不只是如此而已，原来此词首句开端的"阁道"二字，除了写"阿房"之建筑的崇高宏伟以外，同时还可以经由此二字所牵涉的构建规模，而引发出更深一层的联想和托意。盖据《史记》之记叙，曾谓"阿房"之建筑乃是"周驰为阁道，自殿下直抵南山，表南山之巅以为阙，为复道自阿房渡渭，属之咸阳"。而此一建筑规模之取意，则是为了"以象天极，阁道绝汉，抵营室也"。由此可知此一建筑所设计的规模形势，原来还更有与天文有关的另一层象喻之深意。先说"阁道"，此一词语之所指，就"阿房"之建造而言，自然乃是指空中之复道，谓此一复道可以从阿房经过渭水而与咸阳相连属。至于"以象天极"云云，则原来乃是指此一建造在天文方面的象喻。盖以根据《史记·天官书》中所载对于"天极"的描述来看，其所谓"阁道"者，乃是"天极紫宫"之"后六星绝汉抵营室者曰阁道"。据张守节《正义》之解释，谓"汉，天河也，直度曰绝、抵，至也，营室七星，天子之宫。"可见阿房之"阁道"的建造，乃正像天极之紫宫。至于阁道之经过渭水与咸阳之宫殿相连属，则亦正像天极紫宫后六星之直渡天河与天子之宫相连接。而所谓"天子之宫"，就天文星象言之，则固当为天帝之所居。由此遂使得我们得以窥见王氏此词之所以选用了"阁道风飘五丈旗"之景象，以象喻其所追寻之境界的更深一层的含义。盖以如果只泛言一高远之境界，如其《浣溪沙》词所写的"山寺微茫"与"试上高峰"，则其所象喻者乃亦不过为一高远之理想而已。然而此词中开端的"阁道"一句，则以其所写之景象既出于特殊之事典，也遂亦由此一特殊之事典，而使得此一景象有了一种更为丰富的联想的可能性。盖以"阁道"在事典中既被喻示为可以通达天帝之居的一条通道，于是王氏在此词中所叙写的"摸索攀跻"遂亦都有了向天帝之居去追寻探索的意味。而向天帝之所居去追寻探索，就王氏之性格言之，则可以象喻为他想要对人生求得一个终极之解答的向往和追寻。这种解说的联想，我们不仅可以从西方接受美学家伊塞尔（Walfgang Iser）在其《阅读活动——一个美学反应的理论》（*The Act of Reading*：*A Theory of Aesthetic Response*）一书中所提出的文本中之可能的潜力（potential effect）之说，为"阁道"一形象之多层可能的喻意找到理论方面的依据；而且我们也可以从王国维自己的作品中，为这种解说的联想找到不少实例的证明。即如我们在前文论及"王词意境之特色与形成其意境的一些重要因素"一节中，就已曾提出说王氏在其写作小词的一个阶段中，也曾同时"写有《论性》《释理》《原命》诸文，思欲对人生与人性之问题有所究诘"，而且王氏在其《静安文集续编·自序一》中，也曾经说过自己"体素羸弱，性复忧郁，人生之问题日往复于吾前"的话。而这种要想对人生问题求得一个终极之解答的探索，在王氏词中遂往往表现为一种欲与上天之精神相往来的意境，即如其《踏莎行》词之"绝顶无云"一首，便曾写有"我来此地闻天语"之句，又如其《鹧鸪天》之"列炬归来酒未醒"一首，也曾写有"更堪此夜西楼梦，摘得星辰满袖行"之句。凡此种种，当然都是可证明王氏词中所写的高远之意象，不仅可以象喻为一种高远之理想，而且还隐含一种要向上天去探索人生终极之问题的"天问"式的究诘。只不过在其他各词中，王氏所选用的意象都较为习见自然，这一首词中所选用的意象则较为突兀而不习见，而且还在其所取材的《史记》之《秦始皇本纪》及《天官书》中隐含了更为深入一层的含意。因此我们只从这一首词的第一句，实在就已经可以判断出这首词在王氏之词作中，应该乃是一首较之他词更为有心托意的"造境"之作了。

这首词既然从一开始就是以假想中之"造境"所写的托意之作，因此以下各句所写景象，遂亦莫不为其假想中之种种"造境"，至于这些假想中之景象的依据，则全为王氏平日自书本中所得之形象。只不过这些形象有的虽颇为读者所习知，有的则不大为读者所习知而已。先说"层楼突兀与云齐"一句，此句之形象盖出于《古诗十九首》中"西北有高楼，上与浮云齐"两句诗，此固为一般人之所共知，只不过王氏却将"高楼"改成了"层楼"，而又加上了"突兀"二字的形容。像这种用古人之诗句而稍加改易的情况，王国维在其《人间词话》中，也曾对之有所论说。我们在前文论及"王国维境界说的三层义界"一节中，就曾提到王氏在《人间词话》中所说的"借古人之境界为我之境界"的一段话，而且还曾举出周邦彦及白仁甫二人在词曲中皆曾分别引用了贾岛之诗句的例证，足可见借用古人之诗句原为王氏理论中之所许，只不过要"自有境界"而已。王氏在此一句词中既曾变古诗中之"高楼"为"层楼"，又加上了"突兀"二字，于是此一句词因而也就有了不同于古诗的另一番境界。如果将两者加以比较来看，则"高楼"之意象予人之感受较为单纯，除去一份高寒之感外，并不杂有其他之暗示；而"层楼"之意象予人之感受则较为繁复，除去崇高之感以外，还伴随有一种繁富壮丽的联想，再加之以"突兀"二字，于是遂更增加了一种令人目眩心慑的气势。而且以此一句承接在首句的"阁道风飘五丈旗"七个字之下，两相映衬，于是遂使得此复道层楼之景象更加显得宏伟而且壮丽，何况"风飘五丈旗"之形象又表现得如此生动飞扬。笔力之充沛饱满，竟把假想中千年前秦皇之阿房宫殿写得如在目前，乃大似杜甫写"昆明池水"之"汉时功"，真觉其"旌旗在眼中"矣。

而下面又继之以"空余明月连钱列，不照红葩倒井披"二句遂使得此一复道层楼之崇高宏伟的景象，蓦然又增加了一份光怪而且迷离的气氛。至于这两句词中之景象，其假想中之依据则仍是王氏之书本上的知识。上一句的"空余明月连钱列"的形象，出于班固《西都赋》中对昭阳宫殿之描述铺陈，有"随侯明月，错落其间，金钉衔璧，是为列钱"之句。《昭明文选》李善注，于"随侯"一词曾引《淮南子》高诱注云"随侯见大蛇伤断，以药敷而涂之。后蛇于夜中衔大珠以报"，因谓"随侯之珠，盖明月珠也"。又引许慎《淮南子注》云："夜光之珠，有似明月，故曰明月也。"至于"金钉"一句，则李善曾引《汉书·孝成赵皇后传》对昭阳宫之描述，有"壁带往往为黄金钉"之记载。据颜师古注云："壁带，壁之横木露出如带者也，于壁带之中往往以金为钉。"晋灼曰："以金环饰之也。"由此可知所谓"金钉衔璧，是为列钱"者，盖指壁带上金环所衔之圆璧垂悬如列钱也。若就王氏此词言之，则其开端一句之"阁道"，既然有指向通达天帝之居的暗示，则此一句所写的"明月连钱列"，自然指的应该是天帝之宫中隋珠连璧的光华富丽的装饰了。至于下一句的"红葩倒井披"之形象，则出于张衡之《西京赋》，写未央宫前殿龙首之盛，有"蒂倒茄于藻井，披红葩之狎猎"之句，薛综注云："茄，藕茎也，以其茎倒植于藻井，其华下向反披。狎猎，重接貌。藻井，当栋中交方木为之，如井干也。"此二句盖写宫殿的藻井之上（也就是天花板上）有倒垂之莲茎，其莲华之红葩乃反披而下垂，有狎猎重接之盛①。总之，此句之形象本来乃是写宫殿之华彩美盛，而王氏用之于这一首词中则是借用《西都》与《西京》两赋所写之形象以喻写其理想中所追寻的天帝之居的美盛。这可以说是第一层用意。而更可注意的则是王氏在这两句所写的美盛的形象之间，原来还曾经用了"空余"和"不照"两个述语。这两个述语实在有极为重要的作用。"空余"是徒然留存着的意思，其所表现的是面对所留存之仅有的残余而兴起的一种不能全有的憾恨，

---

① 左思《魏都赋》亦有"绮井列疏以悬蒂，华莲重葩而倒披"之句，盖袭用张衡《西京赋》之句，李周翰注云"井中皆尽莲花，自下见上，故曰倒披"，可供参考。不过王氏此词自阿房起兴，定当用与咸阳相近的西京之典，不可以魏都为说也。

因此下句乃直承以"不照"二字，正面写出其对于所期望者终于未能寻见的失望和落空的悲哀。关于王国维这种追求理想的执着精神，早在我所写的《王国维及其文学批评》一书中，于论及王氏之追求理想之性格时，我就曾举引过王氏的不少论著以说明其平生鄙弃功利，唯以追求真理为目的之性格，且曾加以结论说"他所禀赋的一种'崚崚焉力索宇宙之真理而再现之'的属于天才的追求理想、殉身理想的天性是无法改变的"。而这种追寻又始终无法满足，因此在王氏的一些小词中乃经常表现有一种追寻而终于未得的悲哀和憾恨。即如我们在前面所曾提到的他的《蝶恋花》（忆挂孤帆东海畔）一首小词，他对于"海上神山"的追求，最后所落得的就正是"金阙荒凉瑶草短"的痛苦和失望。而另外的《浣溪沙》（山寺微茫背夕曛）一首小词，他的"试上高峰窥皓月"的努力，最后所落得的也正是"可怜身是眼中人"的无可奈何的憾恨。但尽管如此，却似乎又有一种力量常使他对这种理想之追寻始终难以弃掷，那是因为在诗人之心目中常存有一种理想之灵光的闪烁，所以纵然终于未能照见"红萼倒井披"的美丽的象喻生命之终极意义的花朵，却仿佛依然存留有"明月连钱列"的光影的闪现。此种情况盖亦正如阮籍在其"西方有佳人"一首《咏怀》诗中之所写，虽然在"飘飘恍惚中"似乎也曾经见到了一位"流眄顾我傍"的"佳人"，然而却终于未能真正结识，于是自然就落得"悦怿未交接，晤言用感伤"了。

以上是这一首词的上半阕，王氏盖以假想之造境写其对于一种理想之境界的追寻与失落，而全以古书中之意象表出之，既有飞扬突兀之奇，又有光彩迷离之致，既真切，又古雅。这自然是王词中之极值得注意的一首属于"造境"的词。

紧接着上半阕遂开始正面叙写其追寻不得的困惑。"频摸索，且攀跻"二句，既着一"频"字，又着一"且"字，盖极写对此种追寻之难以放弃而又无可奈何之感。至于"千门万户"一句，则承接上半阕所写的宫殿之形象，而用《史记·武帝纪》中叙写建章宫的"千门万户"之语，来喻写追寻中的困惑与迷失。更用"是耶非"三字，表现了一种似有所见而又终于未见的迷离恍惚。而此三字也同样有一个古书的出处，他所用的乃是汉武帝《李夫人歌》的"是耶非耶？立而望之，翩何姗姗其来迟"一诗中的句子。于是在宫殿的摸索追寻中，乃又出现了一个对美人之期待的联想，这种联想虽未必存在于作者王氏的意识之中，然而却由于此"是耶非"三字之出处的诗篇的联想，使得这句词有了这种联想的潜能。更何况对美人之期待与对理想之追寻，二者原可以互相生发，互相借喻，我们虽不必如此解释，但这种联想的潜能，却无疑地也是足以增加此词的意蕴之丰美的一个因素。至于结尾的"人间总是堪疑处，唯有兹疑不可疑"，则是写其所追求者既终于未得，其所困惑者也终于未解。而这种心态乃正为王氏所经常表现的一种心态。近年来西方文学批评中有所谓意识批评（criticism of consciousness）一派，曾提出了在作品中可以寻见作者之基本意识形态（patterns of consciousness）之说。这首《鹧鸪天》词大概可以说是王氏词作中，以假想之造境表现其基本之意识形态的一篇代表作了。不过因为这一首词中所叙写之景象既极为突兀生疏，一般读者读之，多不知其究竟何指。美国一位邦奈尔女士（Joey Bonner）竟以珍妃死于井中之故实说"红萼倒井"一句，实不可从[①]。而这也就是本文之所以特为选取了这一首难解的词作为例证，而且要对之细加详说的主要缘故。

　　以上我们对于王国维词的"造境"之作，既然已经举了一首以叙写景象为主的词例，因此下面我们便还要举引一首以叙写情事为主而仍属于"造境"的词例，也略加评说。现在就让我们把这一首词也抄录下来一看：

### 浣 溪 沙

本事新词定有无，这般绮语太胡卢，灯前肠断为谁书？

隐几窥君新制作，背灯数妾旧欢娱，区区情事总难符。

---

① 见其所著 *Wang Kuo-wei: An Intellectual Biography*，Harvard University Press，1986。

在我开始评说这一首词以前，我想先把我之所以选录了这一首词作为评说之例证的原因，略作简单之说明。本来在王氏词例中以叙写情事为主的属于"造境"之作，还有不少其他很好的例证，即如其《虞美人》词的"碧苔深锁长门路"一首，《蝶恋花》词的"莫斗婵娟弓样月""昨夜梦中多少恨""黯淡灯花开又落"及"百尺朱楼临大道"诸首，就应该都是以叙写情事为主而隐含有幽深丰美之意蕴的造境之作。而且这几首词一向早就被读者所传诵。樊志厚的《人间词乙稿·序》也曾经对其中的"百尺朱楼"及"昨夜梦中"诸首大加赞美，谓其"意境两忘，物我一体，高蹈乎八荒之表，而抗心乎千秋之间"。我们如果举引这些王氏的代表作来加以评说，原有不少可供发挥之处。但本文既为篇幅及体例所限，对其"写境"与"造境"之作中的以景物为主及以情事为主的词例，都只能各举一首为例证，因此在选择考虑其去取之际，自不免煞费周章。最后我却终于决定选取了所抄录的这一首《浣溪沙》词，对于那些传诵众口的佳作则只好忍痛割爱了。

我之所以作了这样的选择，其原因盖有以下数端：第一是因为其他诸首既已为读者之所熟知，自然不需我更费笔墨来加以评说，此其一；第二是因为其他各首之为"造境"的象喻之作，多属一望可知，而这一首《浣溪沙》词则自其表面所叙写的情事来看，乃大似但写"闺情"的写实之作，然而事实上这首词却含有极为幽微深曲的喻说的意蕴，故而值得加以评说，此其二；第三是因为其他诸词纵然亦有深微之意蕴，然其所蕴含者乃大多为王氏之作品中较为常见的情意，即如其《虞美人》之"碧苔深锁长门路"一首词末二句所写的"从今不复梦承恩，且自簪花坐赏镜中人"，所表现的乃是虽在孤独谗毁中也依然保有的一份高洁好修的持守，这与他的《蝶恋花》之"莫斗婵娟弓样月"一首词中，末二句所写的"镜里朱颜犹未歇，不辞自媚朝和夕"的意境，便大有相近之处。再如其《蝶恋花》之"昨夜梦中多少恨"一首词中，所写的"梦里难从，觉后那堪讯"二句所表现的梦中之追寻与醒后之失落的悲哀，则与他的《苏幕遮》之"倦凭阑"一首词中所写的"梦里惊疑，何况醒时际"的意境大有相似之处。又如其"黯淡灯花开又落"一首《蝶恋花》词所写的"但与百花相斗作，君恩妾命原非薄"二句，所表现的对于所爱之对象的专一而不计报偿的深挚之情，则也与他的《清平乐》之"斜行淡墨"一首词中所写的"厚薄不关妾命，浅深只问君恩"的意境大有相似之处。更如他的"百尺朱楼临大道"一首《蝶恋花》词所写的"陌上楼头，都向尘中老"二句，所表现的虽然处身在高楼之上，然而也终难逃于向尘中同老的既哀此人世又复自哀的感情，便也与他在《浣溪沙》"山寺微茫背夕曛"一首词中所写的"可怜身是眼中人"的意境大有相似之处。凡此种种，都足以证明王氏这几首名词中之意蕴，虽然也有幽微深婉的极可赏爱之处，然而其意境却大多为王氏词中之所习见，且其性质亦大多同属于有关人生之情思与哲理。然而我们现在所要评说的这一首"本事新词定有无"的《浣溪沙》词，其所蕴含的却并非王氏词中所习见的有关人生的情思与哲理，而乃是一种关于创作的艺术上的反思和体悟。像这种用小词来写艺术方面的反思和体悟的意境，本已极为罕见，而且王氏更能全以写"闺情"的极自然真切的"写实"之手法表出之，则不仅罕见更属难能。这种开创与成就，自是极可重视的，故乃决定选而说之，此其三。以上既说明了我们之所以选取了这首词的种种原因，下面我们就将对于这首词尝试一加评说了。

先从这首词表面所写的一层情意来看，则其所写者固原为闺中的一种儿女之情。词内有"君"，有"妾"，"君"是写词的人，"妾"是读词的人。开端一句的"本事新词定有无"是写所谓"妾"的女子在读词时所产生的一种猜测忖度的心理，其意盖谓这首新词中所写的情意究竟有没有一段爱情的本事呢？"定有无"之"定"字，就正表现了读词之女子的定欲知其"有无"之真相的一种迫切的心情。而下一句的"这般绮语太胡卢"，则正点明了这一首新词之所以引起此一读词女子之猜测的一些重要的因素，因素之一是为其有"这般绮语"，因素之二则是为其叙写的"太胡卢"。所谓"绮语"者，指的自然是一些温柔缠绵的绮艳的言语，这自然是引起此读词之女子以为其中有爱情"本事"之猜测的一个重要因素。而"太胡卢"则是谓其所写者却又极为幽微隐约使人难以作真实之确指，这是使得此读词之女子对其中之本事又感到终于疑想难定的又一个重要因素①。以上二句所写是此一女子由读词而引起的猜想。然而引起此女子之猜想者，原来还不仅是由于词中之"绮语胡卢"而已，其尤足引人猜想者则是由于此女子眼中所见之男子在写词时所表现的一种深挚投注的感情，故乃有第三句之"灯前肠断为谁书"之语。曰"灯前"，是此一男子写词时所处之地；曰"肠断"，是此一男子写词时所有之情。夫深夜灯前固原为引人幽思遐想之时地，而心伤肠断则又为何等深挚恳切之情怀。此所以使人疑想其所写者必有爱情之本事之又一因也。然而却又以其"绮语胡卢"而难以测知其本事之究竟谁指，故乃有"灯前肠断为谁书"之内心之疑问也。

以上前半阕之所写，既都是此一读词之女子对于词中之"绮语胡卢"所引起的疑问，于是后半阕乃接写此一女子欲对词中之本事更作进一步之探寻的努力。换头二句"隐几窥君新制作，背灯数妾旧欢娱"，写此一女子遂凭倚于此写词之男子的书几之侧而窥视其新写成之词作，然后背灯回面而仔细计数其自身与此一男子之间所曾有过的种种旧日欢娱，其意盖在于欲以求证此男子词中之所写是否与女子自身所计数之欢爱之果然相符也。而最后乃发现此词中所写之情事，与其记忆中所细数的旧日之欢娱之终然难以相合，故乃结之曰"区区情事总难符"。"区区"二字在此句中，盖可能有双重之取意：其一，可以为私心所爱之意，如辛延年之《羽林郎》一诗，即曾有"私爱徒区区"之句，可以为证。其二，可以但为琐细纤小之意，此为一般人所习用之意。如此则承上句之"数妾旧欢娱"言之，此所谓"区区情事"，自

---

① 此句在《观堂集林·缀林》所载之《长短句》中，原作"斜行小草字模糊"，则但写其书法字迹之模糊，与上句之所谓"本事"无关。本文所据乃陈乃文辑本之《静安词》，与上句正相承应，于义较胜，故从之。

当指此女子心中所计数之种种私爱中之琐细之情事。而计数之结果，则是"总难符"。于是此词开端所提出的"本事新词定有无"之疑问，乃终于不能求得一现实之情事以印证之矣。

以上是我们从这一首词表面所写的闺中儿女之情事所作出的极简单的解说。观其所使用之词语，曰"本事"，曰"绮语"，曰"灯前肠断"，曰"隐几"，曰"背灯"，曰"君"，曰"妾"，曰"欢娱"，曰"区区"，若此之类，既都表现有一种儿女之情的色彩，加之以其叙写之口吻又极为生动真切，是则此词乃大似果然为一首但写儿女闺情的"写境"之作矣。然而私意却以为此词实为一首"造境"的喻说之作。我之所以作此想者，一则盖因其叙写之口吻虽然亦复生动真切，然而却实在并未表现有任何真正属于现实的爱妒悲喜之情。如果以此词与王氏其他果然写儿女之情的作品相比较，则如其《鹊桥仙》（绣衾初展）一首之写离别后的欢会，《蝶恋花》（阅尽天涯离别苦）一首之写生离之后的又面临死别的哀痛，就不仅都有王氏与其妻子莫夫人之生离死别的本事可为印证，而且其全出于主观的叙写之口吻所表现的欢欣与哀悼之情便也都是明白可见的。而这一首《浣溪沙》词，则不仅假托为"妾"之口吻以写出之，而且此所谓"妾"者，在全篇整体的背景中，似乎也已化成为被叙写之情事中的一个客体了。于是此词中所叙写之情事遂亦因而整个化成了一种以情事为主的被叙写的事象，于是遂产生了一种象喻之可能性，此其一。再则这首词中的每一句词似乎都喻说了一种属于创作的体验和情况，这当然绝不可能只是出于巧合，而必是出于有心的象喻，此其二。因此下面我就将要把我个人所见到的这首词中的一些象喻的意思，也略加说明。

先说第一句"本事新词定有无"，所谓"本事"，在中国传统诗词中一般大概有广狭二义：广义的"本事"可以指任何作品凡其中内容之有真实事件可指者，皆可谓之为有"本事"；至于狭义的"本事"，则一般多指作品中涉及有关于男女之爱情事件者，则谓之为有"本事"。此词之所谓"本事"，自当是指狭义的爱情事件为言，而谈到爱情事件，则往往最易引起读者探寻的兴趣。可是在中国的旧道德传统中，爱情又往往被人认为是一种极不正当的事件，于是在这种观念中，遂形成了两种情况。一方面是读者对于爱情事件的探寻，既往往怀有极强烈的兴趣，而另一方面则作者对于此种爱情之猜测，又极力想作出并无其事的表白。这两种情况本已相当复杂，而使这种情况更加复杂起来的，则是中国的诗歌又有着一个以爱情为托喻的悠久的传统。于是一切芳菲悱恻的诗篇，遂同时都可以给读者以爱情及托喻的双重联想，于是对于其中"本事"的是非有无当然也就极易引起人们的争议。如何解决这些争议，这在中国诗歌的研讨中本已形成为一项重大的课题。而王氏此词的开端一句，却以"本事新词定有无"短短的七个字，就扼要地掌握了有关诗歌之创作和评说的如此重大的一个问题，这种统摄一切的识见和这种精妙的表现手法都是不凡的。不过王氏所想要表述的却还不仅是一个文学上的泛泛的问题而已，他所要表述的实在更特别指向了一种词的特质，所以他便不仅在首句提出了"新词"两个字，而且更在下一句的"这般绮语太胡卢"中，以外表的写实之语，描述了词在文学艺术方面的一种特质，而这种描述则与王氏在《人间词话》中所提出的说词之理论正相吻合。王氏曾谓"词之为体，要眇宜修"，所以如果把词与诗相比较，则词当然比诗更多"绮语"。王氏又曾谓"诗之境阔，词之言长"，还曾谓"词之雅郑，在神不在貌"。可见诗中之意境虽然可以较词更为开阔博大，但每为显意识中可以指说之情事，而词之特质则更在其能予人以一种意在言外的长远而丰富的联想，故其妙处所在，也就更难于像诗一样从外貌所写之情事作切实之指说，因此自然就不免形成为"这般绮语太胡卢"的一种特质了。

以上还不过是但就词之特质言之而已，若再就词之作者言之，则词之写作与诗之写作原来也有一个极大的分别，那就是诗人在写诗时往往都在显意识中明白地有一种言志之用心，因此诗歌之内容乃往往有一个鲜明的主题，可以为读者所察见。词人在写词时则往往只是为一个曲调填写歌辞，即使后世之词已经不再真正地付诸演唱，但写词之人在写作小词时也往往仍是但以写伤春怨别之词为主，并不在词中明白地表达言志之心意。因此词之写作，就作者言之也同样不免于有一种"绮语胡卢"之致。只不过词人之写词，虽在显意识中往往并没有明白的言志之用心，可是在写作过程中却又往往会不知不觉地把自己内心中最深隐幽微的一份情感之本质投注流露于其中，是以就其隐意识中的深挚之情言之，自然亦可以有断肠之痛，然而若就其显意识言之，则却并不一定可以在理性上作出确切的说明。而此词之"灯前肠断为谁书"一句，就恰好极为委曲而贴切地传述了这一份虽然断肠也难以明白言说的深隐的情思。这正是只有在词之写作中才能体会到的一种感受。

至于下半阕的"隐几窥君新制作，背灯数妾旧欢娱，区区情事总难符"三句，则就其表面所写的现实情事来看，其所谓"君"与"妾"，固分明为一男子与一女子，一为写词之人，一为读词之人，当然应该是两个人。然而若就其更深一层的象喻来看，则此两人实在乃是作者一个人的双重化身。如我们在前面论及"王词意境之特色"一节中所言，王氏在其词论中，原曾提出过"观物"与"观我"之说，我当时对此曾加以解释，说"若把景物作为对象来加以观察叙写，则是一种'观物'之作"；若把自己之"情意"，"作为对象来观察叙写，便是一种'观我'之作"。可见能写者固然是我，能观者也依然是我。而且此能观的我还不仅只是能观其自我之情意而已，同时还更能对其写作之自我也取一种能出乎其外而观之的态度。因此这首词中所写的"君"与"妾"表面虽是二人，然而却实系一人，写词之"君"是我，窥词之"妾"也是我，还有背灯计数旧欢娱的，也仍然是我。盖以一般作者在写作之际，往往同时也另有一个我在观察和批评。而自我观察和批评的结果，则往往会觉得自己所写的并未能将自己真正所感的加以充分适当地表达。此种情况盖正如陆机在其《文赋》中论及写作时之所言，"每自属文，尤见其情，恒患意不称物，文不逮意"。此正所谓"区区情事总难符"也。何况小词情致之深隐幽微固有更甚于一般其他诗文者，则其"区区""难符"自亦更有甚于陆机《文赋》之所言者。昔陆机以赋体写为文论，曾为千古之所艳称。今兹王氏乃以一极短小之令词的体式，用象喻之笔写出了含蕴如此丰美的词论，这在词之写作的领域中，自然是一种极可重视的开拓和成就。

# 五、余　论

我们既然已经在前一节中对王国维的四首小词作了相当的评述，现在我们就可以把王氏在词之创作方面的成就，放在中国词之发展的传统以及他自己的词论中，来作一番更为具体的衡量了。

关于中国词之传统及王国维之词论，我在《对传统词学与王国维词论在西方理论之观照中的反思》一文中，已曾作过较详的论述。约言之，则我以为中国词之发展若按其性质与阶段来区别，大约可以试分为歌辞之词、诗化之词及赋化之词三大类别。这三类词虽各有不同之性质，但却同样都具有姿致要眇、意蕴深微的一种诗美。就王国维之词论而言，他所赞赏且据以为论词之标准的，实在可说大多乃是属于第一类的词作，至于第三类之词作，则王氏乃几乎完全不能欣赏。所以他在《人间词话》之开端，于提出了"词以境界为最上，有境界则自成高格，自有名句"之说时，紧接着此一标准以后，他所举出来的代表作品就是"五代北宋之词所以独绝者在此"。因此他在《人间词话》中乃特别对于属于第一类之词的南唐之冯、李及北宋之晏、欧诸家多所赞赏，对于属于第三类之词的南宋之白石、梦窗诸家，则屡有微词。那是因为王氏所体认到的词之要眇深微之美，乃是属于以自然之感发引起读者自由之联想的一种特质。而这也就正是那些本无言志之用心而却于无意中流露有作者心灵之本质的那些属于第一类歌辞之词的一种主要的特质。另一方面，则属于第三类的赋化之词，既全以思力安排取胜，故其要眇深微之美乃与第一类词的要眇深微之美有了本质上的根本歧异。第一类词的要眇深微之美，主要是在以直接的感发来触引读者丰美之联想，而第三类词的要眇深微之美，主要是在以作者之安排的思力来引起读者对其深情隐意的探索和猜测。王氏对词之欣赏和评说既主要都以词中所传达的感发之本质为依据，因此对于以思力安排取胜的第三类词遂一直不能加以欣赏，这自然可以说是在他自己的评词观念下，所造成的必然的结果。然而值得注意的则是，王氏自己的创作实践与他自己所标举的词论之间，却发生了一种微妙的偏差。那就是他在创作时虽然是向着第一类词的标准去努力，而且自表面看来其小令之形式和某些以美女爱情为主的内容也与第一类词大有相似之处，然而其真正的性质却不仅偏离了第一类之词，而且有着向第三类词去转化的现象。下面我们就将要对王词的这种偏离转化之现象，略加讨论和说明。

说到王氏在词之创作方面与其理论方面所表现出的微妙的偏差，我以为造成此种偏差的一个最基本的重要原因，就是王氏对词之创作多不免是有心用意为之。而所谓"有心用意"则又可分为以下几个方面来加以说明：其一是由于王氏写词之时代既已与五代北宋之时代有了极大的不同。在五代北宋之时，词只是在歌筵酒席间供人歌唱的曲子，而在王氏之时代，则词已经成为与诗相同的言志抒情的另一种文学形式，这自然是使得王氏在写词时不免于有心用意为之，因而遂使其自己所写之词与他所赞赏的第一类词之间产生了微妙之偏差的第一个因素。其次则由于五代北宋之作者在为乐曲填写歌辞时，本无任何评词之理论横亘于心中，而王氏则在创作的同时，也从事于词之批评理论的研究，他既然在理论的研究中，发现了词之佳者是要有一种"要眇宜修"之特美和一种"在神不在貌"的"言长"之意蕴（也就是本文前面所提出的"境界"之第三层义界），因此当他自己从事于创作之时，遂不免要对这种特美和意蕴作有心之追求，而即此有心追求之一念，遂使得他的追求的努力与他所追求的目标之间，有了南辕北辙的歧异。这自然是使得王氏所写之词与他所赞赏的第一类词之间，产

论王国维词：从我对王氏境界说的一点新理解谈王词之评赏

生了微妙之偏差的另一个因素。其三则王氏本是个耽于深思哲想的学人，即如他在《静安文集续编》的两篇自序中之所言，他原是由于"疲于哲学有日矣"以后，才"渐由哲学而移于文学，而欲于其中求直接之慰藉"，而其研究哲学则是由于"人生之问题日往复于吾前"，因此在王氏之词中乃处处充满了一种对人生哲理的反省和深思，这自然是使得他自己所写的词与他自己所赞赏的第一类词之间，产生了微妙之偏差的又一个重要因素。综合以上三点因素来看，王氏自作之词与其所赞赏的第一类词之间的偏差，主要即是由于一切皆不免有心用意为之，而"有心"之思力与安排则固正为第三类词之特质。是则就此一点而言，王氏遂与其所不能赏爱的第三类词反而有了相近之处了。然而事实上则王氏之词与第三类之词虽然同不免于有心用意为之，但二者间却又有着极大的差别。其一就形式而言，第三类词之作者大多仅是以思力及安排用之于长调之写作，至于短小之令词则一般仍沿用五代北宋以来的自然婉约之风格。而王氏则是以思力及安排用之于小令之写作，而令词之性质与长调之性质既有所不同，其用思力与安排之方式当然就也有了不同。长调之思力与安排多用之于叙写之手法，而王氏则专用以求用意之深刻，因之其艺术风格当然就也有了很大的不同，这是王氏与第三类词之第一点差别。其次就内容而言，第三类词之作者大多是以思力之安排来叙写现实中之政治伦理甚或爱情方面的某些实有之情事，而王氏则是以思力之安排借用一些具体的物象或事象来喻写其内心中的某种抽象之哲思。故其以思力安排而为词虽同，然而其所喻写之内容与其所以喻写之方式则并不相同，这是王氏之词与第三类词之又一点分别。

从以上的分析看来，王氏之词与第一类及第三类之词，既然都有着相似而实不同的差别，那么王氏之词与第二类词之间的关系又如何呢？关于第二类词之特质，我在《传统词学》一文中，也已曾有所论述，我以为第二类的诗化之词既然已有了明白的言志抒情之用心，因此其最易产生的一个流弊，实在就是在诗化以后失去了词所具有的那种要眇深微之特美。故而此类词之佳者，乃必须要求作者在情志的本身方面先就具有一种曲折深微之性质，而且还须能将此种本质与词之艺术形式作出完美的结合，如此方能在明白言志的作品中，也仍保有词之要眇深微的一种特美。此类词自当以北宋之苏轼及南宋之辛弃疾二家为代表。如果以王氏之词与此一类词相比较，我们就会发现王氏在具有明白的抒情言志之用心的一点，虽然与此一类词有相近之处，然而二者在本质及表现方式两方面，却实在都有着极大的差别。先就本质方面而言，则苏、辛二家词之胸襟志意，其开阔变化之处，自非王氏所能及，因此苏、辛二家词尽管在直抒情志的作品中，也往往仍能具有一种要眇深微之意致；而王氏之词如用直叙则不免令人有过于单调直接之感，但王氏之哲思的深至之处，则也非苏、辛二家之所有，此其差别之一。再就表现方式而言，则苏、辛二家词之遣字谋篇甚至用典使事往往皆能举重若轻，有一片神行的自然之致；而王氏则常不免以有心安排之托喻为之，且令人有殚思竭智之感，此其差别之二。是则王氏之词与第二类词乃亦有相似而实不同者在矣。

经过了以上的比较，对于王氏之词，我们自然已经不难在中国之"词"的这种文类的大结构中，为之找到一个适当的位置。总之，王氏之词在我国"词"之传统中，固无愧于是一位既有继承和融会，又有转化和开拓的重要作者，而且他的哲思之内容与他的带有理论之反思的写作方式，更充分显示了中国词之发展，在当日接受了西方思潮之影响以后的一种新的意境和趋向。这种划时代的开拓和成就当然是极可重视的。而对于这一类词，我们自然也就不能仅以旧传统的评赏方式，对之作但凭直感的概念式的评说；而应该要用一种综合有张惠言及王国维两家评词之理论，同时既重视感发之联想，也重视语码之推寻，且应采用西方精密的思辨方式对之作一种多角度多方面的，既有感性也有知性的评赏，如此才能对之作出较为正确和深入的理解和评说，本文对王氏这四首小词的讨论，可以说就是对于这种评说方式所作的一点粗浅的尝试。

本来写完上面一节，本文已可告一结束，但我却觉得还有一些话应在此略加说明的，那就是对王词中的一些缺点应如何看待的问题。以前台湾大学的冯承基先生在其所写的《闲话王静安词》一文中，曾经对王词提出过以下几项缺点：其一是王词往往模拟古人词语，对此一缺点冯氏曾举王词为例，谓其《蝶恋花》词之"郎似朝阳，妾似倾阳藿"二句，拟自王士禛之"郎似桐花，妾似桐花凤"；其《点绛唇》词之"湿萤火大，一一风前堕"二句，拟自周邦彦之"水面清圆，一一风荷举"云云，以为"读静安此类词，时时见古人面目。如入委托商行，虽觉琳琅满目，率非自家语也"。其二是王词之句法语意多有重复之处，对此一缺点冯氏也曾举王词为例，谓其词句如"人间相媚争如许""人间何地着疏狂""人间夜色还如许""人间夜色尚苍苍"等，"屡用'人间'，并在落句殊少变化"。又谓其"人间须信思量错""人间总被思量误"等句，则"并意义亦从同矣"。其三是王词叙写之方式"往往于收束处取一二典故字面略事腾挪，或掉转一笔，或翻进一步，意欲令收处有力量、韵味，遂成公式"。对此一缺点冯氏亦曾举王词为例，谓其词句如"已恨平芜随雁远，暝烟更界平芜断"与"已恨年华留不住，争知恨里年华去"，及"到得蓬莱，又值蓬莱浅"与"见说他生，又恐他生误"诸句，皆"用同一手法，几成套数"。除此三项缺点外，冯氏更曾归纳王词之所以有此诸缺点之基本原因，谓"其病在刻意为之，类贾岛吟诗未免落小家样"，又评王词不工长调，谓"亦尊小令之说有以自误，故王词一涉中长调便不能精神贯注一气呵成"[①]。冯氏的这些批评，我以为都极能切中王词之弊。

对于王词的这些缺点，私意以为亦自有其所以形成之种种因素。先就其第一点模拟古人词语的一项缺点来看，在本文第二节中论及王氏词论中"借古人之境界为我之境界"一则词话时，我们已曾述及王氏对于模拟古人词语的看法，乃是必须"自有境界"。若依此一观点而言，则王词虽多模拟古人词语，但却实在是"自有境界"的。我想这

---

① 冯文见于台湾《大陆杂志》第 29 卷第 7 期

很可能就是王氏之所以往往公开拟用古人词句而丝毫不加回避的一个主要的因素，此其一。若再就其第二与第三两项缺点而言，则王词中句法语意之多有重复，以及其叙写方式之往往使用同一手法的这两种现象，我们或者可以引用西方近代意识批评之说来对之略加说明。我在《传统词说》一文中之"从西方文论看中国词学"一节内，曾经提到过此一派批评理论中的"意识形态"（patterns of consciousness）之说，他们认为在很多伟大的作者的作品中，都可以寻找出其心灵意识的一种基本形态。王词中句法语意之时有重复，以及其叙写方式之往往用同一手法，实在也可以视为正是王氏心灵意识之基形的一种表现。美国威斯康星大学的周策纵先生，在其《论王国维人间词》（香港万有图书公司1972年版）一书中，就曾对王词中屡用"人间"二字之次数加以整理归，谓其共有三十八次之多，且既以"人间"名其词集，又以"人间"名其词话。于是周氏最后遂对此一现象加以解释，以为此正说明王氏之思想感情乃是"展转以'人间'与'人生'为念，而不能自已"。周氏当时虽未引用意识批评之理论，但其对王词中重复使用"人间"二字所作的以王氏之思想感情为主的解说，却实在与此一派理论中之"意识形态"之说，颇有暗合之处。这种理论实在可以作为王词中之句法、语意及叙写手法之往往不免重复的一个最好的说明。至于冯氏批评王词之病在"刻意"为之，则我们在前文中将王词与第一类词作比较时，已曾对王氏之有心用意的写作态度，作过相当的论析，兹不复赘。再就王氏之不善于中长调之词的缺点言之，则盖由于长调之写作必须具备两项基本条件：第一须有丰富之内容以供长调之铺展；第二须有铺排之手法以驱使内容之材料，使之不落于浅率平直之诮。而就王氏之思想感情言之，则是深刻有余而博大不足。故在内容方面其可供长调之铺展者本已有所不足，何况王氏论词又独尊小令，对于以铺排勾勒取胜的如南宋人之长调的词，一直不能欣赏，故尔乃欲以写小令之笔法来写长调。这就无怪乎王氏词中其长调之数量及品质皆大不及其小令之作了。

　　我在多年前所写的《说静安词〈浣溪沙〉一首》一文中，曾经总评王词说："静安先生词数量极少……而其取径复既深且狭。以视清真、稼轩，则周、辛二公隐然词国中之廊庙重臣，而静安先生则但为一岩穴间幽居之子耳。"盖王氏之词乃多以思力之安排写其内心之深思哲想，此其所以成其为深。而其所写之内容与用以写作之方式则较为单调而缺少变化，此又遂以成其为狭。而且其词作往往因为用思过深，遂不免减少了生动之意趣。这些缺点，我们自然也是不必为贤者讳的。不过我们对于一位作者的衡量，除了要对其个别之作品与个人之成就作出正确的判断以外，还应该更将此个人之成就放在一种文类之演进的大结构中作一种整体性的衡量。如此我们就可以清楚地看到，王氏之词就其个人之成就而言，虽不免有过于深狭之病，但若就词这种文类的整体演进而言，则王氏之以思力来安排喻象以表现抽象之哲思的写作方式，确实是为小词开拓出了一种极新之意境。如果按照我们对词之演进所提出的歌辞之词、诗化之词、赋化之词而言，则王氏所开拓的词境，或者可以称之为一种"哲化"之词。这种超越于现实情事以外，经由深思默想而将一种人生哲理转为意象化的写作方式，对于旧传统而言，无疑乃是一种跃进和突破。这种开拓对于后世之词人而言，本来应该大有可供发挥的余地，只是五四以来的白话文与白话诗之兴起，使王氏所开拓出来的词境未能得到应有的发扬与继承，然而王氏自身所完成的如此精微深美的哲化意境，这种开拓的眼光与成就，则是永远值得我们尊敬的。

# 迦陵随笔

## 一、前　言

我今年已经两度回国。第一次回来是在四月下旬，主要是为了去四川成都完成我与四川大学缪钺教授近年来合作撰写的一册论词专著《灵谿词说》。六月下旬把此一合作任务完成以后，我自成都回到北京，有《光明日报·文学遗产》编辑部几位朋友来看我，要我为他们写一则专栏。当时我因自己工作甚为忙碌，且并无撰写专栏之经验，所以意中颇为迟疑，不敢贸然应命。但这几位朋友却甚为热诚，不仅给了我许多鼓励，还答应交稿时间及写作内容方面都可给予我极大之自由。我遂应允勉为一试。但其后数日我就为了要赶赴美国一所大学为他们的一个暑期进修班讲课而离开了北京，先回到加拿大的温哥华，再赶赴美国，又回到温哥华，再返回祖国，那已经是八月下旬了。原来我自今年八月以后有一年休假，所以从去年起就答应了国内几所大学要我去讲课的邀请。九月初先去了上海的复旦大学，九月底又来到了天津的南开大学。这时距离《光明日报》的朋友们向我邀稿已经有三个月之久了，而我却还一个字也没有写，想起来未免心怀愧歉。本周因正值国庆，学校既有几天假期，而我又因行路不慎，日前将右足扭伤，无法外出参加学校所组织的旅游及国庆活动。遂得静处于南开大学的招待所之中，这在我的生活中可说是一段颇为难得的闲暇的日子，因此乃想借此机会写一些文字来向《光明日报·文学遗产》的朋友们勉为报命。但写些什么内容却又成了一则难题。我自知学识疏阔浅薄，实在并无高见。不过古有抛砖引玉及野人献曝之说，也许我随时把自己一些并不成熟的想法写下来，也不失为一个可以及时向读者们求正受教的机会，遂为此专栏命名为"随笔"，以表示其既绝非深思有得之言，且包含有随时向读者求教之意。不过，我一向有个下笔不能自休的毛病，并不习惯于写作短小精炼的专栏式的文字，也就是说我将把我随时想到的一个主题，尝试分为几个层次或几个方面，陆续写为短文发表，分观之既可自成段落，合观之则也可以形成一个有系统的整体。至于我所想到的第一个主题，则是王国维的词论。我之所以选择了此一主题，可以说是既有着远因，也有着近因。先就远因而言，则我之第一次接触到王国维的《人间词话》，原来乃竟可推溯到我的髫龄时代，当时我方以同等学力考入初中，母亲为了表示对我的奖励，遂给我买了一套《词学小丛书》，书后附有《人间词话》一卷，于是这一卷书乃成了为我开启通向诗词欣赏之门的一把珍贵的锁钥。及今思之，我当时对此书之精义实在并不能了解，然而读起来却时时可以引发一种直觉的感动，于是遂对之留下了深刻的印象。其后随着读书与教学之经验的不断增加，我对此一书也逐渐有了较深的体会，于是在执笔为文之际，乃不免亦时时引用此书之评论，于是《人间词话》遂成为我在写作中极为熟悉的一个主题，这自然可以说是我之所以又选择了此一主题的远因。至于就近因而言，则是由于今年九月中旬，我曾在上海复旦大学作过几次关于唐宋词欣赏的报告。在作报告的前一日，有一位朋友邀我吃饭，晤谈中言及近来国内之学术风气，以为今日的年轻人有两种流行的心态：一是向西方现代新潮的追寻，一是向中国古老根源的探索。这些话给了我相当的启发，于是想到近年我所读到的一些有关西方之现象学及诠释学的论著，其中有些论点与《人间词话》中评词之理论，以及王国维在评词实践中所取的方式，似乎也颇有某些可以相通互证之处，而我在过去撰写《王国维及其文学批评》一书时，对《人间词话》之"境界"说与中国传统诗论之关系以及王氏文学批评所曾受到当日西学之影响，也曾作过相当的探讨。记得以前在哈佛大学远东系的休息室中曾见到一副对联，写的是："文明新旧能相益，心理中西本自同。"是则如何将此新旧中西的多元多彩之文化来加以别择去取及融会结合，当然也就正是今日在开放政策下处于反思之时代的青年们所当考虑的一项重要课题。因此他们对于西方新潮的追寻和对于古老根源的探索，就不仅是可以理解也是应该鼓励的了。于是我在为复旦大学的同学们作报告之际，就也曾尝试把《人间词话》的评词理论及说词方式，与西方之现象学和诠释学以及中国传统诗说之理论，都简单作了一些相通互证的比较和说明，不过因为我当时所言都只是出于一时偶然的触引，既未曾准备什么讲稿，旅途中也并没有什么可资参考的书籍，因此讲得非常浅薄而且杂乱。所以现在乃想借此机会把这些偶然引起的一些想法，以随笔的形式写下来，向读者们求教，这自然是我之所以选取了《人间词话》为主题的一项重要的近因。不过，目前我手边也仍没有足够的参考书籍，然则此随笔写出后，其内容之不免肤浅及体制之不免杂乱，盖可预想而知，因先写此前言，自我供述其因缘经过如上。

## 二、似而非是之说

在《迦陵随笔·前言》（以下简称《前言》）中我一时由于兴之所至，提出了要从古今中外文学批评理论之通观，对于王国维的词论略作探讨的想法。但是才把这一想法提出，我却马上就感到了后悔。第一当然是由于我自己的学识浅薄，实在无法探讨这么大的一个题目；第二则是由于我对这个临时想到的题目毫无准备，手边并没有任何可供参考的书籍；第三则是由于古今中外的很多学说，在基本上虽或者有可以相通之处，但古今之历史背景不同，中西之文化思想各异，即使在基本上或可以有相通之处，但完全相同的情形则是几乎没有的。更何况每个人在学识和修养各方面都不免各自有其偏颇局限之处，自己的一点理解又岂能代表一种融会之通观。不过我在上次的《前言》中既已提出了此一想法，自然就必须向读者作出一个交代，而首先想到的便是先从西方诠释学的理论中，为我自己这种似而非是之说，找到一点可资辩护的凭借。

本来所谓"诠释学"（hermeneutics），原是指西方研究《圣经》的学者们如何给经文作出正确解释的一种学问，原该译作"解经学"。因为关于《圣经》的如何解释，在西方社会中往往会对各方面产生重大的影响，所以解释经文的学者们，除了要对经文之文字推寻其原始意义以外，还要对这些文字在原有的社会和文化背景中使用时的意义和效用，也作出正确的分析和了解。像这种精密的推寻文字之原意的精神和方法，后来也被哲学家及文学家用来作为对抽象的意义之探讨的一种学问，因此 hermeneutics 这个词，就不仅只限于"解经学"的意思，还有了被后来的哲学家与文学家用来泛指对一切抽象意义之追寻的"诠释学"的意思了。在 20 世纪 60 年代后期，美国的西北大学曾经刊出了李查·庞马（Richard Palmer）的一本著作《诠释学》（*Hermeneutics*）。在这本书中李查·庞马提出了一种看法，他认为对于所谓"原义"的追寻，当我们在分析和解释中，无论怎样想努力泯灭自我而进入过去原有的文化时空，也难于做到纯然的客观。因此诠释者对于追寻"原义"所作的一切分析和解说，势必都染有诠释者自己所在的文化时空的浓厚的色彩。像这种从诠释者作出的追寻"原义"的努力，最终又回到诠释者自己本身来的情况，在伽达默尔（Hans-Georg Gadamer）的《哲学的诠释学》（*Philosophical Hermeneutics*）一书中，曾被称为"诠释的循环"（hermeneutic circle）[①]。此外美国的耶鲁大学在 20 世纪 60 年代后期也曾刊出过赫施（E. D. Hirsch）的一本著作《诠释的正确性》（*Validity in Interpretation*），在这本书中赫施也曾提出过一种看法，他认为所谓重新建立作者的原义，原来只是一种理想化了的说法，事实上诠释者所探寻出来的往往并不可能是作者真正的原义，而只不过是经由诠释者的解说而产生出来的一种"衍

---

[①] 所谓"诠释学的循环"（hermeneutic circle）一名词，在西方文学批评理论中有两种不同之含义。一为本文所引用之意，另一则指在诠释时部分与全体互相连络相关之意。前说出于伽达默尔之《哲学的诠释学》，后说则出于狄尔赛（Wilhelm Dilthy）之《诠释学之兴起》。二者意指不同，故特作此注释加以说明。

义"（significance）而已。其后在 20 世纪 70 年代后期，美国芝加哥大学又刊印了赫施的另一本著作《诠释的目的》（*The Aims of Interpretation*），在这本书中赫施又提出了更进一步的看法，认为作品只不过是提供意义的一个引线，而诠释者才是意义的创造者。以上我们所引的这些有关诠释学的说法，当然主要是对于属于创作性的文学作品而言的，并不指理论性的著作。而我现在之引用这些说法，则一方面固然是由于自知我所要从事的将王国维词论与旧传统及新学说相结合的探讨，原未必尽合于诸家学说之原义，因此遂想断章取义地假借此说以为我自己的一些"似而非是"之说略作辩护，另一方面则也因此种理论对以后讨论王国维词论也可能有此一参考之用。而且这种理论在西方文学批评中虽然似乎仍属于一种新潮，但在中国旧传统的诗论中，却似乎也早已有之。所谓"诗无达诂"，岂不就正与我们前面所引的西方诠释学之认为原义并不可能在诠释中被如实地还原，都不免带有诠释者自己之色彩的说法有暗合之处。而在词的欣赏解说中，这种由诠释者增加衍义之情形更似较诗为尤甚。清代常州派论词，就是极重视诠释者在作品原义之外所引发之衍义的一种批评理论。张惠言之以比兴说词固是最好的例证，至其继起者之周济，在《宋四家词选·目录序论》中，对读者追寻原义时所可能产生的感发与联想，则曾经有过一段极为形象化的比喻，说"读其篇者，临渊窥鱼，意为鲂鲤，中宵惊电，罔识东西"。又将读者之"衍义"及作品之"原义"的相互关系，拟比为"赤子随母笑啼，乡人缘剧喜怒"。于是另一位常州派词论家谭献，遂更提出了一个归纳性的结论，说"甚且作者之用心未必然，而读者之用心何必不然"，乃公然对读者之可以有自己联想之"衍义"，予以了公开的承认。不过，读者之所体会虽不必尽合作者之原义，但其相互感发之间，却又必须有一种周济所说的"赤子随母笑啼，乡人缘剧喜怒"的密切而微妙的关系，而并非漫无边际的任意的联想。只不过张惠言乃竟把读者所得的"衍义"直指为作者之原意，这自然便不免会引起后人的讥议了。至于王国维之词论，则他一方面虽然不赞成常州派词学家如张惠言之将个人一己由联想所得之"衍义"强指为作者之"原义",而另一方面则王国维自己之以"忧生""忧世"之感和以"成大事业大学问之三种境界"来评说五代北宋的一些小词,则实在也仍是属于诠释者的一种"衍义"。然则"词"这种韵文体式,何以特别易于引起诠释者的"衍义"之联想?而"衍义"之联想又是否有一定之范畴及优劣高下之区分?常州派说词的"衍义"之联想与王国维说词的"衍义"之联想,其根本区别又究竟何在?凡此种种问题,我们都将留待以后的"随笔"中,再陆续加以讨论。本篇所谈只是我个人读书时的一点"似而非是"的体会而已。

## 三、从现象学到境界说

在前一则随笔中,我曾经提到过西方诠释学的一些说法,而诠释学之用于文学批评,则实在是因为受了西方哲学中现象学之说的影响。现象学(phenomenology)是在第一次世界大战前夕,在德国兴起的一种哲学运动。其代表人物为爱德蒙·胡塞尔(Edmand Husserl)。胡氏在他一生学术研究的历程中,其基本思想曾经有过多次转变,而他所倡导的现象学,在流传衍变中也形成了极为繁复艰涩的一派哲学思潮。本人对此一思潮既无深入之研究,本文对此一思潮也无法作系统之介绍。我们现在所要提出来一谈的,其实只是现象学曾对诠释学产生影响的一些重要概念而已。在1929年出版的《大英百科全书》中,有胡塞尔写的关于现象学的一篇简介,其中曾谈到意识与客体之关系,他认为意识不是仅指一种感受的官能,而是指一种向客体现象不断投射的活动,而且这种活动是具有一种意向性(consciousness as intentional)的。其后现象学之说流入美国,一位美国学者詹姆士·艾迪(James Edie)在他为法国梅洛·庞蒂(Maurice Merlean-Ponty)所写的《什么是现象学》一书的介绍中,对于现象学所研究的对象,也曾作过简要的说明。他认为现象学所研究的既不是单纯的主体,也不是单纯的客体，而是在主体向客体投射的意向性活动中，主体与客体之间的相互关系以及其所构成的世界，这才是现象学研究的重点所在。关于现象学之说在哲学界的是非功过，不在本文讨论之内，我们对之可以不论。但却正是由于这种学说提出了意识的意向性活动，才引起了文学批评理论中追寻作者原意的"诠释学"之兴起。而在这种追寻原意的探讨中，他们却又发现了纯客观之原意的难以重现，而诠释者追寻之所得，事实上都是已经染有诠释者之色彩的"衍义"。我在前一则"随笔"中，既曾经把此种诠释学的"衍义"之说，与我国旧传统诗论中的"诗无达诂"之说，以及常州派词论中的"作者之用心未必然，而读者之用心何必不然"之说，作过一些"似而非是"的比较，因此现在我就又想把现象学中的意识向客体投射的意向性活动之说，与中国旧传统诗论中的一些说法，也作一些"似而非是"的比较。

在中国传统诗论中，自《毛诗·大序》就曾经有过"情动于中，而形于言"的说法。而就其引起"情动"的因素而言，则早在《礼记·乐记》中也已曾有过"人心之动，物使之然也"的说法。可见"心"与"物"交相感应的关系，原是中国诗论中早就注意到了的一种诗歌创作的重要质素。其后钟嵘在其《诗品·序》中，对于使人心感动的"物"更曾有过较具体的叙写，他曾把感人之"物"分为两大类：一类是属于自然界的现象，另一类是属于人事界的现象。前者如"春风春鸟，秋月秋蝉，夏云暑雨，冬月祁寒"，后者如"楚臣去境，汉妾辞宫……塞客衣单，孀闺泪尽"，前者固可以"摇荡性情，形诸舞咏"，后者也同样是"凡斯种种，感荡心灵"。而除去心物交感以外，中国诗论中也一向认为人心之动常是带有一种意向性的。所以《毛诗·大序》在"情动于中，而形于言"一句话之前，就也还曾说过一句"诗者，志之所之也"的话。像这些说法，我以为就都与西方现象学中所提出来的意识主体与现象客体之关系及意向性活动之说，有相似之处。因此中国说诗人也一向注重"以意逆志"的说诗法，这当然与西方诠释学之想要追寻原意的诠释者之追求也有相似之处。我在第一篇"随笔"

中曾引过一副对联，其中有"心理中西本自同"的一句话，西方现象学之注重意识主体与现象客体之间的关系，与中国诗论之注重心物交感之关系，其所以有相似之处，也就正是人类意识与宇宙现象接触之时，其所引起的反应活动，原是一种人类之共相的缘故。

而且我还可以把此一点加以引申，将印度佛教的一些说法也提出来作一比较。佛家有六根、六尘、六识之说，六根指眼、耳、鼻、舌、身、意等六种可以感知的基本官能，六尘指色、声、香、味、触、法等六种现象的客体，六识则指当六根在与六尘相接触时的意识感知活动。如此说来，则其六识与六尘之关系，岂不也与现象学中所说的由意识主体到现象客体之间的关系，大有相似之处。而更值得注意的，则是王国维在《人间词话》中所提出的评词标准"境界说"，其"境界"一词原来也与佛教有着一段渊源。我多年前曾写有《王国维及其文学批评》一书，在讨论其"境界说"之时，曾对"境界"一词之来源，作过一点考察。原来"境界"一词就字言，虽然是指区分划域的土地之疆界；但当晋、唐译经者翻译佛经时，却曾给此一词语赋予了一种特定的抽象之含义。即如在《俱舍论颂疏》中论及六根、六识之时，就曾提出六境之说，谓"若于彼法，此有功能，即说彼为此法境界"，又加解释说"彼法者，色等六境也，此有功能者，此六根、六识，于彼色等有见闻等功能也"。又说"功能所托，名为境界。如眼能见色，识能了色，唤色为境界"。从这几段话来看，可见佛教之所谓"境界"，乃是指基于六根之官能与六尘之接触，然后由六识所产生的一种意识活动中之境界。由此可知所谓"境界"，实在乃是专以意识活动中之感受经验为主的。所以当一切现象中之客体未经过吾人之感受经验而予以再现时，都并不得称之为"境界"。像这种观念，与我们在前文所提出的詹姆斯·艾迪论介现象学时所说的"现象学所研究的既不是单纯的主体，也不是单纯的客体，而是在主体向客体投射的意向性活动中主体与客体之间的关系，及其所构成的世界"之说，岂不是也大有相似之处？所以我才将此一篇随笔标题为"从现象学到境界说"，以表明我自现象学到传统诗论，再到佛典之境界说的多层"似而非是"的联想。至于王国维在《人间词话》中所提出的境界说，其所用的"境界"一词是否与佛典同义，以及其评词之标准究竟何在，则我们将留到以后的"随笔"中，再对之加以较详的讨论。

## 四、作为评词标准之境界说

在前一则随笔中，我们曾经从西方之现象学，谈到了佛典中的境界说，以为现象学研究的重点既是意识主体向现象客体投射时之相互关系，以及其所构成之世界；而佛典中所谓境界，也是指当六根与六尘接触时在六识中所感知之世界，如此则在其同指人类意识经验中之世界的一点上，自然大有相似之处。至于诗歌之创作之重视心物交感之作用，自然也是这种作用既是人类在意识活动中之基本共相，因此乃成为创作活动之兴发感动之基本源泉的缘故。如此说来，则王国维在《人间词话》中所提出的"境界"之说，就其重视真切之感受一点而言，自然也与西方现象学及佛典之境界说在基本上颇有相似之处。不过王国维所提出的"境界"乃是特别作为评词的一项标准而言，是则其义界之所指，当然也就与西方现象学及佛典境界说之泛指感知之共相的含义必然更有许多不同之处。何况王氏提出"境界"说之时，西方现象学之说既还未曾在学术界传播流行，而"境界"一词则又早为中国传统批评中所习知惯用的一个批评术语，也难以指其必出于佛家之经典。可是王氏之以"境界"为评词之标准，则又与一般习知惯用之含义也有所不同。然则王氏所提出的作为评词之标准的"境界"一词，其义界之究竟何指，这当然是极为值得我们探讨的一个问题。

关于"境界"一词之义界，本来我在多年前所写的《王国维及其文学批评》一书中，已曾作过相当的讨论。当时我曾将"境界"之所指拟定了一个简单的概说，以为"境界之产生全赖吾人感受之作用，境界之存在全在吾人感受之所及，因此外在世界在未经过吾人感受之功能而予以再现时，并不得称之为境界"。而且我还曾将王氏之境界说与严羽之兴趣说及王士祯之神韵说作过一番比较，以为他们在重视诗歌中兴发感动之作用的一点上乃是相同的，不过"沧浪之所谓兴趣，似偏重在感受作用本身之感发的活动；阮亭之所谓神韵，似偏重在感兴所引起的言外之情趣；至于静安之所谓境界，则似偏重在所引发之感受在作品中具体之呈现"。同时我还曾举引过王氏的另一则词话，说"境非独谓景物也，喜怒哀乐亦人心中之一境界，故能写真景物真感情者，谓之有境界，否则谓之无境界"。在这一则词话中，可注意的有两点：其一是"境界"之不仅指外界之景物，同时也指人内心中之境界，此一说自可纠正一般人或者以为境界但指外在之景象，或者以为境界但指鲜明具体之形象的种种误解；其二则是王氏所提出的"能写"二字。可见王氏所说的"境界"绝非仅指一种感知之意识作用或感发之心灵活动而已，而是更指能把这种感知及感发的世界写之于作品之中，同时也使读者能经由作者之叙写而体会到这种作品中之感发世界者，方可谓之为"有境界"。因此我在此书中，就还曾提出说"纵然有真切之感受仍嫌未足，还更须能将之表达于作品之中，使读者也能从作品中获得同样真切之感受，如此才完成了诗歌中此种兴发感动之生命的生生不已的延续"。以上所说，乃是我多年前撰写此书时，对其"境界"说之一点体会。但近来我却又有一点更进步的想法，那就是王氏之重视兴发感动之作用及重视其表现与传达之效果一点，虽可以作为衡量诗词之一项普遍的标准，但王氏提出"境界"说之用意，却实在原是以着重词之品评为主的。因此我们在讨论王氏之"境界"说时，实在不应把这一点完全加以忽略。下面我们就将对王氏"境界"说，就其特别着重于对词之品评的一点用意来略加探讨。

私意以为词与诗在着重兴发感动之作用的一点，虽然有相似之处，但如果就其创作时之意识心态言之，则却实在有相当的差别。那就是因为诗之写作，在很早就形成了一种"言志"的传统，因此诗人在写诗之时，其所抒发之情意往往都是作者显意识中自己心志之活动，而词之写作，则一直并未正式形成"言志"之传统。不仅《花间集》中所编选的"诗客曲子词"，据其序文中所述只不过是一些"递叶叶之花笺，文抽丽锦"的，交给歌女"举纤纤之玉手，拍按香檀"去唱的艳歌而已；就是直到北宋时代，当晏、欧、苏、黄这些德业文章足以领袖一代的人物，都参与了小词之写作以后，也仍然未能改变一般人将小词只视为遣兴娱宾之歌曲的这种观念。因此当他们在词中叙写一些以美女及爱情为主的伤春怨别之情的时候，他们在显意识中原来并不见得有什么借以"言志"的用心。然而却正是在这种游戏笔墨的小词之写作中，他们却于不自觉中流露了隐意识中的一种心灵之本质。因此这些小词遂于无意中具含了一种发自心灵最隐微之深处的兴发感动的作用。我以为，王国维就正是对小词中这种深微幽隐之感发作用最有体会的一位评词人。所以他才会从南唐中主李璟的"菡萏香销翠叶残"的小词中，体会出一种"众芳芜秽，美人迟暮之感"；从晏、欧诸人的小词中，体会出一种"成大事业大学问"的"三种境界"。而小词中的这种感发之特质，却又很难用传统的评诗之眼光和标准来加以评判和衡量。因此王国维才不得不选用了这个模糊且极易引起人们争议和误解的批评术语"境界"一词。所以"境界"一词虽也有泛指诗歌中兴发感动之作用的普遍含义，然而却并不能便径直地指认为作者显意识中的自我心志之情意，而乃是作品本身所呈现的一种富于兴发感动之作用的作品中之世界。而如果小词中不能具含这种"境界"，则五代艳词中固原有不少浅薄猥亵的鄙俗之作，而这些作品当然是王国维所不取的。因此私意以为这才正是王氏何以要提出"词以境界为最上。有境界，则自成高格，自有名句"作为评词之标准的主旨所在。关于此点，我们将在以后的"随笔"中，再陆续举《人间词话》中的例证来作更详细的说明。

## 五、要眇宜修之美与在神不在貌

在前一则随笔中，我曾经对王国维之"境界"说，就其作为评词标准之特殊含意作了简单的讨论。以为王氏所提出之"境界",乃是特指在小词中所呈现的一种富于兴发感动之作用的作品中之世界,而并非泛指一般以"言志"为主的诗中之"意境"或"情景"之意。我之所以对王氏评词之"境界"一词敢于提出此种理解,主要是小词中既果然具有此一种不同于诗的"境界",而且王国维又正是对此种"境界"有独到之体会的一位评词人的缘故。关于王氏对小词的这种体会,我们在其《人间词话》的评词个例中不仅可找到不少证明,而且更可以提出两则词话来作为理论上的依据。一则是说"词之为体,要眇宜修,能言诗之所不能言,而不能尽言诗之所能言。诗之境阔,词之言长"。另一则是说"词之雅郑,在神不在貌。永叔、少游虽作艳语,终有品格"。要想明白这两则词话的意旨,我们首先应对所谓"要眇宜修"之美略加阐述。"要眇宜修"四个字原出于《楚辞·九歌》中的《湘君》一篇,原文是"美要眇兮宜修",王逸注云"要眇,好貌",又云"修,饰也"。洪兴祖补注云:"此言娥皇容德之美。"关于《湘君》一篇所咏之是否即指娥皇,历代说者之意见多有不同,此一争议可搁置不论;总之,此句所描述者自当为湘水之神灵的一种美好的资质。此外《楚辞》之《远游》一篇,也曾有"神要眇以淫放"之句,洪兴祖补注云:"要眇,精微貌。"可见所谓"要眇宜修"者,盖当指一种精微细致富于女性修饰之美的特质。至于词之为体何以特别富于"要眇宜修"之美,则可以分别为形式与内容两方面来看。先就形式言之,则诗多为五言或七言的整齐之形式,词则多为长短句不整齐之形式,此固为人所共知之差别,而词之这种参差错落之音韵及节奏,当然是促成其"要眇宜修"之美的一项重要因素①。再就其叙写之内容言之,在以前的"随笔"中,已曾引过《花间集·序》说当时那些诗客写的曲子词,只不过是为了交付给一些"绣幌佳人""拍按香檀"去歌唱的

---

① 小词中亦偶有通篇为五言或七言的整齐之形式,但其严格之声律则既不同于有极大自由之古体诗歌,也不同于平仄及对偶必相对称的近体诗歌。在整齐的诗句中,也仍有抑扬错落之美。这一点是论词时所不可不知的。

美丽的歌辞而已。因此乃形成了早期小词之专以叙写闺阁儿女伤春怨别之情为主的一种特质，这自然是促成了词的"要眇宜修"之美的另一项重要因素。而作者在写作时却又不必具有严肃的"言志"之用心，于是遂在此种小词之写作中，于无意间反而流露了作者内心所潜蕴的一种幽隐深微的本质。因此如果将词与诗相比较，则诗之写作既有显意识之"言志"的传统，而且五、七言长古诸诗体，又在声律及篇幅方面有极大之自由，可以言情，可以叙事，可以说理，其内容之广阔，自非词之所有；但词所传达的一种幽隐深微之心灵的本质及其要眇宜修之特点，其足引起读者之感发与联想之处，却也并非诗之所能有。所以王国维才在前一则词话中，既提出了"词之为体，要眇宜修"的对词之特点的描述，又提出了"诗之境阔，词之言长"之说，表现了对词所特具的感发作用的体认。所谓"言长"就正指其可以引起言外无穷之感发的一种词所特有的性质。所以王国维在词例之评赏中，才会对南唐李璟及北宋晏、欧诸家的小词，引发了"美人迟暮"及"成大事业与大学问"之"三种境界"之联想。而当小词可以产生这种感发作用时，读者之所得自然便已不再是作品中表面所写的"菡萏香销"的景物，或"独上高楼"之情事，但其感发却又正由于作品中所叙写的景物或情事而引起。而王国维所提出的"境界"一词，私意以为就正指词中所呈现的这一种富于感发之作用的作品中之世界。因此王国维在另外一则词话中，就又曾经提出来说"词之雅郑，在神不在貌"，又说"永叔、少游虽作艳语，终有品格。方之美成，便有淑女与倡伎之别"。那便因为王氏以为欧、秦二家词，自外貌上观之，其所写虽也是闺阁女儿相思离别之情，但就其作品中所呈现之富于感发之"境界"言之，则更可以引起人精神上一种高远之联想的缘故①。而且这种

---

① 王国维论词特尊五代之冯李及北宋之晏欧，那就正是此数家词的作品中之世界，特别近于王氏所提出的富于感发之"境界"的缘故。至于周邦彦这位作者则是在词史上一位结北开南的人物，一改五代北宋之重直接感发的作风，而转变为以思索安排来谋篇炼句，这正是王国维何以虽然赞美周词之工力，但对其词中意境却一直颇有微词，而且也不能欣赏受周词影响的南宋诸家词的缘故。

"在神不在貌"的评说态度，与西方诠释学的某些说法，似乎也有暗合之处。下面我们就将对这一点略加简单的比较。

如我们在"随笔"第二则中所曾提出的，诠释学本是想要对作品原意加以深入探寻的一门学问，但结果却发现诠释者之所得往往都只是沾有自己之时空色彩的"衍义"，而并非原意。但在 20 世纪 50 年代末期，德国的一位女教授凯特·汉柏格（Kate Hamburger）在其《文学的逻辑》（*The Logic of Literature*）一书中，却曾经提出了一种看法，认为一些抒情诗里所写的内容即使并非诗人起初生活中的体验，但其所表现的情感之真实性与感情之浓度则仍是诗人真实自我之流露。私意以为汉柏格女士的这种看法，与我们在前面所提出的中国小词中所写的内容，虽不必为诗人显意识中的"言志"之情意，但却于无意中流露出了诗人之心灵及感情所深蕴之本质的一点，也似乎颇有暗合之处。而且由此推论，则诠释者所追寻的，自然就也不应该只以作品中外表所写的情事为满足，而应该更以追寻得作者真正的心灵及感情之本质为主要之目的了。如此看来，则此种观点岂不与王国维的"在神不在貌"之说，也大有相通之处。虽然此种相通之处也只是一种"似而非是"的偶合，不过此种偶合却正说明了东西方的某一类抒情诗，有着某些相似的特质。其一是就作者而言，除去其在外表所叙写的显意识中的情事以外，更可能还流露有作者所不自觉的某种心灵和感情本质；其二是就读者而言，除去追寻其显意识的原意之外，也还更贵在能从作品所流露的作者隐意识中的某种心灵和感情的本质而得到一种感发。中国的五代宋初的小词中的一些佳作，则可以说是在世界文学中最适合于用此种态度去评赏的一类文学作品。王国维所提出的"境界"一词，就是对于小词的此种特质最有体会的一种评词的标准。①

---

① 在《人间词话》中"境界"一词，除用作评词标准之特殊意义以外，也还有其他用法，这自然是其极易引起争议及误会之一项重要原因，笔者在《王国维及其文学批评》一书中，于论及《人间词话》中"境界"一词之义界时曾有较详之分析探讨，读者可以参看。

## 六、张惠言与王国维对美学客体之两种不同类型的诠释

在我们对本文的主题展开讨论以前，我们先要对所谓"美学客体"略加说明。原来在 20 世纪 70 年代中一位捷克的结构主义评论家莫卡洛夫斯基（Jan Mukarovsky）曾经写过一本题为《结构、符号与功能》（*Structure，Sign and Function*）的著作。

在此书中，他曾经提议把一切作品（artwork）都作出两种划分，一种只可称为艺术成品（artefact），另一种则可称为美学客体（aesthetic object）。他以为一部文学作品的写作完成以后，如果未经过读者的阅读和想象而加以重新创造，那么这部作品就只不过是一种艺术成品而已，唯分有经过读者的阅读和想象之重新创造者，这部作品方能提升成为一种美学客体。而且虽是同一部作品，但透过不同的阅读的主体，就会有许多不同的美学客体的呈现。这种理论与现象学中的美学之说也甚为相近。罗曼·英伽登（Roman Ingarden）在论及现象学美学时，就也曾主张一切已经制成的艺术成品，都定要让读者或聆听者与观赏者以多种方式加以完成，从而产生一种美感经验，否则这一艺术成品就将变得毫无生趣。这种理论与我多年前在《迦陵论词丛稿·后叙》中所提出的如何评说诗词的主张也颇有相近之处。我曾以为评说诗词"不该只是简单地把韵文化为散文，把文言变为白话，或者只作一些对于典故的诠释，或者将之勉强纳入某种既定的理论套式之内而已，更应该透过自己的感受把诗歌中这种兴发感动的生命传达出来，使读者能得到生生不已的感动，如此才是诗歌中这种兴发感动之创作生命的真正完成"。而如果以词与诗相比较，则如我在前一则"随笔"之所言，诗之写作多为作者的"言志"之传统中的显意识之活动，而词之写作则其情意之幽微乃往往为作者隐意识之活动。因此说词人在读词时所能产生的美感经验，也就较诗更为富有自由想象之余地。所以说词人如何把一篇艺术成品提升为美学客体，而对之作出富

有创造性的诠释，当然也就成为说词人所当具备的一种重要的修养和手段。而如果就中国的词学评论史而言，则张惠言与王国维二人之词论，无疑可以说是代表了对词之"衍义"之诠释的两大主流。

关于王国维之"境界"说，我们在前二则"随笔"中已曾对之作过简略的介绍，以为王氏所谓"境界"，乃是指作品本身所呈现的一种富于兴发感动作用的作品中之世界。因此王氏所欣赏之作品乃大多是在作品本身之叙写中就带有直接感发之力的作品。即如李璟《摊破浣溪沙》一词之"菡萏香销翠叶残"数句，晏殊《蝶恋花》一词之"昨夜西风凋碧树"数句，柳永《凤栖梧》一词之"衣带渐宽终不悔"数句，辛弃疾《青玉案》一词之"众里寻他千百度"数句，若此之类，盖莫不带有作者自己本身强烈之兴发与感动，而读者遂亦可自此种兴发感动中获致一种足以引起更深广之联想的感发，像王国维对于唐五代及北宋初的一些小词所作出的"衍义"的诠释，可以说就大都是属于此种兴发感动一型的诠释。而如果作品中不带有此种直接感发之作用，其叙写乃全以冷静客观及安排思索之手法为之者，则为王氏所不喜。这正是王氏何以对唐五代之温庭筠、北宋末之周邦彦及受周词影响的南宋诸家都颇有微词的缘故。但常州词派的大师张惠言却偏偏从王氏所不喜的这一类作品中也看出了深远的含意，并对之作出了另一种不同类型的诠释。为了要将王氏与张氏之两种不同类型的诠释加以比较，因此我们就不得不对张氏的词论也略加介绍。

张惠言之词论主要见于其所编辑的《词选》一书。在此书的序中，张氏曾有一段话说："其缘情造端，兴于微言，以相感动，极命风谣里巷男女哀乐，以道贤人君子幽约怨悱不能自言之情，低徊要眇以喻其致。盖诗之比兴，变风之义，骚人之歌，则近之矣。"关于张氏之词论，我以前在《常州词派比兴寄托之说的新检讨》一文中，已曾有详细之论述。简言之，则张氏之主张是说这些写男女之情的作品乃是可以借之表现一种贤人君子之志意的。因此张氏论词乃提出了所谓"比兴变风之义"，而传统诗论之所谓"比兴变风"则正是认为诗歌之写作中，包含有政治上美刺之托意的一种观念。因此张氏之说温庭筠词，乃谓其《菩萨蛮》诸作曰："此感士不遇也，篇法仿佛《长门赋》，而用节节逆叙。"又谓其首章《菩萨蛮》词下半阕"'照花'四句"乃"《离骚》'初服'之意"。又说欧阳修词之《蝶恋花》（庭院深深深几许）一首，谓其"'庭院深深'，闺中既以邃远也；'楼高不见'，哲王又不寤也；'章台'游冶，小人之径；'雨横风狂'，政令暴急也；'乱红飞去'，斥逐者非一人而已，殆为韩范作乎"。又说王沂孙词《眉妩·新月》一首，谓"碧山咏物诸篇并有君国之忧，此喜君有恢复之志而惜无贤臣也"。又曾引铜阳居士之言说苏轼《卜算子》（缺月挂疏桐）一首，谓"'缺月'，刺明微也……'拣尽寒枝不肯栖'，不偷安于高位也"。自首至尾，每句皆作指实之解说。从这些说词例证，我们自不难看出张惠言之说词与王国维之说词，在方式及观念方面实有两点极大差别。第一，就方式而言，王氏说词大多以感发之触引为主；而张氏之说词则大多以字句之比附为主。第二，就观念而言，则王氏所提出的"成大事业大学问"之三种境界诸说，大多是就整体之人生哲学立论的；而张氏所提出的"感士不遇""政令暴急""惜无贤臣""君国之忧"及"不偷安于高位"诸说，则大多是就君臣忠爱之政治道德立论的。因此我们可以将王国维与张惠言说词之观念，归纳为两种基本的差别，那就是王氏之说词乃是属于对美学客体的一种哲学诠释，而张氏之说词则是对于美学客体的一种政治诠释及道德诠释。

本来就中国古典文学而言，所谓诗之"言志"的传统与文之"载道"的传统，固一向都是以道德与政治之意识作为创作与批评之主流的，这可以说乃是中国文学史中的一般现象。

然而词之为体，却原来乃是突破了这种道德与政治之意识的一种特殊产物，只是一种歌酒筵席之间的艳歌，其价值与意义都不在道德与政治的规范之内。张惠言之以道德与政治之意识来对之加以诠释和衡量，自然是一种自外强加的、属于受中国旧传统之影响的一种批评概念。而王国维之以哲学理念来对之加以诠释和衡量，则是属于受西方思想之影响的一种批评概念。此二种意识概念原来都并非只以写伤春怨别之情为主的小词之所本有，然而张惠言与王国维二人对于词所作出的诠释，却也并非全然无据。我们在以后的"随笔"中，便将对词这种文学体式，作为一种传达信息的符号，其所以能引起诠释者之道德政治之联想及哲学之联想的某些特质，再逐步加以说明。

## 七、从符号与信息之关系谈诗歌的衍义之诠释的依据

在前数则随笔中，我们已曾指出了张惠言与王国维之词论，乃是属于对美学客体之两种不同的诠释。但我们对于其何以产生此诸种不同之诠释的依据与范畴，却还一直未曾作过更为具体的比较和说明。本来无论就古今中外之文学理论而言，作为作者与读者之间传达情意信息的媒介，都不得不有赖于作品本身所具含的文字，作品中的文字就正是传达信息的重要符号。因此我们要想对张惠言及王国维对词之种种"衍义"之诠释的由来，作出一种科学性的理论化的正确的分析，我们就不得不先对西方之符号学略加介绍。

所谓"符号学"（Semiology 或 Semiotics）①，是西方近代思潮中一门尚在不断发展中的重要学派，其理论之奠基者当首推瑞士的语言学家索绪尔（Ferdinand de Saussure）。经过半世纪的发展，这一派学说不仅已被认为是研究近代诗学的一项重要理论，而且更逐渐被认为是研究世界上一切借符号与信息交流而形成的所有文化活动的一门最基本的科学。美国的符号学之先驱者皮尔士（Charles S. Peirce）在其论文集（*Collected Papers of Charles Sanders Peirce*）中，就曾经认为我们纵然不能说这个宇宙是完全由符号（sign）所构成，我们至少可以说这个宇宙是完全渗透在符号之中的。因此符号学所牵涉的范围实

---

① 关于西方之符号学，一般公认其有两大先驱，一为瑞士的语言学家索绪尔（Ferdinand de Saussure，1857—1913），另一为美国的符号学家皮尔士（Charles S. Peirce，1839—1914）。大抵承索绪尔之传统者，则用 Semiology 一词，而承皮尔士之传统者，则用 Semiotics 一词。

在极为广泛，其理论体系也相当繁复。本文因篇幅的字数与作者的学识之限制，对之自无法作详细之介绍。我现在只不过是想要假借一些西方理论的观照，对中国传统中的某一些诗论作一些更为科学性的、更为理论化的反思而已。而要想达到此种目的，我们就不得不先对符号学中一些基本概念略加说明。

根据索绪尔的看法，他以为符号是由两个互相依附的层面而形成的，一个是符号具（signifier），另一个是符号义（signified）。如果把语言作为一种符号来看，那么当我们提到"树"时，"树"作为一个单独的语音或字形就只是一个符号具，由此所产生的对于树的概念，就是一种符号义，但符号具与符号义的关系，却不仅只是如此简单而已。索绪尔又曾把语言分为两个轴线（axis），一个是语序轴（syntagmatic axis，或译作毗邻轴），另一个是联想轴（associative axis）。语言所传达的意义不仅只是根据语序轴的排列而出现的一串实质的语言而已，同时还要依赖其联想轴所隐存的一串潜藏的语言来作界定。要想了解一个字或一个语汇的全面意义，除了这个字或这个语汇在语序轴中出现的与其他字或其他语汇之关系所构成的意义以外，还应该注意到这个字或这个语汇在联想轴中所可能有关的一系列的语谱（paradigm）①。当一个说者或作者使用此一语汇而不使用彼一语汇之时，其含意都可以因其所引起的联想轴中的潜藏的语谱而有所不同。同时当一个听者或读者接受一个语汇时，也可能因此一语汇在其联想轴中所引起的联想而对之有不同的理解。而对于一篇作品而言，则我们既可以在语序轴中对之作不同层次与不同单位的划分而形成不同的解释，更可以在联想轴中因其所引起的不同的联想而作出不同的解释。

---

① 所谓语谱，即如我们要写一个美丽的女子，我们可以用"美人"，可以用"佳人"，可以用"红粉"，可以用"蛾眉"，有一系列语汇可以选择。在选择此一语汇不用彼一语汇之时，就此一语汇作为符号而言，在选择间就已经传送了一种信息，而且每一语汇在联想轴中，更可以引出不同的联想，即如"美人"可使人联想到屈原《离骚》中的"美人"，或李白《长相思》中的"美人"；"佳人"可使人联想到曹植《杂诗》之"南国有佳人"或阮籍《咏怀》之"西方有佳人"之类，遂可以引发多种不同的理解和诠释。

两者又可以相互影响，这种现象自然就为一篇作品所传达的意义提供了开放性的基础，也为读者反应所可能造成的不同的理解提供了开放性的基础。

以上是我们对于符号学之奠基人瑞士语言学家索绪尔的一些基本理论所作的极简单的介绍。而如果要谈到对诗篇的分析，我们就不得不对俄国符号学家洛特曼（Yury M. Lotman）的一些观念，也略加介绍。洛氏是把符号学用之于诗篇之分析的一位重要学者，而尤其值得注意的，则是洛氏对于文化背景的重视。洛氏从信息交流论（information theory）出发，认为人类不仅用符号来交流信息，而且也被符号所控制。符号系统同时也就是一个规范系统。我们一方面既应该研究符号的内在的结构系统，另一方面也应该研究构成此一系统的外在时空的历史文化背景。洛氏更认为一篇诗歌所给予读者的，既同时有理性的认知（cognition），也有感官的印象（sense perception），前者多属于已经系统化了的符号，后者则多属于未经系统化的符号，前者可予读者知性之乐趣，后者则予读者感性之乐趣，因此诗篇所呈现的乃是一个非常复杂的含有多种信息的符号。通常一般人读诗都只注意诗篇中各语汇表面所构成的信息与意义，而把其他复杂的隐存的信息排除在外。但洛特曼却把无论是语序轴或联想轴所可能传达的信息，无论是知性符号或感性符号都视为诗篇的一个环节，因此洛氏的理论遂把诗篇所能传达的信息的容量大幅度地扩展了。

以上我们既对西方符号学的一些概念作了简单的介绍，下面我们就将依循这些理论概念，来对张惠言与王国维说词之"衍义"的诠释之由来略加说明。先谈张惠言对词的诠释，张氏曾谓温庭筠《菩萨蛮》（小山重叠金明灭）一首中之"'照花'四句"有"《离骚》'初服'之意"。就此四句词之表面的语序轴的意义来看，温词原不过是写一个美丽的女子着花照镜之情事及其衣饰之精美而已，然而张惠言却因之而想到了《离骚》中的"初服"之意。这种诠释之由来，则是这四句词作为传达信息之符号，在联想轴上所提供的信息。因为在《离骚》中屈原就经常提到姿容衣饰之美,如"扈江离与辟芷兮,纫秋兰以为佩""制芰荷以为衣兮,集芙蓉以为裳""佩缤纷之繁饰兮,芳菲菲其弥章"之类。这种形容衣饰之美的叙写,在《离骚》中已成为一个反复出现的信息,而此一信息在《离骚》中则是带有明显的托喻之意义的。所以司马迁在其《史记·屈原列传》中,就特别提出了"其志洁,故其称物芳"的说法。而《离骚》中之"初服"一句的原文,则是"进不入以离尤兮,退将复修吾初服",王逸注云:"退,去也,言己诚欲遂进竭其忠诚,君不肯纳,恐重遇祸,将复去修吾初始清洁之服。"而所谓"初始清洁之服",其所喻示的则是高洁美好的品德。于是张惠言遂自温庭筠词中所写的姿容衣饰之美,经由语言的联想轴之作用,而想到了《离骚》中所写的姿容衣饰之美,又因《离骚》中叙写的姿容衣饰之美都带有喻托之性质,遂认为温词所写的姿容衣饰之美,也有如屈原《离骚》中"初服"一样的喻托之含意。因此在符号学的理论概念中,张惠言对温词所作的"衍义"之诠释,实在可以分为两层来作说明:第一层是由温词中所写的衣饰之美,而想到了《离骚》中对于衣饰之美的叙写,这自然应该是属于索绪尔所提出的联想轴的作用。第二层则是因《离骚》中所写的衣饰之美含有喻托之性质,于是遂推论到温词中所写的衣饰之美也有喻托之意,则又与中国古典文学的历史文化背景有着密切的关系,这便又与洛特曼的概念有相关之处了。不过,尽管我们从理论上可以为张惠言的"衍义"之诠释,找到不少可以说明的依据,然而温词本身究竟是否有如此之托喻,却还是一个不可确知的疑问。而从符号学的一些理论概念来看,除以上所叙及者外,温氏全词也还有不少其他可资研析之处。因篇幅所限,这些问题只好留待以后的"随笔"再加探讨了。

## 八、温庭筠《菩萨蛮》词所传达的多种信息及其判断之准则

温庭筠在唐五代词人中，是一位弁冕词坛的作者，但历代词评家对他的词却颇有不同的评价。多年前我在撰写《温庭筠词概说》一文时，曾将之分别为两派：一派是主张温词为有寄托，且对之推崇备至者，如《词选》之编撰者张惠言、《白雨斋词话》之作者陈廷焯及《词学通论》之作者吴梅诸人可以为代表；另一派则是主张温词并无寄托，且对之颇加诋毁者，如《艺概》之作者刘熙载、《人间词话》之作者王国维及《栩庄漫记》之作者李冰若诸人可以为代表。关于形成此种不同评价之因素，我以为前则随笔所举语言学及符号学之说，颇有可供参考之处。为了具体说明此一问题，我们现在就将举温庭筠的一首《菩萨蛮》词作为个例来略加析论，先把这首词抄录下来一看：

> 小山重叠金明灭，鬓云欲度香腮雪。懒起画蛾眉，弄妆梳洗迟。　　照花前后镜，花面交相映。新贴绣罗襦，双双金鹧鸪。

先看这首词的第一句，就一般的符号具与符号义之属于认知之系统的关系而言，此句中之"小山"依惯例本当指现实中山水之"山"。然而若从此词全篇写闺情之内容，及"小山"一句与下一句之"鬓云"及"香腮"等叙写之呼应而言，则此句之"小山"又实在绝不可能指现实中山水之"山"。如果按我们在前一则随笔中所介绍过的俄国符号学家洛特曼之说，则此句中之"小山"实在乃是一个并不合于一般语言惯例之系统的符号，它所传达的不是一种认知，而是一种感官印象。不过依洛氏之说则感官印象也同样可以指向一种认知。若就此句之"小山"而言，则私意以为欲判断其所指向的认知之意义，首当考虑"小山"之形象在唐五代词中所可能提示的信息。若循此而推求，则此句之"小山"之所指，原可有下列几种可能：其一是可以指"山眉"，即如韦庄之《荷叶杯》词就曾有"一双愁黛远山眉"之句，可以为证；其二是可以指"山枕"，即如顾复之《甘州子》词就曾有"山枕上，几

点泪痕新"之句，可以为证；其三是可以指"山屏"，即如温庭筠《南歌子》词就曾有"鸳枕映屏山"之句，可以为证。有时这种感官印象所指向的多义，也可以有同时并存的可能。即如温庭筠另一首《菩萨蛮》词中的"暖香惹梦鸳鸯锦"之句，其"鸳鸯锦"三字所提示的就也只是一种感官之印象，而并非认知之说明，其所指向的意义就是既可以为"锦褥"，也可以为"锦衾"，此两种不同指向的认知含义，在词句中都可以适用，因之二义乃可以并存。但就本文现在所讨论的"小山"一句而言，则私意以为似唯有"山屏"义始能适用，其他二义则都有不尽适用之处。先以"山眉"而言，其不适用之处就有以下两点：第一，"小山"如指"山眉"而言，则与以下"重叠金明灭"之叙写不能尽合；第二，"小山"如指"山眉"而言，而与此词第三句"懒起画蛾眉"之亦写"眉"者相重复，这是"小山"之所以不能被指认为"山眉"的缘故。再以"山枕"而言，则其主要的不适用之处，乃在于"山枕"之不能"重叠"，这是"小山"之所以不能指认为"山枕"的缘故。至于"小山"之作"屏山"解，则不仅有前所举之温庭筠《南歌子》词之"鸳枕映屏山"为证，而且温氏在另一首《菩萨蛮》词中，也曾写有"无言匀睡脸，枕上屏山掩"之句，都是以"屏山"与"枕"相连叙写，而且也都写到枕上女子之容颜。即以前举之"鸳枕映屏山"而言，下面所承接的便也正是"月明三五夜，对芳颜"之句，这种种叙写都与温词此"小山"一句及下一句对女子容颜之"鬓云欲度香腮雪"的叙写之呼应承接的写法，可以互为印证，而且"重叠"正可以状"屏山"折叠之形状。"金明灭"则正为对"屏山"上所装饰之金碧珠钿之光彩闪烁之形容，是则"小山"之指床头之屏山，殆无可疑。然而温词却偏偏不用属于认知系统的"小屏"二字，而用了属于感官印象的"小山"二字，这种写法，当然是使得一些人对温词不能欣赏和了解，而且讥之为"晦涩"及"扞格"的缘故。不过，如依洛特曼之说，则这种予人感官印象的符号，一方面既也可以经由解释而使之具有认知之意义；而另一方面则又可以仍以其物态（physical materiality）给予读者感官之乐趣。这正是诗歌所传达之信息之何以特别丰富，而且异于一般日常语言之处。只不过对这种感官之印象欲加以认知之诠释时，也应考虑到种种语序与结构之因素及历史文化之背景，而并不可随便臆测妄加指说，这正是何以我们对温词之"小山"一句，曾加以上面一节详说作为示范的缘故。像这种只写感性印象而不作认知说明的写作方式，不仅是温词之一大特色，而且也是中晚唐诗人如李贺及李商隐诸人，及南宋后期词人如吴文英及王沂孙诸人之特色。这类作品之意象及所传达之信息都极为丰美，但却往往因其不易指认而为人所讥评，这正是何以我们要对之特加说明的缘故。

除以上一点特色以外，造成温词中信息之丰富性的，则还有一项主要的原因，那就是温词所用的语言，作为一种符号来看，极易引起联想轴之作用，即如此首《菩萨蛮》词中的"懒起画蛾眉，弄妆梳洗迟"二句，其"蛾眉"一词，作为表义之符号，在中国文化传统中就蕴含了多种信息的提示。首先是《诗经》中的"螓首蛾眉"之句，此一联想所可能传达的信息乃是词中之女子的过人的美丽；其次是《离骚》中的"众女嫉余之蛾眉兮"之句，此一联想所可能传达的信息乃是一种喻托为才人志士品德之美的象喻之意。而如果再把"画蛾眉"三个字结合起来看，则李商隐一首五言的《无题》诗，曾有"八岁偷照镜，长眉已能画"之句。李氏此诗通篇以女子自喻，其所谓"长眉能画"，所暗示的就正是对自己才志之美的一种珍重爱惜修容自饰的感情。至于在"画蛾眉"之前更加上"懒起"二字，而且在下句中也于"弄妆梳洗"之后，更加上一"迟"字，"懒"与"迟"两个字，便又传达了另一种信息，那就是虽欲修容自饰而却苦于无人知赏的一种寂寞自伤之心情。这在中国的古典文学中，也是一种习见的传统，即如杜荀鹤之《春宫怨》便曾写有"早被婵娟误，欲妆临镜慵。承恩不在貌，教妾若为容"之句，秦韬玉之《贫女》也曾写有"敢将十指夸针巧，不把双眉斗画长"之句，这都是一般读唐诗的人所耳熟能详的句子。因此如果按照瑞士语言学家索绪尔的"联想轴"之说及俄国符号学家洛特曼之重视符号系统的历史文化背景的概念来看，温庭筠所传达的信息，实在可以说是层层深入、具有极丰富之含意的。不过，要想对温词中所传达的信息作出此种理解，则我们便须首先要求读这首词的读者对于这些语汇在历史文化背景中所形成的信息的系统有熟悉的认知。俄国的语言学家雅各布森（Roman Jakobson）就曾经主张一个有效的语言或信息的交流，需要说话人（addresser）和受话人（addressee）双方都掌握有相当一致的语言符码（code）。我在多年前所写的《关于评说中国旧诗的几个问题》一文中，也曾提及古人说诗之重视词语之出处的情形，以为"诗歌中所用的词字，原是诗人与读者赖以沟通的媒介，唯有具有相同的阅读背景的人才容易唤起共同的体会和联想，而这无疑是了解和评说一首诗所必备的条件"。我当时提出此一论点时，对西方的符号学之说尚无所知，所以此种相通相近的看法，原来也只是一种暗合。而此种暗合则正好说明了无论就古今中外任何诗歌而言，诗篇中所使用的语汇，也就是符号学所谓的语码，作为作者与读者间一种沟通的媒介，如果双方对此种语码有文化背景相同的认知，则无疑地应可以帮助读者透过诗篇中的语码，而对作者的原意有更为正确的理解，并作出更为正确的诠释。就温庭筠与张惠言二人之阅读背景来看，他们既都是属于旧文化传统中的读书人，他们对语码的了解乃是有相同之文化背景的。因此张氏对温词"照花"四句所作的评说，他所依据的就不仅只是此四句所写的姿容衣饰之美与《离骚》有相合之处而已，同时也是本文在前面所述及的"懒起画蛾眉"诸句中的语码，也同样都指向一种托喻之含意的缘故。依此说来，则张氏对温氏此词的评说，便应该是可以采信的了。然而值得注意的则是，另外一些与温氏及张氏也具有相同阅读背景的评词人，对张氏之说却提出了不同的看法。这种差别之形成又将牵涉到对诗歌如何作出正确诠释的另外一些问题。因篇幅所限，这些问题就只好留待下次随笔再加探讨了。

## 九、"兴于微言"与"知人论世"

在前一则随笔中，我们曾论及张惠言诸人之所以能自温庭筠《菩萨蛮》词之"懒起画蛾眉，弄妆梳洗迟"及"照花前后镜，花面交相映"诸句，引发一种屈《骚》之喻托的联想，主要乃是由于温词中所使用的语汇如"蛾眉""画眉""簪花""照镜"之类，都带有某种历史文化背景。这一类语汇由某些具有相同的历史文化之阅读修养的读者看来，遂成为可以传递喻托之信息的一种语码。正如张惠言所说的"兴于微言，以相感动"。张氏就正是从这些"微言"的语码中，获致其喻托之感动的。不过，我们在上次的"随笔"中却也曾提出了一个问题，那就是另外一些与温氏及张氏具有相同阅读背景之修养的人，却对张氏的喻托之说也曾纷纷提出了批评的异议。即如刘熙载在其《艺概·词曲概》中，就曾经说"温飞卿词，精妙绝人，然类不出乎绮怨"，便是只承认温词艺术之"精妙"，而并不承认其有任何托意者。又如王国维在其《人间词话》中，也曾谓"固哉，皋文之为词也（按：皋文即张惠言字）。飞卿《菩萨蛮》……有何命意？皆被皋文深文罗织"，则是对张惠言谓温词有托意之说，明白地提出了异议。再如李冰若在其《栩庄漫记》中，更曾谓"张氏《词选》欲推尊词体，故奉飞卿为大师。而谓其接迹《风》《骚》，悬为极轨。以说经家法，深解温词，实则论人论世，全不相符"。又云："飞卿为人具详旧史，综观其诗词，亦不过一失意文人而已，宁有悲天悯人之怀抱？……以无行之飞卿，何足以仰企屈子？"则更进一步说明了其所以不同意张惠言的托意之说，乃是由于温庭筠的"为人""无行"，"论人论世，全不相符"之故。这种争议，遂牵涉到了文学批评中的一项重大问题，那就是作者人品之高低是否可以作为衡量其作品价值高低之准则的问题。关于此一问题，我以前在《王国维及其文学批评》一书中，于论及王氏早期杂文中他对于衡量文学作品所表现的价值观念时和论及王氏《人间词话》之评赏态度与评说方式时，都曾讨论及之。此外，我在《迦陵论诗丛稿·后叙》中，对此一问题也曾有所论述。我之所以屡次论及此一问题，一方面固由于其本为文学批评中的一项重要问题，另一方面也因为我撰写以上诸文稿时，西方现代派之批评理论原曾在台湾盛行一时，而此一派之重要理论大师如艾略特（T. S. Eliot）及卫姆塞特（W. K. Wimsatt Jr.）诸人，则曾大力提倡"泯除作者个性"（impersonality）及作者"原意谬论"（intentional fallacy）之说，坚决主张诗歌批评当以作品本身中所具含之形象（image）、结构（structure）及肌理（texture）等质素为依据，而不当以作者之为人传记为依据。这种理论对于中国一向喜欢把作者人格之价值与作品之价值混为一谈的传统文学批评而言，自无异为一当头棒喝，因此乃引起了我对于此一问题的反思。私意以为中国旧传统之往往不从作品之艺术价值立论，而津津于作者人格之评述的批评方式，虽不免有点误置之病；但西方现代派诗论之竟欲将作者完全抹煞，而单独对其作品进行讨论的批评方式，实亦不免有偏狭武断之弊，因为无论如何，作者总是作品赖以完成的主要来源和动力。就以西方现代派诗论所重视的意象、结构与肌理等质素而言，又何尝不是完全出自作者的想象与安排。所以对作者之探索与了解，永远应该是文学批评中的一项重要课题。而且近日西方所流行的较现代派更为新潮的现象学派的文学批评，也已经注意到了对作者过去所生活过的时空的追溯和了解在文学批评中的重要性。美国约翰霍普金斯大学的教授普莱特（Georges Poulet）就曾认为批评家不仅应细读一位作家的全部著作，而且应尽量向作家认同，来体验作家透过作品所有意或无意流露出来的主体意识。我以为现代派批评所提出的对作品本身之语言意象的重视，与现象派批评所提出的对作者主体意识的重视，二者实不可偏废。就张惠言之词论而言，其由温词某些语汇而引起的所谓"兴于微言，以相感动"的屈《骚》托意之说，在内容思想方面虽属于旧传统的道德观念，但其重视由语言及意象所引发之联想的"兴于微言"之批评方式，则实在与西方现代派诗论更为相近。而刘熙载、王国维、李冰若诸人之从温氏之为人而反对张氏之说，其自"知人论世"之观点而欲推寻作者原意的主张，则似乎与西方现象学文学批评之重视作者之主体意识的观点更为相近。现在我们就将从后一观点，对温词之有无喻托之意，略作一些探讨。

温庭筠之为人，据史传所载自不足以"仰企屈子"，然而其词之语汇，却有许多引人生屈《骚》托意之联想的语码（code）。关于此种现象之形成，我以为有两种可能：其一，可能仅是一种偶合。早期的词既多为歌筵酒席之艳歌，因此其内容自不免多为对美女与爱情之叙写，而在中国古典文学中又早有以美人为托喻的传统，且常以女子之无人赏爱喻托为才人志士之不得知用。自屈原《离骚》以迄曹植《杂诗》之"南国有佳人"诸作，便都是此一传统的证明。以温庭筠之阅读背景，他对于此一传统自必极为熟悉，因之对此一传统的语汇自然也极为熟悉。于是在他写小词中的美女与爱情之时，便也自然而然使用了其中的某些语汇，却全然不必有喻托之用心，这自然也是一种可能。其二则温氏虽不足以"仰企屈子"，然而在其内心中却也确实蕴含某种"文人失志"之悲慨，这在他的诗集中也可以得到不少证明，如其《感旧陈情五十韵献淮南李仆射》及《开成五年秋……书怀一百韵》等皆可为证（本文为篇幅所限，不暇举引，请读者自己参看）。盖温氏之为人，虽然如史传及笔记所载，不免于"士行尘杂"，"薄于行，无检幅"，但其平生仕宦之不得意，也可能有某种因政治而被摈斥之原因。即如唐文宗大和九年（835年）甘露之变后，宰相王涯等皆被族诛，而温氏乃写有《题丰安里王相林亭》诗二首，对王涯之死表示了悼念和感慨。又如开成三年（838年）庄恪太子被废黜且于不久后暴卒，温氏也曾写有《庄恪太子挽歌词》二首。而且《全唐文》曾载有温氏为国子助教时《榜国子监》之文，其中曾述及"右前件进士所纳诗篇等，识略精微，堪裨教化，声词激切，曲备风谣……不敢独专华藻，并仰榜出，以明无私"云云。凡此种种，本文不暇遍举，但温氏之恃才傲物，触犯时忌之情形，已可略见一斑。然则其小词中之或者果然有如张惠言所说的一种"幽约怨悱不能自言之情"的托喻，自亦非绝无可能。不过，张氏的喻托之说却始终不能完全取信于人，我以为这其间实在还应牵涉另外一些问题。其一是一般文人失志的牢骚感慨是否一概可以被称为"喻托"的问题。关于此点，常州派后起的词论家周济对此曾提出过一些看法，我在《常州词派比兴寄托之说的新检讨》一文中，曾归纳周氏之言，以为"他提出了寄托的内容主要当以反映时代盛衰为主，虽然反映之态度可以有多种之不同：或者为事前的'绸缪未雨'，或者为虑乱的'太息厝薪'，或者为积极的'己溺己饥'，或者为消极的'独清独醒'，而总之都有时代的盛衰作为背景，有'史'的意义，可以为后人'论世之资'，而不仅只为个人一己的牢骚感慨而已"。此所以李冰若之《栩庄漫记》乃谓温氏"亦不过一失意文人而已"，而反对张氏以温词拟比屈《骚》的托喻之说。这是我们所当辨明的第一个问题。其二是张氏之说往往过于拘狭沾滞，即如其谓温氏之十四首《菩萨蛮》"篇法仿佛《长门赋》，而用节节逆叙"，遂被《栩庄漫记》讥为"以说经家法，深解温词"，王国维亦谓张氏之说为"深文罗织"。甚至就是大力主张词中寄托之说的詹安泰，在其《论寄托》一文中，也曾批评张氏对温词之评说，谓其"似此解词，未免忽略其为人，而太事索隐"。因此如何掌握对寄托之解说的分寸，乃是我们应当辨明的第二个问题。其三是温氏之词所用之语汇，虽往往因其与历史文化传统有暗合之处，而引人产生托喻之想，但在叙写之口吻方面，却极少有直接的属于主观意识之叙述，因此温词所予人者乃大多为客观之美感及语汇之联想，而并不属于直接之感发。所以张氏谓温词为有喻托，其不尽能取信于人者，虽张氏之说过于拘执，而同时也有温词本身原不能从直接感发予人以深切感动之故。这是我们所应辨明的第三个问题。

总之，清代常州派词论如张惠言诸人对词所作的"衍义"之诠释，虽然就语言学中联想轴作用之理论，也可以有其成立之理由，但在实践方面则仍有不尽能取信于人之处。我于多年前所写的《常州词派比兴寄托之说的新检讨》一文，对之曾有更详尽之探讨，读者可以参看。
至于现在所写的"随笔"，则不过是因为我想要把张惠言对词所作的
"衍义"之说，与王国维对词所作的"衍义"之说，二者略加比较，因
将张氏之说稍加简介，下次随笔我们就将开始讨论王国维的"衍义"
之说了。

## 十、"比兴"之说与"诗可以兴"

在前几则随笔中，我们已曾假借西方之阐释学、现象学、符号学
等各种理论，对于中国旧日张惠言与王国维二家之词说作过简单的论
析。为了要对张、王二家词说与中国传统诗论的关系也能有些清楚的
了解，我们现在就把他们二人的词说放到中国传统诗论中来，再作一
番论述和衡量。首先我们要提出来一谈的，就是《毛诗·大序》中的
"比兴"之说与《论语》中的"诗可以兴"之说。

所谓"比兴"，原出于《诗》之"六义"，不过本文因篇幅有限，
对于"六义"不暇详说。我们现在提出"比兴"二字，只不过是想要
借之说明中国传统诗论中之一种特色，并且借此对张、王二家词说与
传统诗论之关系略加探讨而已。简单地说，"比"与"兴"原是指诗歌
写作时两种不同的方式。"比"乃是指一种"以此例彼"的写作方式，
即如《诗经·魏风·硕鼠》之以"硕鼠"拟比为剥削者的形象，便是
"比"的写法。至于"兴"则是指一种"见物起兴"的写作方式，即如
《诗经·周南·关雎》之因雎鸠鸟鸣声之和美而引发起君子之希求佳偶
之情意，便是"兴"的写法。因此"比"与"兴"两种写作方式，其
所代表的原当是情意与形象之间的两种最基本的关系。"比"是先有一
种情意然后以适当的物象来拟比，其意识之活动乃是由心及物的关系；
而"兴"则是先对于一种物象有所感受，然后引发起内心之情意，其
意识之活动乃是由物及心的关系。前者之关系往往多带有思索之安排，
后者之关系则往往多出于自然之感发。像这种情意与形象之间的关系，

可以说原是古今中外之所同然。而为了要说明中国诗论之特色，我们就不得不将西方诗论中有关形象与情意之关系的一些批评术语也提出来略加比较。在这方面，西方诗论中的批评术语甚多，如明喻（simile）、隐喻（metaphor）、转喻（metonymy）、象征（symbol）、拟人（personification）、举隅（synecdoche）、寓托（allegory）、外应物象（objective correlative）等，名目极繁，其所代表的情意与形象之关系也有多种不同之样式。

只不过仔细推究起来，这些术语所表示的却同是属于以思索安排为主的"比"的方式，而并没有一个是属于自然感发的中国之所谓"兴"的方式。当然，西方作品也并非没有由外物引起感发的近于"兴"的作品，只不过在批评理论中，他们却并没有相当于中国之所谓"兴"的批评术语。经过以上的比较，我们自不难看出，对于所谓"兴"的自然感发之作用的重视，实在是中国古典诗论中的一项极值得注意的特色①。以上还不过是仅就作者创作时情意与形象之关系所形成的意识活动言之而已；若更就作品完成以后，读者与作品之关系言之，则中国古典诗论中对于读者意识中之属于"兴"的一种感发作用，实在也是同样极为重视的。《论语》中所载孔子论诗的话，就是这种诗论的最好的代表。即如在《泰伯》篇中就曾记载有"子曰'兴于诗，立于礼，成于乐'"之言，《阳货》篇中也曾记载有"子曰'小子何莫学夫诗？诗可以兴，可以观，可以群，可以怨'"之言。本文因篇幅所限，对孔子这两段论诗的话自无法作详尽之阐发，但其对"兴"之作用的重视则是显然可见的。关于孔子所提出的"兴"之为义，朱熹在《论语集注》中的"兴于诗"一句之下曾注释云："兴，起也。诗本性情，有邪有正，其为言既易知，而吟咏之间，抑扬反复，其感人又易入，故学者之初，所以兴起其好善恶恶之心而不能自已者，必于此而得之。"可见"兴于诗"之说原是指从诗歌得到感发而言的。而在"诗

---

① 关于"比兴"之为义及西方诗论中的"明喻""隐喻"等诸说，我在以前所写的《中国古典诗歌中形象与情意之关系例说》一文中，曾有较详之论述，读者可以参考《迦陵论诗丛稿》。

可以兴"一句之下朱氏又注云"感发志意",则更可作为孔门说诗重视心志感发的证明。而且《论语》中还曾记述有两则由诗句而引起感发作用的生动的例证,在《学而》篇中曾记有一次孔子与子贡的谈话:"子贡曰:'贫而无谄,富而无骄,何如?'子曰:'可也。未若贫而乐,富而好礼者也。'子贡曰:'《诗》云,如切如磋,如琢如磨,其斯之谓欤?'子曰:'赐也,始可与言诗已矣,告诸往而知来者。'"另外在《八佾》篇还曾记有孔子与子夏的一次谈话:"子夏问曰:'巧笑倩兮,美目盼兮,素以为绚兮,何谓也?'子曰:'绘事后素。'曰:'礼后乎?'子曰:'起予者商也,始可与言诗已矣。'"从这两则例证来看,岂不足可见出孔子所赞美的"可与言诗"的弟子,原来都正是能够从诗句得到感发的人,而且这种感发还有一点值得注意之处,那就是他们感发之所得,往往与诗之原意并不完全相合。这种自由的感发,虽然也许并不被一般人认为是说诗之正途,但这种借由诗篇而引起自己情志之抒发的情况,却无疑是春秋时代的一种普遍的风尚。即如《左传》中关于当时各诸侯国互相聘问时"赋诗言志"的记载,便正是以个人对诗句之自由的感发联想为依据的一种实际的应用。所以《论语·季氏》篇中便也还记载有孔子所说过的"不学诗,无以言"的话。这句话与我们前面所引用过的孔子之重视"兴"的话,其实正可以互相参看,只不过"可以兴"是重在读诗之个人联想对于志意的感发,而"无以言"则是重在个人对诗句之联想在生活中实际的应用而已。若以这种联想说诗,虽然或者并非说诗之正途,然而却也正是这种活泼的感发的联想,才使得诗歌具有了一种生生不已的感发的生命。只不过这种重视诗歌之"可以兴"的自然感发之诗论,在汉儒手中却为之加上了一层狭隘的限制,而提出了所谓"美刺"之说。以为"比"是"见今之美,嫌于媚谀,取善事以喻劝之"[①]。这样一来,就不仅把"由心及物"与"由物及心"两种心物交感的基型的"比"与"兴"之意识活动,加上了一定要具有"美刺"之用心的限制,同时也把读者

---

① 见《周礼·春官·大师》郑注。

由作品所引起的感发加上了一层必须要依政教之"美刺"来立说的限制。

如果我们试将张惠言及王国维二家之词说，与前面所述及的"诗可以兴"及"比兴"的美刺之说互相参看，我们就会发现张氏所提出的"比兴变风之义"的论词标准，及其以屈子《离骚》的"初服"之意来解说温庭筠的《菩萨蛮》等小词，他所继承的乃是毛郑之以"比兴"及"美刺"说诗的传统，而王氏所提出的"境界"的论词标准，及其以"美人迟暮之感""三种境界"来解说五代两宋之小词，他所继承的则应是"诗可以兴"的传统。前者是有心比附的强求，而后者则属于自然的感发。假如我们将这两类说词人他们内心与作品相接触时的意识活动，来与作者的心物相感的"比兴"之意识活动相比较的话，则我们便不难认识到张氏说词之有意强求的态度，乃是属于一种"比"的方式；而王氏说词之着重感发的态度，则是属于一种"兴"的方式。关于张氏说词之长短得失，我们在以前的随笔中，已曾举过张氏对于温庭筠词之评说为例证作了相当的讨论。至于王氏说词之长短得失，以及"诗可以兴"的自由感发是否能作为一种说词的方式，这些问题我们都将留待以后的随笔中，再对之陆续加以讨论。

# 十一、从李煜词与赵佶词之比较看王国维
# 重视感发作用的评词依据

在上一则随笔中，我们既曾提出了中国传统诗论中对于"诗可以兴"的感发作用之重视，也曾提出说王国维之词论正是一种重视感发作用的"兴"的方式，现在我们就将举引王氏对词之评说的一些例子略加讨论。私意以为，在王氏的《人间词话》中，他对词之论说可以归纳为两种主要的方式：一种是以作品中所传达的感发作用之大小作为评词高下之依据的方式；另一种则是以作品的感发作用所引起的读

者之联想作为说词之依据的方式。即如他曾把南唐后主李煜的词与宋徽宗赵佶的词相对比，以为"其大小固不同矣"，便是属于前一种的评词方式；再如其以"美人迟暮之感"及"成大事业大学问"之三种境界来说五代两宋的一些小词，便是属于后一种的说词方式。为了篇幅的限制，此则"随笔"将先以讨论第一则词话为主。现在我们便先把这一则词话抄录下来一看：

> 尼采谓"一切文学，余爱以血书者"，后主之词，真所谓"以血书者"也。宋道君皇帝《燕山亭》词亦略似之。然道君不过自道身世之戚，后主则俨有释迦、基督担荷人类罪恶之意，其大小固不同矣。

在这则词话中王氏所提出来与李煜词相比较的赵佶的《燕山亭》词，上半阕所叙写的是美丽的春花被风雨摧残的景象，下半阕接写的则是对于故国的怀思。为了便于比较说明，我们也把这首词抄录下来看：

> 裁剪冰绡，轻叠数重，淡著胭脂匀注。新样靓妆，艳溢香融，羞杀蕊珠宫女。易得凋零，更多少无情风雨。愁苦！闲院落凄凉，几番春暮？　　凭寄离恨重重，这双燕何曾，会人言语。天遥地远，万水千山，知他故宫何处。怎不思量，除梦里有时曾去。无据，和梦也新来不做。

和赵佶的这首词相对照，李煜也写过一些哀悼春花被风雨摧残及对故国怀念的小词。为了便于作比较，我们现在便把李煜的两首词也抄录下来一看。第一首我们要抄录的是李煜的一阕《相见欢》词：

> 林花谢了春红，太匆匆！无奈朝来寒雨晚来风。　　胭脂泪，相留醉，几时重？自是人生长恨水长东！

另一首我们所要抄录的，是李煜的一首《虞美人》词：

> 春花秋月何时了？往事知多少。小楼昨夜又东风，故国不堪回首月明中！　　雕阑玉砌应犹在，只是朱颜改。问君能有几多愁？恰似一江春水向东流。

如果把李煜的这两首词与赵佶的《燕山亭》词相对比，则李之《相见欢》之写花之零落者，固恰好相当于赵词之前半阕；而李之《虞美人》之写故国怀思者，则恰好又相当于赵词之后半阕。在如此对比中，我们自不难看出赵词前半阕只是对花之美丽与零落的外表的描绘和叙写，虽然细致真切，但毕竟只是"形"而非"神"，故读之者便也只能自其所写的形貌上得到一种认知性的了解，而却缺少如李煜词之使人在心灵上足以引起一种强烈之共鸣的感动兴发的力量。

为了要对李煜词中感发作用之由来加以说明，我想西方新批评学派（new criticism）在评说诗歌时所使用的重视文字本身在作品中之作用的细读（close reading）的方式，对我们可能会有相当的帮助。因为文字本身乃是组成一篇作品的基础，文字所表现出的形象（image）、肌理（texture）、色调（tone colour）、语法（syntax）等，自然是评说一首诗歌时重要的依据。下面我们便将用这种"细读"的方式，对李煜词之所以能传达出一种强大的感发力量的缘故略加评析。先看此词开端之"林花谢了春红，太匆匆"，首先是"林花"二字所提示的指向满林花树的普遍包举的口吻，再加以"谢了"二字的强劲直接的述语，便已表现出了一种所有美好的生命尽皆已零落凋残之悲慨，再加以"春红"二字则进一步写已"谢了"的"林花"的品质之美。"春"是季节之美好，"红"是颜色之美好。由于这种包举的口吻和对品质的重点的掌握，遂使得"林花谢了春红"一句增添了一种象喻的意味，超越了对现实的"花"之零落的叙写，而显示出一种对所有品质美好的生命之零落的悼惜之感，而下面的"太匆匆"三个字，便正是对内心中此种悼惜之感的直接叙述和表达。下面的"无奈朝来寒雨晚来风"一句，则更是"朝"与"晚"两个字的对举，及"雨"与"风"两个字的对举再一次表现出一种普遍包举的口吻，于是朝朝暮暮雨雨风风的摧伤，也就有了一个超越了现实的象喻的意味。至于下面的"胭脂泪，相留醉，几时重"三个转折而下的短句，则又借花上之雨点与人之泪点的相似，把"花"与"人"作了紧密的结合，于是"相留醉"

者遂既可以是"花"对于赏花者的相留，也可以是"人"对于相爱者之相留了。而总结之曰"几时重"是花之凋谢与人之离别，一切都难以挽回的痛苦堪伤。于是乎无端其为花为人，凡属一切美好的有生之物遂尽在此凋零离别风雨摧伤的悲感之中了。所以在结尾之处乃逼出了"自是人生长恨水长东"一句沉悲极恨的哀悼之辞，其引人产生共鸣的感发力量之强大，自然绝非如赵佶之描绘形貌者所能企及的。

再看赵佶《燕山亭》词下半阕对故园怀思之情的叙写，其"天遥地远，万水千山，知他故宫何处"等句的叙写，虽然也写尽愁苦之态，但却如王国维所言，不过只是"自道身世之戚"而已，虽然即或能使读者对之产生同情，但却并不能使读者引起自己的感发的共鸣。而李煜的一首也是写故国之思的《虞美人》词，则和前面所举的那首《相见欢》词一样，也传达了一种深锐强大的感发。下面我们便将用"细读"的方式，对这首词也略加析说。此词开端之"春花秋月何时了？往事知多少"二句，只用短短两句话，便把永恒不变的宇宙与无常多变的人生作了鲜明而强烈的对比，而且把古今所有的人类都网罗在此无常的悲感之中了。下面的"小楼昨夜又东风"一句，是对首句中"春花"的承接，说"又东风"，一个"又"字正表示了"春花"之无尽无休的年年的开放，是对于"何时了"的呼应，而"故国不堪回首月明中"一句，则是对"往事知多少"的承接，而同时又以"月明中"呼应了首句的"秋月"。是以个人事例印证了永恒与无常所形成的人类共同扮演之悲剧。以下之"雕阑玉砌应犹在，只是朱颜改"二句，则是以更具体真切的形象，表现了常在与无常的又一次对比。"应犹在"是无生之物的常在，"朱颜改"是有情之人的无常。这首小词一共不过八句，而前面六句却将永恒常在与短暂无常作了三度对比，从宇宙的大自然，到个人的事例，再到具体的物象，于是此一无常之悲感，遂形成了一种使人觉得无可逃于天地之间的网罗笼罩之下，因而遂逼出了结尾二句的"问君能有几多愁？恰似一江春水向东流"的涵盖了全人类之哀愁的悲慨。所以王国维乃称李煜词"俨有释迦、基督担荷人类罪恶之意"，而认为其与赵佶相较"大小固不同矣"。王氏所说的"释迦、基督"云云，自非李词之本义，王氏只不过是以之喻说李词的感发力量之强大，可以引发天下人共有的一种哀愁长恨而已。由此看来，王氏之以感发作用之大小为衡量之标准的评词方式岂不显然可见？

我在多年前曾经写过一篇《〈人间词话〉境界说与中国传统诗说之关系》的文稿，对于传统诗说作过一点简单的探讨，以为中国所重视的乃是诗歌中所具有的一种感发的质素，因此曾提出说"就一位说诗者而言，则他对于诗歌的评赏，自然也当以能否体认及分辨诗歌中这种感发之生命的有无多少为基本之条件"。若就这方面而言，则王氏无疑乃是一位极具慧眼的评诗人。本文所讨论的这一则将李煜与赵佶相对比的词话，就恰好是对王氏以感发作用之大小为衡量高下之依据的评词方式之最好的说明。至于王氏以感发作用所引起之联想为说词之依据的例证，则因篇幅所限，只好留待下一次的随笔再对之加以讨论了。

## 十二、感发之联想与作品之主题

在前一则随笔中，我们对于王国维以感发作用之大小作为评词之依据的方式，已曾加以讨论，现在我们就将对王氏以感发作用所引起之联想作为说词之依据的方式，也略加讨论。在《人间词话》中，属于此类说词方式者，主要有两处明显的例证，一处是以"众芳芜秽，美人迟暮之感"来说南唐中主的《山花子》一词，另一处则是以"成大事业大学问"之三种境界来说晏殊诸人的小词。不过王氏在此二则词话中说词之口吻却并不完全相同，在前一则词话中，王氏曾批评他人之说以为"解人正不易得"，是对他人都加以否定而对自己则充满肯定的口吻；而在后一则词话中，王氏则自谓"遽以此意解释诸词，恐晏、欧诸公所不许也"，则是对自己完全不能肯定的口吻，其态度之不同，自是明白可见的。由于篇幅的限制，本文将先讨论第一则词话。

现在就把这一则词话抄录下来一看：

> 南唐中主词"菡萏香销翠叶残，西风愁起绿波间"，大有众芳
> 芜秽，美人迟暮之感。乃古今独赏其"细雨梦回鸡塞远，小楼吹
> 彻玉笙寒"。故知解人正不易得。

在这一则词话中，王氏所评说的乃是中主李璟的一首《山花子》
词，全词如下：

> 菡萏香销翠叶残，西风愁起绿波间。还与韶光共憔悴，不堪
> 看。　　　细雨梦回鸡塞远，小楼吹彻玉笙寒。多少泪珠无限恨，
> 倚阑干①。

王氏所谓古今独赏其"细雨"两句之说，最早首见于马令之《南
唐书》，为冯延巳对此词的赞美之言；其后又见于胡仔之《苕溪渔隐丛
话》，为王安石对此词的赞美之言②。而王国维却以为赞美此二句者不
是"解人"，而独赏其"菡萏香销"二句，以为有"众芳芜秽，美人迟
暮之感"，那么王氏所说又是否果然可信呢？

若想要辨明此一问题，我们就不得不对以前所写的几则"随笔"
略加回顾。原来在我们讨论《作为评词标准之境界说》的一则随笔中，
我们就已曾提出过作者写作时既有"显意识"之活动，也有"隐意识"
之活动，以为在以"言志"为主之诗篇中，其所写者乃大多为作者显
意识之活动。而在写相思离别的小词中，则作者虽然没有"言志"的
显意识的用心，但却往往于无意中流露了自己隐意识之活动。又在
《要眇宜修之美与在神不在貌》一则随笔中，提出过作者除了作品中所
写的外表情事以外，更可能还于不自觉中流露有自己的某种心灵感情
的本质。因此，一位优秀的说词人在赏析评说一首小词时，就不仅要
明白作品中所写的外表情事方面的主题，还更贵在能掌握作品中所流
露的作者隐意识中的某种心灵和感情的本质，从而自其中得到一种

---

① 李璟此词异文颇多，本文所录以王国维辑本《南唐二主词》为据。

② 据胡仔《苕溪渔隐丛话·前集》卷五九引《雪浪斋日记》。王安石虽曾赞美此二句词，
然而却曾误以为乃后主李煜之作。

感发。

　　若从主题与感发两个方面来看，则据《南唐书》之记载，此词原为李璟写付乐工王感化去歌唱的一首歌辞，其内容原不过只是写思妇相思离别之情而已，这可以说乃是一般所可见到的作品之主题。而"细雨梦回鸡塞远，小楼吹彻玉笙寒"二句，则正为此一主题的中心之所在，其所写者乃是思妇在细雨声中梦醒，然后乃憬然觉悟到梦中所见的征夫仍然在鸡塞之远。所谓"觉来知是梦，不胜悲"，于是乃不复成眠，因而乃有下一句之"小楼吹彻玉笙寒"之情事，表现出无限孤寒凄寂之感。是则就此词显意识中所写之思妇之情的主题言之，则"细雨"二句固当为此词主要重点之所在，而且此二句在对偶及用字方面又复写得如此精致工丽，然则前人之多赞赏此二句者，实可谓之为极为有见之言。不过值得注意的乃是，李璟既并非思妇，则此一主题之所写自然并不属于作者"言志"的自我之情意，却反而是在开端的"菡萏香销"两句中，透过了对景物的叙写，于无意中流露有一种充满感发之力的作者隐意识中的心灵和感情的本质。而王国维就正是最能掌握这种感发之本质的一位说词人。以下我们就将从感发作用方面，对"菡萏香销"二句之所以为好，略加论述。

　　先看"菡萏香销翠叶残"一句。本来"菡萏"即是荷花，而"翠叶"也即是荷叶。不过，若以我们在一则"随笔"中所提到的西方新批评学派之"细读"的方式来评析，我们就会发现这些词语意义虽然相同，但它们所予人的感受在品质上却是不同的。"荷花"一词较为通俗，而"菡萏"一词则另具一种庄严珍贵之感。而"翠叶"之"翠"字也不仅说明了荷叶之翠色，同时也还可以使人引起对翡翠及翠玉等珍贵的制品之联想。然后于"菡萏"之下用了"香销"二字的叙写，"香"字也同样传达表现了一种芬芳的品质之美，与"菡萏"及"翠叶"所予人的珍美之感正相承应。而"销"字所表现的无常之消逝的哀感，又正与"翠叶残"之"残"字所表现的摧折残破的哀感互相承应。于是在这种珍贵美好之品质与消逝和摧伤之哀感的重复出现之中，遂使得这两句词所写的荷花与荷叶之零落凋残的景象，因而有了一种象喻的意味，似乎隐然表现了一种对一切珍贵美好之生命都同时走向了消逝摧伤的哀悼。

至于"西风愁起绿波间"二句，则是写此一作为珍贵美好之生命象喻的"菡萏"所处身的整个背景之萧瑟凄凉。何况就花而言，则"绿波"原为其立根托身之所在，而今则"绿波"之间既已"西风愁起"，是其摧伤零落乃竟无可逃于天地之间，当然就更增加了一种悲恐惶惧的忧伤。所以乃以一写情之"愁"字，加在了本来只是写景物的语句之中。而"愁起"者遂不仅为"西风"之"愁起"，同时也引动了通篇感发之"愁起"矣。而更可注意的则是这种对植物之零落凋伤的叙写，在中国文化中乃是具有一种象喻之传统的。早在《诗经·小雅·四月》就曾经有过"秋日凄凄，百卉俱腓。乱离瘼矣，奚其适归"的句子，表现了由秋日草木百卉之凋伤所引发的在时代离乱中无所遁逃的哀感；其后在屈原的《离骚》中，则更曾有过"惟草木之零落兮，恐美人之迟暮"的句子，把芬芳美好的植物与象喻着才人志士的美人相结合，借草木之零落喻托了年命无常志意落空的悲慨；于是从宋玉《九辩》之"悲哉秋之为气也，萧瑟兮草木摇落而变衰"开始，"悲秋"遂成为在中国古典诗歌中经常出现的一个"母题"（motif）。因此王国维之从"菡萏香销翠叶残，西风愁起绿波间"二句词，而引起了"众芳芜秽，美人迟暮"的联想，自然便也是有着悠久的文化传统为依据的了。

不过，王国维之联想虽然有其语言作用与文化传统之依据，但这种解说究竟是否便与作者之原意相符合，当然也还是一个值得探讨的问题。就作者之原意来看，则如我们在前文之所言，此词显意识之所写固原为闺中思妇之情。这种情事自表面看来与"美人迟暮"之喻托虽然似乎是截然不同之二事，但自《古诗十九首》之写思妇之情，就曾说过"思君令人老，岁月忽已晚"的话，李璟此词在"菡萏香销"二句之后便也曾写了"还与韶光共憔悴"的话。是则思妇之恐惧于韶华流逝容颜衰老之情，在本质上与"众芳芜秽，美人迟暮"的悲慨之情固也原有其可以相通之处。李璟这首词就作者而言在其显意识中的主题虽然可能只是写闺中思妇之情，然而却于不自觉中也正传达出了其隐意识中的一种"众芳芜秽，美人迟暮"的象喻性的悲慨。而王国维之所说乃正为一种"在神不在貌"的直探其感发之本质之评说。而且就作者李璟所处身的南唐之时代背景而言，其国家朝廷在当日固正处于北方后周的不断侵逼之下，因此这首词之"菡萏香销"二句所表现的一切都在摧伤之中的凄凉衰败的景象，也许反而才正是作者李璟在隐意识中的一份幽隐的感情之本质。而王国维却独能以其直接之锐感探触及之，这实在正是王国维说词的最大的一点长处与特色之所在，也正是他何以敢于批评他人之赏"细雨梦回"二句者，以为"解人正不易得"的缘故。

## 十三、三种境界与接受美学

在上一则随笔中，我们曾提出过王国维以联想来说词有两种不同的方式：第一种是以充满肯定的口吻说南唐中主李璟的《山花子》词首二句有"众芳芜秽，美人迟暮之感"；第二种则是以完全不肯定的口吻说晏殊诸人之小词，以为其有"成大事业大学问者"的"三种境界"。关于第一种说词方式，我们已在前一则随笔中，对之作了相当的讨论，现在我们就将对其第二种说词方式也略加讨论。首先我们要把这一则词话抄录下来一看：

> 古今之成大事业大学问者，必经过三种之境界："昨夜西风凋碧树，独上高楼，望尽天涯路"，此第一境也；"衣带渐宽终不悔，为伊消得人憔悴"，此第二境也；"众里寻他千百度，回头蓦见，那人正在，灯火阑珊处"（注：王氏引用辛词与辛弃疾原词版本微有不同），此第三境也。此等语皆非大词人不能道，然遽以此意解

释诸词，恐为晏、欧诸公所不许也①。

在这一则词话中，第一种境界所引的是晏殊《蝶恋花》（槛菊愁烟兰泣露）一词中的句子，第二种境界所引的是柳永（一作欧阳修）《凤栖梧》（一名《蝶恋花》）（伫倚危楼风细细）一词中的句子，第三种境界所引的是辛弃疾《青玉案》（东风夜放花千树）一词中的句子。如果就这三首词的原意来看，晏殊词中所写的乃是闺中的女子对于远行之人的怀念之情，柳永一词所写的乃是远行的游子对于所爱之女子的怀念之情，辛弃疾一词所写的乃是对于所爱之人由寻觅到相逢的惊喜之情。他们词中的本意，可以说与所谓"成大事业大学问"的"三种境界"都根本全不相干，亦正如李璟之《山花子》（菡萏香销）一词之本意原是写思妇之情，与所谓"众芳芜秽，美人迟暮之感"也全不相干一样，可以说都是读者的一种联想。然而王国维在这两则词话中，却表现了极不相同的口吻，在说李璟词时表现得极为肯定；而在说晏殊诸人词时，则表现得极不肯定。使之产生这种差别的原因究竟何在？这是我们在探讨此一则词话时，首先要说明的问题。

本来我们在前几则随笔中，已曾多次提出王国维对词之评说乃是以作品中所传达的感发作用为依据的。只不过其所依据的方式则各有不同。当其评说李煜词时，以赵佶为对比，而谓其大小不同，这是以感发作用之大小为评词高下之标准的一个例证，其着眼点乃全在于要对原作品本身之价值作出正确的衡量，这自然是评词时的一种重要的品评方式。当其评说李璟词时，谓其《山花子》之首二句有"众芳芜秽，美人迟暮之感"，其所说虽非此词思妇之主题的本意，但王氏所掌握的感发之本质，则与作品之主题的意旨，却原是有着相通的一致之

---

① 晏殊《蝶恋花》原词为："槛菊愁烟兰泣露。罗幕轻寒，燕子双飞去。明月不谙离恨苦，斜光到晓穿朱户。昨夜西风凋碧树。独上高楼，望尽天涯路。欲寄彩笺兼尺素，山长水阔知何处。"柳永（一作欧阳修）《凤栖梧》（一作《蝶恋花》）原词为："伫倚危楼风细细，望极春愁，黯黯生天际。草色烟光残照里，无言谁会凭阑意。拟把疏狂图一醉，对酒当歌，强乐还无味。衣带渐宽终不悔，为伊消得人憔悴"。辛弃疾《青玉案》原词为："东风夜放花千树，更吹落、星如雨。宝马雕车香满路，凤箫声动，玉壶光转，一夜鱼龙舞。蛾儿雪柳黄金缕，笑语盈盈暗香去。众里寻他千百度，蓦然回首，那人却在，灯火阑珊处。"

处的。因此王氏才敢于以充满自信的肯定的口吻来指称他人之所说者并非"解人"。至于本则词话之以"三种境界"来评说晏殊诸人的一些词句，则可以说乃是完全出于王氏读词时一己之联想，与原词之主题本意全不相干，这自然是他之所以要用不自信的口吻来表明"遽以此意解释诸词，恐晏、欧诸公所不许也"的缘故。而由此也就引出了另一问题，那就是王氏之所说既与作品之原意已经全不相干，那么以此种方式来说词究竟是否可取的问题了。

关于此一问题，早在我们讨论《"比兴"之说与"诗可以兴"》的一则随笔中，原来也曾提出过孔门说诗对于读者的自由联想之重视。只不过孔门说诗之重视自由联想，仍只是但将之视为诗歌之一种兴发感动的作用，而并未曾将之视为说诗之一种方式。至于真正认识到读者之自由联想之值得重视者，则实在当推常州词派之词论。谭献在《复堂词录·叙》中就曾公开提出了"甚且作者之用心未必然，而读者之用心何必不然"之说。而这种说法与近日西方之读者反应论（reader response）及接受美学（aesthetic of reception）之说，却恰好颇有暗合之处。这一派西方理论之兴起，与我们在以前"随笔"中所曾提出过的"阐释学""现象学""符号学"等理论，也都有相当密切的关系。因为一篇文学作品，如果作为一个传达信息的符号来看，则其所传达之信息必然要有一个接受此信息的对象，也就是一个读者。早在我所写的《张惠言与王国维对美学客体之两种不同类型的诠释》一则"随笔"中，我们就已曾引用过一位捷克的结构主义评论家莫卡洛夫斯基（Jan Mukarovsky）及波兰的现象学理论家罗曼·英伽登（Roman Ingarden）的话，说明过一切作品在未经读者阅读前，都只是一个艺术成品（artefact），而并不是一个美学客体（aesthetic object）。因此德国著名的接受美学家伊塞尔（Walfgang Iser）在其《阅读过程：一个现象学的探讨》（"The Reading Process：A Phenomenological Approach"）一文中，就曾正式提出说文学作品具有两个极点（two poles），一方面是作者，另一方面是读者。我们对于作品的文本

(text）及对于读者的反应活动，应该加以同样的重视。而且读者对作品的反应永远不能被固定于一点，而阅读的快乐就正在其不被固定的活动性（active）和创造性（creative）①。只不过伊塞尔多将此种理论用于对小说之评论及分析，而另一位接受美学家尧斯（Hans Robert Jauss）则曾将接受美学用于对诗歌之评论及分析，以为一篇诗歌的内涵可以在读者多次重复的阅读中，呈现出多层的含义，读者的理解并不必然要作为对作品本文意义的解释和回答②。此外还有一位意大利的接受美学的学者弗兰哥·墨尔加利（Franco Meregalli），在其《论文学接受》（"Sur La Réception Littéraire"）一文中，则曾按阅读性质之不同，将读者分别为以下数类：其一是一般性的读者，他们只是单纯的阅读，而并无意对作品作任何分析和解说；另一种则是超一层的读者（metalecteurs），他们对于作品有一种分析和评说的意图；还有一种读者，他们带有一种背离作品原意的创造性（la trahision créative），这一类读者是把作品只当作个起点，而透过自己的想象可以对之作出一种新的创造性的诠释③。如果依墨氏的说法来看，则王国维的"三种境界"之说，无疑乃是属于这种带有创造性之背离原意的一种读法。而这种承认读者之可以发挥自己之创造性的理论，在西方的接受美学中，正在受到日益加强的承认和重视。只不过他们却也曾提出了一种限制，以防止荒谬随意的妄说。那就是一切解说，无论其带有何等新奇的创造性，却必须都以文本（text）中蕴含这种可能性为依据。而一个伟大的好的作者，则大多能够在其作品中蕴含丰富的潜能，因而才可以使读者引发丰富的联想。所以王国维在这一则词话的结尾之处，乃又提出说"此等语皆非大词人不能道"，也就是说只

---

① Wolfgang Iser, *The Implied Reader* (Maryland: The Jonns Hopkins University Press, 1978), pp. 274—275.

② Hans Robert Jauss, *Toward an Aesthetic of Reception* (Minnesota: University of Minnesota Press, 1982), pp. 139—142.

③ Franco Meregalli, "*Sur la Réception Littérair*", *Revue de Littérature Comparée*, no. 2, (1980).

有伟大的词人才能够在他的作品中写出蕴含如此富于潜能的词句，因而引起读者如此丰富的联想。而如果按照西方接受美学中作者与读者之关系而言，则作者之功能乃在于赋予作品之文本以一种足资读者去发掘的潜能，而读者的功能则正在使这种潜能得到发挥的实践。然而读者的资质及背景不同，因此其对作品之潜能的发挥的能力也有所不同。所以王国维在另一则词话中，谈到"诗人之境界"与读者之关系时，就也曾提出说"读其诗者"，"亦有得有不得，且得之者亦各有深浅焉"。而王氏自己无疑乃是一位极长于发挥作品之文本中所蕴含之潜能，而对之作出富于创造性之诠释的优秀说词人。只是如果就西方接受美学之理论中对这种自由联想与文本之关系而言，王氏之所说是否为一己随意之妄说？抑或在文本所蕴含之潜能中，可以为之找到任何足以支持其作出此种评说之依据？这当然也还是一个有待探讨的问题，不过本文为篇幅之限制，只好在此结束。留下的问题，只能在下一则随笔中再对之加以讨论了。

## 十四、文本之依据与感发之本质

在前一则随笔中，当我们讨论王国维"三种境界"之说的时候，曾经提出过一个问题，那就是西方的接受美学一方面既曾公开地提出了读者之联想可以有背离作品原意的自由，而另一方面却又曾提出说一切联想都应以原来的文本（text）为依据。因此我们一方面虽承认了王国维以"三种境界"来评说晏殊诸人之小词的自由联想，而另一方面我们就还要为他的这种富于创造性的一己之联想，在他所评说的那些小词的文本中找到依据。

本来我们早在《感发之联想与作品之主题》一则随笔中，已曾提出过王氏之以联想说词，主要乃是以作品中所传达的一种感发作用之本质为依据的。王氏之以"众芳芜秽，美人迟暮之感"说李璟的《山花子》一词，其所依据者乃是文本中所传达的感发之本质；王氏之以

"三种境界"说晏殊诸人的小词，其所依据者也仍是作品在文本中所传达的感发之本质。只不过前者所说与李璟词全篇之意旨有可以相通之处，因此王氏之所说乃充满了肯定的口吻；而后者所说则只是断章取义，与原词全篇之意旨并不相合，因而王氏所说乃充满了不肯定之口吻。只不过若就其断章的文本来看，我们就会发现其间也仍是有感发作用为之依据的。先看"昨夜西风凋碧树，独上高楼，望尽天涯路"几句文本，首句之"昨夜"，表现了一种新来的转变；"西风"表现了一种肃杀的扫除一切的力量；"碧树"则表现了浓荫之荫蔽；而句中的"凋"字则表现了此种浓荫之荫蔽已因西风之吹扫而凋落。如果我们只就这七个字在本句中表面一层的意思来看，其所写者自然只是秋风中草木的凋零；然而若就其与下面二句"独上高楼，望尽天涯路"所写的高楼望远之情意的呼应而言，则开拓出了一片天高地远的广阔的眼界。继之以"独上高楼，望尽天涯路"，其"高楼"之形象既表现了一种崇高感，而"天涯路"则表现了瞻望之广远，"独上"二字又表现了一种孤独的努力，"望尽"二字则表现了一片怀思期待之情。若从这几句所表现的感发作用之本质来看，我们便可发现这种在寂寥空阔脱除障蔽之后的登高望远的情意，原来与成大事业大学问者对高远之理想的追寻向往之情，在本质上原也是有着可以相通之处的。所以王氏乃以"第一种境界"来说这几句词，这种说法与原词全篇之意旨虽然未必相合，然而如果仅就这几句词断章取义来看，则王氏之所说在其文本所传达的感发之本质方面，便原来亦自有其可以依据者在。再看"衣带渐宽终不悔，为伊消得人憔悴"两句文本，这两句词表面也只是写对于所爱之人的相思怀念之情而已。上句的"衣带渐宽"与下句的"人憔悴"相呼应，极写其相思怀念之苦。而上句的"终不悔"则直指向下句的"为伊消得"，重点完全在"为伊"二字，极力表现出此"伊"人之为唯一不可代替的相思怀念的对象，"憔悴"是"为伊"，"终不悔"也是"为伊"。本来写相思怀念之情也原是小词中常见的主题，只是这两句词对于所爱之人既写得如此不可代替，对于怀思之情也写得如此无法弃置，因此就其感发之本质而言，遂使之俨然有一种如屈《骚》中所写的"亦余心之所善兮，虽九死其犹未悔"的精神境界。而这种专一执着殉身无悔的精神，自然是成大事业大学问之人在其追寻理想的艰苦过程中，所必须具备的一种情操。是则王氏的"第二种境界"之联想，若就此二句词在文本中所传达的感发之本质而言，也原是可以找到依据的。至于第三例之文本"众里寻他千百度，回头蓦见（按：原词作"蓦然回首"），那人正在（按原词作"却在"），灯火阑珊处"三句词，则本是写经过长久寻觅之后，蓦然见到自己所爱之人的一种惊喜之情。首句"众里寻他千百度"写寻觅的长久和辛苦，次句"回头蓦见"，写果然见到时的意外的惊喜，三句"那人正在，灯火阑珊处"，"那人"二字与前一词例中之"为伊"二字同妙，都表现了其所怀思所追寻者之为唯一不可替代的对象。而"正在灯火阑珊处"则表现了此一对象之迥然不同于流俗，也表现了真正理想的寻获，其可贵的境界必不在于声色迷乱的场所。像这种在爱情方面的追寻与获得的经历和感受，对于追求大事业大学问者而言，在本质上自然也是有着可以相通之处的。

以上我们既然对王氏"三种境界"之说在文本中的依据也已经作了探讨，现在我们就更可以充分肯定地说，王氏之以联想说词乃是以作品之文本所传达的感发作用之本质为依据的。所谓"感发作用之本质"，这是我自己所杜撰的一个批评术语。我以为对作品中"感发作用之本质"的掌握，乃是想要理解王国维词论中的"境界"及"在神不在貌"诸说的一个打通关键的枢纽。关于此种"本质"之重要性，早在《作为评词标准之境界说》一则随笔中，我已曾提出说王氏之所谓"境界"并不指作品中所表现的作者显意识中的主题和情意，而是指"作品本质所呈现的一种富于兴发感动之作用的作品中之世界"；又在《要眇宜修之美与在神不在貌》一则随笔中，也曾提出说"就读者而言，除去追寻其显意识的原意以外，也还更贵在能从作品所流露的作者隐意识中的某种心灵和感情的本质而得到一种感发"。凡此种种，都可以证明王氏之词论乃是以作品中所传达的"感发作用之本质"为依据的。而且我以为这种超过作品表面显意识的一层情意更体认到作品深一层的感发之本质的说词方式，与西方现代的一些理论也颇有暗合之处。即如西方由存在主义及现象学所发展出来的所谓"意识批评家"（critics of consciousness），他们就曾提出一个批评术语，称为"经验的形态"（patterns of experience），指作者某种基本心态在作品中的流露①。即如王氏所提出的"三种境界"之说，或"众芳芜秽，美人迟暮"之说，此在作者显意识中，虽然都不见得有这种明显的用意，然而这些词句的文本却于无意中流露了作者心态的一种基本样式，因此遂自然含有一种感发的力量，也就是我所说的一种感发之本质。因此这种感发所引起的读者的联想，虽然不必是作品显意识中的主题意义之所在，但却与作者的心灵感情之品质必然有着密切的关系。而我以为这也就正是王国维何以一方面既曾说"遽以此意解释诸词，恐晏、欧诸公所不许"，而另一方面却又说"此等语皆非大词人不能道"的缘故。

至于如何掌握这种感发之本质，当然一切都当以作为表达之符号的文本为依据。在前几则随笔中，我们于讨论李煜之《相见欢》词中之"林花谢了春红"及"无奈朝来寒雨晚来风"诸句时，已曾举出"春红"的品质之美，及"朝暮风雨"之口吻的普遍包举所形成的感发力量之强大；又于讨论李璟《山花子》词中"菡萏香销翠叶残"二句时，曾经提出过"菡萏"与"荷花"二词之意义虽相近而予人之感受则有所不同，这种差别在感发作用中遂传达出不同的效果。当时我曾提出了所谓"细读"的方式。其实近代西方符号学对于语言符号之品质结构的探讨，已经有了较西方新批评之所谓"细读"更为精密的理论。他们把对于这种精密的品质和结构的研究称为"显微结构"（mi-

---

① 关于所谓"patterns of experience"，请参看美国拉瓦尔（Sarah N. Lawall）所著之《意识批评家》（*Critics of Consciousness*）一书。

cro-structures)①。王国维写《人间词话》时，当然还不知道有所谓"经验形态"与"显微结构"之说，然而王氏在说词时所重视的以联想说词的方式，却实在正显示了他对于"文本"之品质与结构所传达的感发之本质，有一种极精微的辨认和掌握的能力。而且王氏所掌握的小词中之富于感发作用的特质，无疑乃是五代宋初之小词的一种最高的成就。王氏词论所蕴含的敏锐的感受和辨识的能力，是极值得我们加以注意的。

## 十五、结束语

自从 1986 年秋季我应《光明日报·文学遗产》编辑之邀，为之撰写随笔以来，迄今已有两年之久了。但事实上《文学遗产》一版却自 1987 年 3 月以后就已经被《光明日报》取消了。经我与编辑先生联系的结果，他表示"随笔"一栏仍将在其他版面陆续刊出，但从此以后，这些文稿遂处了一种打游击的状态。而且我当初于撰写之时在每篇随笔的标题之后本来都曾编写过一个次第号码，如"之一""之二""之三"等，但在刊出时这些号码都被取消了。如此当不定期的游击打得久了，自然就不免给读者们增加了许多困惑。何况自从 1987 年 8 月我返回加拿大之后，可能因邮寄不便，无论是待校的小样或刊出的文稿，我都有很长时期未曾收到。当时我以为《光明日报》可能已不再刊出这些文稿了，因此自 1987 年 11 月以后，当我忙于其他工作时，遂停止了对随笔的撰写。直到今年（1988 年）暑期我再度回国，见到了《光明日报》的编辑先生，才知道这些文稿虽在打游击的状况下，却仍在继续刊出中。我对编者的厚爱虽深为感谢，但因如我在随笔之前言中之所言，我的这些随笔原属一种"长文短写之方式"，每篇彼此之间原有一种互相承应的因果关系，长期打游击的刊出方式，我想无

---

① 关于所谓"micro-structures"，请参看美国艾柯（Eco Umberto）所著之《符号学的一种理论》（*A Theory of Semiotics*）一书。

论对编者或读者而言，势必都将造成很大的不便，因此遂与编者先生商议，是否可将此随笔告一结束。虽幸蒙编者同意，但却要我再写一段结束的话，这就是我终于又提起笔来草写了这一篇《结束语》的缘故。

在过去所刊出的十四则随笔中，我们对于词之易于引发读者的衍义之联想的特质，以及张惠言和王国维二家对于衍义之评说的两种不同方式，都曾作了相当的讨论。在讨论中且曾引用西方之现象学、诠释学、符号学、接受美学、读者反应论和新批评理论，对张、王二氏评词之两种不同方式的理论依据分别作了探讨和说明。约而言之，则张惠言对词之衍义的评说，乃大多是以词中的一些语码为依据的；而王国维对词之衍义的评说，则大多是以词中所传达的感发之本质为依据的。张氏之评说大多属于一种政治性和道德性的诠释；而王氏之评说则大多属于一种哲理性的诠释。张氏所依据的语码多重在类比的联想，似乎更近于"比"的性质；而王氏所依据的感发之本质则多重在直接的感发的联想，似乎更近于"兴"的性质。这两种评词方式的角度与联想的方式虽然不同，但却同样是产生自作品之文本中所引申出来的一种衍义的联想作用。以上所言，乃是我对过去十四则随笔中所曾讨论过的问题，所作的一个极为概略性的总结。写到这里，我们的随笔本已经大可告一段落了。但我却还想借此机会再说几句未了的话。

不知读者们是否还记得，我在随笔的第一则《前言》中，原曾说明过我之所以要引用西方的文学理论来诠释中国的古典文学批评，乃是因为近来国内年轻的一代正流行着一种向西方现代新潮去追寻探索的风气？而且我个人也以为"如何将此新旧中西的多元多彩之文化加以别择去取及融会结合"，"正是今日处于反思之时代的青年们所当考虑的一项重要课题"。因此我便不仅在此一系列的随笔中曾引用了若干西方的新理论，同时在 1987 年 2 月和 1988 年 7 月先后两次"唐宋词"和"古典诗歌"的欣赏讲座中，也都曾引用了不少西方的理论。当时曾有几位青年听众对我提出过一些性质相似的问题，一个问题是："你所提及的这些西方理论，我们也都曾涉猎过，可是我们从来没想到把它们与中国古典诗歌联系起来，你是怎样把它们联系起来的呢?"另一个问题是："你讲的诗词欣赏，我们听了也很感兴趣，但这在实际生活中，对我们有什么用处呢?"关于第一个问题的答复，我以为是由于这些青年们虽然热衷于学习西方的新理论，但却对于自己国家的古典文化传统已经相当陌生，而这种陌生遂形成了要将中西新旧的多元多彩之文化来加以别择去取和融会结合时的一个重大的盲点。因此即使他们曾涉猎了一些新理论，也可以在言谈著作中使用一些新的理论术语，但却并不能将这些理论和术语在实践中加以适当的运用，这自然是一件极可遗憾的事情。关于第二个问题的答复，我以为是由于他们之所谓"有用"，乃是只就眼前现实功利而言的一种目光极为短浅的价值观念，而真正的精神和文化方面的价值，则并不是由眼前现实物欲的得失所能加以衡量的。近世纪来，西方资本主义过分重视物质的结果，也已经引起了西方人的忧虑。1987 年美国芝加哥大学的一位名叫布鲁姆（Allen Bloom）的教授，曾出版了一册轰动一时的著作《美国心灵的封闭》（*The Closing of the American Mind*）。作者在书中曾提出他的看法，以为美国今日的青年学生在学识和思想方面已陷入了一种极为贫乏的境地，其结果则是对一切事情都缺乏高瞻远瞩的眼光和见解。这对于一个国家而言实是一种极可危虑的现象。至于学习中国古典诗歌的用处，我个人以为也就正在其可以唤起人们一种善于感发的、富于联想的、活泼开放的、更富于高瞻远瞩之精神的不死的心灵。关于这种功能，西方接受美学也曾经有所论及。我在《三种境界与接受美学》一则随笔中，已曾提出说"按照西方接受美学中作者与读者之关系而言，则作者之功能乃在于赋予作品之文本以一种足资读者去发掘的潜能，而读者的功能则正在使这种潜能得到发挥的实践"。而且读者在发掘文本中之潜能时，还可以带有一种"背离原意的创造性"，所以读者的阅读，其实也就是一个再创造的过程。这种过程往往也就正是读者自身的一个演变和改造的过程。而如果把中国古典诗歌放在世界文学的大背景中来看，我们就会发现中国古典诗歌实在是富于这种兴发感动之作用的文学作品，这正是中国诗歌的一种宝贵的传统。而现在有一些青年人竟因为被一时短浅的功利和物欲蒙蔽，而不再能认识诗歌对人的心灵和品质的提升的功用，这自然是另一件极可遗憾的事情。如何将这两件遗憾的事加以弥补，这原是我这些年来的一大愿望，也是我这些年之所以不断回来教书，而且在讲授诗词时特别重视诗歌中感发之作用的一个主要的原因。虽然我也自知学识能力都有所不足，恐终不免有劳而少功之诮，只不过是情之所在，不克自已而已。本来我还曾计划在讨论过词之特质及张惠言和王国维二家的词论以后，再提出一此词例来作一点实践的评赏工作，来对文本之潜能与读者的感发和再创造的关系，作一点更为细致深入的讨论和发挥，但现在我却决定将随笔就在此告一结束。至于词例的欣赏，则我于 1987 年春的一次"唐宋词欣赏"的系列讲座，对许多名家的词例都已曾作过相当的评说，而且当时的讲演录音已由朋友们加以整理，即将于最近出版，还有当时的录影与录音也已整理出版。凡我在随笔中所谈到的一些空洞而且支离破碎的理论，都将在那些讲稿及录影与录音中得到实践的、具体的，而且较为系统化的说明。

# 迦陵年表

张　静　可延涛　整理

1924 年，7 月 2 日（农历六月初一），生于北京察院胡同二十三号（旧十三号）四合院祖居旧宅的东厢房。

1927 年，父母开始教识汉字，授以四声之辨识。

1930 年，从姨母读"四书"，又从伯父诵读唐诗。

1934 年，插班考入北京笃志小学五年级。始作绝句、文言文。

1935 年，以同等学力考入北京市立女二中。始填词。

1941 年，考入北京辅仁大学国文系，当时的校长为史学家陈垣先生，系主任为目录学家余嘉锡先生。10 月下旬，母亲病逝。

1942 年，听顾随先生讲唐宋诗词课程。诗词创作渐丰，经顾随先生推介首次发表词作于北京报刊，取笔名"迦陵"。

1943 年，秋，在广济寺听《妙法莲华经》。

1945 年，大学毕业，任佑贞女中、志成女中及华光女中三校国文教师。

1948 年，春，赴南京，3 月 29 日在南京成婚，后一度任南京私立圣三中学国文教师。11 月，随其夫赵锺荪工作迁转赴台湾。

1949 年，春，开始任台湾彰化女中国文教师。8 月，长女言言出生。12 月 25 日，丈夫因"思想问题"被捕，入狱三年。

1950 年，6 月底 7 月初，与彰化女中校长皇甫珪女士及其他五位教师一起因"思想问题"被拘询，携带哺乳中未满周岁的女儿同被拘留，后虽因查无实据被释放，但因此失去教职。失业时，因无地安身，曾在亲戚家以打地铺方式，携女寄居数月。其后，经人介绍在台南私立光华女中任国文教师数年。期间曾应亲友之邀，撰写《说辛弃疾〈祝英台近〉》一文及《夏完淳》小书一册。

1952 年，丈夫赵锺荪获释。

1953 年，9 月，次女言慧出生。

1954 年，暑期，因台北第二女子中学之聘，全家迁至台北，与父亲合住在信义路二段一六八巷父亲单位的宿舍。担任台北第二女子中学高中一年级"礼""智"两班国文课。被台湾大学聘为兼职教师。

1955 年，受聘为台湾大学专任教师（因二女中校长王亚权女士挽留，继续在二女中兼课，直至送执教的两班学生毕业），长达十四年，先后讲授大学国文、历代文选、诗选、杜甫诗等课程。夏季，开始在"浸信会"教会教主日学。

1956 年，夏，受台湾地区教育相关部门主办的文艺讲座之邀讲授唐宋词选读课程，共五周。

1957 年，正式辞去台北二女中教职。

1958 年，被聘为台湾淡江文理学院（后改名为淡江大学）兼任教授，长达十一年，先后开设诗选、词选、曲选、陶谢诗、杜甫诗、苏辛词等课程。

1961 年，辅仁大学在台湾复校，受聘为兼任教授，长达八年，先后开设诗选、词选等课程。开始受邀至台湾教育电台播讲大学国义。

1962 年，春，与台大学生一同郊游野柳。

1965 年，台湾教育电视台成立，应邀播讲《古诗十九首》。

1966 年，暑期，应邀赴美国哈佛大学任访问学者，9 月开学后赴密歇根大学任客座教授。

1967 年，1 月，参加美国学术团体协会（American Council of Learned Societies）在北大西洋百慕大岛（Bermuda Island）举办的以"中国文类研究"（Studies in Chinese Literary Genres）为主题的国际会议，提交英文论文《谈梦窗词的现代观》（*Wu Wen-Ying's Tz'u*：

*A Modern View*）。与会者都是西方著名汉学家，如英国牛津大学的霍克斯（David Hawkes）教授、美国耶鲁大学的傅汉思（Hans Hermannt Frankel）教授、康奈尔大学的谢迪克（Harold Shedick）教授、加州大学的白芝（Cyril Birch）教授、哈佛大学的韩南（Patrick Hanan）教授与海陶玮（James R. Hightower）教授，还有不少知名的华裔西方学者，如刘若愚、夏志清、陈世骧诸教授。会后，返密西根大学任教。7月，应邀再次以访问教授名义自密西根赴哈佛。

1968年，春，在哈佛观看张充和及其弟子李卉的昆曲演出，作诗相赠。应赵如兰女士之邀，为赵元任先生所作歌曲填写歌词《水云谣》一首。秋，在美客座讲学期满返台。

1969年，9月，赴加拿大温哥华，执教于加拿大不列颠哥伦比亚大学（University of British Columbia，简称UBC）亚洲学系（Department of Asian Studies），任客座教授。秋冬之际，陆续接丈夫、女儿及父亲赴温哥华团聚。

1970年，年初，获聘加拿大不列颠哥伦比亚大学终身教授，之后在此校执教的十九年中开设过中国文学史简介、中国古文选读、中国历代诗选读、唐宋词选读、博士论文专题讨论等课程。先后指导的研究生有施吉瑞（Jerry D. Schmidt）、白瑞德（Daniel Bryant）、罗德瑞（Terry Russell）、施逢雨、余绮华（Teresa Yu）、梁丽芳（Laifong Leung）、王仁强（Richard King）、方秀洁（Grace S. Fong）等。12月，赴加勒比海之处女群岛（Virgin Islands）再次参加美国学术团体协会举办的有关中国文学评赏途径的国际学术会议，与日本汉学家吉川幸次郎教授及美国威斯康星大学周策纵教授相遇，有唱和诗多首。

1971年，2月10日，父亲因脑出血病逝于温哥华。暑期，游访欧洲（英国、法国、德国、意大利、瑞士、奥地利）。

1973年，赴加拿大渥太华中国大使馆递交回国探亲申请。

1974年，暑期，回国探亲、旅游，创作一千八百七十八字的七言古风《祖国行长歌》。

1976 年，1 月，为联合国中国代表团举办的周恩来追悼会撰写挽联。3 月 24 日，长女夫妇罹车祸同时去世。9 月，为联合国中国代表团举办的毛泽东追悼会撰写挽联。因为用台湾所谓"护照"回国多有不便，遂申请加入加拿大国籍。

1977 年，再度回国探亲，游历大庆、开封、西安等地。

1978 年，向中华人民共和国教育部寄出志愿回国教书的申请。与南开大学外文系李霁野教授取得书信联系。

1979 年，回国教书的申请得到批准，3 月，应邀先后在北京大学、南开大学、南京大学讲学。在京期间拜会周祖谟先生、陆颖明先生，并与两位老师及同班同学史树青、阎振益、阎贵森、郭预衡、曹桓武、顾之惠、房凤敏、程忠海、刘在昭等聚餐。在津期间曾与部分同班同学刘丽新、陈继揆、王鸿宗、丛志苏等聚会。暑期后离津时，南开大学中文系以范曾先生所绘一幅《屈子行吟图》相赠。自此，每年都回南开大学讲课，并应邀赴国内多地院校讲授诗词。

1980 年，6 月，赴美国威斯康星大学（University of Wisconsin）参加国际《红楼梦》研究会议。

1981 年，4 月，赴成都参加杜甫学会首届年会，与缪钺先生相遇。在京拜会俞平伯先生。5 月下旬，飞赴加拿大东岸的哈利法克斯（Halifax）参加亚洲学会年会，会后至佩姬湾（Peggy's Cave）观海。

1982 年，再赴成都参加杜甫学会年会，沿途游历昆明、兖州、曲阜、泰山、济南、巩义等地。在四川大学讲学时与缪钺先生约定合撰《灵谿词说》。

1983 年，春夏之交，在四川大学讲学。冬日，赴昆明，在云南大学讲学。

1987 年，2 月，应北京辅仁大学校友会、中华诗词学会、国家教委老干部协会、中国国际文化交流中心诸单位联合邀请，在国家教委礼堂举行唐宋词系列讲座。5 月，中华诗词学会成立，被聘为顾问。

1988 年，7 月 14 日，应赵朴初先生之邀至广济寺相聚，当日为叶先生农历生日。

1989年，初，应台湾"清华大学"之邀在离台二十年后首度返台讲学，一个月内在台湾大学、辅仁大学、淡江大学共作七场演讲。7月，至美国哈佛大学。是年，从加拿大不列颠哥伦比亚大学亚洲学系退休。

1990年，5月，参加在美国缅因州举行的"北美第一届国际词学会议"。秋，应台湾"清华大学"之邀赴台讲学一年。

1991年，4月，在台湾讲学时接到当选加拿大皇家学会院士的信函。冬，在南开大学专家楼初会杨振宁先生。

1992年，春夏之交，赴兰州大学讲学，游历敦煌等地。9月28日，应孙康宜之邀赴耶鲁大学讲辛弃疾词，并与当地学人郑愁予等相晤。

1993年，1月，在南开大学创建中国文学比较研究所。应邀在美国加州万佛圣城讲陶渊明诗。春夏之交，亲赴蒙特利尔的麦吉尔大学参加加拿大皇家学会院士证书颁发仪式。6月25日，受邀在耶鲁大学参加"妇女与文学"国际会议，并提交论文《朱彝尊〈静志居琴趣〉之"弱德之美"的美感特质》。

1994年，2月初，至北京与陈邦炎先生商讨合作撰写《清词名家论集》，并谈及在国内成立古典文学幼年班的设想，经陈邦炎先生转达。7月，被新加坡国立大学聘为客座教授。11月6日，赵朴初先生给陈邦炎先生的回信中对在国内成立古典文学幼年班的设想表示肯定，并拟邀请张志公、叶至善等政协委员联名在次年全国政协会议上提出提案。12月，在香港浸会大学发表演讲《谈北宋初期晏欧令词中文本之潜能》。

1995年，6月29日，在哈佛大学讲《清词之复兴》。7月15日至17日，应邀赴美国俄勒冈大学（University of Oregon）讲唐诗（Tang Poetry）课程，分别以中英文发表两次讲演，并参加一次会议。10月，应加拿大华裔作家协会之邀讲《谈中国诗词文本中的多义与潜能》。与缪钺合著的《灵谿词说》获教育部"全国高等学校首届人文社会科学研究优秀成果奖"一等奖。

1996 年，9 月中旬，赴乌鲁木齐参加中国社科院文研所与新疆师范大学联合举办的"世纪之交中国古典文学及丝绸之路文明"国际学术研讨会，主讲花间词。会后游历吐鲁番、交河、高昌故墟、玉门关、天池等地。7 月，在美国佛蒙特（Vermont）讲《清代史词及文廷式词》。

1997 年，寒假，在不列颠哥伦比亚大学为留学生子弟讲古诗。3 月至 6 月，应陈幼石教授邀请至美国明尼苏达大学（University of Minnesota，Twin Cities）讲学。捐出自己退休金的一半，共计十万美元（当时约合近百万元人民币）在南开大学设立"叶氏驼庵奖学金"及"永言学术基金"，开始在南开大学中文系招收硕士研究生。温哥华企业家蔡章阁老先生在当地谢琰先生家中听过叶先生一次讲座后，主动捐资两百万元人民币为南开大学兴建中华古典文化研究所（与范孙楼联为一体）。

1998 年，致函国家领导人呼吁重视儿童幼年古典文化教育，获批复，随后教育部基础教育司编写了《古诗词诵读精华》教材一套。7 月，应温哥华中华文化中心之邀主讲《北宋初期晏欧词》（共四讲）。

1999 年，4 月至 7 月，应温哥华中华文化中心之邀，讲《柳永苏轼词》（共六讲）、《杜甫诗赏析》（共八讲）。10 月，出席南开大学中华古典文化研究所大楼落成典礼（南开大学文学院原有中国文学比较研究所更名为中华古典文化研究所）。11 月，在香港岭南大学讲《中国古典诗歌的特质》。

2000 年，2 月 20 日，出席台北国际书展，并在书展中举行台湾桂冠图书股份有限公司出版的《叶嘉莹作品集》新书座谈会，发表演讲《谈中国古典诗词的今昔》。2 月 22 日，在台湾大学讲《百年回首庚子秋词》。2 月 24 日，在台北师范大学讲《从西方文论谈令词的多义与潜能》。2 月 25 日，在台湾辅仁大学讲《为什么爱情变成了历史》。

5月，应温哥华中华文化中心之邀，讲《百年回首》（共五讲）及《诗词文本中的多义与潜能》（共二讲）。

6月28日至7月2日，应台湾"中央研究院"文哲所之邀赴台参加"世变与文学"国际会议，提交论文《谈词之美感特质之形成及词学之反思与世变之关系》。

7月4日，应澳门大学之邀参加澳门首次国际词学会议，初识澳门企业家沈秉和先生，沈先生主动提出向南开大学文学院中华古典文化研究所捐资一百万元人民币。7月19日至22日，应邀至海南师范学院，举办讲座《词之美感特质》。

9月23日至28日，应邀至深圳参加全国第十四届中华诗词研讨会，发表演讲《如何教幼儿学唐诗》。

10月21日，应天津广播电视大学徐士平导播之邀，参加拍摄幼儿学唐诗系列录像《与古诗交朋友》。

11月，南开大学文学院成立，开始在该院招收博士研究生。11月27日至30日，在南开大学讲《从西方文论看李商隐的几首诗》。

年底，在第四届"叶氏驼庵奖学金"颁奖典礼上以"吟诵"为题作报告，邀请范曾先生出席并吟诵《离骚》。

2001年，1月8日，至天津耀华中学主讲《诗词的欣赏》。1月9日，天津电视台播出专题纪录片《乡根·诗魂》。

2月至5月，应美国哥伦比亚大学（Columbia University）之邀客座讲学一个学期，与王德威、夏志清重聚。

6月2日，在加拿大西门菲沙大学（Simon Fraser University）港口分校举办诗词文化讲座。6月17日至7月22日，在温哥华中华文化中心举办北宋名家词讲座。

7月21日，参加海外华人作协会议。

8月7日，在北京参加中国社科院举办的"文化视野与中国文学研究"国际学术会议并讲话。8月14日至23日，参加南开大学文学院中华古典文化研究所在天津蓟州区举办的大专院校教师暑期诗词讲习班，在开幕式及结业式中发言并举办两次讲座。

9月25日，应邀参加南开大学附属小学举办的诗歌吟诵会并讲话。9月26日，开始在南开大学拍摄《唐宋词》系列讲座南宋词部分录像。

10月30日，应天津大学邀请演讲《东坡词欣赏》。

2002年，1月23日，受邀在香港浸会大学讲《王国维之词与词论》。

1月29日，在（澳门联合国教科文中心）澳门笔会上演讲《论词之雅郑在神不在貌》。

3月16日，受邀参加台湾辅仁大学主办的中国文学史国际研讨会并作演讲《阅读视野与诗词评赏》。3月20日，应邀至台大图书馆礼堂发表专题演讲。

6月11日至7月26日，在温哥华岭南长者学院讲授《古诗十九首》（共六讲）。6月16日，在加拿大不列颠哥伦比亚全省多元文化学会讲《李义山诗之美感特质》。

7月28日，在温哥华帕克希尔酒店（Parkhill Hotel）华语语文教师研习会讲《我诗词中的荷花》。

自本年暑期开始在南开大学文学院招收博士后研究人员。秋，自南开大学专家楼迁入南开大学教师住宅区单元楼居住。

9月17日，在南开大学迎水道校区讲《一位自然科学家的词作》。

9月20日，于天津南开中学讲《王国维在〈人间词话〉中所提出的"三种境界"》。9月24日至26日，应席慕蓉邀一同赴叶赫寻根并在吉林大学讲演。

9月28日，受南京东南大学之邀讲《石声汉词》。9月30日，在苏州大学讲《词之雅郑在神不在貌》。

10月25日，在南开大学主办的全国《红楼梦》翻译研讨会上讲《〈红楼梦〉中的诗词》。

11月13日，受香港岭南大学之邀举办三次讲座：《漫谈中国诗的欣赏》《谈双重性别与双重语境下词的美感特质之形成》《苏轼诗化之词的三种美感特质》。11 月 14 日，被香港岭南大学授予荣誉博士学位。

4 月至 11 月期间，在中央电视台《百家讲坛》栏目讲《对传统词学与王国维词论在西方理论之观照下的反思》《从王国维词论谈其〈人间词〉的欣赏》《几首咏花的古诗》。

12 月 15 日，受中国现代文学馆之邀讲《从现代观点看几首旧诗》。

2003 年，1 月，在中国社会科学院文献情报中心演讲《小词大人生》。1 月 29 日，在中央电视台《百家讲坛》播讲《从现代观点看几首旧诗》。

从 2 月开始，在香港城市大学客座讲学一个学期，举办诗词系列讲座。2 月中旬，在天津电视台播讲花间及南唐词讲座。澳门实业家沈秉和先生在南开大学文学院设立"迦陵古典文学奖助学金"，用以奖励以高分考入中文系的新生，望以此激励更多的优秀人才加入研究和传播中华古典文化的队伍。

3 月 16 日至 17 日，赴台参加"建构与反思——中国文学史的探索"学术研讨会（此为辅仁大学庆祝在台复校四十周年系列活动）。

4 月 2 日至 5 日，台湾洪建全教育文化基金会举办叶嘉莹谈诗论词系列讲座共三讲：《感发生命——进入诗歌世界之门钥》《在时光折射中对词之美感特质的解析》《杜诗选谈》（与王文兴教授对谈）。

6 月 21 日至 7 月 26 日，在温哥华岭南长者学院讲陶渊明《拟古九首》组诗。

8 月，北京祖宅旧居——西城区察院胡同二十三号被拆。8 月 26 日至 29 日，受邀参加在河北省北戴河召开的全国第十七届中华诗词研讨会。

9 月，应邀至河北白洋淀观赏荷花。9 月 22 日至 25 日，应西安交通大学邀讲《杜甫的〈秋兴八首〉》（共二讲）。9 月，中央电视台科教频道《讲述》栏目播出专题片《诗魂》。

10月5日，在国家图书馆讲《从双重语境与双重性别看唐五代词的审美特质》。10月18日，在南开大学讲《我与南开二十四年》。

11月8日至11日，参加在东南大学举行的中国人文教育高层论坛首届会议，并发表演讲《小词中的人生境界》。11月10日，应南京大学之邀，发表演讲《从李清照到沈祖棻——谈女性词作之美感特质的演进》。11月16日，在现南通大学讲《东坡词的艺术与人生》。

12月20日，在国家图书馆部级领导干部历史文化讲座上演讲《东坡词的艺术与人生》。

2004年，3月13日至4月24日、5月15日至7月3日在温哥华岭南长者学院分两次举办《从性别与文化谈女性词作美感特质之演进》及《明清女性词作》系列讲座。

5月，与温哥华友人谢琰、施淑仪、陶永强、梁珮、王锦媚等至托菲诺岛（Tofino）度假。

9月3日至5日，应邀在北京参加中华文化促进会举办的2004年文化高峰论坛。9月11日至12日，在北京现代文学馆演讲《从王国维〈红楼梦评论〉谈起》《王国维对南唐三家词的评赏》。9月30日、10月20日，北京电视台《华人纪事》栏目分别录制《叶嘉莹教授专访》《叶嘉莹教授与杨振宁教授对话》。

10月21至23日，南开大学举办庆祝叶嘉莹教授八十华诞暨国际词学研讨会。蔡章阁先生长子、香港蔡章阁基金会主席蔡宏豪先生捐款三十万元人民币，在南开大学文学院中华古典文化研究所设立"蔡章阁奖助学金"。

11月2日至5日，中央电视台《百家讲坛》栏目播讲《叶嘉莹评点王国维的人生观》《叶嘉莹评点〈红楼梦评论〉》《叶嘉莹评赏南唐三家词》（上、下）。11月20日至24日，应邀至上海观看昆曲青春版《牡丹亭》。

12月2日，北京师范大学北京文化发展研究院、北京文化国际交流中心、文学院古代文学研究所主办叶嘉莹先生八十寿辰暨学术思想研讨会，发表演讲《迦陵诗词稿中的乡情》。12 月 3 日，应凤凰卫视《世纪大讲堂》栏目之邀讲《西方文论与传统词学》。

2005 年，1 月 7 日至 23 日，在天津电视台录制《谈词之美感特质的形成与演进》系列讲座。1 月 27 日，在南开大学文学院举办的中国古代文学作品选课程 2005 年寒假全国高校骨干教师研修班上讲《词的特质与鉴赏》。

2 月 19 日，在台湾洪建全教育文化基金会敏隆讲堂主讲《叶嘉莹谈戏曲》。2 月 23 日，在台湾"中央大学"主讲《花间的歌唱》。2 月 25 日，在台湾"清华大学"主讲《英雄的眼泪》。2 月 26 日，在台湾"清华大学"主讲《稼轩词与梦窗词》。

3 月 2 日，在台湾长庚大学主讲《词的美感特质》。

5 月 28 日至 7 月 23 日，在温哥华岭南长者学院开讲《清词系列之一·谈清词中兴之源起——云间三子及吴、龚、王、钱》（共八讲）。

8 月 27 日，参加中加汉语教学研讨会年会，并作演讲《从中文的语言特征谈古典诗词的美感》。

9 月 5 日至 9 日，应王蒙先生之邀访问中国海洋大学并演讲《西方文论与传统词学》，与王蒙先生对谈《中国传统诗词的感悟》。9 月 18 日至 25 日，应席慕蓉之邀赴内蒙古呼伦贝尔大草原做原乡之旅。

10 月 16 日，应邀参加中国人民大学国学院开学典礼暨揭牌仪式。

12 月 17 日，在中国国家图书馆讲演《从性别与文化谈早期女性词作的美感特质》。12 月 19 日，在北京大学讲演《从文学体式与性别文化谈词之美感特质的形成与演进》。

2006 年，2 月 21 日，受邀在中山大学讲《从几首词例谈词的"弱德之美"》。2 月 26 日，中央电视台《大家》栏目播出叶嘉莹教授专访。

3 月，在台湾"清华大学"举办中国古典诗歌系列讲座（共五讲）：《从形象与情意之关系，看西方文论与传统诗说中"赋、比、兴"之说的异同》《从具体诗例看"赋、比、兴"之作用在传统诗歌中的演化》《陶渊明饮酒诗选讲》《杜甫诗写实中的象喻性》《李商隐的〈锦瑟〉与〈燕台〉》。3月20日，在台湾东海大学文史哲中西文化学术系列讲座中主讲《从文学体式与性别文化谈词的"弱德之美"》。3月27日，在台湾淡江大学讲《小词的人生境界》。

4月18日，被台湾斐陶斐荣誉学会授予第十一届杰出成就奖。

5月，与友人谢琰、施淑仪、陶永强、梁珮、王锦媚等至温哥华岛（Vancouver Island）阿莱休闲区度假。

6月3日至7月15日，在温哥华岭南长者学院续讲《清词系列之二·阳羡词派陈维崧等人及纳兰性德》（共六讲）。

8月16日，参加南开大学历史学院"中唐以来思想文化与社会演进"国际学术研讨会。

9月，在天津因左锁骨骨折入住天津医院。

10月19日，应邀至天津农学院发表演讲《一位古生物学家词中的生命反思》。

11月4日，在中国国家图书馆讲《从不成家数的妇女哀歌到李清照词的出现》。11月6日，应冯其庸教授之邀在中国人民大学国学院作《小词中的儒家修养》的演讲。

12月19日，在南开大学讲《爱情与道德的矛盾和超越——论词学发展的过程》。12月30日，在天津政协礼堂讲《中国古典诗歌的吟诵传统》。

2007年，2月3日、4日、10日、11日，中国教育电视台先后播出叶嘉莹教授系列讲座：《词的美感特质》《词例的评赏》《诗的美感特质》《诗例的评赏》。2月10日，应国家图书馆部级领导干部历史文化讲座之邀，发表演讲《谈婉约词的欣赏》。

3月7日，出席中华书局在南开大学文学院章阁厅举办的叶嘉莹《迦陵诗词稿》新书发布暨座谈会。

7月1日至8月11日，在温哥华岭南长者学院续讲《清词系列之三·浙西词派朱彝尊等人》（共六讲）。

9月29日，应中央电视台之邀，在广东佛山讲《小词中的儒家修养》。

10月初，受邀访台湾。10月2日，在台湾大学讲《神龙见首不见尾——谈〈史记·伯夷列传〉之章法与词之美感特质》《陈曾寿词中的遗民心态》。10月4日，在洪建全教育文化基金会讲旧体诗词。10月6日，在长庚大学讲《镜中人影——〈迦陵诗词稿〉中的我（一）》。10月9日，在台湾大学讲《陈曾寿词中的遗民心态》。10月11日，在台湾"清华大学"讲《镜中人影——〈迦陵诗词稿〉中的我（二）》。10月18日，在南开大学讲《爱情为什么变成了历史——谈清代词史观念的形成与清代的史词》。

11月25日，香港凤凰卫视《名人面对面》栏目播出叶嘉莹访谈。

12月，应澳门中华诗词学会邀请，赴澳门参加爱国侨领梁披云先生百岁寿典。

2008年，因5月3日赴渥太华参加长外孙女婚礼，顺道在美国东部讲学。5月6日，在美国华盛顿华府侨教中心举办讲座，讲题为《从双重性别与双重语境谈晚唐五代词的美感特质》。5月10日，应美国哈佛大学之邀讲《现代文论与传统词学》。5月24日，丈夫赵锺荪病逝于温哥华。

6月21日至7月26日，在温哥华岭南长者学院续讲《清词系列之四·常州词派张惠言等》（共六讲）。

9月17日，应天津师范大学文学院之邀讲《古典诗词的吟诵传统》。

10月24日，参加南京大学举办的清词学术研讨会，发表演讲《清代词人对词之美感特质之反思》。10月25日，应东南大学第四届"华英文化系列讲座——大师系列"之邀，发表演讲《王国维〈人间词话〉问世百年的词学反思》。

11月5日至11月28日，南开名家论坛举办叶嘉莹先生回国讲学三十周年系列讲座，讲演《王国维〈人间词话〉问世百年的词学反思》（共四讲）。

12月12日，在南开中学讲《〈迦陵诗词稿〉中的荷花》。12月20日，被中华诗词学会授予"中华诗词终身成就奖"。

2009 年，2 月 21 日，在台湾洪建全教育文化基金会敏隆人文纪念讲座讲《王国维〈人间词话〉问世百年的词学反思（上）》。2 月 23 日，在台湾"中央研究院"讲《王国维〈人间词话〉问世百年的词学反思（下）》。

6 月 20 日、21 日，参加温哥华中学教师会议，发表演讲《稼轩词》。

7 月 4 日至 8 月 15 日，在温哥华岭南长者学院举办《王国维〈人间词话〉问世百年》系列讲座（共七讲）。

9 月 6 日，应台湾大块文化公司之邀，在北京大学英杰中心阳光大厅讲《如何解读迷人的诗谜——李商隐诗》。9 月 22 至 25 日，应邀赴杭州参加浙江卫视拍摄西湖的节目。

10 月 12 日，应中央电视台之邀，参加"中华诵"经典诵读大型诗歌朗诵会，现场吟诵古典诗词。10 月 13 至 16 日，应邀参加由教育部、首都师范大学联合主办的"中华吟诵周"活动。10 月 17 日，在南开大学发表演讲《我与南开三十年》，作为南开大学建校九十周年系列庆祝活动之一。10 月 24 日，在天津广播电视大学讲《谈〈苦水作剧〉在中国戏曲史上空前绝后的成就》。

11 月 6 至 8 日，在京参加顾随百年诞辰纪念会，发表演讲《谈〈苦水作剧〉在中国戏曲史上空前绝后的成就》。11 月 12 日，应南开大学跨文化发展研究院之邀，为即将出国教汉语的老师上中华诗词文化培训课，讲授《中华诗词之特美》系列讲座第一讲。

12 月 11 日，应中山大学邀请，讲《从一些实例看诗词接受和传达的信息》。12 月 17 日，应台湾"中央大学"余纪忠讲座之邀，发表演讲《百炼钢中绕指柔——辛弃疾词的欣赏》。12 月 18 日，受邀参加台湾"中央大学"举办的"钱锺书教授百岁纪念"国际学术研讨会，发表演讲《从中国诗论之传统及诗风之转变谈〈槐聚诗存〉的评赏》。

2010 年，1 月 8 日，应汉德唐书院中西文化博学班邀请，发表演讲《从性别文化谈小词中画眉簪花照镜之传统》。1 月 15 日，应国家汉办全球孔子学院院长培训班邀请，讲授《中华诗词之特美》系列讲座第二讲。1月30日，北京大学清华天津校友会邀讲《南唐冯李词对花间温韦词的拓展》（《中华诗词之特美》系列讲座第三讲）。

7月3日至8月7日，在温哥华岭南长者学院举办系列讲座《北宋名家词选讲之一·晏殊、欧阳修、晏几道、秦观》（共六讲）。

9月22日，应邀出席"中国因你更美丽"——2010《泊客中国》颁奖盛典，并为美国当代作家、翻译家和著名汉学家比尔·波特颁奖。

10月9日，应天津军事交通学院邀约，举办讲座《从西方意识批评文论谈辛弃疾词一本万殊的成就》。10月16日，参加扬州举办的首届儿童母语论坛"小学母语教育与中华传统文化"，发表演讲《中国古典诗歌的欣赏》。10月18日，参加南开大学文学院主办的中国唐代文学学会第十五届年会暨唐代文学国际学术研讨会闭幕式。

12月1日凌晨，温哥华家中失窃，丢失物品中包括台静农先生书写的一副联语"室迩人遐，杨柳多情偏怨别；雨余春暮，海棠憔悴不成娇"、缪钺先生书写的一首《相逢行》七言长古，以及范曾先生的三幅书画作品：《维摩演教图坐相》《高士图》与《水龙吟》词书法。

年底，作为首席专家中标2010年国家社会科学基金重大项目"中华吟诵的抢救、整理与研究"。

2011年，1月10日，在南开大学讲《谈中国旧诗之美感特质与吟诵之传统》。

2月18日，在南开大学主讲《我对中华传统诗词感发生命的理解》。

3月22日、24日、26日，应台湾大块文化出版公司之邀，在南开大学举办《中华诗词的吟诵传统与美感特质》系列讲座（共三讲）。

5月14日，应加拿大华人作家协会之邀讲《评介晚清名词人陈曾寿》，并在温哥华开讲系列讲座《"弱德之美"——晚清世变中的诗词》（共六讲）。

9月28日，应东北财经大学之邀，发表演讲《从几首诗例谈中国诗歌之美感特质与吟诵之关系》。

10月18日，应南开大学"初识南开名师"讲座之邀，发表演讲《从几首诗词谈我回国教学的动机与愿望》。10月24日，应邀出席陈省身先生诞辰一百周年纪念会,并作题为《从陈省身先生手书的一首诗谈起》的发言。11月9日,应人民日报文史参考杂志社之邀,在清华大学发表演讲《我心中的诗词家国》。11月13日,在首都师范大学参加第二届"中华吟诵周"相关活动,主讲吟诵的重要性。

12月29日,以最高票数当选由南开大学研究生院主办的第四届南开大学研究生"良师益友"。

2012年,为台湾大块文化出版股份有限公司出版的《经典少年游》系列丛书配录吟诵录音。

2月1日,应邀出席由国务院参事室、中央文史研究馆主办的"中华诗词吟唱会"。2月27日、29日,3月1日、3日,在南开大学录制中国大学视频公开课《小词中的修养境界》(共四讲)。

3月7日,在南开大学汉语言文化学院讲《论古典诗歌的美感与吟诵》。

3月17日,在国家图书馆部级领导干部历史文化讲座中发表演讲《中国古典诗歌的美感特质与吟诵》。

6月至7月,应加拿大华人作家协会之邀讲《中国古典诗词的美感特质》(共四讲)。

6月15日,被聘为中央文史研究馆馆员。

8月17日,在温哥华地区列治文图书馆发表演讲《从双重性别与双重语境谈晚唐五代词的欣赏》。

9月28日,应邀出席由横山书院与中国艺术研究院联合主办的多闻多思系列学术公益讲座,发表演讲《我与莲花及佛法之因缘》。9月29日晚,出席横山书院举办的月印横山雅集。

10月25日,在南开大学"初识南开名师"讲座上主讲《〈迦陵诗词稿〉中的家国沧桑》。10月28日,应国家图书馆部级领导干部历史文化讲座之邀讲《小词中的修养境界》。10月29日,应中国传媒大学之邀讲《古典诗词诵读中的"家国情怀"》。

2013年,2月19日、20日、21日,应中华吟诵学会与亲近母语文化教育有限公司联合邀请,在南开大学爱大会馆会议厅举办《古典诗词的吟诵与教学》系列讲座。

3月8日，在南开大学讲《西方文论与中国词学》。3月，作《金缕曲》为恭王府海棠雅集首唱。

5月19日，在加拿大温哥华出席2013年全加华文教育会议并发表演讲《南唐君臣词之承前启后的影响》。

7月6日，出席由中华书局发起，光明日报、中央电视台、中华诗词学会、中华诗词研究院、中国移动共同举办的"中国诗·中国梦"——首届"诗词中国"传统诗词创作大赛颁奖典礼，为大赛获奖者颁奖。7月8日，应湛如法师之邀至法源寺相聚，当日为叶先生农历生日。7月13日，出席由横山书院与中国艺术研究院联合主办的"2013文化中国夏季讲坛"。7月27日、8月10日、8月17日、8月24日，受加拿大华裔作家协会之邀，在加拿大西门菲沙大学（Simon Fraser University）举办《李商隐诗》系列讲座（共四讲）。

10月31日，在南开大学主楼小礼堂讲《从西方文论与中国传统诗学谈李商隐诗的诠释与接受》。

11月25日至12月8日，赴台参加台湾趋势教育基金会等主办的"向大师致敬——2013叶嘉莹"系列活动，包括"庆祝叶嘉莹教授九十华诞生平资料展"，演讲《从几首诗例谈杜甫继古开今多方面之成就》。

12月16日，在"叶氏驼庵奖学金"颁奖典礼上讲《读书曾值乱离年》。

12月20日，出席中央电视台"中华之光——传播中华文化年度人物评选"颁奖典礼，荣获"传播中华文化年度人物"。12月21日，应邀出席由中国民生银行主办的第八届快哉雅集。12月22日，在人民教育电子音像出版社录制《叶嘉莹——诗的故事》。

2014年，3月22日，应邀出席横山书院与中国艺术研究院联合主办的"2014文化中国春季讲坛"，发表演讲《九十回眸——论〈迦陵诗词稿〉中之心路历程》。

4月17日，在中国外文局演讲《九十回眸》。

5 月 9 日至 12 日，南开大学与中央文史研究馆联合举办叶嘉莹教授九十华诞暨中华诗教国际学术研讨会，"叶嘉莹教授手稿、著作暨生平影像展"。

7 月 16 日，参加加拿大不列颠哥伦比亚大学（University of British Columbia）亚洲图书馆举办的"叶嘉莹教授手稿、著作暨生平影像展"。

9 月 29 日，荣获由凤凰网、凤凰卫视、岳麓书院主办的"致敬国学——2014 首届全球华人国学大典"国学传播奖。

11 月 22 日，北京恭王府管理中心将两株西府海棠移植至南开大学迦陵学舍。

12 月 6 日，应邀出席由中国民生银行主办的第九届快哉雅集。12 月 7 日，应民生中国书法公益基金会邀请，在快哉雅集现场为北京市海淀区、西城区师生及家长代表讲《诗的故事》。12 月 14 日，在南开大学为全国国税局国学培训班讲《词意抉隐——谈苏辛词各一首》。12 月 20 日，出席横山书院举办的"学在横山·诗中忘年"雅集。

2015 年，1 月 6 日，荣获由中华文化促进会、香港凤凰卫视主办评选的"2014 中华文化人物"荣誉称号。1 月 11 日，应邀至南开大学商学院演讲《从漂泊到归来》。

2 月 11 日，在人民教育电子音像出版社录制《叶嘉莹谈吟诵》。2 月 12 日，录制北京民生中国书法公益基金会系列公益项目"中华诗词人物系列《与诗书在一起》专题演讲之冯延巳"。

3 月 15 日，出席由横山书院和中国艺术研究院联合主办的"2015 文化中国春季讲坛"，发表演讲《我诗中的梦与梦中的诗》。3 月 19 日，录制北京民生中国书法公益基金会系列公益项目"中华诗词人物系列《与诗书在一起》专题演讲之韦庄"。

4 月 13 日，应邀出席文化和旅游部恭王府管理中心举办的第五届海棠雅集，并现场读诵宗志黄的两套散曲。一套以《正宫·端正好》中的一支曲子为开端，发表于 1948 年 6 月 21 日，写的是当时的政府官员于胜利后，把"接收"变成"劫收"，上下贪腐，不到三年就面临败亡的结果；另一套以《南吕·一枝花》中的一支曲子为开端，发表于 1948 年 7 月 15 日，写的是在抗战后期，百姓在战乱中逃亡，经受颠沛流离之苦。4 月 13 日，录制北京民生中国书法公益基金会系列公益项目"中华诗词人物系列《与诗书在一起》专题演讲之李煜"。4 月 26 日，应邀参加由天津市文化广播影视局、天津市新闻出版局、光明日报社联合主办，天津图书馆及天泽书店承办的"海津讲坛"公益讲座，在天津图书馆文化中心新馆报告厅演讲《从漂泊到归来》。

5 月 2 日、9 日，凤凰卫视《文化大观园》栏目连续两期播出《对话诗词大家叶嘉莹》。

6 月 3 日，录制北京民生中国书法公益基金会系列公益项目"中华诗词人物系列《与诗书在一起》专题演讲之温庭筠"。6 月 16 日，国务院相关领导人亲笔给叶先生等人就中华传统吟诵的联名信书写长达一页的批示，充分肯定了叶先生多年来在延续诗教传统、弘扬民族文化优秀元素方面作出的突出贡献。

8 月 20 日，当选为中华诗词学会名誉会长。

10 月 10 日，出席由横山书院和中国艺术研究院联合主办的"2015 文化中国秋季讲坛"，发表演讲《从词的起源看丝路上的文化交流》。10 月 17 日、18 日，南开大学与中央文史研究馆联合举办"叶嘉莹教授从教七十周年"系列活动，其中包括三个主要活动：① 10 月 17 日，在南开大学举行迦陵学舍启用仪式。学舍功能集教学、科研、办公、生活于一体。修建曾得到加拿大华侨刘和人女士、澳门实业家沈秉和先生各一百万元人民币资助，以及南开大学的大力支持。学舍修建的消息传出后得到社会有关人士多方支持。② 10 月 18 日上午，在南开大学东方艺术大楼举行加拿大阿尔伯塔大学（University of Alberta）授予叶嘉莹教授荣誉博士学位仪式，加拿大驻华大使赵朴（Guy Saint-Jacques）先生全程出席。③ 10 月 18 日下午，举行叶嘉莹古典诗词教育思想座谈会。

11 月 1 日，应邀出席国务院参事室、中央文史研究馆在国家美术馆举办的"文史翰墨——第二届中华诗书画展"开幕式，并现场作吟诵示范。2日，应邀在北京会议中心面向全国各地文史馆馆员代表发表演讲《从词的起源看丝路上的文化交流》。

2016年，3月25日，获得由凤凰卫视等共同评选的"影响世界华人大奖"终身成就奖。

4月6日，应邀在天津大剧院演讲《要见天孙织锦成——我来南开大学任教的前后因缘》。

8月6日，出席由横山书院和中国艺术研究院联合主办的"2016文化中国秋季讲坛"，发表演讲《中印文化交流对中国诗词的影响》。8月27日，在中国词学学会主办、河北大学承办的2016词学国际学术研讨会上获颁首届"中华词学研究终身成就奖"。

2016年，叶嘉莹教授将出售天津房产的收入三百八十万元全部捐赠给南开大学设立迦陵基金，志在推动古典诗词教育，助力中华优秀传统文化传承。

2017年，3月18日，出席"2017文化中国春季论坛"，发表《西方文论与中国词学》的主题演讲。

3月20日，应邀参加中央电视台《朗读者》节目录制。

4月8日，台湾洪建全教育文化基金会率团来迦陵学舍观赏海棠雅集。

4月9日，在南开大学东方艺术大楼演播厅举办主题演讲《〈迦陵诗词稿〉中的心路历程》。4月15日，文化和旅游部恭王府管理中心来迦陵学舍举办海棠雅集。

7月20日，教育部语言文字应用管理司中国语文现代化学会在南开大学综合实验楼报告厅举办普通话吟诵研究与传承学术研讨会，作《谈中国诗歌之吟诵》主题演讲及吟诵示范。

11月11日，出席"2017文化中国秋季论坛"，发表《〈迦陵诗词稿〉中非言志的隐意识之作》主题演讲。11月13日，随文学纪录电影《掬水月在手》拍摄团队在北京恭王府博物馆拍摄、接受访谈。11月14日，随文学纪录电影《掬水月在手》拍摄团队在北京故宫拍摄、接受访谈。

12 月 12 日，在天津中医药大学演讲《以我自己的作品为例——谈诗歌中隐意识与显意识之呈现》。12 月 21 日，出席南开大学举办的"叶氏驼庵奖学金"颁奖典礼并演讲《"心中一焰"——我对后学者的期望》。

2018 年，1 月 15 日，为配合文学纪录电影《掬水月在手》的拍摄，拟前往迦陵学舍与台湾学生视频见面，不慎在家中摔倒。

2 月 16 日，大年初一，中央电视台科教频道播出叶先生采访。

4 月 3 日，为中共中央纪律检查委员会网站录制讲授孟郊诗。4 月 17 日，入选"改革开放四十周年最具影响力的外国专家"。4 月 22 日，出席由恭王府在南开大学迦陵学舍举办的第八届海棠雅集活动，并当场吟诗。

6 月 3 日，将自己全部财产捐赠给迦陵基金，共计一千八百五十七万元。

6 月 24 日，参加南开大学荷花节并在迦陵学舍接受媒体采访。

7 月 13 日，由台湾著名作家、昆曲制作人白先勇担任总制作人、总策划的昆曲剧目——校园传承版《牡丹亭》在南开大学演出，为叶先生祝寿。7 月 15 日，中央电视台新闻频道《面对面》栏目播放叶嘉莹先生专访《诗词慰平生》。

9 月 10 日，荣获 2018 年度中央电视台评选的"最美教师"称号。

11 月 1 日，中央电视台《国家记忆》栏目播出《传薪者——诗词留香叶嘉莹》专题片。

12 月 6 日晚，作为捐赠人应邀出席 2018 年南开大学社会捐赠感恩答谢会，会上播放《掬水月在手》片花。12 月 17 日，出席第二十二届"叶氏驼庵奖学金"、第十四届"蔡章阁奖助学金"颁奖典礼。12 月，入选感动中国 2018 年度候选人物。

2019 年，1 月 4 日，入选中国新闻社主办的"乔鑫杯·2018 全球华侨华人年度人物"。1 月 29 日，再次向南开大学迦陵基金捐款人民币一千七百一十一万元。

3 月 31 日，由北京民生中国书法公益基金会设立的"中华传统文化民生奖学金"在京举行启动仪式。其中包括"叶嘉莹民生奖学金"。

4月13日，由恭王府主办、中华古典文化研究所协办的第九届海棠雅集活动在迦陵学舍举办。

8月18日，获聘为南开大学终身校董。8月22日，首届"迦陵杯·诗教中国"诗词讲解大赛全国总决赛在南开大学开赛，与参赛选手见面交流。

9月10日，"叶嘉莹先生归国四十年暨中华诗教国际学术研讨会"在南开大学举办；荣获"南开大学教育教学终身成就奖"；高等教育出版社研发的数字产品《聆听叶嘉莹》正式上线。9月30日，荣获中国政府友谊奖。

10月27日，温哥华国韵合唱团、南开大学学生合唱团、南开大学教师合唱团、天津校友会校友合唱团，共同献礼叶嘉莹教授归国执教四十周年暨纪念《黄河大合唱》首演八十周年，在南开大学田家炳音乐厅举办合唱音乐会。

11月25日，首届"中华传统文化民生奖学金·叶嘉莹民生奖学金"在北京公布获奖名单。

12月31日，在西南村家中会见第二十三届"叶氏驼庵奖学金"、第十五届"蔡章阁奖助学金"获奖学生代表。12月31日，范曾先生向叶先生赠画。

2020年，1月3日，天津市科学技术局党委委员、副局长，天津市外国专家局局长袁鹰一行看望叶先生，并颁发2019年度中国政府友谊奖。

4月13日，教育部办公厅发布关于举办第二届中华经典诵写讲大赛的通知，内含"迦陵杯·诗教中国"诗词讲解大赛。

7月18日，文学纪录电影《掬水月在手》入围2020年第二十三届上海国际电影节金爵奖官方入选影片纪录片单元。

8月29日，文学纪录电影《掬水月在手》在北京国际电影节放映。

9月10日，文学纪录电影《掬水月在手》教师节特别展映暨"央视新闻公开课——致敬'弱德之美'"活动在南开大学举办，并通过央视新闻客户端、学习强国等直播。9月11日，"远天凝伫，弱德之美"叶嘉莹文学纪录电影《掬水月在手》学术研讨会在南开大学迦陵学舍举行。

10月16日，文学纪录电影《掬水月在手》全国艺联专线上映。

11月28日，文学纪录电影《掬水月在手》荣获第三十三届中国电影金鸡奖最佳纪录/科教片奖项。

12月21日，第二十四届"叶氏驼庵奖学金"、第十六届"蔡章阁奖助学金"因疫情原因在网上公布获奖名单。12月23日，第二届"叶嘉莹民生奖学金"获奖名单在网上公布。

2021年，2月17日，叶嘉莹先生获颁"感动中国2020年度人物"。

3月23日，教育部办公厅发布关于举办第三届中华经典诵写讲大赛的通知，内含"迦陵杯·诗教中国"诗词讲解大赛。

7月7日，国际儒学联合会会长刘延东一行在南开大学党委书记杨庆山陪同下，看望了叶嘉莹先生。之后，国际儒联与南开大学签署战略合作框架协议，共建迦陵书院，扩大中华诗词与文化的传播面和影响力。

10月18日，叶嘉莹先生获得第六届世界中国学贡献奖。

10月18日至19日，第三届"迦陵杯·诗教中国"诗词讲解大赛全国总决赛在浙江诸暨海亮教育园举办，叶嘉莹先生录制了视频向参赛选手表示问候。

11月5日，中央电视台《鲁健访谈》栏目播出《对话叶嘉莹》专题片。